Vœu à demi-mot

———

Période d'essai pour un mariage

———

Futur à trois

YVONNE LINDSAY

Vœu à demi-mot

Traduction française de
TATIANA ANDONOVSKI

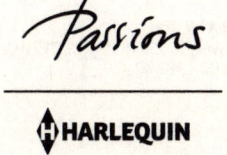

Collection : PASSIONS

Titre original :
TANGLED VOWS

© 2018, Dolce Vita Trust.
© 2020, HarperCollins France pour la traduction française.

Ce livre est publié avec l'autorisation de HARLEQUIN BOOKS S.A.

Tous droits réservés, y compris le droit de reproduction de tout ou partie de l'ouvrage, sous quelque forme que ce soit.
Toute représentation ou reproduction, par quelque procédé que ce soit, constituerait une contrefaçon sanctionnée par les articles 425 et suivants du Code pénal.

Si vous achetez ce livre privé de tout ou partie de sa couverture, nous vous signalons qu'il est en vente irrégulière. Il est considéré comme « invendu » et l'éditeur comme l'auteur n'ont reçu aucun paiement pour ce livre « détérioré ».

Cette œuvre est une œuvre de fiction. Les noms propres, les personnages, les lieux, les intrigues, sont soit le fruit de l'imagination de l'auteur, soit utilisés dans le cadre d'une œuvre de fiction. Toute ressemblance avec des personnes réelles, vivantes ou décédées, des entreprises, des événements ou des lieux, serait une pure coïncidence.

Le visuel de couverture est reproduit avec l'autorisation de :
© GETTY IMAGES/ROYALTY FREE

Réalisation graphique couverture : L. SLAWIG (HarperCollins France)

Tous droits réservés.

HARPERCOLLINS FRANCE
83-85, boulevard Vincent-Auriol, 75646 PARIS CEDEX 13
Service Lectrices — Tél. : 01 45 82 47 47
www.harlequin.fr

ISBN 978-2-2804-3295-5 — ISSN 1950-2761

- 1 -

Alors qu'elle s'apprêtait à fouler le tapis bleu roi menant à l'autel, Yasmin Carter s'arrêta net.

— Il y a eu une terrible erreur, dit-elle.

Figée dans sa robe de mariée, elle fixa un bref instant l'homme qui venait de se tourner vers elle. Ilya Horvath, P-DG et héritier de l'empire Horvath, son plus grand rival en affaires.

Son futur époux qu'elle rencontrait pour la première fois.

Elle balaya du regard le petit groupe d'invités répartis de chaque côté de l'allée centrale. Les visages qui la scrutaient en silence offraient un mélange de consternation et d'étonnement.

Reportant son attention sur Ilya, elle constata qu'il avait l'air contrarié.

Elle était elle-même au comble de la contrariété et ne manquerait pas d'en faire part à l'agence matrimoniale qu'elle avait engagée pour organiser son mariage.

Quand elle avait décidé que la seule solution pour sauver son entreprise était de se marier, c'est Riya, son bras droit au bureau, qui lui avait parlé de s'inscrire dans une agence matrimoniale. Elle avait suivi ses conseils, jugeant que ce serait la façon la plus rapide de résoudre son problème.

Ce mariage n'était pas un coup de tête.

C'était une solution mûrement réfléchie et la seule issue qu'elle avait trouvée pour sortir sa compagnie du marasme financier dans lequel elle se trouvait.

En effet, après des mois d'incertitude, elle avait réussi

à décrocher un contrat exclusif avec la société Hardacre Incorporated. Pendant cinq ans, elle serait responsable de tous les déplacements aériens du personnel de cette entreprise de coaching qui avait des bureaux à travers tout le pays. Ce contrat lui permettrait de remettre les comptes de la compagnie à flots et d'envisager l'avenir plus sereinement.

Le contrat stipulait qu'elle devait être mariée. Elle avait menti en le signant, assurant qu'elle était justement sur le point de se marier. Heureusement pour elle, l'agence matrimoniale lui avait rapidement trouvé un prétendant.

À présent, contrat ou pas contrat, ce mariage ne pouvait tout simplement pas avoir lieu.

Épouser Ilya Horvath ? Jamais !

Son grand-père s'en retournerait dans sa tombe.

Dès le départ, elle n'aurait jamais dû accepter une clause aussi ridicule dans le contrat. Mais elle voulait sauver son entreprise et elle avait entendu dire que Mme Hardacre, la femme de Wallace Hardacre, le P-DG de la société Hardacre Incorporated, était très jalouse et qu'elle ne pouvait pas envisager que son mari soit régulièrement en contact avec une jolie jeune femme, célibataire de surcroît.

Au premier abord, cela lui avait paru simple. Pour conclure l'accord, elle devait être mariée. Au plus vite. D'où l'idée d'avoir recours à une agence matrimoniale.

Bien sûr, elle aurait aimé un jour rencontrer l'âme sœur mais elle était tellement absorbée par son travail qu'elle n'avait jamais vraiment eu le temps de créer des liens durables avec un homme.

Ilya continuait à la dévisager.

Elle frissonna, et un sentiment de gêne s'empara d'elle.

Impossible de savoir pourquoi la vision d'Ilya pouvait la faire frissonner à ce point, mais ce n'était là qu'une preuve supplémentaire que tout ce scénario avait été une erreur dès le départ.

Ilya Horvath semblait tout droit sorti d'un magazine de mode, le mari dont rêvaient toutes les femmes, seulement ce n'était pas une raison suffisante pour se jeter dans ses bras.

Physiquement, il n'y avait absolument rien à redire. Grand, une carrure athlétique mise en valeur par un costume taillé à la perfection et un visage admirablement dessiné. En un mot, il était beau à couper le souffle.

Yasmin sentit monter en elle une attirance inouïe accompagnée d'une bouffée de chaleur qui manqua de la faire chanceler. Elle étouffait dans le corset de sa robe de mariée que Riya semblait avoir trop serré.

Tentant de se ressaisir, elle s'efforça de se calmer en prenant une longue inspiration, passant en revue les raisons pour lesquelles Ilya et elle étaient incompatibles mentalement, émotionnellement, socialement et financièrement.

Mais surtout moralement.

En effet, elle ne pouvait pas épouser cet homme sans manquer de bafouer l'honneur de Jim Carter, son grand-père, qui avait été l'homme qu'elle avait le plus admiré. C'est lui qui l'avait élevée quand ses parents avaient décidé de parcourir le monde sans s'encombrer de leur fille, et sans même essayer d'assumer leurs responsabilités parentales.

Impossible d'épouser l'homme dont le grand-père avait volé et épousé la femme que son grand-père adorait. Ce qui avait mis fin à la belle amitié qu'Eduard Horvath et Jim Carter se portaient depuis des années.

Elle éprouvait certes une attirance inattendue pour Ilya mais leurs familles étaient rivales depuis trop longtemps pour combler le fossé par de simples liens matrimoniaux.

— Je confirme, il y a eu une terrible erreur, répéta-t-elle, plus fermement, cette fois.

Puis sans plus attendre, elle souleva le bas de sa robe, tourna les talons et sortit de la salle de cérémonie aussi vite que ses escarpins le lui permirent.

Dès qu'elle eut quitté la salle, elle entendit les gens se mettre à chuchoter.

Elle avait pris la bonne décision mais, maintenant, qu'allait-elle faire ?

Prendre l'ascenseur pour remonter dans la suite nuptiale de luxe où elle s'était préparée, se changer, et ressortir aussitôt en espérant qu'un taxi l'attendrait pour la ramener chez elle ?

Elle était à Port Ludlow, dans l'État de Washington.

Or elle habitait en Californie, à des centaines de kilomètres.

— Yasmin, attendez, ne partez pas comme ça ! s'écria une femme derrière elle.

Elle se tourna pour se retrouver face à Alice Horvath, la grand-mère d'Ilya, une dame d'un certain âge assez menue et très élégamment vêtue.

La femme responsable de la rivalité sans bornes que se vouaient les Carter et les Horvath depuis soixante ans.

— Rien ne pourra me faire changer d'avis, décréta Yasmin, fermement.

— S'il vous plaît, écoutez-moi. C'est important, dit Alice en posant une main sur son bras.

— Je n'ai aucune envie de vous écouter.

— Ce ne sera pas long. Nous pourrions monter dans votre suite, pour parler au calme, ajouta Alice en tentant de la guider vers les ascenseurs.

— D'accord, mais sachez que si vous avez l'intention de me persuader d'épouser votre petit-fils, vous perdez votre temps.

Alice Horvath lui offrit un petit sourire pour toute réponse mais ne prononça pas un mot alors qu'elles montaient dans l'ascenseur.

Une fois dans la suite nuptiale, Yasmin se laissa tomber sur l'un des canapés de l'espace salon.

Alice prit place dans un fauteuil, en face d'elle.

— Vous avez le droit de savoir ce qui se passe, dit-elle.

Yasmin serra le bouquet de roses dans ses mains pour tenter de contrôler les tremblements de son corps.

— Je vais être franche avec vous, Yasmin. Quand vous avez postulé à l'agence, j'ai tout de suite su que mon petit-fils et vous étiez compatibles. Je n'avais pas besoin d'une boule de cristal pour savoir que vous étiez faits l'un pour l'autre.

Yasmin la regarda, abasourdie.

Elle n'aurait pas été plus étonnée si des extraterrestres avaient débarqué dans la pièce !

— Comment ça ? Vous travaillez pour l'agence matrimoniale ? C'est vous qui avez décidé qu'Ilya et moi devions nous marier ?

— Peu de gens le savent mais c'est en effet moi qui suis derrière cette agence matrimoniale. Je travaille à l'instinct. On fait des tests pour la forme mais c'est davantage pour confirmer que j'ai raison. Croyez-moi, j'ai un flair imparable. Quand mon petit-fils m'a dit qu'il était prêt à se marier et à s'installer, il s'est tourné vers moi, naturellement. Mais je ne pensais pas trouver une femme pour lui aussi rapidement. J'avoue que l'arrivée de votre candidature a été une surprise.

Yasmin observa Alice Horvath un instant en silence, regrettant que la situation entre leurs familles soit aussi compliquée, et ce depuis longtemps.

Des années auparavant, Jim Carter et Eduard Horvath étaient tous les deux tombés amoureux d'Alice. Puis ils s'étaient fâchés à vie quand Alice avait choisi Eduard comme époux.

Qu'espérait Alice à présent ? Effacer la rivalité entre leurs deux familles ? Était-ce pour cela qu'elle voulait la persuader d'épouser son petit-fils ?

Dans tous les cas, Yasmin n'était pas en position de force.

Carter Air, son entreprise, allait à vau-l'eau, et elle ne pouvait pas se permettre de rompre le contrat qu'elle avait signé, ni poursuivre l'agence matrimoniale en justice.

Ne sachant sur quel pied danser, elle attendit la suite des arguments de la vieille dame.

— Je le répète, Ilya et vous formez un couple idéal. Vous êtes parfaitement compatibles pour ce qui est de vos valeurs et de vos attentes concernant l'avenir. Je suis intimement convaincue que vous êtes faits l'un pour l'autre et que ce mariage pourrait durer toute une vie.

— Mais...

Alice leva la main.

— Laissez-moi finir. Il faut savoir tourner la page et laisser le passé derrière soi. C'est le moment ou jamais. Je sais qu'il y a beaucoup d'amertume entre nos deux familles...

— Il ne s'agit pas que de la rivalité entre nos deux familles, madame Horvath...

— Appelez-moi Alice. Je sais que cela va au-delà de ça. Mais s'il vous plaît, croyez-moi. Si vous retournez à la cérémonie, un jour vous serez agréablement surprise et vous repenserez à notre conversation. De plus, tout le monde vous attend...

— Désolée mais si je veux respecter la mémoire de mon grand-père, je me dois de mettre un terme à cet engagement. Et je ne suis pas d'accord avec vous. Ilya et moi ne sommes pas compatibles. Je dirais même que nous sommes aux antipodes.

— Vous savez, bien souvent la fierté prend trop de place dans nos décisions. Et si j'étais vous, je ne ferais pas la fine bouche car vous n'êtes pas vraiment en position de le faire.

Yasmin s'apprêtait à protester mais se ravisa. Alice avait hélas raison.

— Je suis au courant de votre situation financière, poursuivit cette dernière. Les chiffres que vous nous avez donnés étaient légèrement gonflés. Nous les avons vérifiés. C'est notre devoir. Donc je sais que vous ne pouvez pas vous permettre d'annuler ce mariage sans vous retrouver sur la paille.

Yasmin retint un mouvement de colère. L'idée que cette femme, qui avait fait le malheur de son grand-père, avait enquêté sur elle la rendait folle de rage ! Mais c'est d'une voix calme qu'elle demanda :

— Donc vous me menacez de ruine pour me forcer à épouser votre petit-fils ?

— Parfois, la fin justifie les moyens. De plus, je suis persuadée du bien-fondé de cette union entre Ilya et vous.

— Pourquoi ?

— J'adore mon petit-fils et je suis persuadée que vous pouvez le rendre heureux. Je sais que je ne regretterai pas d'avoir organisé cette union. De même que je n'ai jamais regretté d'avoir épousé mon mari ou d'avoir orchestré d'autres mariages qui se sont avérés être de grands succès. J'aimerais vous en convaincre.

— Vous ne pensez pas qu'il pouvait trouver une femme tout seul ?

— Non. Il travaille trop. Et je pense qu'il n'est pas heureux. Je ne sais pas si vous en êtes consciente mais vous détenez la clé de son bonheur. Et il vous le rendra bien, j'en suis persuadée. Je ne souhaite qu'une chose : être le témoin d'un mariage heureux. Alors si vous le permettez, je vous propose une dernière fois de retourner à la cérémonie. D'une part parce que je suis sûre de mon talent d'entremetteuse et d'autre part parce que vous ne pouvez pas vous permettre d'annuler le mariage.

— Êtes-vous au moins d'accord pour reconnaître qu'il y a un conflit d'intérêts ? Ilya est mon rival professionnel. Comment va-t-on gérer cet aspect-là ?

— Ce sera à vous deux de trouver une solution.

— Cette réponse ne me satisfait pas. J'ai besoin d'avoir la garantie que la compagnie Horvath ne cherchera pas à s'immiscer dans les affaires de Carter Air. La société d'Ilya a racheté ou mis sur la paille d'autres compagnies de jets privés. Carter Air est la seule à avoir réussi à lui résister. Je ne veux pas céder. J'ai promis à mon grand-père que je protégerai son héritage.

Alice acquiesça en souriant.

— Ma petite, je sais que vous aimiez votre grand-père, mais parfois il faut savoir faire la part des choses. Pourquoi voulez-vous à tout prix sauver Carter Air ? Parce que c'est votre passion ou parce que vous voulez entretenir le rêve d'un homme défunt longtemps envahi par l'amertume ?

— Comment osez-vous dire une chose pareille ? Son amertume ? C'est vous qui l'avez abandonné ! D'ailleurs, vous n'avez même pas eu le cran de le lui annoncer vous-même ! Il l'a appris en lisant l'annonce de vos fiançailles dans le journal.

— C'était mieux ainsi.

— Permettez-moi d'en douter. Comme vous l'avez si bien dit, je ne peux pas me permettre de faire la fine bouche professionnellement parlant, donc je vais retourner à la cérémonie mais à une condition.

— Laquelle ?

— Que nos compagnies restent deux entités séparées et que nous ne parlions jamais affaires, Ilya et moi.

Alice se leva.

— Votre travail occupe une grande partie de votre vie, Yasmin. Et il en est de même pour mon petit-fils. Si vous ne pouvez pas parler de ce que vous faites dans la journée, vous ne pourrez partager que la moitié de votre vie. Êtes-vous sûre que ce soit réaliste ?

Peut-être pas, songea Yasmin, mais elle ne céderait pas.

— Cette condition est à prendre ou à laisser, décréta-t-elle. De plus, si je venais à rompre mon contrat, cela ne me ferait pas de la bonne publicité. Mais l'inverse est vrai aussi. Si notre mariage par l'intermédiaire de votre agence matrimoniale venait à s'ébruiter, ne pensez-vous pas que les gens se poseraient des questions en apprenant qu'Ilya est votre petit-fils ?

Alice resta silencieuse quelques instants, et Yasmin vit dans son regard que ses arguments avaient porté.

— Mon petit-fils n'a qu'une parole, donc je vais lui en parler. S'il accepte, vous n'aurez aucun souci à vous faire.

— Entendu.

— Alors laissez-moi faire. Attendez-moi ici.

— Je trouve que tu t'en sors admirablement bien, murmura Valentin Horvath à l'oreille d'Ilya.

— Merci, répondit Ilya Horvath, lèvres serrées.

— Après tout, ce n'est pas tous les jours qu'un mari est rejeté par sa femme devant l'autel, au premier regard. Je suis peut-être partial parce que l'on est de la même famille mais je ne t'ai jamais trouvé repoussant, moi.

La remarque de son cousin avait sûrement pour but de détendre l'atmosphère mais Ilya n'avait pas le cœur à rire. Ni même à sourire.

— C'est normal qu'elle ait paniqué, se contenta-t-il de répondre, tendu.

— Et si elle ne revient pas ? s'enquit Galen, le P-DG de la chaîne d'hôtels de luxe Horvath.

— Elle va revenir.

— Avec Nagy aux commandes, ça ne fait aucun doute, assura Valentin, utilisant le surnom hongrois de leur grand-mère.

— Je ne l'avais jamais vu se déplacer aussi vite ! dit Galen, en laissant échapper un petit rire.

— Sa réputation est en jeu, elle protège ses intérêts, répliqua Valentin.

Ce petit échange était certes léger et avait réussi à détendre un peu l'atmosphère, mais Ilya s'impatientait. Où était donc sa future épouse ?

Il avait reconnu Yasmin Carter dès l'instant où il avait posé les yeux sur elle. Son esprit avait aussitôt été envahi d'une multitude de pensées, la première étant… qu'il l'avait trouvée admirablement belle dans sa robe de mariée. Il ne l'avait vue qu'en uniforme de pilote ou en jean et T-shirt sur le terrain d'aviation. Jamais il n'aurait cru qu'elle puisse être aussi merveilleusement féminine et qu'elle paraisse aussi incroyablement fragile.

Cette première vision avait réveillé en lui l'instinct qui lui avait toujours valu des taquineries bon enfant au sein de sa famille : ce réflexe inné qu'il avait de vouloir protéger à tout prix les gens qui lui étaient chers ou lui paraissaient fragiles.

La réaction de Yasmin avait provoqué en lui un émoi profond. Et aussi un malaise dans la salle. En effet, le fait qu'elle tourne les talons après son annonce cinglante avait jeté un froid sur l'assemblée. Il aurait voulu lui courir après, la prendre dans ses bras, lui dire qu'elle ne devait pas s'inquiéter et que tout irait bien. Sa grand-mère avait été plus réactive que lui et avait pris les choses en main.

Il consulta de nouveau sa montre.

Yasmin était partie depuis vingt minutes.

— Je sens que tu t'impatientes, cousin, et l'assemblée aussi, fit remarquer Valentin. Heureusement que tu as sorti le champagne, Galen.

Dès la disparition inattendue de Yasmin, et ne sachant pas si et quand elle reviendrait, Galen avait mis en place un plan de secours : pour faire patienter les invités, il avait servi du champagne.

Ilya avait refusé le verre, désireux de garder la tête froide.

À l'affût d'indices, il aperçut sa grand-mère et s'empressa de la rejoindre avant que quelqu'un la remarque.

— Comment va Yasmin ? lui demanda-t-il dès qu'il l'eut rejointe dans le couloir.

— Tu l'as reconnue ?

— Bien sûr. Je ne sais pas quel vent de folie t'a poussée à vouloir m'unir à elle mais je te fais entièrement confiance. Seulement j'ai l'impression qu'il n'en est pas de même pour elle, ce que je peux comprendre.

— En effet. Merci de me témoigner ta confiance mais on a un petit problème.

Un petit problème ?

Le fait que sa future femme se soit enfuie de la cérémonie après avoir posé le regard sur lui constituait pour lui un problème de taille !

— Je pense avoir réussi à la convaincre de t'épouser mais elle a une condition.

— Laquelle ?

— Elle tient dur comme fer à protéger Carter Air de tout assaillant. Elle acceptera de t'épouser si tu promets que vous ne parlerez jamais de vos occupations professionnelles respectives et si vos deux compagnies restent deux entités séparées. Pas de fusion, pas d'appel d'offres, pas de rachat ni de partage d'informations.

— C'est tout ?

Étant donné la situation et les enjeux, ce n'était vraiment pas grand-chose.

C'était tout à fait naturel qu'elle ait envie de protéger sa compagnie, et il pouvait facilement se soumettre à cette condition. Il n'avait jamais eu dans l'idée de racheter Carter Air et il n'avait jamais souhaité mettre Yasmin sur la paille.

De plus, il n'avait jamais éprouvé d'animosité envers la jeune femme. La guerre froide entre leurs deux familles, et plus particulièrement entre son grand-père et Jim Carter, était un mystère pour lui. Et même si elle durait depuis des générations, il n'était pas du genre à garder rancune.

Cependant, depuis qu'il avait vu Yasmin en robe de mariée, il se demandait si sa grand-mère n'avait pas eu une idée derrière la tête, cachée sous son carré argenté impeccable.

— Oui, c'est tout, répondit cette dernière. Donc tu es d'accord ?

— Bien sûr, Nagy. Je signerai ce qu'il faut.

Sa grand-mère parut soulagée.

— Merci, Ilya. Pour le moment, contentons-nous d'un accord verbal. Yasmin est prête à te croire sur parole. Retourne dans la salle, je reviens.

— Donc le mariage va avoir lieu ?

— Et comment !

- 2 -

Yasmin chassa l'impression de déjà-vu qui l'assaillit lorsqu'elle s'approcha pour la seconde fois des grandes portes donnant accès à la salle de cérémonie de l'hôtel qui avait été transformée en lieu de mariage pour l'occasion.

Elle allait se marier !

Avec un peu de chance, sa situation professionnelle s'améliorerait. Quant à sa vie privée, elle ne préférait pas y penser. Pour l'instant, elle avait l'esprit trop confus pour se pencher sur la question.

Alors qu'elle avançait d'un pas incertain, elle sentit une présence auprès d'elle.

Ilya.

— Yasmin Carter, acceptes-tu de m'épouser ? lui murmura-t-il à l'oreille, tout en lui prenant le bras.

Tournant la tête vers lui, elle lut dans ses yeux bleu foncé le réconfort qu'elle recherchait.

L'effet qu'Ilya Horvath eut sur elle la laissa pantoise.

En affaires, ils étaient rivaux et pourtant, en un clin d'œil, cet homme au regard mystérieux avait réussi à la rassurer.

Et elle allait l'épouser.

Cette pensée la chamboulait plus qu'elle ne le souhaitait, toutefois. Cependant, qu'elle le veuille ou non, cet homme détenait la clé qui lui ouvrirait la porte d'un avenir meilleur, plus serein. C'était bien pour cette raison qu'elle avait décidé de devenir sa femme, et ce malgré les circonstances.

— Oui, j'accepte de t'épouser, répondit-elle sur un ton qui se voulait assuré alors que sa voix tremblait.

— Alors allons-y, murmura-t-il.

Bras dessus, bras dessous, ils avancèrent en silence vers l'autel.

La cérémonie passa à la vitesse de l'éclair.

Pour finir, Ilya glissa un anneau étincelant à son doigt, et le ministre officiant les déclara mari et femme.

Puis Ilya se pencha vers elle.

Seigneur ! Elle avait oublié ce détail… Allait-il réellement l'embrasser ?

Que faire ?

Son cœur se mit à battre la chamade.

Incertaine, elle le laissa venir à elle, hypnotisée par l'éclat et la détermination qu'elle lut dans ses yeux.

Alors qu'il se rapprochait dangereusement d'elle, elle sentit sa chaleur virile et la fragrance musquée de son parfum l'envelopper. Puis ses lèvres vinrent recouvrir les siennes. Elle cessa de respirer alors qu'une vague de frissons s'emparait de son corps.

Et le temps s'arrêta.

Elle oublia tout, hormis la sensation de ce baiser inattendu. Puis Ilya s'arracha à elle, et elle revint à la réalité, sous le choc.

L'assemblée applaudit poliment.

Quant à elle, elle n'arrivait pas à se remettre de ce baiser qui l'avait ensorcelée. Elle aurait voulu que jamais il ne prenne fin…

Ilya avait pris ses distances mais ses lèvres vibraient encore de cette caresse ensorcelante…

— Respire, Yasmin, lui murmura Ilya.

Au bout de quelques instants, elle parvint à maîtriser son émoi.

Une fois calmée, elle put enfin se concentrer sur les félicitations dispensées par le petit groupe d'invités, tout en essayant de gérer l'avalanche d'émotions qui l'assaillaient.

Sans compter qu'elle devait maintenant se faire à l'idée qu'elle était mariée à Ilya Horvath.

Un seul mot d'ordre : se tenir sur ses gardes.

Le déroulement des dernières minutes lui avait prouvé que cet homme était dangereux. En effet, un seul baiser avait suffi à lui faire perdre pied avec la réalité. Un seul. Était-elle donc faible à ce point ? Ou simplement en manque d'affection masculine ? Ou les deux ? En tout cas, tout portait à le croire.

Elle se tourna vers Ilya, et la flamme qu'il avait allumée en elle en l'embrassant flamba de plus belle.

Se sentant rougir, elle s'empressa de détourner la tête.

Puis il s'éloigna quelques instants.

— Félicitations, ma chère et bienvenue dans notre famille, lui dit Alice Horvath avant de la serrer dans ses bras.

Avant qu'elle puisse répondre, Ilya revint auprès d'elle.

— Le photographe nous attend, dit-il en l'arrachant à l'étreinte de sa grand-mère.

Un moment plus tard, comme par magie, ils étaient dans les magnifiques jardins de l'hôtel, avec vue sur la marina. L'endroit était aussi fabuleux que ce à quoi elle s'attendait. L'air iodé de l'océan était un vrai régal et le cliquetis des bateaux une charmante symphonie. De plus, elle était ravie de découvrir ce paysage de l'État de Washington connu pour ses forêts abondantes, ses montagnes majestueuses, le détroit de Puget et son accès à l'océan, bien sûr.

— Tout va bien ? lui demanda Ilya. En te voyant, je me suis dit qu'un bol d'air frais te ferait le plus grand bien.

— Merci, ça va. Tu as raison, j'avais besoin de prendre l'air. Je ne pensais pas que ce serait aussi...

Aussi troublant. Ce qu'elle ne souhaitait pas avouer à Ilya.

— Impressionnant et déroutant ? conclut-il.

Elle leva la tête vers lui. Elle n'était pas petite, pour une femme, mais il avait au moins une tête de plus qu'elle.

— Oui, c'est ça, impressionnant et déroutant, confirma-t-elle.

— Tiens, je pense que cela pourrait t'aider, dit-il, lui tendant une flûte de champagne.

Décidément, il était sur tous les fronts, jouant même au chevalier servant.

Plus il était proche d'elle et plus elle avait des frissons, comme si un lien charnel invisible les reliait déjà. Pourtant, hormis le chaste baiser échangé à la fin de la cérémonie, il ne l'avait jamais touchée.

Était-ce ce qu'Alice Horvath avait voulu dire quand elle lui avait affirmé qu'ils étaient faits l'un pour l'autre ? Avait-elle un sixième sens lui donnant la possibilité d'unir un homme et une femme sur la base de leur attirance mutuelle ? Avait-elle un don pour repérer la compatibilité entre deux êtres ?

Mettant fin à ce questionnement absurde, elle accepta le verre que lui tendait Ilya et en but la moitié d'une traite. Les bulles lui chatouillèrent la gorge, lui donnant une impression passagère de fraîcheur, ce dont elle avait fortement besoin car la température de son corps ne faisait qu'augmenter, auprès de son nouvel époux.

En s'engageant dans ce mariage, elle ne s'attendait pas à être happée par l'aura de cet homme. À présent, elle allait devoir apprendre à vivre avec lui…

— Dis donc, tu avais soif, lui fit-il remarquer.

Elle rougit aussitôt.

Avant qu'elle ait eu le temps de lui demander pourquoi il ne buvait pas de champagne, le photographe et son assistant arrivèrent.

Elle profita de cet intermède pour reprendre ses esprits et retrouver une respiration plus calme.

L'heure qui suivit se déroula dans le flou le plus total.

Elle écoutait les conseils qu'on lui donnait, prenant des poses forcées et souriant de manière peu naturelle pour en finir plus rapidement. Elle but également une autre flûte de champagne, ce qui n'était pas une bonne idée pour quelqu'un qui n'avait ni petit-déjeuné ni déjeuné.

— Je peux avoir une pose passionnée ? lança le photographe.

— Il sait que l'on vient de se rencontrer ? murmura-t-elle, dents serrées, tout en souriant à l'objectif.

Ilya la prit par la taille, se rapprochant dangereusement d'elle.

— Je pense que nous sommes tout à fait capables de relever le défi, assura-t-il en inclinant la tête, comme s'il s'apprêtait à lui donner un baiser langoureux, comme au cinéma.

Il avait vraiment des yeux magnifiques. De près, elle voyait les stries argentées de ses pupilles et le cercle bleu foncé entourant ses iris.

Et c'était si bon de sentir sa main virile dans le creux de ses reins…

La chaleur de son corps, si proche, se répandit sur sa peau et la fit agréablement frissonner.

Elle n'en revenait pas qu'un inconnu puisse avoir sur elle un effet aussi… dévastateur. Cela l'intriguait et l'effrayait à la fois.

Le souffle d'Ilya était comme un murmure contre ses lèvres, son regard d'une intensité désarmante. Sans réfléchir, elle posa la main sur sa joue fraîchement rasée.

Lèvres entrouvertes, perdue dans le moment, elle n'attendait qu'une chose : qu'il l'embrasse de nouveau.

— Parfait ! Retournons à l'intérieur pour les photos de groupe et le gâteau ! s'écria le photographe, rompant la magie de la scène.

Yasmin cligna les yeux, enlevant rapidement la main du visage d'Ilya, comme pour effacer son geste, et agrippa fermement son bouquet de mariée.

Que s'était-il passé ? C'était comme si elle avait basculé dans une autre dimension.

Elle frissonna de nouveau.

Cette fois, c'était lié à la température extérieure. En effet, malgré un beau soleil d'automne, l'arrivée des nuages avait refroidi l'atmosphère.

— Tiens, dit Ilya en posant sa veste sur ses épaules.

Elle tressaillit au contact de la doublure en soie qui l'enveloppa aussitôt de la chaleur de son corps viril.

Quelques gouttes se mirent à tomber sur sa chemise

blanche, la rendant transparente à chaque impact. Sans le vouloir, par transparence, elle vit l'un de ses tétons sous le tissu en coton.

Terrassée par un éclair de désir, elle chancela.

En gentleman, Ilya passa son bras autour de sa taille tandis que l'assistant du photographe arrivait avec un grand parapluie. Ilya les abrita avant de la guider vers les portes de la salle de réception.

Dès qu'ils furent à l'intérieur, elle lui rendit sa veste.

— Merci, je n'en ai plus besoin.

— Tu sais, il n'y a pas de mal à accepter un peu d'aide, parfois.

— Même si tu ne sais pas de quoi tu parles puisque j'imagine que tu n'as jamais dû accepter l'aide de personne, répliqua-t-elle.

Elle tenta de garder le sourire, pour atténuer sa déclaration, mais ses mots avaient fait mouche.

Ilya Horvath n'avait jamais manqué de rien, elle en était persuadée. Né dans une famille fortunée, il avait profité d'un héritage qui se transmettait de génération en génération.

— Nous pourrons en reparler une autre fois, dit-il.

— Si tu veux. Pour le moment, tu as besoin de ta veste pour les photos, non ?

Il enfila sa veste sans mot dire.

— Vous êtes prêts ? s'enquit l'organisatrice du mariage.

— Nous sommes prêts ! répondit Ilya en la regardant.

Elle acquiesça, tentant par tous les moyens d'ignorer les sensations ridicules qui s'emparaient d'elle à tout moment depuis sa rencontre avec Ilya.

Si les gens avaient pu voir à quel point elle était déstabilisée par la présence masculine d'Ilya, on l'aurait prise pour une folle en manque d'affection.

À la réflexion, même si elle n'était pas folle – pas encore, du moins –, elle n'avait pas eu d'aventure amoureuse depuis au moins deux ans. Pour ce qui était des rapports sexuels, cela remontait à encore plus longtemps !

Ce n'était pas une raison pour fondre comme glace au soleil chaque fois qu'Ilya posait les yeux sur elle.

De plus, l'inverse ne semblait pas être vrai. Il ne paraissait éprouver aucune émotion en sa compagnie. Ce constat ne manqua pas de l'affliger. Dorénavant, elle devait maîtriser ses réactions.

Après tout, Ilya n'était qu'un inconnu. Une stratégie mise en place pour sauver son entreprise.

Ilya observait Yasmin avec amusement. Elle faisait tout pour paraître détachée, et pourtant ses joues ne cessaient de s'empourprer pour un oui ou pour un non. Ce qui signifiait pour lui deux choses. D'une part, qu'elle était autant attirée par lui qu'il l'était par elle. D'autre part, que leur mariage s'annonçait plutôt intéressant.

Mais résisterait-il à l'épreuve du temps ?

Sa grand-mère avait l'air de le penser. Il ne manquerait pas de lui demander pourquoi.

Du moins, Yasmin et lui avaient un point commun : leur profession, même s'ils étaient rivaux.

— Pas question de prendre ton nom, murmura-t-elle, alors qu'ils prenaient place à table.

— Pas de problème. Souhaiterais-tu que je prenne le tien ? répliqua-t-il pour la taquiner.

— Tu ferais ça ? demanda-t-elle, surprise.

— Si c'était important pour toi, je le ferais. J'ai envie que ce mariage soit une réussite. Je ne connais pas tes raisons et je ne sais pas pourquoi nous avons été réunis mais je fais confiance aux experts. J'ai envie de créer un avenir avec toi, de fonder une famille et de me réjouir de te voir le matin en me levant et le soir en me couchant.

Il s'arrêta net.

Était-ce trop tôt pour se montrer aussi enthousiaste ?

À en juger par l'expression abasourdie de Yasmin, cela ne faisait aucun doute. Lui-même avait été surpris par sa déclaration. Cependant, il n'était pas du genre à tourner autour du pot, et c'était la vérité. Il voulait des enfants et une compagne avec qui partager sa vie.

La réception continua avec des discours entre les plats. Un repas de mariage normal.

Quelques faits interpellèrent Ilya, toutefois.

Yasmin avait à peine touché à sa nourriture.

Une seule personne s'était levée pour faire un discours sur elle : son bras droit chez Carter Air, assise à une table avec d'autres employés de Carter Air.

Yasmin n'avait pas de famille à proximité. Il savait qu'elle avait été élevée par son grand-père mais ce dernier était décédé quelques années auparavant. Quant à ses parents, ils étaient en vie mais n'avaient pas fait le déplacement, détail qu'il trouva assez triste.

Leur absence était-elle la raison qui avait poussé Yasmin à se marier ? Souhaitait-elle aussi fonder une famille ?

Pour sa part, il voulait perpétuer la tradition familiale et avoir un héritier à qui léguer la compagnie. Trop occupé à travailler, il n'avait pas le temps de sortir et rencontrer des candidates potentielles au mariage. Il s'était fiancé, à l'université, mais cela s'était mal terminé.

Depuis la mort de son père, quand il avait seize ans, et la disparition de sa mère peu de temps après, il n'avait eu qu'une envie : reformer un cocon familial.

Il avait toujours eu sa grand-mère auprès de lui, ainsi que ses tantes, ses oncles, et ses cousins et cousines, mais ce n'était pas pareil que d'avoir sa propre famille.

Se tournant vers Yasmin, il éprouva un immense sentiment de sympathie pour elle. Il se doutait que sa vie de famille n'avait pas été évidente. Jim Carter avait la réputation d'être un homme taciturne et irascible. Il avait même été surpris que son grand-père, Eduard Horvath, ait été son meilleur ami durant des années, les deux hommes étant aux antipodes.

Son grand-père était quelqu'un de charismatique et d'entreprenant, toujours tourné vers l'avant et prêt à se lancer dans une nouvelle aventure. C'était un bon vivant qui avait vécu à cent à l'heure.

En revanche, Jim Carter avait toujours été un homme plus calme et introverti. Son refus du changement l'avait empêché de développer Carter Air pendant longtemps. Ce n'était pas un visionnaire, et il n'avait jamais réussi à s'adapter aux nouvelles circonstances économiques ou à se projeter vers de nouveaux horizons.

Ils étaient devenus ennemis quand Nagy avait choisi Eduard Horvath pour époux.

Yasmin avait hérité de l'indépendance d'esprit de son grand-père et de son refus de se plier aux conventions. Mais une chose était sûre : c'était une pilote hors pair. Il avait eu l'occasion de la voir dans son Ryan PT-22 de collection lors de shows aériens.

Il en avait eu le souffle coupé. Le modèle Ryan était connu pour donner du fil à retordre aux meilleurs pilotes or, pour Yasmin, c'était comme une seconde nature.

Il avait hâte d'en savoir plus sur cette femme pas comme les autres.

- 3 -

— Tout le monde a l'air de passer un bon moment, murmura Ilya à l'oreille de Yasmin.

Elle acquiesça, frissonnant à son souffle lui caressant le cou.

— Tout le monde sauf toi, précisa-t-il.
— C'est faux. Je passe un bon moment.

Ce qu'elle n'aimait pas, c'était être observée à la loupe par les amis proches et la famille d'Ilya. Et elle en avait assez qu'on lui demande où étaient ses parents puisqu'ils n'étaient pas morts.

En vérité, elle n'avait pas pu les contacter. Ils étaient au fin fond de l'Amérique du Sud. Une vie traditionnelle jalonnée de choix planifiés ne faisait pas partie de leur parcours.

Qui sait ? Peut-être auraient-ils été impressionnés par ce mariage assez aventureux ? Elle en doutait, toutefois.

Son père avait essayé de suivre le parcours que son propre père lui avait tracé. Pour finir, il avait quitté Carter Air, poursuivant son rêve avec la femme dont il était tombé amoureux. Quand Yasmin était née, ils avaient fini par la confier à Jim pour qu'elle ait une vie plus équilibrée et une scolarité plus régulière.

Dans un sens, elle était contente du choix de ses parents, même si son grand-père n'avait pas toujours été facile à vivre. Elle n'était pas faite pour une vie de nomade. Elle aimait les choses ordonnées, régulières et, surtout, contrôler la situation. Comme son grand-père.

C'est la raison pour laquelle ce mariage avait été difficile à gérer.

— Partons, dit Ilya, interrompant ses pensées.

Elle se tourna vers lui, étonnée.

— Nous avons le droit de partir ?

— Pourquoi pas ? C'est notre mariage. On fait ce que l'on veut, non ?

Il lui tendit la main qu'elle accepta volontiers.

Ses doigts s'enroulèrent autour des siens alors qu'il l'aidait à se lever. Leur mariage avait-il vraiment commencé ? Que se passerait-il quand ils arriveraient dans la suite nuptiale donnant sur l'une des plus belles marinas du détroit de Puget ?

À cette pensée, son estomac se noua.

Elle éprouvait pour Ilya une attirance inouïe mais elle n'était pas prête à s'offrir à lui.

Ils sortirent par les portes-fenêtres donnant sur les jardins.

La pluie avait cessé mais l'air était encore humide.

Ilya s'empressa de mettre sa veste sur ses épaules, ce qu'elle apprécia. C'était agréable d'être de nouveau baignée de sa chaleur virile.

Elle le suivit jusqu'à l'entrée qui menait à la réception de l'hôtel.

— Dis donc, tu connais bien les lieux, lui fit-elle remarquer. J'aurais été incapable de me retrouver ici sans demander mon chemin.

— Je suis déjà venu, expliqua-t-il en lui offrant un beau sourire.

Quand il souriait, ses yeux se plissaient légèrement, et il n'en était que plus séduisant.

Une fois de plus, son estomac papillonna à l'idée de la première nuit qu'ils allaient partager.

— Alors allons-y, dit-elle, après avoir poussé un profond soupir.

Ilya éclata de rire.

— Quel enthousiasme ! s'exclama-t-il comme ils

montaient dans l'ascenseur. On dirait que je te conduis vers l'échafaud !

Elle rougit violemment.

— Pardon. Je n'ai jamais fait… ça. Je ne connais pas le protocole.

— Tu sais, moi non plus, je n'ai jamais fait ça, comme tu dis. Ne t'en fais pas. Je comprends. La journée a été longue. Et j'avoue que je ne m'attendais pas à ça.

— Tu ne t'attendais pas à quoi ?

— Je ne m'attendais pas à toi. Mais je ne me plains pas ! s'empressa-t-il d'ajouter.

— Moi non plus, je ne m'attendais pas à toi, si cela peut te rassurer.

— Oui, c'est ce que j'ai cru comprendre, à en juger par ta réaction, rétorqua-t-il, moqueur.

Yasmin ne put s'empêcher de sourire. C'était le premier vrai moment de détente de la journée.

— Tu as un très joli sourire, dit-il alors qu'ils descendaient à leur étage.

La panique s'empara d'elle, et des dizaines de papillons voletèrent dans son ventre. À cet instant, elle aurait bien aimé pouvoir consulter un manuel pour savoir ce qu'elle était censée faire !

Devant la porte de la suite nuptiale, Ilya sortit une carte magnétique de sa poche.

— Mes bagages ont été amenés pendant le repas. Je leur ai dit de ne pas déballer mes affaires, expliqua-t-il.

— Ah bon ? Je pensais que l'on devait passer notre lune de miel ici.

— On peut rester, si tu veux. Mais je me disais que l'on avait d'autres options. On pourrait aller à Hawaï ou se cacher dans ma maison de la vallée d'Ojai. À toi de choisir.

Elle réfléchit. Elle aimait assez l'idée de découvrir l'État de Washington mais s'ils retournaient en Californie, dans un environnement familier, elle se sentirait peut-être plus à l'aise, et ce mariage lui paraîtrait sans doute un peu moins incongru.

Elle explora la suite somptueuse où elle s'était sentie mal à l'aise dès l'instant où elle y était entrée. Elle n'était pas habituée au luxe.

— Non, je n'ai pas envie de rester, répondit-elle simplement.

— On va à Hawaï ou chez moi ?

— Je vais me changer, faire ma valise et je choisirai après.

— Entendu. Tu as besoin d'aide ?

Elle allait refuser quand elle se souvint du temps que Riya avait passé à l'aider à enfiler sa robe.

— Oui, merci. Tu pourrais enlever les agrafes du haut de ma robe s'il te plaît ? demanda-t-elle avant de se tourner pour lui offrir son dos.

— Je ne suis pas expert en la matière mais je vais essayer.

De ses doigts agiles, il se mit à défaire les agrafes, un peu trop lentement à son goût.

C'était bon de sentir sa chaleur contre sa peau…

Et très dangereux.

— Et pour la gaine, ça ira ? demanda-t-il.

Elle ferma les yeux un instant. Quelle ironie ! Elle était peut-être la première jeune mariée pour qui c'était une torture d'être déshabillée par son époux !

— Juste quelques pressions dans le haut, je me débrouillerai pour le reste, répondit-elle.

Sans mot dire, il obtempéra.

De nouveau, elle sentit ses doigts frôler son dos, la rapprochant chaque instant de la nudité. Elle tint fermement le devant de sa robe contre sa poitrine.

— Merci, ça ira, dit-elle, la gorge serrée.

Son cœur battait à mille à l'heure dans sa poitrine.

L'idée de se tourner lentement vers Ilya, de laisser tomber le devant de sa robe et d'attendre sa réaction lui traversa l'esprit un instant. Elle n'oserait jamais le faire, bien sûr, mais rien que d'y penser, elle sentit ses sens s'enflammer de désir.

— Prends ton temps. Je t'attends, dit-il en allant s'installer dans un des fauteuils en cuir.

Elle alla dans la chambre, referma la porte et reprit enfin son souffle.

L'espace d'un instant, elle regretta ne pas être passée à l'acte en se mettant nue devant Ilya.

Mais elle n'avait jamais été une fille impulsive.

Toute sa vie, elle avait étudié avec acharnement et travaillé dur pour y arriver, réfléchissant à chacune de ses actions, pesant le pour et le contre. Ses efforts avaient été couronnés de succès, et elle en était fière. Jamais elle n'avait éprouvé le besoin de se laisser aller à des actes spontanés et irréfléchis.

Jusqu'à ce soir.

Ce soir, elle aurait été prête à se dévoiler à un inconnu. Un homme qu'elle avait épousé, certes, mais qu'elle connaissait à peine. Un homme qui l'attendait dans la pièce à côté et qui l'avait ensorcelée dès l'instant où il avait posé les yeux sur elle.

Elle laissa sa robe glisser au sol puis s'en dégagea et ôta ses ballerines. Ensuite, elle entreprit de finir d'enlever les pressions de la gaine qui la retenait encore prisonnière.

Une fois la gaine par terre, elle ôta ses bas et son string en dentelle avant de filer à la salle de bains.

Après les événements de la journée, ce fut un régal de sentir l'eau chaude couler sur son corps. Peu à peu, elle parvint à se détendre, tout en pensant à l'homme qui l'attendait de l'autre côté de la porte…

Ilya était séduisant, charmant, beau et il avait le don de la mettre dans tous ses états. Jamais un homme ne lui avait fait autant d'effet !

Mais il était aussi son ennemi juré sur le plan professionnel, et elle se devait d'être vigilante.

Ilya entama l'approche finale, soulagé de voir enfin l'hélistation qui se situait à côté de sa demeure cachée dans les collines de la vallée d'Ojai.

À présent, il faisait nuit.

Yasmin était assise à côté de lui, silencieuse, le regard fixé sur l'horizon, réprimant un bâillement de temps à autre. Il comprenait sa fatigue. Leur journée avait été épuisante, mais ils seraient bientôt arrivés.

Ils avaient à peine parlé depuis qu'ils avaient quitté l'hôtel. Elle avait mis plus longtemps qu'il ne pensait à se changer et à se préparer. La jeune femme qui était ressortie de la chambre, vêtue d'un long pantalon noir fluide, d'un chemisier en lin beige et d'un Perfecto, sans maquillage, s'était avérée être aux antipodes de la mariée qu'il avait commencé à déshabiller.

Ses mains se crispèrent sur les manettes alors qu'il repensait à la façon dont ses doigts avaient effleuré sa peau… Une peau si douce qu'il mourait d'envie de la caresser. Sans compter que son parfum ensorcelant lui avait fait tourner la tête.

Il avait puisé en lui une bonne dose de maîtrise de lui-même pour ne pas céder à la tentation de déposer une pluie de baisers dans son cou et sur ses épaules soyeuses.

Loin de lui l'idée de l'effrayer. Si ce mariage avait des chances de marcher, il ne voulait pas la bousculer. S'il se montrait patient, sa patience serait forcément récompensée.

Il ne savait toujours pas pourquoi elle avait fait appel à une agence matrimoniale mais il ne manquerait pas de le demander à sa grand-mère. Ou plus simplement, il poserait la question directement à Yasmin.

Suivant les instructions du personnel au sol, il posa l'hélicoptère.

— Bienvenue, monsieur et madame Horvath, dit Pete Wood, le chef d'équipe de l'hélistation.

— Merci, répondit Ilya, fier d'entendre Pete appeler Yasmin « madame Horvath ».

Yasmin était sa femme. Quel événement !

Il éprouva une émotion très forte et totalement inconnue. Il était impatient de voir les prochaines étapes de cette aventure hors du commun.

En effet, il n'avait jamais été marié et n'avait jamais vécu avec une femme.

— Attention à votre tête, madame Horvath.

— Appelez-moi Yasmin, dit-elle avant de descendre.

— Entendu. Et félicitations à tous les deux, dit Pete en offrant un large sourire à Yasmin.

Elle baissa la tête, gênée.

Ilya avait remarqué sa timidité pendant la cérémonie.

Il constatait qu'elle avait la même réaction avec tous les gens qu'il lui présentait.

— Je prends vos sacs, monsieur Horvath ? s'enquit Pete.

— Non, merci, ça ira, vous pouvez y aller.

— N'hésitez pas, si vous avez besoin de moi, dit Pete en soulevant sa casquette en guise d'adieu.

— Je n'y manquerai pas. Mais je suis maintenant officiellement en lune de miel donc normalement, je ne devrais pas avoir besoin de vous avant deux semaines.

— Entendu. Bonne lune de miel ! lança Pete avant de monter dans l'hélicoptère.

Ilya se tourna vers Yasmin.

— Si on ne veut pas se faire malmener au décollage, on a intérêt à marcher rapidement en direction de la maison. On va passer par là, dit-il en lui indiquant un chemin illuminé par un éclairage au sol.

— Si je comprends bien, on est comme sur une île déserte ? s'enquit Yasmin sans lâcher l'hélicoptère des yeux.

— Tu as peur ?

— A priori, non. Mais je me demande si je ne devrais pas me méfier.

Ilya éclata de rire.

— Ne t'inquiète pas. On est relativement coupés du monde mais ce n'est pas comme sur une île déserte. Tu as le choix, si tu veux t'enfuir, lui fit-il remarquer en lui montrant du doigt un grand hangar rempli de véhicules en tout genre.

— M'enfuir ? Qu'est-ce qui te fait dire que je voudrais m'enfuir ?

— La façon dont tu t'accroches à la lanière de ton sac, peut-être ?

— J'ai un peu d'appréhension, j'avoue. Comme je te l'ai dit, je n'ai jamais fait ça.

— Et comme je te l'ai dit aussi, moi non plus. Donc on est à égalité. Je propose que l'on joue la carte de la franchise. D'accord ? Si tu paniques ou si tu as un doute, n'hésite pas à m'en parler.

— Entendu.

— Voilà, nous y sommes.

Ilya avait eu le coup de foudre pour cette propriété de vingt hectares. C'était à trente minutes en voiture de l'aéroport et des bureaux de Horvath Aviation. Un peu moins s'il y allait en hélicoptère. À présent, il aurait le plaisir de partager les lieux avec Yasmin.

Il posa une valise, appuya le pouce sur un écran puis les portes s'ouvrirent.

— Bienvenue chez nous, Yasmin.

Alors qu'elle s'apprêtait à avancer, il l'arrêta et la souleva dans ses bras.

Elle poussa un léger cri de surprise avant de lui entourer le cou tandis qu'il lui faisait franchir le seuil de la porte.

Dans ses bras, elle lui donna l'impression d'être un poids plume. Sentir son corps contre son torse eut un effet enivrant sur ses sens. Malgré sa minceur, il constata qu'elle avait des formes féminines très alléchantes.

Et s'il poussait la tradition plus avant en l'embrassant de nouveau ?

Le baiser léger qu'il avait déposé sur ses lèvres après la cérémonie avait eu le goût de trop peu. Il mourait d'envie de recommencer plus longuement cette fois.

En présence des invités, il avait dû se raisonner et remettre son fantasme à plus tard.

Mais comme il s'était juré d'y aller progressivement et de ne pas la brusquer, il la reposa.

Une fois à terre, elle se tourna légèrement vers lui,

l'effleurant avec sensualité. Sans réfléchir, il l'attira à lui et vint recouvrir ses lèvres de sa bouche avide.

Il tressaillit quand il sentit ses lèvres s'ouvrir. Elle donnait l'air d'être timide, certes, mais dans certaines circonstances elle avait un esprit d'initiative qu'il ne pouvait qu'apprécier.

L'espace d'un instant, il fut hypnotisé par la douceur de ses lèvres, par l'agilité de sa langue dansant avec la sienne et par sa saveur exquise. Approfondissant leur baiser, il prit le temps de se délecter de ce moment, et de la goûter pleinement.

Si ce baiser était représentatif de ce qui les attendait, il ne pouvait que se réjouir à l'idée de la prochaine étape ! Prochaine étape qu'il espérait rapide, car Yasmin était en train de lui faire perdre la tête avec un simple baiser.

Désireux de prolonger cet instant, il se mit à lui mordiller les lèvres avant de les lécher. Cet avant-goût lui donna envie d'aller encore plus loin et de faire la même chose sur tout son corps.

Rien qu'en pensant à tout ce qu'il pourrait faire avec elle s'ils se retrouvaient dans un lit, il eut envie de la reprendre dans ses bras et de l'emporter dans sa chambre pour lui montrer une autre facette de leur mariage.

Cependant, il sentit son hésitation. Une retenue infinitésimale mais présente.

À regret, il l'embrassa une dernière fois avant de s'éloigner d'elle, constatant avec plaisir qu'elle avait les yeux brillants et les joues rouges.

Il alla chercher leurs valises dans l'entrée puis referma la grande porte en bois derrière lui.

— Tu veux que je te fasse faire le tour du propriétaire maintenant ou tu veux attendre demain matin ? s'enquit-il.

— Je ne m'attendais pas à ce que ce soit aussi grand. Tout ça pour une seule personne ?

— Quand je l'ai achetée il y a quelques années, j'avais dans l'idée de fonder une famille.

Cela faisait encore partie de ses projets même s'il était encore trop tôt pour en parler.

— Je vois, murmura-t-elle, pensive.

— Et toi ? Tu veux des enfants ?

— Oui. Comme toi, j'ai grandi en tant qu'enfant unique mais je n'avais pas de cousins. Je me suis toujours dit que si je pouvais avoir des enfants, j'en aurais au moins deux. C'est peut-être l'une des raisons qui ont contribué à notre rapprochement dans la base de données.

Cet aveu le réjouit.

C'était primordial pour lui d'être marié à une femme qui avait autant envie que lui de fonder une famille, et savoir qu'ils étaient sur la même longueur d'onde le rassura.

— Tu as envie que je te fasse visiter la maison maintenant ? Comme ça, on pourra choisir une chambre pour notre premier bébé ? plaisanta-t-il.

— Je crois que cela peut attendre.

— Tu parles du choix de la chambre ou de la visite ?

— De la visite, répondit-elle avant de réprimer un nouveau bâillement.

— Suis-moi, je vais te montrer ta chambre.

Une fois à l'étage, il la fit entrer dans une pièce décorée avec goût dans des tons pastel.

— Tu verras, le lit est très confortable. Et tu devrais trouver tout ce dont tu as besoin dans la salle de bains, expliqua-t-il.

— Donc on ne dort pas dans la même chambre ?

— Non. Sauf si tu en as envie.

— Eh bien... Je...

— Je pensais que tu préférais que l'on apprenne à se connaître avant d'entrer dans le vif du sujet.

En réalité, il aurait donné n'importe quoi pour l'emporter dans sa chambre et lui montrer à quel point il avait envie d'apprendre à la connaître.

En voyant son soulagement, il ne regretta pas sa décision.

— Merci Ilya, c'est très attentionné de ta part.

— Mais cela ne veut pas dire que je ne peux pas te

souhaiter une bonne nuit. Fais de beaux rêves, dit-il avant de l'embrasser sur les lèvres le plus délicatement du monde.

Sentant qu'elle se penchait vers lui, il s'empressa de s'arracher à leur baiser pour les laisser tous les deux sur leur faim.

Après tout, il n'y avait pas de raison qu'il soit le seul à être tourmenté.

— Ma chambre est au bout du couloir, si tu changes d'avis, dit-il avant de refermer la porte derrière lui.

- 4 -

Malgré la fatigue et les émotions de la journée, Yasmin eut du mal à s'endormir.

Les baisers d'Ilya avaient éveillé en elle un désir sans précédent et stimulé son esprit au plus haut point, si bien qu'après s'être glissée entre les draps impeccables de son lit, elle eut tout le loisir de penser à ce que sa nuit de noces aurait pu lui offrir si elle avait été assez courageuse pour retenir Ilya après son chaste baiser.

Au lieu de le laisser partir, elle aurait pu le supplier de lui montrer de quoi leur avenir au lit serait fait.

Dans son esprit, cela ne faisait aucun doute : Ilya était l'amant idéal. D'après ce qu'elle avait pu voir, il était extrêmement doué dans tout ce qu'il faisait.

À présent, elle était sa femme. Donc elle aurait tout le loisir de découvrir ses multiples talents.

S'ils arrivaient à faire durer leur mariage.

Le lendemain, une fois levée, elle descendit au rez-de-chaussée et trouva Ilya dans la cuisine en train de préparer un smoothie. Il ne l'entendit pas à cause du bruit du mixer donc elle en profita pour l'observer.

Son T-shirt lui moulait le torse à merveille, et son jean élimé lui donnait une allure de cow-boy des temps modernes.

Enfin, il remarqua sa présence.

Aussitôt, il lui sourit.

— Bonjour. Tu as bien dormi ?

— Oui, répondit-elle en mentant et en se perchant sur l'un des tabourets du bar américain.

Ilya versa le smoothie qu'il venait de terminer dans deux grands verres.

— Je me suis dit que si l'on était vraiment faits l'un pour l'autre, tu aimerais ça, dit-il. Mais si tu préfères des œufs et du bacon, j'ai tout ce qu'il faut.

— Non, c'est parfait. De toute façon, en général, je n'ai pas le temps de petit déjeuner.

— Aujourd'hui, c'est nécessaire car tu as besoin d'énergie pour le programme de la journée.

— Ah bon ? dit-elle, levant un sourcil.

— J'adore quand tu fais ça, murmura-t-il, en caressant délicatement son sourcil du bout du doigt.

La sensation de sa peau contre la sienne la fit trembler, si bien qu'elle reposa brutalement le verre de smoothie qu'elle tenait dans la main.

— Et je peux savoir ce que tu as prévu ? demanda-t-elle, s'efforçant d'adopter un ton neutre.

— Bien sûr.

Elle reprit son verre pour en boire une gorgée.

— C'est vraiment succulent, fit-elle remarquer. Tu as mis quoi ?

— Je n'ai pas encore eu le temps de répondre à la première question. J'ai prévu d'aller faire une balade. Tu as des chaussures de marche ? Sinon, pas de problème, on fera autre chose.

— Et la recette du smoothie ?

— C'est un secret jalousement gardé. Un jour, tu auras peut-être le droit de connaître la recette, répondit-il en lui faisant un clin d'œil.

Elle laissa échapper un petit rire.

— Bon. Eh bien en attendant, je me contenterai de la déguster. Pour ce qui est des chaussures de marche, j'ai ce qu'il faut. Il faut partir à quelle heure ?

— D'ici une trentaine de minutes, ce serait bien. Tu penses pouvoir être prête ?

— Je suis toujours prête à tout !

— C'est bon à savoir…, répondit Ilya d'une voix profonde qui la fit vibrer.

Étaient-ils en train de parler de deux choses complètement différentes ?

Après avoir terminé son smoothie, elle sauta du tabouret et alla rincer son verre dans l'évier.

— J'aime bien cette cuisine, dit-elle. C'était déjà comme ça ou c'est toi qui l'as fait installer ?

— J'ai acheté la maison telle quelle. J'ai simplement apporté mes meubles et mes œuvres d'art. Et si je te faisais visiter la maison avant que l'on parte ?

— Bonne idée.

Après être sortis de la cuisine, ils entrèrent dans un salon où trônait une immense télévision.

— Dis donc, c'est un vrai salon de célibataire ! s'exclama-t-elle. Il ne te manque plus que le frigo à bières à portée de main.

— Figure-toi que quand je regarde les shows aériens, j'ai envie de sentir que je suis dans le ciel avec eux.

— Je comprends. Mais rien de tel que l'expérience réelle.

— En parlant d'expérience, tu me promets de m'emmener dans ton Ryan ?

— On m'a dit que tu n'aimais pas monter à bord en tant que passager et que tu préférais être aux commandes.

— Où as-tu entendu ça ?

— Tous les gens de l'aéroport le savent.

— Et que dit-on d'autre sur moi ? demanda-t-il, s'approchant d'elle.

La chaleur émanant de son corps l'enveloppa comme une caresse. Elle qui était de nature frileuse, auprès d'Ilya, elle avait l'impression qu'elle n'aurait plus jamais froid !

— On dit que tu es un bourreau de travail et que tu es un chef juste.

— C'est tout ?

— Tu n'as pas voulu me donner la recette de ton smoothie donc je ne vais pas te révéler tous mes secrets. Ce ne serait pas du jeu.

Il éclata de rire.

— Donc je suis un pilote dominateur, un bourreau de travail et un chef juste.

— Je n'ai pas dit dominateur mais si tu penses que c'est ce qui te décrit le mieux…

Soudain, il la prit par les épaules.

La chaleur de ses mains sur sa peau l'enflamma. Son cœur se mit à battre plus rapidement.

Allait-il l'embrasser ?

D'un côté, elle espérait que oui… De l'autre, elle n'était pas prête à gérer le tumulte qu'il provoquait en elle à chaque baiser. Elle devait apprendre à maîtriser cette faiblesse, et le plus tôt serait le mieux.

Sinon, elle risquait d'y laisser des plumes… et son cœur.

Même si elle n'avait pas menti en disant à Ilya qu'elle avait toujours rêvé de fonder une famille, elle s'était avant tout mariée pour gagner le contrat Hardacre. Ce qui n'était pas une base solide pour une union heureuse et sereine.

C'était assez frustrant d'être otage de la jalousie de la femme de Wallace Hardacre mais elle n'avait pas eu le choix. Remporter ce contrat de cinq ans signifiait qu'elle pourrait remettre à flot les comptes de sa société et, qui sait, peut-être l'agrandir et créer d'autres emplois. Les perspectives commerciales étaient alléchantes, et le jeu en valait la chandelle.

Le tout était de garder la tête sur les épaules.

Mais tout allait tellement vite !

Même si elle était aux abois financièrement, elle ne s'attendait pas à ce que l'agence matrimoniale lui trouve un candidat au mariage aussi rapidement ! Et bien sûr elle était à mille lieues de se douter que ce mari serait Ilya Horvath.

— Allô Yasmin, ici la Terre.

— Pardon, je pensais à mon grand-père, répondit-elle en mentant.

— Je ne l'ai pas connu mais d'après la légende, on dit qu'il était capable de réparer n'importe quel moteur d'avion.
— Oui, c'était un génie de la mécanique.
— C'était dur de grandir avec lui ?
— Oui et non. Bien sûr, j'aurais aimé être élevée par mes parents, comme la plupart des enfants, mais il m'a offert une vie stable et il m'a appris la valeur du silence.
— Tu préfères que je me taise ?
— Pas du tout !
— Alors viens, je vais te faire visiter. Ensuite, on ira se promener.

Ilya constata que Yasmin était en excellente forme physique. Elle n'avait pas dit un mot et avait grimpé à une allure constante.
— Dis donc, c'était une sacrée montée ! s'exclama-t-elle une fois au sommet de la colline.
— J'adore la vue.
Il ne parlait pas seulement du superbe panorama sur la vallée d'Ojai, qu'il connaissait par cœur, mais de la jeune femme qui se tenait debout à côté de lui, et qui était en elle-même une image de perfection dont il n'était pas près de se lasser.

D'ailleurs, plus il la regardait et plus elle lui disait quelque chose. Comme une impression de déjà-vu mais assez lointaine. Une impression qui dépassait le cadre de l'aéroport où ils avaient déjà été amenés à se croiser.

Ce qui était sûrement normal puisque non seulement ils évoluaient dans le même cercle professionnel mais ils avaient, chacun de leur côté, entendu un tas d'histoires sur la rivalité entre leurs familles. Donc ils se connaissaient sans se connaître, d'une certaine façon.

Néanmoins, cette impression le titillait sans qu'il puisse trouver une réponse satisfaisante. Hormis à l'aéroport, où aurait-il pu l'avoir déjà vue ?
— Tu as eu de la chance d'avoir été épargné par les

incendies de forêt l'an passé, fit-elle remarquer. Vue du haut, ta propriété ressemble à une oasis.

— Oui, c'est exactement l'effet que ça me fait quand je rentre d'une grosse journée de travail.

— N'oublie pas que l'on s'est mis d'accord pour ne pas parler de travail.

— Oui, c'est vrai. Désolé.

Décidément, la cohabitation serait beaucoup plus difficile que prévu. D'autant qu'ils étaient tous les deux très pris par leur profession.

— Tu as entendu ? s'enquit Yasmin.

— Quoi donc ?

— Je crois avoir entendu un animal gémir.

Ilya s'immobilisa quelques instants.

— Oui, tu as raison. Je pense que ça vient de là, dit-il, avançant avec précaution, ne sachant pas sur quoi il allait tomber.

Yasmin ne semblait pas partager ses craintes, elle le devança et se mit à fouiller dans le buisson d'où venait le bruit.

— Oh ! Regarde ! Un chiot. Le pauvre.

Elle le prit dans ses bras comme un bébé.

— Tu penses qu'il est blessé ? demanda-t-il.

— Un peu, je crois, mais rien de grave. En revanche, il doit avoir soif. Le pauvre. Je me demande depuis quand il est là.

Ilya versa de l'eau de leur gourde dans sa main et l'offrit au chiot qui lapa avec avidité. Il ajouta de l'eau jusqu'à ce que le chiot arrête de boire.

L'animal portait un collier, donc soit il s'était perdu, soit il avait été abandonné par son propriétaire. Et vu son état, Ilya penchait plutôt pour la seconde option, ce qui le mit en rage. Il ne supportait pas que des gens soient assez cruels pour abandonner un animal. Un bébé, en plus.

— Que va-t-on faire de lui ? s'enquit Yasmin en caressant la tête sale du chiot.

— On va d'abord l'emmener chez le vétérinaire pour qu'il

vérifie sa blessure, et on va se renseigner pour savoir s'il n'a pas été volé avant d'être abandonné. Son vrai propriétaire est peut-être en train de le chercher, à l'heure qu'il est. J'ai justement une cousine vétérinaire dans la région.

— Et s'il a été abandonné ?

— Alors on le gardera.

— Je n'ai jamais eu de chien mais j'ai toujours rêvé d'en avoir un.

— Avant toute chose, emmenons-le à la clinique.

C'était vraiment une petite boule de poils sans défense. A priori, il avait l'air simplement sale et affamé mais il espérait qu'ils ne découvrent pas de problèmes de santé plus graves en allant le faire examiner.

Yasmin semblait déjà conquise. Il ne voulait pas qu'elle ait le cœur brisé si le chiot devait être euthanasié.

S'il était sain et qu'il n'appartenait à personne, il serait ravi de payer la note pour le ramener à la maison et faire plaisir à Yasmin.

- 5 -

Quand Yasmin et Ilya revinrent de chez la vétérinaire, ils étaient couverts de terre à cause du chiot qu'ils avaient tenu dans leurs bras.

Le chiot n'avait pas de puce et ne figurait sur aucun des registres d'animaux domestiques perdus, donc il ne pouvait pas être rendu à son propriétaire.

Yasmin était furieuse contre les gens qui l'avaient abandonné mais elle était ravie à l'idée de pouvoir l'adopter. Surtout, elle avait été agréablement surprise de la réaction d'Ilya. Elle avait découvert une nouvelle facette de sa personnalité.

Tout ce qu'elle savait de lui jusqu'à ce jour provenait de propos rapportés et, d'après ce qu'on lui avait dit, Ilya était quelqu'un de hautain et de calculateur.

Or, aujourd'hui, il avait fait preuve de compassion envers un animal abandonné. C'était de bon augure pour l'avenir car jamais elle n'aurait cru qu'il en était capable.

Jusqu'à présent elle avançait avec précaution, quasiment à l'aveuglette, puisqu'elle avait, a priori, une mauvaise image de lui.

Cet événement lui prouvait qu'elle devait prendre le temps de se faire sa propre opinion. Et à en juger par le déroulement de leurs premières heures partagées elle avait hâte de découvrir d'autres aspects de sa personnalité.

— Je ne sais pas ce que tu en penses mais, moi, j'aimerais bien reprendre une douche, dit-il, une fois qu'ils furent rentrés.

— Oui, moi aussi !

— Avant toute chose, entrons ton profil dans le système de données biométriques pour que tu puisses aller et venir à ta guise.

Il la fit s'approcher du boîtier numérique, appuya sur quelques touches puis lui demanda de poser son pouce sur l'écran.

— Voilà, c'est fait.

— Et s'il y a une coupure de courant ? s'enquit-elle.

— Il y a une batterie chargée.

— Et quand elle est vide ?

— Il y a un générateur.

— Tu penses toujours à tout ?

— J'aime parer à toutes les éventualités.

— Pourquoi ?

— Parce que je n'aime pas être pris au dépourvu. J'ai vécu le scénario une fois dans ma vie et je me suis juré de ne plus jamais revivre ça, dit-il d'un air grave.

— Dis donc, ça a l'air de t'avoir marqué.

— En effet, répondit-il, le regard sombre.

— Tu veux en parler ?

— Pas vraiment mais si quelqu'un doit te le dire, c'est moi. D'ailleurs, je suis surpris que tu ne le saches pas déjà.

— Qu'est-ce que je devrais savoir ?

— C'est arrivé le jour où mon père est mort. J'avais seize ans, et il me donnait une leçon de pilotage. Il est mort subitement, à côté de moi. Sa tête s'est affaissée, il ne respirait plus, son cœur s'était arrêté de battre. Comme ça, sans crier gare. L'instant d'avant, on parlait. L'instant d'après, il était mort. Je n'ai rien pu faire pour l'aider. Même si j'avais suivi une formation de premiers secours, je n'aurais rien pu faire, vu que je pilotais. J'ai tout fait pour retourner à la base au plus vite. Ce n'était pas ma première leçon de pilotage. J'avais déjà quelques heures de vol à mon actif. J'ai demandé de l'aide par radio et j'ai suivi à la lettre les indications qu'ils me donnaient pour atterrir.

— Oh ! Ilya, ça a dû être terrifiant pour toi.

— J'avais déjà fait quelques atterrissages, donc même si ce n'était pas exécuté à la perfection, j'ai quand même pu nous sauver. Enfin, me sauver. Pour mon père, c'était trop tard. Il a fait une crise cardiaque fulgurante, et personne n'aurait rien pu faire pour le sauver.

— Oh ! Ilya…, murmura Yasmin.

— C'était il y a vingt ans donc c'est vraiment du passé. Mais c'est la raison pour laquelle, depuis ce jour, j'aime parer à toute éventualité.

— Je suis vraiment désolée pour ton père.

Il la fixa intensément, comme s'il cherchait à évaluer la sincérité de ses paroles.

— Merci, dit-il. Tu sais, ce qui est assez ironique c'est que la plupart des gens se focalisent sur la façon dont j'ai réussi à poser l'avion. Mais beaucoup oublient que j'ai perdu mon père, ce jour-là.

— En général, j'ai des réactions très différentes de la plupart des gens.

— En tout cas, tu n'es pas du tout comme je pensais.

— Toi non plus.

— Il faudra que l'on compare nos notes, alors ! répliqua-t-il en souriant.

— Bonne idée ! Mais avant ça, je vais aller prendre une bonne douche.

Alors qu'elle s'éloignait, elle sentit son regard fixé sur elle. Elle aurait donné n'importe quoi pour savoir ce qu'il pensait d'elle avant de la rencontrer, ce qu'il avait pensé en voyant qu'elle allait devenir sa femme, et ce qu'il pensait maintenant.

Dans sa chambre, elle choisit une nouvelle tenue puis passa dans la salle de bains. La gouvernante avait changé les serviettes utilisées le matin même. C'était encore mieux qu'à l'hôtel. Mais cette femme devait être invisible car elle ne l'avait pas encore vue.

En se déshabillant, l'éclat des diamants de sa bague se refléta dans le miroir. Elle qui ne portait jamais de bijoux, elle s'était vite habituée à porter cette alliance.

Si elle l'avait choisie seule, elle n'aurait pas pris une bague de ce style, mais elle était très belle et agréable à porter.

Une fois nue, elle entra dans la cabine de douche, songeant au chiot qu'ils avaient trouvé. La vétérinaire avait été très rassurante en leur disant que d'ici quelques jours, il serait remis sur pied.

Tout en se savonnant et en se délectant de la cascade d'eau sur son corps, elle repensa à la façon très protectrice dont Ilya avait porté le chiot pour redescendre de la colline.

Elle était fascinée par ses mains, à la fois larges et puissantes mais avec des doigts fins et agiles capables de défaire délicatement les agrafes de sa robe de mariée…

Quel effet produiraient ses mains sur elle quand il la toucherait intimement ? Elle avait hâte de le découvrir.

Aussitôt animé d'un désir intense, son corps se mit en état d'alerte. Refusant de donner libre cours à ses fantasmes, elle s'empressa de se rincer, de se sécher et de s'habiller.

Hormis la clause d'incompatibilité liée à leur profession, ils semblaient s'entendre à merveille.

Mais une matinée ne suffisait pas à conclure que leur mariage pouvait durer toute une vie.

Avant de redescendre, elle prit son portable sur sa table de nuit pour vérifier ses mails. La plupart des messages étaient des messages de félicitations de ses collègues et employés à Carter Air. Un message provenait d'une adresse étrange avec un nom peu commun : MonHomme. Curieuse, elle décida de l'ouvrir.

Tu n'avais pas le droit de l'épouser.

Elle tressaillit et effaça le message, ce qu'elle regretta aussitôt. Elle alla dans la corbeille pour voir qui avait envoyé le message. L'adresse de l'expéditeur ne lui donna aucun indice. Et « MonHomme » restait un nom crypté.

Elle effaça de nouveau le message. C'était sûrement une personne dérangée qui n'avait rien de mieux à faire.

Chassant ce désagrément de son esprit, elle descendit rejoindre Ilya.

Elle le trouva dans la loggia, près de la piscine entourée d'un treillis de vigne qui créait un espace protégé et intime.

Dès qu'elle s'approcha de lui, il se leva.

— Je viens d'appeler Danni, ma cousine. Elle m'a dit que le chiot était sous perfusion et qu'il avait l'air de reprendre du poil de la bête. Sûrement une plaisanterie classique chez les vétérinaires.

— C'est formidable. Merci d'avoir pris de ses nouvelles.

— Je me suis dit que tu serais sûrement impatiente d'en savoir plus. Danni a dit qu'elle m'appellerait ce soir pour le bilan de fin de journée.

— Et on pourra le ramener demain ?

— Ce sera à elle de nous le dire.

— Je suis tellement soulagée de le savoir entre de bonnes mains.

— Je suis étonné que tu n'aies pas eu un chien avant.

— Grand-père disait que c'était une bouche en plus à nourrir.

Ilya regarda Yasmin, surpris. Était-ce dans cet esprit que le vieux Carter avait élevé sa petite-fille ? Quand ses parents l'avaient laissée chez son grand-père, celui-ci l'avait-il vue uniquement comme une bouche en plus à nourrir ou l'avait-il aimée sincèrement ?

— En parlant de bouche à nourrir, Hannah nous a préparé à manger, dit-il.

— Hannah ? Ta gouvernante ? Justement, j'ai vu qu'elle avait rangé ma chambre mais je ne l'ai pas encore croisée.

— Elle se fait discrète pendant notre lune de miel.

— Elle n'est pas obligée de rester à l'écart.

— Tu veux dire que tu préférerais sa compagnie ?

— Je... Non, ce n'est pas ce que je voulais dire.

— Je sais, je plaisante. Tu vas devoir t'y faire.

— Je ne suis pas habituée aux plaisanteries, c'est vrai.

— Oui, je vois. En tout cas, elle va passer régulièrement

pour faire le ménage et nous préparer à manger, tel un fantôme. Et c'est son choix.

— Je peux faire le ménage dans ma chambre. Je n'ai pas besoin d'être servie.

— Même par ton mari ?

Yasmin rougit violemment.

— Même par mon mari.

— Quel dommage ! J'ai justement été choisi pour être ton serviteur aujourd'hui.

— Dans ce cas, je peux faire une exception à la règle.

— Alors assieds-toi, je vais apporter le déjeuner.

— Je vais t'aider.

Il posa les mains sur ses épaules, la guida jusqu'à la table et la fit s'asseoir sur une chaise face à la piscine.

— Je m'en occupe, dit-il. Détends-toi.

— Justement, je ne suis pas habituée à me détendre. Tout ce que je sais faire, c'est travailler.

— Tout le monde a besoin de se détendre. Tu verras, ça s'apprend vite.

Il n'osa pas lui faire remarquer que cette fois, c'était elle qui avait parlé de travail. Il n'aimait pas du tout cette clause, dans leur arrangement ; il ne supportait pas de devoir éviter le sujet. Surtout un sujet qui occupait une immense partie de leur vie. Plus il y pensait, plus il trouvait cela insensé. Ils étaient rivaux sur le terrain professionnel, et cela ne ferait que pimenter davantage leur union. Il aurait tout le temps de remettre le sujet sur le tapis plus tard.

Il retira le saumon grillé du four, le divisa en deux parts égales qu'il disposa sur des assiettes qu'il mit sur un grand plateau où il ajouta un saladier de légumes ainsi qu'un petit bol de sauce au citron et aux câpres pour assaisonner le saumon.

— Dis donc, quel festin ! s'exclama Yasmin quand il arriva avec le plateau.

— Hannah est une cuisinière hors pair. Sers-nous des légumes pendant que je vais nous chercher à boire.

Il revint avec deux verres à pied et une bouteille de riesling qu'il avait gardée pour une occasion spéciale. Après avoir servi le vin, il tendit son verre à Yasmin.

— À nous, dit-il, simplement.

Elle hésita quelques instants avant de le regarder dans les yeux.

— À nous, répéta-t-elle avant de trinquer avec lui.

Il but une gorgée de vin, songeant qu'il avait plus que jamais envie que ce mariage soit une réussite.

Il avait assuré à sa grand-mère qu'il était prêt à s'investir dans une union pour le restant de sa vie et, d'après elle, elle avait trouvé la perle rare : Yasmin était la femme qui allait le rendre heureux.

Il était du genre à se jeter corps et âme dans un projet une fois qu'il s'y engageait.

Yasmin était-elle de la même trempe que lui ? Était-elle prête à être sa femme pour la vie ?

Il ne pouvait répondre à ces questions car il n'avait pas assez d'éléments concernant les raisons qui l'avaient poussée à se marier à l'aveuglette.

Tant qu'il n'en saurait pas davantage sur ses motivations, il ne pourrait pas entièrement se livrer à elle.

Par le passé, il avait eu une histoire amoureuse des plus traumatisantes. Il avait cru être aimé de la jeune femme avec qui il s'était fiancé, persuadé qu'ils étaient sur la même longueur d'onde, qu'ils voulaient les mêmes choses et que leur avenir en commun était tout tracé.

Elle s'était avérée être une personne cruelle. Il s'était trompé sur elle.

Il ne voulait pas commettre la même erreur.

- 6 -

À force de nager à contre-courant de la pression des jets de la piscine, Yasmin était parvenue à se défaire de la tension accumulée ces derniers jours.

Elle avait de nouveau été déstabilisée en découvrant un nouveau mail mystérieux de MonHomme. Elle avait été tentée de l'effacer sans le lire mais elle l'avait tout de même lu.

Le message était succinct.

Quitte-le !

Elle se demandait vraiment qui pouvait être cette personne. Probablement une femme qui pensait qu'Ilya lui appartenait. Mais elle n'était pas du genre à se laisser intimider. Plus maintenant, du moins. Puisqu'elle était en lune de miel, elle avait décidé d'en profiter au mieux !

La veille, Ilya et elle avaient rendu visite au chiot chez la vétérinaire. Tout se passait bien, et il allait de mieux en mieux mais il ne pouvait pas encore se nourrir entièrement tout seul, et il resterait sous surveillance à la clinique un peu plus longtemps.

Dès sa sortie, Ilya et elle le recueilleraient. Et si personne ne le réclamait, ils feraient les démarches pour l'adopter officiellement.

Chaque fois qu'elle voyait Ilya avec le chiot, elle sentait son cœur fondre. C'était comme si Ilya avait un visage différent pour chaque situation dans laquelle il se trouvait.

Cependant, elle n'arrivait pas encore à lire sur son visage s'il avait envie d'aller plus loin dans leur relation intime.

Depuis leur arrivée, il s'était montré attentionné à tous les niveaux, mais depuis le baiser échangé le soir de leur mariage, il n'avait pas tenté d'approche plus osée.

Cela la rendait folle.

Chaque nuit, elle rêvait de lui et d'ébats amoureux ardents, leurs corps enchevêtrés, leurs lèvres en fusion…

Chaque matin, elle se levait avec un terrible sentiment de frustration.

Elle avait déjà fait l'amour auparavant. Cela lui avait plu, dans l'ensemble. Mais jamais elle n'avait éprouvé cette envie d'assouvir son désir avec un homme comme elle l'éprouvait en côtoyant Ilya. Jamais elle n'avait été projetée dans cette tourmente charnelle qui la dépassait. Jamais elle ne s'était surprise à observer le corps d'un homme, en l'occurrence son mari, en mourant d'envie de le caresser et de le goûter.

D'où l'idée de nager à contre-courant.

Entre les mails menaçants et son désir sexuel inassouvi, elle avait dû trouver un moyen de se libérer.

Alors qu'elle venait de finir une longueur, elle se souleva hors de l'eau pour découvrir Ilya qui la regardait.

— Je commençais à me dire que tu t'étais transformée en dauphin, lui fit-il remarquer.

Levant la tête vers lui, elle crut défaillir.

Ilya portait un short de bain… et rien d'autre, si bien qu'elle fut obligée de contempler son corps musclé et hâlé à merveille.

— J'avais besoin de me dépenser, expliqua-t-elle, acceptant la serviette qu'il lui tendait.

— Nos balades quotidiennes ne te suffisent pas ? On devrait peut-être marcher plus vite.

Il s'assit à côté d'elle sur le rebord de la piscine, laissant ses jambes pendre dans l'eau.

Son maillot de bain une pièce lui collait à la peau, si bien qu'elle ne put cacher ses tétons qui se raidissaient sous le tissu mouillé.

— J'aime bien nos balades, dit-elle.

— Moi aussi. Ta compagnie est très agréable.

— Tant mieux ! Ce serait plus compliqué si on ne se supportait pas, n'est-ce pas ?

Prenant appui sur ses coudes, Ilya se pencha en arrière, offrant son torse et son visage aux rayons du soleil. Il ressemblait à une sculpture grecque antique.

Elle fut aussitôt transpercée d'un éclair de désir.

— Yasmin, j'ai une question à te poser.

— Je t'écoute.

— Pourquoi as-tu fait appel à une agence matrimoniale ? Après tout, tu es une jolie jeune femme, tu es à la tête d'une société et, a priori, tu n'as pas de gros défauts.

— Je n'ai que des petits défauts ?

— Tu vois ce que je veux dire. En plus, tu es intelligente. Je ne savais pas que tu étais une élève aussi assidue.

— Je ne t'ai jamais dit ça.

— Non, mais pendant la balade, tu m'as raconté que tu avais remporté un prix en science et en maths, et…

— OK, tu as raison, j'étais une élève plutôt zélée.

— Et tu es très forte pour éviter de répondre aux questions directes.

Elle voulut protester mais se ravisa. Il avait raison. C'est exactement ce qu'elle venait de faire.

— Je vais éteindre les jets d'eau, dit-elle.

— Voilà ! Tu le refais.

— Quoi donc ?

— Éviter de répondre aux questions.

— D'accord. Je réponds. J'ai fait appel à une agence matrimoniale car je ne me sentais pas capable de trouver la personne idéale toute seule.

C'était vrai. En partie. Elle n'était jamais tombée sur des hommes qui lui correspondaient. Probablement parce qu'elle n'avait jamais réussi à cerner ce qu'elle attendait d'une relation.

En faisant appel à une agence matrimoniale, c'était moins risqué. D'autant qu'il y avait une clause d'incompatibilité.

Mais si elle avait su qu'Alice Horvath était liée à cette agence, elle en aurait choisi une autre !

Pour ce qui est du contrat Hardacre, elle décida de le passer sous silence.

— Et toi ? s'enquit-elle.

— Une raison similaire à la tienne. Je me suis dit que Nagy pouvait me trouver la femme qui me convenait.

— J'ai entendu que vous l'appeliez comme ça dans votre famille. C'est du russe ?

— Non, du hongrois. Mon arrière-grand-père était un homme de science et un universitaire hongrois. Avant la Seconde Guerre mondiale, il a senti le roussi et a choisi d'émigrer aux États-Unis.

— Ah, je vois.

— Tu penses que Nagy a fait le bon choix en nous unissant ?

— Il est encore trop tôt pour le dire. Mais pour le moment je dirais que l'on ne s'en sort pas si mal.

— En effet. Pourquoi as-tu décidé que c'était le moment ?

Décidément, il était coriace !

Yasmin réfléchit à une réponse appropriée.

Maintenant qu'elle avait en partie menti sur la première réponse, elle ne pouvait plus faire marche arrière. Ilya avait-il, lui aussi, essayé de décrocher le contrat Hardacre ? S'il apprenait qu'en l'épousant il lui avait offert le contrat sur un plateau, que dirait-il ? L'avenir de sa société dépendait de ce contrat mais elle ne voulait pas lui en souffler mot.

Elle improvisa une réponse vague.

— Que dire ? J'ai trente-deux ans. C'est encore jeune, je sais mais, comme beaucoup de gens, je veux fonder un foyer et m'installer. Donc je me suis dit que c'était le moment.

Elle s'arrêta avant d'être tentée d'en dire trop.

— Je vois…, murmura-t-il, l'air peu convaincu.

Pour satisfaire en partie la curiosité d'Ilya, sans pour autant tout lui dévoiler, elle tenta de broder autour de son histoire personnelle.

— En fait, comme tu as pu le remarquer, je n'ai pas

eu une éducation traditionnelle. Même si mon grand-père me témoignait de l'affection et s'occupait bien de moi, j'ai toujours été envieuse des autres enfants dont les parents assistaient aux événements de l'école ou participaient aux sorties scolaires. Certains de mes camarades se plaignaient que leurs parents soient toujours là. Mais ils ne savaient pas la chance qu'ils avaient.

— Je comprends, tu t'es toujours sentie un peu sur la touche. Et en plus, tu étais la première de la classe, plaisanta-t-il en venant mettre son épaule contre la sienne.

— Oui, c'est ça.

— Mes parents ne venaient pas tout le temps aux événements scolaires, mais si je leur demandais, il faisait un effort.

Yasmin plia les genoux et les entoura de ses bras.

— Grand-père était avare en compliments mais cela ne m'a pas empêchée de travailler dur pour avoir son approbation, reprit-elle. Cela m'a permis de forger mon caractère et de devenir plus forte. On ne peut pas toujours avoir des glaces et des bonbons, il faut aussi apprendre que la vie peut nous maltraiter et il faut savoir réagir et se préserver.

Ilya écouta Yasmin en éprouvant une certaine tristesse. Décidément, elle n'avait pas eu une enfance facile. Il avait toujours su que Jim Carter était un homme irascible mais ne pas venir en aide à une petite fille pour qu'elle réussisse à trouver sa place dans la vie ? C'était vraiment méchant.

Il se jura que ses enfants pourraient toujours compter sur lui, quoi qu'il arrive. Et même si c'était son rêve qu'ils marchent sur ses traces et reprennent Horvath Aviation, comme il avait repris le flambeau après son père, s'ils ne souhaitaient pas s'orienter dans cette voie, il ne les y forcerait pas.

— Et toi Ilya ? Pourquoi as-tu décidé de faire appel à l'agence matrimoniale de ta grand-mère ? Je pourrais te retourner le compliment. Tu es plutôt bel homme et tu n'as pas l'air d'avoir de gros défauts.

Il sourit. Il n'était pas dupe. Elle ne voulait plus parler d'elle et lui renvoyait la balle.

S'il voulait gagner sa confiance et apprendre à mieux la connaître, il allait devoir se dévoiler davantage à elle. Or ce n'était pas dans ses habitudes, de se confier.

En tant qu'héritier de la dynastie Horvath, il avait appris à se méfier des gens, surtout ceux qui se montraient sympathiques avec lui dès qu'ils apprenaient qu'il était riche.

La seule fois où il avait baissé sa garde…

Non, pas question de gâcher cette belle journée à repenser à ses erreurs passées.

— Encore une fois, j'imagine que mes raisons sont similaires aux tiennes, répondit-il. J'ai trente-cinq ans. Je ne suis pas vieux mais je me sens prêt pour la prochaine étape de ma vie. Et j'ai envie de faire ça bien. C'est toujours difficile de rencontrer la bonne personne, et ça prend du temps d'apprendre à connaître quelqu'un.

Comme il se taisait et que Yasmin ne disait rien, il se tourna vers elle. Elle semblait absorbée dans ses pensées.

Était-elle sur le point de dire quelque chose ?

Il ne le saurait pas car son portable retentit et la tira de sa réflexion.

— Excuse-moi. Je vais voir ce que c'est, dit-elle.

— Je t'en prie.

Il entra dans l'eau tandis qu'elle se levait pour aller consulter son portable. C'était légèrement humiliant d'avoir commencé à s'ouvrir à elle et d'avoir été interrompu. Mais comme elle l'avait souligné, il n'en était qu'au début de leur relation. Il devait se montrer patient.

Décidant de se changer les idées, il nagea quelques instants sous l'eau puis remonta à la surface. Lissant ses cheveux en arrière, il constata que Yasmin était toujours debout en train de regarder l'écran de son téléphone.

L'eau n'était pas assez fraîche pour lui changer les idées. La preuve, il n'arrivait pas à ôter son regard du corps de

Yasmin. Ses pieds nus, ses longues jambes élancées, sa silhouette svelte… Elle était ravissante.

Pourtant, en observant de plus près son visage, il vit qu'elle avait la mine renfrognée, voire inquiète.

— Un problème ? lança-t-il.
— Pourquoi ?

Il remarqua qu'elle ne répondait pas à la question.

— Tu as l'air d'être contrariée.
— Non, ce n'est rien.
— Tu es sûre ? J'aurais juré que tu venais de recevoir une mauvaise nouvelle. Si tu veux m'en parler, n'hésite pas.
— Non, vraiment, tout va bien. Je monte me changer.

Elle prit congé, comme si de rien n'était, mais il resta intimement convaincu qu'elle avait reçu un message qui l'avait contrariée au plus haut point.

Il était vexé qu'elle n'ait pas eu assez confiance pour se confier à lui, mais il comprenait. Ils n'étaient pas encore tout à fait à l'aise l'un envers l'autre.

C'était sûrement une question de temps.

Quelque chose lui disait que s'il tenait bon et persévérait, il ne serait pas déçu du résultat.

Pour l'heure, le plus dur restait à faire : gagner la confiance de cette femme qui l'attirait de plus en plus.

- 7 -

Yasmin monta l'escalier quatre à quatre, entra dans sa chambre, referma la porte et ouvrit le mail qu'elle venait de recevoir. Cette fois, il n'y avait ni sujet ni message. Juste une photo.

Son sang ne fit qu'un tour.

Elle pensait que cette horrible soirée faisait partie du passé. Que personne n'avait de raison de revenir sur ce regrettable événement. Elle s'était trompée.

À l'époque, elle avait agi sous pression. Sa volonté d'être acceptée dans l'association réunissant les filles les plus cool de l'université avait agi sur elle comme un catalyseur… pour lui faire vivre l'épisode le plus honteux de sa vie.

Qui aurait pu avoir gardé cette photo ? Et pourquoi la ressortir maintenant ? Elle avait changé d'université, elle était revenue sur la côte Ouest et avait rompu tous les liens. Elle ne voulait plus jamais revoir aucune des personnes ayant participé à cette expérience catastrophique. Toutes ces soi-disant amies qui l'avaient forcée à boire à chaque fois qu'elle répondait mal aux questions d'un quizz idiot.

Elle eut les larmes aux yeux en se voyant sur la photo. Ivre de vodka, dans un état pitoyable, brandissant un godemiché.

Au départ, elle avait mis toutes les chances de son côté, en se montrant prête à relever tous les défis. Il y avait eu tous ces shots de vodka et, pour finir, on lui avait demandé de se jeter du ponton dans le lac, les yeux bandés. Avec l'alcool qu'elle avait ingurgité, l'eau froide du lac et le bandeau sur les yeux, elle avait fini par perdre connaissance.

Elle ignorait encore qui l'avait repêchée et qui avait appelé l'ambulance. Elle avait été amenée à l'hôpital où on lui avait fait un lavage d'estomac et où on l'avait gardée le temps qu'elle se réhydrate et se remette de son hypothermie.

Il lui avait été très difficile de retourner en cours et de voir les étudiants la prendre en pitié. Ces gens l'avaient vue dans un état pitoyable, au summum de sa vulnérabilité. Elle avait dû prendre la décision de quitter l'université car elle ne pouvait envisager de continuer dans cet environnement néfaste.

À la fin du semestre, elle avait demandé à être transférée en Californie pour être plus proche de chez elle. C'est à cette époque que son grand-père était tombé malade. Comme il ne voulait pas suivre les conseils des médecins, son état s'était rapidement aggravé mais il avait encore tenu le choc quelques années.

Dès qu'elle avait décroché son diplôme universitaire, elle avait travaillé avec lui.

Elle pensait vraiment que ce qui s'était passé sur la côte Est était derrière elle, mais elle s'était trompée. À l'époque, elle n'avait pas osé porter plainte auprès des autorités du campus ou de la police. Et voilà qu'aujourd'hui cet événement revenait la hanter.

Il était évident que son mariage avec Ilya avait été l'élément déclencheur de cette série de mails, mais qui était la personne cachée derrière ces messages ? Qu'espérait-elle en tirer ?

Un sentiment de panique s'empara d'elle.

Elle avait reçu une photo mais il devait en exister plusieurs. Et si ces photos étaient envoyées à quelqu'un d'autre, dans le but de lui faire du mal ?

Ilya, par exemple, ou ses employés. Ou encore, Hardacre…

Elle n'avait encore répondu à aucun des mails qu'elle avait reçus jusqu'à présent, ne désirant pas commencer une conversation sans savoir qui voulait la manipuler.

Elle avait travaillé dur pour décrocher le contrat Hardacre, allant même jusqu'à mentir sur son statut et se marier, et elle ne laisserait personne se mettre en travers de son chemin maintenant !

Elle était sur le point de répondre mais se ravisa, laissant tomber son téléphone sur le lit. Peut-être que si elle ne répondait pas, cette personne se lasserait et abandonnerait ?

Mais si elle continuait à la harceler, devrait-elle en parler à la police ?

Même si le ton sous-jacent était menaçant, les messages en eux-mêmes ne l'étaient pas. La police pourrait-elle intervenir ?

Non, le mieux était de ne pas répondre et de ne pas en parler à la police.

Décidant d'ignorer cette histoire déconcertante, elle prit une tenue de rechange dans l'armoire et passa à la salle de bains.

Après une douche rapide, elle descendit rejoindre Ilya, laissant son téléphone sur le lit. Elle avait besoin d'un peu de sérénité.

Ilya était allongé sur une chaise longue au bord de la piscine. Elle contempla son corps athlétique un moment, même si pour sa tranquillité d'esprit, elle aurait aimé qu'il soit entièrement habillé.

L'espace d'un instant, elle se demanda comment cela se serait passé entre eux s'ils s'étaient rencontrés avant de se marier. Auraient-ils réussi à mettre de côté leur rivalité familiale et professionnelle ?

D'un côté, ils avaient de nombreux points communs dans leur travail et donc un degré de compatibilité assez élevé mais, de l'autre, ils étaient aux antipodes, dans leur vie privée.

À présent, ils étaient mariés, et il devait en être ainsi jusqu'à ce qu'elle signe le contrat et sauve Carter Air de la faillite.

Son estomac se noua à l'idée de perdre sa société. Elle était quand même allée jusqu'à se marier pour garantir le contrat !

Or ce mensonge la tracassait, surtout depuis qu'Ilya

avait voulu connaître les raisons qui l'avaient poussée à s'inscrire dans une agence matrimoniale.

Elle n'avait pas réussi à lui dire la vérité, sentant qu'il s'était engagé corps et âme dans cette aventure, contrairement à elle qui ne faisait cela que pour sauver sa société. Le déséquilibre lui avait paru trop flagrant pour avouer la vérité à Ilya. Même si au fond d'elle-même, elle avait toujours rêvé de rencontrer le prince charmant et de fonder une famille, elle se sentait mal à l'aise d'avoir menti. Mais elle n'avait pas eu le choix.

Pourtant, à la réflexion, elle aussi se prenait au jeu et, tout comme Ilya, elle avait envie que ce mariage réussisse.

Après tout, il avait tout ce qu'elle pouvait attendre d'un homme. Et a priori plus elle apprenait à le connaître, plus il avait l'étoffe d'un homme parfait.

Hormis le fait qu'il était son rival en affaires et que leurs familles se détestaient.

Mais pour l'instant Ilya était son mari. Un homme beau à couper le souffle… Cela ne cessait de l'émerveiller.

Il enleva ses lunettes et la dévisagea de son regard sexy, comme si elle était nue devant lui.

Puis il lui offrit le plus sensuel des sourires.

— Je me demandais si tu n'étais pas en train de faire la sieste, dit-il.

— La sieste ? C'est pour les personnes âgées, répliqua-t-elle, prenant place sur le bord de la chaise longue à côté de la sienne.

— Je ne suis pas d'accord. Parfois, c'est essentiel. Surtout quand on dépense beaucoup d'énergie et qu'il faut récupérer.

Beaucoup d'énergie ?

Il ne parlait pas que de leurs balades matinales dans les collines alentour.

Elle frissonna.

— Je vais chercher un jus de fruit. Tu veux quelque chose ?

— Une bière.

— Je reviens, dit-elle en se levant.

En arrivant dans la cuisine, elle avait encore l'image du corps quasiment nu d'Ilya imprimée dans son esprit…

Dès le départ, elle avait eu du mal à gérer Ilya Horvath habillé. Mais en short de bain c'était un supplice !

Les mains tremblantes, elle renversa du jus de fruit en se servant.

Décidément, même sans qu'il soit à proximité, il la mettait dans tous ses états.

Que devait-elle faire ?

Céder à la tentation ? L'idée était tentante…

Cela lui permettrait peut-être de se libérer de ce désir permanent qu'elle éprouvait pour lui.

Oserait-elle accepter son invitation en le rejoignant un soir pour partager son lit ?

Se sentait-elle prête à franchir le pas ?

Dans l'immédiat, elle assouvirait cette soif insensée qu'elle avait de lui et qui bouillonnait dans son corps depuis le jour de leur mariage.

Mais sur le long terme, cela ne risquait-il pas de rendre la situation compliquée ?

Il n'y avait qu'une seule façon de le savoir.

Tentant de chasser ces pensées, elle retourna dehors avec leurs boissons.

Elle posa la bière d'Ilya sur la petite table à côté de sa chaise longue en prenant garde de ne pas le toucher. Étant donné l'état de nervosité dans lequel elle était, elle ne répondait plus de rien.

— Merci, dit-il, avant de prendre une longue gorgée.
— Je t'en prie.
— Rien de tel qu'une bonne bière fraîche quand il fait chaud.

Yasmin sirota son jus de fruit, regrettant de ne pas y avoir ajouté un alcool fort pour se détendre. Cette idée lui fit malheureusement repenser à la photo qu'elle avait reçue.

Après cet événement, elle n'avait plus touché à l'alcool

pendant de nombreuses années puis il lui était arrivé de boire un verre de temps en temps, mais toujours de manière modérée.

À présent, voilà qu'elle pensait à boire pour essayer de se détendre tellement la présence d'Ilya la mettait dans tous ses états ! Il fallait vraiment qu'elle se reprenne.

Ils étaient mariés depuis une semaine, elle vivait avec lui nuit et jour et elle n'arrivait pas à penser à autre chose. Parfois, elle avait même hâte de retourner travailler pour se changer les idées et ne plus être constamment obnubilée par Ilya.

Au départ, elle s'était dit que c'était une bonne idée de passer deux semaines ensemble pour apprendre à se connaître. Aujourd'hui, elle n'en était plus si sûre. D'autant qu'elle rêvait d'apprendre à mieux le connaître dans le sens biblique du terme…

Ce qui était ridicule !

Pensait-elle vraiment que se jeter dans le lit d'Ilya mettrait fin à son obsession ?

— À quoi tu penses ?
— Oh ! À rien ! répondit-elle vivement, les joues enflammées.
— Je pense plutôt que tu n'as pas envie de me le dire.
— Pense ce que tu veux.
— Justement, je pensais que l'on pourrait aller dîner en ville, dans un restaurant de tapas.

Un restaurant ? Très bonne idée ! Au moins, ils seraient entourés de gens, et cela l'aiderait peut-être à oublier à quel point elle trouvait son mari séduisant.

— Excellente idée, répondit-elle. Tu veux que je réserve ? Je peux conduire, si tu veux.
— Je pensais prendre un chauffeur, comme ça, on peut boire un verre si le cœur nous en dit.

Pour se retrouver complètement désinhibée et commettre une erreur ? Pas question !

Ou alors…

À la réflexion, peut-être qu'il était justement temps pour

elle de se laisser aller. Pendant si longtemps, elle avait vécu une existence très disciplinée, très carrée, très structurée, sans aucune place pour la spontanéité. Elle n'avait fait que travailler, mettant aux oubliettes sa vie privée.

Toute sa vie d'adulte, elle avait suivi le même train-train, sans rien demander à personne.

Pourquoi ne pouvait-elle pas se détendre un peu, lâcher du lest ? Après tout, elle était mariée à Ilya, alors que craignait-elle ?

— Bonne idée, dit-elle, prête à tenter l'aventure.

Il était tard, et Ilya n'arrivait pas à dormir. Yasmin et lui avaient passé une très bonne soirée, et le dîner avait été une vraie réussite. Il aimait beaucoup ce restaurant de tapas mais partager ce moment avec Yasmin lui avait fait voir le lieu différemment, et la nourriture lui avait semblé encore plus savoureuse.

Il n'avait jamais rencontré une femme comme Yasmin. Elle était belle, intelligente, drôle. Sans cette rivalité entre leurs deux familles, les choses auraient-elles pu être différentes entre eux ? Peut-être auraient-ils pu se rencontrer plus tôt, apprendre à se connaître avant de se marier et faire des choses que les jeunes couples avaient l'habitude de faire dans les premiers jours ? Comme faire l'amour au clair de lune jusqu'à s'endormir exténués et repus…

Il se retourna dans son lit.

Vivre avec Yasmin s'avérait plus difficile qu'il ne l'aurait cru. Et il ne supportait pas d'être éloigné d'elle. Passer la nuit à penser à elle sans pouvoir la toucher était un véritable supplice.

Comment aurait-elle réagi s'il lui avait caressé le bras comme il avait eu envie de le faire pendant tout le dîner ? Ou s'il l'avait embrassée dans la nuque quand le chauffeur les avait ramenés après la soirée ?

Aurait-elle frissonné de plaisir ?

Lui aurait-elle sauté dessus en l'embrassant fougueusement ?

Ou peut-être… l'aurait-elle giflé ?

Il poussa un soupir de frustration et se retourna une nouvelle fois.

Toutes ces pensées ne menaient à rien. Tant que Yasmin n'était pas prête à le rejoindre de son plein gré, il ne chercherait pas à la brusquer.

Chaque matin, quand il la retrouvait au petit déjeuner, il percevait en elle une certaine vulnérabilité. Il ignorait d'où venait ce sentiment d'insécurité mais il ne souhaitait pas l'accentuer.

Il était désireux de se montrer patient, même si, physiquement, il était aux abois.

Soudain, il crut entendre un bruit dans le couloir.

L'instant d'après, il aperçut la silhouette svelte de Yasmin pénétrer dans sa chambre.

Il se félicita de dormir les rideaux ouverts. Ainsi, grâce au clair de lune, il put admirer la jeune femme s'approcher lentement.

Devant le lit, elle hésita.

Il craignit un instant qu'elle ne fasse demi-tour, pensant qu'il dormait.

Il retint sa respiration, se demandant ce qu'elle allait faire, maintenant qu'elle était venue jusqu'à lui.

Il n'eut pas à attendre longtemps pour avoir la réponse.

Faisant le tour du lit, elle souleva le drap et se glissa à son côté.

Instinctivement, il eut envie de la prendre dans ses bras pour la serrer contre lui avant de concrétiser les fantasmes qui le hantaient depuis qu'il l'avait laissée seule dans sa chambre, le soir de leur nuit de noces.

Se ravisant, il décida d'abord de connaître la raison de sa venue. Après tout, elle pouvait être arrivée là pour une multitude de raisons.

— Tu as fait un cauchemar ? demanda-t-il.

— Non… Je… J'ai décidé d'accepter ton offre.
— Mon offre ?
— Oui, j'ai changé d'avis. Je n'ai plus envie de dormir toute seule. Tu veux bien que je dorme avec toi ?

- 8 -

Elle venait de lui demander s'il voulait bien qu'elle dorme avec lui ? Mais bien sûr !

— Tu es sûre de toi ?
— Je ne pense qu'à ça. Et ça me…
Elle se tut.
— Ça te… ?
— Ça me rend folle.
— J'avoue que moi aussi cette situation me rend fou. C'est vraiment bizarre, cette histoire de mariage arrangé, non ?
— Oui, vraiment bizarre.

Puis elle se tut, sans pour autant esquisser le moindre geste dans sa direction.

Peut-être aurait-il dû suivre son instinct, après tout, et la prendre dans ses bras ?

L'instant d'après, il la sentit se rapprocher de lui.

Il attendit qu'elle fasse le premier geste, ce qu'elle fit, en posant la main sur son épaule. Alors il posa la main sur ses hanches.

Elle portait une nuisette en soie. Alors qu'il la caressait, l'étoffe bougeait sous sa paume telle une barrière douce et délicate.

Mourant d'envie de toucher ce que le tissu recouvrait, il releva lentement la nuisette, espérant de tout son cœur que Yasmin ne l'arrêterait pas…

Elle ne portait pas de dessous, ce qui provoqua chez lui une vive érection. Continuant son exploration, il remonta délicatement le long de son corps, sentant la courbe de ses hanches, puis ses côtes, puis la naissance de sa poitrine…

Elle gémit quand il prit un sein dans sa main puis poussa un râle de plaisir quand son pouce se mit à titiller son téton raidi.

Sa peau était chaude, comme si elle brûlait du même désir que lui. Il changea de position pour avoir un meilleur accès et mieux se concentrer sur sa poitrine. Embrassant tour à tour ses seins, il les lécha, les mordilla, les aspira à pleine bouche.

Il aurait aimé la voir plus clairement et pouvoir contempler sa beauté. Mais dans la pénombre l'expérience était tout autre. Il percevait les variations de sa respiration selon la façon dont il la caressait et il pouvait mieux s'enivrer des différents parfums de son corps.

Ce fut un puissant aphrodisiaque de sentir qu'elle avait envie de faire l'amour autant que lui. D'une main, il continua à s'occuper de sa poitrine, tandis que l'autre glissait le long de son ventre, et plus bas encore… Son désir décupla en arrivant à la petite touffe de poils recouvrant son sexe.

Il avait hâte d'aller en mission de reconnaissance mais il voulait prendre son temps.

Avec un peu de chance, cette nuit serait la première d'une longue série où ils auraient tout le loisir de s'explorer, de se toucher, de se goûter.

Laissant ses doigts effleurer son triangle intime, il la sentit frémir. Le gémissement qu'elle laissa échapper suffit à lui faire comprendre qu'elle était vraiment prête à s'offrir à lui.

D'un doigt, il la pénétra.

Aussitôt, elle se cambra contre lui.

— Tu aimes ça ?
— Oh oui… Continue, je t'en supplie.

Comment refuser ?

Il répéta le mouvement, en la pénétrant avec deux doigts. Alors qu'elle soulevait les hanches, son sexe moite et étroit lui emprisonna les doigts.

Tout en faisant des petits mouvements lents et circulaires, il déposa une pluie de baisers sur son corps.

Elle était chaude et prête. Pour lui. Enfin !

La sentant mouillée et ouverte, il se déplaça de nouveau pour venir enfouir son visage dans son intimité.

Après l'avoir embrassée, il laissa sa langue partir à la découverte de la perle cachée dans sa moiteur féminine.

Elle s'agrippa à ses cheveux, le maintenant en place alors qu'il lui titillait le clitoris.

Quand il sentit qu'elle était proche de l'implosion, il accéléra le mouvement et aspira plus vivement son bouton trempé.

Enfin, son orgasme éclata.

Elle poussa un long gémissement, alors que son corps était secoué d'une série de soubresauts et qu'elle jouissait sous lui.

La puissance de sa libération lui donna envie de jouir à son tour. Mais son plaisir viendrait plus tard. Décidé à ne pas flancher, il continua à déguster le fruit de sa jouissance, buvant jusqu'à la dernière goutte de sève.

Il lui laissa le temps de reprendre ses esprits.

— Je sais que cela va te paraître bateau mais… Waouh ! s'exclama-t-elle en sortant de sa langueur.

Il éclata de rire.

— Je pense que tout homme prendrait cela pour un compliment.

— En effet, c'est un compliment. Et maintenant, c'est à ton tour…

— Non.

— Pas de « non » qui tienne. Je suis pour l'égalité des sexes, dit-elle avant de lui mordiller un téton.

La sensation de ses dents sur sa peau provoqua en lui un nouvel éclair de désir. Arriverait-il à tenir encore un peu plus longtemps avant d'exploser de plaisir ?

Elle se mit à explorer chaque parcelle de son corps avec ses mains, ses lèvres, sa bouche. De temps à autre, sa main effleurait son sexe, le faisant tressaillir.

Son érection était telle qu'il en avait mal de plaisir.

Il ne tiendrait plus très longtemps, d'autant qu'à présent elle lui léchait le corps en se rapprochant dangereusement de son sexe.

Or si elle descendait plus bas…

Il s'accrocha au drap quand il sentit la main de Yasmin empoigner son sexe en un va-et-vient langoureux.

Puis elle le prit en bouche.

C'était trop.

Il allait craquer.

En un mouvement rapide, il la tira vers lui pour qu'elle vienne le recouvrir.

— Je n'en peux plus…, murmura-t-il d'une voix rauque alors qu'il la positionnait pour entrer en elle.

— Mais je n'ai pas fini.

— On va finir, ne t'inquiète pas.

Alors qu'elle l'aspirait en elle, il ferma les yeux et serra les dents, tentant de se retenir encore un peu.

Cette fois, il voulait que ce soit pour tous les deux.

Il se mit à osciller en elle, et elle se cala sur son rythme.

Il pouvait tout juste la voir grâce au halo du clair de lune pénétrant par la fenêtre. Son corps svelte le chevauchait, montant et descendant, ondulant telle une vague.

Il était proche de l'orgasme mais il voulait s'assurer qu'elle allait s'envoler avec lui. Il se retint encore un peu… puis il sentit son sexe se contracter autour du sien.

Ne pouvant plus se retenir, il explosa enfin.

Et ce fut un feu d'artifice.

Il se laissa emporter par une vague de plaisir intense alors que le fruit de son plaisir se déversait en elle. Il sentit les convulsions de son corps et de son sexe avant qu'elle ne vienne s'effondrer sur lui.

Il la prit dans ses bras alors que les derniers soubresauts quittaient son corps, la laissant alanguie sur lui.

— Waouh, tu as raison, murmura-t-il.

— Je ne peux plus bouger. Tu vas devoir me pousser.

— Je suis assez content de t'avoir dans cette position,

sur moi, donc je ne ressens pas le besoin de te pousser, répondit-il, trop heureux de la sentir lovée contre lui.

Son souffle arrivait en petites bouffées d'air chaud contre sa peau, et il sentit son corps se détendre alors qu'elle s'endormait contre lui.

Jamais il n'aurait cru que cela puisse être aussi fort.

La profondeur de leur passion mutuelle, le niveau de satisfaction atteint, la proximité de leurs deux corps au moment de la libération.

Au comble du bonheur, il s'endormit à son tour.

Il faisait encore nuit quand Yasmin se réveilla.

Elle resta allongée sur Ilya, les jambes de chaque côté de son corps, éprouvant un profond sentiment de bien-être et de soulagement. Jamais elle ne s'était sentie aussi bien.

Si bien qu'elle en vint à se demander pourquoi elle avait attendu tout ce temps pour céder à l'attirance qui avait manqué de lui faire perdre la tête pendant la semaine qui venait de s'écouler.

Avoir fait l'amour avec Ilya changeait la donne.

Leur mariage était passé à un autre niveau. Pensait-il la même chose ? Elle frissonna en repensant à toutes ces caresses qu'il lui avait offertes, aux réactions qu'il avait provoquées en elle.

Elle n'était pas novice en la matière, bien sûr, mais Ilya lui avait néanmoins fait découvrir de nouvelles sensations extrêmement excitantes. Des sensations auxquelles elle pourrait facilement prendre goût.

Était-elle prête à franchir le pas et à s'engager dans cette nouvelle voie ?

Ils s'étaient mariés il y a une semaine et ils apprenaient à se connaître. Mais apprenait-elle à connaître le vrai Ilya Horvath ? Un homme qui sauvait les chiots. Un homme attentionné. Un homme qui la faisait fondre sur place. Un homme qui lui avait offert le plus bel orgasme de sa vie, alors que c'était la première fois qu'ils faisaient l'amour.

Perdue, elle étouffa ce questionnement incessant.

Une seule chose était sûre dans son esprit : elle mourait d'envie de refaire l'amour avec Ilya.

Était-ce réciproque ?

Pour en avoir le cœur net, pouvait-elle lui poser la question ?

— Tu réfléchis trop, dit Ilya d'une voix à moitié endormie.

Sa main qui quelques instants auparavant était amorphe le long de son corps se mit à lui parcourir le dos. De haut en bas, de bas en haut, très lentement… Une véritable torture.

— Comment le sais-tu ?

— C'est mon instinct masculin qui me l'a dit.

— Ah oui ? Et ton instinct masculin te dit quoi d'autre ? s'enquit-elle, au comble de l'excitation, tout en se soulevant pour le regarder dans les yeux.

Elle vit ses yeux briller dans le noir.

— Que nous avons besoin de refaire l'amour.

— Ah bon ? Tu n'es pas rassasié ?

Il secoua vivement la tête.

— Ce n'était qu'une mise en bouche, pour t'allécher. Ai-je échoué ? s'enquit-il, feignant un air penaud.

Elle éclata de rire.

— Non, tu n'as pas échoué. D'ailleurs, je crois que tu échoues rarement, si mes renseignements sont bons.

Il s'immobilisa.

— Tu penses que je n'ai jamais échoué ?

— À toi de me le dire. As-tu déjà échoué ?

— Assez pour savoir ce que ça fait. Mais je n'ai pas envie de parler de ça. D'ailleurs, je n'ai pas envie de parler du tout…

L'instant d'après, il les fit rouler pour qu'elle se retrouve sous lui et se cala entre ses cuisses. Elle sentait déjà son sexe gonflé contre son bas-ventre.

Il hésita.

— Je sais qu'il est un peu tard pour y penser mais nous n'avons pas parlé de contraception, dit-il.

— Je suis sous contraception. Et on a dû faire des

analyses sanguines pour l'agence matrimoniale donc je sais que nous n'avons pas de maladies.

L'instant d'après, elle sentit la pointe de son sexe la pénétrer.

Elle haleta.

— C'était trop tôt ?

— Non, au contraire, répondit-elle soulevant les hanches pour mieux s'offrir à lui et l'accueillir en elle.

— Tu es sûre ? demanda-t-il, faisant mine de se retirer.

Elle enfonça ses ongles dans ses fesses pour le coller contre elle.

— Viens, maintenant, murmura-t-elle.

— Je pense que j'ai intérêt à obéir à madame, répondit-il, ponctuant sa phrase de petits coups de reins.

— Ah. Je préfère ça.

— Vos désirs sont des ordres, ma chère.

Avant qu'elle ait eu le temps de répondre, elle fut envahie d'un raz-de-marée de plaisir qui lui ôta la parole.

Cette fois, son orgasme fut plus profond, plus intense que la dernière fois, et lors de cette chevauchée vers le septième ciel, elle se sentit accompagnée pendant tout le chemin par Ilya.

Quand il jouit, elle sentit au plus profond de son corps leurs deux sources de plaisir se mêler en une cascade charnelle coulant à flots.

Une fois qu'ils eurent profité de leur orgasme jusqu'au dernier soubresaut, ils restèrent allongés l'un contre l'autre, le corps et l'esprit comblés.

Yasmin avait déjà éprouvé du plaisir avec des hommes, mais ce n'était rien comparé à ce qu'elle venait de vivre avec Ilya.

- 9 -

Le lendemain matin, Ilya proposa à Yasmin de se rendre en voiture sur la côte. Le vent soufflait fort mais l'air marin leur ferait le plus grand bien.

Alors qu'ils se baladaient main dans la main sur la plage, Ilya songea à la nuit qui venait de s'écouler. Il ne s'attendait pas à être chamboulé à ce point après avoir fait l'amour à Yasmin.

Les grosses vagues qui venaient se briser sur la plage et la brise marine qui balayait le sable étaient une parfaite analogie au tumulte qui l'animait.

Jamais il n'aurait cru qu'un lien aussi profond puisse se former de manière aussi rapide avec une autre personne. Il était conscient que ce sentiment était en partie lié à leur entente sexuelle. Quel homme ne se sentirait pas attiré par une femme qui lui procurait autant de plaisir que Yasmin ?

Mais leur connivence allait bien au-delà. Et cela l'effrayait.

Il avait aimé une femme auparavant, persuadé qu'elle était son âme sœur, l'élue de son cœur. Ils étaient jeunes, certes, mais rien n'interdisait à des jeunes gens de s'aimer pour la vie.

Dans leur cas, l'union avait duré trois ans.

Il s'était pleinement engagé avec elle, comme dans tout ce qu'il faisait, corps et âme, sans compter.

Mais quand il avait découvert que la Jennifer dont il était tombé amoureux était un mirage et que la vraie Jennifer n'était qu'une garce cruelle, mythomane et manipulatrice, il avait été anéanti. Non seulement il avait eu le cœur brisé mais tous ses repères s'étaient effondrés.

L'expérience avait été des plus déstabilisantes.

Il avait perdu confiance en lui et en sa capacité de clairvoyance. Depuis, ses relations avec les gens avaient été inévitablement déformées. Impossible pour lui d'accorder une totale confiance, et impossible de s'engager pleinement.

Avant Jennifer, son cœur avait déjà été mis à rude épreuve quand il avait perdu son père puis sa mère. Nagy avait été son port d'attache, son point d'ancrage. Sa garantie de stabilité.

Quand il était parti à l'université, elle l'avait encouragé à se chercher, et à trouver sa place dans le monde. Lorsqu'il avait rencontré Jennifer, il avait eu le coup de foudre, certain d'avoir trouvé la femme de sa vie. En découvrant qu'elle trompait son monde sans vergogne, il avait été profondément brisé.

Cela l'avait rendu intransigeant envers les autres mais aussi envers lui-même. Il avait alors décidé de tenter l'impossible : devenir invincible.

À présent, engagé dans ce mariage, il se rendait compte que son armure se craquelait davantage chaque jour. Mais se confier à quelqu'un en montrant son vrai visage signifiait que l'on s'exposait à d'éventuelles souffrances.

Or il avait assez souffert.

En optant pour un mariage hors des conventions, il ne pensait pas devoir engager pleinement ses émotions. Il s'était dit que la loyauté, la bonté et le dévouement seraient trois qualités suffisantes. Mais ses sentiments pour Yasmin évoluaient de manière exponentielle. Était-il prêt à se soumettre à ces montagnes russes émotionnelles ?

Yasmin le tira de ses pensées.

— Et si on se mettait à l'abri du vent ? suggéra-t-elle en indiquant un creux entre deux dunes.

— Bonne idée.

Bras dessus, bras dessous, ils allèrent s'asseoir dans le sable.

— Quel paysage magnifique ! s'exclama-t-elle. Et tellement différent de la vallée d'Ojai. Mais ce que je préfère, c'est la vue du ciel.

— Je sens que c'est un appel du pied. Tu as envie de faire un tour dans les airs ? On dirait que ça te manque.

— Je pourrais t'emmener faire une balade en Ryan, si tu veux, dit-elle après un instant de réflexion.

Son cœur se mit à battre la chamade.

Son Ryan était sa fierté, d'après ce qu'il avait cru comprendre. Il savait qu'elle avait restauré la carlingue avec son grand-père. Un projet pareil était une œuvre d'amour. Il savait aussi que c'était elle qui serait aux commandes, or comme elle l'avait si bien dit, et comme les rumeurs le laissaient entendre, il était réfractaire au concept. Non pas parce que c'était une femme. Mais depuis la mort de son père, il avait l'impression que s'il n'était pas aux commandes, un accident se produirait inévitablement.

Donc accepter son offre reviendrait à lâcher prise. Une expérience intéressante en perspective.

Comme il avait tardé à répondre, elle reprit le fil de leur conversation.

— Tu n'es pas obligé de dire oui.
— Non mais tu sais…
— Je sais, tu veux être aux commandes et tout régenter.
— Ah bon ? Tu trouves ?
— Oui. À moins que tu caches ta vraie nature ?
— Ah ah. Très drôle.
— Alors ? Avoue que là, c'est toi qui évites de répondre.
— Pourquoi je cacherais ma vraie nature ?
— Je ne sais pas. Ce mariage est une situation inhabituelle pour nous. On est très polis, très prévenants. On essaie de jauger l'autre et, depuis que l'on est arrivés ici, on vit dans une bulle. Donc tu pourrais très bien masquer ta vraie nature, sans que ce soit calculé de ta part.

— C'est une façon de voir les choses. Mais pour répondre à ta question, je n'ai pas l'impression de cacher ma vraie nature. Je suis comme je suis.

Elle se pencha vers lui pour l'embrasser.

— Eh bien figure-toi, que j'aime assez l'homme que tu es. Pour un Horvath, tu me surprends.

Il allait répondre quand son portable sonna. Il le sortit de sa poche pour vérifier l'appelant.

— C'est Danni, je la prends.

Une fois la conversation terminée, Yasmin se tourna vers lui.

— Alors ?

— On peut aller chercher le chiot aujourd'hui, si tu veux.

— Si je veux ? Bien sûr ! Qu'est-ce qu'on attend pour y aller ?

D'un bond, elle se leva, l'arrosant d'une pluie de sable alors qu'elle se mettait à courir. Il se leva à son tour, et ils firent la course le long de la plage jusqu'au parking où ils avaient laissé la voiture.

Avant d'ouvrir la portière, il surprit la mine réjouie de Yasmin, et cela lui donna du baume au cœur. Faire plaisir à Yasmin le rendait heureux comme il ne l'avait jamais été.

Ce qui le ramena à la réflexion qu'il s'était faite en début de balade : il ne s'attendait pas à ce qu'elle chamboule son équilibre émotionnel à ce point.

Ils étaient tous les deux lovés dans le grand canapé en L du salon principal, occupés à regarder le chiot dormir. Le sol était jonché de jouets pour chien. Heureusement pour eux, l'animal était déjà propre et même s'il était encore jeune, ils ne devraient pas y avoir trop d'accidents. Danni pensait qu'il avait entre trois et quatre mois.

Maintenant, ils devaient lui trouver un nom.

— Il est tellement mignon quand il dort, dit Yasmin.

— Tu as dit la même chose quand il ne dormait pas.

— Il est mignon, non ?

— Très mignon.

— On devrait l'appeler Jasper.

— Si tu veux.

— Maintenant, il a un foyer et il est baptisé.

— Que fera-t-on de lui quand on retournera travailler ?
— Je l'emmènerai.
— Même en avion ?
— Non. Quand je volerai, Riya, mon bras droit, pourra s'en occuper. Ou toi ?
— Je pourrais même arrêter de travailler pour m'en occuper. Une sorte de congé parental.
— Là, tu te fiches de moi !
— Bien vu ! Ne t'inquiète pas. On trouvera une solution. On pourra toujours compter sur Hannah. Et Danni m'a conseillé un gardiennage de journée.
— Si elle te l'a recommandé, j'imagine que l'on peut leur faire confiance, dit-elle, peu convaincue.

Apparement, elle aussi avait du mal à faire confiance aux gens, songea-t-il.

Il allait la rassurer lorsque le téléphone fixe sonna.

À regret, il se leva pour aller répondre.

Seule sa grand-mère appelait sur ce numéro et elle devait avoir hâte d'avoir des nouvelles.

— Je pensais que tu m'appellerais, dit-elle. Pourquoi êtes-vous partis de Port Ludlow ?
— Figure-toi que je suis occupé à faire connaissance avec ma femme. Et que l'on avait tous les deux envie d'être tranquillement ici.
— Je vois. Et comment ça se passe ?

Il regarda en direction de Yasmin qui feuilletait un magazine d'aviation.

— Très bien.
— Je peux passer vous voir ?
— Tu es toujours la bienvenue, Nagy, mais j'avoue que pour le moment nous n'avons pas envie d'avoir de la visite. En tout cas, sache que ma femme et moi nous entendons très bien et que nous venons d'adopter un chiot.
— Un chiot ? Déjà ? Vous ne perdez pas de temps !
— Il avait été abandonné sur une colline environnante. Danni l'a examiné, et tout va bien. Tu verras, il est adorable.
— Tu sais bien que je n'aime pas les animaux.

— Tu voulais me dire autre chose ?
— Non.
— Dans ce cas...
— Ilya...
— Oui ?
— Je sais que vous allez y arriver, dit-elle avant de raccrocher.

Il soupira et alla se rasseoir sur le canapé, prenant Yasmin dans ses bras.

Il adorait la sentir se blottir contre lui, l'avoir dans sa vie, jour après jour. Mais un mauvais pressentiment le taraudait. Parfois, il avait l'impression qu'elle lui cachait quelque chose.

Le pire était qu'il n'arrivait pas à la laisser entrer entièrement dans son cœur. Comme si une force invisible l'en empêchait.

- 10 -

Yasmin fit le tour du Ryan pour procéder aux vérifications d'usage avant un décollage.

C'était très étrange d'être à l'aéroport tout en étant en vacances, mais Riya avait formulé une série de menaces à son encontre si elle osait mettre le pied au bureau avant la fin officielle de sa lune de miel.

Alors, même si l'idée lui avait traversé l'esprit et même si cela lui aurait fait plaisir d'aller dire bonjour à Riya, elle n'en fit rien. De plus, si Ilya était capable de prendre deux semaines de vacances, elle devait l'être aussi. En cas de problème, Riya ne manquerait pas de l'appeler donc elle n'avait pas de souci à se faire.

L'idée de piloter son Ryan la réjouissait.

Elle n'avait pas piloté depuis avant le mariage et elle avait hâte de se remettre aux commandes pour virevolter dans le ciel. Avec Ilya comme copilote.

Elle avait été surprise qu'il accepte de monter avec elle. Surprise et ravie.

Hannah avait accepté de s'occuper de Jasper, et Yasmin était fière de pouvoir montrer ses talents à son mari. Mais ce qui lui importait le plus, c'était la confiance qu'il lui témoignait en acceptant de monter avec elle en tant que copilote.

La seule ombre au tableau était le dernier mail qu'elle avait reçu de MonHomme. Les mots étaient marqués au fer rouge dans son esprit. Elle ne savait toujours pas qui était l'expéditeur anonyme de ces messages. Quelqu'un avec qui elle avait été à l'université à l'époque, cela ne faisait aucun doute, mais qui ? Après les événements humiliants, elle avait coupé les ponts avec tout le monde.

Si tu veux éviter le pire, quitte-le pour toujours.

La menace l'avait glacée sur place, surtout après la photo qu'elle avait reçue en début de semaine.

L'expéditeur essayait-il de lui faire comprendre que si elle ne quittait pas Ilya, la photo risquait d'être utilisée contre elle ?

Peut-être était-ce une femme avec qui Ilya avait eu une aventure ? Mais comment cette personne aurait-elle eu accès à des photos prises des années auparavant ? Et qu'espérait-elle obtenir en la menaçant de la sorte ?

Non. Elle faisait fausse route, là. Si Ilya avait été engagé dans une relation, il n'aurait pas demandé à sa grand-mère de lui trouver une femme.

Et s'il avait eu une relation houleuse par le passé, il ne lui en aurait pas parlé. Ils n'en étaient qu'au tout début de leur mariage.

Plus elle y pensait et plus cela devenait un casse-tête.

Pour le moment, elle avait plus de questions que de réponses.

Elle devrait trouver l'occasion propice pour en parler à Ilya.

Ce dernier la tira de ce questionnement sans fin.

— Tout va bien ?

— Oui, répondit-elle, tentant de se reconcentrer sur le moment présent.

— Prête ?

— Et comment ! Il est temps de monter à bord.

— Allons-y !

Ils avaient choisi une heure creuse si bien que la tour leur donna rapidement le feu vert pour le décollage.

Quelques instants plus tard, ils étaient sur la piste, moteur allumé, casque sur les oreilles, micro branché.

— Tout va bien ? demanda Yasmin.

— Oui. Je n'en suis pas encore au point où je dois m'asseoir sur mes mains pour ne pas toucher aux commandes, donc ça va.

Elle éclata de rire.

Au sol, la visibilité n'était pas idéale mais une fois dans les airs, ce serait différent.

En sentant l'arrière de l'avion quitter le sol, Elle éprouva le même sentiment d'excitation qui la submergeait à chaque fois qu'elle pilotait le Ryan.

Quelques secondes plus tard, ils traversaient les nuages.

Elle arriva à l'altitude requise et annonça :

— Je vais faire quelques manœuvres. J'espère que tu n'as pas l'estomac fragile.

Il leva le pouce en guise de réponse.

Elle se mit à faire osciller l'avion.

— C'est tout ce que tu as dans le ventre ? Allons, je suis sûr que tu peux faire mieux que ça.

— Tu l'auras voulu, rétorqua-t-elle, relevant le défi qu'il venait de lui lancer.

La séquence d'acrobaties aériennes qu'elle lui offrit était celle qu'elle avait l'habitude de faire lors de meetings aériens. Avoir un passager aussi enthousiaste ne fit que rendre l'expérience plus excitante.

Une fois les manœuvres terminées, elle remit l'avion dans l'axe et se dirigea vers la côte. Elle adorait contempler l'océan d'un avion. Cela avait un effet relaxant sur elle.

Ilya ouvrit son micro pour lui parler.

— C'était absolument génial !

— Contente que ça t'ait plu.

— Tu es vraiment une pilote hors pair ! Je savais que tu avais du talent. Mais là, je suis bluffé.

Elle sentit sa poitrine se gonfler de fierté.

Au cours de sa vie, elle avait rarement eu l'occasion d'être félicitée ou d'entendre un compliment aussi sincère.

Le fait que cela vienne d'Ilya, lui-même un pilote émérite, ne faisait que rendre le moment encore plus unique.

— Tu voudrais essayer de le piloter ? lui demanda-t-elle.
— Et comment !

Elle lui fit un petit topo rapide sur les spécificités de l'avion avant de lui passer les commandes.

— À toi de jouer, lui dit-elle.
— Merci !

Son cœur frémit dans sa poitrine.

Depuis qu'elle avait retapé le Ryan avec son grand-père, elle était la seule à avoir piloté cette merveille.

Donner les commandes à Ilya était la plus grande preuve de respect et de confiance qu'elle ait jamais témoignée à quelqu'un. De plus, cela lui avait semblé tout à fait naturel, ce qui l'étonnait et l'inquiétait tout à la fois.

Le lendemain, ils fêteraient leurs deux semaines de mariage.

Elle n'en revenait pas. Elle qui était si peu encline à faire confiance aux autres, comment avait-elle pu accepter de laisser Ilya prendre les commandes de son Ryan, sa plus grande fierté ?

C'était un vrai mystère.

Ou bien… Est-ce que l'amour pouvait mener à de tels chamboulements ?

Quand elle s'était lancée dans ce projet de mariage, son but était de sauver sa société. Pas de tomber amoureuse du premier venu, et encore moins d'Ilya Horvath !

Depuis quand tombait-on amoureux en deux semaines ? C'était ridicule. Elle ferait mieux d'étouffer ce sentiment étrange.

Mais son cerveau tournait à mille à l'heure, bousculant son mode de pensée.

Car intérieurement elle savait qu'il suffisait parfois d'un coup de foudre pour que deux personnes tombent amoureuses. Ses parents, par exemple, étaient tombés amoureux au premier regard et s'étaient mariés quelques semaines seulement après s'être rencontrés. Ils avaient toujours dit que, à l'instant où ils s'étaient vus, ils avaient su qu'ils étaient faits l'un pour l'autre.

Riya, qui n'avait rencontré son mari que quelques fois avant leur union, lui avait dit que quand c'était la bonne personne, on le savait.

Et elle, savait-elle si Ilya était le bon ? Non. Elle n'en avait pas la moindre idée.

Sur quoi pourrait-elle se fonder pour envisager l'avenir ?

Elle décida d'observer les choses de manière logique.

Elle était mariée à un homme très séduisant qui avait toujours eu beaucoup de succès auprès des femmes. Il était très attentionné, il se comportait en parfait gentleman et semblait désireux que leur mariage soit une réussite, avec une famille à la clé. C'était un bourreau de travail, comme elle. Et comme elle, il avait hérité de l'entreprise familiale.

Cela suffisait-il pour constituer une union solide ?

— On rentre ? demanda Ilya, la tirant de ses pensées.

— Entendu !

Elle reprit les commandes et ramena l'avion à l'aéroport, accomplissant son atterrissage à la perfection avant de le ramener au hangar.

À peine avait-elle eu le temps de mettre le Ryan au lit, comme elle aimait à dire, qu'Ilya arriva derrière pour la prendre dans ses bras.

L'instant d'après, il l'embrassait comme s'il en allait de sa vie. Si le fait de monter en avion lui faisait cet effet, elle veillerait à le faire plus souvent !

Elle fut soudain envahie d'un désir intense, et ce n'est que lorsqu'elle se rendit compte qu'elle était en train de glisser la main sous la chemise d'Ilya qu'elle revint à la raison.

— Pas ici, murmura-t-elle. Chez moi. Là-haut.

Le prenant par la main, elle le guida par la porte de derrière et lui fit monter l'escalier extérieur qui menait à l'ancien appartement de son grand-père.

Elle s'y était installée après sa mort, ne voyant pas l'intérêt de payer un loyer ailleurs. D'autant que pour se rendre à son travail, il était idéalement situé.

Dès qu'ils se retrouvèrent à l'intérieur, elle pressa Ilya contre la porte, l'embrassant à en perdre haleine.

Ils se déshabillèrent avec empressement, laissant leurs vêtements tomber un à un sur le trajet de la chambre.

L'instant d'après, ils basculèrent sur le lit, enchevêtrant leurs membres en un corps-à-corps à la fois ardent et sensuel.

Elle le chevaucha, et leur libération ne tarda pas à les faire crier dans un même accord. Alors qu'elle voguait sur la vague de son plaisir, elle sentit Ilya frémir sous elle et déverser le fruit de son désir au creux de son intimité.

Ilya la tira vers lui, les faisant rouler sur le côté, et la fixa, l'air béat.

— C'est le moment où je dis « waouh » ?

— Oui, ce serait le bon moment pour le dire, répondit-elle, aussi essoufflée que si elle avait couru un semi-marathon.

— Alors… Waouh, lui souffla-t-il à l'oreille.

Ils éclatèrent de rire et ils restèrent ainsi un moment, à rire comme des baleines, sans trop savoir pourquoi, emportés par une sensation de bien-être.

Elle se calma la première et entrelaça ses doigts à ceux d'Ilya.

— Tu es toujours comme ça quand tu lâches prise et que tu te laisses porter ? demanda-t-elle.

— Je ne sais pas. C'est nouveau pour moi. Mais j'avoue que je pourrais vite m'y faire. Ce n'est pas désagréable du tout.

— Je pense même que l'on devrait le faire plus souvent.

— Tu parles de la première ou de la seconde partie ?

— Je parle de piloter à deux. Même si la seconde partie n'était… pas mal du tout.

— Je suis tout à fait d'accord. Merci.

— Pour la seconde partie ?

— Pour tout. Je ne savais pas comment je réagirais en tant que copilote. Tu sais, ça faisait longtemps, avoua-t-il.

— Ce n'était pas aussi horrible que prévu ?

— Ce n'était pas horrible du tout. C'était même assez incroyable. Tu es incroyable. Et intrépide.

Yasmin savoura son compliment. C'était agréable de se sentir appréciée à sa juste valeur.

— Je suis contente que ça t'ait plu. Je sais ce que c'est que de devoir faire face à ses peurs. Mais je ne suis pas intrépide. J'ai un tas de peurs qui me bloquent.

— Quelles peurs ?

— Par exemple, jusqu'à il n'y a pas si longtemps, j'étais incapable de mettre la tête sous l'eau. En revanche, piloter un avion ne m'a jamais fait peur.

Elle traça des cercles sur son torse, appréciant le fait qu'ils puissent passer un peu de temps ensemble, confortablement lovés, quasiment seuls au monde.

— Si tu me parlais de ta plus grande peur, peut-être que l'on pourrait trouver un moyen pour la combattre, suggéra-t-il.

Elle resta silencieuse un instant. Elle entrait là en terrain dangereux et n'était pas sûre d'en avoir très envie.

Même si elle avait confiance en Ilya, devait-elle lui dire la vérité ? En avait-elle la force ?

Ils étaient mari et femme, certes, mais ils n'en restaient pas moins des inconnus.

Elle n'avait jamais parlé à quiconque de son expérience traumatisante à l'université. Il lui semblait que si elle le faisait, cela la replongerait dans cette période de sa vie qu'elle voulait oublier. C'était déjà assez angoissant de recevoir ces mails avec ces photos…

— Yasmin ?

Elle prit une grande inspiration et se tourna vers Ilya qui la regardait, visiblement inquiet. Ce qu'elle lut dans ses yeux la décida.

Après tout, elle n'avait rien à craindre d'Ilya.

— Ma plus grande crainte c'est de ne pas voir, avoua-t-elle. D'avoir un bandeau sur les yeux et d'être mise dans une situation dangereuse où je pourrais mourir.

Ilya se raidit.

Les mots de Yasmin le glacèrent.

En plus de l'impression qu'il avait depuis le départ

d'avoir déjà rencontré la jeune femme en dehors de leur cadre professionnel, le fait qu'elle parle d'une situation périlleuse avec un bandeau sur les yeux le replongea dans un événement du passé qu'il avait choisi d'enfouir profondément dans sa mémoire.

— Où tu pourrais mourir ? C'est-à-dire ? s'enquit-il, cherchant la confirmation qu'elle parlait bien de l'incident auquel il pensait.

Yasmin poussa un profond soupir avant de lui lâcher la main.

— Autant tout te raconter…

Elle s'assit, plia les genoux sous son menton, et mit ses bras autour de ses jambes. Ainsi recroquevillée, elle paraissait tellement fragile.

— Tu te sens vraiment prête à m'en parler ? demanda-t-il, regrettant de lui avoir suggéré ce petit jeu de la vérité.

— Oui. Mais tu es le premier à qui je raconte cette histoire.

— Tu as peur que je m'en serve contre toi ?

— Non, pas du tout ! J'ai juste un peu peur… de ton jugement. Je ne voudrais pas que tu me voies différemment après mon récit.

— Ne t'inquiète pas, lui assura-t-il.

— Alors voilà… Toute ma vie, j'ai travaillé dur pour être la meilleure élève et la meilleure athlète possible. Je pense que je voulais impressionner mes parents. Je me disais que, si je leur prouvais que j'étais vraiment une fille admirable, ils reviendraient s'occuper de moi, et on pourrait vivre comme une famille normale. Quand j'ai compris que c'était peine perdue, j'ai tout fait pour impressionner mon grand-père. Et ce n'était pas un défi facile à relever ! précisa-t-elle avant de laisser échapper un petit rire qui manquait de légèreté.

Ilya ne connaissait pas bien Jim Carter, mis à part toutes les horreurs que sa famille lui avait racontées sur lui, et il se garderait bien de le juger. Mais il était triste de penser aux efforts que Yasmin avait fournis étant jeune fille et, d'après ce qu'il comprenait, au peu de reconnaissance qu'elle avait eue.

Elle reprit, perdue dans ses pensées :

— Comme j'étais toujours plongée dans mes livres, je n'ai jamais eu beaucoup d'amis à l'école. Quand je n'étudiais pas, je faisais du sport, quand je ne faisais pas de sport, je participais à des compétitions ou j'aidais grand-père sur le terrain d'aviation. Si bien que quand je suis arrivée à l'université, j'étais décidée à faire comme tout le monde. J'ai fourni des efforts démesurés pour essayer de passer pour quelqu'un de normal. J'étais prête à tout pour que n'importe qui m'accepte dans son groupe. Quand j'y repense aujourd'hui, je me trouve… pitoyable.

Elle poursuivit son récit, et Ilya sentit le froid l'envahir lorsqu'elle lui dit le nom de l'université où elle était allée. La même que celle que Jennifer, son ex-fiancée, avait fréquentée…

Abasourdi, il eut envie de prendre ses jambes à son cou.

Devait-il l'arrêter et lui avouer qu'il connaissait son histoire ? Tout au moins la dernière partie.

Il voulait surtout lui dire qu'elle était normale, que c'était les autres qui ne l'étaient pas, qu'elle n'avait rien à se reprocher et que c'était les autres qui avaient mal agi envers elle.

Mais il ne dit rien, honteux d'avoir été présent ce jour-là et d'avoir participé à cet événement décadent.

— Quand j'ai voulu entrer dans l'association la plus prisée, j'ai été soumise à un bizutage très intense avec une suite de défis plus fous les uns que les autres, expliqua-t-elle. Le dernier défi de la soirée était prévu au bord d'un lac après minuit. Avant ça, j'avais déjà participé à plusieurs épreuves où chaque fois que je ratais quelque chose ou que je ne disais pas ce qu'il fallait, je devais boire de l'alcool. Je n'avais jamais vraiment bu, donc les shots de vodka me sont montés rapidement à la tête. J'ai fini par faire des choses que je n'aurais jamais faites si j'avais été sobre, mais j'étais tellement désireuse d'être acceptée et d'entrer dans cette association que j'ai mis ma fierté et mes principes de côté. J'étais donc assez éméchée quand on m'a mis un bandeau sur les yeux et que l'on m'a dit que je devais nager du ponton jusqu'à la plage. En temps normal, cela ne m'aurait pas posé problème. Mais avec l'alcool que j'avais dans le sang, cela ne s'est pas bien terminé. J'ai perdu connaissance et j'ai failli me noyer. Quelqu'un m'a secourue, je ne sais pas qui. J'ai fini aux urgences de l'hôpital avec un lavage d'estomac. Je peux dire que ça a été l'expérience la plus humiliante de toute ma vie. Je n'oublierai jamais la leçon de morale du médecin urgentiste. Je n'ai pas été prise dans l'association, cela va sans dire. Et les filles avec qui j'avais tellement espéré être amie m'ont ignorée du jour au lendemain. J'ai demandé à changer d'université en fin de semestre et j'ai été transférée en Californie. Mais cet événement a été déterminant dans ma vie et m'a laissé une profonde cicatrice. Depuis, j'ai réussi à ne plus avoir peur de nager mais je ne supporte pas l'idée que l'on puisse m'empêcher de voir.

Ilya resta silencieux, au comble de la gêne. D'un côté il n'osait pas lui avouer qu'il avait assisté à la fin de son calvaire. De l'autre, il voulait se montrer rassurant et être là pour elle.

— Yasmin, je suis vraiment désolé. Quelle horrible expérience. J'imagine à quel point cela a dû être traumatisant pour toi. Pourquoi ne l'as-tu jamais raconté à personne ? Pourquoi ne t'es-tu pas plainte auprès de l'université ?

— Je ne pouvais pas. Personne ne m'aurait soutenue. J'avais choisi de mon plein gré de participer à ce bizutage. J'aurais pu refuser. Je n'étais pas obligée de me soumettre à ces épreuves ridicules. Le pire, c'est que des gens ont pris des photos. On m'a menacée et on m'a dit que si j'en parlais à quelqu'un, ils montreraient ces photos à tout le monde. C'était plus simple de ne rien dire. Je ne voulais pas être jugée pour ces actions ridicules d'un soir, qui ne me représentaient pas.

Comment avait-elle pu craindre d'être jugée pour les

actions de ce soir-là ? Elle avait été victime d'un bizutage innommable, et en plus on lui avait fait du chantage pour la contraindre au silence. Beaucoup d'étudiants étaient victimes de ces coutumes barbares. Elle n'était pas la seule dans son cas.

Mais elle était jeune, songea-t-il. Et traumatisée. Et puis elle avait quand même failli mourir…

Le plus choquant pour lui était que son ex-fiancée était à l'époque la présidente de l'association et le monstre responsable de cet événement tragique.

Il n'en revenait pas de ce coup du destin. Yasmin était la jeune fille qu'il avait repêchée dans le lac ce soir-là.

En la regardant aujourd'hui, il avait du mal à se faire à l'idée que la pauvre jeune fille évanouie qu'il avait sauvée était la même personne que la jeune femme forte qu'il apprenait à connaître.

À l'époque, elle était plus ronde, ses cheveux étaient plus longs et plus sombres. Rien à voir, ou presque, avec la femme d'aujourd'hui.

Après cette horrible soirée, il avait voulu en parler aux autorités, au cas où la jeune fille qu'il avait repêchée ait besoin de soutien ou de témoins. Mais Jennifer l'avait supplié de ne rien dire. Elle lui avait promis que l'étudiante n'aurait plus jamais de problème. Elle l'avait aussi convaincu que le bizutage avait un peu dérapé mais que les filles de son association n'avaient pas pensé à mal.

Il n'avait donc rien dit, mais il était furieux contre Jennifer. Elle était sa fiancée. Il l'aimait. Il voulait passer sa vie avec elle. Il avait choisi de la croire, de lui faire confiance, même si son instinct lui disait que quelque chose clochait, dans cette histoire.

Quelques jours plus tard, il avait surpris une conversation entre Jennifer et une de ses amies, où elle se vantait du bizutage en riant aux éclats et où elle disait qu'Ilya lui avait gâché son plaisir en menaçant d'en parler.

Cela avait été l'élément déclencheur qui lui avait ouvert les yeux. À cet instant, il avait compris que ses amis qui le mettaient en garde depuis longtemps avaient raison au sujet de Jennifer : ce n'était qu'une garce manipulatrice. Il ne pouvait plus envisager de passer le restant de ses jours avec elle. Il avait été aveuglé. Aveuglé par sa propre naïveté. Mais la personne en qui il avait le plus perdu confiance, c'était lui-même.

Yasmin s'était rallongée, silencieuse. Il avait envie de la rassurer et de la protéger, mais les mots lui manquaient.

Comment lui dire qu'il avait été présent ce soir-là, peu avant qu'elle entre dans le lac ? Comment lui avouer qu'il était lié de près à cette fille qui lui avait fait vivre un enfer et l'avait traumatisée à vie ?

Il était sous le choc.

Il avait épousé la jeune femme qu'il avait sauvée de la noyade des années auparavant.

Était-ce une coïncidence ou sa grand-mère était-elle au courant de l'incident ?

C'était elle qui avait orchestré leur mariage, après tout, et cela ne le surprendrait pas.

Quand il était allé la voir en lui annonçant qu'il avait rompu ses fiançailles avec Jennifer, elle ne lui avait pas posé de questions. Elle s'était contentée de lui dire qu'elle était désolée et qu'elle était sûre qu'il avait fait le bon choix.

Il aurait donné n'importe quoi pour appeler Nagy en cet instant et la questionner à ce sujet mais il décida de reporter cette discussion à plus tard.

Pour l'heure, il devait rassurer Yasmin, lui dire qu'elle n'avait rien fait de mal. Ses craintes étaient directement liées à ce qu'elle avait subi, et elle n'était en rien responsable du traumatisme qu'elle avait vécu.

S'il avait agi différemment à l'époque, en accord avec ses principes, et s'il avait raconté les événements aux autorités, les choses auraient pris une tournure différente. Yasmin n'aurait pas dû porter le poids de ce bizutage toute sa vie sans pouvoir en parler.

Il était trop tard pour agir sur le passé mais il n'était

pas trop tard pour aider Yasmin à construire un avenir plus serein.

Il s'était promis de s'engager dans ce mariage, maintenant il voulait s'engager envers elle.

- 11 -

Ilya décida de ne pas parler de sa relation avec Jennifer, ni de sa présence le soir où Yasmin avait failli se noyer, préférant se concentrer sur le présent. Ce qui comptait le plus pour l'instant, c'était de rassurer Yasmin.

S'il lui avouait avoir été fiancé à Jennifer, cela ne ferait que brouiller les pistes. Quant à lui dire que c'était lui qui l'avait sauvée de la noyade, il n'en était pas question pour le moment non plus. Il lui raconterait tout un jour, une fois qu'il aurait gagné sa confiance et qu'elle comprendrait pourquoi il avait préféré attendre avant de tout lui dire. Du moins, il l'espérait.

Il était profondément touché qu'elle se soit confiée à lui de manière aussi ouverte. Il se devait d'être à la hauteur de ses aveux et d'être là pour elle.

Pour commencer, il l'attira contre lui et la serra tendrement. Ils restèrent ainsi quelques minutes blottis l'un contre l'autre, silencieux.

Puis il changea de position et lui prit le visage entre les mains.

— Ne sois pas aussi dure envers toi, murmura-t-il. Tu n'y es pour rien.

Elle avait les yeux brillant de larmes.

Un éclair de culpabilité le traversa.

Il ne supportait pas de la voir blessée à jamais par cet événement funeste. Et il supportait encore moins d'en avoir été le spectateur…

Sans rien dévoiler, il voulait lui rendre sa dignité et panser les blessures du passé pour qu'elle puisse enfin mettre ce bizutage inhumain derrière elle et envisager l'avenir plus sereinement.

— Tu n'es coupable de rien ! lança-t-il.

Elle ne dit rien. Ses lèvres se mirent à trembler et des larmes perlèrent au coin de ses yeux.

Son cœur se serra. Il n'avait jamais supporté de voir une femme pleurer.

S'emparant de ses lèvres, il tenta de lui prouver par ce baiser à quel point il l'admirait.

Il était tellement fier d'elle, de son courage, de ses talents de pilote, de sa détermination et de sa volonté de vivre une vie normale malgré tous les obstacles qu'elle avait rencontrés dans sa vie.

Quand il s'arracha à ses lèvres, il plongea son regard dans le sien.

— Tu n'as rien à te reprocher, murmura-t-il le plus tendrement du monde.

Puis il lui fit l'amour. Lentement, intensément, passionnément. Prenant le temps d'explorer son corps, de découvrir les choses qui la faisaient davantage frémir, d'apprendre par cœur ses contours, de lui faire comprendre combien il avait envie d'elle. Il était fasciné par ses formes féminines merveilleuses, sa peau si soyeuse, sa fragilité sensuelle…

Quand il la pénétra, il sentit une connexion qu'il n'avait jamais ressentie auparavant et qui dépassait le cadre de simples ébats charnels. Une connexion qui le grisait et le terrifiait.

Lorsqu'ils atteignirent le firmament de leur satisfaction, ils plongèrent ensemble dans l'abysse du plaisir tant convoité, le souffle court.

Peu après, elle s'endormit, confortablement blottie contre lui.

Quant à lui, il ne pouvait trouver la tranquillité d'esprit, ne cessant de ressasser cet épisode du passé.

Son silence. Son implication.

Arriverait-il un jour à se défaire de cette culpabilité ?

Yasmin méritait de connaître la vérité. Elle s'était ouverte à lui. Elle lui avait fait confiance en lui racontant un traumatisme dont elle n'avait jamais parlé à personne.

Lui, il n'avait pas été capable de lui rendre la pareille.

Pourtant, il ne voulait pas qu'il y ait de secrets entre eux. Mais comment lui raconter sa version sans risquer de détruire la beauté fragile de leur relation naissante ?

Ces deux dernières semaines, ils avaient tous les deux fait beaucoup d'efforts pour apprendre à se connaître, avec une bonne dose de retenue, même s'ils avaient fini dans le même lit.

En lui disant la vérité, risquait-il de tout anéantir ? Elle risquait de lui en vouloir, de ne plus lui faire confiance. Si tel était le cas, leur mariage n'aurait alors plus aucune chance de survie. Or il croyait à leur mariage et voulait en faire la plus belle réussite de sa vie.

Il la serra davantage contre lui, s'enivrant de la fragrance fleurie de ses cheveux, et se délectant de la sensation soyeuse de sa peau contre son corps nu.

Jamais il ne supporterait de perdre cela.

Il n'avait donc qu'une solution : raconter à Yasmin sa version des faits lors de son bizutage. Le plus difficile serait de trouver le moment propice.

En attendant, il s'appliquerait à lui montrer jour après jour à quel point elle comptait à ses yeux.

Sur le chemin du retour, dans les collines de la vallée d'Ojai, Ilya se sentit vidé. La journée avait été très intense. Non seulement Yasmin lui avait fait un aveu incroyable, qui l'avait profondément remué, mais elle lui avait aussi ouvert les yeux sur certains aspects de sa personnalité. Il appréciait le fait qu'elle lui faisait confiance, mais aussi qu'elle le force à se remettre en question et à devenir quelqu'un de meilleur, même si, pour l'instant, un énorme non-dit planait entre eux, par sa faute.

Néanmoins, il était content qu'ils soient passés chez

elle. Non seulement parce qu'ils avaient fait l'amour et en avaient retiré un plaisir extrême, mais aussi parce que cela lui avait permis de voir un autre aspect de la vie de Yasmin.

L'appartement était confortablement meublé mais de manière succincte, sans ornementation inutile. Elle privilégiait le côté pratique, et il n'y avait ni bibelots ni souvenirs, hormis quelques photos d'avions aux murs. S'il n'avait pas encore fait connaissance avec elle, à en juger par son appartement, il aurait pensé qu'elle était ordinaire et sans imagination.

Or elle était tout le contraire.

Son corps frémit en repensant aux moments qu'ils avaient partagés dans son lit… Elle s'était montrée extraordinaire et pleine d'imagination.

Il avait encore tant de choses à apprendre sur elle, et tant à apprendre d'elle. Il aimait cette découverte, un peu à la façon d'un calendrier de l'avent, avec une surprise chaque jour.

Mais ouvrir les cases du calendrier intime de Yasmin signifiait qu'il devait lui aussi ouvrir les fenêtres de son propre calendrier.

Jasper les accueillit avec effervescence dès qu'ils eurent passé la porte. Ilya l'emmena dans le jardin pendant que Yasmin montait ranger les affaires qu'elle avait prises dans son appartement.

Elle redescendit aussitôt.

— Tu as faim ? demanda-t-elle en le rejoignant dans le jardin.

— Je suis affamé. J'ai l'impression de m'être bien dépensé.

— Oui, les acrobaties aériennes, ça creuse.

— Surtout les acrobaties au lit !

Elle rougit.

L'espace d'un instant, ils se replongèrent tous deux dans le souvenir de leurs ébats passionnés.

Hélas, Jasper rompit la magie en aboyant.

— Hannah m'a dit qu'elle avait laissé une salade de

légumes grillés et des steaks pour notre repas. On fait cuire la viande au gril ?

— Bonne idée.

Ilya sourit. Leur relation était tout ce qu'il y avait de plus normale, et cela lui plaisait énormément. C'était la vie dont il avait toujours rêvé mais qu'il n'avait jamais osé espérer.

Après la mort de son père, sa mère avait d'abord été anéantie, perdant pratiquement goût à la vie au point qu'Ilya avait été très inquiet. Puis, sans crier gare, elle s'était mise à sortir avec tous les hommes qui s'intéressaient à elle. Comme elle avait beaucoup d'argent, les prétendants ne manquaient pas. Ilya avait été affligé par le tableau. Il avait vu sa mère passer du statut de femme aimante et de mère dévouée au statut d'une femme plongée dans l'insécurité affective la plus totale.

Et un jour, sa mère était morte dans un accident de voiture avec son compagnon de l'époque. La nouvelle n'avait surpris personne. Pour Ilya, cela avait constitué un constat terrible. Il n'avait pas pu sauver son père et il n'avait pas pu sauver sa mère.

À présent, il voulait se concentrer sur Yasmin.

Il l'avait sauvée de la noyade, il y avait de nombreuses années mais, ironie du sort, c'était précisément cet épisode qui constituait une ombre au tableau. Il cherchait désespérément un moyen de tout lui raconter mais chaque fois, il craignait de n'être à ses yeux qu'un rappel permanent de la terrible épreuve qu'elle avait endurée.

Alors qu'ils débarrassaient après le dîner, il entendit le téléphone de Yasmin sonner sur le comptoir.

— Tu ne décroches pas ? demanda-t-il, comme elle n'y prêtait aucune attention.

— Plus tard.

— Et si c'est important ?

— Si c'est important, la personne rappellera.

Le téléphone cessa de sonner quelques secondes puis retentit de nouveau.

— Je ferais mieux de répondre, marmonna-t-elle.

Il l'observa, étonné de constater qu'elle avait l'air d'avoir peur de décrocher.

Elle sortit dans le jardin pour prendre l'appel.

Au bout de quelques instants, elle revint dans la cuisine, un sourire timide aux lèvres.

— C'est un peu maladroit mais j'ai une requête. J'ai un client potentiel qui voudrait rencontrer mon mari et il nous invite à dîner. Je comprendrais si tu déclinais l'offre puisque l'on a décidé de ne pas parler de nos activités professionnelles respectives.

— C'est toi qui as insisté sur cette clause.

— Je sais. Ce n'est pas grave, je comprends que tu n'aies pas envie…

— Yasmin, du calme, je n'ai pas encore donné ma réponse. Je pense que l'on peut faire une exception pour cette fois, non ? Je sens que c'est important pour toi, et cela me fait plaisir de pouvoir t'aider. C'est quand ?

— Demain soir.

— Pas de problème. Si tu le souhaites, je peux t'accompagner.

Elle eut l'air soulagée par sa réponse.

— Merci.

— Qui est ce client potentiel, si je puis me permettre ?

— Hardacre. Tu n'as pas répondu à l'appel d'offres, j'espère ?

Ayant entendu des rumeurs peu encourageantes sur Wallace Hardacre, il avait préféré passer la main. Il était étonné que Yasmin ait été tentée par ce contrat et il éprouva aussitôt l'envie de l'avertir. Ce fameux instinct de protection.

Un autre sentiment, plus insidieux, prit forme dans son esprit. Il avait entendu dire que Wallace Hardacre, après de nombreuses frasques, avait fini par jurer à sa femme qu'il ne toucherait plus jamais une femme mariée.

Était-ce pour cela que Yasmin s'était jetée dans ce projet de mariage ? S'était-elle uniquement mariée pour obtenir ce contrat ? Comptait-elle mettre fin à son mariage dès qu'elle aurait signé le contrat ?

À cette pensée, il se crispa.

Ses sentiments pour elle évoluaient jour après jour. Mais qu'en était-il des réelles motivations de Yasmin ? Était-elle en train de l'utiliser à des fins professionnelles ? Venait-il de reproduire la même erreur qu'avec Jennifer ?

Inconsciente du tumulte dans lequel il était projeté, Yasmin préparait du café. Elle avait l'air d'être détendue alors qu'il était assailli de doutes.

Et il détestait cela.

Était-elle sincèrement heureuse d'être avec lui ou se réjouissait-elle à l'idée de bientôt signer un gros contrat ?

Le fait qu'elle ait tant insisté pour ne pas parler de leurs occupations professionnelles respectives prenait à présent une autre tournure. C'était un sentiment fort déplaisant.

Comment percer son secret ?

Tant qu'il ne lui avouait pas sa présence lors de son bizutage, il n'avait pas le droit d'exiger qu'elle lui dise la vérité sur les vraies raisons qui l'avaient poussée à se marier.

Alors qu'elle se préparait pour la nuit, Yasmin était au comble de la joie. Le dîner chez Esme et Wallace Hardacre s'était très bien passé. Elle était à présent quasiment sûre de décrocher le contrat.

Quand Esme Hardacre l'avait appelée pour l'inviter à dîner, elle avait eu un moment de panique. Mais elle avait été rassurée quand Ilya lui avait confirmé qu'il n'avait pas participé à l'appel d'offres, et soulagée qu'il accepte de l'accompagner chez les Hardacre.

Grâce à ce contrat, elle pourrait envisager l'avenir plus sereinement sans se soucier de devoir licencier des gens et elle pourrait rembourser le prêt qu'elle avait pris pour le mariage.

De plus, elle était ravie de la façon dont les choses évoluaient entre Ilya et elle.

La seule ombre au tableau restait les mails de MonHomme

qui continuaient d'arriver dans sa messagerie. Elle en avait reçu un nouveau pendant le dîner.

> Tu ne m'écoutes pas. Quitte-le ou tout le monde découvrira ta vraie nature.

Elle avait songé bloquer cette adresse, puis elle s'était ravisée. Jusqu'à présent, ces mails n'étaient que des menaces ne portant pas à conséquence. Quant à en parler à la police, elle n'avait pas jugé cela nécessaire. En revanche, elle ne céderait pas aux menaces.

Pour le moment, le plus sage était d'attendre que ces mails cessent. Le plus tôt serait le mieux.

Ilya était déjà couché quand elle sortit de la salle de bains.

Bizarrement, il était tourné du côté opposé à celui où elle dormait.

Elle se glissa dans le lit et se blottit contre lui, dans son dos, l'entourant de ses bras.

— Tu es fatigué ? demanda-t-elle.
— Oui.

Se sentant rejetée, elle chercha une explication logique à la situation.

Après tout, depuis la première nuit où ils avaient fait l'amour, ils n'avaient pas beaucoup dormi donc c'était normal qu'il ait envie de se reposer.

— Je trouve que ça s'est plutôt bien passé, ce soir, non ?

Il grommela un « oui ».

Décidément, il devait être très fatigué.

— Ilya ?
— Hum ?
— Est-ce que… ?

Elle n'arriva pas à finir sa phrase.

— Est-ce que quoi ? s'enquit Ilya, se tournant enfin vers elle.

— Tu étais avec quelqu'un avant que l'on se marie ?
— C'est-à-dire ?
— Tu as eu une relation sérieuse avant moi ?
— Non, répondit-il sèchement.

— Ah.
— Pourquoi ?
— Comme ça, pour savoir.

Puis il se retourna sans dire un mot.

Elle resta dans l'obscurité, les yeux grands ouverts à écouter sa respiration, quasiment sûre qu'il ne dormait pas.

Quelque chose le tracassait, mais quoi ?

Réflexion faite, elle aurait juré qu'il avait changé d'attitude depuis qu'elle avait parlé du dîner chez les Hardacre.

Lui avait-il menti quand il lui avait dit ne pas avoir participé à l'appel d'offres ? Non, c'était impossible, sinon le sujet aurait forcément fait surface la veille à table. Or Esme Hardacre s'était concentrée sur leur récent mariage, comme pour bien faire comprendre à son mari que Yasmin était prise. Wallace avait parlé golf avec Ilya, et ils n'avaient pas évoqué une seule fois leurs activités professionnelles respectives.

Alors pourquoi Ilya se montrait-il distant, ce soir ?

Elle était plus que désireuse de le savoir car elle ne supportait pas qu'il puisse être contrarié. Surtout à cause d'elle. De plus, la veille, après lui avait raconté sa terrible expérience de bizutage, il s'était montré encore plus adorable et attentionné. Il lui avait dit et répété qu'elle n'y était pour rien et que ce n'était pas de sa faute. Elle l'avait cru parce qu'elle lui faisait confiance.

La confiance était une chose fragile. Dans les mains de la mauvaise personne, elle pouvait être source de souffrance. Mais entre de bonnes mains, elle était semblable à l'amour.

Était-ce réellement ce qu'elle commençait à éprouver pour Ilya ? De l'amour ? Elle ne pouvait pas comparer ce sentiment naissant à une autre expérience car elle n'avait jamais été amoureuse.

Mais, à en croire les réactions de son corps et de son esprit en présence d'Ilya, il y avait de fortes chances pour qu'elle soit en train de tomber éperdument amoureuse de lui.

Elle remua légèrement dans le lit, tentant de trouver une position confortable pour s'endormir mais rien n'y faisait.

Ce n'était pas naturel pour elle de ne pas pouvoir se blottir contre Ilya pour s'endormir.

Son esprit vogua vers son grand-père.

Ce dernier aurait sûrement vu cette relation d'un mauvais œil mais il n'était plus là. Il avait été son guide en grandissant, mais quand elle avait fait face à son calvaire à l'université, elle n'avait pas été en mesure de lui parler pour obtenir son soutien. Elle avait surmonté cette épreuve toute seule et en était sortie grandie, plus forte, sans l'aide de personne.

Jim Carter n'avait jamais réussi à se remettre de l'abandon d'Alice et il lui avait fait un portrait d'Ilya qui était loin de la réalité.

Plus elle apprenait à connaître Ilya et moins il ressemblait à l'homme que son grand-père lui avait décrit.

Cependant, malgré les progrès mirobolants de leur relation, quelque chose avait changé entre eux. Un élément perturbateur s'était immiscé au sein de leur couple.

Si elle ne mettait pas le doigt sur cet élément, ils risquaient de s'éloigner.

Or elle n'était pas sûre de pouvoir le supporter.

- 12 -

C'était étrange de se rendre à deux au terrain d'aviation, d'autant que le mur invisible qui s'était érigé entre eux durant le week-end était plus palpable que jamais, songea Yasmin qui n'avait toujours pas d'explications à l'étrange comportement d'Ilya.

Ce dernier l'avait déposée devant les locaux de Carter Air. Il n'avait pas esquivé son baiser en quittant le véhicule, mais cela n'avait pas eu l'air de le mettre de meilleure humeur.

C'était peut-être à cause du chiot qui avait voyagé à l'arrière et qui avait légèrement abîmé les sièges en cuir de l'habitacle flambant neuf de sa Tesla.

Ou alors il appréhendait de retourner au travail et d'assumer ses responsabilités de P-DG.

Mettant Jasper en laisse, elle se rendit dans les locaux de Carter Air attenant au hangar principal.

Dès qu'elle entra dans les bureaux, Riya se jeta dans ses bras.

— Yasmin ! Ravie de te revoir ! Dis donc, le mariage te réussit, tu es tout en beauté. Et quelle mine superbe !

— J'ai passé beaucoup de temps au bord de la piscine, expliqua-t-elle, sentant ses joues s'enflammer.

— La piscine ? Mon œil !

Elles éclatèrent de rire toutes les deux.

— Alors, quelles sont les nouvelles ? demanda Yasmin, voulant éviter un interrogatoire en règle. Et quels sont les dossiers prioritaires ?

Suivie de Riya, elle se rendit dans son bureau et détacha Jasper.

Le chiot inspecta la pièce puis se nicha dans un coin et s'endormit.

Yasmin l'avait emmené faire une longue balade le matin pour le fatiguer, dans l'espoir qu'elle puisse se concentrer sur son travail pendant quelques heures.

Hannah avait proposé de le garder à la maison mais elle voulait que le chiot s'habitue à différents rythmes et qu'il apprenne à rester au bureau sans faire des siennes.

— Tiens, tu as reçu ça, lui dit Riya en lui tendant une enveloppe.

Son cœur se mit à battre plus fort.

En reconnaissant le nom du cabinet d'avocats – celui employé par les Hardacre –, elle sentit son cœur battre plus fort.

Après avoir pris une grande inspiration, elle ouvrit l'enveloppe. Le contrat qu'elle attendait tant… Une vague de joie et de soulagement s'empara d'elle.

— On a réussi ! s'exclama-t-elle. On a décroché le contrat Hardacre !

— C'est formidable ! Je n'en doutais pas un seul instant. Ils auraient eu tort de prendre quelqu'un d'autre. C'est une excellente nouvelle pour commencer la semaine. Le contrat commence quand ?

— Vendredi. Ils vont à Palm Springs en famille.

— Félicitations, dit Riya. Bien, je vais te laisser travailler.

Une fois seule, Yasmin prit le temps de lire le contrat.

Tout y figurait, y compris la fameuse clause de moralité. Cette fameuse clause qui l'avait poussée à s'inscrire dans une agence matrimoniale pour trouver un mari. Au départ, cela lui avait paru être une bonne idée. Et même si, au premier abord, elle avait été décontenancée de voir Ilya l'attendant devant l'autel, dès les premiers instants de complicité, elle avait su qu'elle avait fait le bon choix.

Mais à présent, avec les mails de menace et le comportement étrange d'Ilya, elle avait des doutes.

Au bout de quelques jours, elle avait retrouvé un semblant de routine.

Son équipe avait été ravie d'apprendre la signature du contrat, et tout le monde avait retrouvé le sourire. Elle s'était rendu compte de la différence d'ambiance dans les bureaux et était fière d'avoir réussi à décrocher ce contrat, même si elle avait dû se marier précipitamment.

Toutefois, même en ayant repris le cours normal de sa vie, elle n'était pas pleinement satisfaite. Souvent, à certains moments de la journée, Ilya lui manquait énormément. Riya l'avait même surprise en train de regarder par la fenêtre en direction des bâtiments de Horvath Aviation ! Et puis sa situation personnelle l'inquiétait. En effet, elle n'avait toujours pas réussi à savoir pourquoi Ilya se montrait aussi réservé depuis quelques jours.

Les deux derniers soirs, il avait travaillé tard et s'était glissé dans le lit à côté d'elle sans même la toucher.

Leur lune de miel était bel et bien terminée.

Quatre jours après avoir repris le travail, Ilya se gara devant chez sa grand-mère. Il sonna à la porte d'entrée imposante de la demeure que son grand-père avait fait construire pour sa jeune épouse quand il avait gagné son premier million de dollars. Eduard Horvath avait ni plus ni moins commandé la construction d'un petit palais hongrois. Cela aurait pu paraître incongru, au beau milieu de la Californie, mais avec le jardin alentour et les plantations, la demeure s'intégrait à la perfection au paysage environnant.

Sa grand-mère vint lui ouvrir et sourit en le voyant.

— Nagy, dit-il avant de l'embrasser.
— Ilya, quel bon vent t'amène ?
— J'ai besoin de te parler.

Le sourire de sa grand-mère disparut.

— Entre, allons dans le petit salon. Veux-tu quelque chose à boire ou à manger ?
— Tu sais, ce n'est pas une visite de courtoisie.

Il fut content de ne pas devoir aller dans la grande salle qu'il trouvait trop vaste. Le petit salon était plus intime. Il choisit son fauteuil préféré et s'y installa dès que sa grand-mère fut assise.

— Que se passe-t-il ? demanda cette dernière, qui ne s'était jamais emmêlée dans les circonvolutions des conversations banales et allait toujours droit au but.

Durant tout le trajet, il avait répété ce qu'il avait envie de lui dire mais, maintenant, les mots lui manquaient. Son hésitation était en grande partie liée à la nature de sa visite. Mettre en doute l'intégrité de Yasmin revenait à mettre en doute le choix de sa grand-mère.

Cependant, cette dernière étant très à cheval sur l'honnêteté, il décida de poser la question de but en blanc.

— Est-ce que Yasmin m'a épousé pour obtenir un contrat ?
— Pardon ?

Il expliqua brièvement la raison de sa visite.

— Et alors ? Que penserais-tu si elle s'était mariée uniquement dans ce but ? Que ressentirais-tu si tu avais l'impression d'avoir été utilisé ?

— Je serais très en colère.
— Tu lui as posé la question ?
— Bien sûr que non, marmonna-t-il.
— Vous êtes mariés. Si vous avez des doutes, n'êtes-vous pas censés régler la question entre vous, avant de faire appel à de l'aide extérieure ?

— Nagy, tu n'es pas de l'aide extérieure.
— C'est vrai. Mais si tu veux que ton mariage soit une réussite, tu dois apprendre à résoudre ce genre de problème avec ta femme.

— Tu as raison. Mais tu as mené ton enquête sur elle, non ?

— Et sur toi aussi. Tu as accepté les règles du jeu et c'était une condition *sine qua none* pour entrer dans la base de données de mon agence. Tu sais que je suis contre le favoritisme donc tu n'as pas bénéficié d'un passe-droit.

— Je sais. Seulement je veux savoir jusqu'à quand vous êtes remontés, dans votre enquête.

— Aussi loin que nécessaire, répondit Nagy, sans ciller.

— Alors tu connaissais l'histoire de son bizutage ?

Elle hocha la tête de manière à peine perceptible mais cela suffit à lui glacer le sang.

— Depuis quand ? s'enquit-il, mâchoires serrées.

— Depuis le jour où tu as enfin vu clair dans le jeu de Jennifer Morton. Tu pensais que je t'aurais laissé rentrer dans cet état sans enquêter de mon côté ? Tu étais brisé quand tu es revenu vers moi. Je devais savoir pourquoi. C'était tout à fait naturel.

Elle l'avait vu effondré trois fois dans sa vie. Quand il avait perdu son père, puis sa mère, puis Jennifer. Elle s'était inquiétée pour lui, ce qui était normal. Il ne pouvait pas le lui reprocher.

Elle prit une grande inspiration avant de reprendre la parole :

— Ilya, la seule façon de faire grandir une relation, c'est avec l'amour et l'honnêteté. Je pense que Yasmin et toi êtes tous les deux capables de vous aimer. Mais vous devez régler le problème de l'honnêteté. Je refuse de te dire les choses que tu pourrais savoir si tu parlais à ta femme. Si vous voulez que votre couple fonctionne, c'est à vous de régler ça entre vous. Ne laisse pas ta fierté et ton expérience avec Jennifer entraver ce qui pourrait t'arriver de mieux, à savoir aimer Yasmin et vivre avec elle pour le restant de tes jours.

— Tu peux au moins me dire si…

— Non. Vous aviez chacun vos raisons pour choisir cette formule de mariage. C'est à vous de démêler le pourquoi du comment. Tu ne t'attendais pas à tomber amoureux, et Yasmin non plus. Seulement vous êtes faits l'un pour l'autre, j'en suis persuadée. Tu dois parler à ta femme, conclut-elle avant de se lever.

Il se leva également, sachant que leur entretien était terminé.

Sur le chemin du retour, il était quelque peu déstabilisé. Il avait toujours été habitué à l'excentricité de sa grand-mère mais, cette fois, il avait été bluffé par son aplomb. Sans faiblir, elle continuait à soutenir mordicus que Yasmin et lui étaient faits l'un pour l'autre.

Par certains côtés, il ne pouvait que lui donner raison. Les moments qu'il avait partagés avec Yasmin avaient montré qu'ils étaient compatibles à plus d'un égard.

Alors pourquoi était-il contrarié à l'idée que Yasmin ait pu se servir de ce mariage pour décrocher un contrat avec Hardacre ?

Comme l'avait si bien fait remarquer sa grand-mère, il avait lui-même opté pour cette formule car il voulait s'installer et fonder un foyer. Jamais il ne s'était attendu à tomber amoureux de sa femme…

Il se montrait trop dur envers Yasmin. Elle devait avoir ses raisons, il n'avait pas toutes les données en main. Peut-être que Carter Air était en mauvaise posture et qu'elle s'était retrouvée au pied du mur ?

Il savait qu'elle était fière, obstinée et qu'elle avait une volonté de fer.

Comme lui.

N'aurait-il pas tout tenté s'il avait dû sauver sa compagnie ? Bien sûr que si. Il était prêt à tout pour Horvath Aviation. Et c'était peut-être exactement ce que Yasmin avait fait pour sauver Carter Air.

À présent, il devait clarifier la situation avec Yasmin en lui racontant son rôle dans la soirée du bizutage. Ce faisant, il installerait entre eux une vraie communication et lui prouverait qu'il se comportait comme un mari désireux de se montrer honnête envers sa femme.

- 13 -

Yasmin consultait son plan de vol pour le lendemain, le voyage des Hardacre, quand elle entendit une notification sur l'écran de son ordinateur portable. Elle ouvrit sa messagerie. Un mail apparut dans sa boîte. Son sang se glaça. Depuis le dîner chez les Hardacre, elle n'avait plus reçu de messages de menace de MonHomme donc elle avait espéré que l'expéditeur anonyme avait abandonné. Visiblement, elle s'était trompée.

Elle lut le sujet :

Tu l'auras voulu.

Elle cliqua sur le message mais il était vide.
Qu'est-ce que cela signifiait ?
Le téléphone fixe sur son bureau se mit à sonner.

— Esme Hardacre est en ligne, lui dit la réceptionniste avant de transférer l'appel.

— Esme, ravie de vous entendre. Je suis en train de finaliser le plan de vol pour de…

— Ce ne sera pas la peine. D'ailleurs, nous annulons le contrat, décréta son interlocutrice d'une voix glaciale.

— Mais pourquoi ? s'écria Yasmin.

— Je n'aurais jamais pensé cela de vous. Mon mari allait être votre prochaine victime ? Vous devriez vous faire soigner !

— Excusez-moi… Je ne comprends pas. Vous pourriez m'expliquer ? bredouilla Yasmin.

Esme Hardacre raccrocha sans un mot.

Elle rappela sa ligne directe mais tomba sur son assistant.

— Mme Hardacre ne prend pas d'appels.

— Elle vient de m'appeler. Je dois lui parler. J'ai besoin d'avoir une explication.

— Une explication ? Les photos parlaient d'elles-mêmes mais je crois qu'avec la vidéo, il n'y a plus besoin d'explication.

— Quelle vidéo ? s'exclama Yasmin.

Son sang ne fit qu'un tour.

« Tu l'auras voulu. »

C'était sa punition pour ne pas avoir écouté les menaces contenues dans les messages qu'elle avait reçus.

— Je vous ai transféré le message, dit l'assistant avant de raccrocher.

Au même moment, la notification retentit, et le mail apparut sur son écran.

Yasmin fit glisser sa souris et cliqua sur le message.

Le contenu était succinct mais très clair.

> Méfiez-vous de Yasmin Carter. C'est loin d'être une sainte-nitouche.

Il y avait quatre liens. Trois photos et une vidéo.

Yasmin eut soudain la gorge sèche, son estomac se noua, et sa vision se troubla alors qu'elle ouvrait la première photo.

C'était celle qu'elle avait reçue deux semaines auparavant.

Puis elle ouvrit les autres, au bord de la nausée.

La vidéo était le summum de l'horreur. Elle avait été prise alors qu'elle buvait son dernier shot de vodka et qu'elle s'apprêtait à sauter dans le lac pour son dernier défi.

Pour elle, ses souvenirs de l'événement restaient très vagues dans la mesure où elle était dans un état d'ébriété avancé. On lui avait mis un bandeau sur les yeux puis on l'avait fait tourner jusqu'à ce qu'elle tombe à genoux, complètement désorientée. Elle se souvenait juste de la sensation du sable, de ce sentiment de vertige et de nausée.

Revivre la scène telle qu'elle s'était déroulée, avec les

voix et les rires de ses prétendues amies était une torture. Mais, comme hypnotisée, elle regarda la vidéo.

On lui disait de se mettre en sous-vêtements, ce qu'elle fit, sous les encouragements du groupe de filles hystériques qui l'entouraient. Puis on lui jeta un godemiché en lui ordonnant de s'en servir.

Elle ferma la fenêtre, mettant fin à la vidéo avant de voir la suite.

Sentant la nausée monter en elle, elle se précipita hors de son bureau en direction des toilettes.

— Yasmin, ça va ? s'enquit Riya alors qu'elle courait dans le couloir.

Elle ne prit pas le temps de lui répondre, arrivant juste à temps.

Le cœur battant la chamade, elle tenta de comprendre ce qui venait de se passer.

Même si elle ne se souvenait pas de tous les détails du bizutage, cela restait son pire cauchemar. Et elle avait tout fait pour s'en remettre, l'oublier et le mettre derrière elle.

Maintenant, son plus gros client connaissait ce secret qu'elle avait enfoui en elle.

La personne responsable de cet acte immonde devait vraiment la détester. Envoyer ces fichiers aux Hardacre était cruel.

Elle avait tout perdu.

De nouveau, elle fut prise de convulsions mais elle n'avait plus rien en elle, elle était vidée.

Quelle ironie !

Il ne lui restait plus rien, même dans l'estomac !

Pourquoi avait-elle attiré les foudres de cette personne visiblement détraquée ?

Comment allait-elle subvenir aux besoins de sa société sans le contrat Hardacre ?

Cette fois, plus d'hésitation, elle devait en parler à la police.

La personne qui lui envoyait ces messages était peut-être quelqu'un de très dangereux… qui avait peut-être décidé d'attenter à sa vie après l'avoir humiliée de la sorte.

Riya la tira de ses pensées.

— Yasmin, ça va ?

— Oui, merci. J'arrive.

Elle attendit quelques instants pour être sûre que Riya était repartie puis sortit de la cabine, se rinça la bouche et s'aspergea le visage d'eau froide. Elle avait le visage pâle, les traits tirés.

Comment allait-elle se sortir de cette impasse ?

Quand elle avait raconté les événements à Ilya, il lui avait dit que ce n'était pas sa faute mais au fond d'elle-même, elle savait que les autres ne verraient pas cela du même œil.

Elle aurait pu mettre fin à ce bizutage ridicule bien plus tôt, avant de ne plus être en mesure de réfléchir. Elle aurait pu dire non aux défis qu'on lui demandait de relever, plus abjects les uns que les autres.

Or elle ne l'avait pas fait.

Bien entendu, elle pouvait se défendre en disant que les autres avaient aussi leur part de responsabilités car c'était eux qui l'avaient poussée à finir dans un état pitoyable mais en réalité, elle voyait aujourd'hui les événements sous leur vrai jour. En se soumettant à ce bizutage, elle avait choisi de sacrifier sa dignité pour faire partie d'un groupe, à tout prix.

En acceptant ces conditions, elle avait aussi sacrifié l'héritage de son grand-père…

Riya l'attendait dans le couloir quand elle sortit des toilettes.

— J'ai dû manger quelque chose d'avarié, expliqua-t-elle en passant devant Riya sans lui accorder un regard.

Au lieu de retourner dans son bureau, elle se dirigea vers le hangar. Le hangar que son grand-père avait construit soixante-dix ans auparavant. Ce bâtiment qui avait été sa fierté mais aussi sa prison dorée. Il y avait consacré toute sa vie.

Balayant du regard l'espace, elle vit les mécaniciens en train de vérifier l'avion qu'elle aurait dû utiliser le lendemain pour les Hardacre mais qui resterait à terre. Un Beechcraft.

Ce serait sûrement le premier avion dont elle devrait se défaire. Elle adorait le piloter mais il avait de la valeur. En le vendant, elle pourrait couvrir le prêt qu'elle avait fait pour son mariage.

Tout en errant dans le hangar, telle une âme perdue, elle sentait son cœur se briser, petit à petit.

Le désespoir et l'impuissance s'emparaient d'elle.

En voyant son Ryan, elle eut les larmes aux yeux. Elle devrait aussi s'en défaire. Puis elle devrait vendre le hangar, l'appartement…

Tout ce qui était sa vie.

Accablée de chagrin, elle ne cessait de se demander pourquoi elle vivait un tel calvaire. Qui en était responsable ?

Elle pourrait sûrement retrouver un poste de pilote mais qu'en serait-il de ses employés ? Ils étaient sous sa responsabilité, et elle allait les abandonner…

Elle sentit soudain une présence derrière elle.

C'était Ilya.

— Riya m'a appelé en disant que tu t'étais sentie mal.

— Ce n'était pas la peine de venir. Comme tu le vois, tout va bien.

Il prit un moment pour l'observer, la scruter en profondeur, comme s'il pouvait s'immiscer au plus profond de son âme et y lire ses pensées.

— Moi je ne suis pas du même avis, Yasmin. Tu n'as pas l'air bien du tout. Je vais te ramener à la maison.

— Non, vraiment, ça va. En plus, je dois aller chercher Jasper au chenil de jour.

Elle ne pouvait pas rentrer.

Ses responsabilités la retenaient ici. Elle devait expliquer à son équipe que les choses avaient mal tourné et que le contrat Hardacre était tombé à l'eau.

Ilya lui caressa la joue puis lui montra les larmes qu'il y avait recueillies.

— Voici la preuve que ça ne va pas, dit-il d'une voix douce.

Elle ferma les yeux un instant, tentant de se reprendre, les poings serrés le long de son corps.

Puis elle se força à les rouvrir pour regarder Ilya.

Elle devait raconter à quelqu'un la catastrophe qui venait de se produire.

Autant commencer par Ilya, puisqu'il était là.

— Les Hardacre ont changé d'avis, dit-elle. Ils ne veulent plus utiliser Carter Air.

— Pourquoi ? Tu as signé un contrat !

— J'ai perdu le contrat. Il y avait une clause de moralité.

— En quoi cela a-t-il un rapport avec la perte du contrat ?

Elle poussa un long soupir avant de lui expliquer la situation :

— Tu te souviens de l'histoire de mon bizutage ?

— Oui, mais je ne vois pas non plus le rapport.

— Les Hardacre ont reçu des photos et une vidéo prises ce soir-là. Puis ils m'ont appelée pour me dire qu'ils se passeraient de mes services.

Ilya était abasourdi par la nouvelle.

Pas étonnant que Yasmin lui ait paru si pâle.

Il la prit dans ses bras, tout contre lui. Elle se laissa faire, son corps tremblant venant se lover contre lui alors qu'elle le prenait par la taille.

Lorsque ses larmes mouillèrent sa chemise, il sentit son cœur se déchirer de douleur à l'idée qu'elle puisse souffrir à ce point.

Il avait prévu de passer aux aveux le soir même et d'implorer son pardon. Pour ne pas lui avoir tout dit plus tôt et pour ne pas l'avoir soutenue à l'époque en rapportant les faits aux autorités.

Mais en voyant l'état de choc et de vulnérabilité dans lequel elle était à cet instant, comment pouvait-il lui avouer la vérité maintenant ?

La seule personne capable de vouloir du mal à Yasmin ne

pouvait être que son ex-fiancée, Jennifer. S'il était intervenu plus tôt, peut-être que rien de tout cela n'aurait eu lieu ?

Et même si le mal était fait, il n'était pas trop tard pour rétablir la situation. Il lui suffisait de retrouver la trace de Jennifer et de veiller à ce qu'elle soit punie pour ce qu'elle avait fait.

Mais pour commencer, il devait s'occuper de sa femme.

— On va trouver une solution, lui assura-t-il.

— La seule solution sera de fermer boutique. Je suis ruinée.

— On va te sortir de là, je te le promets.

— Tu ne peux pas me promettre quelque chose dont tu n'as pas le contrôle ! s'écria-t-elle en le repoussant.

Il la prit par la main, décidé à ne pas rompre le contact.

— Allons dans ton bureau, on sera plus tranquilles pour parler, et tu pourras me montrer les comptes de la société, proposa-t-il. Je suis sûr que l'on peut enrayer la crise.

Plusieurs heures plus tard, Ilya s'arracha à l'écran d'ordinateur de Yasmin, consterné. C'était un miracle que Carter Air ait tenu si longtemps !

Yasmin se versait un salaire modique, couvrant à peine ses frais journaliers. Elle avait toujours veillé à ce que ses employés soient payés et que les avions soient bien entretenus. Elle avait avoué avoir contracté un prêt pour son mariage.

Et elle n'avait pas de filet de secours.

Il avait bien une solution, mais Yasmin devrait ravaler sa fierté.

Étant donné son esprit indépendant et sa volonté de s'en sortir sans l'aide de personne, il doutait que son offre soit acceptée.

— Tu vois, maintenant tu me crois quand je te disais que c'était catastrophique, murmura-t-elle.

— Oui. Je ne vais pas te mentir et enjoliver la situation. Cela dit, c'est un miracle que tu aies réussi à tenir tout ce temps dans cette précarité. Ce qu'il te faut, c'est un apport qui pourrait te permettre de souffler.

— C'est pour ça que j'ai tout fait pour décrocher le contrat Hardacre.

— Tu penses que tu pourrais les recontacter ?

— J'ai essayé. Ils ne prennent pas mes appels. Ils ont dit que j'avais enfreint la clause de moralité du contrat. Et franchement, je n'ai pas envie d'envenimer la situation et risquer que ça aille plus loin.

— Tu accepterais que mon équipe juridique étudie la question ?

— Non.

— Dans ce cas, il n'y a qu'une solution.

— Déclarer faillite.

— Non, je ne pensais pas à ça.

— Tu pensais à quoi ?

— J'ai une idée qui pourrait te permettre de continuer ton activité et de te remettre sur pied. Mais cela ne va pas te plaire, précisa-t-il, guettant sa réaction.

— Tu vas proposer de me racheter ?

— Quelque chose comme ça.

— Pas question ! Plutôt fermer dès demain !

Ilya accusa le coup.

— Au moins, ça a le mérite d'être clair.

— Je suis désolée, je ne peux pas. Mon grand-père...

— Ton grand-père a laissé sa fierté et son amertume le guider toute sa vie. Tu veux faire la même chose ?

— Tu ne peux pas comprendre.

— Yasmin, ton grand-père est mort. Toi tu es en vie, et encore jeune. Tu dois résoudre ce casse-tête financier pour toi mais aussi pour tes employés qui seraient durement touchés si tu mettais la clé sous la porte. Tu as besoin d'aide. Et je peux t'aider.

Elle détourna le visage.

Pitié, pas de larmes. Il se sentait tellement démuni quand une femme pleurait. Encore plus dans le cas de Yasmin.

Il ne voulait pas la bousculer mais il se devait de ne pas y aller par quatre chemins, pour la faire réagir.

Elle prit le temps de réfléchir avant de lui faire face.

— Qu'est-ce que tu proposes ? demanda-t-elle dans un souffle.

— Je propose que Carter Air traite les plus petits contrats de Horvath Aviation. Et avant que tu ne montes sur tes grands chevaux, non, ce n'est pas une offre de pitié. C'est une stratégie sur laquelle nous nous sommes penchés récemment avec le conseil de direction. Nous avons envisagé de sous-traiter les missions plus ciblées, comme celles que vous faites chez Carter Air. Comme tu le sais, c'est un marché très compétitif et, après notre étude, nous avons décidé que ce serait la solution la plus viable, sur le long terme. Donc voilà ma proposition.

Il passa ensuite une heure à lui expliquer comment cela pourrait fonctionner pour les deux compagnies.

— Et en plus, j'aimerais te donner l'argent pour que tu rembourses le prêt du mariage.

— Pas question ! hurla-t-elle en bondissant de son siège.

Il soupira. Peut-être aurait-il dû ne pas évoquer ce sujet, d'autant plus qu'il ne pouvait pas lui expliquer la raison de ce geste.

Elle comprendrait plus tard. Pour l'instant, il voulait honorer la mission que sa grand-mère lui avait confiée : réparer les dommages subis par Yasmin dix ans auparavant.

— Vois ça comme un prêt longue durée sans intérêts, expliqua-t-il. Tu pourras me rembourser, si tu y tiens, quand tu gagneras de nouveau un salaire convenable. Et pour ce qui est de ma proposition, sois raisonnable. Tu sais que c'est la seule solution. Sans un apport financier important venant de l'extérieur, tu devras fermer boutique. Tu ne pourras pas rembourser ton prêt, tu ne pourras pas payer tes fournisseurs, et tes employés se retrouveront sur la paille. Tu veux continuer à invoquer ta dignité ou tu es prête à voir ma proposition comme une offre d'aide sincère ?

- 14 -

Ilya avait raison sur toute la ligne, c'était indéniable. Néanmoins, Yasmin ne se faisait pas à l'idée de recevoir de l'aide ; elle voulait s'en sortir seule, sans personne. Vendre quelques avions, licencier des gens et réduire les frais encore plus. Mais si elle faisait cela, il ne resterait plus que le squelette de Carter Air.

Elle en était malade d'avance…

La situation la forçait à accepter l'offre d'Ilya. Elle était au pied du mur.

Un mois auparavant, elle n'aurait jamais envisagé pareil scénario. Aujourd'hui, c'était la seule solution pour éviter la faillite.

Elle prit une grande inspiration.

— C'est d'accord, dit-elle.

Une fois qu'elle aurait réglé ses comptes avec Ilya, elle irait voir la police pour qu'ils ouvrent une enquête sur la personne qui lui rendait la vie difficile.

— Pardon ? Tu es d'accord ?

— Oui. J'accepte que Carter Air devienne un sous-traitant de Horvath Aviation et j'accepte ton prêt personnel longue durée pour rembourser l'argent que j'ai emprunté pour notre mariage, répondit-elle d'une traite.

En prononçant ces mots, elle sentit que son esprit s'allégeait. Le poids de la responsabilité n'était plus aussi pesant. C'était une sensation tellement agréable, après ces heures passées dans la tourmente…

Elle qui avait tout fait pour qu'Ilya ne soit en aucun cas lié de près ou de loin à Carter Air ! Quelle ironie du sort !

Ce qu'elle appréciait c'est qu'Ilya ne lui avait fait aucun reproche. Il n'avait fait que lui témoigner son soutien, sans la juger. C'était agréable de savoir qu'elle pouvait compter sur lui et qu'il serait toujours là pour elle.

Ilya poussa un profond soupir de soulagement.

— Fais-moi confiance, Yasmin, ça va marcher. Tu voudrais bien que mon service financier jette un œil aux comptes de Carter Air, pour étudier la situation à long terme ?

Elle sentit son estomac se nouer. Ça y est, le processus était lancé…

Elle pensa à son grand-père et à la réaction qu'il aurait eue s'il avait été dans la pièce.

Mais au fil des semaines elle avait appris à mieux connaître Ilya et à se défaire du portrait peu flatteur que son grand-père avait fait de lui.

Ilya n'avait cessé d'être là pour elle et elle lui en était reconnaissante.

— D'accord, répondit-elle. Mais je ne veux pas que vous preniez de décisions sans m'en parler.

— Promis. Et qu'en est-il des photos qui ont été envoyées aux Hardacre ? Tu veux que je mène mon enquête ?

— Non. C'est moi qui vais m'en occuper.

— Entendu. Et si on rentrait ?

Elle regarda l'horloge murale.

— Oh non ! s'exclama-t-elle. Je suis en retard pour aller chercher Jasper.

— J'ai demandé à Hannah d'y aller pendant que tu étais dans le bureau de Riya.

— Décidément, tu penses à tout.

— N'oublie pas que j'aime être aux commandes, dit-il avant de lui sourire.

Malgré le tumulte qui l'animait, ce sourire lui donna du baume au cœur.

— Comment pourrais-je l'oublier ? répliqua-t-elle d'un ton moqueur.

— Je propose que l'on rentre à deux. Tu laisses ta voiture ici, je te ramènerai demain matin.
— D'accord.
— Quoi ? Tu ne refuses pas mon idée ?
— Je me plie aux volontés de monsieur.
Il lui prit la main, entrecroisant leurs doigts.
— Ne t'inquiète pas, tout ira bien, murmura-t-il.
Sur le chemin du retour, elle garda le silence, repensant aux événements de la journée et à la façon dont Ilya était venu à sa rescousse tel un preux chevalier.
Quel que soit l'angle d'approche, elle n'avait pas le choix. Elle devait accepter l'offre d'Ilya. C'était la bonne décision pour sa société et pour ses employés.
Mais le lendemain, elle irait seule au poste de police pour porter plainte pour harcèlement.

Elle alla se coucher tôt mais Ilya ne tarda pas à la rejoindre. Elle sentit le matelas s'enfoncer quand il se glissa près d'elle. Ils n'avaient pas fait l'amour depuis des jours, et cela lui manquait. Elle adorait se sentir en sécurité dans ses bras. Quand il l'enlaça, elle se laissa faire, blottissant son corps contre le sien, posant la tête contre son torse ferme et rassurant.
— Tu te sens mieux ? demanda-t-il.
— J'ai été un peu assommée mais je vais m'en remettre.
— Tu as fait le bon choix.
Elle acquiesça en silence.
Parfois, les meilleurs choix n'étaient pas les plus faciles à prendre.
Ilya lui caressa l'épaule.
— Tu m'as manqué, murmura-t-il.
— Ce n'est pas moi qui ai pris mes distances.
— Je sais, pardon c'est moi. J'avais des choses qui me tracassaient.
— Tu ne pouvais pas m'en parler ?
— Je pense que l'on apprend tous les deux à commu-

niquer comme deux personnes qui viennent de se marier et qui se découvrent.

Il avait raison, songea-t-elle. La communication, dans un couple, était sans doute un travail de longue haleine.

— Je propose qu'à l'avenir, si tu as besoin d'aide, tu viennes me voir, proposa-t-il. Dans ta vie professionnelle ou personnelle. Je suis ton mari. Tu dois me dire, quand il y a un problème.

— Oui, d'accord, murmura-t-elle.

— Merci. Je t'assure que l'on va y arriver.

Bizarrement, même s'il s'était montré rassurant et qu'elle appréciait de pouvoir compter sur lui, elle avait néanmoins l'impression qu'il lui cachait quelque chose. Ou du moins que quelque chose le taraudait et l'empêchait de s'ouvrir pleinement à elle. Ou alors il avait proposé de l'aider professionnellement dans un autre but. Un but caché.

Sentant que son esprit commençait à battre la campagne, elle chassa aussitôt cette idée de ses pensées.

C'était idiot de se montrer aussi paranoïaque. Pourquoi ne pouvait-elle pas accepter l'offre généreuse d'Ilya sans chercher la petite bête ?

Ilya se réveilla en sentant le corps chaud de Yasmin contre lui.

Il effleura son dos d'une longue caresse et, aussitôt, il la vit frissonner. Elle s'étira contre lui. Sa réaction fut immédiate, comme chaque fois qu'elle se frottait à lui.

Ses doigts continuèrent à la caresser, descendant vers le bas du dos, jusqu'à la naissance de ses fesses.

— Bonjour, murmura-t-elle.

Il la fit glisser sur le dos puis vint déposer une pluie de baisers dans son cou.

— Je pense que la journée s'annonce plutôt bien, lui chuchota-t-il à l'oreille.

Son téléphone sonna.

— S'il te plaît, ne réponds pas, dit-elle, suppliante, en commençant à le caresser à son tour.

Mais le téléphone continua à sonner.

— Je vais devoir répondre, désolé.

S'arrachant à leur étreinte, il prit son téléphone sur la table de chevet.

C'était le directeur général de la filiale de la côte Est.

Il accepta l'appel.

Ce fut difficile pour lui de se concentrer sur les nouvelles qu'il recevait car Yasmin en profita pour enlever sa nuisette, d'un coup, avant de la jeter sur lui. Quand le vêtement glissa sur son visage, il put profiter au passage de la fragrance fruitée du corps de Yasmin, qui l'enivrait toujours.

Il éprouva une puissante excitation à la vue de ses seins admirablement rebondis et aux tétons raidis.

Soudain, il dut se concentrer sur la conversation car on lui parlait de crise cardiaque et d'hôpital.

— J'arrive au plus vite, dit-il avant de raccrocher.

La culpabilité s'empara de lui.

Pouvait-il vraiment laisser Yasmin seule après les événements de la veille ?

De plus, en s'endormant, il s'était promis de lui avouer le secret qu'il retenait enfoui en lui, même s'il avait peur qu'elle réagisse mal et souhaite mettre un terme à leur mariage.

Maintenant, il se voyait contraint de reporter l'échéance car il devait se rendre à New York au plus vite.

Alors qu'elle était en train de le caresser, il lui prit les mains pour l'arrêter.

— Je suis désolé Yasmin mais je vais devoir m'absenter. Il y a une urgence à la filiale de New York.

— Est-ce important à ce point ?

Elle se leva, prit un peignoir sur le portant accroché à la porte puis revint s'asseoir sur le lit.

— Malheureusement, oui. Le directeur général du bureau de la côte Est a fait un arrêt cardiaque. Je dois aller le remplacer le temps de voir comment son état évolue et lui trouver éventuellement un remplaçant.

— Tu ne peux pas envoyer quelqu'un d'autre ?

— Non, je dois y aller. C'est un ami de longue date et quelqu'un à qui Nagy tient beaucoup. Je me dois de montrer mon soutien à sa famille.

— Je comprends. Que puis-je faire pour t'aider ? s'enquit-elle.

— T'occuper du petit déjeuner ?

Le temps qu'il s'habille et la rejoigne dans la cuisine, elle avait déjà eu le temps de lui préparer un smoothie.

— Tu vas regretter de ne pas avoir voulu partager ta recette avec moi, dit-elle.

— Ah bon, pourquoi ?

— J'ai dû inventer ma propre recette.

Il prit une gorgée et feignit de faire la grimace, puis il but tout d'un trait.

— Tu as raison, ce sera la première chose que je ferai en rentrant ! s'exclama-t-il.

— La première ?

— Disons la deuxième, si tu me prends par les sentiments.

Il la prit dans ses bras et l'embrassa tendrement.

— Merci pour tout. Je t'appelle ce soir. Ne t'en fais pas. Je vais contacter ma banque et leur demander de procéder au virement. Et n'oublie pas les chiffres pour mon département financier.

— Ne pense pas à ça maintenant, ce n'est pas urgent, lui assura-t-elle.

— Non, mais c'est important. Et je te promets de m'en occuper.

Dehors, on entendait déjà l'hélicoptère.

— Je crois que ton taxi est arrivé.

Elle se colla à lui et l'embrassa avec passion.

— Fais attention à toi, murmura-t-elle.

— Toi aussi.

Quelques minutes plus tard, il était à l'hélistation.

Il mit sa valise à l'arrière avant de prendre les commandes de l'appareil.

Après le décollage, il survola la maison puis partit en direction de l'aéroport.

En général, il adorait ce genre de défi.

Normalement, il aurait déjà été en train de planifier la suite des événements, de penser aux implications, de faire une liste des gens à prévenir et de réfléchir à la tactique la plus efficace pour remédier au problème.

Or en ce moment, il n'avait pas la tête à cela. Il n'avait qu'une chose à l'esprit : sa femme.

Il aurait aimé pouvoir rester au lit avec elle et prendre le temps de faire l'amour.

Surtout, il ne supportait pas de devoir la quitter.

Il n'avait pas l'habitude de désirer quelqu'un à ce point. Ni d'éprouver des sentiments aussi forts pour une femme.

Après avoir perdu son père, sa mère et avoir été déçu par Jennifer, il avait toujours pensé qu'il ne pourrait plus jamais aimer quelqu'un.

Mais il devait reconnaître que ce qu'il éprouvait pour Yasmin ressemblait étrangement à de l'amour. Et cela dépassait le cadre d'une amourette de passage ou d'une pure attirance physique.

Quand il l'avait soupçonnée de s'être servie de lui pour obtenir le contrat Hardacre, il avait perdu ses moyens et il remerciait sa grand-mère de l'avoir remis sur le droit chemin et de l'avoir conseillé de manière aussi judicieuse.

Nagy avait raison sur toute la ligne. Yasmin et lui devaient apprendre à parler en toute honnêteté. C'était la clé du succès de leur mariage.

Ce qui lui rappela le secret qu'il n'avait toujours pas dévoilé à Yasmin.

Est-ce qu'en lui avouant cet épisode du passé il détruirait le lien fragile qui s'était formé entre eux ?

C'était un risque qu'il devait courir, même si l'idée de voir Yasmin se détourner de lui le terrifiait.

Oui, il devait absolument lui parler. Il était tout aussi risqué de retarder l'échéance. Plus il attendait, plus Yasmin risquait de mal le prendre.

Son manque d'honnêteté le taraudait. Il aurait aimé avoir eu le temps de lui parler avant de s'envoler pour New York. Au fond de lui, il savait qu'il aurait dû passer aux aveux quand elle lui avait raconté l'histoire de son bizutage.

Pourquoi ne l'avait-il pas fait ? Il l'ignorait.

Il ne pouvait pas remonter le temps et il ne pouvait pas non plus retourner chez lui pour parler à Yasmin. Il devrait attendre de mener à bien sa mission à New York.

C'était un sentiment terrible d'avoir ce secret qui planait entre eux, comme un nuage noir au-dessus de leur couple.

Même si Yasmin avait manifesté le souhait de se débrouiller toute seule, il comptait enquêter de son côté pour découvrir qui était la personne qui avait envoyé les photos compromettantes aux Hardacre. Il voulait rétablir la vérité et que le coupable soit jugé pour cet acte infâme.

Il ne souhaitait plus être simplement marié à Yasmin. Il voulait tout. Tout ce qu'un mariage avait à offrir. L'amour, l'honneur, le respect, la complicité et l'honnêteté de deux êtres unis pour la vie.

- 15 -

Cela faisait quatre jours qu'Ilya était parti, et Yasmin commençait à trouver le temps long.

Dans la journée, elle travaillait – et la nouvelle direction qu'elle avait donnée à Carter Air l'occupait suffisamment ! Mais les nuits étaient longues et solitaires… C'était simple : elle ne dormait pratiquement pas !

Ilya l'avait appelée tous les soirs. Chaque fois, elle aurait aimé que leur appel ne finisse jamais et qu'ils parlent toute la nuit !

En se regardant dans la glace au réveil, lorsqu'elle s'était levée, ce matin, elle avait pris conscience que ses insomnies commençaient à se voir. Elle avait le visage marqué et les traits tirés.

Elle était ridicule de se mettre dans cet état alors que cela ne faisait que quatre semaines qu'Ilya et elle étaient mariés, songea-t-elle en se rendant dans le bureau d'Ilya. Son ordinateur portable était en panne, et Ilya lui avait dit qu'elle pouvait utiliser le sien. Ce qui l'arrangeait car elle avait des choses à finaliser pour le travail.

Elle prit place dans le fauteuil en cuir et ferma les yeux un instant, immobile.

Ses parents lui avaient manqué quand ils étaient partis voyager. Son grand-père lui avait manqué quand il était mort. Mais, là, c'était différent. C'était un manque physique qu'elle n'avait jamais éprouvé. Elle avait hâte qu'Ilya rentre. Un appel journalier ne suffisait pas, même si elle comprenait qu'il devait régler des problèmes importants.

Comment avait-il pris une telle place dans sa vie en aussi peu de temps ? Elle avait toujours réussi à se débrouiller toute seule et avait toujours réussi à résolu ses problèmes.

Jusqu'à aujourd'hui.

Elle devait cependant reconnaître qu'avec la perte du contrat Hardacre, elle avait été dépassée et que c'était grâce à Ilya qu'elle allait s'en sortir. Il était là pour elle, elle pouvait compter sur lui. Pour le moment, il y avait même un déséquilibre car c'est elle qui avait plus souvent besoin de lui que l'inverse. Mais s'ils trouvaient un terrain d'entente, alors elle était convaincue que leur mariage pourrait être un succès.

Elle soupira et alluma l'ordinateur.

Ilya avait tenu parole. Sa banque avait versé le montant nécessaire pour qu'elle rembourse le prêt du mariage.

Il n'y avait pas eu d'autres retombées de la débâcle avec les Hardacre, et elle avait porté plainte à la police. Mais elle ne pouvait s'empêcher de penser que cette histoire était loin d'être finie.

Elle passa environ une heure à vérifier les documents du contrat de sous-traitance avec Horvath. Après les avoir annotés, en vue de modifications éventuelles, elle les envoya à son avocat pour qu'il puisse les consulter et revenir vers elle.

Puis elle prit quelques instants pour faire une pause, soulagée d'avoir accompli cette tâche qu'elle avait déjà reculée plusieurs fois.

Cet accord aurait sûrement été un cauchemar pour son grand-père mais elle, elle le voyait comme une aubaine.

Ilya était intervenu au bon moment, prenant la situation en main et la sauvant du naufrage.

Au cours du mois qu'ils venaient de partager, elle avait appris beaucoup de choses sur lui. Elle avait encore aussi beaucoup de choses à découvrir sur lui.

Pour son retour, elle décida de lui cuisiner son plat fétiche : des aubergines à l'italienne. Elle ferait une liste de courses pour Hannah.

Avant d'éteindre l'ordinateur, elle consulta sa messagerie.

Elle avait un mail non lu.

Elle l'ouvrit machinalement… et le regretta aussitôt.

Ton mari ne t'a pas tout dit.

Que signifiait ce nouveau message de MonHomme ?
La coupe était pleine. Elle en avait assez de ces messages de menace. Ni une ni deux, elle décida de répondre.
Un message court mais efficace.

Fichez-moi la paix. Mon mari n'a rien à voir là-dedans.

Elle envoya le message, prête à éteindre l'ordinateur mais un nouveau message arriva.

Il était à ton bizutage.

Quoi ?

Vous mentez.

Cette fois, elle attendit la réponse.
Quelques instants plus tard, elle reçut une série de mails, chacun comportant un lien.
Elle hésita à ouvrir le premier.
La photo s'ouvrit en plein écran.
Son sang se glaça.
Elle reconnut aussitôt le couple sur la photo…
Il y avait Ilya, plus jeune, toujours aussi beau.
Mais ce n'était pas de le reconnaître qui la choqua le plus et lui donna la nausée.
L'autre personne sur la photo n'était autre que Jennifer Morton. La fille qui était responsable du bizutage traumatisant qu'elle avait enduré et qui avait failli la tuer. Elle était accrochée au bras d'Ilya, ils se regardaient et se souriaient, clairement amoureux.

Elle ouvrit les photos les unes après les autres, l'esprit chancelant.

Sur la dernière, on voyait Ilya nu dans un lit, à peine

réveillé. À l'arrière-plan, Jennifer tendait la main où brillait une bague de fiançailles.

La légende de la photo disait :

J'ai dit oui !

Ensuite, un autre message arriva.

Il était là. Il a tout vu.

Ilya était là le soir de son bizutage ?
Elle se figea, fixant l'écran.

Un flot d'émotions la submergea, et une douleur sourde lui enserra la poitrine, l'obligeant à chercher sa respiration.

Elle était choquée, révulsée, en colère. Mais, pire que tout, un sentiment de trahison lui coupa la respiration.

Ilya savait tout depuis le début. Il l'avait vue dans un état pitoyable. Il avait participé à son calvaire. Et surtout, surtout, il avait été fiancé à Jennifer Morton…

Pourquoi lui avait-il caché la vérité ?

Elle s'était ouverte à lui, lui dévoilant son secret le plus intime. Elle lui avait tout raconté en essayant de lui faire comprendre à quel point cet événement l'avait traumatisée. Il l'avait consolée, lui avait assuré qu'elle n'était pas responsable de cet épisode cruel. Alors qu'il avait assisté à tout…

La vue trouble, l'esprit chamboulé, l'estomac retourné, elle fixa l'écran sans le voir.

Elle lui avait fait confiance, elle lui avait confié sa plus grande peur, et il n'avait rien dit alors qu'il était déjà au courant de l'épreuve qu'elle avait traversée à cause de Jennifer Morton !

Comment avait-il pu l'écouter en faisant comme s'il n'était pas au courant ?

Était-ce une façon de se moquer d'elle, de la tenir en son pouvoir ?

Et comment avait-il pu être présent à son bizutage ? Avait-il pris un malin plaisir à la voir dans un état minable ?

S'était-il tout autant amusé quand elle lui avait fait le récit de son traumatisme ?

Était-il encore en contact avec Jennifer ?

Étaient-ils de mèche avec elle, dans cette histoire de harcèlement ?

Pire encore, était-ce le moyen qu'il avait trouvé pour prendre le contrôle de sa compagnie ?

Un flot de questions affluaient dans son esprit, toutes sans réponse.

Puis elle réfléchit à la situation financière de Carter Air. Elle aurait un prêt à rembourser à Ilya mais sa société lui appartenait encore. Pour ce qui était du contrat de sous-traitance avec Horvath Aviation, elle ne savait pas quoi en penser.

Depuis quand manigançait-il ce projet ? Jennifer était-elle derrière cette machination ? Étaient-ils encore ensemble ? Et Alice ? Avait-elle un rôle, dans ce projet ?

Son premier réflexe fut d'appeler les avocats de Horvath Aviation pour leur demander d'annuler le contrat de sous-traitance mais elle se ravisa en pensant qu'elle mettrait son équipe dans la précarité.

Pour ce qui était du reste, rien ne l'obligeait à rester dans cette maison, mariée à un homme qui lui avait caché la vérité.

Elle réussit, non sans mal, à avoir une conversation normale avec Ilya, quand il l'appela comme chaque soir, mais prétexta une migraine pour écourter son supplice. Bien sûr, elle ne ferma pas l'œil de la nuit et profita de son insomnie pour ramasser ses affaires dans la maison et les charger dans sa voiture.

Quand Hannah arriva le lendemain matin, elle était plus tendue que jamais, ayant déjà bu plusieurs cafés.

— Tout va bien, madame Horvath ?

Yasmin eut la nausée en entendant Hannah l'appeler ainsi. Après les événements de la veille, c'était insupportable.

— Je suis un peu fatiguée, répondit-elle en voulant se

servir une tasse de café mais constatant à regret que la cafetière était vide.

— Attendez, je vais vous en refaire. J'imagine que M. Horvath doit vous manquer.

Yasmin ne répondit pas et ferma les yeux pour empêcher ses larmes de couler.

Toute la nuit elle avait cherché à comprendre pourquoi Ilya ne lui avait pas dit la vérité sur lui et Jennifer. En vain.

Elle était épuisée de penser aux raisons éventuelles, épuisée de se demander quel homme Ilya était en réalité, épuisée de s'en vouloir d'être tombée amoureuse de lui. Pour elle, c'était la plus grande des trahisons. Il s'était présenté à elle comme l'homme de ses rêves mais sous la surface, il n'était que duperie et mensonge.

Elle regarda Jasper sortir sur la terrasse, jouer avec une feuille puis reporter son attention sur un jouet qu'il avait laissé sur une chaise longue. Ilya s'était montré tellement attentionné avec le chiot. Avait-il fait semblant de s'y intéresser pour mieux gagner sa confiance ?

Pourquoi aurait-il fait une chose pareille ?

C'était incompréhensible. Elle était perdue.

Tout ce qui lui restait à faire c'était de partir et de mettre de la distance entre eux. Impossible de réfléchir dans cette magnifique maison où tout lui rappelait Ilya.

Jasper rentra dans la maison et vint se coucher sur ses pieds. Elle se baissa pour le caresser.

Que ferait-elle de lui ?

Pouvait-elle le prendre ? Après tout, c'était la cousine d'Ilya qui l'avait soigné et c'était Ilya qui avait réglé les frais de vétérinaire. Alors, même si cela lui brisait le cœur, elle ne pouvait pas le prendre.

Elle entendit un hélicoptère s'approcher de la maison. Son estomac se noua. Ilya ne lui avait pas dit qu'il rentrerait aujourd'hui… Comment allait-elle lui faire face, maintenant qu'elle connaissait la vérité à son sujet ?

***

Ilya sortit de l'hélicoptère, heureux à l'idée qu'il allait bientôt serrer Yasmin dans ses bras. Il avait réussi à avancer son retour mais avait décidé de ne rien dire pour lui faire la surprise.

Il avait passé un séjour exténuant à New York mais il était néanmoins satisfait de l'efficacité de sa visite. Zachary était encore à l'hôpital mais il était en bonne voie pour se rétablir. Il avait mis en place une solution temporaire en attendant que son directeur général soit capable de reprendre son poste.

Pour l'heure, il n'avait qu'une chose en tête : retrouver sa femme. Même s'il avait été très occupé, il n'avait cessé de penser à elle. Elle lui avait énormément manqué.

Il avait voulu garder la surprise jusqu'au dernier moment, mais elle avait sûrement entendu l'hélicoptère. Cependant, il était étonné qu'elle ne soit pas venue à sa rencontre.

Il était inquiet à l'idée de lui dévoiler son rôle dans le bizutage mais il espérait que le lien qui s'était tissé entre eux suffirait à faire passer la nouvelle et leur permettrait de surmonter cette épreuve.

Peut-être qu'elle était partie promener Jasper.

Si c'était le cas, il aurait le temps de prendre une douche en espérant pouvoir reprendre là où ils en étaient restés avant son départ précipité.

Alors qu'il avançait dans l'allée menant à la maison, il vit que la voiture de Yasmin était garée devant la maison et qu'elle était pleine d'affaires à elle.

Quand il entra dans la maison, il se figea sur place en voyant l'expression de Yasmin.

— Je ne t'attendais pas, dit-elle sèchement.

Pas de message de bienvenue, pas de sourire.

Comment rebondir ?

— Je voulais te faire une surprise. C'est réussi, non ?

Elle le dévisagea, l'air glacial.

— Pour une surprise, c'est une surprise. Je dirais même que tu es le roi des surprises.

Sa gorge s'assécha.

Les choses ne se déroulaient pas comme prévu.

Quand il l'avait quittée, il pensait qu'ils avaient enfin trouvé un équilibre et qu'ils étaient capables d'envisager un avenir commun serein.

La veille, quand ils s'étaient parlé au téléphone, il n'avait rien trouvé d'anormal. Elle avait la migraine et était fatiguée, mais c'était normal, avec ce qu'elle vivait professionnellement en ce moment.

Que s'était-il passé ?

— Où est Jasper ? demanda-t-il.

— Hannah l'a emmené au chenil de jour.

— Ah, bien.

Sauf qu'il ne comprenait rien à la situation. Pourquoi Hannah se serait-elle chargée d'accompagner Jasper alors que Yasmin passait devant le chenil en allant travailler ?

Il observa attentivement sa femme, tentant de comprendre ce qui avait changé entre eux depuis leur dernière conversation.

Il tendit les bras vers elle.

— Tu m'as manqué, dit-il de la voix la plus tendre possible.

Elle l'esquiva.

— S'il te plaît, ne me touche pas.

Elle avait parlé calmement mais les mots le heurtèrent de plein fouet.

— Yasmin, tu peux m'expliquer ?

— Non, c'est plutôt toi qui as des explications à me fournir.

— Comment ça ?

— Tu te souviens de Jennifer Morton ?

Quand il entendit ce nom, son cœur faillit s'arrêter de battre.

Il avait compris.

Il avait trop tardé à lui dire la vérité, et le passé l'avait rattrapé.

— D'après ton expression, je vois que tu t'en souviens, reprit-elle. Mais j'aurais apprécié que ce soit toi qui m'en parles avant.

— Nous venons à peine de nous rencontrer. Jennifer, c'était une autre époque.

— Une époque où j'ai aussi figuré, comme tu le sais très bien puisque je t'ai parlé de mon bizutage. Je t'ai raconté cette histoire très personnelle et pas très reluisante pour moi et, en retour, tu n'as pas jugé bon de me dire la vérité. Toi, l'homme que j'ai épousé.

— Je peux tout t'expliquer.

— Il n'y a plus rien à expliquer. Tu m'as trahie. J'avais confiance en toi. Alors que tu étais là ce soir-là. Avec elle ! lança-t-elle d'un air dégoûté.

— Yasmin…

— J'aurais dû rester sur ma première idée et ne pas t'épouser. Je savais que ce serait un désastre dès le départ. Je ne comprends même pas pourquoi tu as pris la peine de m'épouser. Si tout ce que tu voulais c'était mettre la main sur ma société, tu aurais pu simplement me regarder couler et me racheter pour une bouchée de pain. Ce n'était pas la peine de m'épouser ou de me faire envoyer ces mails sordides.

— Quoi ?

— Ne fais pas l'innocent. Je vois que vous êtes encore assez proches, Jennifer et toi, vu qu'elle a accepté de t'aider. Mais j'aimerais bien savoir ce qu'elle a à y gagner. Tu comptais rompre avec moi prochainement pour poursuivre ton aventure avec elle ?

Ilya ne trouvait rien à dire et regardait Yasmin comme si une force maléfique s'était emparée d'elle. Ses mots lui arrivaient dessus comme des balles criblant une cible. Et il ne comprenait pas la moitié de ce qu'elle lui disait.

— C'est terminé entre nous, Ilya. Je te rembourserai le plus rapidement possible. J'honorerai les commandes du nouveau contrat. Mais je veux divorcer, conclut-elle, se dirigeant vers la porte.

Il s'empressa de se mettre sur son chemin pour lui barrer la route.

— De quoi tu parles ? lança-t-il. Quels mails ?

Elle se contenta d'enlever son alliance et la lui mit de force dans la main.

— Adieu, Ilya.

- 16 -

Ilya eut envie de se jeter devant la voiture de Yasmin pour l'empêcher de partir mais, voyant la détermination sur son visage, il décida qu'il ne pourrait rien faire pour qu'elle change d'avis. Du moins pas tout de suite.

Elle était furieuse contre lui et elle avait l'air d'avoir été meurtrie au plus profond de son être. Et le pire, c'était qu'il n'avait rien compris à son discours. Si ce n'est qu'elle était au courant pour Jennifer et lui, et pour sa présence à son bizutage.

Il ferma les yeux un instant, tentant de reprendre pied dans la réalité. Il souffrait comme jamais il n'avait souffert dans sa vie.

L'ironie du sort le frappa de plein fouet. Au moment où sa femme le quittait, il se rendait compte à quel point il l'aimait.

Une vague de remords s'empara de lui.

Elle ne voulait pas l'écouter. Il la comprenait.

Mais il ne resterait pas sans rien faire. Il n'acceptait pas qu'elle le quitte. Ils étaient faits l'un pour l'autre, il en était persuadé. Il avait besoin d'elle, il la voulait, plus que tout au monde et jamais il n'avait éprouvé un tel sentiment.

Après mûre réflexion, il en arriva à la plus grande décision de sa vie.

Il allait tout mettre en œuvre pour récupérer Yasmin et retrouver sa confiance. Il comprenait ce qu'elle endurait après avoir découvert la vérité, mais il espérait qu'une fois l'orage passé, elle serait prête à l'écouter.

***

Les semaines suivantes, Yasmin se lança corps et âme dans son travail, refusant de penser à la situation. Le jour, elle travaillait d'arrache-pied dans son bureau ou accomplissait des missions de pilotage. La nuit, elle se retournait dans son lit, sans trouver le sommeil.

Elle avait été étonnée qu'Ilya n'annule pas le contrat entre leurs deux compagnies, mais elle avait décidé de ne pas se pencher plus avant sur la question. Pour le moment, les missions affluaient, et c'était une évolution positive pour Carter Air.

Chaque fois qu'elle repensait à Ilya, elle se demandait pourquoi il lui avait caché qu'il était présent à son bizutage, qu'il avait été fiancé à Jennifer.

Et chaque fois, le sentiment de trahison l'anéantissait.

Pourquoi ne lui avait-il pas dit la vérité ?

Il avait eu largement l'occasion de le faire…

Une seule solution : ne plus penser à lui.

Elle s'en remettrait, comme elle avait réussi à le faire à de nombreuses reprises dans sa vie.

Chaque jour, il lui envoyait un texto, un mail ou il lui laissait un message téléphonique.

Et chaque fois, elle effaçait tout.

La veille, il avait même trouvé le culot de venir frapper à sa porte, la suppliant de lui ouvrir pour lui parler.

Elle n'avait pas ouvert.

Pas question de parler à cet homme, hormis par avocats interposés.

Elle n'avait pas besoin qu'on lui rappelle constamment qu'elle avait été assez bête pour tomber amoureuse d'un homme qui avait été témoin de sa plus grande humiliation.

D'ailleurs, sans le vouloir, quand elle repensait à cette funeste soirée, elle essayait de voir si elle se souvenait d'avoir vu Ilya. Mais aucune image ne lui revenait à l'esprit.

Il avait dû être à l'arrière-plan, en spectateur.

Peu importait. Cela faisait partie du passé. Et elle

s'appliquerait à le faire sortir de sa vie afin qu'il fasse lui aussi partie du passé.

Le seul point positif dans sa vie était que depuis les dernières photos, elle n'avait plus reçu d'autres mails. Elle avait rappelé la police pour savoir si l'enquête avait avancé mais personne n'avait pu la renseigner. C'était long et compliqué, lui avait-on dit. Et pas assez important pour mobiliser un policier à temps complet, avait-elle compris.

Elle tenta de se reconcentrer sur la tâche qu'elle tentait d'accomplir : passer en revue les appels d'offres pour trouver de nouveau clients. Son but étant de trouver assez de contrats pour pouvoir arrêter celui qu'elle avait signé avec Horvath.

Il y eut un bruit dans le couloir.

Un aboiement.

Elle se leva d'un bond de son siège.

— Jasper ! s'écria-t-elle, en se précipitant hors de son bureau.

— Je suis désolée, je n'ai pas réussi à le mettre en laisse, dit Riya qui courait après le chien.

— Comment est-il arrivé ici ?

— Ilya l'a déposé.

— Ilya est passé ?

— Oui. Il m'a demandé de te donner ça, dit-elle en lui tendant une enveloppe.

Elle eut envie de demander à Riya de brûler le courrier. Mais comme Ilya avait fait un geste de bonne volonté en lui amenant Jasper, elle décida que la moindre des choses était de le lire.

— Il a aussi déposé toutes les affaires de Jasper, précisa Riya.

— Ah bon ?

— Alors, tu ne lis pas la lettre ?

— Si, je vais la lire, répondit-elle avant de demander au chiot de s'asseoir.

À sa grande surprise, le chiot lui obéit.

Elle le caressa pour le féliciter puis ouvrit l'enveloppe.

D'une main tremblante, elle sortit la feuille qui s'y trouvait.
Riya était toujours près d'elle.
— Bon sang, Yasmin, le suspens est intenable.
Yasmin fixa son amie avant de déplier la lettre.
Elle contenait une ligne.

Je tiens à toi.

Il n'y avait rien d'autre.
— Alors ? s'enquit Riya, curieuse.
— Tiens, lis toi-même.
Bizarrement, ces quelques mots l'avaient jetée dans un profond émoi.
— Je vois que monsieur n'est pas amateur de grandes missives, fit remarquer Riya.
— Surtout, s'il revient, demande-lui de partir.
— Entendu. Tu veux que je demande à quelqu'un de monter les affaires de Jasper dans ton appartement ?
— Oui, merci, ce serait gentil.
Yasmin dit à Jasper de la suivre, ce qu'il fit avec empressement. Une fois dans son bureau, il se lova dans un coin, poussant un soupir de bien-être.
Elle tenta de se reconcentrer sur les appels d'offres jonchant son bureau mais son regard ne cessait d'être attiré par le chiot et, bien sûr, son esprit voguait aussitôt vers l'homme qui le lui avait amené.
Pourquoi Ilya lui avait-il apporté Jasper ?
Il savait qu'elle adorait ce chien.
Était-ce un geste sincère ou une autre façon de la manipuler ?
Cet homme était trop compliqué ! Le plus sûr était de ne pas chercher à entrer en contact avec lui pour ne plus se poser autant de questions.

Ilya décrocha le téléphone, arrachant son regard du hangar abritant la flotte de Carter Air.
— Allô ? répondit-il sèchement.

— Est-ce une façon de répondre au téléphone ? s'enquit sa grand-mère.

— Nagy, s'il te plaît…

— Je vois que ton humeur ne s'est pas améliorée depuis que Yasmin t'a quitté.

Ilya ferma les yeux, regrettant son comportement.

— Pardon, excuse-moi. Bonjour, Nagy, comment vas-tu ?

— Je suis fatiguée.

Ilya se redressa.

Nagy fatiguée ? Elle qui n'était jamais malade.

— Tu es allée chez le médecin ?

— Non. Je ne suis pas malade. Je suis fatiguée de cette histoire.

— Quelle histoire ?

— Je suis fatiguée d'attendre que tu interviennes pour résoudre la situation. Je suis déçue.

— Nagy, tu sais à quel point Yasmin est têtue. Mais j'y travaille. Fais-moi confiance et sois patiente.

— J'ai l'impression que tu n'es pas assez efficace. Si tu veux lui prouver à quel point tu tiens à elle, tu dois comprendre pourquoi elle t'a quitté.

— Je sais pourquoi elle m'a quitté. Elle pense que j'ai trahi sa confiance.

— Alors tu dois la regagner. Fais le nécessaire, dit-elle avant de raccrocher.

Il reposa le combiné tout en secouant la tête.

Quel sacré numéro !

Mais elle avait raison.

« Fais le nécessaire. »

Oui, mais quoi ?

Yasmin avait rejeté toutes ces tentatives de rapprochement !

Il devait changer son angle d'approche.

Si seulement il pouvait retrouver la trace de Jennifer.

Pour l'instant, il cherchait à vérifier que ses soupçons étaient vrais et que Jennifer était responsable des mails de menaces reçus par Yasmin. C'était plus que probable, car comment Yasmin aurait-elle su qu'il était présent le jour de son bizutage ?

Mais pourquoi Jennifer refaisait-elle surface, après toutes ces années ?

Pour tenter de démêler ce casse-tête, il repensa à ce que Yasmin lui avait dit lors de son retour de New York.

Elle lui avait parlé de mails et de photos.

Si seulement il pouvait les voir…

Soudain, il se rappela que l'ordinateur portable de Yasmin était en panne et qu'il lui avait proposé de se servir de celui de la maison pour travailler.

En général, elle vérifiait ses mails sur son téléphone, mais il était possible qu'elle ait cherché à y accéder sur son ordinateur. Du moins, il l'espérait.

Il regarda son planning du jour.

Il n'avait rien d'urgent et pouvait reporter la plupart de ses rendez-vous.

Il se leva, quitta son bureau et prévint son assistante.

— Deb, annulez mes rendez-vous pour le restant de la journée, s'il vous plaît.

Quelques instants plus tard, il montait dans sa Tesla.

Il avait choisi de dépasser les limitations de vitesse pour arriver plus vite chez lui.

La maison était calme, ce qui voulait dire que Hannah était déjà repartie. C'était pour le mieux car il n'avait pas envie de parler à quelqu'un.

Il s'installa à son bureau et alluma son ordinateur.

Après avoir trouvé l'URL du mail de Yasmin, il se dit qu'il allait enfin avoir une piste.

Il croisa les doigts pour que Yasmin ne se soit pas déconnectée de son compte. C'était la seule façon pour qu'il puisse accéder à sa messagerie.

Il appuya sur le lien en priant pour que le dieu cybernétique soit avec lui.

Un immense soulagement l'envahit quand il vit la messagerie de Yasmin apparaître à l'écran.

Il y avait plus de quinze messages d'un seul expéditeur, MonHomme, et chacun comportait un lien.

Il les consulta, horrifié.

Après avoir vu quelques photos, il appela le département informatique de Horvath Corporation, demandant à être mis en relation avec sa cousine Sofia.

Elle était très douée et très discrète.

Il lui expliqua ce dont il avait besoin et lui donna accès à son ordinateur à distance.

Puis il attendit.

Elle le rappela quelques minutes plus tard.

— Tu avais raison. Elle a tenté de couvrir ses traces mais elle n'est pas aussi forte qu'elle le croit. Elle a pris un alias mais le compte appartient bien à Jennifer Morton.

— Merci Sofia. Je te revaudrai ça.

— Tu veux que je piste cette Jennifer Morton ?

— Non, c'est bon. Je vais m'en occuper. Merci encore.

Grâce aux informations de Sofia, il comptait retrouver la trace de Jennifer et faire ce qu'il aurait dû faire plusieurs années auparavant.

Avec les réseaux sociaux, il ne devrait pas être difficile de la localiser.

Finalement, ce fut plus dur que ce qu'il pensait.

Si elle avait des comptes de réseaux sociaux, elle les gardait secrets.

Il était sur le point d'abandonner et de faire appel à un détective privé quand l'une de ses anciennes amies d'université le contacta en lui donnant des informations précieuses.

Apparemment, elle vivait dans une caravane à l'extérieur de Las Vegas.

Il consulta sa montre.

Il fallait deux heures jusqu'à Las Vegas.

Sans réfléchir, il prit la route pour l'aéroport.

- 17 -

Ilya gara sa voiture de location devant une caravane qui se démarquait des autres par son état de délabrement. La peinture s'écaillait, les mauvaises herbes envahissaient le pourtour, et l'une des fenêtres était cassée et remplacée par un carton.

Il frappa à la porte, répétant dans sa tête ce qu'il allait dire à son ex-fiancée.

— Salut, beau gosse, dit Jennifer avec un sourire aguicheur.

Il la regarda, choqué.

Elle avait la même coiffure mais ses cheveux, pas peignés, n'avaient pas l'air d'avoir été lavés depuis plusieurs jours. Les années n'avaient pas été tendres avec elle mais elle-même n'avait pas été tendre avec les gens. Son odeur corporelle était forte. Elle sentait aussi l'alcool. Elle était ivre, voire peut-être droguée.

Mais il n'était pas là pour se soucier de son bien-être ou de son état de santé.

— Pourquoi as-tu fait ça ? lui demanda-t-il, désireux d'aller droit au but et de ne pas rester trop longtemps.

— Je vais bien, merci, et toi ? Dis donc, ça fait un bail.

— Jennifer, ne tournons pas autour du pot. Pourquoi as-tu fait ça ? Pourquoi avoir cherché à faire du mal à Yasmin alors que tu lui avais déjà fait tant de mal il y a dix ans ?

Elle l'observa en silence puis détourna les yeux.

— Rentre, ce sera mieux.

C'était bien la dernière chose qu'il avait envie de faire mais s'il voulait repartir avec des réponses et s'il voulait qu'elle lui dise la vérité, il avait intérêt à accepter son invitation.

— Assieds-toi, dit-elle, lui indiquant un canapé sans âge jonché de magazines et de journaux.

La table basse était couverte de bouteilles de vin vides et de verres sales.

— Non, merci, je préfère rester debout.

Jennifer prit une cigarette et l'alluma d'une main tremblante. Elle en tira une longue bouffée puis recracha un nuage de fumée, visiblement peu pressée de parler.

Il était temps de lui rappeler la raison de sa présence.

— Je sais que c'est toi qui as envoyé les mails à Yasmin. Ce que je ne comprends pas, c'est pourquoi.

Elle haussa les épaules avant de tirer une nouvelle bouffée de sa cigarette.

— Elle le méritait.

— Pardon ? s'enquit-il, glacé.

— Pourquoi aurait-elle eu le droit de t'avoir alors que moi, non ? Pourquoi aurait-elle eu le droit de mener la grande vie alors que j'étais bloquée ici ?

— Comment as-tu su que l'on s'était marié ?

— Je l'ai lu dans un magazine. Quand j'ai appris la nouvelle, je n'en croyais pas mes yeux. Elle ! C'était déjà à cause d'elle si tu m'avais quittée. Et en plus elle avait le droit de t'épouser. J'étais hors de moi. Donc je lui ai envoyé un petit message. Il n'y avait pas de mal.

Il n'en croyait pas ses oreilles.

Elle était visiblement dérangée mais sa haine semblait avoir une justification logique. Quand il l'avait connue, c'était une jeune femme intelligente. Comment en était-elle arrivée là ?

— Ce que tu as fait est un acte criminel, dit-il.

— Tu ne peux rien prouver.

— Si, je peux facilement prouver que c'est toi qui as envoyé ces mails à Yasmin et aux Hardacre. C'est même comme ça que j'ai retrouvé ta trace.

— Donc tu m'as trouvée. Et alors ? Qu'est-ce que tu vas

faire de moi ? Moi j'ai une petite idée de ce que je pourrais faire avec toi…, murmura-t-elle en posant la main sur lui. On était plutôt bien, ensemble. On pourrait reprendre là où on en était restés…

Ilya sentit monter la colère en lui.

Il la prit par le poignet et enleva la main de son bras.

— C'est impossible, dit-il d'un ton sec.

— Quel dommage.

— Quel dommage pour toi.

— Pourquoi ?

— Parce que tu vas devoir répondre de tes actes, Jennifer.

— Et comment tu vas m'y obliger ?

— J'ai porté plainte auprès de la police et je leur ai envoyé les mails que tu as envoyés à ma femme, répondit-il en insistant sur les deux derniers mots.

— Tu ne pourras pas rétablir la réputation de ta femme comme tu dis.

— Si, justement. Même les Hardacre ont accepté de participer à l'enquête.

— Décidément, tu joues vraiment au justicier.

— Écoute, j'aurais dû le faire il y a longtemps, la première fois que vous avez harcelé Yasmin, toi et tes copines Je regrette de n'avoir rien fait à l'époque. Cette fois, je ne laisserai pas passer. On peut employer la manière forte ou la manière douce, à toi de voir.

— J'ai toujours aimé la manière forte…

Il ignora sa grivoiserie, se demandant comment il avait pu être assez amoureux d'elle pour envisager de l'épouser.

— Dans tous les cas, tu devras faire face à la justice, dit-il. Mais si tu coopères, tu pourrais t'en sortir sans aller en prison.

À peine eut-elle fini sa cigarette qu'elle en alluma une autre.

— Qu'est-ce que j'ai à y gagner ? demanda-t-elle. Et qu'est-ce que je dois faire ?

— D'abord, tu vas envoyer une lettre d'excuses à ma femme pour tes actions passées et présentes. Tu vas aussi expliquer à Esme Hardacre, en personne, pourquoi tu as voulu saboter le contrat de Yasmin.

— Et si je ne le fais pas ?

— Je veillerai à ce que tu fasses de la prison pour ce que tu as fait pendant le bizutage et pour l'envoi des mails de menace. Avec les photos que tu as envoyées à Yasmin, on a de quoi monter un bon dossier.

— Espèce de salopard ! Tu ne me laisses pas le choix.

— Non.

Après avoir obtenu qu'elle vienne avec lui en Californie, il alla attendre dehors pendant qu'elle rassemblait ses affaires. Il ne supportait pas de rester dans cette caravane plus longtemps.

Une fois qu'ils furent dans l'avion, il commença à espérer de nouveau. Peut-être que grâce à ses démarches, il arriverait à regagner la confiance de Yasmin.

Yasmin avait récupéré Jasper depuis une semaine et était contente d'avoir sa compagnie. Il l'écoutait pleurer et s'emporter contre elle-même. Sans la juger, sans la censurer, sans la conseiller, sans lui répondre.

Et, petit à petit, elle sentait qu'elle se remettait du choc émotionnel des dernières semaines. Elle n'était pas encore pleinement remise mais, chaque jour, elle progressait.

Malgré tout, Ilya lui manquait toujours autant.

Son envie de lui s'était transformée en une souffrance physique qui lui pesait, jour après jour. Pourtant, elle continuait à faire de longues journées au travail et de grandes balades pour promener Jasper.

Alors qu'elle était absorbée devant son écran d'ordinateur, on frappa à la porte de son bureau.

Elle leva les yeux, contente d'avoir une distraction.

— Yasmin ?

— Oui, Riya ?

— Esme Hardacre voudrait te voir. Elle dit que c'est très important.

Son sang ne fit qu'un tour. Que lui voulait donc Esme Hardacre ? L'injurier en personne ?

— Elle est venue me voir ici ?

— Oui.

— Donne-moi quelques minutes et fais-la entrer, s'il te plaît.

Elle prit un instant pour ranger les papiers éparpillés sur son bureau et se regarda rapidement dans la glace accrochée derrière la porte.

Elle se recoiffa, remit un peu de rouge à lèvres.

Voilà. Elle était prête.

Enfin, presque.

- 18 -

Quand Yasmin retourna chez elle à la fin de la journée, elle était épuisée. La rencontre avec Esme Hardacre avait été à la fois maladroite et inattendue.

Esme Hardacre était venue s'excuser.

Pour résumer, Jennifer Morton s'était présentée dans les bureaux de Hardacre Incorporated et était passée aux aveux.

Curieuse d'en savoir plus, Yasmin avait posé des questions. D'après Esme Hardacre, Ilya avait réussi à retrouver la trace de Jennifer. C'est lui qui l'avait amenée chez les Hardacre avant de la conduire à la police.

Esme était désolée que son mari et elle aient été dupés par Jennifer Morton. Elle s'était confondue en excuses et, pour finir, avait demandé à Yasmin si elle voulait bien signer un nouveau contrat.

Ébranlée par toutes ces informations, Yasmin avait demandé quelques jours de réflexion.

Pouvait-elle envisager de faire affaire avec des gens qui l'avaient vue dans un état de dégradation avancée ?

Aurait-elle l'impression de sentir leur pitié chaque fois qu'ils collaboreraient ?

Elle ne cessait de se poser des questions.

D'autant qu'elle en avait assez que ce bizutage pèse ainsi sur sa vie. Elle devait réussir à l'enfouir une bonne fois pour toutes dans le passé afin qu'il ne vienne plus entacher sa vie.

Quand elle avait raccompagné Esme à la réception, une enveloppe était arrivée pour elle.

C'était une lettre d'excuses de la part de Jennifer.

Au-delà des émotions contradictoires qu'éprouvait Yasmin, elle ne put s'empêcher de ressentir un immense sentiment de soulagement.

Ce n'est qu'après avoir dîné et être sortie avec Jasper qu'elle avait pris conscience d'une évidence dans sa vie : elle s'était comportée en victime depuis trop longtemps.

Oui, elle avait avancé grâce aux principes que son grand-père lui avait inculqués.

Oui, elle avait réussi à réaliser plusieurs de ses rêves.

Mais, pendant tout ce temps, elle avait donné trop d'importance et trop d'emprise à Jennifer. Elle avait laissé le bizutage déteindre sur toute sa vie.

Certes, l'expérience avait été traumatisante mais en s'y raccrochant et en alimentant sa peur, elle n'avait fait qu'aggraver la situation.

Elle pensait s'en être remise mais c'était une illusion. Elle n'avait fait que contourner le problème sans jamais l'affronter de face.

Lire la lettre d'excuses de Jennifer, dans laquelle cette dernière disait que c'était Ilya qui l'avait retrouvée et forcée à passer aux aveux, lui avait permis d'enlever les œillères qu'elle avait depuis trop longtemps.

Jennifer ne constituait plus une menace dans sa vie.

Il était temps pour elle de reprendre le contrôle.

Mais par où commencer ?

Par le contrat Hardacre ? Par Ilya ?

Penser à son mari lui faisait encore perdre ses moyens, l'empêchant de réfléchir sereinement.

Pouvait-elle encore espérer qu'Ilya et elle se remettent ensemble et trouvent un terrain d'entente ?

Réussirait-elle un jour à lui faire de nouveau confiance ?

Certes, il avait tout fait pour mener son enquête à bien. Il avait retrouvé la trace de Jennifer et l'avait forcée à passer aux aveux.

Mais il avait délibérément caché son implication dans la soirée du bizutage. Et ça, elle ne parvenait pas encore à le lui pardonner.

Cherchant à se changer les idées, elle alluma la télévision, passant de chaîne en chaîne sans vraiment savoir ce qu'elle voulait regarder.

Pour finir, elle éteignit, fixant l'écran noir.

Était-ce une image de son avenir ?

Des coups légers frappés à la porte d'entrée la firent sursauter.

Elle regarda sa montre. Il était bien tard pour une visite de courtoisie.

Elle ouvrit la porte. C'était Alice.

La grand-mère d'Ilya entra dans l'appartement sans mot dire. Après avoir regardé autour d'elle, elle se tourna vers Yasmin.

— C'est comme si votre grand-père vivait encore ici. Il était très minimaliste. Dans la vie comme en amour.

— Ce n'est pas juste de dire ça. Il vous a aimée jusqu'à sa mort, rétorqua sèchement Yasmin.

L'instant d'après, voyant l'air meurtri d'Alice, elle regretta ses paroles.

— Je n'aurais pas dû dire ça. J'ai eu une longue journée, j'ai accumulé des frustrations ces derniers temps et je suis irascible. Excusez-moi.

— Non Yasmin, ne vous excusez pas. C'est moi qui devrais m'excuser.

Décidément, c'était la journée des excuses et des visites inattendues !

— Voulez-vous vous asseoir ?

Alice prit place sur l'unique fauteuil du salon tandis que Yasmin se rassit sur le canapé.

Attiré par les voix, Jasper les rejoignit.

— C'est le fameux chiot que vous avez recueilli ? demanda Alice.

— Oui. Il s'appelle Jasper.

— Je n'aime pas les chiens.

— Voulez-vous qu'il retourne dans ma chambre ?

— Non, ce n'est pas la peine.

Alice examina de nouveau la pièce, souriant en voyant

une des photos du grand-père de Yasmin. Elle se leva pour la voir du plus près.

— Quel bel homme ! Quel ingénieur doué. C'était aussi un danseur formidable.

— Grand-père dansait ? s'exclama Yasmin, stupéfaite.

Alice lui sourit.

— Oui, c'était un sacré danseur. Je l'aimais beaucoup, vous savez.

— Mais pas assez pour l'épouser.

— Il ne m'a jamais demandée en mariage.

Yasmin la regarda, étonnée.

— Vous saviez qu'il vous aimait.

— Oui, et moi aussi je l'aimais. Mais j'aimais aussi Eduard. C'était vraiment difficile d'aimer deux hommes. Surtout deux amis qui sont devenus rivaux à cause de moi. Parfois je me dis que cela aurait été mieux si nous étions retournés en Hongrie.

— Comment avez-vous fait, pour choisir entre grand-père et Eduard ?

— C'est simple. Eduard est le premier à m'avoir dit qu'il m'aimait et à me demander en mariage. J'étais jeune, insouciante, flattée d'être courtisée. J'ai laissé le destin choisir pour moi. Attention, je ne regrette pas ma décision mais je suis désolée d'avoir blessé Jim. Je suis désolée que ça l'ait rendu malheureux et qu'il ait perdu son meilleur ami.

Alice se tut, le regard perdu dans le vide.

Un silence prolongé s'installa entre elles.

— Vous aimez mon petit-fils ? demanda soudain Alice.

— Pardon ?

— C'est une question simple. Aimez-vous mon petit-fils ?

— Non, ce n'est pas aussi simple. Il m'a trahie. Je ne peux plus avoir confiance en lui.

— Savez-vous que c'est lui qui a plongé dans le lac pour vous sauver, le soir du bizutage ?

— Quoi ? Mais je… Comment êtes-vous au courant ?

— Peu importe. Ce qui compte, c'est ce que je vais vous dire. Je crois fermement au destin. S'il était au bord du lac ce soir-là, c'est qu'il y avait une raison. Il était là pour vous sauver.

— Je ne le savais pas. Il ne me l'a pas dit.

— Lui en avez-vous donné l'occasion ?

La question plana dans la pièce telle un invité malvenu. Yasmin secoua la tête.

— Non, je ne lui en ai pas donné l'occasion, avoua-t-elle.

— Il y a beaucoup de choses que mon petit-fils ne me dit pas. Il est très loyal et très délicat. C'est un homme bien. Un homme honnête. Mais il ne donne pas son amour facilement. Et vous non plus, apparemment. À vous de choisir si votre amour pour Ilya peut dépasser vos blessures du passé.

— Je n'ai pas dit que je l'aimais, rétorqua Yasmin, comme pour se protéger.

Alice se contenta de lui sourire.

— Je pense que si Ilya et vous arrivez à affronter cette épreuve et à passer le cap, vous formerez un couple uni et solide. Mais vous devez le vouloir et vous devez vous battre pour y arriver.

— Je ne sais pas s'il m'aime. Il ne me l'a jamais dit.

— Il a été blessé en amour. Êtes-vous prête à vivre le restant de vos jours sans savoir ce que vous auriez pu partager à deux ? Ses torts sont-ils terribles au point que vous ne puissiez lui pardonner et envisager un avenir commun ?

Yasmin ne répondit pas, laissant les mots imprégner son cœur.

Le jour où elle avait quitté Ilya, elle ne lui avait pas donné l'occasion de s'exprimer. Elle était tellement choquée d'apprendre qu'il avait été fiancé à Jennifer Morton, son ennemie. Maintenant, elle apprenait que c'est lui qui l'avait sauvée de la noyade.

Elle repensa à tout ce qu'il avait fait depuis qu'elle l'avait quitté. Il lui avait donné Jasper. Il avait retrouvé la trace de Jennifer en la forçant à avouer ses actes et à s'excuser. Avant cela, il avait aussi tout fait pour sauver Carter Air de la faillite.

Elle n'avait rien demandé et, malgré tout, il avait fait tout cela pour elle. Cela méritait bien de lui offrir une chance de s'expliquer.

Alice se leva.

— J'ai dit ce que j'avais à dire. J'espère vous revoir bientôt.

— Merci d'être venue, Alice. Ces derniers temps ont été difficiles pour moi.

— La vie n'est jamais facile. Mais on peut influer sur le cours des choses, dit Alice avant de prendre congé.

Yasmin s'adossa à la porte, méditant sur ces paroles.

Arriverait-elle à pardonner à Ilya ? Pouvaient-ils réussir à mettre leurs différends de côté et avancer main dans la main ?

Il n'y avait qu'un seul moyen de le savoir.

- 19 -

— Viens Jasper, on va faire un tour.

Yasmin fit monter le chiot dans la voiture, et elle prit la direction de la maison d'Ilya, dans les collines.

En chemin, elle se demanda si elle aurait dû l'appeler pour le prévenir, du moins pour vérifier qu'il était bien chez lui.

Puis elle se dit que c'était mieux ainsi et que, s'il n'était pas chez lui, elle l'attendrait aussi longtemps qu'il le fallait.

Dès qu'elle s'approcha de la maison, Jasper commença à aboyer d'excitation.

Devant la grille, elle hésita, prise de panique.

Était-ce une erreur ? Devait-elle faire demi-tour ?

Le temps qu'elle réfléchisse, la grille s'ouvrit.

Soit Ilya était sur le point de sortir, soit il l'avait vue sur l'écran de surveillance.

Elle avança dans l'allée qui menait au garage.

En passant devant l'hélistation, elle constata qu'il y avait un hélicoptère en attente. Ilya était-il sur le point de partir quelque part ? Avait-il de la visite ?

Les mains tremblantes, elle éteignit le moteur.

Ilya l'attendait sur le seuil de la porte.

Dès qu'elle le vit, son cœur se mit à battre la chamade.

Grand, fort, beau… Il était séduisant à couper le souffle.

Jasper aboya de joie en le voyant.

— Tu descends ou tu es simplement venue le déposer pour une visite ? demanda-t-il.

Une légère vague de contrariété s'empara d'elle.

Comment osait-il adopter un ton aussi léger en pareilles circonstances ?

N'était-il pas conscient de l'effort qu'elle avait fait pour venir jusqu'à lui ? Ne savait-il pas à quel point c'était difficile pour elle ?

Elle sortit de son véhicule et libéra Jasper qui se précipita vers Ilya.

Puis elle s'avança en direction d'Ilya, chancelante, comme si son destin était en train de se jouer, et comme si le poids de son avenir avec Ilya reposait sur ses épaules.

— Tu entres ? lui proposa-t-il.

Elle le suivit sans mot dire, raide, se demandant à quelle sauce elle serait mangée.

Ils se retrouvèrent sur la terrasse.

— Je te sers quelque chose à boire ?

— Je veux bien un verre de courage, murmura-t-elle.

— Un verre de courage ? Tu n'en as pas besoin. Tu es la femme la plus courageuse que je connaisse.

— C'est faux.

— Pourquoi dis-tu ça ?

— Au moindre problème, je me défile.

— C'est naturel, cela s'appelle l'instinct de conservation. Alors, quel bon vent t'amène ?

— J'ai reçu deux visiteurs et une lettre d'excuses.

— Tu veux t'asseoir pour que l'on en discute ?

Elle s'assit à la table en granite, posant ses coudes sur le plateau. La chaleur du soleil restituée par la pierre lui redonna de la force.

— Tu le savais depuis le début ? demanda-t-elle.

— Quoi donc ?

— Que c'est moi que tu avais sauvée, dans le lac ?

— Non, pas du tout. Je l'ai découvert quand tu m'as raconté l'histoire du bizutage.

Il lui jeta un regard intense qui la fit frissonner.

— Pourquoi n'as-tu rien dit à ce moment-là ? demanda-t-elle.

— Je n'ai pas pu. Tu venais de me confier la pire expérience de ta vie. J'ai eu peur qu'en apprenant que j'étais là aussi tu m'associes à cet événement funeste et que tu ne veuilles plus de moi. Après ça, tout s'est passé tellement vite entre nous. Je sais que c'est ma faute et que je ne devrais pas chercher d'excuses, mais j'avais trop peur de rompre le lien harmonieux qui s'était établi entre nous.

— Ne penses-tu pas qu'une relation doit reposer sur la confiance ?

Il acquiesça.

— Bien sûr. Et je regretterai toujours de ne pas te l'avoir dit plus tôt. Je m'en veux que tu l'aies appris de cette façon. Mais je ne peux pas remonter le temps. Je serai toujours associé à la pire expérience de ta vie.

— Raconte-moi comment ça s'est passé.

— Quand je suis arrivé, tu venais d'entrer dans l'eau. J'ai vu que tu étais dans un sale état. J'ai dit à Jennifer que c'était inconscient de te faire nager. Elle a répondu que c'était toi qui avais insisté pour le faire. Je t'ai regardée, de loin. J'ai vu l'instant où tu n'arrivais plus à te maintenir à la surface. Alors j'ai sauté et je t'ai ramenée sur la rive.

Un long silence s'installa entre eux.

Soudain, Yasmin comprit que les pièces du puzzle venaient toutes d'être retrouvées et posées à leur place.

— Merci, murmura-t-elle. Je n'ai jamais su qui m'avait sauvée. Je n'avais jamais pu dire merci.

— Ne me remercie pas, j'ai fait ce qu'il fallait.

— C'est vraiment incroyable.

— Je ne te le fais pas dire.

— Et c'est toi qui as demandé à Jennifer de s'excuser ?

— Oui. Quand tu m'as quitté, je ne savais pas quoi faire. Tu n'arrêtais pas de me repousser, tu ne prenais pas mes appels, tu ne répondais pas à mes messages.

Il lui expliqua qu'il avait consulté sa messagerie sans en avoir la permission et qu'il avait aussi demandé conseil à sa cousine pour retrouver la trace de l'expéditeur des mails.

— C'est fou. Même la police n'avait pas réussi à la retrouver.

— Ce n'était pas aussi important pour eux que ça l'était

pour moi, lui fit remarquer Ilya. Je voulais te prouver que je n'étais pas celui que tu pensais. Tu avais besoin de savoir qui était derrière cette machination et tu avais besoin que cela s'arrête.

Il lui raconta comment il avait livré Jennifer à la police.

Il lui fit part aussi des problèmes d'addiction de Jennifer. Comme elle s'était excusée et avait reconnu ses problèmes d'alcool et de drogue, elle serait peut-être éligible pour une cure de désintoxication, au lieu d'aller en prison.

Plus elle écoutait Ilya parler, plus Yasmin le trouvait formidable.

Elle était conquise. Une nouvelle fois.

— Merci d'avoir fait tout ça, dit-elle. Grâce à toi, je vais enfin pouvoir tourner la page sur cet événement funeste.

— Donc tu as eu la visite d'Esme Hardacre ?

— Oui.

— Et alors ?

— Elle veut renégocier le contrat. Je lui ai dit que j'allais y réfléchir.

— Si tu acceptes, tu n'auras plus besoin de mon aide, dit-il, l'air penaud.

Regrettait-il qu'elle n'ait plus besoin de lui ?

— Tu as envie que je sois dépendante de toi ?

— Non, ce n'est pas comme ça que je vois les choses.

— Ah bon ? Et comment vois-tu les choses ?

— J'ai envie que tu aies besoin de moi comme j'ai besoin de toi.

— C'est-à-dire ?

— Yasmin, je t'aime.

Yasmin le regarda, les yeux écarquillés.

Ilya pria pour que Yasmin ne le rejette pas.

Il avait fait tout ce qui était en son pouvoir pour réparer son erreur et rétablir la situation entre eux.

Maintenant, son destin était entre les mains de Yasmin.

C'était peut-être le moment le plus difficile de sa vie.

Plus difficile que de poser un avion avec son père mort à côté de lui. Plus difficile que de se retrouver devant la tombe de sa mère en sachant qu'il n'avait pas réussi à la protéger. Plus difficile que d'admettre qu'il s'était trompé sur Jennifer.

Grâce à Yasmin, il pouvait envisager un avenir auquel il n'avait jamais pensé. Un avenir qu'il souhaitait à présent de tout son cœur. Il était prêt à décrocher la lune, si cela pouvait lui faire plaisir ! Mais elle n'était pas du genre à demander quoi que ce soit.

Elle aimait se suffire à elle-même. Telle une île. Mais comment parvenir à traverser cette mer d'indépendance dont elle s'était entourée ? Comment pouvait-il lui faire comprendre à quel point elle comptait pour lui ?

— J'ai peur d'avoir besoin de quelqu'un, avoua-t-elle dans un souffle.

— N'aie pas peur. Tu es une femme incroyable. Tu as accompli tellement de choses. Tu n'abandonnes jamais.

— Si... Je t'ai abandonné.

— Tu avais des circonstances atténuantes.

— Non, j'ai surtout manqué de confiance en toi. Et j'ai eu tort. En fait, ce n'est qu'en t'épousant que j'ai compris ce qu'était l'amour.

Ilya laissa les mots s'ancrer en lui, sentant une étincelle d'espoir brûler dans sa poitrine.

— Tu n'étais pas du tout comme ce à quoi je m'attendais, poursuivit-elle. N'oublie pas que j'étais conditionnée pour te détester.

— C'est ce que j'ai cru comprendre quand tu as fui la cérémonie de notre mariage.

— Ce n'est pas le moment le plus reluisant de ma vie. Mais une fois de plus c'est la peur qui m'a guidée. Or je n'ai pas envie que la peur dirige ma vie. Je veux contrôler ma vie.

Ne voyait-elle pas qu'elle le faisait déjà ? Qu'elle le ferait toujours ?

Une femme plus faible qu'elle aurait baissé les bras. Ses

parents l'avaient abandonnée, son grand-père bougon l'avait élevée sans grande tendresse. Elle avait toujours recherché son approbation ainsi que celle des gens qu'elle côtoyait.

Chaque événement aurait pu suffire à anéantir une personne mais elle, elle avait réussi à s'en sortir, en gardant la tête haute.

— Yasmin. Tu es forte, formidable et courageuse.

— Merci pour tes compliments. Je n'ai pas l'habitude de me voir à travers le regard de quelqu'un d'autre.

Jasper abandonna son circuit dans le jardin puis vint s'asseoir sur la terrasse entre eux deux.

Ilya le caressa, heureux, s'imprégnant de ce moment rare. Yasmin et lui parlaient sereinement, à cœur ouvert, en toute confiance.

— Tu sais, je t'aime vraiment, reprit-il. Je sais que je n'ai pas réussi à être honnête concernant le fait que j'avais eu une liaison avec Jennifer. Je le regrette vraiment. J'ai besoin de ta confiance. Sans ça, j'ai l'impression de ne vivre qu'à moitié. Tu veux bien me donner une seconde chance ?

— Ilya, je suis venue ici sans vraiment savoir ce que je voulais. La confiance est l'élément le plus important, et tu dois savoir que je me suis sentie trahie. Mais je… Enfin, tout a changé, pour moi. Je veux que l'on travaille ensemble. Et pour tout te dire, je n'ai pas envie d'accepter le contrat Hardacre. Je veux travailler avec toi. Si tu le veux bien. Plus question de laisser les gens m'influencer dans mes décisions. Je te veux dans ma vie. Pendant trop longtemps, j'ai cherché un lieu d'ancrage. Je l'ai trouvé, avec toi. Tu m'as permis de connaître le sentiment d'appartenance que je recherchais depuis toujours. Je t'aime, Ilya. Peut-on recommencer ? Peut-on faire fonctionner notre mariage ?

Ilya la prit dans ses bras avant même qu'elle ait fini de parler.

— Si tu savais comme je t'aime, murmura-t-il. Je m'appliquerai jour après jour à te prouver à quel point tu comptes à mes yeux. À chaque instant de notre vie, tu sauras que tu es la personne la plus importante dans mon cœur. Je ne veux que ton bonheur. Je serai toujours là pour toi. Jamais plus tu n'auras à douter de mon amour. Je te le promets.

Elle le regarda, lui prenant le visage entre les mains.

— Il va falloir que j'apprenne à m'ouvrir à toi, dit-elle d'une voix émue. Je vais avoir besoin de toi pour comprendre ce que c'est de former un couple et de pouvoir compter sur l'autre à tout moment. Je veux être digne de ton amour.

— Je serai là pour toi, toujours. Il n'y aura plus de secrets entre nous.

— Plus de secret, répéta-t-elle doucement.

Ilya l'embrassa, ses lèvres scellant leur promesse.

Au plus profond de son cœur, il était convaincu qu'ils pouvaient relever ce défi et vivre heureux.

Après une longue étreinte, il prit l'alliance qu'il gardait dans sa poche depuis le jour où Yasmin la lui avait rendue, et la glissa de nouveau au doigt de sa femme avec un sentiment de sérénité inouïe.

Ils étaient faits l'un pour l'autre, cela ne faisait aucun doute. Avec le temps, ils apprendraient à former une union solide et harmonieuse.

L'avenir s'offrait à eux. Pour une longue vie à deux.

YVONNE LINDSAY

Période d'essai pour un mariage

Traduction française de
ROSA BACHIR

HARLEQUIN

Titre original :
INCONVENIENTLY WED

© 2018, Dolce Vita Trust.
© 2020, HarperCollins France pour la traduction française.

- 1 -

— Tout ira bien, maman, assura Imogene à sa mère pour la énième fois.

Car sa mère n'avait pas oublié la femme brisée qu'Imogene était lorsqu'elle était revenue de son volontariat en Afrique, avec son mariage, ses espoirs et ses rêves en morceaux. Mais cette fois la situation était tout à fait différente. Le mariage qu'Imogene s'apprêtait à contracter serait fondé sur une compatibilité mutuelle, établie d'après une étude intensive faite par des psychologues et des conseillers conjugaux. Imogene avait expérimenté le mariage d'amour. Elle avait connu la magie du coup de foudre, puis les affres de la désillusion dont elle avait mis des années à se remettre. Cette fois au moins rien n'irait de travers.

— Prête ? demanda l'organisatrice de mariage de sa voix calme et rassurante.

Imogene lissa sa robe. La création en soie et en organza était bien plus élégante que la robe cocktail empruntée à une amie qu'elle avait portée à son précédent mariage.

— Tout à fait prête, répondit-elle.

L'organisatrice lui offrit un grand sourire puis demanda au pianiste de jouer le morceau prévu pour l'entrée de la mariée. Devant la porte de la salle, Imogene hésita. Puis, prenant la main de sa mère, elle se mit à avancer, d'un pas lent et confiant, vers l'homme avec qui elle allait bâtir un avenir, et fonder la famille qu'elle désirait tant. Un sourire serein se peignit sur son visage lorsqu'elle lança un bref regard à ses amis et aux quelques membres de la famille qui avaient fait le déplacement depuis New York. Imogene avait signé la licence de mariage à New York, tandis que son futur époux l'avait signée ici à Port Ludlow, dans l'État de Washington. Car l'agence matrimoniale Match Made in Marriage imposait une règle : les futurs mariés ne se rencontraient qu'au pied de l'autel. C'était la bonne solution pour la jeune femme aux valeurs traditionnelles qu'elle était, se dit-elle. Cette fois, elle ne laissait rien au hasard. Cette fois, son couple serait solide.

Le jour de son précédent mariage, Imogene était emplie d'un mélange d'excitation et de désir. *Et pourtant, ça s'est fini par un divorce*, lui rappela une petite voix dans sa tête. Imogene grimaça. Aujourd'hui, c'était différent, se rassura-t-elle. Elle était curieuse de découvrir à quoi ressemblait son promis, mais elle n'éprouvait certainement pas de désir. Pas encore, du moins.

Elle n'était plus victime d'une passion enivrante – une passion qui l'avait poussée à agir en dépit du bon sens. Cette fois, elle avait un but précis en tête : avoir une famille bien à elle. Certes, elle aurait pu entreprendre des démarches pour devenir mère célibataire, mais elle ne voulait pas élever des enfants seule. Elle voulait un compagnon qui ait les mêmes objectifs. Quelqu'un qu'elle pourrait apprendre à aimer avec le temps. Quelqu'un avec qui elle était sûre que l'amour durerait, ne serait-ce que parce qu'il aurait mis du temps à se développer. Et si l'amour ne venait pas ? Pourrait-elle s'en passer ? Bien sûr. Autrefois, elle s'était mariée sur un coup de tête et, quand tout s'était effondré, elle avait eu le cœur en miettes. Aujourd'hui, elle avait pris toutes les précautions pour s'assurer de ne pas revivre pareille épreuve.

Néanmoins, n'était-ce pas un peu extrême d'épouser un inconnu ? Ses parents le pensaient, à l'évidence. Son père, avocat spécialiste en droits de l'homme, n'était même pas venu à Port Ludlow, prétextant qu'il avait trop de travail. En réalité, il désapprouvait le recours à une agence matrimoniale, même si celle-ci affichait un taux de réussite de cent pour cent. Pour lui, la perspective de rencontrer son époux ou son épouse le jour de la noce était insensée, mais les directives de Match Made in Marriage étaient claires : il était impossible de rencontrer son conjoint avant la cérémonie, et les deux participants devaient faire entièrement confiance à l'agence. Imogene lança un bref regard à sa mère qui avait accepté d'accompagner sa fille unique jusqu'à l'autel. Caroline O'Connor semblait inquiète.

Imogene reporta son attention sur son fiancé qui se tenait au bout de l'allée centrale. Même s'il était de dos, elle devinait à sa posture que c'était un homme habitué à commander. Un frisson d'anticipation la parcourut. Tandis qu'elles approchaient du premier rang, sa mère eut un moment d'hésitation puis déposa un baiser sur sa joue avant d'aller s'asseoir. Imogene prit une grande inspiration et se concentra de nouveau sur l'inconnu à quelques mètres d'elle. Un inconnu qui l'attendait. Et dont la silhouette lui rappelait quelqu'un. Étrange.

Quand il se retourna, Imogene se figea, sidérée.

Elle connaissait cet homme.

— Non, murmura-t-elle. Pas toi.

Imogene entendit à peine les murmures de surprise des invités. Elle continuait de dévisager l'homme qui s'était retourné pour lui faire face.

Valentin Horvath.

L'homme dont elle avait divorcé sept ans plus tôt.

Il semblait aussi stupéfait qu'elle. Elle devrait s'en réjouir, mais elle était trop furieuse et trop désarçonnée pour cela. Elle resta là, incapable de bouger, tout en observant l'homme qui l'avait connue si intimement. L'homme qui non seulement lui avait brisé le cœur, mais qui l'avait tant blessée qu'elle avait eu besoin de sept années entières pour envisager de se marier à nouveau.

Et pourtant, sous la colère, il y avait aussi cette étincelle de désir familière, qui avait mené à leur première union précipitée, enfiévrée et trop brève. Imogene fit de son mieux pour étouffer les sensations qui vrillaient dans son corps traître, pour réprimer la soudaine onde de chaleur qui se propageait en elle. Pour ignorer la façon dont ses tétons s'étaient durcis sous le soutien-gorge de dentelle qu'elle portait sous sa robe bustier. Ce n'était qu'une simple réaction physiologique devant un homme séduisant, se dit-elle. Ça ne signifiait rien.

Il ne signifiait rien.

Valentin tendit la main vers elle.

— Non, répéta-t-elle. Il n'y aura pas de mariage.

— Je suis bien d'accord, déclara son ex-mari avec fermeté. Sortons d'ici.

Il la prit par le coude. À contrecœur, elle le laissa l'emmener vers un petit bureau à côté de la salle, tout en songeant que le désir qui avait toujours fait rage entre eux s'était rallumé en une seconde, malgré toutes ces années de séparation. Tous ses sens étaient concentrés sur son corps, sur la chaleur qui émanait de lui, sur le parfum qu'il portait, le même qu'autrefois. Un parfum qu'elle avait tout fait pour oublier, mais qui semblait imprégné de manière indélébile dans son système limbique.

Au premier rang de la salle, du côté de la famille du fiancé, une femme d'âge mûr aux cheveux argentés et aux yeux bleus alertes se leva.

— Valentin ? lança-t-elle.

— Nagy, dit-il, je crois que tu devrais venir avec nous. Tu as des explications à nous fournir.

Des explications à fournir ? Imogene était de plus en plus déroutée. Elle avait reconnu le diminutif du mot hongrois pour grand-mère. Valentin l'utilisait autrefois quand il parlait de sa famille. Mais comment sa grand-mère pouvait-elle avoir quoi que ce soit à voir avec cette histoire ?

— Oui, je crois, répondit la dame d'une voix ferme.

Elle se retourna et adressa un sourire rassurant aux invités.

— Ne vous inquiétez pas, nous allons revenir dans quelques instants.

Dans quelques instants ? Imogene en doutait. Malgré tout, elle suivit Valentin et sa grand-mère hors de la salle.

— Explique-toi, ordonna Valentin à sa grand-mère dès qu'elle eut refermé la porte derrière eux.
— J'ai fait exactement ce que tu m'as demandé de faire. Je t'ai trouvé une épouse.
— Je ne comprends pas, intervint Imogene.

Valentin non plus ne comprenait pas. La mission qu'il avait confiée à Alice était pourtant simple. Il voulait une épouse afin de fonder une famille. Après son premier échec sept ans plus tôt, il avait décidé d'envisager le mariage de manière plus pragmatique. Jamais, au grand jamais, il n'aurait cru se retrouver devant son ex-femme. Peu importait qu'Imogene soit encore plus belle que dans son souvenir, il n'y aurait pas de cérémonie aujourd'hui.

Malgré tout, il prit un instant pour apprécier la charmante vision qu'était son ex-épouse. Elle n'avait guère changé en sept ans. Toujours cette même cascade de boucles acajou, ce regard gris-vert, cette peau d'albâtre qui marquait très vite – à tel point qu'il se rasait deux fois par jour pour ne pas l'irriter lorsqu'ils étaient ensemble. Il aurait fait n'importe quoi pour elle, autrefois. Se raser deux fois dans la journée était le moindre de ses efforts. Mais tout cela était et demeurerait du passé.

Il se tourna vers sa grand-mère qui reprit contenance avec sa grâce habituelle.

— Imogene, dit-elle, je vais tout vous expliquer. Mais d'abord, s'il vous plaît, asseyez-vous. Et cela vaut aussi pour toi, Valentin. Tu sais que je ne supporte pas quand tu fais les cent pas. Tu as toujours eu la bougeotte, même quand tu étais petit.

Valentin voulut répliquer qu'en l'occurrence il avait tout à fait le droit d'être agité, mais se ravisa. Il fit signe à Imogene de prendre place et s'installa sur la chaise à côté de la sienne. Ils étaient assez près l'un de l'autre pour qu'il puisse sentir son parfum. Elle en avait changé, mais celui-ci était tout aussi envoûtant. Il lui donnait envie de se pencher vers elle, d'inspirer profondément et… Non, ce n'était pas le moment de se laisser déconcentrer.

Sa grand-mère s'installa derrière le bureau et prit son temps avant de prendre la parole. Sans doute choisissait-elle ses mots avec soin. Enfin, elle déclara :

— J'aimerais vous rappeler à tous les deux que vous avez signé un contrat vous engageant à vous marier aujourd'hui.

— Pas avec lui !

— Pas avec elle !

Leurs réponses simultanées furent aussi véhémentes l'une que l'autre.

— Il me semble que vous n'avez pas mentionné d'exceptions quand vous avez fait appel à Match Made in Marriage, souligna-t-elle. N'est-ce pas ?

Elle adressa à chacun d'eux un regard appuyé. Aucun d'eux ne répondit.

— C'est bien ce que je pensais, conclut-elle. Car quand vous avez signé avec l'agence, vous nous avez confié la mission de vous trouver votre partenaire de vie idéal. Ce que j'ai… ce que nous avons fait.

— Quoi ? s'exclama Imogene. Valentin, ta grand-mère est impliquée là-dedans ?

— Oui. D'habitude, elle est très douée, mais dans notre cas, elle a commis une erreur, à l'évidence.

Alice soupira et leva les yeux au ciel.

— Je ne commets jamais d'erreurs, Valentin. Et surtout pas dans ce cas.

— Tu ne penses tout de même pas que je vais te croire ? s'exclama-t-il. Imogene et moi avons mis fin à notre mariage il y a sept ans pour cause de différends inconciliables.

— Pour cause d'infidélité, intervint Imogene. Ton infidélité.

Valentin eut bien du mal à garder son calme.

— Pour cause de différends inconciliables, insista-t-il. Autant que je sache, rien n'a changé entre nous, alors je ne vois pas comment Imogene pourrait être ma partenaire idéale. Nagy, ton instinct t'a fait défaut cette fois.

— Son instinct ? répéta Imogene froidement. Je croyais que les unions étaient fondées sur des études d'experts, et non sur de la psychologie de comptoir. N'est-ce pas un motif de rupture de contrat, madame Horvath ?

Alice regarda Imogene droit dans les yeux.

— Je vous signale que la « psychologie de comptoir », comme vous l'avez si dédaigneusement appelée, est définie dans la clause 24.2.9, sous-paragraphe a. Je crois que les termes employés sont : « évaluation subjective par Match Made in Marriage ».

— C'est ridicule ! protesta Imogene.

— Puis-je vous rappeler que personne ne vous a forcée à signer ce contrat ? riposta Alice d'une voix glaciale.

— Quoi qu'il en soit, Nagy, intervint Valentin de crainte qu'Imogene n'envoie une réplique bien sentie, tu nous as manipulés tous les deux. Nous pouvons régler cela de manière civilisée. Les contrats peuvent être rompus. Je pense qu'Imogene sera d'accord avec moi, ce mariage n'aura pas lieu.

— Et en tant que directrice de Match Made in Marriage, je vous dis qu'il aura lieu. Vous êtes faits l'un pour l'autre.

— Impossible ! s'exclama Imogene. J'ai spécifiquement précisé que l'infidélité était un point rédhibitoire. Qu'est-ce qui n'était pas clair là-dedans ?

— Je n'ai pas été infidèle, se défendit Valentin avec irritation.

Ils avaient déjà discuté de cela sept ans plus tôt. Mais Imogene avait refusé d'écouter sa version des faits, de croire en sa parole. Elle l'avait quitté sans l'ombre d'une hésitation. Pour elle, il avait été très facile de mettre un terme à leur vie commune. De dire adieu aux rêves qu'ils avaient partagés, sans parler de leur passion. Toutefois, comme il se l'était répété souvent, il valait mieux qu'il ait découvert son manque d'engagement dès le début, et non plus tard. Sinon, ils auraient pu avoir des enfants qui auraient souffert eux aussi.

— Cessez de vous chamailler, tous les deux ! les réprimanda Alice. Votre mise en couple a été décidée après une étude rigoureuse. Il n'y a personne de plus parfait pour vous. Valentin, tu me fais confiance, n'est-ce pas ?

— Pour être tout à fait franc, je n'en suis plus si sûr, Nagy.

— Eh bien, c'est regrettable, déplora Alice d'un air fâché. Mais peut-être te rendras-tu compte de ton erreur. Lors de votre précédente tentative, vous n'avez pas eu de chance, mais vous pouvez avoir un mariage heureux cette fois.

— Une tentative ? s'exclama Imogene. Vous dites cela comme si j'avais pris la décision de quitter Valentin à la légère ! Je vous assure que ce n'était pas le cas.

Alice balaya les paroles d'Imogene du revers de la main.

— Il n'en demeure pas moins que vous avez chacun demandé à Match Made in Marriage de vous trouver un conjoint. Toutes les données recueillies pendant le processus de sélection soutiennent ma – notre – décision de vous mettre en couple. Je suis consciente que vous avez des problèmes, tous les deux...

— Des p-problèmes ?

C'était au tour de Valentin de balbutier.

— Écoute-moi jusqu'au bout, s'il te plaît, insista Alice avec un regard sévère. Tous les deux, pouvez-vous affirmer en toute honnêteté que ces retrouvailles vous laissent totalement froids ?

Valentin s'agita sur sa chaise, conscient que sa réaction physique devant Imogene avait été immédiate et intense. Il se rappela leur rencontre : enseignante, elle avait amené l'un de ses élèves aux urgences de l'hôpital où il travaillait comme traumatologue. Bien qu'il ait endossé son rôle de médecin sans mal, il n'avait pas été indifférent à sa beauté. Il se tourna vers elle, mais elle évita son regard. Il observa sa posture fière, l'air étonnamment déterminé sur son visage. Un visage qu'il avait souvent couvert de baisers. Un afflux de désir monta en lui, aussi puissant que par le passé.

— Non, je ne peux pas, finit-il par répondre.

— Et vous, Imogene ? Quand vous avez su que c'était Valentin qui vous attendait devant l'autel aujourd'hui, qu'avez-vous ressenti ?

— J'étais perdue, avoua-t-elle.

— Et ? questionna Alice.

— D'accord, j'étais attirée par lui. Mais l'attirance n'est pas le seul élément nécessaire pour faire fonctionner un mariage. Lui et moi l'avons prouvé.

— En effet, concéda Alice. Mais les circonstances ont changé. Puisque cette attirance existe encore entre vous, ne pensez-vous pas que vous devriez faire un autre essai, afin de voir si votre couple pourrait fonctionner ?

— Je croyais faire plus qu'un essai à l'époque, répliqua Imogene. J'aimais Valentin de tout mon cœur. Un cœur qu'il a brisé.

Alice soupira et joignit les mains dans son giron.

— Je vois, dit-elle. Et vous souffrez encore, n'est-ce pas ?

Imogene acquiesça d'un signe de tête.

— Alors, vous avez encore des sentiments pour mon petit-fils ?

— Nagy, ce n'est pas juste, intervint Valentin. Elle a pris sa décision il y a des années. Tu ne peux pas nous obliger à nous remarier. C'est cruel, et inutile.

— Il n'est jamais facile d'affronter ses échecs, déclara Alice, se levant lentement de son siège. Je vous laisse seuls tous les deux pour en parler. Je vous encourage fortement à donner à votre mariage une autre chance. Je le répète, les circonstances ont changé. Aucun de vous n'est aussi jeune ou instable qu'avant et, il faut le dire, aucun de vous n'a trouvé de compagnon plus compatible. Je vous en prie, discutez comme deux adultes raisonnables. Faites en sorte de ne pas passer le reste de votre vie à vous demander si vous auriez dû vous laisser une autre chance. J'attendrai votre décision dehors. Ne me faites pas attendre trop longtemps.

- 2 -

Alice referma la porte derrière elle, les laissant seuls dans la pièce.

— Ta grand-mère a un sacré toupet, lâcha Imogene. Comment ose-t-elle ?

— Elle ose parce que c'est son métier, répondit Valentin.

Imogene se leva si vite que sa robe bruissa et que ses seins se soulevèrent au-dessus de son décolleté orné de pierreries.

— Son métier ? s'irrita-t-elle. Sérieusement ? Alors tu cautionnes son comportement ?

Elle se fendit d'un petit rire. C'était cela ou hurler.

— Non, je ne le cautionne pas. Je suis aussi furieux et choqué que toi. Jamais je n'aurais pu imaginer…

Il se leva à son tour et lui fit face. Du haut de son mètre quatre-vingt-cinq, il dominait la pièce, mais Imogene n'avait pas peur de lui. Elle ne savait que trop bien à quel point il pouvait être doux, à quel point ses caresses étaient tendres. Elle sentit son pouls s'affoler, aussi chassa-t-elle ses pensées vagabondes.

— Moi non plus, murmura-t-elle.

Elle détourna la tête pour échapper à son regard intense.

Ces sept dernières années n'avaient pas suffi à réparer les dégâts de leur premier mariage. Elle avait donné à Valentin son âme, son corps, son cœur. Et il avait tout jeté aux orties. Elle n'oublierait jamais l'instant où elle était entrée dans leur petite maison et avait reconnu le parfum capiteux d'une des collègues de Valentin. Pas plus qu'elle n'oublierait avoir gagné d'un pas chancelant la chambre où elle avait découvert ladite collègue, Carla, nue et assoupie dans le lit conjugal.

Les draps étaient froissés. Les parfums mêlés de la sueur et du sexe flottaient dans l'air. Carla avait demandé à Imogene si elle cherchait Valentin et avait désigné d'un geste la salle de bains. Imogene avait entendu le jet de la douche, mais elle n'avait pas attendu de voir son mari sortir de la pièce. Elle avait tourné les talons et était retournée en ville, s'arrêtant dans le premier cabinet d'avocats qu'elle avait trouvé.

Comme en pilote automatique, elle avait rempli un dossier de divorce, pour dissoudre le mariage qui avait si peu compté pour Valentin, à l'évidence, et qui avait été tout pour elle. Valentin avait été tout pour elle. Jusqu'à ce qu'elle découvre qu'il l'avait trompée.

Le choc avait été si rude… Était-il possible qu'elle ait mal compris Carla ? Mais, si tel était le cas, pourquoi Valentin avait-il accepté de divorcer si aisément ? S'il était aussi innocent qu'il le clamait, pourquoi, durant les semaines qui avaient suivi, n'était-il pas allé la trouver à son hôtel, où elle s'était installée le temps de finir sa mission d'enseignante avant de regagner les États-Unis ? Au lieu de cela, il l'avait simplement laissée partir. Ce qui, selon elle, était une preuve de plus de sa culpabilité. Non, elle n'avait pas commis d'erreur. Non, elle n'avait pas agi de manière trop impulsive. Elle savait que Carla et Valentin avaient eu une liaison avant qu'elle n'arrive en Afrique. C'était Valentin lui-même qui le lui avait appris. Et, comme une idiote, Imogene l'avait cru lorsqu'il avait prétendu que son histoire avec Carla était finie, et qu'Imogene était la seule femme qui comptait pour lui.

Il s'éclaircit la voix, la ramenant à l'instant présent.

— Alors, j'imagine que c'est un non ?
— En effet, assena-t-elle.
— Tu ne veux même pas y réfléchir ?

— Même pas. Je n'épouserai pas un coureur de jupons une seconde fois.

— Imogene…

Il avait dit son prénom avec une grande douceur, teintée de regrets. Malgré elle, elle fut émue.

— Je ne t'ai jamais trompée.

— Je sais ce que j'ai vu, Valentin. Ne me prends pas pour une imbécile.

Il passa la main dans ses cheveux, l'air irrité.

— Ce que tu as vu était…

— Ta maîtresse, allongée dans mes draps, dans mon lit, et qui avait ton odeur sur elle !

— Ce n'était pas ce que tu crois.

— Donc maintenant, tu vas me dire que tu n'as jamais couché avec elle ?

— Tu sais que je ne peux pas le prétendre. Mais j'avais rompu avec Carla avant de te rencontrer. Je ne t'ai jamais été infidèle.

— C'est ce que tu dis. Mais je sais ce que j'ai vu.

Lorsqu'il fit un pas vers elle, elle recula. Mais elle se retrouva contre le mur. Elle leva les yeux vers Valentin, les narines frémissantes, la bouche sèche, tandis qu'elle étudiait ses traits si familiers. Elle remarqua les marques qui s'étaient creusées autour de ses yeux, les nouvelles rides sur son front, la barbe naissante qui apparaissait toujours peu de temps après qu'il s'était rasé. Son visage lui avait été si cher autrefois. Même les yeux fermés, elle pourrait se rappeler chaque détail : les cils noirs et courts qui ourlaient ses yeux, la nuance de bleu exacte de ses iris, qui s'assombrissait quand il était excité. Comme à cet instant.

À cette pensée, une vague de désir l'envahit. Jamais aucun homme n'avait eu cet effet sur elle. Jamais. Valentin était le seul. Personne ne lui était arrivé à la cheville et, hélas, personne ne lui arriverait à la cheville à l'avenir. Ce qui la mettait face à un sacré dilemme. Elle avait le choix entre aller à l'encontre de tout ce qu'elle s'était promis de ne jamais accepter, ou se contenter de moins que ce que Valentin pouvait lui offrir.

— Peut-on faire une trêve ? suggéra-t-il.

La raucité de sa voix prouvait qu'il était saisi par le même désir qu'elle. Un désir qu'elle n'avait éprouvé que pour lui. La réciproque était-elle vraie ?

— Peut-être, concéda-t-elle.

— Qu'est-ce qui t'a amenée ici aujourd'hui ?

— Toi d'abord, rétorqua-t-elle.

Car elle n'avait aucune envie de montrer la moindre faiblesse à un homme qui avait eu le pouvoir de l'aimer pour toujours ou de la détruire, et qui avait choisi la seconde option.

— Soit, fit-il. Quand j'ai demandé à Nagy de me trouver une épouse, j'avais un projet précis en tête. Je voulais une compagne, quelqu'un que je pourrais retrouver à la fin de la journée, avec qui je pourrais partager mes pensées les plus profondes. Et surtout, quelqu'un qui voudrait des enfants. Quand tu m'as quitté, j'ai cru pouvoir vivre ma vie sans avoir une famille bien à moi mais, maintenant que je prends de l'âge, je ne me vois plus sans une épouse et une progéniture et je ne veux pas vivre seul pour le restant de mes jours. J'imagine que c'est humain de vouloir se perpétuer, de laisser une part de soi sur cette terre.

Imogene sentit des larmes inattendues lui piquer les yeux. Les paroles qu'il avait choisies, les raisons pour lesquelles il était présent aujourd'hui, étaient si semblables aux siennes… Comment pouvaient-ils avoir tout cela en commun, et pourtant être si peu compatibles ?

Valentin ajouta :

— C'est pour cela que tu as contacté l'agence de Nagy toi aussi, n'est-ce pas ?

— Si j'avais su que c'était ta grand-mère qui la dirigeait, je n'aurais certainement pas fait appel à ses services, lâcha-t-elle avec véhémence.

Soudain, sa colère s'évanouit, et elle reprit d'un ton plus doux :

— Oui. C'est exactement pour cela que j'ai signé ce contrat. Je veux avoir des enfants. Pour les aimer de manière inconditionnelle. Mais surtout, je veux un partenaire. Quelqu'un sur qui m'appuyer. Quelqu'un en qui je puisse avoir confiance.

Confiance.
Le mot flotta dans l'air entre eux. Valentin prit une grande inspiration. La confiance avait fait défaut en Afrique, et pas seulement dans son mariage. Ils avaient vécu dans un pays dangereux, gangrené par la corruption. Même à l'hôpital, Valentin avait dû se méfier de certains employés.

— La confiance doit être réciproque, non ? souligna-t-il avec douceur.

— Toujours. Je ne t'ai jamais donné aucune raison de ne pas me faire confiance, Valentin. Jamais.

— Et toi, tu as l'impression que je ne suis pas digne de confiance. C'est bien cela ?

— Étant donné notre passé, comment pourrait-il en être autrement ? C'est toi qui as rompu nos vœux de mariage, pas moi.

La frustration et la colère d'autrefois se réveillèrent en lui. À l'époque, Imogene avait refusé de l'écouter ; il doutait qu'elle l'écoute aujourd'hui.

— Donc, nous sommes dans une impasse, conclut-il. À moins que tu ne sois prête à mettre le passé de côté.

Imogene lui lança un regard incrédule.

— Tu penses que je devrais simplement oublier que tu as couché avec une autre femme dans notre lit ? Mettre ça de côté comme si ça ne comptait pas ?

— Ça ne compte pas parce que ça n'est jamais arrivé. Tu m'as vu ce jour-là, Imogene ? Non, parce que je n'étais pas là. Tu ne m'as même pas laissé m'expliquer, tu m'as simplement envoyé les papiers du divorce par l'intermédiaire de ton avocat. Peut-être me feras-tu la politesse de m'écouter aujourd'hui, au moins.

Il avait toute son attention, à présent. Cela l'avait beaucoup agacé qu'Imogene ne lui ait jamais laissé l'occasion de se défendre. Le fait qu'elle ait été si prompte à lui attribuer le mauvais rôle avait démontré de façon criante qu'ils n'étaient pas faits l'un pour l'autre.

— Je sais que tu étais choquée de découvrir Carla dans notre maison, à plus forte raison dans notre lit. Quand je lui ai donné la clé de chez nous, c'était pour qu'elle puisse dormir entre deux gardes, car la salle de repos des médecins avait été réquisitionnée pour des patients. Nos journées étaient interminables, tu le sais, et nous avions un grand nombre de malades à prendre en charge. Carla méritait une pause, et je lui avais proposé d'aller chez nous car c'était proche de l'hôpital. J'ignorais qu'elle comptait avoir de la compagnie. Imogene, je te voyais à peine l'époque. Si j'avais eu du temps libre, pourquoi l'aurais-je passé avec elle ?

— Pourquoi, en effet ? répondit Imogene, levant le menton avec défiance.

Il laissa échapper un soupir d'irritation.

— Ce n'est pas moi qui étais avec elle ce jour-là.

— Ce n'est pas ce qu'elle m'a amené à croire.

— Elle t'a dit que j'étais là ?

Imogene hésita. Sans doute se repassait-elle la scène dans sa tête.

— Pas exactement, reconnut-elle.

— Et pourtant, tu ne me crois toujours pas.

— Non, je ne te crois pas. Je ne peux pas.

La douleur qui teintait ses paroles l'interpella. Elle semblait être en plein dilemme. Peut-être voulait-elle le croire, au fond d'elle ? Et lui, que ressentirait-il si les rôles étaient inversés ? Il serait déchiré. Perdu.

Et puis, si Imogene décidait de le croire aujourd'hui, elle devrait assumer l'entière responsabilité de leur divorce, et de ces sept années de solitude et de chagrin. Mais en réalité elle n'était pas la seule responsable de l'échec de leur mariage. Certes, il n'avait jamais trompé Imogene, mais il aurait dû se battre davantage pour elle. Il aurait dû la retenir, insister pour avoir une explication. Au lieu de cela, il l'avait laissée se cacher dans le seul hôtel correct de la ville jusqu'à ce qu'elle quitte le pays.

Il avait bien conscience que Carla pouvait être intimidante. Elle avait une assurance que beaucoup de femmes lui enviaient. Elle avait jeté son dévolu sur Valentin dès qu'il était arrivé en Afrique en tant que médecin volontaire, et ils avaient eu une brève liaison. Ce n'était que lorsque Imogene était entrée en scène que Carla s'était de nouveau intéressée à lui, faisant clairement comprendre à tous, y compris à Imogene, qu'il était à elle. Mais Carla avait eu tort. À la minute où Valentin avait vu Imogene, elle seule avait existé pour lui.

Et c'était toujours le cas.

L'admettre n'était pas chose facile, pour lui qui était si fier. Ancien enfant prodige, il n'avait pas souvent commis d'erreurs. Son enfance et son adolescence avaient été émaillées de succès, tous plus brillants les uns que les autres. Son mariage raté avec Imogene était le seul point noir sur la toile immaculée qu'était sa vie. C'était un échec qu'il se sentait obligé d'effacer. S'il pouvait la persuader de lui accorder, de leur accorder, une autre chance, alors, peut-être, pourraient-ils retrouver le chemin du bonheur.

Les paroles de sa grand-mère lui revinrent à l'esprit. *Faites en sorte de ne pas passer le reste de votre vie à vous demander si vous auriez dû vous laisser une autre chance.* Le regretterait-il s'il ne faisait pas une nouvelle tentative ? Il observa Imogene, resplendissante dans sa robe de mariée – la même femme qu'autrefois, et pourtant avec des différences subtiles qu'il rêvait d'explorer – et sut que la réponse était un oui ferme et sans équivoque.

Il choisit ses mots avec soin.

— Donc, il n'y a rien que je puisse faire pour te persuader d'envisager un second mariage avec moi ?

— Je n'en reviens pas que tu me poses cette question !

— Pourquoi pas ? Retirons l'émotion de l'équation, et essayons d'observer cela de manière logique. Nous avons tous les deux opté pour un mariage de raison cette fois. Et pourtant, regarde-nous. Nous sommes réunis aujourd'hui. N'oublie pas que la science a joué un rôle dans notre mise en couple.

— La science ! ironisa-t-elle. Plutôt la falsification des résultats par ta grand-mère.

— Pourquoi aurait-elle trafiqué les données si c'était pour nous rendre malheureux ?

Il sut qu'il avait marqué un point quand elle répondit :

— Alors, que suggères-tu ? Que nous faisions un essai ? Je vais être franche, Valentin. Je ne crois pas que les choses seront différentes cette fois. À part notre alchimie sexuelle, nous avions très peu de choses en commun. Même sans Carla, et aussi difficile que ce soit de l'admettre, je ne pense pas que nous aurions tenu la distance. Nous nous sommes rencontrés dans des circonstances extrêmes. Ce n'était pas une relation normale, loin de là.

— Alors pourquoi ne pas nous donner une chance et voir comment nous nous débrouillerions dans un décor plus traditionnel ? Il est peu probable que nous trouvions un autre partenaire qui éveille en nous ce que nous provoquons l'un chez l'autre, plaida-t-il.

Il caressa sa lèvre inférieure du bout de l'index.

Une onde de désir le traversa tandis qu'il ressentait la douceur de sa bouche. Sa chaleur. Tout son corps se tendit à l'idée d'effacer la distance entre eux. D'embrasser ses lèvres tendres pour découvrir si elles étaient toujours aussi sucrées qu'autrefois. Il vit ses joues rosir et ses pupilles se dilater, noyant presque le gris-vert de ses iris.

— Imogene, réfléchis, reprit-il. Nous avons signé un contrat prénuptial solide comme du béton. Une clause nous permet d'annuler le mariage après trois mois. Qu'avons-nous à perdre ?

Il vit sa lutte intérieure se refléter dans ses yeux. L'entendit dans chacune de ses respirations saccadées. Il avait fait une brèche dans son armure, et c'était le moment de s'y engouffrer.

— Et les enfants, Imogene. Pense aux enfants que nous aurions ensemble si notre mariage fonctionnait. À la famille dont nous avons toujours rêvé. Je te promets que si tu acceptes de m'épouser à nouveau, tu ne le regretteras pas. Je te serai fidèle. Je veillerai à combler tous tes besoins en tant qu'époux et partenaire. Je n'ai pas été à la hauteur il y a sept ans, je ne me suis pas battu pour toi comme j'aurais dû le faire, alors je me bats maintenant. Je me rends compte que j'étais accaparé par mon travail, ce qui me laissait très peu de temps pour toi. Je n'ai pas vu les fissures apparaître dans notre couple. Je n'ai pas vu à quel point tu étais devenue vulnérable. Si j'avais été un meilleur époux, tu n'aurais jamais tiré de conclusions hâtives sur ma prétendue infidélité. Je ne ferai pas les mêmes erreurs si tu nous accordes une autre chance. Quelle sera ta réponse ? Veux-tu m'épouser ?

- 3 -

Imogene avait dit oui.
Alice Horvath avait éprouvé un soulagement indescriptible quand Valentin l'avait informée que le mariage aurait bien lieu. Elle n'avait pas voulu envisager une autre issue. Après tout, elle avait une confiance totale en son instinct, et persuader les autres qu'elle ne se trompait jamais était rarement un problème. Mais avec ses petits-fils son jugement était parfois remis en question, comme aujourd'hui.

Valentin était allé rejoindre son frère Galen ainsi que quelques cousins dans la salle de réception. Alice prit un instant pour sortir ses médicaments de son sac puis se rassit. Cette maudite angine de poitrine commençait à l'agacer. Elle n'avait certainement pas le temps de s'en occuper maintenant. Elle réprima l'envie de masser l'endroit douloureux. Cela ne l'avait jamais soulagée, de toute façon. Elle glissa un comprimé sous sa langue juste au moment où Imogene sortait du bureau.

— Tout va bien, madame Horvath ? demanda la future mariée.

— Oui, ma chère. Et je tiens à vous le dire, je suis très heureuse que vous ayez décidé d'épouser mon petit-fils.

Alice étudia la jeune femme. Elle comprenait pourquoi Valentin avait été attiré par elle. Avec sa chevelure acajou et sa superbe silhouette, Imogene O'Connor était d'une beauté exquise et rare, soulignée par une forte personnalité et une intelligence vive. En faisant des recherches pour dresser son profil, Alice avait découvert que ces dernières années, Imogene avait fait de ses centres de petite enfance un réseau de franchises au niveau national. C'était une femme indépendante qui avait la tête sur les épaules, mais c'était son côté émotionnel qui intriguait Alice. Elle savait qu'Imogene avait eu peu de rendez-vous galants depuis son retour d'Afrique. Soit elle n'avait pas eu le temps pour une nouvelle histoire, soit elle n'avait pas été prête à s'engager à nouveau. Quoi qu'il en soit, Alice était heureuse qu'elle ne se soit pas empressée de trouver un autre homme.

La nature réservée et légèrement sombre de Valentin s'accordait parfaitement avec la personnalité lumineuse d'Imogene. Les spécialistes de l'agence, données informatiques à l'appui, avaient confirmé ce qu'Alice avait su d'instinct. Sinon, elle n'aurait jamais pris le risque de mettre Valentin et Imogene en couple. La vie était précieuse, ce qu'elle ne savait que trop bien depuis quelque temps.

Le comprimé continuait de se dissoudre sous sa langue et, peu à peu, la douleur thoracique qui lui gâchait l'existence depuis des mois commença à s'apaiser. Elle inspira, soulagée, et sourit à Imogene.

— Si nous retournions à la cérémonie ? suggéra-t-elle.

— Vous pourriez demander à ma mère de me rejoindre ? Je me sentirais mieux si elle était près de moi.

— Bien sûr

Alice s'apprêta à rejoindre la salle de réception, puis hésita et prit la main de la future mariée.

— Vous ne le regretterez pas, affirma-t-elle. Ce ne sera peut-être pas facile de retrouver le chemin vers l'amour. En fait, j'espère que vous découvrirez une autre sorte d'amour. Un sentiment plus fort, plus durable. C'est mon souhait pour Valentin et vous.

— L'avenir nous dira si nous avons fait le bon choix.

— Oui. Et il faudra du travail, de la part de chacun de vous.

Imogene hocha la tête en guise de réponse.

Pas de doute, les futurs époux se lançaient dans une sacrée aventure, se dit Alice.

**

Imogene se laissa porter par les événements. Elle répéta les mots prononcés par l'officiant et écouta Valentin en faire autant. La cérémonie était simple, dépourvue des touches personnelles que Valentin et elle auraient pu apporter s'ils avaient préparé cette journée ensemble. De bien des façons, c'était une union aussi neutre que leur premier mariage, même si le célébrant aujourd'hui essayait d'insuffler à la cérémonie bien plus de joie que l'officiant qui avait procédé avec ennui à leur union en Afrique.

L'Afrique. Il fallait qu'elle cesse de penser à cette période et de la comparer au présent. Son premier mariage remontait à des années-lumière.

Cette journée était un nouveau départ. Un départ qu'elle avait accepté de prendre. Elle ignorait comment Valentin avait fait pour la convaincre. Tout ce qu'elle savait, c'était que la simple caresse de son index sur ses lèvres lui avait rappelé l'attraction incendiaire qui avait fait rage entre eux. Tout son corps avait réagi aussitôt, comme par le passé.

Un seul contact physique, et elle avait pris une décision qui affecterait le reste de sa vie. Personne d'autre que lui n'avait la capacité de l'enflammer en une fraction de seconde. Ce qui était un mal pour un bien : au moins, après son divorce, elle avait pu se concentrer sur son entreprise et la développer avec succès. Lorsque, au bout de quelque temps, elle avait tenté de se remettre sur le marché, ses expériences s'étaient toutes révélées insipides. Alors elle avait eu recours à une agence matrimoniale, espérant qu'ainsi elle trouverait mieux. Tout ce temps, avait-elle inconsciemment recherché une relation aussi forte que son histoire avec Valentin ? L'idée était aussi terrifiante qu'enthousiasmante.

Et, plus important, maintenant qu'elle avait accepté d'épouser Valentin, à quoi ressemblerait leur vie à deux ?

— Vous pouvez embrasser la mariée.

Les mots du célébrant brisèrent le fil de ses pensées.

Elle ouvrit de grands yeux en voyant le sourire de Valentin se figer. L'air soudain sérieux, il plongea le regard dans le sien et déposa un baiser sur son annulaire désormais paré d'une splendide alliance.

— C'est la bague que tu mérites depuis le début, murmura-t-il avant de se pencher vers elle.

Elle eut à peine le temps de retenir son souffle que, déjà, Valentin posait la bouche sur la sienne. Les sensations jaillirent en elle et se répandirent dans tout son corps. Elle entrouvrit les lèvres puis lui rendit son baiser. Elle posa la main sur son torse un bref instant puis remonta vers son cou. La texture de ses cheveux légèrement bouclés contre ses doigts attisa son désir. Elle sentit Valentin lui ceindre la taille et l'attirer contre lui.

Cela avait toujours été ainsi entre eux. Aussi intense. Aussi passionné. Autrefois, ils étaient toujours collés l'un à l'autre, comme si le monde se résumait à leurs deux corps enlacés.

— Euh, jeunes gens ? intervint Galen, le frère de Valentin. Si vous en laissiez un peu pour la lune de miel ?

Les invités se mirent à rire, et Valentin recula légèrement, laissant Imogene sidérée par ce qui venait de se produire.

Sept ans. Pour être précise, sept ans, trois mois, deux semaines et cinq jours depuis qu'il était sorti de sa vie. Et pourtant Valentin avait toujours autant d'effet sur elle.

— Ça va ? demanda Valentin avec douceur.

Il la tenait toujours par la taille, et son regard azuréen scrutait son visage.

— En dehors de mon maquillage qui est sûrement abîmé maintenant, tout va bien, dit-elle aussi calmement qu'elle le put, malgré les battements désordonnés de son cœur et les frissons qui secouaient des parties de son corps qui n'avaient plus vibré depuis bien trop longtemps.

En souriant, il saisit sa main et, ensemble, ils se retournèrent vers les invités.

— Je vous présente M. et Mme Horvath ! s'exclama le célébrant d'un ton triomphal.

Voilà, ils étaient mariés. Imogene n'arrivait pas à y croire. Ses neurones étaient encore figés par ce baiser époustouflant. Pourtant, pas de doute, la main puissante qui serrait la sienne était bien celle de l'homme au costume sombre et à la présence charismatique qui se tenait à côté d'elle.

La mère d'Imogene se précipita vers eux, les joues encore humides de larmes, et les félicita tous les deux. Mais ensuite elle décocha à Valentin un regard sévère.

— Vous avez une seconde chance avec ma fille. Ne gâchez pas tout cette fois. Veillez sur elle.

— Promis, répondit-il.

Imogene se sentit un peu gênée par la mise en garde de sa mère, mais la douce pression de la main de Valentin lui indiqua qu'il n'était pas fâché. Caroline O'Connor ne comprenait sans doute pas pourquoi Imogene avait décidé de se remarier avec Valentin. Quoique, peut-être que si. Après tout, le père d'Imogene avait de nombreuses liaisons. Une autre raison pour laquelle Imogene avait été si blessée par l'infidélité de Valentin, d'ailleurs. Elle s'était toujours demandé pourquoi sa mère acceptait de partager son mari. Pourquoi elle laissait d'autres femmes remplir la vie de son époux, alors qu'elle devrait être la seule. Mais sa mère avait accepté bien des choses pour continuer à mener son existence bien ordonnée. Très impliquée dans diverses œuvres de charité, elle était fière d'être l'épouse d'un avocat célèbre. Elle adorait être perçue comme une femme calme et imperturbable, une parfaite hôtesse en toutes occasions. Imogene avait su très tôt qu'elle attendait bien plus du mariage. Et elle avait cru avoir trouvé le bonheur avec Valentin. Dès leur rencontre, ils étaient tombés follement amoureux.

Pouvaient-ils réussir à être heureux ? Comme le lui avait dit Alice juste avant la cérémonie, retrouver le chemin vers l'amour ne serait pas chose facile. Pouvaient-ils même espérer s'aimer à nouveau ? Quand Imogene avait décidé d'avoir recours à une agence matrimoniale, elle n'avait pensé qu'à son but principal : avoir des enfants bien à elle pour les aimer. Quant à aimer son mari… Elle observa Valentin. Elle ne savait pas si elle pourrait lui refaire confiance, encore moins si elle pouvait l'aimer encore.

Son ventre se serra à l'idée de concevoir un bébé avec lui. Valentin avait été clair, lui aussi voulait fonder une famille. Leur objectif commun serait-il suffisant pour cimenter leur couple ?

Il t'a aussi dit qu'il ne te tromperait jamais, murmura une voix narquoise dans sa tête. En fait, il lui avait même promis qu'elle n'avait rien à craindre sur ce plan. Elle aimerait pouvoir le croire. Mais après ce qu'elle avait vu sept ans plus tôt… Non, cela ne servait à rien de songer à cette période maintenant. Elle avait fait un choix. Elle avait accepté d'épouser son ex-mari et, une fois leur période d'essai de trois mois passée, s'ils étaient encore ensemble, ils essaieraient d'avoir un enfant. Seul le temps lui dirait si elle avait pris la bonne décision.

Valentin tentait de contenir sa nervosité. Il n'était jamais à l'aise dans une foule, et cette masse d'invités était trop heureuse, trop bruyante, et bien trop près de lui. Certes, tout le monde était ici pour célébrer son mariage, mais il n'était pas obligé d'apprécier les festivités. En fait, il rêvait de prendre Imogene par la main et de la conduire jusqu'à l'hélicoptère qui attendait sur la pelouse luxuriante pour les emmener à l'aéroport de Seattle. Là-bas, ils prendraient l'un des jets privés de Horvath Aviation pour se rendre dans les îles Cook, la destination de leur lune de miel. Valentin était impatient de se retrouver seul avec Imogene. Toutefois, même si le baiser qui avait scellé leur union avait été stupéfiant, il savait que cette fois, Imogene et lui devaient avancer avec prudence, et non se laisser emporter par la passion.

Avant de fonder une famille, Valentin voulait avoir la certitude que son mariage avec Imogene s'appuyait sur des bases solides : l'amour, et la confiance mutuelle. Même si leur période d'essai de trois mois se révélait réussie, il prendrait son temps. Leur bonheur futur dépendait en grande partie de lui : il lui fallait regagner la confiance de sa femme. Et il mettrait tout en œuvre pour y parvenir. Mais Imogene aussi devait faire des efforts. Il voulait être sûr qu'elle était tout aussi investie que lui dans la réussite de leur mariage. Qu'elle n'allait pas fuir à nouveau.

Lorsqu'elle l'avait abandonné sept ans plus tôt, le coup avait été terrible. Il avait réagi de la seule manière possible : en se plongeant à corps perdu dans ce qu'il pouvait contrôler, du moins jusqu'à un certain point. Il avait signé un autre contrat de médecin volontaire, enchaîné les consultations et les opérations et, malgré la menace croissante d'une guerre civile, les visites dans la brousse. D'aucuns pourraient dire qu'il avait eu des pulsions suicidaires, car le climat politique dans le pays était devenu très instable, conduisant au départ de beaucoup de médecins volontaires. Valentin pensait plutôt que le fait de vouloir oublier sa douleur et son chagrin lui avait permis de mieux faire son travail.

Il parcourut la salle du regard. Imogene circulait entre leurs groupes d'amis. Elle était magnifique. Et, en plus de sa beauté physique, il savait qu'elle recelait une profondeur d'âme qu'il lui tardait de découvrir. Ils n'avaient pas eu le temps de se connaître véritablement, la première fois. Et maintenant, ils avaient droit à une autre chance. Lorsqu'il avait découvert qu'elle était sa fiancée inconnue, il avait été sidéré, mais son instinct avait pris le dessus. Sa raison avait eu beau protester, son corps s'était réjoui.

Néanmoins, Valentin ne pouvait pas céder à leur puissante attirance mutuelle. S'il embrassait encore son épouse avec toute la passion qui l'animait, il lui serait impossible de garder le contrôle de lui-même.

Le visage d'Imogene s'illumina lorsqu'elle rit à une plaisanterie de l'une de ses amies. De nouveau, il sentit le désir l'envahir… Il allait devoir multiplier les séances de sport, afin de brûler son surplus d'énergie sexuelle. Car

Imogene et lui devaient se connaître et se comprendre mieux avant de s'adonner aux plaisirs de la chair.

— Alors, on hésite ?

Valentin se retourna vers son frère Galen.

— Non, je devrais ?

— Je dois l'avouer, j'étais un peu inquiet au début. Je pensais que ce mariage allait tomber à l'eau et que mon personnel devrait manger le gâteau pendant toute la semaine.

Galen dirigeait la chaîne de complexes hôteliers du groupe Horvath et vivait ici, dans l'État de Washington.

Valentin esquissa un sourire.

— Content de leur avoir épargné cette corvée.

— Tu as l'air bizarre. Tout va bien ?

— Oui, pourquoi ?

— Je ne sais pas trop… Tu étais impatient de te marier, je le sais. Mais je croyais qu'en découvrant l'identité de ton épouse tu arrêterais tout. Vous sembliez si décidés à dire non, elle et toi. Qu'est-ce qui t'a fait changer d'avis ? Ne me dis pas que Nagy vous a jeté un sort à tous les deux ? plaisanta-t-il.

Valentin marqua une pause avant de répondre. Avec son frère, il avait toujours été honnête. Mais il n'avait pas envie de mettre des mots sur les émotions qui l'avaient submergé lorsqu'il avait décidé de convaincre Imogene de l'épouser.

— Peut-être bien que si, éluda-t-il.

C'était tout ce qu'il était prêt à avouer.

— Mais ce n'est que le début, reprit-il. Nous avons une période d'essai de trois mois.

— Tu as l'air de croire que ce ne sera pas facile.

— Rien qui vaille la peine n'est facile, tu le sais comme moi, n'est-ce pas ? Et Imogene et moi avons beaucoup de difficultés à surmonter. Au fond d'elle, elle pense toujours que je l'ai trompée.

— Ridicule ! rétorqua Galen. Tu es l'homme le plus loyal que je connaisse. Dis-moi, avec qui pense-t-elle que tu as eu une liaison ?

— Un des médecins avec lesquels je travaillais.

— Elle était sexy ?
— Oh ! oui, elle est très sexy.
Galen se raidit.
— Est ? Tu veux dire que tu la côtoies toujours ?
— Oui. Je l'ai nommée directrice du service recherche et développement. Elle travaille avec moi à New York.

Galen émit un sifflement.
— Ça pourrait être un problème, avança-t-il. Tu en as parlé à Imogene ?
— Non, et j'espère que nous pourrons en discuter avant que ça devienne un problème.
— Eh bien, si quelqu'un peut réussir, c'est bien toi, grand frère. Tu mérites d'être heureux. J'espère qu'Imogene est celle avec qui tu pourras trouver le bonheur.
— Moi aussi, Galen. Moi aussi.

- 4 -

Le jet privé était impressionnant. Il disposait même d'une suite avec salle de bains de luxe. Imogene songea à prendre un bain moussant à trente-six mille pieds puis se ravisa. Elle était trop épuisée pour cela. Tout ce qu'elle voulait, c'était se reposer. Elle observa le grand lit et toucha les draps de coton égyptien. Ses doigts glissèrent sur l'étoffe d'une exquise douceur.

— Fatiguée ? demanda Valentin en arrivant dans la suite.
— Exténuée.

La journée avait été riche en émotions sur bien des plans. Notamment lorsqu'elle avait constaté que son ex-mari l'attirait toujours autant. Ou plutôt, son nouveau mari. Elle n'aurait jamais cru qu'il pourrait la convaincre d'aller au bout de la cérémonie, mais il avait été si persuasif qu'elle avait presque regretté d'avoir divorcé sept ans plus tôt. Elle avait songé que, peut-être, elle aurait dû écouter sa version des faits à l'époque avant d'engager un avocat. Mais, étant donné sa propre situation familiale, et sa volonté farouche de ne jamais se retrouver dans la même position que sa mère, était-ce une surprise qu'elle ait agi comme elle l'avait fait ? Si la situation se répétait, ne réagirait-elle pas de la même façon aujourd'hui ?

Elle remarqua des signes de fatigue sur le visage de Valentin.

— Tu dois être épuisé, toi aussi. Si ma mémoire est bonne, tu n'as jamais aimé les grandes réceptions.
— Ta mémoire est bonne. Nous avons quatorze heures

devant nous avant d'arriver à Rarotonga. Nous devrions essayer de dormir, pour être frais et dispos à notre arrivée.

— Tu veux prendre le lit ? Je peux dormir dans la cabine.

— Non, c'est toi qui prends le lit. Tu te souviens de mon aversion pour les grandes fêtes et, moi, je me souviens que tu as besoin d'être confortablement installée pour bien dormir.

Imogene se sentit rougir, car elle les revit tous les deux dans leur étroit lit conjugal. Un lit consacré à bien d'autres choses qu'au sommeil. Et quand ils se reposaient, c'était dans les bras l'un de l'autre, malgré la chaleur intense de l'Afrique équatoriale. Elle s'était habituée à dormir avec lui très peu de temps après leur rencontre et, à son retour à New York, il lui avait fallu des mois pour cesser de le chercher dans le noir.

Elle détourna les yeux avant de suggérer quelque chose de stupide, comme dormir ensemble. À la réflexion, ce n'était pas stupide : ils étaient mariés et avaient pour but commun de faire des enfants. Mais dès que cette pensée traversa son esprit, Imogene sut qu'elle n'était pas prête à franchir cette étape. Pas encore, en tout cas.

— Merci, finit-elle par dire. Tu veux utiliser la salle de bains en premier ?

Valentin rit.

— Qu'y a-t-il de si amusant ? demanda-t-elle.

— Nous. Si courtois l'un envers l'autre !

— Oui, c'est vrai, approuva-t-elle en souriant. C'est étonnant, vu les circonstances.

— Ça prouve que nous sommes de meilleures personnes qu'autrefois.

Son regard s'assombrit et se fit sérieux.

— Je pensais ce que je t'ai dit tout à l'heure, Imogene. Je le pensais encore plus que les vœux que nous avons échangés. Tu ne regretteras pas de m'avoir épousé.

Imogene ravala la boule d'émotion dans sa gorge et, incapable de parler, répondit par un hochement de tête. En tout cas, elle n'était pas incapable de ressentir des émotions, songea-t-elle quand Valentin fut dans la salle de bains. Après une minute, elle entendit le jet de la douche. Elle gémit en imaginant Valentin nu, l'eau ruisselant sur son corps. Un corps qu'elle avait autrefois connu presque mieux que le sien.

Elle s'assit sur le lit le temps de retirer ses chaussures puis ôta sa robe et la posa dans un fauteuil. Elle aperçut son reflet dans le miroir. Avec son coordonné de dentelle, son porte-jarretelles et ses bas blancs, elle ressemblait tout à fait à une mariée innocente. Elle toucha le haut de ses cuisses, là où sa peau était exposée, et sentit un frisson la parcourir. Elle avait peut-être l'air innocente, mais la réalité était tout autre. Tout son corps guettait le moindre son provenant de la salle de bains, et son esprit fournissait volontiers les images correspondantes.

Lorsqu'elle n'entendit plus l'eau couler, elle sortit de sa rêverie et prit dans sa valise le déshabillé qu'elle y avait glissé ce matin. Était-ce vraiment ce matin ? Il s'était passé tant de choses en l'espace de quelques heures ! Elle secoua le vêtement de satin et poussa un petit cri de surprise quand une pluie de pétales de roses tomba de ses plis. La seule personne qui aurait pu les y cacher était sa mère. Malgré le manque d'attention de son propre époux et son inquiétude à l'idée que sa fille épouse un inconnu, Caroline O'Connor avait tenté d'insuffler un peu de romantisme dans cette journée.

La porte de la salle de bains s'ouvrit, et Valentin apparut, une serviette blanche enroulée autour de la taille.

— Tout va bien ? demanda-t-il. J'ai cru t'entendre crier.

Toutes les pensées rationnelles d'Imogene s'envolèrent. Le corps parfait de Valentin semblait avoir été sculpté par Michel-Ange, mais il n'était pas froid comme le marbre. Elle savait que si elle le touchait, sa peau serait chaude, et très réactive à ses caresses. Tous ses instincts féminins réclamaient qu'elle redécouvre son corps si tentant. Intimement.

— Ce sont des pétales de rose ? demanda-t-il, brisant le fil de ses pensées érotiques.

Lorsqu'il approcha, Imogene enfila rapidement le déshabillé et noua la ceinture autour de sa taille.

— Ne te couvre pas à cause de moi, la taquina-t-il, une lueur appréciatrice dans le regard.

— Je suis désolée, je vais ramasser tout ça. C'est sans doute ma mère qui…

— Hé, ce n'est rien, l'interrompit-il, posant une main réconfortante sur son bras. Quelques pétales de rose, quoi de plus normal pour de jeunes mariés ?

Un courant de chaleur monta le long de son bras, affolant ses sens déjà excités.

— Mais nous ne sommes pas des jeunes mariés normaux, n'est-ce pas ? fit-elle valoir.

— Nous n'avons jamais été normaux.

Elle sentit ses joues s'empourprer, et gémit en son for intérieur. Pourquoi rougissait-elle sans cesse quand elle était avec lui ? Personne d'autre n'avait la capacité de provoquer ce genre de réaction chez elle.

— Tu comptes dormir dans cette tenue ? demanda-t-elle, désignant sa serviette.

— Je ne voudrais pas choquer notre équipage. Rassure-toi, j'ai un pyjama dans ma valise. Quand tu iras dans la salle de bains, je me changerai ici, si tu veux bien.

Ah, ils en revenaient donc aux échanges courtois. Cela lui convenait. Car pour l'instant, elle ne savait que penser, que dire, que faire. Tout ce qu'elle savait, c'était qu'elle avait besoin de mettre de l'espace entre Valentin et elle avant de faire quelque chose de stupide, comme presser les lèvres sur ses mamelons sombres, ou lécher cette petite goutte d'eau qui suivait le relief de son abdomen.

— Je te dis bonne nuit, alors, conclut-elle, prenant sa trousse de toilette.

— Bonne nuit, Imogene.

Sa voix douce et grave la fit hésiter. Il suffirait qu'elle approche le visage du sien, et il l'embrasserait pour lui souhaiter bonne nuit. Mais si elle faisait cela, elle savait exactement où cela les mènerait, or elle n'était pas prête. Pas encore, du moins.

Valentin regarda par le hublot les splendides rivages de Rarotonga. Des eaux turquoise bordées de vagues écumeuses s'écrasaient contre un récif qui semblait encercler toute l'île. Tandis que l'avion continuait sa descente, Valentin distingua des plages de sable blanc et de grands palmiers dont leurs feuilles dansaient dans la brise océane.

— Regarde ça, dit-il à Imogene.

Elle se pencha vers le hublot.

— C'est superbe, commenta-t-elle.

Savait-elle que son sein effleurait son bras ? Était-elle consciente de l'effet qu'elle avait sur lui ? Son parfum subtil envahit ses sens, lui donnant envie de faire toutes sortes de choses indécentes avec elle.

Lorsqu'il bougea légèrement, Imogene se redressa.

— Désolée, murmura-t-elle.

— Pas de problème.

Mais c'était faux. Leur proximité était en train de devenir un réel problème pour lui.

Imogene tira sur sa ceinture de sécurité comme pour s'assurer qu'elle était fermement bouclée.

— On dirait que nous allons atterrir, dit-il.

Imogene lui prit la main.

— Ça ne t'ennuie pas ? Je suis toujours nerveuse pendant les atterrissages.

— Pas du tout.

À mesure qu'ils approchaient du sol, elle serra sa main de plus en plus fort.

— Je ne savais pas que tu avais peur en avion, dit-il.

— Nous n'avions jamais voyagé ensemble, alors j'imagine que tu n'as jamais eu l'occasion de le découvrir.

Elle avait parlé sur un ton léger, mais il savait ce qu'elle sous-entendait.

— En effet, reconnut-il. Nous n'avons pas eu le temps d'en apprendre beaucoup l'un sur l'autre, n'est-ce pas ?

Le train d'atterrissage toucha le tarmac, et Imogene serra sa main de plus belle. Puis l'avion ralentit et roula vers le terminal. L'une des hôtesses approcha d'eux, un sourire chaleureux illuminant son joli visage.

— Nous allons bientôt débarquer, annonça-t-elle. Une fois que l'escalier sera déployé, je viendrai vous chercher et vous accompagnerai jusqu'aux services des douanes et de l'immigration. Les formalités ne devraient prendre que quelques minutes.

— Merci, Jenny, dit Valentin.

Il sentit Imogene relâcher lentement sa main.

— Elle est séduisante, n'est-ce pas ? lança-t-elle. Tu la connais bien ?

Valentin haussa les épaules, soudain conscient que sa réponse pourrait être un vrai champ de mines.

— Aussi bien que je connais tous les membres d'équipage de Horvath Aviation. Je voyage beaucoup pour mon travail, alors je les côtoie souvent. Le mari de Jenny, Ash, est l'un de nos pilotes. Selon la politique de la compagnie, les couples travaillent ensemble chaque fois que c'est possible.

Il sentit Imogene se détendre un peu. Était-ce parce qu'elle savait maintenant que Jenny était mariée ? Jusqu'à l'incident avec Carla, la jalousie n'avait jamais été un problème dans leur couple, mais en serait-ce un désormais ? À l'évidence, Imogene se sentait vulnérable. Elle avait fait acte de foi en l'épousant à nouveau, mais lui aussi.

Dès qu'ils seraient installés dans leur logement, il leur faudrait avoir une discussion sérieuse sur les règles de leur nouveau mariage, et sur leurs attentes respectives. Valentin n'acceptait pas l'échec, un trait de caractère qui lui avait permis d'être un excellent étudiant, un brillant médecin et un homme d'affaires avisé. Le fait que son premier mariage se soit soldé par un divorce l'avait toujours tracassé. Il savait bien qu'il n'avait commis aucune faute, mais ne pas avoir réussi à convaincre Imogene de son innocence était pour lui un échec. Aujourd'hui, il ne tenait qu'à lui de regagner la confiance de son épouse.

Bientôt, ils descendirent de l'avion et parcoururent la courte distance qui les séparait du petit terminal. Il ne leur fallut que quelques minutes pour passer les contrôles douaniers, car à cette heure matinale, il n'y avait aucun avion commercial sur les pistes. L'air était chargé d'humidité, mais une douce brise océane soufflait lorsqu'ils sortirent du bâtiment. Une femme portant un panneau sur lequel étaient inscrits leurs noms les attendait.

— *Kia orana !* les salua-t-elle en maori, puis elle glissa un collier de fleurs parfumées autour de leur cou. Bienvenue aux îles Cook ! Je m'appelle Kimi et je serai votre contact et votre chauffeur durant votre séjour. Si vous voulez bien me suivre.

Valentin posa la main sur le bras d'Imogene tandis qu'ils suivaient Kimi jusqu'à son van. Une fois leurs bagages chargés dans le coffre, ils se mirent en route. Après vingt minutes, ils arrivèrent à destination : une villa isolée au bord de la plage, dans un lagon privé.

Kimi les escorta jusqu'au patio.

— Vous voilà chez vous, annonça-t-elle d'un ton enjoué. La villa dispose d'une piscine, et il y a une douche extérieure que vous pouvez utiliser en toute intimité quand vous revenez de la plage. Si vous avez besoin de quoi que ce soit, il vous suffit de décrocher le téléphone pour que quelqu'un réponde à votre demande. Quant à moi, je suis à votre disposition pour vous conduire où vous le souhaitez.

» Il y a des fruits et des boissons dans le réfrigérateur, ainsi que quelques produits pour le petit déjeuner. Vous pouvez aussi commander vos repas dans les restaurants du complexe et vous faire livrer. Aujourd'hui, le dîner vous sera apporté à 19 heures. Nous pouvons vous le servir ici ou sur la plage, si vous préférez, mais sachez qu'il y a un risque d'orage ce soir. Ah, j'allais oublier ! Vous avez à votre disposition une voiture et des scooters si vous souhaitez vous déplacer vous-mêmes. Pensez simplement à rouler à gauche et à limiter votre vitesse. L'île ne fait que trente-deux kilomètres de circonférence, alors vous pouvez prendre tout votre temps. Vous êtes au rythme insulaire, à présent. »

— Merci, Kimi. C'est charmant, dit Imogene avec un sourire sincère.

Malgré son sourire, Valentin se rendit compte qu'elle semblait toujours fatiguée. Apparemment, avoir dormi seule dans un grand lit pendant le vol n'avait pas suffi à la reposer. Ou peut-être était-elle préoccupée. Ils ne seraient que tous les deux pendant près de sept jours… Était-ce cela qui la préoccupait ?

Kimi prit congé, les laissant seuls.

— Eh bien, dit Imogene, posant les mains sur les hanches et contemplant le lagon. Nous y voilà. Le décor est splendide.

— Tout comme toi, murmura-t-il. Il faudra que tu fasses à attention, avec ta peau claire.

— J'ai apporté plusieurs flacons de crème solaire, dit-elle nerveusement, comme si elle venait de se rendre compte que c'était lui qui appliquerait de la crème dans les zones qu'elle ne pourrait pas atteindre. Quelle heure est-il ?

Il consulta sa montre.

— Un peu plus de 8 heures.

— La journée va être longue, n'est-ce pas ?

— Tu peux te reposer autant que tu veux. C'est notre lune de miel, nous sommes libres de faire tout ce qui nous plaît. Tout en réapprenant à nous connaître. À ce propos, il y a un sujet dont nous devons discuter.

Elle se raidit légèrement.

— Ah ? Lequel ?

— Le sexe.

À son grand plaisir, il la vit rougir et écarquiller les yeux.

— Le s-sexe ? balbutia-t-elle.

— Je ne pense pas que nous devrions coucher ensemble.

Elle sembla encore plus surprise.

— Ah, non ?

— À l'évidence, j'en ai envie… Tu sais ce que je veux

dire. Mais il y a sept ans, nous nous sommes lancés dans une relation physique passionnée, en occultant tout le reste. Nous nous sommes rencontrés, nous nous sommes mariés et nous nous sommes séparés, tout cela en l'espace de quelques mois. Je pense que cette fois, nous devrions prendre notre temps. En fait, j'aimerais…

— Tu aimerais… ?

— J'aimerais te faire la cour.

— Me faire la cour ? Mais… nous sommes déjà mariés.

— Ça ne veut pas dire que nous ne pouvons pas prendre le temps, durant cette semaine au moins, de nous découvrir.

Il posa les mains sur ses épaules.

— Imogene, ce mariage est important pour moi. Je ne veux pas qu'il y ait le moindre problème cette fois.

- 5 -

Interloquée, Imogene étudia Valentin. Il y avait une vulnérabilité dans sa voix qu'elle n'avait jamais entendue auparavant. Lui qui était toujours si fort et déterminé, il semblait peu sûr de lui à cet instant. Et au lieu de prendre les choses en main comme il en avait l'habitude, il la laissait décider de la suite de leur relation. Était-ce parce qu'il avait remarqué à quel point elle était nerveuse ? Il n'avait jamais été très observateur avec elle. Autrefois, c'étaient ses patients qui avaient toute son attention, ce qui était compréhensible, mais apparemment, ces dernières années, il avait changé. Soit il avait développé ses capacités d'observation, soit il faisait un effort pour elle. Une lueur d'espoir s'alluma en elle. L'espoir qu'ils puissent réussir leur mariage cette fois. Et elle prit sa décision.

— Oui, j'aimerais que tu me fasses la cour, répondit-elle avec une timidité qui la surprit.

— Bien.

Il poussa un long soupir, comme si sa réponse était un soulagement.

— Tu préfères aller nager d'abord, ou manger quelque chose ? demanda-t-il.

— Nager me semble divin. Nous avons été si bien nourris dans l'avion que je ne pense pas avoir faim avant un moment.

— La piscine ou la plage ?

— La plage, sans hésiter.

Elle traversa le patio et entra dans la maison par une baie

coulissante. Des ventilateurs tournaient nonchalamment au plafond. Elle alla jusqu'à la chambre principale, où leurs bagages avaient été déposés. Il y avait une autre chambre de l'autre côté du couloir.

— Je te laisse la suite principale, dit-elle. Je prendrai la plus petite chambre.

Valentin ne protesta pas, ce dont elle se réjouit. Il empoigna ses valises et les fit rouler sur le carrelage jusqu'à l'autre chambre.

— Je frapperai à ta porte quand je serai prêt, dit-il en souriant. Ce sera comme si je venais te chercher pour un rendez-vous galant.

Valentin prenait cela très au sérieux, se dit-elle, souriant à son tour.

— Avec plaisir, dit-elle, et elle ferma la porte derrière lui.

Elle se sentit nerveuse, tout à coup. Excitée, aussi. Être courtisée par son mari ? Elle trouvait cela très romantique. Elle ouvrit sa valise et en sortit un bikini et un paréo transparent. Elle observa le maillot de bain avec une pointe d'appréhension. En révélerait-il trop ? Elle n'en avait pas porté depuis si longtemps qu'elle s'était même sentie gênée en l'essayant à la boutique, mais la vendeuse lui avait fait de nombreux compliments, lui assurant que le vert émeraude du tissu flattait son teint et rehaussait la couleur de ses yeux. Eh bien, décida Imogene en se déshabillant, même si Valentin et elle ne faisaient que flirter cette semaine, elle avait tout à fait le droit d'être sexy. C'était même normal de vouloir lui plaire, non ?

Quelques minutes plus tard, quand Valentin frappa à sa porte, elle noua le paréo autour de sa taille avant de lui ouvrir.

— Je suis prête, murmura-t-elle. J'ai juste besoin de crème solaire sur le dos. Tu veux bien ?

— Bien sûr, répondit-il, acceptant le flacon qu'elle lui tendait. Et tu m'en mettras aussi ?

— Euh, oui, répondit-elle, espérant que sa peur de le toucher et d'être touchée par lui ne se lisait pas sur son visage.

Elle était sensible au moindre de ses mouvements et, bien qu'elle ait accepté le principe d'abstinence, l'appliquer serait un vrai défi... Mais, tout comme Valentin, elle ne voulait pas gâcher ce nouveau départ en commettant les mêmes erreurs que par le passé.

Des erreurs ? S'aimer de façon si absolue, cela avait-il été une erreur totale ? Soudain, son corps se rappela le plaisir qu'ils avaient partagé. Elle fit de son mieux pour reprendre le contrôle sur ses sens. Cette semaine serait bien plus difficile qu'elle ne l'aurait cru...

— Tourne-toi, lui enjoignit Valentin.

Elle l'entendit verser une généreuse dose de crème dans sa main puis sentit la substance froide sur sa peau. Bien vite, les paumes de Valentin la réchauffèrent tandis qu'il étalait l'écran solaire sur ses épaules. Quand il descendit plus bas et arriva au creux de son dos, elle retint son souffle. Cette zone avait toujours été particulièrement érogène pour elle et, à en juger par la façon dont Valentin s'y attarda, il s'en souvenait très bien. Après quelques minutes, il lui rendit le flacon.

— À mon tour, dit-il.

Elle se retourna et croisa son regard. La lueur malicieuse dans ses yeux azur la troubla. Il ne lui avait jamais montré ce côté joueur auparavant. En Afrique, le climat dangereux, le travail sérieux de Valentin, les difficultés du quotidien, tout avait concouru à exacerber leurs émotions, ce qui avait été parfois épuisant. Ils n'avaient pas eu le temps ni l'occasion de flirter ou de s'amuser. À présent que les circonstances étaient différentes, Imogene était impatiente de voir comment le reste de leur semaine allait se dérouler, mais aussi un peu inquiète. Et s'ils échouaient à nouveau ? Et si cette semaine prouvait simplement que la seule chose qu'ils avaient en commun était le sexe ? Ce n'était pas une base suffisante pour se marier ou pour fonder une famille. Ils l'avaient déjà prouvé.

Elle fit signe à Valentin de se retourner, espérant qu'il n'avait pas vu dans quel tourment intérieur elle se trouvait.

Elle se mit à appliquer de la crème sur son large dos musclé. Ses paumes la picotèrent aussitôt. Cela faisait longtemps, trop longtemps, qu'elle n'avait pas touché un homme ainsi, et le fait que ce soit Valentin... Eh bien, cela ne rendait l'expérience que plus intense. Elle qui avait cru avoir relégué ses souvenirs de lui tout au fond de son esprit, elle constata qu'elle se rappelait parfaitement chaque détail de son corps. Le relief de ses muscles. Les endroits où il préférait être caressé. Ceux où il était chatouilleux... C'en était trop.

Elle lui donna une tape sur l'épaule.

— Voilà. J'ai fini.

— Merci, dit-il, la voix rauque.

— Ça va ? demanda-t-elle.

— Je suis juste un peu mal à l'aise, avoua-t-il. C'était à prévoir.

Dès qu'il se retourna vers elle, elle baissa les yeux vers son short de bain. La preuve de son inconfort était bien visible.

— Oh ! je vois, fit-elle.

Elle sentit une vague de désir l'envahir.

— Ce n'est rien, Imogene. Ce n'est pas parce que je tiens à être abstinent que je ne te désire pas. Mais nous avons tout le temps. Vois cela comme une réaction saine et normale.

— Normale, hein ? Si tu le dis.

L'espace d'un instant, il sembla surpris, puis il se mit à rire Imogene sourit. Elle passa devant lui et alla dans le patio, où elle prit des serviettes. Puis elle se dirigea vers le sable scintillant. Le rire de Valentin, la joie sur son visage, lui rappelaient crûment tout ce qu'ils avaient manqué, tout ce qu'ils n'avaient jamais eu. Les yeux embués par des larmes inattendues, elle posa les serviettes et son paréo dans un hamac attaché entre deux palmiers et alla jusqu'au bord de l'eau.

C'était la fatigue qui causait cette réaction stupide, se dit-elle tandis qu'elle observait le lagon. Derrière elle, elle entendit Valentin approcher. Avant même qu'elle ait le temps de se retourner, elle sentit ses bras puissants la soulever. Elle poussa un cri juste avant qu'il ne plonge dans l'eau avec elle. Elle eut un bref moment de panique, avant de se rendre compte qu'elle avait pied, et que l'eau était chaude.

Elle se releva, ruisselante, tandis que son mari l'observait en riant.

— On aurait dit que tu avais besoin d'un peu d'aide pour te jeter à l'eau, dit-il, l'air malicieux.

— Merci, répondit-elle d'un ton placide. Parfois, j'imagine qu'il faut juste faire acte de foi, n'est-ce pas ?

Il reprit son sérieux.

— Oui, dit-il. Comme nous l'avons fait hier. La foi, c'est exactement ce dont nous avons besoin, Imogene. La foi en l'autre.

Sur quoi, il nagea vers le récif. Ses mouvements de crawl étaient puissants, déterminés, à son image. Il semblait croire qu'ils allaient réussir leur mariage, mais tandis qu'elle faisait des mouvements de brasse près du rivage, où elle se sentait plus à l'aise, elle songea qu'elle n'était toujours pas convaincue. Leur passé se dressait encore comme un mur invisible entre eux. Et tant qu'elle ne ferait pas entièrement confiance à Valentin, ce mur demeurerait.

Durant le reste de la journée, ils alternèrent entre nage, repas et siestes. À l'heure du dîner, l'orage redouté n'étant pas encore arrivé, ils choisirent de manger sur la plage, éclairés par des chandelles. La brise du soir soufflait sur eux, et le sable taquinait leurs pieds nus. Le parfum des frangipaniers flottait dans l'air, et les feuilles des palmiers chuchotaient dans le vent.

Valentin remplit à nouveau la flûte de champagne d'Imogene.

— Qu'aimerais-tu faire demain ? demanda-t-il.

— J'aimerais visiter l'île. Et toi ?

— Je serai heureux de faire tout ce que tu voudras.

— Valentin, il ne s'agit pas seulement de ce que je veux.

Le ton était un peu cassant, ce qu'il mit sur le compte de la fatigue du mariage et du voyage. Et bien qu'ils aient eu une journée agréable, lui aussi se sentait fatigué ce soir. En tout cas, il avait saisi le message : Imogene ne souhaitait pas être gâtée comme une enfant.

— Non, je l'ai bien compris, dit-il en souriant. Ne crois pas que je vais céder à tous tes caprices.

Il obtint la réaction qu'il espérait : un petit rire.

— Eh bien, c'est bon à savoir, conclut-elle.

Après le dîner, ils prirent une des cartes de l'île posées sur la table basse du salon et l'étudièrent. Ils choisirent quelques endroits à visiter pendant leur balade du lendemain, et en marquèrent d'autres à explorer un autre jour. Une semaine ne suffirait pas pour tout voir, mais ils visiteraient au moins les sites principaux. Quand Valentin la raccompagna à sa chambre, ils étaient tous les deux exténués.

— Dors bien Imogene, dit-il, et déposant un doux baiser sur sa joue.

— Toi aussi.

Il attendit qu'elle referme sa porte puis rejoignit sa propre chambre. Il resta debout au centre de la pièce pendant un instant, mains sur les hanches, espérant que la tension sexuelle qui l'avait saisi toute la journée se dissipe. Aujourd'hui, il avait vécu un vrai supplice. Que ce soit en appliquant de l'écran solaire sur le dos d'Imogene ou en la regardant simplement nager ou dormir dans le hamac, il l'avait désirée avec une force presque insupportable. Elle était la seule femme à avoir un tel effet sur lui et, il en était certain, elle demeurerait la seule. Voilà pourquoi il devait la reconquérir. Il s'était vu offrir une seconde chance avec elle, et il ferait mieux de ne pas la gâcher.

Il se rappela sa conversation avec Galen au sujet de Carla. Valentin devait informer Imogene que la jeune femme travaillait désormais pour lui, mais il ne le ferait pas pendant leur lune de miel. Il attendrait qu'ils soient rentrés à New York et qu'ils aient pris leurs marques. Qu'ils soient plus à l'aise l'un avec l'autre. Pour l'instant, ils réapprenaient à se connaître.

La seule chose qui n'avait pas changé entre Imogene et lui durant ces sept années de séparation était celle qui les avait réunis au départ : la force de leur attirance mutuelle. Leur histoire avait commencé par un désir incendiaire, il n'était donc pas si étonnant qu'elle se soit désintégrée rapidement. Leur passion avait été enivrante, et même dévorante. Cela l'avait gêné dans son travail : aux moments les plus inopportuns, ses pensées étaient parfois accaparées par Imogene, ou par leurs ébats de la nuit précédente. Pour lui qui était si rationnel, leur relation avait été une énigme dès le départ. Malgré les mises en garde de son esprit logique, il n'avait pas pu résister à l'attraction puissante qu'Imogene exerçait sur lui. Et aujourd'hui il ne pouvait toujours pas expliquer ni quantifier son désir pour elle. Tout ce qu'il pouvait faire, c'était accepter ce désir, et composer avec lui. Même si c'était inconfortable.

Le lendemain, ils décidèrent d'utiliser un scooter pour visiter l'île. En dépit de la chaleur qui plaquait leurs vêtements contre leur corps, Valentin trouvait ce moyen de locomotion très appréciable, car avoir Imogene collée à lui, les bras fermement noués autour de sa taille, était une expérience délicieuse. Et la limitation de vitesse en vigueur sur l'île lui permettait de faire durer le plaisir.

Après quelques kilomètres, ils s'arrêtèrent dans le centre de la ville et visitèrent un grand marché coloré, puis déjeunèrent dans un restaurant qui surplombait le port. L'endroit était plein de gens du monde entier, et l'ambiance invitait à la détente.

— C'est superbe ici, n'est-ce pas ? commenta Imogene.
— En effet. Tu apprécies ton séjour, pour l'instant ?
— Oui. Cela fait du bien de lever le pied et de se relaxer. Je ne me rendais pas compte à quel point j'étais tendue avant le mariage. Je suis débordée au bureau. J'ai décidé de me mettre en retrait de mon entreprise et de revenir à mon métier initial, l'enseignement. Mais ça

représente une immense somme de travail. Plus que je ne l'imaginais, à vrai dire. Et quand nous rentrerons à New York, je serai à nouveau débordée, car je commencerai les entretiens pour trouver la personne qui me remplacera à mon poste de P-DG.

— J'ai appris que tu avais changé le modèle de ton entreprise pour en faire un réseau de franchises.

Il vit son regard s'illuminer et son visage s'animer tandis qu'elle expliquait les raisons pour lesquelles elle avait fait ce choix et les étapes de cette transformation. Il découvrait un aspect de son épouse qu'il avait négligé jusque-là, une facette qui le fascinait et renforçait son admiration pour elle.

— Il me tarde d'enseigner à nouveau, conclut-elle. Même si c'est moins prestigieux que de diriger une société.

— L'éducation, surtout pendant les premières années de l'enfance, est essentielle. Si on ne peut pas transmettre aux enfants le goût de l'apprentissage dès leur plus jeune âge, cela rend leur vie plus compliquée dans tous les domaines.

— Je suis bien d'accord. C'est pour cela que dans mes centres, les méthodes d'apprentissage sont choisies en fonction de la personnalité de chacun. Tout le monde n'est pas fait pour le même style d'enseignement. Si je cède ma place de P-DG, c'est aussi parce que je veux avoir une vie en dehors du travail. Je ne veux pas que mes enfants soient élevés par des étrangers pendant que je gagne ma vie. L'argent n'est pas ma priorité.

— Et tes parents ? Ils sont heureux pour toi ? Ils doivent être fiers de tout ce que tu as accompli.

— Oh ! ils s'en moquent ! Papa est un avocat très demandé qui ne pense qu'à ses dossiers, et maman est très occupée par ses œuvres de charité. Mon travail ne les intéresse pas.

Elle avait dit cela d'un ton léger, mais il avait perçu sa peine. Il sentait que le fossé entre sa famille et elle était bien plus grand qu'elle ne l'avait laissé entendre. Son père n'était même pas venu au mariage et, bien que sa mère ait fait l'effort de soutenir sa fille, Caroline O'Connor trouvait l'idée d'épouser un inconnu tout à fait ridicule. Elle n'avait pas semblé plus heureuse quand elle avait su que sa fille n'épousait pas un étranger, finalement. Quand Valentin avait discuté avec elle pendant la réception, elle s'était montrée polie mais froide.

— Vous n'êtes pas proches ? demanda-t-il.

— Je le suis de ma mère, mais pas de mon père. Je suis sûre qu'il m'aime à sa façon, mais il n'a jamais été un parent actif. Moi, je veux en être un pour mes enfants, et c'est l'une des raisons pour lesquelles j'ai restructuré ma société. Je veux être une mère présente.

— Je t'approuve à cent pour cent, dit-il en lui prenant la main.

L'idée qu'ils fondent une famille ensemble l'emplit d'un espoir et d'une excitation qui le surprirent.

— C'est bon à savoir, dit-elle, retirant sa main après un instant. Tu as perdu ton père il y a quelques années. Tu as beaucoup de souvenirs de lui ?

— Oui, et de bons souvenirs. Il s'est toujours efforcé d'être là pour Galen et moi. J'ai l'impression que c'est maman qui l'y a poussé, car son travail aurait facilement pu l'accaparer. En tout cas, jusqu'à son décès, il a été une présence constante dans notre vie, même s'il avait un peu de mal avec mon besoin incessant d'apprendre, et de comprendre le monde.

Elle émit un petit rire.

— J'ai eu quelques élèves comme ça. Ils demandaient beaucoup d'énergie, c'est sûr. Mais ils m'ont aidée à devenir une meilleure enseignante.

Valentin sourit.

— Tes élèves auront beaucoup de chance de t'avoir.

— Merci. C'est l'une des choses les plus gentilles que tu m'aies jamais dites.

— Ah, bon ? s'étonna-t-il. Dans ce cas, il faut que je

m'améliore. Tu as un vrai don, Imogene. Je suis heureux que tu poursuives ton rêve.

Elle sembla un peu troublée par son compliment, et ramena la conversation vers lui.

— Et toi ? Horvath Pharmaceuticals est ton rêve, ou la pratique de la médecine te manque-t-elle ?

— Eh bien, travailler comme chirurgien était gratifiant la plupart du temps, mais aussi frustrant. Certes, je sauvais des vies, mais j'étais seulement la première étape de ce qui était souvent un long voyage pour les patients. Ça ne m'ennuyait pas trop au début, mais au fil du temps, je me suis mis à souhaiter quelque chose de différent, quelque chose de plus, dans ma vie. J'ai réfléchi aux choses qui m'empêchaient si souvent d'être efficace dans mon travail et j'ai su alors dans quel domaine je pourrais apporter une contribution significative. Nous étions toujours limités par le manque de matériel et de médicaments pour traiter même les cas les plus simples. J'étais allé en Afrique pour essayer d'améliorer le sort de gens, mais tout ce que je faisais n'était qu'une goutte d'eau dans l'océan.

» Quand je suis rentré aux États-Unis, j'ai décidé de fonder une entreprise pharmaceutique pour tenter de rendre les médicaments vitaux plus accessibles. Pas seulement à l'étranger, mais aussi dans notre pays. L'aspect administratif peut être étouffant parfois, mais j'aime l'idée que j'améliore l'espérance de vie des gens. »

Le serveur apporta leurs commandes. Dès qu'il fut reparti, Valentin eut l'impression que l'ambiance s'était refroidie entre Imogene et lui. Était-ce parce qu'il avait parlé de l'Afrique ? Sans doute. Il se réprimanda en son for intérieur et orienta la conversation vers des sujets plus généraux. Il lui faudrait être plus prudent à l'avenir, s'avisa-t-il. Leur relation était fragile et nécessitait beaucoup de soins.

Plus il passait de temps avec Imogene, plus il tenait à ce que leur mariage fonctionne. Mais elle, y tenait-elle aussi ? Était-elle aussi impliquée que lui dans leur couple, ou attendait-elle simplement que les trois mois de leur période d'essai soient passés ? Elle n'était pas aussi facile à déchiffrer qu'autrefois, et cela le troublait plus qu'il ne voulait l'admettre.

- 6 -

Imogene était allongée dans ses draps froissés, tentant de trouver le sommeil. Les six derniers jours avaient été très agréables. Et amusants, à sa grande surprise. Bien sûr, l'attirance physique entre Valentin et elle avait couvé en permanence. Et s'était même embrasée une fois ou deux, au point qu'Imogene avait souhaité que l'un d'eux, au moins, fasse quelque chose pour soulager la tension sexuelle. Devrait-elle prendre l'initiative de mettre fin à leur abstinence ? se demanda-t-elle en s'allongeant sur le dos et en fixant le plafond.

Non, bien sûr. Valentin et elle avaient un accord. Ils devaient apprendre à se connaître mieux avant de franchir cette étape. Mais pourquoi son corps réclamait-il constamment ses caresses ? Pourquoi Imogene souhaitait-elle qu'il lui prenne la main quand ils marchaient sur la plage, qu'il l'embrasse quand le soleil se couchait et peignait le ciel de teintes de mauve, d'abricot et de rose jusqu'à ce que le velours noir de la nuit les efface ? En dehors des moments où il lui appliquait de la crème solaire, Valentin la touchait à peine.

Elle roula sur le côté et soupira. Oui, ils s'efforçaient de se découvrir mais, pour l'instant, ils restaient à la surface des choses. C'était comme s'ils étaient tous les deux si décidés à ne dépasser aucune limite qu'ils étaient presque trop prudents, trop respectueux de l'espace de l'autre. Elle s'assit dans le lit, irritée, et repoussa les draps. Un plongeon dans la piscine l'aiderait peut-être à dormir, décida-t-elle.

Elle songea à enfiler un bikini puis consulta le réveil sur sa table de chevet. 2 heures du matin. Il était peu probable que quelqu'un la surprenne à cette heure-ci et, avec ses nerfs à vif, l'idée de sentir l'eau chaude glisser sur sa peau nue lui paraissait très séduisante.

Elle prit son paréo et le noua autour d'elle avant de sortir de sa chambre. L'air était particulièrement humide et étouffant ce soir-là et, en quelques secondes, ses cheveux se retrouvèrent plaqués sur son visage. Ce bain de minuit semblait de plus en plus tentant...

Dehors, elle entendit une petite pluie tomber. Le ciel était obscurci par de gros nuages. Elle défit son paréo puis marcha vers la piscine, en haletant un peu quand les gouttes de pluie mouillèrent sa peau chaude. Elle resta là un instant, levant le visage vers le ciel et laissant simplement la pluie tomber sur elle.

Il y avait quelque chose d'élémentaire dans le fait d'être ici, nue et seule, en pleine nuit. Sans rien qui la sépare du monde.

Elle parcourut le reste de la distance jusqu'à la piscine et plongea dans l'eau, restant sous la surface aussi longtemps que sa respiration le lui permit. Enfin, elle remonta et reprit son souffle. Elle se sentait merveilleusement bien. L'eau glissait autour d'elle, caressant sa peau et apaisant ses nerfs surmenés. Peut-être devrait-elle se baigner chaque nuit. Elle nagea vers l'autre bout de la piscine, déterminée à faire des longueurs pour se fatiguer et pouvoir dormir, mais la sensation de l'eau contre son corps en mouvement ne fit qu'augmenter la tension qui l'avait maintenue éveillée. Oui, c'était divin mais, en même temps, cela taquinait ses sens. En fait, elle se sentait plus excitée que lorsqu'elle était allongée dans son lit, à penser à Valentin.

Elle nagea plus vite, plus fort, et lorsque ses muscles devinrent douloureux elle ralentit la cadence. Elle effectua des longueurs de plus en plus lentement puis finit par se mettre sur le dos et se laissa simplement flotter à la surface, tandis que son rythme cardiaque et sa respiration revenaient à la normale. Un espace entre les nuages révéla des étoiles scintillantes et, pour la première fois depuis bien longtemps, Imogene s'autorisa à être dans le moment présent. À vider son esprit et à écouter les bruits de la nuit, à sentir les gouttes de pluie des derniers nuages récalcitrants et à se laisser bercer par le bruit régulier des vagues sur la plage.

Soudain, elle entendit des pas dans le patio. Elle se retourna. Ce ne pouvait être qu'une personne. Valentin.

— Tu n'arrivais pas à dormir ? demanda-t-il, s'agenouillant un instant près de la piscine avant de s'asseoir au bord et de plonger les pieds dans l'eau.

— Non, dit-elle, baissant les jambes dans l'espoir qu'il ne remarque pas sa nudité. Et toi ?

— Moi non plus, dit-il, puis il se laissa glisser dans le bassin.

Il s'enfonça jusqu'à ce que sa tête disparaisse sous l'eau, puis remonta à la surface.

— Je... Je vais te laisser te baigner, balbutia-t-elle, nageant vers le côté opposé de la piscine.

— Ne t'en va pas à cause de moi. En fait, j'aimerais que tu restes. S'il te plaît ?

Ce furent les mots s'il te plaît qui la firent fondre. Bien que la prudence lui commande de mettre de la distance entre Valentin et elle, d'éviter tout risque d'exposer sa nudité, elle resta là où elle était. Elle savait que c'était risqué, mais une part d'elle trouvait que le risque était tout à fait excitant.

— D'accord, mais peut-on éteindre les lumières du bassin ?

— Éteindre les...

La voix de Valentin s'évanouit quand il comprit la situation.

— Ah, dit-il après un instant. Je vois. Et si je nous mettais à égalité ?

Avant même qu'elle puisse répondre, il retira son short de bain et le lança en l'air. Le vêtement atterrit près du bassin dans un bruit sourd. L'excitation monta en elle, accompagnée d'une bonne dose d'appréhension. Elle savait comment cela allait finir. Ils avaient déjà emprunté ce chemin ensemble. Un chemin où la passion avait dirigé leur vie, menant inexorablement à leur destruction. Mais ils avaient changé à présent, se rappela-t-elle. Ils avaient passé près d'une semaine ensemble sans même s'embrasser pour se souhaiter bonne nuit. Ils avaient dormi séparément – dormir étant un terme relatif puisque, plusieurs fois, elle avait cherché en vain le sommeil.

Cet instant serait-il un tournant dans leur relation ?

— Rejoins-moi, la cajola-t-il depuis le bord du bassin.

— Et ensuite ? demanda-t-elle, la voix soudain rauque de désir.

— Ensuite, nous verrons bien ce qu'il se passera.

Elle ne prit pas la peine de répondre. En fait, elle doutait pouvoir former une réponse cohérente pour l'instant. Son sang se figea dans ses veines quand elle s'écarta du bord de la piscine et se laissa flotter vers le centre. Valentin y était arrivé avant elle. L'expression de son visage la stupéfia. Malgré le faible éclairage, elle distinguait la rougeur sur ses joues, la lueur dans son regard qui était bien plus parlante que les mots. Il la désirait autant qu'elle le désirait.

Sans réfléchir davantage, elle se glissa entre ses bras, enroula les jambes autour de sa taille, et eut le sentiment d'avoir enfin retrouvé sa place.

— Tu m'as manqué, dit Valentin.

— Nous avons bien mieux à faire que de discuter, fit-elle valoir d'une voix essoufflée, avant de presser les lèvres sur les siennes.

La sensualité de son baiser lui coupa littéralement le souffle. Elle faisait passer un message très clair en le faisant taire de cette façon mais, tandis que le désir s'emparait de lui, embrasant son corps et embrumant son esprit, il sut qu'il voulait plus qu'une libération physique. Oui, Imogene était venue à lui de son plein gré, sans aucune hésitation, mais, étonnamment, il attendait davantage. Cette semaine, ils avaient essayé de se comprendre mieux, pourtant Valentin ne savait toujours pas pourquoi elle avait été si prompte à croire qu'il l'avait trompée durant leur premier mariage. Pourquoi elle avait refusé catégoriquement d'écouter sa version de l'histoire.

Mais ensuite son corps chaud et voluptueux annihila ses pensées. Pourquoi réfléchissait-il alors qu'une femme splendide s'offrait à lui ? Une femme qu'il avait aimée autrefois avec une force qui l'avait tant effrayé que lorsqu'elle l'avait quitté, il avait emmuré ses émotions, se jetant à corps perdu dans le travail et négligeant sa sécurité à plusieurs reprises. Lorsqu'il avait reçu la demande de divorce, il avait découvert que l'on pouvait souffrir terriblement sans avoir la moindre blessure physique. Cela avait été un choc. Un choc qu'il ne voulait plus jamais revire. Son esprit logique avait rejeté la douleur, indiquant que ce n'était pas raisonnable, mais sa raison n'avait pas fait le poids face à la réalité.

Imogene lui lécha les lèvres, et de nouveau, sa raison ne fit pas le poids. Mû par une énergie nouvelle, il se concentra uniquement sur les sensations qui le parcouraient, sur le fait d'avoir Imogene dans ses bras, peau contre peau, bouche contre bouche. Il l'embrassa avec une ardeur nourrie par des années de déni, de manque, et par le désir qui le tenaillait.

Lorsqu'elle bougea, ses replis secrets effleurèrent le bout de son sexe dressé. Il frissonna, resserrant son étreinte autour d'elle. Elle serra ses épaules et se colla à lui, les pointes dressées de ses tétons s'imprimant contre son torse. Valentin laissa dériver sa main jusqu'à la naissance de ses fesses, et plus bas. Elle gémit contre sa bouche et laissa sa tête retomber en arrière. Ses longs cheveux flottaient dans l'eau, provoquant une petite décharge électrique en lui chaque fois qu'ils touchaient sa peau.

Il posa les lèvres sur la courbe de son cou, léchant son point de pulsation. Et quand il mordilla le creux sous son lobe, il sentit un frisson la traverser de part en part. C'était délicieux, mais pas suffisant. Il voulait avoir accès à tout son corps, or ce n'était pas possible dans la piscine. Tout en la tenant contre lui, il nagea vers le bord du bassin, puis la sortit de l'eau. Il prit un instant pour savourer la vue de son corps ruisselant, des gouttelettes qui couraient sur ses seins hauts et fermes puis descendaient sur son ventre plat et ses cuisses fuselées.

— Tu en as déjà assez ? le taquina-t-elle.

— Je n'en aurai jamais assez, gronda-t-il, et il lui écarta les genoux.

Il l'entendit haleter. Elle avait deviné ce qu'il comptait faire. Mais elle ne recula pas.

Valentin promena doucement sa main le long de l'intérieur de ses cuisses. Elle frissonna, anticipant la suite, mais il prit son temps, faisant dériver ses doigts vers le haut avant de revenir vers ses genoux.

— Tu n'as jamais été aussi méchant avec moi autrefois, protesta-t-elle lorsqu'il approcha du centre de son plaisir sans le toucher.

— Ce n'est pas de la méchanceté, dit-il, ses lèvres empruntant le même chemin que sa main. Je prends mon temps, c'est tout.

Il sentit ses jambes se contracter sous ses baisers. Il respira son parfum, mélange d'elle et d'eau salée du bassin. Enfin, il posa les lèvres contre son bouton intime. Elle écarta les jambes pour lui faciliter la tâche. Il avait toujours adoré cela. Sa saveur, les sons qu'elle laissait échapper quand il l'honorait de cette façon. Il traça des cercles avec sa langue autour du bouton sensible, en se rapprochant de plus en plus de sa cible. Imogene tremblait de tout son corps à présent. Il leva les yeux vers elle et constata qu'elle observait chacun de ses mouvements. Sans la quitter des yeux, il colla les lèvres contre son clitoris et se mit à le suçoter. Elle se tendit si fort qu'il crut qu'elle allait s'atomiser. La seconde suivante, ce fut le cas. Des vagues orgasmiques puissantes la secouèrent, la laissant dans un état de langueur satisfaite.

Beaucoup de choses avaient changé entre eux en sept ans, mais leur incroyable alchimie sexuelle demeurait la même. Valentin s'extirpa de l'eau et porta Imogene dans ses bras. La tenant tout contre lui, il traversa la maison pour rejoindre la salle de bains de la chambre principale. Il ouvrit le robinet multi-jets de la douche et posa Imogene sur le sol tandis que l'eau coulait sur eux.

— Tu crois que je suis capable de tenir debout après ça ? demanda-t-elle sur un ton léger et malicieux.

— Tu peux toujours t'appuyer contre le mur, répliqua-t-il en souriant.

Il répartit du gel douche dans ses mains puis les passa sur son corps.

Elle s'adossa au mur comme il l'avait suggéré, murmurant son approbation lorsqu'il prit ses seins en coupe. Des seins qui épousaient parfaitement ses paumes. Ses mamelons rose foncé s'assombrirent et se tendirent, comme pour lui demander de les embrasser, de les suçoter, de les mordiller. Ce qu'il fit précisément. Elle laissa échapper des gémissements de plaisir et s'accrocha à ses épaules, comme si elle allait s'effondrer. Il acheva d'enduire son corps de gel, puis la rinça soigneusement. Quand elle relâcha ses épaules et se mit à explorer son torse, une vague de plaisir monta en lui. Déjà au comble de l'excitation, il se raidit encore quand elle se pressa contre lui. La chaleur de sa peau soyeuse contre son sexe engorgé était à la fois un délice et un tourment.

Elle versa du gel douche sur lui puis se mit à le frotter. D'abord son torse, son ventre, ensuite ses épaules, ses bras, son dos. Puis, enfin, elle arriva à son sexe pulsant de désir. Ses doigts fins s'enroulèrent autour, son pouce caressant doucement l'extrémité sensible. Valentin blottit le visage au creux de son cou et gronda quand elle augmenta la pression de ses doigts et se mit à le caresser. Bien vite, il fut au bord de l'explosion et posa la main sur la sienne pour l'arrêter.

— Allons dans la chambre, dit-il d'une voix tremblante.

Il saisit une serviette et sécha rapidement Imogene avant de s'essuyer son tour. Puis il la prit par la main et la conduisit vers le lit défait qu'il n'avait quitté que quelques instants plus tôt. Il s'était levé pour trouver un peu de répit. En fin de compte, c'était sa femme qu'il avait trouvée.

Pendant qu'Imogene s'allongeait sur le lit, il sortit de la

table de chevet un préservatif. Il déroula la protection sur lui et, après quelques secondes, ils furent enlacés, leurs mains, leurs jambes et leurs bouches se mêlant jusqu'à ce qu'ils semblent ne faire plus qu'un. Puis il s'allongea sur elle et se cala entre ses jambes. L'extrémité de son pénis fut baignée par la chaleur de ses replis secrets. Il s'enfonça doucement en elle, ondulant de manière irrégulière tandis qu'il s'efforçait de garder le contrôle de lui-même. Après quelques instants, ils retrouvèrent leur rythme d'autrefois.

Il la sentit se contracter autour de lui, entendit le cri strident qui se déversa de ses lèvres tandis qu'un second orgasme la balayait. Alors, enfin, il se laissa aller. Un plaisir brut le traversa de part en part. Cette osmose parfaite lui avait tant manqué… Tout comme la femme qu'il tenait dans ses bras.

Sa femme.

- 7 -

Imogene était assise à côté de Valentin dans le jet privé Horvath. Ils survolaient le Pacifique pour rentrer à New York, laissant derrière eux l'île paradisiaque de leur lune de miel. En se réveillant dans le lit de Valentin ce matin, Imogene s'était sentie satisfaite et coupable à la fois. Tout son corps vibrait encore après leur nuit d'amour. Une part d'elle avait voulu commencer leur journée par de nouveaux ébats. Finalement, décidant d'être raisonnable, elle avait quitté le lit de Valentin et était allée se préparer dans sa propre chambre avant leur départ pour l'aéroport.

Ils n'avaient échangé que quelques mots aujourd'hui. On aurait dit que tous deux pensaient trop à ce qu'ils avaient partagé et à l'avenir pour parler. Leur compatibilité physique était une évidence. Valentin n'avait eu qu'à la toucher pour qu'elle se consume de désir, et la réciproque était sans doute vraie. Malgré cela, elle était profondément déçue d'avoir cédé à ses pulsions. Valentin et elle avaient laissé leurs besoins physiques les dépasser, alors qu'ils étaient convenus d'avancer en douceur. Ils n'avaient tenu que six jours avant de céder à l'attirance qui faisait toujours rage entre eux. Ce qui n'était pas très glorieux. Elle pourrait arguer qu'ils étaient deux adultes avec des besoins, et qu'ils avaient parfaitement le droit de partager des ébats fantastiques s'ils en avaient envie. Mais au fond d'elle, elle savait bien qu'ils n'auraient pas dû faire l'amour.

Il y avait encore tant de choses non résolues entre eux. Tant de non-dits. Bien qu'ils n'aient aucune difficulté à communiquer avec leur corps, leur capacité à s'ouvrir verbalement était toujours défaillante. Durant toute cette semaine passée ensemble, ils s'en étaient tenus à des sujets superficiels. Ils n'avaient pas parlé de leurs aspirations profondes, de leurs attentes – dans leur mariage et dans la vie en général. Et Imogene s'en voulait. Cette semaine aurait pu être l'occasion de découvrir si Valentin avait réellement changé depuis l'Afrique. De savoir si elle pouvait lui faire confiance. Tout ce qu'elle avait découvert, c'était qu'elle ne pouvait pas se faire confiance quand elle était avec lui. Apparemment, ses hormones avaient le dessus chaque fois qu'elle était en sa présence.

Comme maintenant. Son siège était assez large pour éviter tout contact physique avec Valentin, pourtant elle percevait l'empreinte de son corps comme s'ils se touchaient. Elle était très consciente de sa chaleur, de son parfum, du son de sa respiration régulière. Elle s'agita sur son siège et regarda par le hublot. Il n'y avait que des nuages. Un peu comme dans son esprit à cet instant, se dit-elle en soupirant.

— Tout va bien ? demanda Valentin en se penchant vers elle.

Une bouffée de son eau de toilette envahit ses sens, provoquant un afflux de désir en elle. Elle contracta ses muscles intimes pour le réprimer et lutta contre l'envie d'effacer la distance entre eux.

— Je vais bien, marmonna-t-elle entre ses dents.

— Ah, bon ? On ne dirait pas, pourtant.

Elle se tourna vers lui et remarqua la lueur amusée dans son regard.

— Ce n'est pas drôle, pesta-t-elle.

Aussitôt, il reprit son sérieux.

— Non, tu as raison. Nous sommes allés à l'encontre de nos propres règles. Mais ce qui est fait est fait. J'espère que tu ne vas pas bouder comme ça pendant tout le vol.

— Bouder ? Tu crois que je suis en train de bouder ? fulmina-t-elle. Je suis en colère, si tu veux le savoir !

— Merci de m'en informer, dit-il calmement.

219

Un calme qui ne fit que l'irriter davantage.

— En colère contre toi ! s'exclama-t-elle.

— Je l'accepte.

Soudain, la tension en elle s'évanouit. S'enfonçant dans son siège, elle ajouta :

— Et en colère contre moi-même.

— Et c'est là le problème, n'est-ce pas ?

— Oui. Qu'allons-nous faire, Valentin ?

Il soupira.

— Faire preuve de plus de retenue à l'avenir, j'imagine. Je m'en veux, moi aussi, mais tu ne peux pas dire que ce n'était pas une expérience mémorable. En fait, si l'occasion se représentait, je la saisirais encore. Sais-tu à quel point tu étais attirante, nue dans l'eau ?

Sa voix se fit plus basse, plus grave.

— Tes cheveux qui flottaient autour de toi. Les lumières du bassin qui illuminaient ta peau laiteuse. Tu étais irréelle. On aurait dit une nymphe venue m'ensorceler. J'étais sous ton charme. Quand je t'ai vue, cela a réveillé tous les souvenirs de notre vie ensemble. Nos baisers, nos caresses, les nuits où nous faisions l'amour jusqu'à être à bout de souffle. Et je te désirais. Je n'en ai pas honte. Je te désire encore, Imogene.

Imogene sentit ses yeux s'emplir de larmes tant la voix de Valentin était émue. Il ne lui avait jamais parlé ainsi. N'avait jamais été aussi honnête sur ses sentiments pour elle.

— Mais nous savons toi et moi où ce désir nous mènera, continua-t-il. Et ce n'est pas suffisant, n'est-ce pas ?

Elle eut le cœur serré.

— Non, ça ne l'était pas avant… Et ça ne l'est pas aujourd'hui.

— Nous devons travailler encore sur notre relation avant de nous autoriser de nouveau les plaisirs charnels. D'accord ?

Elle hocha la tête avec sérieux.

— D'accord.

Même si elle savait qu'il avait raison, cela ne l'empêcha

pas d'éprouver de la frustration. L'aspect physique de leur relation lui avait manqué et, avec Valentin, les contacts physiques quels qu'ils soient avaient toujours été époustouflants. C'était tout le reste qui l'avait détruite. C'était donc ce sur quoi elle devait travailler. Il fallait qu'elle garde cela en tête.

— Imogene ?
— Hum ?
— Nous pouvons réussir. Je veux te comprendre mieux. Je veux que tu me comprennes. Ensuite, nous pourrons retrouver l'aspect charnel de notre mariage. Je suis prêt à attendre le temps qu'il faudra.
— Merci, dit-elle doucement. Cela compte beaucoup pour moi.
— Tu comptes beaucoup pour moi. Tu as toujours compté.

Pourtant, il l'avait tant fait souffrir... Il avait attendu d'elle qu'elle le croie sur parole lorsqu'il avait assuré ne pas l'avoir trompée avec Carla. Il n'avait pas compris ce qu'elle avait vu, ce qu'elle avait entendu, et n'avait pas fait d'efforts pour comprendre. Il lui avait donné sa version et s'y était tenu, pensant que cela suffirait à la convaincre. Mais elle n'avait pas réussi à le croire. Comment aurait-elle pu alors qu'elle avait vu Carla, nue dans leur lit ? De plus, Valentin avait montré de nombreux points communs avec le père d'Imogene : son dévouement dans son travail et sa volonté de faire le bien ne faisaient que le rendre plus séduisant, lui qui était déjà d'une beauté à se damner. Elle s'était toujours juré de ne jamais épouser un homme comme son père. Car elle n'était pas faite pour la vie que sa mère avait choisie : être une femme trophée pendant que son mari poursuivait sa vocation tout en accumulant les maîtresses.

Était-ce trop demander d'avoir le respect de son partenaire ? D'être mariée à un homme qui considérait la fidélité comme essentielle ? Non. Pas selon ses valeurs. Et tant qu'elle ne serait pas certaine que Valentin était capable d'être fidèle, elle ne baisserait pas sa garde. Oui, elle avait accepté de laisser à ce mariage une seconde chance, dans l'espoir qu'un jour elle puisse avoir les enfants qu'elle désirait tant. Mais elle n'allait pas offrir son cœur à Valentin pour qu'il le brise une seconde fois.

Avant de lui faire confiance, elle devait d'abord être certaine qu'il avait changé.

Lorsqu'ils atterrirent à New York, ils étaient tous les deux épuisés. L'escale à Los Angeles leur avait paru interminable mais, au moins, ils avaient pu dormir dans l'avion. Une fois qu'ils furent garés devant son immeuble sur la Cinquième Avenue, Valentin remercia son chauffeur. Des flocons tourbillonnaient autour d'eux. De l'autre côté de la route, Central Park était couvert de neige et de glace. Le froid hivernal de janvier n'avait rien à voir avec le climat chaud et humide qu'ils avaient laissé à Rarotonga.

— Je me charge de nos bagages, Anton. Vous pouvez aller retrouver votre femme et vos filles, dit-il tandis que le chauffeur sortait leurs valises du coffre de la limousine.

— Ça ne me dérange pas, monsieur Horvath.

— J'insiste. Il est déjà plus de 20 heures, et je sais à quel point vous aimez faire la lecture à vos filles.

— Dans ce cas, merci, monsieur. Je passe vous prendre à 7 heures pour vous emmener au bureau ?

— Un peu plus tard demain. Disons 8 heures ?

— Comme vous voulez, dit Anton en souriant. Profitez de votre soirée, monsieur. Bonsoir, madame.

Imogene adressa un sourire distrait à Anton et empoigna sa valise tandis que la voiture s'éloignait.

— Comment ai-je pu oublier à quel point il faisait froid ici ? grommela-t-elle.

— Nous ne sommes plus à Rarotonga, c'est sûr. Laisse-moi t'aider, offrit Valentin, prenant son bagage.

— Merci.

Elle observa l'immeuble de style néorenaissance

— J'ignorais que tu vivais dans l'Upper East Side, dit-elle. Cela fait longtemps que tu habites ce quartier ?

— Depuis mon retour d'Afrique. J'aime être près de Central Park.

— Je parie que tu as une vue imprenable.

— Oui, mais nous devrons attendre que le ciel soit dégagé pour l'apprécier pleinement. Allons-y.

Après avoir salué d'un signe de tête le portier et le concierge, ils montèrent dans un ascenseur plaqué de miroirs et de bois qui semblait d'origine, mais qui était aussi rapide et silencieux qu'une machine moderne. Les portes s'ouvrirent sur le dernier étage.

— L'appartement terrasse, rien de moins, commenta-t-elle.

Valentin se demanda si elle regrettait d'avoir sous-loué sa maison de Brooklyn. Peut-être aurait-elle préféré qu'ils vivent séparément au début, le temps de retrouver leur chemin vers une relation durable.

— Dès que je l'ai visité, je n'ai pas pu résister.

Il fit rouler leurs valises sur le parquet du vestibule.

— Attends, nous sommes déjà chez toi ? s'étonna-t-elle. Pas de couloir, pas d'entrée séparée ?

Valentin gloussa et désigna l'ascenseur.

— Ce n'est pas un point d'entrée suffisant pour toi ?

— Euh, si. J'ai juste…

Elle lança un regard vers le couloir principal qui distribuait les pièces de vie.

— C'est immense, reprit-elle. Tu possèdes tout l'étage ?

Il haussa les épaules.

— Est-ce que je devrais m'en excuser ?

— N-non, balbutia-t-elle. Je suis juste un peu surprise, pour être honnête.

— Comment ça ?

— Eh bien, tu vivais dans un confort minimaliste en Afrique. Je m'attendais plutôt à une garçonnière, et cet appartement en est très loin.

— Est-ce un problème ?

— Non, bien sûr, mais c'est très différent de l'endroit où nous vivions auparavant. Je ne sais pas à quoi je m'attendais. Je ne t'ai jamais vu dans un tel décor, voilà tout.

Troublée, elle traversa le salon pour rejoindre la bibliothèque et se dirigea vers les fenêtres qui donnaient sur le parc. Il laissa les valises dans l'entrée puis la rejoignit.

— C'est un appartement magnifique. J'ai l'impression d'être plongée dans les années 1930.

— Presque. Le milieu des années 1920, pour être précis. J'avais le choix entre le moderniser ou préserver son charme. Il appartenait à la même famille depuis des années quand je l'ai acheté, et je trouvais dommage d'effacer tout ce pan d'histoire pour le remplacer par une décoration qui ait moins d'âme. Moins de cœur.

Elle l'observa d'un air étonné.

— Quoi ? demanda-t-il. Tu penses que je n'ai pas de cœur ?

Ses joues prirent une jolie teinte rosée tandis qu'elle défaisait les boutons de son manteau de cachemire.

— Non, ce n'est pas ça. Simplement, de temps en temps, je me rends compte qu'il y a beaucoup de choses que j'ignore à ton sujet.

Il posa la main sur son bras.

— C'est notre but à présent, Imogene. Nous redécouvrir. Nous pouvons y arriver. Avançons au jour le jour, d'accord ?

Elle posa la main sur la sienne et la serra. C'était la première fois qu'elle le touchait volontairement depuis hier soir. Ou était-ce avant-hier ? Ils avaient fait un si long voyage qu'il était perdu entre tous ces fuseaux horaires.

— Je te montre ta chambre, je te laisse te rafraîchir, ensuite je te fais visiter. Cela te convient ?

— Tout à fait.

Lorsqu'elle le lâcha, il ressentit aussitôt un manque. Il aurait aimé la prendre par la main, comme s'ils étaient un couple normal, pour l'emmener vers leur chambre, et non sa chambre. Il ferma les yeux un instant et prit une inspiration pour se calmer. Tout viendrait à point, se rassura-t-il.

Après être allé chercher leurs bagages, il conduisit Imogene jusqu'à la chambre d'amis la plus grande.

— Il y a une salle de bains adjacente qui communique

aussi avec la chambre voisine, que personne n'occupe. Ma chambre est au bout du couloir, et celle de Dion est de l'autre côté de l'appartement.

— Dion ?

— Mon majordome-homme de ménage. Mais il ne faut pas que je l'appelle ainsi devant lui. Il préfère le terme *factotum*.

Il sourit.

— Il travaillait déjà pour les précédents propriétaires, ajouta-t-il, et il prend son rôle très au sérieux. C'est aussi un excellent cuisinier, comme je l'ai découvert pendant la semaine qui a suivi mon installation. Alors je ne vais certainement pas l'encourager à prendre sa retraite.

— Où est-il maintenant ?

— Je l'ai envoyé chez sa fille pendant notre lune de miel. Elle vit dans le Vermont. Il rentre demain.

— Et sa femme ?

— Il est veuf.

Il posa la valise d'Imogene dans un coin de la pièce.

— Quand tu seras prête, viens me chercher dans ma chambre, et je te ferai visiter l'appartement.

— D'accord.

Valentin s'apprêta à sortir puis hésita et se retourna vers elle.

— Nous allons y arriver cette fois, dit-il, avec plus de force qu'il ne l'avait voulu.

Imogene soutint son regard durant plusieurs secondes. Elle était sur le point de répondre quand il entendit son téléphone sonner. Il le sortit de sa poche et lut le nom qui s'affichait sur l'écran.

— C'est Galen. Je devrais sans doute décrocher.

— Oui, je t'en prie.

Il sortit dans le couloir et décrocha au moment où il entrait dans sa propre chambre.

— Galen, tu tombes bien. Nous venons de rentrer.

Dès qu'il entendit la voix sombre de son frère, Valentin sut que quelque chose de terrible était arrivé.

— Nick et Sarah, ils sont morts, dit Galen.

Valentin fut sous le choc.

Nick était un camarade d'université de Galen, et Sarah était son épouse. Tous deux avaient aidé Galen à faire du complexe touristique de Port Ludlow un succès. Ils étaient ses meilleurs amis. Avec leur fille de neuf ans, Ellie, ils avaient passé beaucoup de temps avec la famille Horvath au fil des ans. À tel point qu'ils étaient comme des membres honoraires de leur clan. Valentin n'arrivait pas à croire qu'ils soient décédés.

Il écouta Galen lui donner les détails de l'accident qui avait coûté la vie à Nick et Sarah. Et il ressentit le chagrin de son frère dans chaque syllabe.

— Et Ellie ? demanda-t-il.

— Elle est dévastée, pauvre enfant. Je l'ai accueillie chez moi. Elle était en voyage scolaire, Dieu merci, sinon elle aurait pu…

Galen n'alla pas au bout de sa phrase.

— Que va-t-il lui arriver ? demanda Valentin. Nick et Sarah n'avaient pas beaucoup de famille, je crois ?

— Non. Ils n'avaient que nous, en vérité, dit son frère d'une voix brisée. Il y a des années, Nick m'avait demandé si j'accepterais d'être le tuteur d'Ellie, au cas où quelque chose de ce genre arriverait. Bien évidemment, j'ai accepté. Seulement, je n'aurais jamais cru que…

— Tu n'es pas seul, Galen. Et Ellie non plus. Toute la famille te soutiendra. Je viens te voir dès demain, pour commencer.

— Non, ne prends pas cette peine. Tu viens de rentrer de ta lune de miel. Et même si ce n'était pas le cas, je ne t'aurais pas demandé de venir. Personne ne peut rien faire.

— Alors je serai là pour l'enterrement. Imogene m'accompagnera.

— Merci, je serai content de te voir. Et Ellie aussi. Tu sais à quel point elle t'adore.

— Je l'adore, moi aussi.

Pauvre petite. Elle était seule à présent. Non, rectifia-t-il. Elle n'était pas seule. Elle avait Galen, et le reste de la famille Horvath pour l'aider à traverser cette terrible épreuve.

— Je te rappelle demain, d'accord ?

— Entendu. Je devrais avoir plus de détails d'ici là. Demain matin, j'ai rendez-vous avec les avocats de Nick et de Sarah, pour parler de la tutelle de leurs biens.

— Ce ne sera pas facile, mais tu vas t'en sortir. Ellie dépend de toi maintenant. Rappelle-toi, je suis là si tu as besoin de quoi que ce soit.

Après avoir raccroché, il s'assit sur le lit. La terrible nouvelle lui rappelait que la vie pouvait changer en une fraction de seconde.

— Valentin, que se passe-t-il ?

Il leva les yeux vers Imogene qui se tenait devant la porte de la chambre. Il lui fit signe d'entrer et lui expliqua la situation.

— Pauvre petite, dit-elle d'une voix pleine de compassion. Et pauvre Galen. Il tient le coup ?

— Je crois, mais il ne s'attendait certainement pas à devenir parent du jour au lendemain.

— En comparaison, nos problèmes semblent bien futiles, n'est-ce pas ? dit-elle avec une empathie qu'il apprécia beaucoup.

— C'est sûr. J'ai dit à Galen que nous assisterions à l'enterrement. Je te communiquerai les détails quand j'en saurai plus.

— D'accord. Tu as subi un choc, est-ce que tu veux que je te prépare quelque chose ? Un chocolat chaud, peut-être ?

Il hocha la tête.

— Oui, volontiers.

— Alors, il faut que tu me montres où se trouve la cuisine, dit-elle avec un doux sourire.

Elle lui prit la main pour l'aider à se relever.

Et il se fit une promesse en son for intérieur. Leur mariage fonctionnerait, quoi qu'il advienne. Plutôt que de mener une vie de regrets, il préférait agir. À travers ce mariage arrangé, Imogene et lui avaient l'occasion de donner une seconde chance à l'amour. Et Valentin ferait tout pour ne pas gâcher cette chance.

- 8 -

Imogene avait du mal à croire qu'ils étaient mariés depuis un mois déjà. Leur semaine à Rarotonga et leur nuit d'amour magique n'étaient plus que des souvenirs relégués dans le passé par l'hiver new-yorkais, et par le fait que Valentin et elle avaient repris le travail. Mais ce soir Imogene tenait à célébrer cette étape. Elle avait demandé à Dion de l'aider à concocter un dîner spécial, et le majordome avait été ravi de lui apporter son concours.

Dommage que ce ne soit pas l'été, ou même le printemps. Sinon, ils auraient pu dîner sur la terrasse à l'étage. Une terrasse pour l'instant couverte de neige, alors Imogene devrait se contenter de la salle à manger. Et pourquoi pas un pique-nique devant la cheminée de la bibliothèque ? se demanda-t-elle. Cela pourrait être une bonne idée. Elle se mordilla la lèvre tout en songeant à la logistique. Manger du bœuf Wellington en étant assis en tailleur sur le sol ? Non, ce n'était sans doute pas la meilleure option, conclut-elle.

Bien que Valentin et elle aient décidé d'apprendre à se connaître, tous deux avaient été accaparés par leurs obligations dès leur retour au travail. Leurs week-ends avaient été tout aussi chargés. Le premier week-end après leur lune de miel, ils s'étaient rendus à Seattle pour assister aux funérailles des meilleurs amis de Galen. Une cérémonie qu'elle avait trouvée terriblement triste, mais la façon dont Galen avait réconforté Ellie et la façon dont tous les Horvath avaient soutenu la fillette et Galen lui avait réchauffé le cœur.

Aucun doute, Galen aimait cette petite fille comme si elle

était la sienne, et il faisait tout ce qui était en son pouvoir pour le lui montrer. Et voir Valentin tout aussi protecteur envers cette enfant avait été très instructif pour Imogene. Elle avait vu une nouvelle facette de sa personnalité, et avait maintenant une petite idée du père qu'il ferait.

Elle consulta le calendrier mural. Encore deux mois d'essai, ensuite ils devraient prendre une décision concernant la suite de leur mariage. Bien qu'Imogene n'ait eu aucune preuve que Valentin soit infidèle, elle avait encore l'impression qu'il lui cachait quelque chose. Certes, ils passaient leurs soirées ensemble, parlant de politique, de leur travail et de bien d'autres sujets, mais elle sentait bien que quelque chose n'allait pas. Au cours de ces discussions, elle en avait appris davantage sur l'enfance de Valentin. Son intelligence exceptionnelle et sa soif de connaissance inextinguible avaient parfois été difficiles à gérer pour son entourage. Encore aujourd'hui, il consacrait une grande partie de son temps libre à lire des manuels ou des essais scientifiques, tout cela dans le but d'être mieux instruit, mieux informé, et donc plus efficace dans son travail. Ce besoin de tout savoir la fascinait et l'amusait en même temps. Apparemment, pour Valentin, tout était quantifiable et, dans son monde, c'était sans doute le cas, supposa-t-elle. Elle sourit en imaginant comment il se débrouillerait dans l'un de ses centres de petite enfance. Avec des enfants d'âges différents, et aux envies d'apprendre plus ou moins fortes. Il y avait une constante quand on travaillait avec des enfants : les jours ne se ressemblaient pas.

Imogene soupira, mélancolique. L'enseignement lui manquait. Les couleurs, le bruit des salles de classe. Les jeunes esprits vifs, non encore influencés par les pressions sociétales ou l'idée qu'ils étaient limités dans tel ou tel domaine. Elle était impatiente de retrouver cet environnement. Le mois prochain, elle nommerait son remplaçant en tant que P-DG. À peine quelques mois plus tôt, ce n'était qu'un sujet de discussion et, maintenant, c'était en train d'arriver. Le changement était permanent, comme le prouvait sa situation aujourd'hui. Et selon ce principe, il était logique de supposer que si Valentin l'avait trompée sept ans plus tôt, il avait peut-être changé maintenant. Elle devait apprendre à laisser les souvenirs douloureux dans le passé. À les ranger dans un coin de sa mémoire et à profiter pleinement de leur nouveau départ.

Le minuteur du four brisa le fil de sa réflexion. Elle était sur le point de vérifier la cuisson de son plat quand son téléphone sonna. Elle reconnut aussitôt la mélodie. Valentin. Un petit frisson d'excitation la parcourut quand elle décrocha et entendit la voix de son mari dans l'écouteur.

— Imogene ? Comment vas-tu ?

— Je suis impatiente de te voir, dit-elle, décidant de jouer la carte de la franchise. J'ai prévu quelque chose de spécial pour ce soir.

Il y eut une longue pause à l'autre bout du fil, et Imogene sentit son ventre se nouer.

— Oh ! Genie…, commença-t-il d'une voix contrite. Je suis désolé. Il y a un problème au bureau qui requiert toute mon attention pour l'instant. Je rentrerai tard. C'est pour ça que je t'appelle.

C'était la première fois depuis leur divorce qu'il l'appelait par le diminutif que lui seul utilisait. Le fait qu'il se soit déversé de ses lèvres si naturellement la réconfortait. Cela lui rappelait que même s'ils avançaient avec prudence, il y avait des sentiments entre eux, et une confiance croissante. Elle ravala sa déception à la pensée qu'il rentrerait tard, et se concentra sur lui. Il semblait fatigué, frustré. Et elle eut envie de l'aider. De faire disparaître la culpabilité qui teintait chacune de ses paroles.

— Ne t'inquiète pas, Valentin. Je serai là quand tu rentreras. Nous pourrons remettre ma soirée spéciale à une autre fois.

— Je suis vraiment navré. Si je pouvais rentrer, je le ferais. Nous sommes sur le point de conclure un contrat, mais il y a eu un pépin dans le budget développement, et je dois le régler au plus vite.

— Je comprends, cela arrive. Je t'en prie, ne t'inquiète pas.

— Je me sens coupable. Depuis notre retour, je travaille beaucoup. Ce n'était pas ce que j'avais prévu.

Elle devait l'admettre, elle avait l'impression qu'ils avaient repris leurs anciens rôles. Lui qui travaillait tard, et elle qui l'attendait chez eux. À la différence près que cette fois, elle aussi était occupée. Certains jours, Valentin rentrait plus tôt qu'elle car, parfois, elle faisait passer les entretiens pour le poste de P-DG ou réglait des problèmes urgents en dehors des heures de bureau. Être chef d'entreprise apportait son lot de responsabilités, et il fallait composer avec ce fait. Elle pouvait donc difficilement se plaindre que Valentin ait des imprévus à gérer.

— Valentin, je t'assure, tout va bien. Ce sera pour une autre fois.

— Je me rattraperai, je te le promets.

— Il me tarde, dit-elle en souriant.

Une fois qu'elle eut raccroché, elle retourna surveiller son plat. Oui, elle était déçue mais, au moins, elle avait suffisamment mûri pour ne pas en vouloir à Valentin. Elle était encore perdue dans ses pensées quand Dion entra dans la cuisine.

— Était-ce M. Horvath ? demanda-t-il.

— Oui, il doit travailler tard ce soir.

— C'est dommage. Voulez-vous que je termine la préparation du repas et que je range la cuisine ?

Imogene réfléchit un instant puis secoua la tête.

— Non, je veux que vous m'aidiez à trouver un moyen d'apporter tout cela à Valentin. Si la montagne ne rentre pas pour dîner, alors je vais simplement devoir apporter le dîner à la montagne.

Un sourire éclaira le visage ridé de Dion.

— C'est une excellente idée. J'ai justement l'équipement qu'il vous faut. Allez vous préparer et laissez-moi m'occuper du reste. Je me charge aussi d'appeler votre chauffeur.

— Excellent. Merci, Dion. J'apprécie votre aide.

— C'est pour cela que je suis là, madame, répondit le majordome en souriant.

Imogene se hâta de gagner sa chambre. Cette soirée s'annonçait très intéressante, finalement.

Depuis qu'il avait téléphoné à Imogene, Valentin avait du mal à se concentrer, et les tableurs sur son ordinateur commençaient à se brouiller devant ses yeux. Il ne cessait de repenser à la déception dans la voix d'Imogene quand il avait annoncé qu'il ne rentrerait pas pour dîner. Il vit la date au bas de son écran, et soudain il comprit. Quel idiot ! Comment avait-il pu oublier qu'aujourd'hui cela faisait tout juste un mois qu'ils étaient mariés ? Le fait qu'Imogene ait souhaité fêter l'événement était de bon augure. Dommage qu'ils ne puissent pas être ensemble ce soir.

De nouveau, il se sentit coupable. Son obsession pour son travail avait été un problème majeur durant leur premier mariage. Ses horaires insensés avaient mené à bien des disputes. Des disputes qui s'étaient finies par des ébats passionnés, des promesses de changement, mais cela n'avait pas sauvé leur mariage au bout du compte. Et si Valentin ne changeait pas maintenant, il y avait un grand risque que la situation se répète.

Il était en plein dilemme. Son instinct lui ordonnait de rentrer chez lui pour retrouver son épouse. Mais sa raison lui soufflait que, s'il passait en revue les tableurs une fois de plus, cela lui permettrait peut-être de repérer le problème. Cela ne ressemblait pas à Carla de faire une erreur dans ses prévisions budgétaires. Mais l'écart dans les calculs faisait gonfler les coûts et pourrait faire capoter le contrat.

Quand on frappa à sa porte, il leva les yeux. Comme si son imagination l'avait fait apparaître, elle était là. Imogene. Elle portait un manteau de cachemire boutonné jusqu'en haut et une paire d'escarpins d'une hauteur indécente qui mettait en valeur ses chevilles fines et ses jambes fuselées. Ses cheveux étaient relevés en une torsade féminine qui exposait la délicieuse courbe de son cou gracile. Des clous en diamants ornaient ses oreilles. Valentin fut traversé par un courant de désir, mais comme il en avait pris l'habitude depuis leur retour de lune de miel, il l'étouffa rapidement.

— Imogene ? s'exclama-t-il, se levant pour aller à sa rencontre. C'est une surprise.

— Une bonne surprise, j'espère.

Maintenant la porte ouverte avec son pied, elle fit rouler un petit chariot dans la pièce.

De délicieux arômes flottèrent dans l'air, et Valentin fut stupéfait.

— Tu m'as apporté à dîner ?

— Bon anniversaire ! s'exclama-t-elle, un sourire satisfait aux lèvres. Où veux-tu que j'installe ça ?

Comme il était trop sonné pour répondre, elle lança :

— Près de la fenêtre, qu'en dis-tu ? Dion m'a assuré que ce chariot se transforme en petite table, alors peut-être que tu pourrais apporter des chaises et… ?

Elle désigna les deux chaises d'invité face à son bureau, qu'il s'empressa d'aller chercher. Pendant ce temps, Imogene retira son manteau. Tous les efforts de Valentin pour contrôler sa libido furent anéantis lorsqu'elle révéla une robe moulante qui s'arrêtait bien au-dessus de ses genoux. Avec ses manches longues, le vêtement semblait sage. Le col bateau dévoilait discrètement ses clavicules et le tissu mauve foncé flattait son teint de porcelaine. Mais quand elle se tourna pour déplier les rallonges du chariot, il découvrit que la robe avait un dos nu plongeant, qui dévoilait sa peau depuis sa nuque jusqu'au bas de son dos. Il sentit sa bouche s'assécher et ses mains se contracter sur la chaise qu'il portait. Quant au reste de son corps ? Eh bien, il s'était embrasé en une seconde.

Imogene continuait de s'affairer. Elle étala une nappe blanche sur la table de fortune puis sortit du chariot plusieurs plats, des assiettes et des couverts. Elle avait même apporté un centre de table en cristal contenant un petit bouquet de fleurs.

Elle semblait ignorer dans quel tourment elle l'avait plongé involontairement. Mais était-ce vraiment involontaire ? Ils étaient mariés depuis un mois. Ils sortaient ensemble quand ils en avaient le temps. Ils avaient observé toutes les règles qu'ils avaient mises en place eux-mêmes. N'avait-il pas le droit d'espérer qu'ils, non, qu'elle soit prête à passer au stade supérieur ?

— Je comptais apporter des chandelles. Mais je ne savais pas quelles étaient les règles dans cet immeuble concernant les risques d'incendie.

Il était sans voix. Elle avait fait tout cela pour lui. Non, pour eux. Ce dîner n'en était que plus spécial. Valentin apporta une seconde chaise, et dès qu'il eut les mains libres, il attira Imogene contre lui.

— Tu es une femme incroyable. Merci.

— S'il y a une chose que j'ai apprise pendant ces sept dernières années, c'est que quand je veux quelque chose, je dois le prendre moi-même. Je ne peux pas rester assise à attendre que les choses arrivent, ou que les autres les fassent pour moi.

Il contempla ses yeux, plus verts que gris ce soir, et se sentit tomber amoureux à nouveau. C'était elle, l'élue de son cœur. Il avait été stupide de la laisser partir, et il ne répéterait plus jamais cette erreur.

— Si nous passions à table ? suggéra-t-elle.

Il avait eu l'intention de lui montrer exactement ce qu'il ressentait pour elle, mais ce serait pour plus tard.

— Bien sûr, dit-il en la relâchant. Tu as préparé ça toute seule ?

— Dion a participé, mais il m'a surtout supervisée. Il est assez romantique sous ses airs austères.

Valentin pensait plutôt que Dion était sous le charme d'Imogene. Il recula une chaise pour sa magnifique épouse, et se pencha légèrement tandis qu'elle prenait place. Son parfum vint le taquiner. Frais et fleuri, avec une note épicée, qui lui évoqua les profondeurs cachées d'Imogene.

Il serra le dossier de la chaise pour s'empêcher de la

toucher. S'ils étaient un couple normal, il aurait embrassé sa nuque exposée. Mais ils n'étaient pas un couple normal. Pas encore, du moins. Autrefois, jeunes mariés immatures, ils avaient cédé aux exigences de leur corps en oubliant la raison. Ce n'était donc pas étonnant que leur mariage se soit désintégré rapidement. Mais ce soir ce dîner était un symbole de ce qu'ils construisaient ensemble : une union solide, fondée sur un but commun. Cette pensée lui donna de l'espoir.

Avant de s'asseoir, il baissa les lumières. Cela donna à la pièce une ambiance intime qu'il n'aurait jamais imaginée possible sur son lieu de travail. Et avec pour décor les lumières de Manhattan qui scintillaient derrière la fenêtre, ils dînèrent et burent le grand cru qu'Imogene avait pensé à apporter. Peu à peu, Valentin sentit son désir pour sa femme monter en lui.

— Je ne savais pas que tu étais si douée en cuisine. Mes compliments au chef, dit-il en levant son verre.

— Merci. Je me suis surprise moi-même.

— Oh ! allons, dit-il, posant son verre et attrapant une longue mèche qu'il fit glisser sur ses doigts. Tu sais très bien que tu réussis tout ce que tu entreprends. À cet égard, tu me ressembles beaucoup. Aucun de nous n'accepte l'échec.

Il lâcha sa mèche et vit Imogene frissonner quand elle retomba contre son cou. Elle était si sensible. Elle l'avait toujours été.

Il avala une bonne gorgée de vin rouge. Tout pour éviter de la toucher et risquer de briser le charme. Ce soir, dans ce bureau, c'était comme si le reste du monde avait cessé d'exister et qu'ils étaient seuls sur terre. Si seulement il pouvait la caresser... de manière intime...

— Valentin ? demanda-t-elle d'une voix rauque.

— Hum ?

Il leva les yeux vers elle et vit un désir brut se refléter dans ses iris. Il en fut ébranlé, au point que sa voix trembla un peu quand il prit la parole.

— Je t'en prie, dis-moi que tu penses à ce à quoi je pense.

Un sourire taquin se peignit sur ses lèvres sensuelles.
— Eh bien, ça dépend. Tu devrais peut-être me dire à quoi tu penses.
— J'ai toujours préféré les actes aux mots.
Elle se pencha vers lui.
— Dans ce cas, montre-moi.

- 9 -

Elle n'eut pas besoin de le lui dire deux fois. Valentin se leva puis aida Imogene à se lever à son tour. L'attirant dans ses bras, il la pressa contre lui. Avec ses escarpins si sexy, elle était presque à sa hauteur. Elle enroula les bras autour de son cou et entrouvrit les lèvres pour reprendre son souffle.

— Je n'ai pas apporté de dessert, murmura-t-elle. J'espérais…

— Ça ? demanda-t-il.

Et il prit possession de sa bouche. C'était un baiser avide, empressé, torride, qu'elle ne tarda pas à lui rendre. Il sentit le goût du vin rouge sur ses lèvres et sa langue, mêlé à sa saveur sucrée. Une saveur qu'il connaissait par cœur et qui lui avait manqué sans qu'il en ait conscience. Mais Imogene était de retour dans sa vie à présent. Dans ses bras.

Il étala les mains sur son dos nu. Sa peau était chaude, comme si elle était fiévreuse. Lui-même était pris de fièvre. De fièvre pour elle. Il explora le bas de son dos, puis descendit encore, glissant la main sous l'ouverture de sa robe et caressant ses fesses… nues. Alors, pendant tout le dîner, elle avait été assise face à lui, dans cette robe faussement sage… Sans sous-vêtements ? C'était aussi bien qu'il ne l'ait pas su, sinon, il n'aurait peut-être pas pu répondre de ses actes. Mais il comptait en répondre maintenant.

Il serra ses fesses et la plaqua contre son sexe tendu de désir. Elle soupira contre sa bouche et plongea les mains dans ses cheveux.

— Oui, murmura-t-elle. Fais-le encore.

Elle ondula des hanches contre lui lorsqu'il obtempéra, puis marmonna un juron avant de l'embrasser avec une ardeur qui prouvait qu'elle le désirait autant qu'il la désirait. Elle glissa la langue dans sa bouche, mordilla ses lèvres, tira ses cheveux jusqu'à lui faire presque mal.

— Le canapé, parvint-il à dire, l'entraînant avec lui jusqu'au dit canapé, heureusement tout proche.

Valentin se laissa tomber sur les coussins et regarda Imogene monter à califourchon sur lui, émerveillé. Elle déboucla sa ceinture, défit avec adresse son bouton et descendit sa fermeture à glissière, puis glissa la main dans son caleçon pour le libérer. Il gémit quand elle referma les doigts autour de son sexe durci et se mit à le caresser.

— Tu m'avais caché cela pendant tout le dîner ? demanda-t-elle d'une voix taquine qui ne fit qu'attiser son envie d'elle.

— Hum.

Ce fut tout ce qu'il fut capable de répondre, car elle choisit ce moment pour le serrer un peu plus fort. Les sensations explosèrent en lui, et il appuya la tête contre le canapé en gémissant de plus belle. Elle lui donna un autre baiser, plus tendre cette fois.

— Ça m'a manqué, murmura-t-elle contre ses lèvres. Tu m'as manqué.

Il ouvrit les yeux à temps pour la voir relever sa robe, exposant le triangle au sommet de ses cuisses, et la toison rousse bien taillée qui la recouvrait. Elle passa le vêtement par-dessus sa tête et le laissa tomber quelque part sur le sol. Valentin brûlait de la toucher, de prendre ses seins ronds entre ses mains, de titiller ses tétons roses et fermes. Il continua de la contempler quand elle se plaça au-dessus de lui. Il sentit la chaleur de son corps envahir sa verge engorgée. Si elle ne bougeait pas bientôt, il serait peut-être obligé de reprendre les rênes. De l'attirer sur lui et de s'enfouir profondément en elle. De blottir son visage entre ses seins, et de leur accorder toute l'attention qu'ils méritaient.

Il se lécha les lèvres, impatient.

— Je sais à quoi tu penses, dit-elle. Tu as envie de prendre les commandes, n'est-ce pas ?

— Je suis en plein débat avec moi-même là-dessus, avoua-t-il.

— Sois patient. J'ai oublié une étape très importante.

Elle se leva avec grâce et marcha, nue et encore en escarpins, vers son sac à main. Il se réprimanda quand il la vit en sortir un emballage brillant. Comment avait-il pu oublier la contraception ? C'était parce qu'Imogene lui faisait perdre la tête, voilà pourquoi. Elle revint vers lui et l'enfourcha à nouveau. Puis elle déroula rapidement le préservatif sur son sexe dressé. Un geste qui fut pour lui un exquis supplice.

— Au cas où tu penserais devoir reprendre le contrôle de la situation, sache que ce ne sera pas nécessaire, murmura-t-elle, saisissant ses mains pour les plaquer contre le canapé. Tu es peut-être le grand patron ici mais, ce soir, c'est moi qui commande.

Sur quoi, elle descendit sur sa verge rigide, contractant ses muscles intimes autour de lui.

— Oh.

Ce fut le seul son qu'elle émit avant de se mettre à onduler sur lui. Elle roula des hanches, allant et venant sur lui. Il n'aurait pas cru cela humainement possible, pourtant il se raidit encore. Et après quelques instants il ne put demeurer inerte comme elle l'avait ordonné. Il se mit à relever les hanches chaque fois qu'elle descendait sur lui. Elle accéléra le rythme, et il vit le moment précis où son orgasme lui coupa le souffle et la força à fermer les yeux. Ensuite, il ne vit plus rien, car il fut saisi à son tour par son propre orgasme, son corps tremblant à l'unisson avec sien.

*
* *

À bout de souffle, Imogene s'effondra sur Valentin, le cœur battant et le dos en sueur. À travers l'étoffe de sa chemise, elle sentit le cœur de Valentin battre tout aussi vite. Son mari était encore tout habillé, tandis qu'elle était en tenue d'Ève. La situation l'amusa.

— Eh bien, c'était un exemple intéressant de sexe clandestin au bureau, dit-elle d'un ton léger.

— Oh ! le patron n'y voit aucun inconvénient.

Il blottit le visage contre son cou et la mordilla doucement.

Un frisson dansa sur sa peau, et le désir l'envahit encore, malgré l'orgasme qu'ils venaient de partager. Elle ondula sur lui, et un nouveau spasme de plaisir la secoua.

— Apparemment, je n'arrive pas à être rassasiée de toi ce soir, observa-t-elle, reculant pour desserrer sa cravate. Et il semble que j'aie négligé quelques détails.

— Comme ?

— Comme faire en sorte que tu sois aussi nu que moi. Je veux te voir, Valentin. Je veux te toucher, te caresser.

— Je suis à toi, Imogene.

Sa voix était grave et calme, et la lueur dans son regard était pleine de promesses.

— Caresse-moi, dit-il. Fais tout ce que tu veux de moi, mais à une condition.

— Laquelle ?

— Que tu me laisses faire exactement ce que je veux de toi, moi aussi.

Occupée à défaire les boutons de sa chemise, elle s'interrompit et se mordilla la lèvre, faisant mine de réfléchir.

— Voyons voir... Ça me semble raisonnable, conclut-elle.

Un sourire se peignit sur son beau visage, et Imogene lui rendit son sourire. Leurs ébats avaient toujours été passionnés, mais aussi amusants parfois. Elle se réjouissait qu'ils puissent plaisanter pendant l'amour.

— Ça veut dire que je peux te toucher, maintenant ? gronda-t-il.

Ses paupières mi-closes lui donnaient un air particulièrement sexy.

— Je t'en prie, répondit-elle sur un ton faussement sage. Elle lâcha sa chemise et laissa retomber ses mains.

Quand il se mit à caresser ses seins, elle retint son souffle. Il saisit les pointes fermes de ses mamelons entre ses doigts et les serra doucement.

— Tu sais à quel point j'avais envie de faire ça ? demanda-t-il.

— Montre-moi, murmura-t-elle, à peine capable de respirer.

Valentin se pencha, refermant les lèvres sur un téton pendant qu'il dirigeait sa main vers le point de jonction de leurs deux corps. Il effleura son clitoris engorgé, encore et encore, l'emmenant vers un nouvel orgasme. Juste avant qu'elle atteigne les cimes du plaisir, il mordilla la peau tendre de son mamelon. Le corps à la merci de Valentin, elle s'atomisa à nouveau. Elle sanglotait quand elle revint à la réalité. Vaguement, elle sentit qu'il était de nouveau en érection en elle.

Et elle sentit aussi une présence dans la pièce.

— Valentin, j'ai les chiffres que tu voulais.

C'était une voix féminine. Une voix qu'elle reconnaissait. Carla Rogers.

La femme qui avait brisé leur mariage.

Toute l'intimité qu'Imogene avait cru retrouver avec son mari fut détruite en une seconde.

— Oh ! je suis désolée. J'ignorais que tu avais de la compagnie.

La note de mépris dans la voix de l'autre femme n'échappa guère à Imogene.

— Sors d'ici ! s'exclama Valentin.

Imogene le sentit trembler de fureur. Il resserra les bras autour d'elle quand elle tenta de s'extirper de son étreinte. Mais il ne pouvait cacher le fait qu'elle était nue, étalée sur lui, les larmes de son dernier orgasme roulant encore sur ses joues.

— J'ai dit, sors d'ici ! tonna-t-il.

Derrière eux, Imogene entendit Carla murmurer des

excuses, puis la porte claquer. Aussitôt, elle se dégagea des bras de son mari, se leva et ramassa sa robe sur le sol. En quelques secondes, elle fut rhabillée.

Elle était en état de choc. Carla Rogers ? Ici ? Et elle travaillait pour Valentin ?

Avait-il cru qu'elle ne l'apprendrait jamais ? La colère vrilla en elle, brouillant sa vision et la plongeant dans un abîme de noirceur. Elle regarda la table de fortune qu'elle avait apportée. Les restes du repas qu'elle avait concocté avec tant d'amour. Ce qu'elle avait pu être stupide ! songea-t-elle, amère.

— Ce n'est pas ce que tu crois, déclara Valentin.

Il s'était rhabillé et était maintenant debout derrière elle. Il posa les mains sur ses épaules et la fit pivoter vers lui.

— Ne me touche pas ! s'emporta-t-elle, saisie par le dégoût.

— Imogene, je peux tout t'expliquer.

— Tu ne crois pas que c'est un peu tard pour ça ? Je n'arrive pas à le croire, Valentin ! Ton ancienne maîtresse ? Qui travaille ici, avec toi ? Combien de temps pensais-tu pouvoir me cacher cette information ? Ou peut-être que j'ai tout compris de travers. Peut-être qu'elle n'est pas ton ancienne maîtresse. Peut-être que tu n'as jamais mis un terme à votre liaison.

Elle ferma les yeux et ravala la boule dans sa gorge qui menaçait de l'étouffer. Quand elle fut de nouveau capable de parler, elle rouvrit les yeux et décocha à Valentin un regard noir. Elle désigna d'un geste le chariot.

— Eh bien, j'espère que tous les deux, vous rirez bien de tout ça. Je suis sûre que tu dois me trouver pathétique.

— Pathétique ? Absolument pas. Carla n'est pas ma maîtresse. Elle ne l'était pas il y a sept ans et elle ne l'est pas aujourd'hui. Crois-moi, Genie.

Même pas un s'il te plaît dans ses paroles, nota-t-elle tandis que la fureur s'emparait d'elle, la faisant trembler des pieds à la tête.

— Tu veux que je te croie ? Que je te fasse confiance ?

Tu as un sacré toupet. Cette femme nous a surpris en pleine action sur ton canapé. As-tu la moindre idée de ce que je peux ressentir ? Tu la côtoyais au quotidien à l'époque, et il semble que tu la côtoies encore chaque jour. Excuse-moi si je trouve un peu difficile d'accorder le moindre crédit à tes paroles.

Elle saisit son manteau et l'enfila, tentant d'ignorer les tremblements de son corps. Elle n'en revenait pas d'avoir été si naïve. Lorsqu'il lui avait assuré, le jour de leur second mariage, qu'il ne lui avait jamais été infidèle, elle avait voulu le croire, lui faire confiance. Et tout ce temps, sa maîtresse et lui s'étaient moqués d'elle dans son dos.

Période d'essai de trois mois ou pas, ce mariage était sur le point de se terminer, décida-t-elle. Elle empoigna son sac et se dirigea vers la sortie. Demain à la première heure, elle contacterait son avocat, pour voir à quelle vitesse elle pourrait récupérer sa maison de Brooklyn, qu'elle louait actuellement. Elle voulait quitter l'appartement de Valentin dès que possible. Une fois installée chez elle, elle s'occuperait de l'annulation de son mariage.

— Attends, Imogene. Ne pars pas. Pas comme ça.

Ses mots sonnaient comme des ordres, et elle se hérissa. Valentin aurait dû ramper devant elle. La supplier de lui pardonner. Au lieu de cela, il se tenait là, parfaitement calme. Impressionnant et réservé, comme toujours. Et si fichtrement séduisant que son cœur se brisa à nouveau quand elle songea qu'il l'avait trahie une fois de plus.

— Ne me dis pas ce que je dois faire ! rétorqua-t-elle. Dire qu'elle te voit sans doute plus que moi ! Il est clair que nous aurions dû suivre notre instinct à Port Ludlow. Ce remariage était une erreur, à l'évidence.

— Imogene, je suis désolé. Je ne suis pas en train de te dire ce que tu dois faire. Je ne t'ai jamais menti au sujet de Carla. C'est la vérité.

— Mais tu t'es bien gardé de me prévenir que vous étiez encore collègues. Est-elle rentrée d'Afrique avec toi ? Votre liaison dure-t-elle depuis toutes ces années ?

Alors même qu'elle prononçait ces mots, elle prit conscience qu'elle tirait des conclusions hâtives. Si Valentin était si bien avec Carla, pourquoi aurait-il fait appel à Alice Horvath et à l'équipe de Match Made in Marriage ? Pourquoi aurait-il tout fait pour convaincre Imogene de l'épouser ?

Le visage de Valentin s'assombrit.

— Je sais que tu ne me croiras pas, je ne me croirais sans doute pas à ta place, mais je comptais te parler d'elle. Le moment venu.

Elle se fendit d'un rire amer.

— Le moment venu ? Et quand serait-il venu, dis-moi ?

Soudain, sa colère s'évanouit, laissant place à une immense tristesse, ainsi qu'à une fatigue physique et mentale.

— Je rentre chez nous, dit-elle, abattue. Je ne peux pas affronter cela maintenant.

— Je te raccompagne.

— Non, je vais prendre un taxi.

— Je te raccompagne. C'est non négociable.

— Et le chariot ? Nous devrions…

— Oublie ce fichu chariot ! J'enverrai quelqu'un le récupérer.

Imogene le regarda fermer son ordinateur portable d'un geste brusque et le glisser dans la sacoche de cuir qu'elle lui avait offerte la semaine dernière à peine. Un cadeau d'une femme amoureuse pour son mari… Elle se tourna vers la fenêtre et observa les lumières scintillantes de la ville qui, quelques minutes plus tôt, lui avaient paru si délicieusement romantiques. À nouveau, l'amertume l'envahit, accompagnée d'un profond sentiment de désillusion. Ce qu'elle avait cru bâtir avec Valentin n'était qu'un château de sable.

— Allons-y, dit-il, brisant le fil de ses pensées.

Il l'attendait près de la porte. Son visage était fermé, sa posture raide. Exactement comme la première fois qu'elle l'avait accusé de la tromper avec l'omniprésente Mlle Rogers. Valentin ne lui avait jamais vraiment déclaré ses sentiments ouvertement. Il ne s'exposait que lorsqu'ils faisaient l'amour. Et maintenant Imogene s'interrogeait. Avait-il fait semblant pendant leurs ébats, aussi ?

Elle ferma le dernier bouton de son manteau et rejoignit son époux.

- 10 -

Le trajet jusqu'à l'appartement se fit dans un silence total. Valentin risqua un regard vers Imogene, mais elle avait le visage tourné vers sa vitre. Quand ils arrivèrent devant leur immeuble, elle n'attendit pas qu'il vienne lui ouvrir sa portière et marcha vers l'entrée d'un pas vif. Au moins, elle l'attendit devant l'ascenseur, se consola-t-il.

La colère et la déception d'Imogene étaient palpables. Cela dit, la colère était sans doute préférable aux larmes et aux récriminations auxquelles il avait cru devoir faire face.

Lui aussi était en colère. Contre lui-même. Il n'aurait jamais dû laisser une telle situation se produire. Il n'avait pas pensé à fermer sa porte à clé, mais il aurait au moins pu avoir la présence d'esprit d'emmener sa femme chez eux pour faire l'amour, afin qu'ils puissent s'adonner au plaisir sans crainte d'être interrompus.

Son corps se tendit lorsqu'il la revit à califourchon sur lui. Lorsqu'il la revit se déshabiller et offrir son corps splendide à sa vue. Lorsqu'il rejoua dans sa tête les sons sensuels qu'elle avait émis.

Dire que tout avait été gâché à cause de sa propre imprudence !

— Je suis désolé de t'avoir soumise à cela, dit-il tandis que l'ascenseur montait vers le dernier étage. Ce n'était pas nécessaire.

— Pas nécessaire ? répéta-t-elle. Ta maîtresse nous surprend en pleine action et, tout ce que tu trouves à dire, c'est que ce n'était pas nécessaire ? Tu ne manques vraiment pas d'air !

Les portes de la cabine s'ouvrirent. Aussitôt, Imogene fila dans le couloir.

— Imogene, attends. S'il te plaît, il faut que nous discutions.

Il l'entendit marmonner :

— Maintenant j'ai droit à un « s'il te plaît » ?

Après quelques secondes, elle finit par s'arrêter et se retourner vers lui.

— Je vais être franche, Valentin. Si tu veux que ce mariage ait la moindre chance de succès, la moindre, cette femme doit partir.

— Écoute, tu es jalouse, je peux le comprendre.

Le visage d'Imogene prit une expression effrayante tandis qu'elle se précipitait vers lui.

— Jalouse ? Tu crois que c'est de cela qu'il s'agit ? Cette femme a délibérément détruit notre mariage il y a sept ans. Qu'est-ce que tu ne comprends pas là-dedans ? Ou peut-être que tu n'as pas envie de comprendre. Peut-être que tu ne peux pas te passer d'elle. Mais tu dois faire un choix. C'est elle ou moi. Tu ne peux pas nous avoir toutes les deux.

— Tu te comportes de façon puérile ! répondit-il, laissant sa colère s'exprimer. Carla est un élément précieux de Horvath Pharmaceuticals.

— Dans ce cas, elle n'aura aucun mal à trouver un autre emploi ailleurs. Je suis sûre que tu lui feras une lettre de recommandation dithyrambique, vantant tous les aspects de ses talents apparemment uniques. Maintenant, si tu veux bien m'excuser, j'ai désespérément besoin d'une douche. Je me sens répugnante.

Elle gagna sa chambre d'un pas ferme. Valentin songea à la suivre puis se ravisa. Cela ne servirait à rien. Pourquoi fallait-il qu'Imogene ressorte toujours le même refrain quand il s'agissait de Carla ? Il n'avait pas de sentiments pour cette femme, hormis les sentiments amicaux que l'on pouvait avoir pour une collègue. Carla était un esprit brillant. Sa formation de médecin et sa capacité à résoudre les problèmes faisaient d'elle une excellente directrice du service recherche et développement. Elle était un atout fantastique pour Horvath Pharmaceuticals, point. Cela n'avait rien à voir avec la brève relation qu'ils avaient eue en Afrique, avant qu'Imogene n'arrive sur le continent.

Et une fois qu'elle était arrivée… Eh bien, plus rien n'avait existé pour lui hormis elle. Ni alors ni depuis. Pourrait-elle oublier ou pardonner un jour ses prétendues infidélités ? Il l'ignorait.

À son réveil le lendemain matin, il constata qu'Imogene était déjà partie au bureau. Il était d'humeur maussade quand il alla dans la cuisine. Après un seul regard sur lui, Dion devina qu'il lui fallait un bon café et lui servit aussitôt une tasse.

— La soirée ne s'est pas bien passée ? demanda le majordome d'un ton hésitant.

— Le repas était fabuleux. Merci d'avoir aidé Imogene à le préparer, parvint à répondre Valentin d'un ton poli.

Dion s'attarda, attendant manifestement que Valentin ajoute quelque chose. L'espace d'un instant, Valentin fut tenté de se confier au vieil homme qui avait connu quarante ans de bonheur conjugal avant de perdre son épouse. Mais il n'avait pas l'habitude de parler de ses problèmes personnels, et celui-ci était plus personnel que les autres. Alors, il avala son petit déjeuner, remercia Dion, puis alla travailler. Les problèmes qu'il avait dû gérer la veille requéraient encore son attention urgente.

Et sa relation avec Imogene ? Ne requérait-elle pas aussi son attention urgente ? se demanda-t-il pendant le trajet en voiture. Si, bien sûr, mais peut-être avait-il besoin d'aide. D'avoir l'avis d'un observateur impartial. Peut-être devrait-il téléphoner à Alice et lui faire savoir qu'elle avait commis une erreur monumentale en décidant de le mettre en couple avec Imogene. Non, songea-t-il, car il n'était pas d'humeur à écouter les sermons de sa grand-mère. Pas plus qu'il n'avait envie de lui avouer qu'il avait échoué. Une fois de plus. Il n'était pas du genre à demander l'aide des autres. Il résolvait tous ses problèmes lui-même. Et il résoudrait celui-ci aussi.

Tôt ou tard.

Dans son bureau, Imogene fulminait, furieuse de ne pas pouvoir compartimenter son cerveau suffisamment pour se concentrer sur son travail. Ce matin, elle n'aurait pas dû quitter l'appartement avant d'avoir vu Valentin. Elle aurait dû lui parler, mettre les choses au clair. Lui dire ce qu'elle voulait et attendait de lui : qu'il chasse de sa vie la seule personne qui faisait de sa vie à elle un enfer absolu. Pourquoi refusait-il de l'envisager ?

La veille, elle avait eu le sentiment qu'ils avaient créé un pont entre leur vie d'avant et leur vie actuelle. Qu'ils avaient bâti des fondations stables pour leur mariage. Mais apparemment, leurs fondations demeuraient fragiles et instables. Bâties sur du sable, et prêtes à être balayées par la première tempête. Et pour Imogene, Carla Rogers entrait dans la catégorie des ouragans.

Un message apparut sur son écran, et Imogene se hâta de l'ouvrir, espérant que cela lui changerait les idées. Elle ouvrit de grands yeux quand elle lut le message, et prit aussitôt son téléphone pour appeler la réception.

— Faites entrer Mlle Rogers, parvint-elle à dire d'une voix calme.

Et dites au vigile de se tenir prêt, au cas où il y aurait une vraie bagarre. Mais elle n'ajouta pas cette phrase.

Elle se leva et passa les mains sur sa robe, contente d'avoir choisi du noir strict aujourd'hui. Elle avait l'air redoutable, ce qui était parfaitement approprié pour affronter son ennemie. Malgré tout, son cœur se mit à battre la chamade quand la porte du bureau s'ouvrit et que Carla Rogers apparut.

La jeune femme portait un tailleur rappelant le style

d'Audrey Hepburn, agrémenté de bijoux discrets. Ses cheveux noirs étaient noués en chignon. Elle arborait un air parfaitement professionnel, mais Imogene aperçut la lueur de malveillance dans son regard, juste avant que Carla se reprenne. À l'évidence, cette femme pensait qu'Imogene n'était qu'une souris avec laquelle elle pourrait jouer et dont elle pourrait se débarrasser quand bon lui semblerait. Eh bien, Imogene se ferait un plaisir de la détromper, décida-t-elle, pinçant les lèvres et toisant Carla avec dédain.

Elle lui fit signe de s'asseoir face à elle et attendit qu'elle prenne la parole. Après avoir élégamment croisé les jambes, Carla joignit les mains dans son giron et se pencha légèrement en avant.

— J'ai ressenti le besoin de venir vous présenter mes excuses, dit-elle avec émotion.

Une émotion factice, mais très bien imitée.

— Vraiment ? rétorqua Imogene.

Carla sourit, mais son sourire n'atteignit pas son regard.

— Je suis navrée de vous avoir surpris Valentin et vous hier soir. Je ne m'attendais pas à vous voir au bureau.

— Venez-en au fait, Carla. Nous nous détestons cordialement, vous le savez comme moi.

— Eh bien, c'est triste, vous ne trouvez pas ? Nous avons toutes les deux des liens très forts avec Valentin. C'est dommage que nous ne puissions pas nous entendre, comme des adultes raisonnables.

— Donc, vous insinuez que si je ne veux pas partager mon mari avec vous, c'est moi qui ne suis pas raisonnable ?

Imogene afficha un petit sourire de pitié.

— Nous pouvons trouver une sorte d'arrangement, dit Carla. Je croyais qu'il vous avait oubliée, mais il est évident qu'il ne peut renoncer ni à vous ni à moi.

Imogene réprima l'envie de bondir par-dessus le bureau pour arracher les yeux de l'autre femme. Elle s'adossa à son fauteuil, appuya les bras sur les accoudoirs et joignit les mains en pointe.

— C'est tout ce que vous êtes venue dire ? assena-t-elle, décochant à Carla un regard noir.

Celle-ci pencha la tête et, pour la première fois, sa belle assurance sembla faiblir.

— J'aimerais que vous partiez maintenant, déclara Imogene sans aménité.

— Que je parte ? Mais nous…

— Vous avez dit ce que vous aviez à dire. Je vous ai écoutée. C'est la seule politesse que je vous dois. Une dernière chose, cependant : je ne partagerai jamais mon mari avec une autre femme. Si vous aviez vraiment aimé quelqu'un un jour, vous le sauriez et vous ressentiriez exactement la même chose. Maintenant, dois-je appeler la sécurité ou pouvez-vous partir par vos propres moyens ?

Carla se leva, poussant un soupir irrité.

— Vous êtes en train de faire une erreur.

— Non, c'est vous qui faites une erreur. Vous supposez que je suis toujours la jeune femme effrayée et peu sûre d'elle que vous avez réussi à faire fuir il y a sept ans. Mais je ne suis plus cette femme. Maintenant, pour citer les mots de mon mari hier soir, sortez d'ici.

— Je ne vais pas en rester là, Imogene. Ne croyez pas que je vais renoncer à Valentin si facilement. Pas après tout ce temps.

— Renoncer ? Pour cela, il faudrait qu'il soit votre amant, n'est-ce pas ? Il me semble qu'il ne m'aurait pas épousée une seconde fois – elle marqua un temps pour plus d'effet – si tel était le cas.

— Vous ne savez rien, persifla l'autre femme avant de se diriger vers la porte. Vous le regretterez.

Une fois Carla partie, Imogene se leva sur des jambes tremblantes et sortit de son bureau pour assister à sa réunion suivante. Elle alla au bout de sa journée sans savoir comment mais, contre toute attente, elle parvint à abattre une montagne de travail. Apparemment, la colère et l'adrénaline provoquées par sa confrontation avec Carla lui avaient donné un surplus d'énergie, songea-t-elle en hélant un taxi pour rentrer chez elle. Juste après le départ de Carla, elle avait été en état de choc, mais maintenant elle se sentait incroyablement forte. Pour la première fois, elle avait l'impression d'avoir eu le dessus, et elle était fière d'elle. Valentin serait-il fier aussi ? Cela restait à voir. Il vaudrait mieux pour lui qu'il rentre tôt ce soir. Sinon, elle n'hésiterait pas à aller le trouver à son bureau pour qu'ils aient une franche explication.

En fait, elle n'aurait pas dû s'inquiéter, constata-t-elle en arrivant dans l'appartement. Valentin était dans la bibliothèque, en train de travailler. Elle se dirigea droit vers lui.

— J'ai eu de la visite aujourd'hui, annonça-t-elle.

— À l'évidence, ça n'a pas amélioré ton humeur, observa-t-il d'un ton placide.

— Non, on ne peut pas dire que Carla Rogers améliore quoi que ce soit.

Il sembla stupéfait.

— Carla est venue te voir aujourd'hui ? Je ne m'attendais pas à ça.

— Moi non plus. Elle a dit qu'elle venait pour me présenter ses excuses. Mais ensuite, elle a dévoilé sa véritable motivation. Elle trouve que nous devrions trouver une sorte d'accord, toutes les deux.

— Un accord. Ça semble raisonnable, avança-t-il prudemment.

— Un accord pour te partager.

Il se figea net.

— Et qu'as-tu répondu ? demanda-t-il après un instant.

— Que je ne partageais mon mari avec personne.

Une lueur brilla dans son regard. Il semblait impressionné, et soulagé.

— Eh bien, je suis heureux de l'entendre.

— Tu ne comprends pas, Valentin. Elle semble penser qu'elle a des droits sur toi et qu'elle peut me harceler impunément. Je l'ai remise à sa place. Cependant, si tu ne me soutiens pas, tout ce que je pourrai dire n'aura aucun poids. Elle est vicieuse et manipulatrice. Elle nous a séparés une première fois déjà et elle fera tout ce qu'elle peut pour nous séparer encore.

Elle marqua un temps, puis reprit :

— Je te l'ai dit hier soir et je vais te le redire. Soit elle part, soit c'est moi. Je refuse d'avoir un ménage à trois.

— Je ne suggère rien de ce genre. Je veux que notre mariage fonctionne, tout comme toi.

Il se leva, contourna le bureau et se plaça devant elle.

— Imogene, dit-il, prenant sa main dans la sienne, notre soirée d'hier était incroyablement spéciale pour moi. Tu comptes plus que tout à mes yeux. Je veux que notre relation dure toujours.

Elle retira ses mains.

— Ce sont de belles paroles, Valentin. Mais ce que j'attends de toi, ce sont des actes. Je ne veux pas qu'elle travaille avec toi. Point final.

— Donc, ma promesse de te rester fidèle ne te suffit pas ?

Imogene aurait aimé qu'elle suffise. Mais ce n'était pas le cas. Était-ce trop lui demander de se mettre à sa place ? De voir les choses de son point de vue ?

— Pas quand elle est dans les parages.

— Alors, tu me demandes de me séparer d'une collaboratrice qui est non seulement une directrice de valeur, mais aussi la négociatrice principale du contrat que je m'apprête à signer avec une organisation caritative internationale ?

Imogene tint bon et hocha la tête.

— Oui, tout à fait.

— Même si je te dis que je t'aime ? Que je n'ai jamais aimé que toi ?

- 11 -

Imogene était en état de choc. Elle avait espéré entendre ces mots à nouveau, mais elle avait craint qu'ils n'arrivent jamais. Et maintenant, alors qu'ils se disputaient à cause d'une autre femme, il les lançait dans la conversation, comme ça ? Elle ignorait comment réagir. Elle s'était imaginé que lorsqu'il lui dirait ces mots, ce serait dans des circonstances spéciales, romantiques. Jamais elle n'aurait cru qu'il les utiliserait comme des munitions pour pouvoir garder sa précieuse collaboratrice auprès de lui. Elle ravala des larmes inopinées.

— Ce n'est pas juste, murmura-t-elle. Tu ne peux pas utiliser l'amour comme moyen de défense contre moi.

— Pas juste ? C'est la vérité. Je t'ai toujours aimée, Imogene. Et t'épouser à nouveau n'a fait que confirmer mes sentiments pour toi. Je ne veux personne d'autre. Je ne veux que toi. Il n'y a toujours eu que toi.

Imogene avait le cœur déchiré. Elle aurait tout donné pour entendre ces paroles, sept ans plus tôt. Si Valentin les lui avait dites, elle aurait eu la force de rester et de se battre pour lui, pour leur mariage, au lieu de s'en aller comme elle l'avait fait. Mais c'était elle qui avait trouvé Carla dans leur lit pendant que quelqu'un se douchait dans leur salle de bains. Elle avait supposé que c'était Valentin et, en tant que fille d'un père infidèle, elle avait voulu fuir la douleur et l'injustice de ce qu'elle avait cru voir.

Un mois plus tôt, lors de leur second mariage, Valentin avait réaffirmé que la personne dans la salle de bains n'était pas lui, et elle avait voulu le croire. Croire qu'ils avaient une seconde chance. Aujourd'hui, elle attendait davantage de lui. Même s'il l'aimait vraiment comme il le prétendait, ce n'était pas suffisant. Cette fois, il devrait lui donner des preuves de son amour. Elle ne se contenterait de rien de moins.

Valentin posa la main sur sa joue, la forçant à le regarder dans les yeux.

— Imogene, je pensais chaque mot. Mais si nous voulons réussir notre relation, tu dois me faire confiance. Je n'ai pas de sentiments pour Carla, hormis le respect d'un collègue pour un autre. C'est en substance tout ce qu'il y a jamais eu entre nous. Je ne peux pas mettre toute mon entreprise en danger en la renvoyant maintenant.

Sa caresse était tendre, mais ses paroles étaient comme des coups de poignard.

— Donc, tu es en train de me dire que tu n'es pas prêt à faire quoi que ce soit, résuma-t-elle d'une voix qu'elle espérait calme.

— Je discuterai avec elle demain.

Elle recula.

— Discute autant que tu veux. Ça ne changera rien en ce qui me concerne. Et tant que tu ne le comprendras pas, notre couple n'aura aucune chance.

Elle tourna les talons. Juste avant de sortir de la pièce, elle se retourna vers lui.

— Valentin, réfléchis. À ton avis, qu'avait-elle à gagner quand, en Afrique, elle m'a fait croire que c'était toi dans la salle de bains, en train de te doucher après lui avoir fait l'amour ? Pourquoi aurait-elle menti à l'époque si son intention n'était pas de t'avoir pour elle seule ? N'importe qui d'autre aurait abandonné et tourné la page quand nous nous sommes mariés une deuxième fois, mais pour une raison que j'ignore elle n'arrive pas à renoncer à toi. Carla Rogers est une prédatrice, et elle a jeté son dévolu sur toi. Si tu ne peux pas le voir, je suis désolée de le dire, c'est que tu es complètement aveugle.

**
*

Valentin se frotta les yeux. Il avait eu du mal à trouver le sommeil cette nuit et avait fini par aller sur le tapis de course de l'appartement pour se dépenser. À chaque foulée, une question l'avait taraudé : pourquoi son amour pour Imogene n'était-il pas suffisant ? Peut-être avait-elle raison après tout. Peut-être n'avaient-ils pas d'avenir ensemble. Selon lui, il faisait tout ce qui était humainement possible pour reconstruire leur relation, mais l'obsession d'Imogene pour Carla Rogers était presque inquiétante. Il avait décidé de convoquer Carla ce matin pour tenter d'y voir plus clair. Elle devait arriver d'une minute à l'autre.

Lorsqu'il entendit la porte s'ouvrir, il se détourna de la fenêtre et pivota dans son fauteuil.

— Tu voulais me voir ? demanda Carla en avançant vers le bureau.

Elle semblait, comme toujours, parfaitement posée. Il avait vu cette femme dans les circonstances les plus terribles. Lorsqu'une guerre de gangs avait éclaté dans la ville où ils étaient affectés, elle avait été un roc calme et rationnel, malgré le sang et le chaos. Comme lui, elle avait toujours été dévouée à son travail, que ce soit celui de médecin ou de directrice de la recherche et du développement. Il en était venu à se reposer sur elle – autrefois comme aujourd'hui – et il ne pouvait envisager sa vie professionnelle sans elle. Non, il ne voulait pas envisager sa vie professionnelle sans elle, rectifia une petite voix dans sa tête qui ressemblait étrangement à celle d'Imogene. Il chassa cette pensée et sourit à Carla.

— Merci d'être là. Je sais que tu es occupée.

— J'ai toujours du temps pour toi, Valentin. Tu le sais.

Après tout ce qu'Imogene lui avait dit, il ne pouvait plus prendre les paroles de Carla pour argent comptant, et cela le contrariait. Avait-elle des motivations cachées ? Y avait-il un sous-entendu dans ses mots ? Il scruta son visage parfaitement maquillé, ses yeux noirs qui étaient la fenêtre de son esprit brillant, et ne vit rien d'autre que les traits familiers qu'il connaissait maintenant depuis plus de huit ans. Il prit une profonde inspiration avant de prendre la parole. Carla était du genre à aller droit au but, alors il serait tout aussi franc avec elle.

— J'ai appris que tu avais rendu visite à Imogene hier.

À sa grande surprise, Carla se mit à rire.

— Oh ! elle t'en a parlé, alors ?

— Tu croyais qu'elle me le cacherait ? Nous n'avons pas de secrets l'un pour l'autre.

— Oh ! je sais que tu le penses.

Sa réponse l'irrita.

— Qu'est-ce que tu veux dire par là ?

— Je suppose qu'elle t'a dit que ma visite l'avait étonnée.

Elle marqua un temps et le regarda, attendant une réaction de sa part. Comme il ne répondit rien, elle poursuivit :

— En fait, c'est elle qui m'a convoquée à son bureau. J'étais assez surprise. Mais Imogene est ta femme, et même si cela m'a coûté de précieuses heures de travail, je suis allée la voir. Je dois le dire, j'ai eu un choc. Elle s'est montrée extrêmement impolie envers moi. Elle m'a dit que je devrais me chercher un nouvel emploi parce qu'elle ne voulait pas que je t'approche. C'est ridicule, car nous savons toi et moi que tu n'as pas de raisons valables de rompre mon contrat. Ton épouse a un sérieux problème de jalousie, Valentin. Elle était hystérique. Et dire qu'elle travaille dans le domaine de la petite enfance ! C'est un peu effrayant, quand on y pense.

Valentin cacha sa stupéfaction au prix d'un grand effort. Quelle femme disait la vérité ? Le comportement que Carla décrivait ne ressemblait pas à celui de l'épouse qu'il connaissait, mais jusqu'à quel point connaissait-il Imogene ? Leur premier mariage avait eu lieu quelques semaines seulement après leur rencontre. Des semaines pleines de passion, mais aussi de danger, car ils vivaient dans un pays menacé par la guerre. Il y avait eu peu de place pour des discussions longues et sérieuses, d'autant qu'ils avaient constamment envie l'un de l'autre. Leur entente avait été parfaite, jusqu'à ce qu'Imogene croie qu'il l'avait trompée avec Carla. Sur ce point, oui, elle avait été déraisonnable.

Son cœur lui soufflait de croire son épouse, mais la logique – sur laquelle il pouvait compter dans n'importe quelle situation – lui disait de soutenir son employée, une femme avec qui il travaillait et à qui il faisait confiance de manière implicite. Aucune option ne le mettait à l'aise, mais il devait bien y avoir un juste milieu.

— Ce n'est pas l'histoire qu'elle t'a racontée, n'est-ce pas ? demanda Carla, le sourcil arqué.

— Il y a certaines divergences, en effet, admit-il à contrecœur. J'en parlerai avec elle.

— Ne prends pas cette peine. Pour être franche, si la situation était inversée, je revendiquerais sans doute ma propriété, moi aussi.

Il y avait un accent de vérité dans ses paroles.

— Revendiquer ta propriété ? demanda-t-il avec un petit rire. Tu parles de moi comme si j'étais un homme objet.

— Un objet, non, un homme, certainement, susurra-t-elle.

Étrangement, le ton de sa voix le hérissa.

— Maintenant que tu es là, finissons les prévisions budgétaires sur lesquelles nous travaillons, dit-il, décidé à changer de sujet.

En un instant, elle redevint parfaitement professionnelle, ce dont il se réjouit, car pendant leur discussion, il n'avait pas réussi à la croire sur parole. Était-il possible qu'Imogene lui ait dit la vérité, ou était-ce seulement sa version de la vérité ? D'une manière ou d'une autre, il devrait tirer cela au clair.

Ce soir-là, Valentin rentra tôt, car Imogene et lui étaient attendus pour dîner chez les O'Connor. Après avoir ressassé toute la journée les versions d'Imogene et de Carla, il n'était guère plus avancé. Il ne savait toujours pas quelle femme lui avait dit la vérité. Le trajet en voiture jusque chez les parents d'Imogene se déroula dans un silence tendu.

— Tu ne m'avais pas dit que ta mère et ton père vivaient si près de chez nous, commenta Valentin quand ils s'arrêtèrent devant un bâtiment de la prestigieuse Cinquième Avenue.

Imogene haussa les épaules.

— Quelle importance ?
— Ce sont tes parents.
— Oui, mais je passe peu de temps avec eux. Papa est toujours occupé. Maman aussi.
— Ton père est avocat spécialisé en droit de l'homme, c'est ça ?
— Oui, c'est l'un des meilleurs. Il est très demandé. À tel point que je suis surprise qu'il n'ait pas reporté ce dîner comme il le fait d'habitude.

Valentin entendit la résignation et la lassitude dans sa voix et se sentit mal à l'aise. Lors de leur premier mariage, lui aussi rentrait souvent plus tard que prévu. Chaque jour, des urgences se présentaient, requérant son attention immédiate. La sienne, ou celle de son ego ? railla une petite voix dans sa tête. Au sein de l'équipe de médecins, il n'était pas le seul chirurgien en traumatologie. Mais il était toujours disponible si l'on avait besoin de lui. Beaucoup de gens accusaient les chirurgiens d'avoir un complexe de Dieu. En vérité, ils avaient réellement la vie d'autres êtres humains entre leurs mains. Il ne pouvait le nier, il avait apprécié les bouffées d'adrénaline, la pression des situations critiques. Oui, il avait aimé son travail de tout cœur. Il l'aimait toujours, même si celui-ci était désormais différent.

Autant qu'il disait aimer sa femme ?

Ce n'était pas la même chose, se dit-il tandis qu'ils prenaient l'ascenseur pour rejoindre l'appartement des O'Connor. À côté de lui, il sentit Imogene se raidir.

— Tout va bien ? s'enquit-il.
— Aussi bien que possible, j'imagine.

Elle parut se blinder quand les portes de la cabine s'ouvrirent et qu'ils arpentèrent le couloir, s'arrêtant devant une grande double porte en bois massif. Imogene appuya sur la sonnette, et sa mère vint leur ouvrir après quelques secondes. Caroline O'Connor était une belle femme. Quinquagénaire, elle ne faisait pas son âge et prenait à l'évidence grand soin de son apparence. Ses cheveux étaient quelques tons plus clairs que ceux de sa fille, mais ses yeux gris-vert étaient les mêmes.

— Madame O'Connor, c'est un plaisir de vous revoir, dit-il en lui tendant la main.

Elle sourit et, ignorant sa main tendue, déposa un rapide baiser sur sa joue.

— Nous sommes de la même famille à présent, dit-elle. Je vous en prie, appelez-moi Caroline.

— Caroline, répéta-t-il avec un bref sourire.

— Papa est rentré ? demanda Imogene, lançant un regard vers le grand salon vide.

— Pas encore. Il y a eu un petit contretemps. Tu sais ce que c'est, dit sa mère calmement, mais Valentin remarqua son regard réprobateur.

Imogene ignora sa mise en garde silencieuse.

— Franchement, maman, il aurait pu faire un effort pour nous. C'est la première fois qu'il rencontre Valentin. On pourrait croire qu'il se moque de notre mariage.

Caroline s'apprêta à protester, mais Valentin intervint.

— Ne vous inquiétez pas. Je sais ce que c'est que d'être retenu au travail.

— Oui, n'est-ce pas ? renchérit Imogene d'un ton appuyé.

Elle retira son manteau pour l'accrocher dans un placard de l'entrée.

Valentin ravala la réplique qui lui brûlait les lèvres. Il s'abstiendrait de souligner que ces derniers temps, elle-même rentrait tard. Caroline les regarda tour à tour, l'air un peu inquiet.

— Vous avez un appartement charmant, commenta Valentin pour tenter de dissiper la tension. Cela fait longtemps que vous vivez ici ?

— Depuis mon mariage, répondit Caroline avec une

261

aisance sans doute acquise avec la pratique. Quand Howard et moi nous sommes installés ici, nous n'avions que cet étage. Plus tard, nous avons pu acheter l'appartement du dessus et transformer les deux en duplex. Aimeriez-vous que je vous fasse visiter ? Le dîner ne sera pas servi avant une heure. Nous aurons encore le temps de prendre un verre avant le repas.

Valentin interrogea Imogene du regard.

Elle haussa les épaules.

— Fais comme tu veux, dit-elle. Je vais aller voir ce que Susan nous a préparé.

La visite de l'appartement de sept chambres fut plus longue qu'il ne l'aurait cru. Peut-être était-ce parce que Caroline essayait de gagner du temps pour masquer l'absence de son mari. Quand ils retournèrent enfin dans le salon, Imogene était assise dans un fauteuil élégant, un verre de vin presque vide à la main.

— Je commençais à me dire que je devrais envoyer une patrouille à votre recherche, ironisa-t-elle en se levant. Je vous sers un verre ?

— Merci, ma chérie, dit sa mère, laissant Imogene assumer ses devoirs d'hôtesse.

Une fois les apéritifs avalés, ils furent invités à rejoindre la salle à manger par une employée en uniforme. Toujours aucun signe de M. O'Connor, remarqua Valentin. Il éprouva de la sympathie pour sa nouvelle belle-mère qui avait fait de son mieux pour remplir le vide laissé par son mari en entretenant la conversation. Ils venaient de commencer les amuse-bouches quand la porte d'entrée claqua.

En un instant, l'ambiance changea, et les deux femmes se redressèrent sur leurs sièges. Sur le visage de Caroline se lisaient le soulagement et l'espoir, et sur celui de sa fille, l'irritation.

— Sois gentille, glissa Caroline à Imogene juste avant que Howard O'Connor n'entre dans la pièce.

— Désolé pour mon retard, dit-il. Je n'ai pas pu me libérer plus tôt. Vous devez être mon nouveau gendre, dit-il à

Valentin d'un ton décontracté, comme si rencontrer l'homme que sa fille unique avait épousé était une chose anodine.

Valentin se leva et lui tendit la main.

— Ou devrais-je dire, mon gendre recyclé, ajouta Howard, riant de sa propre plaisanterie.

Valentin tâcha de ne pas se vexer.

— Je suis heureux de vous rencontrer enfin, monsieur.

— De même, Horvath, de même.

Howard se dirigea vers sa fille, mais Valentin eut le temps de détecter un parfum de femme sur son hôte. Ses narines frémirent pendant qu'il l'analysait et parvenait rapidement à une conclusion. Il avait senti le parfum subtil de Caroline O'Connor quand elle lui avait fait visiter les lieux. Celui-ci était tout à fait différent. Howard O'Connor n'avait manifestement pas été retenu au travail – à moins que son travail implique des contacts très proches, voire intimes, avec une autre femme. Caroline souriait et ne quittait pas son mari des yeux. Sa fille, en revanche, fixait son assiette.

Était-ce pour cela qu'Imogene ne faisait pas confiance à Valentin ? Parce qu'Howard O'Connor était un mari infidèle et un père absent ? Soudain, Valentin comprenait beaucoup mieux son épouse.

- 12 -

Le plat principal venait d'être servi quand le téléphone de Howard se mit à sonner avec insistance. Tout en s'excusant, le père d'Imogene se leva et quitta la pièce. Valentin entendit sa voix étouffée dans le couloir.

— Désolée pour cette interruption, dit Caroline. Nous avons dû apprendre à le partager avec son travail, ou plutôt sa vocation. L'appel du devoir. En tant que médecin, vous devez connaître cela, Valentin.

Valentin lança un regard à Imogene qui l'observa calmement. D'habitude, il pouvait lire en elle, distinguer les nuances dans son expression. Mais à cet instant elle arborait un air indéchiffrable.

— J'ignore pourquoi tu continues de l'excuser, maman, dit-elle sans quitter Valentin des yeux. Tu sais que pour papa, sa famille passe après ses autres… intérêts.

Les paroles étaient cinglantes, mais Valentin perçut la douleur sous la colère. Et la mise en garde. Imogene avait grandi avec ces tromperies. Elle ne les tolérerait pas dans son propre mariage. Le dessert devint un exercice de diplomatie, Valentin tentant de tempérer l'humeur sombre de sa femme et les efforts de Caroline pour couvrir l'absence criante de son époux. Ce fut un soulagement quand ils prirent enfin congé.

Lorsqu'ils arrivèrent chez eux, Valentin décida de parler de cette soirée sans attendre, pour éviter qu'elle ne devienne un sujet tabou.

— Tu as le temps de prendre un verre ? demanda-t-il en aidant Imogene à retirer son manteau. J'aimerais discuter.

— Je m'en doutais. Un cognac pour moi. À mon avis, je vais en avoir besoin.

Depuis quelques semaines, elle donnait l'impression que rien ni personne ne pouvait la briser. Mais il ne savait que trop bien à quel point elle était fragile, à quel point les murs qu'elle avait érigés autour d'elle étaient instables.

— Va pour un cognac.

Par un accord tacite, ils allèrent dans la bibliothèque, où Valentin versa une bonne rasade d'alcool dans leurs verres avant de rejoindre Imogene sur le canapé.

— C'était une soirée difficile pour toi, lança-t-il sans préambule.

— Tu trouves qu'elle était difficile ? C'est triste à dire mais elle était normale. Du moins, selon ma mère. J'ignore comment elle fait pour supporter cette situation.

Elle secoua la tête puis avala une gorgée de cognac.

— En fait, si. Je sais exactement comment elle fait pour supporter tout ça. Je ne crois pas qu'elle aime mon père davantage qu'il ne l'aime. En revanche, tous deux adorent donner l'illusion d'un mariage stable, et avoir le train de vie que les revenus de mon père leur permettent.

Elle semblait si amère... si meurtrie. Cela lui serrait le cœur de l'entendre parler ainsi.

— Ton père a toujours été infidèle ? demanda-t-il, décidant d'aller droit au but.

— Alors, tu l'as déjà remarqué ? s'étonna-t-elle.

— Difficile de faire autrement, puisqu'il avait le parfum d'une autre femme sur lui.

— Autrefois, il se douchait avant de revenir à la maison. Maintenant, il ne prend même plus cette peine. Maman ferme les yeux. Elle s'est battue pour avoir sa position dans la société et son bel appartement. Elle ne va certainement pas mettre tout cela en péril à cause d'une maîtresse ou d'une autre.

Quel genre d'éducation Imogene avait-elle reçu pour que le comportement de ses parents lui paraisse normal ? C'était triste qu'elle ait dû grandir dans cette ambiance. Le défunt père de Valentin était un bourreau de travail, mais il avait adoré son épouse et il avait toujours trouvé du temps pour sa famille.

— Je suis navré, Imogene. Tu mérites mieux.

— Oui, je mérite mieux, approuva-t-elle avec force. C'est peut-être une situation que ma mère tolère volontiers, mais j'ai vu les dégâts sur elle au fil des années. Elle aimait peut-être mon père au début, mais peu à peu cet amour s'est étiolé. Quand un sentiment n'est pas nourri, partagé et encouragé, que peut-il faire d'autre à part s'éteindre ? Mes parents n'ont plus rien en commun hormis leur désir de préserver leur image de couple parfait. Maman joue les hôtesses accomplies quand il reçoit des gens de l'étranger, et lui joue les maris dévoués quand ils sont en public.

— Ce soir, il était loin d'être un mari dévoué, souligna Valentin.

— C'est parce qu'il n'a rien à gagner avec toi. Tu es juste mon époux, et aux yeux de mon père, sa famille est bonne dernière sur la liste de ses priorités. Je l'ai appris dès mon plus jeune âge, Valentin. Je ne soumettrai pas mes enfants à cela.

Cela avait le mérite d'être clair.

— Je serai présent pour nos enfants, Imogene. Et pour toi.

— En supposant que notre mariage dure.

Sa réponse le contraria un peu.

— Il n'y a pas de raison pour qu'il ne dure pas.

— Si, il y en a une, rétorqua-t-elle. Une raison que tu ne veux pas voir, ou dont tu refuses de parler.

— Imogene, je tiens à être tout à fait clair sur un point. Je n'ai rien à voir avec ton père. Je suis et je t'ai toujours été fidèle. Je sais que tu penses avoir eu une preuve du contraire, que tu étais blessée et perdue. Quand nous étions en Afrique, j'ai été égoïste. J'ai fait passer mon travail avant toi, parce que je ne mesurais pas à quel point notre relation était fragile. C'était ma faute. Donner à Carla les clés de notre maison pour qu'elle puisse s'y reposer, c'était aussi ma faute. Je ne me doutais pas qu'elle se servirait de cette occasion pour retrouver un amant et je suis désolé que tu aies été amenée à croire que j'étais cet amant. Combien de fois devrai-je clamer mon innocence pour que tu ne me croies ?

Imogene plongea le regard dans le sien, et son expression s'adoucit.

— Je veux te croire, Valentin. Si je ne pensais pas pouvoir te croire, je ne t'aurais pas épousé une seconde fois. Mais cette femme est encore dans le décor. Elle crée encore des problèmes entre nous. Tant qu'elle fera partie de ta vie, il y aura toujours des ennuis. Tu ne le vois donc pas ? Mon père a toujours eu des maîtresses. Parce qu'il ne les aime pas, il ne se considère pas comme infidèle. En fait, il s'est convaincu qu'il ne l'est pas. Mais pour moi la fidélité est tout. Tout.

— Tu as ma parole, Imogene. Il n'y a personne d'autre que toi. Je t'aime et je veux faire ma vie avec toi, avoir des enfants avec toi.

— Comme je l'ai dit, je veux te croire, Valentin…

— Alors crois-moi. C'est tout ce que tu as à faire.

— J'aimerais que ce soit aussi simple.

— Nous pouvons faire en sorte que ce soit simple.

Il lui prit son verre des mains et le posa sur la table basse à côté du sien. Puis, prenant son visage en coupe, il l'embrassa. Ce n'était pas un baiser torride comme l'autre soir. C'était un baiser destiné à lui assurer qu'il était là pour elle. Qu'il était son époux. Et celui de personne d'autre. Il sentit ses lèvres trembler sous les siennes, puis s'entrouvrir quand il suivit leur tracé avec sa langue. Puis il recula, soutint son regard et lui fit une promesse silencieuse : quoi qu'il advienne, il réussirait à la convaincre de son amour pour elle. Ils surmonteraient les obstacles, et leur relation n'en serait que plus forte.

Il se leva et lui tendit la main.

— Dors avec moi ce soir.

— Je ne sais pas, Valentin…

— Je parle seulement de dormir. Je veux t'avoir dans mes bras, dans mon lit.

— D'accord, céda-t-elle après un instant.

Elle lui prit la main, et ils rejoignirent la chambre principale. Pendant qu'elle se préparait dans la salle de bains, il écarta les draps, et lorsqu'elle revint, il l'aida à se dévêtir.

— Grimpe dans le lit, je n'en ai que pour une minute, dit-il avant de se diriger vers la salle de bains.

Quand il revint dans la chambre, Imogene était allongée, les draps remontés jusqu'à son menton, le corps rigide de tension. Il se déshabilla prestement et se glissa entre les draps. Puis il la prit dans ses bras et la serra contre lui. Déposant un baiser sur sa nuque, il respira le parfum de ses cheveux, de sa peau.

— Bonne nuit, Imogene. Tout s'arrangera, tu verras.

Elle ne répondit pas, et l'espace d'un instant, il crut qu'elle ne dirait rien. Puis il l'entendit chuchoter : « bonne nuit ».

Il sourit dans l'obscurité. À présent, il comprenait mieux pourquoi elle était si inflexible à propos de Carla. Étant donné l'incident en Afrique, et l'exemple peu glorieux de son père, il était normal qu'Imogene se sente vulnérable. Elle avait peur de lui faire confiance. Eh bien, il devrait trouver un moyen de regagner sa confiance. Il la sentit se détendre peu à peu dans ses bras et, après quelques instants, elle s'endormit.

Il resta là, allongé, à se demander si elle se sentirait un jour en sécurité avec lui. Elle disait vouloir le croire, mais après le conditionnement qu'elle avait subi durant son enfance, pourrait-elle se fier à qui que ce soit ? Il l'espérait. Il n'avait rien de commun avec Howard O'Connor. Il n'était pas un coureur de jupons. Mais pourrait-il faire entendre raison à Imogene sur la question ? Leur premier mariage n'avait pas été fondé sur la raison. Et aujourd'hui Carla avait insinué qu'Imogene était d'une jalousie maladive. Après ce dîner familial pénible, ce n'était pas le moment d'aborder le sujet avec Imogene, mais comment démêler le vrai du faux s'il ne parlait pas avec elle ?

S'il pouvait être certain que c'était Carla qui avait menti, alors, bien entendu, il aurait bien moins de scrupules à lui demander de quitter Horvath Pharmaceuticals. Mais si Carla avait dit la vérité… Que ferait-il ?

* * *

Le lendemain matin, à son réveil, Imogene constata qu'elle était seule dans le lit. Dans le lit de Valentin, se rappela-t-elle vaguement, l'esprit encore embrumé. Cela faisait bien longtemps qu'elle n'avait pas dormi aussi bien. Elle s'étira puis sursauta lorsque Valentin sortit de la salle de bains… en tenue d'Adam. Elle le contempla, le regard avide. Lui qui passait des heures assis dans un bureau, il prenait le temps de faire du sport, et cela se voyait. Son corps était à se damner, depuis ses épaules larges et puissantes jusqu'à son ventre plat, et plus bas… Elle sentit sa bouche devenir sèche et déglutit.

— Bonjour, dit-il.

Il afficha un sourire malicieux qui indiquait que non seulement il l'avait surprise en train de le dévorer des yeux, mais aussi que cela ne le dérangeait pas le moins du monde.

— Bien dormi ? demanda-t-il.

— Très bien, merci.

Elle s'assit et remonta les draps sur elle.

— Ne te couvre pas à cause de moi, la taquina-t-il.

Il se dirigea vers une commode ancienne et ouvrit un tiroir. Ils n'étaient pas des étrangers l'un pour l'autre, tant s'en faut, pourtant elle était gênée d'être nue devant lui ce matin. Elle avait l'impression d'être trop exposée. Après leur conversation de la veille, ce n'était guère étonnant. Elle lui avait révélé des vérités qu'elle n'avait jamais avouées à personne. Valentin, en revanche, marchait avec assurance, nullement gêné par sa nudité. Pouvait-elle en déduire qu'il était aussi ouvert et honnête sur tout qu'il l'était avec son corps ? Y compris sur ses sentiments pour elle ?

— Laquelle ? demanda Valentin à brûle-pourpoint, une cravate dans chaque main.

L'espace d'une seconde, son esprit vagabonda, imaginant ce que Valentin pourrait faire avec elle en utilisant ces deux cravates. Elle chassa rapidement ses pensées indécentes.

— Ça dépend de ton costume, répondit-elle. Et de ta chemise.

— Bleu marine, et blanche.

— Dans ce cas, la cravate rayée rouge et bleu marine.

— Merci.

Sur quoi, il remit l'autre cravate dans le tiroir et retourna dans la salle de bains.

Elle s'allongea à nouveau, le cœur battant. Étrange… Leur échange avait été parfaitement anodin, pourtant, elle était aussi nerveuse qu'une souris dans une pièce pleine de chats. Elle se leva, enroulant le drap autour d'elle, puis ramassa ses vêtements et regagna sa propre chambre. Après avoir pris une douche rapide, elle enfila un tailleur-pantalon puis se rendit dans la cuisine. Valentin était déjà installé au bar et buvait son café.

— Je rentrerai tard ce soir, annonça-t-elle. Je commence la formation de mon nouveau P-DG aujourd'hui. Nous allons visiter nos centres de New York, puis nous passerons le reste de la journée à travailler dans mon bureau.

— Merci de me prévenir. Je t'attendrai.

Il alla poser sa tasse dans l'évier.

— Tu n'es pas obligé. Je n'ai aucune idée de l'heure à laquelle je rentrerai.

— Si, j'y tiens. Je te verrai ce soir.

Il déposa un baiser ferme sur ses lèvres puis disparut.

Imogene resta là, figée. Que venait-il de se passer ? Alors qu'elle tentait de remettre de l'ordre dans ses pensées, Dion sortit du cellier.

— Je vous prépare une omelette, madame Horvath ?

— Non, merci, Dion. Juste un café.

Il émit un son désapprobateur tout en lui servant un café agrémenté de crème, exactement comme elle l'aimait. Elle avala le breuvage, en le savourant à peine, puis prit la sacoche qui contenait son ordinateur et quitta l'appartement.

*
* *

Bien qu'arrivée tôt au bureau, elle constata que son nouveau P-DG l'avait précédée. Le comité directeur avait fait un excellent choix en la personne d'Eric Grafton. Diplômé de Columbia, il s'était forgé une réputation solide en travaillant dans différentes entreprises, qui avaient toutes généré plus de bénéfices grâce à ses talents. De plus, c'était un homme de valeur. Marié à son amour de lycée et père de deux filles, il semblait avoir trouvé le parfait équilibre entre vie personnelle et vie professionnelle. Ce qu'elle lui enviait, songea-t-elle.

— Eric, je suis contente de vous voir, dit-elle en allant à sa rencontre.

Il lui offrit une poignée de main chaleureuse et ferme à la fois.

Tandis qu'ils évoquaient leurs projets pour les semaines à venir, Imogene ne cessa de repenser à Valentin et à leur soirée de la veille. Dormir dans ses bras avait été réconfortant, et elle espérait qu'ils étaient de nouveau sur la bonne voie. Il vaudrait mieux que ce soit le cas, pensa-t-elle tout en observant l'homme qui allait la remplacer comme président de l'entreprise qu'elle avait créée. Sur le plan professionnel, au moins, elle était certaine de laisser son affaire entre de bonnes mains. Si seulement elle pouvait être aussi confiante dans sa vie privée !

Les semaines suivantes, elle visita de nombreux centres dans tout le pays avec Eric, qu'elle présenta aux franchisés du groupe. Elle détestait être loin de Valentin, mais elle ne pouvait faire autrement. Ils n'avaient plus dormi ensemble depuis le soir où ils avaient dîné chez les parents d'Imogene et, parfois, il lui manquait dans les moments les plus inattendus. Cela allait bientôt changer, se rassura-t-elle. Une fois qu'elle serait de retour dans une salle de classe, ses horaires seraient plus réguliers.

Soudain, elle prit conscience que leur période d'essai de trois mois arriverait bientôt à son terme. L'idée de quitter

Valentin lui serrait le cœur, mais autant qu'elle sache, il travaillait toujours avec Carla. Certes, s'il devait se séparer de sa précieuse collaboratrice, il devrait préparer le terrain. Imogene n'appréciait pas Carla, mais elle savait que cette femme ne pouvait pas être licenciée du jour au lendemain. Il fallait suivre une procédure réglementaire. Mais Valentin avait-il entrepris des démarches en ce sens, ou laissait-il simplement les choses se poursuivre comme avant ? Imogene savait qu'elle devait en discuter avec lui, mais l'occasion ne s'était pas présentée. Elle travaillait tant ces derniers temps qu'ils ne faisaient que se croiser. Un peu comme pendant les premières semaines de leur mariage, avant qu'elle ne prenne le taureau par les cornes et qu'elle surprenne Valentin en lui apportant un dîner au bureau.

Son corps se tendit au souvenir de cette soirée, et elle émit un gémissement malgré elle.

— Tout va bien ? s'enquit Eric.

Ils étaient installés côte à côte dans un taxi qu'ils avaient pris à l'aéroport, et qui les emmenait vers leur bureau.

— Oui, merci, dit-elle d'une petite voix.

Difficile de songer à ce dîner sans songer à ses ébats avec Valentin. Et à leur dispute au sujet de Carla. Depuis cette soirée, ils étaient toujours dans l'impasse, et Imogene n'aimait pas cela du tout. Elle devrait faire un choix bientôt, qu'elle le veuille ou non. Rester et se retrouver potentiellement dans la même position que sa mère – car elle ne se faisait pas d'illusions, Carla Rogers ne retirerait pas ses griffes de Valentin, qu'elle considérait comme sa propriété – ou s'en aller.

Cela lui brisait le cœur de le reconnaître, mais si elle voulait rester fidèle à elle-même, elle n'avait qu'une option, en vérité.

- 13 -

Elle lui manquait.

Voir Imogene s'absenter durant de si longues heures, rentrer tard et épuisée, lui montrait à quel point elle travaillait dur, et lui rappelait aussi ce qu'elle avait dû supporter durant les premiers jours de leur mariage. Il s'en voulait d'avoir été si absent mais, maintenant qu'il comprenait ce qu'elle avait dû traverser, il était déterminé à changer. Il comptait réduire ses horaires et encourager ses employés à en faire autant. Sur le plan personnel, ces journées de séparation créaient un autre problème : elles agrandissaient le fossé qui s'était creusé entre eux. Ils n'avaient même plus le temps de se parler, en dehors des politesses de base. Bien qu'au départ ils aient essayé de construire une relation normale ils vivaient maintenant comme deux colocataires. Une situation qui provoquait en lui un mélange d'émotions douloureuses. Lui qui avait toujours été d'un calme olympien était devenu irritable au bureau, et taciturne chez lui. Même avec Dion qui n'avait rien fait de mal, Valentin s'emportait inutilement – comme lorsque le majordome lui avait demandé, de manière très légitime, si Imogene rentrerait pour dîner.

Valentin se posta devant la fenêtre qui donnait sur le parc et prit une grande inspiration. Ces sautes d'humeur ne lui ressemblaient pas. Mais il savait précisément pourquoi il se comportait ainsi. Parce qu'il avait peur que son union s'éteigne avant même la fin de la période d'essai. Il devait faire quelque chose, mais quoi ? Comment un homme s'y prenait-il pour reconquérir son épouse s'il la voyait à peine ?

En trouvant le moyen de passer du temps avec elle, lui rappela sèchement la petite voix dans sa tête.

Soudain, il eut une idée. Imogene lui avait apporté un dîner au bureau ; il allait en faire autant pour elle.

— Dion ! appela-t-il tout en sortant de la bibliothèque.

— Oui, monsieur Horvath ? répondit Dion, venant dans le couloir et s'essuyant les mains sur son tablier.

— Tout d'abord, je tiens à vous présenter mes excuses pour ma mauvaise humeur ce soir... Et tous les soirs ces dernières semaines.

— Ce n'est rien, monsieur. Je sais que Mme Horvath vous manque.

— Comment le savez-vous ?

— C'est un sentiment tout naturel. Vous lui manquez aussi. Mais si vous me permettez d'être franc, aucun de vous ne semble savoir comment remédier à cela.

— Vous avez raison. Nous avons déjà été mariés une fois, et notre histoire nous a explosé à la figure. Maintenant, nous sommes tous les deux trop méfiants pour nous engager pleinement.

— C'est compréhensible, monsieur. Personne n'a envie de souffrir. Mais l'amour engendre la vulnérabilité, et à un certain stade il faut accepter cette vulnérabilité pour que l'amour ait une chance de durer.

Les paroles de Dion le touchèrent profondément.

— Vous êtes un homme sage, Dion. Votre femme doit beaucoup vous manquer.

— À chaque seconde, monsieur. À présent, y a-t-il quelque chose que je puisse faire pour vous ?

— J'aimerais apporter à Imogene un dîner à son bureau, comme elle l'a fait pour moi.

Un grand sourire éclaira le visage ridé de Dion.

— C'est une excellente idée, monsieur ! Je m'y attelle tout de suite.

***

Une heure plus tard, Dion avait préparé un plat de spaghettis bolognaise parfumé ainsi qu'une salade et un pain maison.

— Voulez-vous utiliser le chariot, monsieur, ou le panier à pique-nique isotherme ?

Valentin se rappela qu'Imogene avait opté pour le chariot. Il avait envie de quelque chose d'un peu différent et il espérait que la soirée se terminerait de manière bien moins traumatisante que la dernière fois.

— Je vais prendre le panier. Et peut-être une nappe ou une couverture, aussi ?

— J'ai ce qu'il faut, monsieur.

Quinze minutes plus tard, Valentin était dans l'ascenseur et montait vers l'étage du bureau d'Imogene. Les portes s'ouvrirent sur un vaste espace ouvert, sur le côté duquel se trouvaient plusieurs bureaux individuels. Il n'y avait personne, mais Valentin distingua de la lumière dans le bureau le plus éloigné. Il avança en direction de cette lumière, songeant qu'il aurait dû montrer plus d'intérêt pour le travail d'Imogene. Depuis le début, il prétendait être investi dans leur mariage, alors qu'en réalité il n'avait fait que se laisser porter par les événements, sans prendre une part active à la réussite de leur union. Il avait repris ses anciennes habitudes et n'avait procédé qu'à quelques changements pour s'adapter à son statut d'homme marié.

Se promettant de faire mieux à l'avenir, il arriva devant la pièce éclairée et lança un regard circulaire par la porte ouverte. Deux personnes étaient penchées par-dessus un grand bureau près de la fenêtre. Elles étaient très près l'une de l'autre. Soudain, Valentin comprit avec acuité ce qu'Imogene avait ressenti quand elle avait appris qu'il continuait de travailler avec Carla, car une jalousie brûlante s'empara de lui. Il avait dû émettre un son involontaire car les deux personnes relevèrent la tête. Imogene parut d'abord stupéfaite, puis ravie de le voir.

— Valentin, quelle bonne surprise ! s'exclama-t-elle.

Elle se leva et alla le rejoindre.

Mais quand elle fut près de lui, elle hésita, comme si elle ignorait quoi faire. Puisqu'ils se voyaient si peu en ce moment, ce n'était pas étonnant. Posant le panier sur le sol, il la prit dans ses bras. Il déposa un bref baiser sur sa joue avant de la relâcher.

— Je t'ai apporté le dîner, dit-il.

— C'est très gentil à toi. Eric et moi étions justement sur le point de boucler notre dossier. Eric, venez que je vous présente mon mari.

L'autre homme s'avança et lui serra la main. Valentin fit de son mieux pour rester courtois, mais ce ne fut pas facile. C'était l'homme avec qui Imogene passait tant d'heures, avec qui elle voyageait de nuit. L'homme avec qui elle passait plus de temps qu'elle n'en passait chez eux. Difficile de ne pas ressentir de l'envie, d'autant qu'ils semblaient manifestement proches.

— Votre épouse est une femme exceptionnelle, déclara Eric une fois les présentations faites. Je suis admiratif de ce qu'elle a accompli et je suis honoré d'avoir été choisi pour la remplacer à son poste de P-DG.

— C'est une femme exceptionnelle, en effet.

Ma femme, ajouta-t-il en son for intérieur.

Eric sembla percevoir la soudaine tension et se tourna vers Imogene.

— Je vais vous laisser, nous pourrons finir demain matin. Mon épouse et mes filles m'attendent sûrement.

Il avait ajouté la dernière phrase avec un regard appuyé à Valentin, comme pour lui assurer qu'il ne marchait pas sur ses plates-bandes. Valentin acquiesça d'un petit signe de tête.

— Merci, dit Imogene.

Elle les regarda tour à tour, comme si elle avait compris qu'elle avait manqué une sorte de communication silencieuse entre mâles.

Une fois Eric parti, elle questionna Valentin :

— Qu'est-ce qui vient de se passer entre vous ?

— Tu ne m'avais pas dit que ton nouveau P-DG était grand, brun, ténébreux et charmant, lâcha-t-il, incapable de s'en empêcher.

À sa grande surprise, elle se mit à rire.

— Tu plaisantes, n'est-ce pas ? C'est aussi un mari et un père dévoué, qui ne s'intéresse pas du tout à moi. En fait, c'est très agréable de travailler avec lui, car il ne me voit pas comme une femme mais comme une égale en affaires.

Valentin enlaça sa taille.

— Il ne te voit pas comme une femme ? Alors il a un sérieux problème, parce que tu es splendide.

Sans lui laisser le temps de répondre, il captura ses lèvres. Et il sut qu'il avait fait le bon choix en venant ici ce soir. Il avait besoin d'être avec elle mais, surtout, il avait besoin qu'elle sache avec certitude qu'il était là pour elle, pour eux. Il mit fin au baiser et la relâcha à contrecœur.

— Tu as faim ? demanda-t-il, empoignant le panier à pique-nique.

— Je suis affamée. Je ne me rappelle même pas à quand remonte mon dernier repas.

— Il faut que tu prennes mieux soin de toi, la sermonna-t-il. Non, rectification. Il faut que je prenne mieux soin de toi.

— Je suis une grande fille, Valentin. Je peux me débrouiller seule.

— Je le sais. Mais tu n'as pas à tout faire toute seule. Tu peux t'appuyer sur moi.

— Vraiment ? demanda-t-elle, l'air méfiant. Je sais que tu es là maintenant, mais es-tu vraiment là pour moi vingt-quatre heures sur vingt-quatre, sept jours sur sept ?

Elle était parfaitement en droit de poser cette question. Et en toute honnêteté il n'avait pas été là pour elle jusqu'à maintenant.

— Imogene, nous avons tous les deux des efforts à faire dans notre relation. Tu dois apprendre à me faire confiance, et surtout je dois te montrer que tu peux me faire confiance.

Décidant d'être tout à fait franc, il avoua :

— J'ai détesté te voir avec Eric ce soir.
— Valen…
— Non, s'il te plaît, laisse-moi finir. Je ne voulais pas comprendre ce que tu ressentais à propos de Carla, et c'est ma faute. J'ai été idiot. Ce n'est que lorsque je me suis retrouvé dans la même position que toi que j'ai eu une idée de ce que tu as pu éprouver tout ce temps.

Il vit l'inquiétude teinter son regard.

— Je ne crois pas que tu puisses comprendre, Valentin. Me voir travailler avec la personne qui me remplace, un homme qui ne fera plus partie de ma vie une fois que j'aurai quitté le groupe, n'est rien comparé au fait que tu continues de collaborer avec une femme qui a été ta maîtresse. Une femme qui fait tout ce qu'elle peut pour me nuire.

Valentin déglutit. Elle avait raison. Si Eric avait été l'un des anciens amants d'Imogene, la scène se serait sans doute finie en pugilat. Une part primaire de son cerveau s'était emballée lorsqu'il les avait vus ensemble, en dépit de la raison. Mais la raison n'avait jamais tenu une grande place dans sa relation avec Imogene, non ?

— Tu as raison, admit-il, ravalant le reste de sa fierté. Je ne mesurerai peut-être jamais à quel point je t'ai fait souffrir, mais je veux être clair : je ne veux plus jamais te blesser comme je t'ai blessée. Je consulterai le service juridique de Horvath dès demain, pour voir ce que je peux faire au sujet de Carla. Lui proposer de partir avec des indemnités, ou l'envoyer dans un autre bureau loin de New York. Tu es la personne la plus importante de ma vie, et je veux faire ton bonheur.

Il vit des larmes rouler sur ses joues. Il s'en voulait tant de l'avoir fait souffrir inutilement… Il avait supposé qu'elle était jalouse et, oui, elle l'était sans doute, mais elle avait eu raison. Il avait ignoré ce qu'elle ressentait, et fait passer les intérêts de son entreprise avant ceux de sa femme.

— Je t'aime, Imogene. Crois-moi.
— Je te crois, murmura-t-elle.

Il l'embrassa encore, l'attirant contre lui. Son corps

épousait parfaitement le sien. Leur étreinte fut tendre, exprimant leur engagement l'un envers l'autre. Lorsque Valentin la relâcha, il avait le sentiment qu'ils avaient forgé un lien nouveau. Un lien plus fort, qui résisterait à l'épreuve du temps.

En voyant l'air sincère de Valentin, Imogene fut soulagée. Un sentiment d'espoir renouvelé emplit le vide qui s'était formé dans son cœur depuis le jour où Carla Rogers les avait surpris, quelques semaines plus tôt. Peut-être pouvaient-ils réellement réussir leur mariage. Avant qu'elle puisse dire quoi que ce soit, son estomac gronda fort. Valentin rit.

— J'imagine que c'est le signal pour que je serve le dîner, dit-il.

— J'imagine, répondit-elle en souriant.

— Où est-ce que j'installe tout ça ?

— Sur la table de réunion là-bas. Ou alors, sur la table basse.

Elle désigna un long canapé qui faisait face à une table basse et à deux fauteuils.

— La table basse, trancha-t-il.

Elle le regarda s'affairer et se sentit un peu plus amoureuse à chaque seconde.

— L'œuvre de Dion ? demanda-t-elle, s'installant avec lui sur le canapé et acceptant un verre de vin rouge.

— Il vaut mieux que tu ne goûtes pas à ma cuisine, je t'assure. Alors, oui, cette fois encore, c'est Dion qui est venu à ma rescousse.

— Heureusement qu'il est là. Alors, à quoi buvons-nous ?

— À nous ?

— À nous, approuva-t-elle.

Ils firent tinter leurs verres puis burent une gorgée de vin.

— Laisse-moi être aux petits soins pour toi, dit-il, posant son verre sur la table.

— Je ne vais certainement pas refuser. J'ai eu une longue journée.

— Raconte-moi, l'encouragea-t-il. Tu ne me parles pas souvent de ton travail.

— Tu ne me questionnes pas souvent là-dessus, répondit-elle simplement.

— Je suis désolé. Je ferai plus d'efforts à l'avenir, Imogene. Je te le promets. Je veux être le mari que tu mérites.

— Tu l'es maintenant, répondit-elle, acceptant une assiette de spaghettis fumants.

— Non, pas encore. Mais je le deviendrai. Tu verras.

Elle n'avait pas de réponse à cela. En tout cas, un sentiment de joie l'envahit. Leur mariage était peut-être sur la bonne voie à présent.

Pendant le dîner, elle laissa Valentin la questionner sur les détails de sa journée et se surprit à se détendre peu à peu. Quand il s'agissait de travail, il était facile de discuter avec lui, remarqua-t-elle. Dommage qu'ils aient perdu tant de temps à se quereller sur d'autres sujets. Mais c'était en train de changer, non ?

Au milieu du repas, Valentin alluma la station d'accueil de l'iPod d'Imogene, posée sur un buffet derrière le bureau. Il choisit une liste de chansons lentes, et lorsqu'ils eurent fini de manger, il tendit la main vers elle.

— Danse avec moi, Imogene.

En guise de réponse, elle sourit. Ils n'avaient plus dansé ensemble depuis leur mariage, près de trois mois plus tôt.

— Volontiers.

Il l'aida à se lever puis l'enlaça. Ils se mirent à onduler ensemble, se balançant doucement au rythme de la musique, savourant le plaisir d'être ensemble. C'était un moment magique qui alluma un désir familier au creux de son ventre. Néanmoins, ses doutes n'avaient pas disparu. Elle aimait Valentin et elle adorait faire l'amour avec lui mais, tant qu'il n'aurait pas réglé la situation avec Carla, ils ne pourraient pas aller de l'avant. Toutefois, il prenait des dispositions en ce sens, se rappela-t-elle tandis qu'il blottissait le visage contre son cou, provoquant un frisson délicieux en elle. Et puis, était-ce en lui qu'elle n'avait pas confiance, ou en Carla Rogers ?

Sans hésiter, la seconde réponse. Mais cela ne signifiait

pas que Valentin était totalement tiré d'affaire en ce qui la concernait. Il lui avait fait des promesses ce soir, mais elles seraient sans doute difficiles à tenir.

Malgré tout, elle décida de s'abandonner à l'homme qui la tenait dans ses bras. Le seul homme qui la fasse vibrer de désir. Le seul homme qu'elle ait jamais aimé.

Quand les mains de Valentin se promenèrent sur son dos, ses doigts jouant avec la fermeture Éclair de sa robe, elle murmura : « oui » contre son oreille avant de lui mordiller le lobe. Ce fut le seul encouragement dont il eut besoin pour la déshabiller. La sensation de ses mains chaudes et larges sur sa peau nue était à la fois tentante et exquise. D'un doigt, il dégrafa son soutien-gorge puis fit glisser les bretelles de sa robe sur ses épaules. Bientôt, Imogene se retrouva à moitié nue, le corps vibrant de désir. Le désir que Valentin prenne possession d'elle, qu'il la caresse, qu'il la savoure.

— Ferme ma porte à clé, lui enjoignit-elle.

Il se hâta d'obtempérer puis revint vers elle.

— Tu es si belle, Imogene…

Son regard parcourut chaque centimètre de sa peau exposée, ses mains effleurant son porte-jarretelles puis son slip de dentelle. La vague de désir qui l'envahit fut si intense qu'elle eut du mal à déglutir.

— J'ai envie de toi, Valentin, dit-elle d'une voix tremblante d'émotion. Fais-moi l'amour.

— Tes désirs sont des ordres.

Il la porta et l'emmena sur le canapé qu'ils n'avaient quitté que quelques minutes plus tôt. Il l'y allongea, puis se déshabilla avec une efficacité qui l'impressionna.

— Je n'aurais jamais cru que tu pouvais te dévêtir si vite, le taquina-t-elle.

Il sourit et se plaça au-dessus d'elle.

Il toucha ses seins, une caresse douce comme une plume. Elle frissonna, et ses tétons se durcirent sous ses doigts. Il explora le reste de son corps, ouvrant les attaches de son porte-jarretelles et faisant glisser ses bas le long de ses jambes. Lorsqu'il arriva à ses pieds, il les massa, faisant naître des picotements délicieux en elle. Puis il remonta doucement vers ses mollets, ses cuisses. Enfin, il lui retira son slip, et elle fut totalement offerte à son regard. Elle trembla d'anticipation quand il passa la langue sur le sommet de ses cuisses.

— Valentin, tu me rends fou.
— Tu veux que j'arrête ?
— Non, ne t'arrête pas. Surtout, ne t'arrête pas.

Elle l'entendit rire et releva la tête pour l'observer. Dans son regard azur devenu indigo, brillaient le désir, l'amour, et une pointe de malice. Elle aimait cet homme… Et elle aimait les sensations qu'il provoquait en elle.

— S'il te plaît, ne t'arrête pas, répéta-t-elle d'une voix à peine audible.

Sans la quitter des yeux, il approcha le visage de ses replis intimes, et elle haleta lorsqu'il lécha son bouton sensible.

— Comme ça ? demanda-t-il.
— Oui, comme ça, parvint-elle à répondre.
— Ou peut-être comme ça ? demanda-t-il avant de suçoter son clitoris.

Elle ferma les yeux et laissa retomber sa tête sur les coussins quand elle grimpa jusqu'aux cimes du plaisir et s'atomisa. Lorsque les spasmes de son orgasme diminuèrent, elle rouvrit les yeux et vit Valentin dérouler un préservatif sur lui. Après quelques secondes, elle sentit l'extrémité de son pénis se presser contre sa chair lisse et enflée. Elle releva ses jambes chancelantes et les enroula autour de lui, hissant les hanches pour qu'il puisse s'enfoncer en elle. Elle gémit de plaisir quand il s'inséra entre ses replis moites.

— Et comme ça, dit-elle en gémissant. Oui, comme ça.

Il l'embrassa, engouffrant la langue dans sa bouche tout en allant et venant en elle, d'abord lentement, puis de plus en plus vite.

— Je ne peux pas me retenir plus longtemps, gronda-t-il contre ses lèvres.

— Je ne veux pas que tu te retiennes, murmura-t-elle,

serrant ses épaules tandis qu'un second orgasme montait au creux de son ventre.

Un orgasme différent du précédent. Plus fort, plus profond.

Les coups de reins de Valentin se firent plus vigoureux, et il laissa échapper un cri quand tout son corps se tendit et pulsa, balayé par un orgasme puissant. Et tandis qu'il frissonnait entre ses bras, elle fut submergée par une vague de plaisir si intense, si forte, qu'elle sut qu'elle serait liée à Valentin pour toujours.

- 14 -

Ce soir, Valentin et Imogene devaient dîner avec Alice Horvath. Imogene redoutait un peu cette soirée. Valentin avait été très fâché d'avoir été manipulé par sa grand-mère pour qu'il se marie, mais Imogene devait l'admettre, même s'ils avaient connu des débuts chaotiques, ils étaient en train de régler leurs problèmes. Sans l'intervention d'Alice, jamais ils n'auraient donné une seconde chance à leur couple. Et plus Imogene passait de temps avec Valentin, plus elle avait la certitude qu'il était le seul homme fait pour elle. Elle aimerait simplement être sûre à cent pour cent qu'il partageait ses sentiments.

Il disait et faisait tout ce qu'il fallait. Elle savait qu'il avait discuté avec ses juristes et ses assistants en ressources humaines au sujet de Carla. Mais pour l'instant, autant qu'elle sache, cette femme faisait encore partie du quotidien de Valentin. Et Imogene n'avait aucune confiance en Carla. Avec un soupir de résignation, elle sortit du dressing, une robe dans chaque main.

— Laquelle ? demanda-t-elle à Valentin, les brandissant toutes les deux pour qu'il puisse la conseiller.

L'une était la robe mauve qu'elle avait portée lorsqu'elle avait retrouvé Valentin à son bureau et qu'ils y avaient fait l'amour, et l'autre, une tenue trouvée lors d'une récente et rare séance de shopping avec sa mère. Valentin désigna la nouvelle robe d'un signe de tête.

— La verte. J'aime la façon dont elle met tes yeux en valeur.

Elle rit.

— Tu ne l'as pas vue sur moi, alors comment sais-tu qu'elle met mes yeux en valeur ?

— Fais-moi confiance, je suis un homme. Je connais ces choses-là, affirma-t-il, et il lui donna un baiser. Au fait, je voulais te dire. Aujourd'hui, j'ai eu une réunion avec mon équipe de juristes, une représentante des ressources humaines, Carla et son avocat. Carla a accepté de substantielles indemnités de départ et quitte Horvath Pharmaceuticals dès à présent. J'ai pensé que tu aimerais le savoir.

L'émotion menaça de la submerger. Valentin avait accédé à sa demande. Il l'avait fait pour elle. Pour eux.

— Oh ! Valentin, je ne sais pas quoi dire !

— Un merci suffira. Peut-être ponctué par un baiser ? suggéra-t-il avec un petit sourire.

Elle lança les deux robes sur le lit puis se jeta au cou de Valentin et l'embrassa.

— Merci, dit-elle.

— Je suis désolé d'avoir mis autant de temps à agir. Maintenant, nous pouvons peut-être repartir de zéro, qu'en dis-tu ?

— J'en dis que ça me plairait ! s'enthousiasma-t-elle.

— Bien, alors finissons de nous préparer. S'il y a une chose que ma grand-mère ne supporte pas, c'est le manque de ponctualité.

Tandis qu'il se rendait dans la salle de bains, Imogene reprit les robes sur le lit, les plaquant tour à tour devant elle face à la psyché. Valentin avait raison, la robe vert canard apportait de la brillance à ses yeux. Ou peut-être était-ce l'effet que Valentin avait sur elle, songea-t-elle en rangeant la robe mauve dans le dressing. Deux semaines s'étaient écoulées depuis qu'il était venu la voir à son bureau. Deux semaines d'un mariage dont elle avait toujours rêvé. Deux semaines remplies d'espoir, d'amour et de projets d'avenir qu'elle avait cru ne jamais pouvoir réaliser. Maintenant que Carla était sortie de leur vie, ils avaient toutes les chances d'être heureux.

*
* *

Lorsqu'ils arrivèrent au restaurant de l'hôtel Waldorf, Alice était déjà installée à leur table. Tandis qu'ils approchaient, elle se leva, tendant la joue d'abord à son petit-fils puis à Imogene.

— Vous avez l'air heureux, tous les deux, observa-t-elle avec un sourire sincère.

— Nous le sommes, répondit Imogene tandis que Valentin aidait sa grand-mère à se rasseoir. Mais nous continuons à y travailler.

— Le mariage est toujours un travail en cours. Ça ne cesse jamais d'en être un, dit Alice sagement avant de reporter son attention sur Valentin. Tu as meilleure mine, mon garçon. Tu sembles moins tendu.

— Merci, grand-mère. Et tu es aussi belle que jamais.

Le compliment la fit rougir, mais Imogene remarqua qu'Alice ne semblait pas aussi en forme que trois mois plus tôt.

Ils abordèrent ensuite différents sujets et parlèrent notamment de Galen, le frère de Valentin.

— En tant que père, il se débrouille mieux que je ne l'aurais cru, admit Alice après avoir bu une gorgée du champagne qu'elle avait commandé. Ellie est une enfant charmante. Ses parents lui manquent, bien entendu, mais elle adore Galen. Elle a une angoisse cependant, c'est qu'il lui soit enlevé du jour au lendemain comme ses parents.

— C'est compréhensible, répondit Valentin. Personne n'aurait pu prédire qu'elle les perdrait tous les deux de cette façon.

— Oui, mais Galen prend cette peur au sérieux. Il m'a demandé de lui trouver une épouse. Une femme qui veut une famille déjà prête.

Valentin dévisagea sa grand-mère, l'air choqué.

— Une épouse ? Ah, non, pas pour Galen. Pas avec Match Made in Marriage en tout cas.

— Et pourquoi pas ? répliqua sa grand-mère.

Les joues d'Alice avaient rosi. Manifestement, elle était contrariée.

— Avec tout ce que Galen a à affronter, ce n'est pas le moment de lui ajouter des problèmes, plaida Valentin. Tu dois admettre que les deux mariages que tu as arrangés pour des membres de la famille n'ont pas très bien commencé.

Imogene savait qu'il faisait référence aux débuts mouvementés du mariage de son cousin Ilya avec sa rivale en affaire Yasmin Carter. Yasmin avait quitté son mari peu après la noce, mais tous deux avaient fini par résoudre leurs différends et avaient paru très amoureux au mariage d'Imogene et de Valentin. En tout cas, Valentin n'avait pas tort.

Imogene vit le visage d'Alice se durcir, sans doute comme quand elle dirigeait autrefois le groupe Horvath – une main de fer dans un gant de velours, d'après ce qu'Imogene avait entendu dire – et que personne n'osait la contredire.

Alice observa son petit-fils.

— Es-tu en train de dire que vous deux, vous traversez une crise ? demanda-t-elle.

Elle vit Valentin et Imogene échanger un regard.

— Ça n'a pas été sans heurts, répondit-il.

— Comme je l'ai dit, le mariage est un éternel travail en cours. Vous jetez l'éponge ?

— Non, pas du tout, s'empressa de la rassurer Valentin.

— Alors pourquoi Galen ne devrait-il pas trouver sa moitié lui aussi ? insista-t-elle.

Cela l'agaçait au plus haut point que Valentin ait le toupet de la contredire sur ce sujet.

La douleur un peu trop familière dans sa poitrine se réveilla. Elle n'avait pas le temps de s'en occuper maintenant, songea-t-elle, irritée. Et le fait que ce dîner ait mal commencé l'irritait tout autant.

— Je ne pense pas que Match Made in Marriage soit le bon moyen pour Galen de trouver le bonheur, argua Valentin.

— Eh bien, heureusement qu'il n'est pas de ton avis. J'ai déjà lancé les recherches dans notre base de données pour lui trouver la perle rare. À présent, concentrons-nous sur le but de cette soirée, dit-elle pour changer de sujet.

— Et quel est-il ? demanda Valentin.

— Célébrer la fin imminente de votre période d'essai, bien sûr. À moins que vous ne soyez venus ici ce soir pour m'annoncer que vous vous séparerez à cette date ?

Elle leur décocha son regard le plus hautain, les mettant au défi de nier qu'ils s'aimaient. Elle les avait observés dès leur arrivée dans le restaurant. Elle avait remarqué la façon dont Valentin, très prévenant, avait pris le manteau d'Imogene. La façon dont sa main s'était s'attardée sur l'épaule de son épouse. Et le grand sourire qu'Imogene avait offert à son mari qu'elle n'avait pas quitté des yeux. Ce n'était pas un couple au bord de la rupture, pour sûr.

— Bien sûr que non, madame Horvath, la rassura Imogene.

— Imogene, appelez-moi Alice ou Nagy. Nous sommes de la même famille à présent, dit-elle avec un sourire bienveillant. Donc, nous allons fêter la réussite de votre mariage, n'est-ce pas ?

À son grand soulagement, tous deux échangèrent un regard complice puis hochèrent la tête. La douleur dans sa poitrine s'apaisa un peu, ce qui lui permit de prendre une grande inspiration.

— Bien, dit-elle. Alors je propose un toast. À vous deux, à votre heureux mariage et, si je peux me permettre, à vos futurs enfants !

— Quel charmant tableau, commenta une voix ironique.

Alice arrêta son verre à mi-chemin de ses lèvres et observa la créature élancée qui venait de les interrompre. Elle était plutôt jolie, mais il y avait une dureté dans son visage qu'Alice trouvait rebutante. De plus, il émanait d'elle une énergie qui confinait à l'agitation. Quoi qu'il en soit, cette femme la mettait mal à l'aise. Alice reporta son attention sur ses invités pour savoir s'ils connaissaient cette personne. Imogene semblait sidérée, tandis que Valentin avait l'air furieux.

— Je ne crois pas vous avoir déjà rencontrée, dit-elle à l'inconnue. Je suis Alice Horvath, et vous êtes ?

— Carla Rogers. Demandez à Valentin, il me connaît. Il me connaît même très bien.

— Carla, je te prie de t'en aller, dit Valentin d'un ton sévère. C'est un dîner familial privé. Nous nous sommes dit tout ce que nous avions à nous dire pendant la réunion aujourd'hui.

— Toi, peut-être. Mais il y a un petit détail dont je souhaite informer ta femme.

Puis, posant la main sur son ventre, elle s'adressa à Imogene.

— S'il vous plaît, faites le bon choix. Cet enfant mérite de connaître son père.

La douleur dans la poitrine d'Alice se décupla lorsque les mots de cette horrible femme s'enregistrèrent dans son esprit. Valentin avait fait un enfant ? Avec cette créature ?

Imogene se leva si vivement que sa chaise se renversa.

— Non ! s'exclama-t-elle d'une voix tremblante d'horreur et d'émotion.

Elle se tourna vivement vers Valentin qui semblait tout aussi abasourdi qu'elle.

— Elle est enceinte ? De toi ? C'est comme ça que tu règles les problèmes ? Je t'ai cru quand tu as dit que c'était fini entre vous. C'est le coup de grâce. Je ne peux pas rester mariée à un menteur !

— C'est elle qui ment, Imogene. Je t'ai dit la vérité.

Il se leva et tendit le bras vers elle, mais elle s'écarta.

Alice se leva à son tour sur des jambes tremblantes. La pression dans sa poitrine augmentait, et elle avait de plus en plus de mal à respirer.

— Imogene, je vous en prie, attendez.

Elle rattrapa la jeune femme par le bras, arrêtant sa fuite. Puis elle s'adressa à l'intruse.

— Quant à vous, mademoiselle Rogers, partez immédiatement. Vous n'êtes pas la bienvenue ici.

Ce fut tout ce qu'elle parvint à dire avant que la douleur ne la terrasse. Elle n'arriva plus à respirer, et les visages devant elle se brouillèrent.

Puis elle perdit connaissance.

Imogene fit de son mieux pour rattraper Alice quand celle-ci s'effondra, mais elle ne put que ralentir sa chute. Elle entendit Valentin s'écrier :

— Nagy !

Il se précipita vers Alice. Imogene resta figée, consciente que la grand-mère adorée de son mari était peut-être en train de mourir d'une crise cardiaque devant lui. Valentin leva les yeux vers Carla qui observait la scène, l'air étrangement calme.

— Carla, j'ai besoin de ton aide, dit-il. Je vais faire un massage cardiaque pendant que tu lui fais du bouche-à-bouche.

Sans attendre, il étendit Alice sur le sol du restaurant et vérifia son pouls. Puis il commença le massage et chercha Carla du regard. C'était logique, se dit Imogene. Carla était médecin, après tout. Ils avaient travaillé ensemble comme urgentistes en Afrique. Ils avaient l'habitude de ce genre de situations.

Contre toute attente, Carla leur tourna le dos et se dirigea vers la sortie. Imogene la rattrapa.

— Aidez-le ! lui intima-t-elle. Il a besoin de vous.

— Il n'a pas besoin de moi. C'est vous qu'il a choisie, répliqua-t-elle d'un ton amer.

Et elle continua à marcher.

— Vous êtes médecin. Vous ne pouvez pas partir comme ça ! s'indigna Imogene.

Carla la regarda par-dessus son épaule.

— Vous croyez ? répondit-elle froidement, et elle sortit du restaurant.

Imogene retourna vers Valentin qui continuait les compressions sur la poitrine frêle d'Alice pour faire repartir son cœur. Ce n'était pas le moment d'hésiter, se dit-elle. Elle écarta les gens qui s'étaient rassemblés autour d'Alice et s'agenouilla sur le sol face à Valentin.

— J'ai suivi une formation en premier secours, mais je n'ai pratiqué que sur un mannequin, dit-elle d'une voix légèrement tremblante. Dis-moi exactement ce que je dois faire.

Sans changer le rythme de son massage cardiaque, il donna à Imogene des instructions précises.

— Où est Carla ? demanda-t-il. Je lui ai demandé de m'aider.

— Elle a quitté le restaurant, dit Imogene entre deux insufflations. Ce n'est pas grave. Tu n'as pas besoin d'elle.

Imogene étouffa le sentiment instinctif d'être un second choix dans la vie de son époux. Carla portait peut-être son enfant, mais elle n'était pas là au moment où il avait le plus besoin d'elle.

Ils travaillèrent en tandem jusqu'à l'arrivée de l'ambulance. Valentin communiqua les informations médicales aux secouristes et resta en retrait pendant qu'ils prenaient le relais, armés d'un défibrillateur. Il ne se détendit que lorsqu'il entendit les mots magiques : « On a un pouls. »

Imogene resta auprès de Valentin. Malgré tout ce qui s'était passé, elle voulait le réconforter.

— Elle va s'en sortir, Valentin.

— Je ne peux pas la perdre. Pas à cause de ça, dit-il d'une voix brisée pendant que les ambulanciers transportaient Alice sur une civière.

— Tu ne la perdras pas. Vas-y. Va avec elle.

Il hésita et serra les mains d'Imogene, le regard enfiévré.

— Imogene, Carla mentait. Elle ne porte pas mon bébé. C'est impossible. Je te le jure.

— Ça n'a pas d'importance pour l'instant.

— Si, il faut que tu me croies. S'il te plaît, dis-moi que

tu m'attendras, que tu ne feras rien de précipité tant que nous n'aurons pas eu une vraie discussion.

— Je n'irai nulle part. Pour l'instant.

— Monsieur, vous venez avec nous dans l'ambulance ? demanda l'un des secouristes.

— Oui, je vais accompagner ma grand-mère. Je suis médecin.

Il se retourna vers Imogene.

— S'il te plaît, attends-moi, répéta-t-il avant de déposer un baiser empressé sur ses lèvres.

Puis il sortit pour rejoindre l'ambulance.

Imogene resta là, sans prêter attention aux gens qui se massaient autour d'elle pour lui demander si elle allait bien. Enfin, elle s'assit sur une chaise vide près de leur table, et se mit à trembler quand la réalité de la situation la rattrapa. L'arrivée de Carla. Sa déclaration choquante. Le malaise cardiaque d'Alice. Les gestes de premiers secours que Valentin et elle avaient prodigués… Tant d'émotions en quelques minutes.

— Madame, voulez-vous que nous appelions un taxi pour vous reconduire chez vous ? lui demanda le directeur du restaurant. Ou peut-être à l'hôpital ?

— Je… je ne sais pas où ils l'emmènent, pour être franche. Mais vous pouvez appeler mon chauffeur à ce numéro.

Elle fouilla dans son sac et en sortit une carte qu'elle donna au directeur.

— Voulez-vous attendre en bas dans le hall de l'hôtel ? suggéra-t-il. Ce sera un peu plus calme qu'ici. Je peux demander à quelqu'un de rester avec vous jusqu'à l'arrivée de votre voiture.

— Ce ne sera pas nécessaire. Appelez simplement mon chauffeur.

Imogene le remercia et le suivit. Pendant qu'il téléphonait à Anton, elle récupéra son manteau au vestiaire puis se dirigea vers le hall. Parce qu'elle avait besoin de respirer mais aussi d'échapper à la chaleur et au bruit des conversations, elle passa les portes automatiques de l'hôtel.

Une fois dehors, elle remarqua un mouvement sur le côté et étouffa un grondement incrédule lorsque Carla apparut.

— Vous n'en avez pas assez fait ? lança-t-elle à la jeune femme.

— Vous êtes mal placée pour me donner des leçons, riposta Carla. Votre mariage n'est qu'une mascarade. Valentin m'aime. Il m'a toujours aimée et il m'aimera toujours. Nous serions encore ensemble si vous n'étiez pas revenue dans sa vie. Vous n'imaginez pas tous les efforts que j'ai dû fournir pour le récupérer. Tous les trésors de patience que j'ai dû déployer.

— Si vous avez dû faire tant d'efforts, cela ne montre-t-il pas que vos sentiments pour lui ne sont pas réciproques ?

— Je me fiche de ce que vous pensez. Il m'aime. Je sais qu'il m'aime. Et maintenant que je porte son bébé, il est temps que vous vous effaciez et que vous le quittiez, pour de bon cette fois.

Imogene observa Carla et remarqua la brillance inhabituelle de son regard. Sa rivale n'était pas dans son état normal. Ce n'était pas le médecin calme, froid et imperturbable qu'Imogene avait rencontré en Afrique, et encore moins la collaboratrice intelligente et douée que Valentin lui avait décrite. Perdre son poste chez Horvath Pharmaceuticals avait peut-être provoqué un déséquilibre mental chez elle.

Bien qu'Imogene ne porte pas Carla dans son cœur, cette femme était enceinte, sans manteau malgré le froid, et apparemment, sans personne pour la raccompagner. Elle avait besoin d'aide, à l'évidence. Mettant de côté sa colère, son amertume et sa méfiance, Imogene déclara :

— Je peux vous trouver de l'aide, Carla. Je pense vraiment que vous en avez besoin. Mais d'abord, laissez-moi vous raccompagner chez vous.

— Pourquoi ? rétorqua Carla, regardant Imogene comme si c'était elle qui avait perdu l'esprit. J'ai couché avec votre mari. Je fais tout ce que je peux pour briser votre mariage cette fois encore. Pourquoi voudriez-vous être aimable avec moi ?

Imogene vit la voiture approcher du trottoir.

— Parce que vous avez besoin d'aide, et parce que je ne suis plus sûre de vous croire maintenant. Laissez-moi vous déposer chez vous.

À sa grande surprise, Carla fondit en larmes. Le portier s'avança vers elles, l'air inquiet, mais Imogene lui fit signe de rester en retrait.

— Venez, Carla. Mon chauffeur est arrivé.

Posant un bras sur sa taille, Imogene la guida vers la voiture. Une fois qu'elles furent installées, Imogene annonça :

— Un petit détour aujourd'hui, Anton. Nous allons d'abord raccompagner Mlle Rogers.

— Et M. Horvath ? demanda le chauffeur.

— Il y a eu un souci avec sa grand-mère. Il l'a accompagnée à l'hôpital.

Anton présenta ses regrets puis démarra.

— Carla, donnez votre adresse à Anton.

— Ce n'est pas la peine, madame Horvath. Je la connais déjà, répondit Anton poliment.

Imogene se raidit, sous le choc. Elle eut du mal à respirer tandis que les questions se bousculaient dans sa tête. Cela voulait-il dire que Valentin avait fréquemment raccompagné Carla chez elle ? Que chaque mot qu'il avait prononcé avait été un mensonge ? Qu'il ne voulait pas ou ne pouvait pas accepter que Carla sorte de sa vie ? Qu'il était comme le père d'Imogene, finalement ?

Elle tenta de ravaler la douleur qui menaçait de l'étouffer et les larmes qui lui piquaient les yeux. Non, elle ne pleurerait pas devant cette femme. Certes, elle avait décidé de l'aider, mais il était hors de question qu'elle montre la moindre faiblesse devant elle.

À l'autre bout de la banquette, Carla était blottie contre la portière. Ses sanglots s'étaient espacés à présent et, dans l'habitacle sombre, elle finit par relever la tête et regarda Imogene.

— Je suis désolée, dit-elle d'une voix brisée.

— Vraiment ? demanda Imogene sur un ton qu'elle espérait neutre. Pour quoi exactement ?

— Pour tout. L'Afrique. Ici. Cette soirée.

Imogene garda le silence, espérant que cela pousserait Carla à développer. Malgré l'obscurité, elle vit la mine défaite de la jeune femme après sa crise de larmes. Elle sortit de son sac un paquet de mouchoirs qu'elle lui donna. Carla l'accepta et murmura un petit merci. Après s'être essuyé le visage, elle se redressa sur son siège.

— Je ne suis pas enceinte, dit-elle à brûle-pourpoint.

Imogene sentit une vague de soulagement déferler sur elle. Elle avait commencé à soupçonner Carla d'avoir tout inventé, dans un dernier effort pour se débarrasser d'elle. Néanmoins, il y avait encore le problème des visites de Valentin à Carla.

— Et j'ai menti quand j'ai dit que Valentin était mon amant, ce jour-là en Afrique, poursuivit Carla. J'avais amené l'un des nouveaux médecins chez vous. Je savais que vous alliez rentrer à un moment ou à un autre et je voulais vous piéger.

— Qu'attendez-vous que je dise ? lâcha Imogene, sa colère se réveillant.

Carla avait manipulé tout le monde : Imogene, Valentin, et l'amant innocent qui se douchait quand Imogene était arrivée ce jour-là.

— Je ne sais pas. J'espère qu'un jour, vous pourrez me pardonner.

— J'ignore si j'en suis capable, déclara Imogene entre ses dents.

Toutes ces années perdues. Toutes ces souffrances. À cause d'un seul mensonge.

— Je comprends. Je ne me pardonnerais pas si j'étais à votre place.

Carla s'agita sur son siège et tira sur sa ceinture de sécurité.

— Valentin est le seul homme qui ait jamais rompu avec moi. Alors je voulais absolument le reconquérir. Bien sûr, il y a eu d'autres hommes après lui, mais aucun qui lui arrive à la cheville. Il a toujours été mon but.

— Vous parlez de lui comme s'il n'avait pas son mot à dire. Comme s'il était un objet à acquérir, et non une personne de chair et sang à aimer.

Carla détourna le regard puis demanda :

— Vous l'aimez, n'est-ce pas ?

Sans attendre de réponse, elle continua :

— Il n'a jamais cessé de vous aimer, vous savez. Pendant toutes ces années, il a constamment repoussé mes avances, et celles de toutes les autres femmes qui ont tenté de le séduire. Vous avez toujours été la seule qui compte pour lui. Ça m'a rendue folle de rage. Je ne suis pas très bonne perdante, comme vous l'avez sans doute compris. J'espère que vous me croirez quand je dis que je suis vraiment désolée, pour vous deux.

Imogene laissa les mots de Carla se déverser sur elle et pénétrer lentement le mur de glace dans lequel elle était figée. Elle remarqua qu'Anton s'était arrêté le long du trottoir devant un bâtiment de Greenwich Village.

— Je ne vous ferai plus d'ennuis, conclut Carla. Merci de m'avoir raccompagnée.

Avant même qu'Imogene puisse répondre, Carla sortit et referma la portière. Une fois qu'elle eut disparu de son champ de vision, Imogene rencontra le regard d'Anton dans le rétroviseur.

— Vous pensez qu'elle va s'en sortir ? demanda-t-elle.

— Oui, c'est une femme forte. Et puisque je n'ai pas pu m'empêcher d'écouter la conversation, j'aimerais préciser une chose. M. Horvath n'a jamais accompagné Mlle Rogers à son appartement.

— Je le sais, dit Imogene.

À présent, tout ce qu'elle avait à faire, c'était discuter de tout cela avec son mari.

- 15 -

Lorsque Imogene entra dans leur appartement, elle fut frappée par le sentiment de vide qui s'en dégageait. Ces dernières semaines, Valentin l'avait accueillie chaque soir à son arrivée. Aujourd'hui, bien entendu, il était à l'hôpital, et sans doute très inquiet pour Alice. Elle vérifia sur son téléphone les appels et les messages. Rien. Ce qui était plutôt rassurant, non ? se dit-elle tout en retirant son manteau. Son estomac gronda. Au restaurant, ils n'avaient même pas eu le temps de passer commande, encore moins de manger. Pourtant, même si elle avait faim, elle ne pensait pas être capable d'avaler quoi que ce soit.

Elle alla dans la chambre, ôta ses chaussures et s'assit sur le lit pour réfléchir. Après le soudain revirement et les excuses de Carla, elle avait l'esprit en ébullition. Elle avait envie de se repasser tout le film de ces sept dernières années. D'examiner chaque étape de sa relation avec Valentin, et de déterminer à quel moment elle s'était laissé duper.

L'échec de son mariage était-il entièrement dû aux manipulations de Carla, ou Imogene avait-elle été une victime toute trouvée à cause de ses propres préjugés ? Elle le reconnaissait à présent, elle s'était laissé porter par le tourbillon de la passion, néanmoins, elle avait retenu une partie d'elle-même durant toute sa relation avec Valentin. Oui, elle avait été folle amoureuse de lui. Mais lui avait-elle tout donné d'elle ? Non. Si elle l'avait fait, se serait-elle sentie plus en sécurité ?

Elle se leva et se rendit dans la chambre qu'ils avaient

transformée en petit salon. Plus confortable que le grand salon et un peu plus accueillant que la bibliothèque, il contenait des fauteuils moelleux et des étagères pleines de bibelots, de livres et de DVD. Dès qu'elle entra dans la pièce, Imogene fila droit vers les étagères contenant les vieux albums photo de Valentin. Elle l'avait souvent taquiné à ce sujet, soulignant que, à l'ère du numérique, les albums de papier étaient archaïques. Mais il était resté fidèle à ses valeurs traditionnelles, lui faisant redécouvrir le plaisir de feuilleter des albums et de revivre ainsi les moments marquants du passé.

Sachant exactement quel album elle cherchait, elle le sortit de la pile. La date sur la tranche remontait à sept ans, et le titre était simple : *L'Afrique*.

Lorsqu'elle ouvrit l'album, elle fut aussitôt replongée dans le pays d'Afrique centrale où Valentin et elle avaient été volontaires. Elle se rappela la chaleur, les odeurs, les bruits, les gens. Elle était allée là-bas pour une courte mission : un remplacement d'une autre enseignante qui avait dû rentrer en urgence aux États-Unis. Mais ensuite, elle avait envisagé de prolonger son séjour pour attendre la fin du contrat de Valentin. Seulement, il y avait eu Carla.

Imogene sentit ses yeux s'embuer et refoula ses larmes inopinées avant de tourner la page. Elle eut un sursaut de surprise en découvrant les clichés, et son regard s'arrêta sur une version plus jeune et plus heureuse d'elle-même. Derrière l'objectif, Valentin avait fixé une image d'elle en train de rire pendant qu'elle essayait de boire dans une calebasse pour la première – et dernière – fois. L'expression dans son propre regard la frappa, lui rappelant à quel point elle aimait Valentin à l'époque.

Mais ce n'était rien comparé à ce qu'elle ressentait maintenant. Ses sentiments étaient bien plus forts. Noyés par sa peur de souffrir à nouveau, mais plus profonds malgré tout. Elle observa encore quelques secondes la jeune version d'elle-même puis tourna la page, découvrant cette fois une photo de Valentin et elle. Ils ne regardaient pas l'objectif, n'ayant d'yeux que pour l'autre. Valentin avait été son premier amour et, elle s'en rendait compte à présent, son seul véritable amour. Et il le demeurerait. Mais le lui avait-elle dit ? Le lui avait-elle montré ? Non, elle ne s'était jamais autorisée à l'aimer aussi pleinement qu'il le méritait.

Pendant tout leur premier mariage, elle l'avait observé, attendant qu'il montre des similarités avec le comportement de son père. Qu'il s'éloigne d'elle et courtise d'autres femmes tout en donnant l'image d'un couple heureux. Elle avait grandement facilité la tâche de Carla, elle le comprenait à présent. Elle avait été la femme de Valentin, elle avait promis de l'aimer et de lui faire confiance mais, en réalité, elle n'avait jamais vraiment eu foi en lui. Au contraire, elle avait attendu qu'il montre ses faiblesses, incapable de croire qu'il pouvait l'aimer comme elle avait désespérément voulu être aimée. Elle avait attendu qu'il soit un homme semblable à son père. Charmant, oui. Dévoué à son travail, sûrement. Dévoué à sa famille ? Seulement quand cela l'arrangeait. Elle n'avait pas voulu cela, mais en se concentrant sur ses peurs, c'était exactement ce qu'elle avait obtenu.

Au lieu de chercher les différences entre Valentin et son père, elle n'avait cherché que les similitudes, et quand elle avait cru les avoir trouvées, sa confiance en lui avait été fortement ébranlée. Elle avait cessé de croire que leur amour était éternel, que leur mariage était parfait.

Tournant les pages de l'album plus rapidement, elle remarqua les changements en elle. Dans son expression, dans sa posture. Sa nature extravertie avait été lentement étouffée par sa propre paranoïa.

Elle referma doucement l'album et le remit dans la pile. À présent, elle savait ce qu'elle devait faire. Aller soutenir Valentin à l'hôpital, comme une épouse digne de ce nom. Elle devait le réconforter, lui faire oublier un peu l'inquiétude qu'il éprouvait sans doute pour sa grand-mère. Et ensuite, quand il serait prêt, elle lui dirait à quel point elle l'aimait.

※
※ ※

Valentin s'enfonça dans le fauteuil inconfortable de la salle d'attente pendant qu'une équipe de cardiologie mettait tout en œuvre pour stabiliser sa grand-mère, derrière le rideau d'un box des urgences. Tous les mots durs qu'il avait lancés à son aïeule le hantaient à présent, et il regrettait de les avoir prononcés. Trois mois plus tôt, il avait été furieux contre elle, alors qu'elle avait seulement voulu faire son bonheur. Il aurait dû lui faire davantage confiance. Les problèmes qu'Imogene et lui affrontaient étaient de leur fait, pas de celui de Nagy, et c'était à eux de les résoudre.

À condition qu'Imogene soit d'accord. Après le désastre de ce soir, rien n'était moins sûr, songea-t-il tristement.

Il savait que Carla avait menti, mais il n'oublierait jamais la douleur brute, le choc et la vulnérabilité sur le visage d'Imogene. Cela le rongeait qu'elle ait été dévastée une fois de plus, de surcroît à cause d'une femme qu'il aurait pu chasser de sa vie bien plus tôt s'il n'avait pas été si aveugle. Mais surtout il était déçu : malgré ce qu'Imogene et lui avaient reconstruit ces quinze derniers jours, et même ces trois derniers mois, elle avait cru immédiatement les mensonges de Carla.

La réaction d'Imogene n'était pas si surprenante, se raisonna-t-il. Le père d'Imogene était un mufle de première classe, et s'il était le seul exemple qu'elle ait eu dans sa vie, il n'était pas étonnant qu'elle ait cru Carla sur parole. Ce qui signifiait que pour que leur mariage fonctionne, Valentin devrait redoubler d'efforts.

Il ferma les yeux et appuya la tête contre le mur, le corps tendu de frustration. Il aurait aimé être de l'autre côté de ce rideau pour aider les médecins à sauver sa grand-mère. Pour être présent, à tout le moins. La pratique de la médecine lui manquait, et ce n'était pas la première fois qu'il se faisait cette réflexion. Bien que son activité actuelle soit utile et gratifiante, le fait d'être au cœur du danger, de sauver des vies, lui manquait. Mais son travail de médecin avait eu des conséquences néfastes. Sur lui et sur son mariage. Il n'avait vu les fissures dans son couple que bien trop tard.

Et maintenant ? Était-il trop tard ? Imogene le laisserait-elle revenir un jour dans son cœur, dans sa vie ?

Lorsqu'il sentit une main douce sur son épaule et détecta le parfum d'Imogene parmi les multiples odeurs autour de lui, il ouvrit les yeux.

— Valentin, ta grand-mère va bien ?

— Je ne sais pas encore, dit-il, posant la main sur la sienne.

Imogene était là, à côté de lui, et il était bien décidé à la retenir, cette fois.

Ils restèrent assis là, silencieux, durant des minutes qui lui semblèrent des heures. Malgré les non-dits entre eux, Valentin était réconforté par la présence d'Imogene, par le fait qu'elle soit venue ici, pour lui. Il ne prendrait plus jamais sa femme pour acquise comme il l'avait fait sept ans plus tôt. À l'époque, il avait cru que dans un mariage, il suffisait de se laisser porter par le courant. Il n'avait pas songé aux rochers contre lesquels on pouvait s'abîmer.

Avec le recul, il comprenait pourquoi il avait eu une vision si naïve de la vie conjugale. En tant qu'enfant précoce son but principal dans l'existence avait été d'étancher sa soif d'apprendre, d'être le meilleur. Quand les gens de son âge fréquentaient les bals du lycée, il étudiait déjà la médecine. Quand ils étaient entrés à l'université, il faisait son internat et devait affronter l'incrédulité et la méfiance des patients qui le trouvaient bien trop jeune pour être médecin. Alors il avait travaillé plus dur et enchaîné les heures. C'était aussi ce qu'il avait fait quand Imogene l'avait quitté, après l'avoir accusé à tort de l'avoir trompée.

Elle serra sa main.

— Valentin ? On te demande, dit-elle.

La peur le saisit lorsqu'il vit la cardiologue se diriger vers lui.

— Docteur Horvath ?

— Oui, c'est moi, dit-il en se levant.

— Nous avons réussi à stabiliser votre grand-mère et nous allons la transférer en soins intensifs. Nous procéderons à d'autres examens demain matin, mais elle a besoin d'une opération, le plus tôt possible. Nous en parlerons avec elle dans la matinée. Nous espérons trouver un créneau demain en fin de journée. Je suis sûre que vous comprenez l'urgence de la situation.

— Oui, je comprends. Merci. Puis-je la voir maintenant ?

— Oui, mais quelques minutes seulement. Elle est très fatiguée, ce qui est bien normal.

Valentin hésita. Il avait peur qu'Imogene s'en aille s'il allait au chevet de sa grand-mère. Et s'il ne rejoignait pas sa grand-mère maintenant, il craignait que la dernière image qu'il ait d'elle soit celle de son arrivée à l'hôpital sur une civière.

— Vas-y, lui enjoignit Imogene. Je t'attendrai.

Soulagé, il eut envie de l'embrasser. Mais après ce qui s'était passé au restaurant, et avec toutes les questions non résolues entre eux, il décida de s'abstenir.

— Docteur Horvath ? insista le médecin.

— Oui, j'arrive.

Après un dernier regard à Imogene qui lui fit un signe de tête encourageant, il passa derrière le rideau du box. En tant que traumatologue, il était habitué à voir des patients reliés à des moniteurs de surveillance, avec des tubes dans tout le corps. Pourtant, voir sa grand-mère dans cet état lui fit un choc. Il avait l'impression d'avoir laissé toute son expérience médicale de l'autre côté du rideau, et qu'il n'était plus que le petit-fils inquiet de sa grand-mère malade. Il se précipita vers elle et lui prit la main, vérifiant aussitôt son pouls. Faible et irrégulier, mais bien là. Il observa le visage ridé d'Alice, espérant de tout cœur qu'elle se rétablirait.

Sa grand-mère avait surmonté bien des épreuves. Elle avait fui la Hongrie avec ses parents avant le début de la Seconde Guerre mondiale pour s'installer dans un pays nouveau et étranger. Elle avait soutenu son mari, Eduard, pendant qu'il fondait Horvath Aviation qui deviendrait ensuite la Horvath Corporation. Un mari mort trop tôt d'une crise cardiaque. Comme deux de leurs fils peu après, à cause de la même malformation congénitale – le père de Valentin étant l'un d'eux. Durant toutes ces épreuves, elle avait fait tout son possible pour que sa famille reste unie. Une famille qui lui devait beaucoup. Tous ses membres se réuniraient autour d'elle pour la soutenir maintenant que c'était elle qui avait besoin d'eux. Si elle tenait bon.

Elle ouvrit les yeux.

— Valentin ?

— Tu es à l'hôpital, Nagy. Tu as eu une crise cardiaque.

— Stupides cachets… n'ont pas marché, grommela-t-elle sous son masque à oxygène.

Des cachets pour le cœur ? Depuis combien de temps prenait-elle un traitement ? Quelqu'un dans la famille était au courant ? Non, sans doute. Nagy était fière et indépendante. Deux traits de caractère dont il avait hérité.

— Nous allons te remettre sur pied, rassure-toi.

— Imogene ?

Il y avait une note de nervosité dans sa voix. La dernière chose dont elle avait besoin était de s'inquiéter pour Imogene et lui.

— Elle est dans la salle d'attente. Ne t'inquiète pas, elle et moi résoudrons nos problèmes.

— Quelque chose à vous dire, murmura-t-elle faiblement. Important.

Des aides-soignants arrivèrent pour l'emmener en unité de soins intensifs.

— Plus tard, Nagy. On va t'installer dans une chambre maintenant. Nous en reparlerons, d'accord ? Je te le promets.

Elle ferma les yeux, et Valentin s'écarta pour laisser l'équipe de soignants la préparer et l'emmener vers l'ascenseur.

— Excusez-moi, monsieur, dit une infirmière en s'affairant près de lui. Nous devons préparer le box pour notre prochain patient.

— Bien sûr, excusez-moi, dit-il.

Et il retourna vers la salle d'attente. Pour retrouver Imogene.

Serait-elle encore là ?

Il fut soulagé quand il vit son beau visage se tourner vers lui. Elle se leva et alla à sa rencontre. Était-ce bon signe pour leur avenir ? Il l'espérait de tout cœur.

- 16 -

Lorsqu'ils retournèrent à l'appartement, Imogene eut l'impression que cela faisait des jours qu'ils l'avaient quitté, et non quelques heures. Et si elle-même avait ce sentiment, que devait ressentir Valentin ?

— Tu aimerais manger quelque chose ? demanda-t-elle en se dirigeant vers la cuisine. Dion a sûrement laissé une de ses délicieuses créations dans le réfrigérateur, si tu as faim.

— Un sandwich, cela m'irait, dit-il en lui emboîtant le pas. Je vais t'aider.

Malgré leur familiarité et leur proximité physique, Imogene avait l'impression qu'un gouffre béant les séparait. Il fallait vraiment qu'ils aient une discussion sérieuse. Elle devait lui dire qu'elle était prête à reconnaître ses torts. Elle avait enfin compris qu'elle était en grande partie responsable de leur première séparation, mais aussi des difficultés qu'ils avaient dû affronter depuis.

— Si nous allions manger dans le petit salon ? proposa-t-elle, découpant les tranches de pain en diagonale.

— Bonne idée.

Il déposa leurs assiettes sur un plateau qu'il transporta jusqu'au petit salon.

Ils s'assirent côte à côte sur le grand canapé et se mirent à manger dans un silence tendu.

— Alors, ils…

— Imogene, je…

Ils avaient parlé en même temps, et tous deux eurent un petit rire gêné.

— Toi d'abord, dit-il.

— Je voulais juste te demander des nouvelles d'Alice. Elle sera opérée demain ?

— Elle passera d'abord une angiographie, j'imagine, pour que les médecins puissent confirmer le diagnostic. Ensuite, oui, il faudra une opération.

— Elle est forte, Valentin. Elle tiendra le coup.

— Cela dépendra de l'état de son muscle cardiaque mais, oui, elle est forte. Cela me fait penser que je dois prévenir ma famille de ce qui est arrivé. Je sais que nous devons avoir une bonne discussion toi et moi, mais d'abord il faut que je passe des coups de fil.

— Bien sûr, je comprends.

Il parcourut l'écran de son téléphone. Il téléphona en premier à Ilya, son cousin le plus âgé, puis à son frère, Galen. Tous deux acceptèrent de prévenir les autres membres de la famille, la plupart vivant sur la côte Ouest. Valentin posa son téléphone sur la table basse et s'adossa au canapé.

— Eh bien, je dois dire que ça s'est mieux passé que je ne l'aurais cru, commenta-t-il.

— C'est une bonne chose que tu puisses compter sur eux. Les membres d'une même famille devraient toujours se soutenir.

— C'est vrai, mais tu n'as pas connu cela, n'est-ce pas ?

Manifestement, il saisissait l'occasion de diriger la conversation vers le sujet qu'ils avaient prudemment évité jusqu'ici.

— Non, en effet. Je l'avoue, avant ce soir, je n'avais pas mesuré à quel point cela avait altéré ma perception des choses. Des gens. Y compris de toi.

— Tu as envie de m'expliquer ?

Elle ramena une jambe sous elle et se tourna vers lui.

— Je dois t'expliquer. Tu as vu comment était ma famille. Des satellites isolés qui tournent les uns autour des autres. Qui vivent de temps en temps la même vie dans la même pièce, mais ce n'est pas une vie, justement. Pas pour moi, en tout cas. Si j'étais davantage comme eux, peut-être que je pourrais supporter ce fonctionnement. Mais…

— Mais tu n'es pas du tout comme eux. Tu as trop de cœur. Et j'étais trop stupide pour m'en rendre compte. Imogene, il faut que tu me croies, je n'ai jamais eu de liaison cachée avec Carla pendant notre mariage, ni pendant nos années de séparation. Je ne t'ai pas trompée en Afrique et je ne t'ai pas trompée ici. En fait, depuis toi, il n'y a eu personne d'autre. Ce qui était très inconfortable par moments, dit-il, tentant de faire de l'humour.

En un regard, elle sut qu'il disait la vérité. Valentin était un homme fier, passionné, dévoué. Un homme d'honneur, qui n'avait rien à voir avec le père d'Imogene. Pourquoi avait-elle eu tant de mal à le voir ?

— C'est la même chose pour moi, dit-elle. Je ne pouvais pas supporter l'idée que quelqu'un d'autre me touche. Je savais que je devais me remettre sur le marché tôt ou tard. J'étais prête à faire des efforts. Je pensais que, en passant par Match Made in Marriage, je serais mise en couple avec quelqu'un de si compatible que le sexe serait une progression naturelle.

— Et ça l'a été, souligna-t-il d'un ton placide.

— Oui, en effet. Ça l'est. Je sais que tu ne m'as pas trompée. Je suis désolée d'avoir pu te croire capable de piétiner les vœux que nous avons échangés. C'est facile de rejeter la faute sur mes parents mais, dans cette histoire, c'est moi, la fautive. Plutôt que de voir la vérité devant mes yeux, j'ai cherché les ennuis. Carla, apparemment, était ravie de me les fournir.

— Et moi, je regrette de ne pas t'avoir écoutée à l'époque. Vraiment écoutée. De ne pas avoir compris ce qu'elle provoquait chez toi.

— Ce que je l'ai laissée provoquer chez moi, rectifia-t-elle. Je lui ai laissé le pouvoir sur moi en Afrique. Et elle en a profité au maximum. Tu savais que tu étais le seul homme à l'avoir quittée ? C'est en partie pourquoi elle était si obsédée par toi.

— Nous avons eu une brève histoire, mais comme je te l'ai dit, ça s'est vite terminé. Du moins, pour moi. Je ne l'avais pas compris à l'époque mais, apparemment, elle n'a jamais pensé que notre rupture était définitive. Elle croyait que notre liaison était en suspens, et qu'elle reprendrait plus tard.

Imogene hocha la tête d'un air compréhensif.

— Je n'en suis pas revenue quand elle s'est montrée ce soir, d'autant que tu m'avais dit l'avoir licenciée. Mais je suis vraiment désolée de l'avoir crue quand elle a prétendu être enceinte de toi. J'ai juste…

Sa voix se brisa, et il lui fallut quelques instants pour se ressaisir.

— Je me suis sentie tellement trahie… Je veux des enfants, avec toi, de tout mon cœur. Alors, quand elle a lancé qu'elle portait ton bébé… Ça m'a anéantie. Je ne me mettrai jamais entre un père et son enfant comme les maîtresses de mon père l'ont fait. Je t'aurais quitté rien que pour cette raison, pour que tu puisses fonder une famille avec elle et avec ton bébé.

Elle avait la gorge nouée par l'émotion, au point qu'elle n'arrivait plus à parler. Les larmes se mirent à rouler sur ses joues, et elle les essuya furieusement. Elle ne voulait pas être le genre de femme qui se servait des larmes comme d'un moyen de manipulation. Elle devait être forte, pour elle-même et pour Valentin. Sa méfiance envers lui était un sérieux problème. Un problème qu'elle devait surmonter. Si elle n'y parvenait pas, alors quel espoir leur restait-il ?

— Et c'est en partie ce qui te rend si exceptionnelle, Genie, dit-il, l'attirant entre ses bras. C'est l'une des raisons pour lesquelles je t'aime tant. Tu es tout pour moi. Tu le savais ? Depuis le jour de notre rencontre, tu n'as jamais été loin de mes pensées. Je l'admets : je n'étais pas un très bon époux pendant notre premier mariage et je n'en suis sans doute pas un cette fois non plus. Je dois apprendre à te faire passer en premier, avant mon travail. Ce n'est pas facile, mais je sais que nous pouvons réussir. Ensemble, nous pouvons bâtir une vie heureuse et fonder la famille que nous désirons tant.

Il replaça une mèche de cheveux derrière son oreille.

— Cette soirée me l'a confirmé, poursuivit-il. Quand Nagy s'est effondrée dans le restaurant, j'étais terrifié à l'idée de la perdre. Comment aurais-je expliqué cela à ma famille ? Moi, un médecin, incapable de faire quoi que ce soit pour sauver ma propre grand-mère ! J'imagine que ce qu'on dit sur le complexe de Dieu des chirurgiens est assez vrai. Bien de fois, j'ai tenu la vie des gens, littéralement, entre mes mains. Jusqu'à ce soir, je n'avais jamais douté de ma capacité à sauver des vies. Cette incertitude m'a rappelé ce que j'ai ressenti quand tu m'as quitté. J'étais totalement perdu. Mon esprit rationnel aurait dû me souffler de te retenir, de me battre pour toi, mais j'ai fait la seule chose dont j'étais capable : je me suis noyé dans le travail. J'ai signé un autre contrat de médecin volontaire, je suis resté en Afrique un an de plus et, quand je suis revenu, je me suis consacré à Horvath Pharmaceuticals, en faisant tout ce que je pouvais pour t'oublier. Pour oublier l'échec de notre mariage. Mais là aussi j'ai échoué. Je n'arrivais pas à t'oublier et j'ai découvert qu'en réalité je n'en avais pas envie.

Il prit une grande inspiration avant de poursuivre.

— Oui, j'étais en colère quand j'ai su que Nagy nous avait mis en couple. Mais surtout j'étais en colère contre moi-même, car j'avais échoué là où elle avait réussi. Malgré ce que je ressentais pour toi, je n'ai jamais cherché à te recontacter, je ne t'ai jamais rendu visite alors que je me doutais que tu vivais encore à New York. Je n'ai fait aucun effort pour te retrouver et j'en suis profondément désolé. Je ne t'en voudrais pas si tu me quittais maintenant.

Il caressa sa joue puis laissa retomber sa main.

— Imogene, sache une chose : je t'aime et je veux ton bonheur, mais si tu ne peux pas te résoudre à me faire confiance, je sais que tu ne seras jamais heureuse avec moi. Je sais à présent ce qu'est le véritable amour. Et je sais que je suis prêt à te laisser partir. Je ne te demanderai pas de respecter des vœux que ni toi ni moi ne voulions prononcer il y a trois mois. J'aurais dû te faire passer en premier ce jour-là, à Port Ludlow. J'aurais dû te laisser partir puisque c'était ce que tu voulais. Mais le fait de te revoir m'a rappelé avec bien trop d'acuité à quel point je te désirais encore. J'étais prêt à tout faire pour te persuader de nous donner une autre chance, mais je n'ai pas pensé aux conséquences en cas de nouvel échec.

— Valentin, j'ai accepté de t'épouser de mon plein gré à Port Ludlow. Je l'avoue, j'ai d'abord eu envie de prendre mes jambes à mon cou, mais quand il a fallu faire un choix, je n'ai pas pu me résoudre à partir. Dès que je t'ai vu, mon corps t'a reconnu et réclamé. Notre attirance a toujours été irrésistible, ce qui nous a parfois joué des tours.

Il enfouit le visage dans ses cheveux et respira son parfum qui l'apaisait et l'excitait à la fois.

— Si tu choisis de rester avec moi, Imogene, je veux que tu saches que cette fois, ce sera pour toujours. Je ne te laisserai plus partir et je passerai le reste de ma vie à te prouver mon amour. Si tu penses pouvoir m'aimer en retour, je chérirai et protégerai notre amour et je ferai en sorte que tu ne regrettes pas ta décision, pas même une seconde. Mais si tu ne peux pas me pardonner pour les erreurs que j'ai commises dans le passé, pour ne pas t'avoir écoutée, surtout en ce qui concerne Carla, je comprendrai. Je n'avais jamais vraiment su ce qu'aimer voulait dire jusqu'à ce que je te perde. Je ne veux pas te perdre encore.

Elle se tourna pour lui faire face. Elle vit l'inquiétude dans ses yeux et devina ses pensées. Il craignait que l'incident avec Carla ne l'ait éloignée de lui, créant un gouffre béant dans leur relation. Et il avait peur que ce gouffre ne puisse jamais être comblé.

Elle eut le cœur serré en songeant à tous les non-dits entre eux. À tout l'amour qu'elle avait éprouvé pour lui pendant toutes ces années, et qu'elle n'avait jamais pu exprimer de manière adéquate. Elle plongea le regard dans le sien.

— Te quitter était une erreur terrible, je le sais à présent, mais ne pas te croire était pire, bien pire. Je suis infiniment désolée de ne pas t'avoir fait confiance. Carla m'a avoué quelques vérités ce soir. Elle m'a dit qu'elle avait délibérément essayé de nous séparer. J'imagine que puisqu'elle ne pouvait pas t'avoir, elle pensait que personne ne devrait t'avoir, et surtout pas moi. À mon avis, le fait de nous revoir ensemble lui a fait perdre pied. Elle m'a dit que tu ne l'avais plus touchée depuis le jour où tu m'as rencontrée. Et je me suis demandé pourquoi j'ai pu la croire alors qu'elle n'a pas cessé de mentir, et pourquoi je n'ai pas réussi à te croire alors que tu disais la vérité. Si je ne t'ai pas fait confiance, c'est parce qu'il y a une faille dans ma personnalité. C'est moi la fautive, pas toi. Peux-tu me pardonner d'avoir été si méfiante ? D'avoir laissé mes craintes mettre en péril notre vie à deux ? J'ai tant à désapprendre et je veux y arriver, pour nous. Je t'aime, Valentin, de tout mon cœur, mais mon amour sera-t-il suffisant ?

— Suffisant ? Tu m'aimes. C'est tout ce dont j'ai besoin.

Il prit son visage entre ses mains et l'embrassa. Ce n'était pas un baiser passionné, mais une promesse. Au fond de son cœur, Imogene sentit l'espoir renaître. Quand Valentin la relâcha, elle demanda :

— Alors, tu penses que nous pouvons faire une nouvelle tentative ? Couronnée de succès, cette fois ?

Sans la quitter des yeux, il déposa des baisers sur ses mains.

— Oui, j'en suis certain, affirma-t-il.

Elle se leva, l'entraînant avec elle. Et elle l'emmena vers la chambre de Valentin. Leur chambre, rectifia-t-elle.

Dans la pénombre de la pièce, elle se mit à le déshabiller. Ses mains défirent rapidement sa cravate, les boutons de sa chemise, la boucle de sa ceinture. Tandis qu'elle dévoilait sa peau, elle se laissa aller au plaisir simple de le toucher, avec ses mains, ses lèvres, sa langue. Au plaisir de graver de manière indélébile le souvenir de son corps dans son esprit et dans son cœur. Quand il fut nu, elle le poussa vers le lit, se déshabilla prestement puis le rejoignit sur le matelas.

— Je t'aime, Valentin, répéta-t-elle. Je ne veux plus jamais te perdre.

— Tu ne me perdras pas, dit-il, tendant les bras vers elle. Car je t'aime, moi aussi. Et je ne te laisserai plus jamais partir.

Elle lui sourit puis l'embrassa, prenant possession de sa bouche et exprimant dans son baiser toutes ses émotions. Et il lui rendit son baiser avec tout autant d'amour.

Quand ils unirent leurs deux corps, ce fut avec une douceur qu'ils ne s'étaient jamais autorisée auparavant. Et tandis qu'ils ondulaient ensemble, grimpant vers les cimes du plaisir, leurs mouvements furent comme une promesse. La promesse d'un amour fort, stable et éternel.

Ils s'endormirent dans les bras l'un de l'autre, le cœur battant à l'unisson.

Le téléphone de Valentin les réveilla en sursaut avant même le lever du soleil. Il bondit du lit et attrapa son pantalon dans lequel se trouvait son téléphone. C'était l'hôpital.

— Allô ! dit-il, le cœur battant.

Allait-on lui annoncer une bonne ou une mauvaise nouvelle ?

— Docteur Horvath, désolée de vous appeler si tôt. Nous voulions vous informer que votre grand-mère sera opérée en milieu d'après-midi.

— Ah. Parfait.

— Eh bien, oui… Mais nous avons un petit problème.

— Un problème ?

— Elle refuse de signer les formulaires de consentement tant qu'elle ne vous aura pas vus, votre épouse et vous.

— Quoi ? Mais pourquoi ?

— Elle n'a pas jugé bon de nous en informer, monsieur.

Valentin perçut l'irritation dans la voix du médecin.

— Je suis désolé. Elle a toujours eu un fort caractère.

— Eh bien, quoi qu'il en soit, elle doit être opérée aujourd'hui. Puis-je compter sur vous pour venir la voir, afin que nous puissions l'opérer comme prévu ? En tant que médecin, vous comprenez sûrement l'urgence de la situation.

— Nous arrivons dès que possible.

Une fois qu'il eut raccroché, il se tourna vers Imogene.

— Je suis désolé, nous devons aller à l'hôpital. Nagy nous demande.

— Bien sûr, répondit-elle, se glissant hors du lit et enfilant un peignoir. Je vais préparer du café pendant que tu te douches. Tu veux manger quelque chose avant de partir ?

— Un toast, peut-être ?

— Je m'en charge. Maintenant va prendre ta douche, ordonna-t-elle, désignant la salle de bains d'un geste.

Mais il ne bougea pas.

— Tout va bien ? demanda-t-elle en approchant de lui.

Il l'enlaça et lui donna un baiser ardent.

— Oui. Je suis content que tu sois là, dit-il, ponctuant ses mots par un second baiser.

— Elle va s'en sortir, Valentin. Les médecins s'occupent d'elle.

Elle lui offrit un petit sourire puis fila dans le couloir. Quand il arriva dans la cuisine, il constata que son petit déjeuner et son café étaient servis. Imogene n'était pas dans la pièce, et il supposa qu'elle était allée se doucher dans son ancienne chambre.

Effectivement, lorsqu'elle revint dans la cuisine quelques minutes plus tard, elle était douchée, habillée et prête à partir.

— J'ignorais qu'une femme pouvait se préparer aussi vite, lança-t-il, promenant un regard appréciateur sur elle.

— C'est parce que je suis très attachée à mon sommeil. J'ai appris à être rapide par nécessité. Sans cela, j'aurais l'air d'une sorcière le matin.

— Une sorcière ? Impossible. En tout cas, j'apprécie ta promptitude. Peut-on se mettre en route ?

— Oui, j'ai téléphoné à Anton, et il nous attend en bas. Je me suis dit que ce serait plus pratique que d'appeler un taxi.

— Tu as bien fait.

Une fois qu'Anton les eut déposés à l'hôpital, ils allèrent directement aux soins intensifs. Une infirmière leur indiqua le numéro de la chambre d'Alice. Valentin se détendit un peu quand il vit sa grand-mère assise dans son lit. Certes, elle était encore très malade, mais le feu dans son regard le rassura.

— Vous en avez mis du temps.

Sa voix était faible, mais son esprit indomptable était intact.

— Nous sommes là maintenant, répliqua-t-il, décidant de ne pas souligner qu'il était encore très tôt. Si tu nous disais ce que tu as à nous dire, pour que tu puisses être opérée et aller mieux ?

— Ce dont j'ai besoin pour aller mieux, c'est d'entendre de bonnes nouvelles. Alors, vous avez de bonnes nouvelles pour moi ? demanda-t-elle en les observant tour à tour.

— Si vous vous demandez si nous avons réglé nos différends hier soir, dit Imogene en prenant la main d'Alice, avec douceur, la réponse est oui.

— Et cette femme ? Vous vous êtes débarrassés d'elle ?

Valentin réprima le réflexe de défendre Carla. Après tout, il avait travaillé avec elle durant plusieurs années, ici et en Afrique. Toutefois, elle ne méritait pas sa loyauté, se rappela-t-il. Elle avait fait tout ce qui était en son pouvoir pour évincer la seule femme qu'il ait jamais aimée. Non pas une fois, mais deux.

— Oui, elle est partie, dit-il simplement.

— Elle n'est pas enceinte, n'est-ce pas ?

— Si elle l'est, ce n'est certainement pas mon enfant, assura-t-il.

— Hier soir, quand je l'ai raccompagnée chez elle, Carla m'a avoué qu'elle n'attendait pas de bébé, leur apprit Imogene.

— Bien, dit Alice, hochant la tête. Et vous, Imogene, vous avez décidé de rester mariée à mon petit-fils ?

— Puisqu'il a bien voulu me pardonner d'avoir cru une étrangère et non lui, oui, je reste.

— Bien, répéta-t-elle.

— Nagy, cesse de tourner autour du pot. Que voulais-tu nous dire ? insista Valentin.

— Je ne tourne pas autour du pot. Je m'informe simplement sur l'état de votre relation aujourd'hui. Vous êtes tous les deux très investis dans votre mariage, maintenant, n'est-ce pas ?

Valentin et Imogene échangèrent un regard. Dans ses yeux gris-vert, il vit se refléter tout l'amour qu'elle lui portait.

— Oui, nous le sommes, affirma-t-il.

Sa grand-mère prit une grande inspiration.

— Dieu merci. Car ce que j'ai à vous annoncer vous fera peut-être un choc.

Ses paroles avaient capté leur attention.

— En fait, continua Alice, la voix un peu plus forte à présent, je pense qu'un jour, vous trouverez peut-être la situation amusante. C'est une grande chance qu'aucun de vous n'ait épousé quelqu'un d'autre après l'Afrique.

— Pourquoi ça ? demanda Valentin.

— Parce que cela aurait fait de vous des bigames.

Imogene émit un son de surprise.

— Des bigames ? Comment ça ? J'ai signé les papiers de divorce. Mon avocat devait les envoyer à Valentin le jour même. Il m'a dit qu'il ferait enregistrer le dossier dès que Valentin lui aurait renvoyé les documents signés.

— J'ai signé ces papiers et je les ai renvoyés à ton avocat sans délai. Je n'en avais aucune envie, je dois dire. Mais je l'ai fait malgré tout, car il était évident pour moi que tu tenais à divorcer.

Valentin reporta son attention sur sa grand-mère.

— Explique-toi, Nagy. Pourquoi cela aurait-il été de la bigamie alors que nous avons tout fait dans les règles ?

— Le dossier n'a jamais été enregistré, dit-elle avec un sourire de satisfaction. Je suis juste désolée que cela ait pris tant de temps pour obtenir la confirmation de cette information. Nous avons mené une enquête avant votre mariage, mais la communication entre les deux pays étant lente, nous avons décidé de prendre le risque d'organiser la cérémonie avant d'avoir reçu la réponse d'Afrique. Vous étiez tous les deux convaincus que vous étiez libres de vous remarier et, puisque vous vous mariiez ensemble, j'ai pensé qu'il n'y aurait pas de problème.

Elle poussa un soupir, puis poursuivit :

— L'avocat d'Imogene était apparemment impliqué dans plusieurs activités frauduleuses avec un chef de guerre local. Lorsque cela s'est su, il a dû mettre la clé sous la porte. Il semble que plusieurs hommes d'affaires de la ville aient voulu lui faire payer ses méfaits et, avant qu'un autre cabinet puisse reprendre les dossiers en cours contenus dans son bureau, le bâtiment a été incendié. Tous les documents ont été détruits.

Elle semblait fatiguée maintenant, mais soulagée de leur avoir expliqué la situation.

— Vous voulez dire que nous étions mariés tout ce temps ? demanda Imogene.

— Considérez simplement la cérémonie de Port Ludlow comme une confirmation de vos vœux, répondit Alice, la voix de nouveau faible.

— Tu sais ce que ça signifie, Imogene, dit Valentin, embrassant sa main. Nous aurons deux anniversaires de mariage à célébrer.

— Pour le reste de notre vie, ajouta Imogene.

Et elle lui donna un baiser.

Allongée sur son lit, Alice observa les deux amoureux à côté d'elle et sourit. Elle avait fait le bon choix en les mettant en couple, même si tout le monde n'était pas de cet avis. Au fond d'elle, elle avait toujours su que Valentin et Imogene étaient faits l'un pour l'autre. Ils l'avaient toujours été et ils le seraient toujours. Leur chemin vers le bonheur conjugal n'avait pas été des plus faciles, mais elle-même savait que, parfois, c'étaient les chemins les plus ardus qui menaient aux plus grandes joies. Et maintenant que les difficultés qui les avaient séparés étaient résolues, leur relation n'en serait que plus forte.

— Madame Horvath ? Vous êtes prête à signer les formulaires de consentement maintenant ?

Encore cette maudite femme avec son fichu formulaire.

— S'il le faut, répondit-elle.

— Nagy, tu dois signer, intervint Valentin. Nous voulons que tu ailles mieux. Tu as encore le mariage de Galen à préparer.

Il l'embrassa sur la joue.

Un sourire s'accrocha aux lèvres d'Alice. Oui, il y avait Galen, Dieu merci. C'était sur lui qu'elle allait se concentrer dorénavant. Elle allait subir cette opération qui la terrifiait et, pour oublier sa peur, elle songerait aux préparatifs du mariage de Galen, et à sa satisfaction d'avoir réussi à former un autre couple parfait.

Quand elle irait mieux, et une fois le mariage de Galen passé, elle s'occuperait de ses autres petits-enfants.

Tous méritaient d'être heureux. De vivre avec l'amour de leur vie.

Et elle ferait tout ce qui était en son pouvoir pour les aider à trouver le bonheur.

YVONNE LINDSAY

Futur à trois

Traduction française de
ROSA BACHIR

Titre original :
VENGEFUL VOWS

© 2019, Dolce Vita Trust.
© 2020, HarperCollins France pour la traduction française.

- 1 -

Alice Horvath – matriarche de la famille Horvath, ancienne P-DG de Horvath Corporation et créatrice de Match Made in Marriage – parcourut du regard la salle éclairée aux chandelles et ornée de fleurs, en tentant d'ignorer son appréhension. Pourquoi était-elle si nerveuse ? se demanda-t-elle. Son troisième petit-fils, Galen, s'apprêtait à épouser une femme qui lui correspondait si bien qu'Alice avait eu les larmes aux yeux lorsqu'elle avait décidé de leur mariage. Pourtant, bien qu'elle ait, comme à son habitude, veillé aux moindres détails, elle avait l'impression de ne pas avoir le contrôle sur la suite des événements, pour une fois.

Le bonheur des futurs époux était son seul but, mais elle n'arrivait pas à voir leur avenir aussi clairement que celui des autres couples qu'elle avait formés. Si Galen et sa fiancée voulaient réussir leur union, il leur faudrait faire des efforts et s'investir. Avait-elle pris un risque inutile ? Galen avait dit ne pas rechercher le grand amour, mais tout le monde méritait de le connaître, non ?

Elle songea à son défunt mari, Eduard. Ce soir, il lui manquait plus vivement que depuis bien longtemps. Mais elle n'était pas encore prête à reposer en paix avec lui. Elle avait encore beaucoup à faire, notamment s'assurer du succès de ce mariage. Quels que soient les secrets qu'il lui faudrait dévoiler pour cela.

*
* *

Galen ferma les yeux un bref instant. Puis il sentit une petite main serrer la sienne.

— Tout ira bien, murmura Ellie. Elle va t'adorer.

Il serra la petite main à son tour.

— Elle va nous adorer, rectifia-t-il.

Il chassa une peluche imaginaire de la manche de sa veste et lança un regard à Ellie, son témoin. Lorsque la fillette lui sourit, Galen sentit son cœur s'emplir d'amour. Son frère, Valentin et son cousin Ilya lui avaient proposé d'être garçons d'honneur, mais il ne s'agissait pas d'un mariage traditionnel. Si Galen avait décidé de se passer la corde au cou, c'était pour qu'Ellie, neuf ans, se sente en sécurité. Il était donc logique qu'elle soit auprès de lui lorsqu'il épouserait une parfaite inconnue. Pauvre enfant, elle méritait tellement mieux que lui ! Mais il faisait tout son possible pour elle, et il continuerait pour le restant de ses jours.

Lorsqu'il avait assumé le rôle de tuteur après la mort brutale des parents d'Ellie dans un accident de voiture, trois mois plus tôt, sa vie avait changé du jour au lendemain. Finies les fêtes endiablées. Finie la vie de play-boy. Toutes les responsabilités qu'il avait évitées pendant sa vie d'adulte l'avaient rattrapé d'un coup. Il n'avait pas été préparé à ce changement radical, pas plus qu'à perdre ses meilleurs amis, les parents d'Ellie.

Il jeta un regard circulaire dans la salle, pour s'assurer que tout était en ordre. C'était entre autres grâce à son sens du détail et à sa minutie qu'il était devenu P-DG de Horvath Hotels and Resorts. Il savait comment rendre les gens heureux. Un talent qui l'aiderait sûrement à rendre sa future femme heureuse, non ?

— La voilà, murmura Ellie. Elle est très jolie.

Galen reporta son attention vers l'entrée de la salle de réception. Et il eut le souffle coupé… Jolie ? Le mot était bien faible pour décrire cette créature. Un beau visage serein, un port de tête altier, un teint radieux et une silhouette de rêve… Ses cheveux châtains étaient coiffés en un chignon flou qui donna envie à Galen de retirer chaque épingle et de laisser ses boucles retomber en cascade sur ses épaules graciles et nues. Un pendentif en diamant descendait dans son décolleté, attirant son regard vers sa poitrine qui se soulevait et s'affaissait rapidement. Il s'attarda sur la naissance de ses seins, dévoilée par le bustier de sa robe. Puis il porta son attention plus bas, sur la taille fine soulignée par une ceinture de satin ornée de fleurs de soie et de strass, et sur les trois niveaux de tissu fluide et chatoyant qui descendaient jusqu'à ses chevilles.

— On dirait une princesse, commenta Ellie, assez fort pour que l'assistance l'entende.

Les invités se retournèrent, et des murmures émerveillés s'élevèrent dans la salle.

— Faisons d'elle notre reine, d'accord ? suggéra Galen.

Sans lâcher la main d'Ellie, il avança vers la mariée.

Tandis qu'ils approchaient, il remarqua le pouls battant sur le cou de sa future épouse. Peut-être n'était-elle pas si sereine, en fin de compte. Ce qui lui convenait. En fait, il était parfaitement normal qu'elle soit un peu nerveuse à la perspective de rencontrer son conjoint au pied de l'autel. Et même s'il avait vu son frère et son cousin contracter des mariages fructueux de cette manière, Galen n'avait jamais envisagé cette solution pour lui-même, jusqu'à récemment. À la vérité, il n'avait même jamais envisagé le mariage avant Ellie.

Le regard de la jeune femme s'écarquilla légèrement, ses iris bleu-gris presque consumés par ses pupilles sous la lumière des chandelles.

— Mon fiancé, je présume ? dit-elle d'une voix enrouée et nerveuse.

— Galen Horvath, pour vous servir, répondit-il, prenant sa main et la portant à ses lèvres.

Sa peau était chaude et légèrement parfumée. Une odeur sucrée, avec une pointe de vanille et d'épices. Quand il sentit sa main frissonner, il la relâcha.

N'étant pas du genre timide, son témoin intervint.

— Et je suis Ellie. Tu veux bien nous épouser ?

Un sourire se peignit les lèvres de la jeune femme.

— Tous les deux ? Voilà une sacrée proposition, dit-elle en souriant. La réponse est oui. Je m'appelle Peyton Earnshaw, et je serais ravie de vous épouser.

Galen sentit un trouble l'envahir tandis qu'il l'observait. Son sourire, son attitude, son parfum provoquaient en lui une émotion puissante. Du désir, se dit-il. Une attirance physique pure. Ce n'était que cela. Et c'était plus, bien plus que ce qu'il aurait cru ressentir en rencontrant sa fiancée. La tension qui l'avait tenaillé toute la journée commença à se dissiper. Tout irait bien pour lui. Pour eux trois, rectifia-t-il.

Peyton avait fait beaucoup de choses dans le cadre de son métier de journaliste d'investigation, mais le mariage était une première. Quand elle avait décidé de consacrer un article à Alice Horvath, elle avait été ravie de découvrir qu'une de ses anciennes camarades d'université, Michelle, était l'une de ses employées. Et quand elle avait appris que le propre petit-fils de la matriarche se cherchait une fiancée, via l'agence matrimoniale de sa grand-mère, Peyton s'était inscrite comme candidate et avait demandé Michelle de l'aider à truquer le système, afin de faire correspondre son profil avec celui dudit petit-fils. Le fait que les résultats de mise en couple puissent être manipulés était déjà une preuve que l'entreprise d'Alice était totalement frauduleuse.

Peyton contint sa nervosité tandis que, flanquée de Galen Horvath et d'Ellie, elle marchait vers le célébrant, qui les attendait avec un sourire bienveillant. Elle s'était dit qu'elle était prête à tout pour atteindre son but – même épouser un inconnu. Voilà pourquoi elle était ici aujourd'hui.

Très consciente de la main chaude et forte de Galen qui tenait la sienne, elle tenta de calmer les battements inhabituellement désordonnés de son cœur. Galen n'était qu'un homme. Son fiancé aurait pu être quelconque – mais il ne l'était pas. Il était l'un des nombreux petits-enfants d'Alice Horvath. Il était grand, plus séduisant qu'une star de cinéma, et si charismatique qu'elle se sentait attirée par lui, chose qu'elle n'avait pas prévue. Le contact de leurs mains jointes faisait naître de drôles de sensations en elle. Des sensations qu'elle se félicitait de ne pas éprouver en temps normal. Des sensations contre lesquelles elle se protégeait, par choix. Pour autant, elle n'était pas une créature naïve pleine d'attentes irréalistes. Évidemment, elle savait que l'on pouvait tomber amoureux, mais elle savait aussi que l'amour conduisait à faire des choses stupides, et elle ne répéterait jamais ce genre d'erreurs.

— Tout va bien ? demanda Galen, son souffle chaud caressant son oreille.

— À merveille, répondit-elle avec un grand sourire factice.

Il soutint son regard un instant, puis lui offrit un sourire qui lui coupa littéralement le souffle. Il serra doucement sa main avant de la lâcher. Elle allait devoir être prudente avec lui, se dit-elle, reprenant contenance et se tournant vers l'officiant.

La cérémonie était simple. Peyton aurait même pu la trouver émouvante si elle n'était pas ici pour de fausses raisons. Elle eut un moment d'hésitation quand elle songea que son plan affecterait non seulement l'homme qu'elle allait épouser, mais aussi sa petite fille. Eh bien, il lui suffirait de garder ses distances avec eux, voilà tout. Et quand son article de fond, décrivant Alice Horvath comme la femme manipulatrice et cruelle qu'elle était vraiment, serait dans les kiosques, personne ne serait blessé sauf Alice, qui avait détruit le père de Peyton et, par ricochet, toute sa famille. Y compris le bébé que Peyton avait dû abandonner.

Elle ravala les larmes brûlantes et soudaines qui lui piquaient les yeux. Ne montrer aucune faiblesse. C'était devenu sa devise à l'époque, et elle s'y tenait encore aujourd'hui.

— Félicitations ! annonça l'officiant avec enthousiasme, comme si c'était un vrai mariage et que Galen et elle avaient un véritable avenir ensemble. Je vous déclare désormais mari et femme. Vous pouvez embrasser la mariée.

Oh ! non.

Peyton se figea quand Galen prit ses mains dans les siennes et se pencha vers elle. Un sentiment d'inexorabilité monta en elle et, machinalement elle approcha son visage et laissa les lèvres de son mari effleurer les siennes. Mais il ne s'en tint pas là. La douce pression de sa bouche contre la sienne augmenta, faisant pulser son pouls de manière incontrôlable, et quand elle entrouvrit les lèvres – pour protester, tenta-t-elle de se persuader – il en profita pour glisser la langue dans sa bouche. Elle aurait dû reculer, se dit-elle. Mais elle n'en fit rien. Au contraire, comme une adolescente énamourée, elle l'embrassa comme si c'était un vrai mariage et qu'ils avaient attendu cet instant durant des mois.

Quand le baiser prit fin, elle se sentit étrangement perdue, secouée, même. Elle constata que Galen était tout aussi troublé. Et elle sut alors que maintenir Galen Horvath – son mari – à distance serait bien plus difficile qu'elle ne l'avait espéré.

— Oui, on est une famille ! s'exclama Ellie avec enthousiasme tandis qu'elle nouait ses petits bras autour d'eux et les étreignait. Rien de mal ne peut arriver maintenant.

— Rien de mal ne…, commença Peyton.

— Je vous expliquerai plus tard, intervint Galen. Pour l'instant, nous avons un mariage à fêter.

Ce qu'ils firent. Ils prirent des photos avec leurs invités, parmi lesquels quelques camarades d'université avec lesquelles Peyton était restée en contact. Les Horvath avaient montré une compassion appropriée quand elle avait expliqué qu'elle avait perdu sa mère lorsqu'elle était enfant et que son père ne pouvait pas venir à la cérémonie.

Lorsqu'ils eurent terminé les photos officielles, ils portèrent des toasts, dînèrent, dansèrent et portèrent d'autres toasts. Et pendant tout ce temps, Peyton sourit et fit comme si elle réalisait son rêve de petite fille.

Quand les lumières furent baissées dans la salle de réception et que l'orchestre joua un morceau romantique, Galen la reprit dans ses bras et la guida vers la piste.

— Vous n'êtes jamais fatigué ? le taquina-t-elle. Vous n'avez pas encore pu vous asseoir.

Il lui offrit un bref sourire puis prit un air sérieux.

— Je voulais vous expliquer ce qu'Ellie avait voulu dire tout à l'heure.

— Je vous écoute, l'encouragea-t-elle quand Galen hésita.

Il lui sembla même voir son regard s'embuer. Il cligna les yeux puis soutint son regard de nouveau. Après quoi, il prit une grande inspiration et lâcha :

— Ellie est ma pupille. Ses parents sont morts dans un accident de voiture en début d'année. C'étaient mes meilleurs amis.

La voix de Galen se brisa, et Peyton fut aussitôt envahie par la compassion. Elle savait ce que c'était que de voir son monde bouleversé de manière inattendue. Mais perdre ses deux parents en même temps… C'était presque trop difficile à imaginer. Elle attendit, ne voulant pas briser le silence par des platitudes.

Après quelques minutes, il poursuivit :

— Je crois qu'Ellie gère très bien son deuil. Souvent, mieux que moi. Elle est suivie par une psychologue, et nous n'avons procédé à aucun changement qu'elle n'était pas prête à faire. D'ailleurs, c'était son idée que j'achète une maison dans son ancien quartier. Elle disait que vivre dans son ancienne maison la rendait trop triste.

— Et vous avez trouvé une autre maison ?

— J'y travaille. Pour l'instant, nous vivons dans mon appartement, au complexe hôtelier. J'espère que vous pourrez nous aider à choisir notre nouveau foyer.

— Choisir notre foyer. Eh bien, c'est un peu tôt pour me demander cela, vous ne croyez pas ? Nous venons à peine de nous rencontrer.

— C'est vrai, mais si nous voulons faire fonctionner notre mariage, nous devrons vivre sous le même toit, non ?

Comme elle ne répondait pas, il continua :

— Quoi qu'il en soit, je pensais qu'Ellie et moi nous en sortions bien. Mais un jour, je l'ai trouvée en train de pleurer dans sa chambre, et quand j'ai réussi à lui faire dire pourquoi, j'ai été abasourdi. Ce n'était pas un problème que je pouvais régler aisément.

— Comment ça ?

— Elle m'a dit qu'elle avait très peur de ce qui adviendrait si je mourais un jour comme sa mère et son père. Si elle se retrouvait totalement seule.

Il prit une grande inspiration et lança un regard circulaire dans la salle. Sa voix était grave quand il reprit la parole.

— J'ai su alors que je devais me trouver une épouse, quelqu'un qui accepterait de partager la vie d'Ellie avec moi. Une femme qui aiderait Ellie à se sentir en sécurité et aimée, comme avec ses parents. Je tiens à être franc avec vous, Peyton. Ce mariage n'a pas commencé de manière traditionnelle, mais je me plais à penser que nous pouvons œuvrer ensemble pour réussir notre union. Nous avons tous les deux fait appel à Match Made in Marriage avec le même objectif : trouver un partenaire pour la vie. Je veux être clair et direct sur mes motivations. Pour l'instant, Ellie est ma priorité, et je ferai tout mon possible pour la rendre heureuse. Il faut que je sache si vous êtes prête à en faire autant.

- 2 -

Peyton ne savait que répondre, que penser. Elle était rongée par la culpabilité, et sa mission semblait soudain échapper à son contrôle. D'une part, elle avait l'impression de lutter constamment contre l'envie de succomber au charme de l'homme qui la faisait danser sur la piste. D'autre part, ce mariage n'était pas comme elle l'avait imaginé. Elle avait cru qu'il s'agirait d'une union sans complications, qui lui permettrait de déterrer des informations compromettantes sur Alice Horvath et de soutirer enfin à la matriarche les excuses que son père et sa défunte mère auraient dû recevoir depuis bien longtemps.

Et maintenant... maintenant, elle était mariée. Ce n'était pas le mariage dont elle avait rêvé enfant, avec une cérémonie durant laquelle son père l'aurait fièrement accompagnée jusqu'à l'autel, mais une union avec un inconnu, décidée par une étrangère. Peyton avait cru pouvoir s'en sortir aisément. Mais elle était aussi une belle-mère. Pas seulement une belle-mère, mais la belle-mère d'une enfant dont le monde avait été bouleversé du jour au lendemain. Déjà, Peyton se sentait proche de cette petite fille. Comment pourrait-il en être autrement ? Ellie était vive, joyeuse et démonstrative. Tout ce que Peyton avait été à son âge. Son monde aussi avait été chamboulé, mais contrairement à Ellie elle s'était refermée sur elle-même après cela. Ne risquait-elle pas de déteindre sur Ellie ? Pourrait-elle côtoyer la fillette et Galen puis les quitter sans leur faire de mal ? Elle en doutait. Elle était à présent coincée, qu'elle le veuille ou non, du moins pour les trois prochains mois, selon les conditions de l'accord qu'elle avait signé quelques semaines plus tôt. Elle avait cru alors qu'elle pourrait avancer au jour le jour, rédiger son article puis s'en aller sans regret.

Galen l'observa, attendant manifestement une réponse. Il avait été franc sur ses motivations, et il était bien normal qu'il en attende autant de sa part. Mais l'honnêteté était une chose qu'elle ne pouvait lui donner, quand bien même elle l'aurait voulu. Toute sa vie d'adulte, elle s'était préparée pour ce moment. Pour venger son père, injustement accusé par Alice de falsification de comptes et de détournement de fonds. Des accusations qui avaient brisé sa carrière professionnelle, l'empêchant de trouver un poste équivalent. Des accusations qui avaient aggravé la maladie de sa mère – elle avait développé des complications liées à sa sclérose en plaques. Le peu d'argent qu'ils avaient en banque était passé dans les frais d'hospitalisation, et ils avaient dû vivre d'allocations et des revenus sporadiques que son père gagnait. Ils n'avaient pas pu payer les traitements qui auraient pu soulager sa mère, et avaient fini par quitter la Californie pour l'Oregon, où le coût de la vie était plus bas. Ce faisant, ils avaient éloigné sa mère de l'équipe médicale qui la suivait depuis des années.

La colère qui avait animé Peyton si longtemps se réveilla, effaçant sa culpabilité jusqu'à ce qu'il n'en reste qu'une bouffée.

— Je me suis engagée à vous épouser, Galen. Je remplirai mon rôle.

Il semblait attendre qu'elle en dise plus, mais elle n'était pas prête à mentir effrontément et à faire de fausses déclarations. Elle était ici pour faire son travail et refermer un chapitre de sa vie et de celle de sa famille. Et il y avait une autre raison. Une raison à laquelle elle s'autorisait rarement à penser : l'enfant qu'elle avait dû abandonner. Si la situation de sa famille avait été meilleure, Peyton aurait pu garder son bébé. Elle avait dû contracter un prêt pour payer ses études. Même en comptant chaque sou, elle n'aurait pas pu rembourser son prêt d'une part, et payer la nourriture, le loyer, les charges et les frais de garde d'un enfant d'autre part. Son père n'avait eu aucun moyen de l'aider, émotionnellement ou financièrement. Après toutes ces années à planifier sa vengeance, elle était enfin prête à la mettre à exécution. Elle ne pouvait se permettre de se détourner de son objectif, pour qui que ce soit.

— J'imagine que c'est tout ce que je peux vous demander, répondit-il. Regardez, voilà Nagy qui vient voir sa nouvelle petite-fille.

— Nagy ? demanda Peyton, se hérissant en son for intérieur à l'idée d'être associée à Alice Horvath.

— C'est du hongrois. Un diminutif pour *nagymama*, grand-mère.

Peyton regarda Alice se diriger vers eux. C'était une femme petite et frêle, mais son regard était dur, et sa posture raide. Peyton devinait que celle qui avait dirigé pendant plusieurs années Horvath Corporation, après la mort de son mari, était redoutable. Mais quand la vieille dame fut près d'eux et afficha un sourire, Peyton fut surprise. Ce sourire adoucissait son visage et lui donnait un air tout à fait aimable. Alice Horvath ne ressemblait pas au monstre que Peyton l'avait toujours crue être.

Lorsque Galen resserra son étreinte autour de sa taille, Peyton se blottit contre lui. Elle devait agir comme une jeune mariée, quoi qu'il advienne. Ce n'était pas si difficile, d'ailleurs. Galen était loin d'être repoussant, et les muscles déliés et fermes sous son costume épousaient si bien ses courbes que c'en était troublant.

— Félicitations, vous deux, dit Alice chaleureusement, embrassant Galen sur la joue puis prenant la main de Peyton entre les siennes. Vous faites un très beau couple. Je suis sûre que vous serez très heureux.

Peyton afficha un sourire. Ou peut-être cela ressemblait-il à une grimace, puisqu'elle était face à son ennemie.

— Merci, parvint-elle à répondre, mais le ton était peu naturel.

— Nous sommes un peu envahissants quand nous sommes en groupe, n'est-ce pas ? glissa Alice avec un sourire complice. Mais vous vous habituerez à nous. Tout le monde y arrive.

Par décret d'Alice Horvath, songea Peyton, amère. Il fallait s'habituer aux Horvath et observer leurs règles, sinon on était chassé. Elle se força à maintenir son sourire en place. Quand Alice lâcha sa main et se tourna vers son petit-fils, Peyton fut soulagée. Elle les observa, intriguée. Il n'y avait rien de guindé ou de faux dans la tendresse qu'ils montraient l'un envers l'autre. Elle écouta leur conversation tout en jetant un regard dans la salle. On aurait presque dit un vrai mariage, car les gens riaient, dansaient, mangeaient et buvaient. Et pourtant Peyton se sentait totalement à l'écart. Avait-elle surestimé ses capacités en se lançant dans cette mission ?

Lorsque Galen sentit son épouse s'écarter de lui, il décida d'écourter sa conversation avec sa grand-mère. Il tenait à ce que Peyton ait le sentiment d'avoir pris la bonne décision. Il était très doué pour faire en sorte que les gens soient contents – de leurs choix, d'eux-mêmes, de lui. Il voulait faire plaisir, en toutes circonstances, ce qui l'aidait dans son métier et attirait les gens à lui. Mais il avait la nette impression que Peyton ne serait pas facile à charmer, même s'il lui offrait une vie de conte de fées. Il y avait une certaine réserve chez elle, bien qu'elle essaie de donner le change. Il était bien décidé à démolir le mur qu'elle avait dressé autour d'elle, brique par brique s'il le fallait.

Il caressa le creux de sa taille, mais Peyton demeura tendue. Peut-être allait-il trop vite pour elle. Il devrait la relâcher, mais cette idée ne le séduisait guère. Car il éprouvait une réelle attirance pour son épouse. Mentalement, il félicita sa grand-mère une fois de plus pour leur mise en couple. Et il était prêt à parier que Peyton était attirée par lui, elle aussi, bien qu'elle fasse de son mieux pour ne pas le montrer. Quand la fête serait finie, ce serait peut-être différent. Ce soir, ils se rendraient en jet privé dans le complexe hôtelier Horvath d'Hawaï. Avec un peu de chance, grâce à la brise océane et à la beauté luxuriante du paysage, Peyton se détendrait un peu et se dévoilerait plus facilement.

— Nagy, Peyton et moi devons nous changer avant notre départ. Tu veux bien surveiller Ellie pour moi ? Nous reviendrons la chercher pour aller à l'aéroport.

— Avec plaisir. Ellie est un amour. Quand vous rentrerez de lune de miel, j'aimerais beaucoup l'avoir chez moi à Ojai, le temps d'un week-end.

Sa grand-mère les embrassa sur la joue Peyton et lui, puis les laissa seuls.

— Ellie vient avec nous ? s'étonna Peyton.

— J'espère que ça ne vous ennuie pas. Ce sont les vacances scolaires en ce moment, alors je trouvais logique de l'emmener. Comme nous ne pouvions pas nous parler avant le mariage, je ne pouvais pas vous consulter là-dessus.

— Non, ça ne m'ennuie pas du tout.

Elle semblait soulagée. Était-ce parce qu'elle ne serait pas seule avec lui, parce qu'ils auraient Ellie comme chaperon ? Peu importait. Tout ce qui comptait pour lui, c'était que leur mariage fonctionne. Ellie aimait déjà sa nouvelle belle-mère, et Galen considérait cela comme une victoire. S'ils pouvaient former une vraie famille tous les trois, une famille qui permettrait à Ellie de se sentir en sécurité pendant toute son enfance, alors il aurait réussi à tenir la promesse qu'il avait faite aux parents d'Ellie sur leur tombe. L'échec n'était pas envisageable.

— N'êtes-vous pas curieuse de savoir où nous allons ?

— Je suppose que c'est dans un endroit où il fait chaud. On m'a dit de prendre des vêtements légers et des maillots de bain.

— Il y fait chaud toute l'année. Nous allons dans un complexe hôtelier Horvath, à environ quatre mille kilomètres au sud-est d'ici.

— Le complexe de Maui, je présume ?

— Vous êtes bien renseignée, répondit-il, surpris par sa réponse très précise. Vous avez fait des recherches, on dirait.

Elle rougit.

— Qu'est-ce qui vous fait penser cela ?

Elle semblait sur la défensive. Mince. Il n'avait pas voulu la contrarier.

— Disons simplement que je n'ai pas l'habitude que les gens soient aussi bien informés sur mon travail que vous semblez l'être, dit-il, espérant se rattraper.

Elle sembla se détendre un peu.

— L'information est mon métier, dit-elle.

— Et quel est votre métier ?

— Je suis journaliste, en *free lance*.

— Journaliste de voyage ? Nous avons eu droit à quelques articles dans des magazines et des blogs. Vous avez peut-être été l'une de nos invitées ?

— Non, je ne fais pas dans le voyage. Vous n'aviez pas dit que nous devions nous changer ?

Elle avait délibérément changé de sujet, c'était évident. Mais cela ne le gênait pas. Ils auraient tout le temps de mieux se connaître.

— Si. Un hélicoptère nous emmène à l'aéroport de SeaTac dans une heure.

— Je n'ai pas besoin d'une heure pour me préparer. Ai-je l'air si superficielle ? plaisanta-t-elle.

Le rire qu'elle émit était grisant. C'était la première fois qu'elle semblait naturelle, jusqu'ici. Il espérait que ce ne serait pas la dernière.

— Eh bien, nous pourrons peut-être partir plus tôt, à condition que nous puissions dire au revoir à nos invités sans qu'ils nous retardent. Ça ne changera pas notre heure de départ, cependant – le plan de vol a déjà été enregistré. Nous prenons l'un des jets de notre groupe.

— C'est donc ainsi que vivent les nantis, ironisa-t-elle, adoucissant ses paroles par un sourire.

— Vous en faites partie, maintenant. Nous aurons environ six heures de vol.

— Quelle heure sera-t-il là-bas à notre arrivée ?

— Hawaï a un décalage de trois heures en moins, alors, si tout se passe bien, 19 heures.

— Ce sera une longue journée pour Ellie.

— Ne vous en faites pas. Elle était habituée à voyager avec ses parents et elle pourra dormir pendant le vol si elle le souhaite. Vous aussi, d'ailleurs.

Elle secoua la tête.

— Malheureusement, je suis l'une de ces personnes qui ne peuvent jamais dormir dans un avion.

— Toujours aux aguets ?

— Quelque chose comme ça. Bon, j'imagine que nous devrions aller nous préparer ?

— Je vous raccompagne à votre chambre, dit-il, prenant son bras. À moins que vous ne vouliez lancer votre bouquet d'abord ?

Elle haussa les épaules.

— Pourquoi pas ?

— Laissez-moi une minute pour organiser ça.

— Je vais aller chercher les fleurs.

Il la regarda marcher jusqu'à la table principale où elle avait laissé les fleurs. Le balancement de ses hanches l'hypnotisa.

— Jolie épouse, commenta son frère Valentin en approchant de lui.

— C'est une bonne chose que ton épouse le soit aussi, sinon, je t'interdirais de regarder la mienne, rétorqua Galen.

— Et je n'échangerais ma femme pour rien au monde.

Galen perçut l'émotion dans la voix de Valentin. Imogene et lui s'étaient mariés une première fois puis s'étaient séparés. Ils avaient été malheureux les années suivantes, jusqu'à ce que Nagy les réunisse via son agence matrimoniale. À présent, ils étaient de nouveau en couple, pour de bon cette fois, et Galen ressentit une pointe d'envie – il aurait aimé connaître ce genre de relation, lui aussi. Mais son destin avait été scellé lorsqu'il était devenu le tuteur d'Ellie. Il n'attendait pas de romantisme ou d'amour dans son mariage. Ce dont il avait besoin pour Ellie, c'était de stabilité, et il espérait la trouver avec Peyton.

— Peyton va bientôt lancer son bouquet, dit-il. Je dois prévenir le maître de cérémonie pour qu'il fasse une annonce.

— Attention à la cavalcade de cousines ! plaisanta Valentin.

Mais il reprit bien vite son sérieux.

— Galen, je voulais te dire quelques mots en privé.

— Je t'écoute.

— On n'a qu'une vie, alors il faut profiter de chaque minute. Tu rencontreras des obstacles dans ce mariage, c'est certain, mais tu dois être prêt à faire des efforts pour les surmonter tous.

— Faire des efforts, ça ne me fait pas peur. Tu le sais.

— Oui, je le sais. Je te souhaite toute une vie de bonheur.

Valentin lui donna l'accolade, et Galen l'étreignit en retour.

— Merci, grand frère, dit-il, la voix soudain rauque d'émotion. Je ferai de mon mieux.

— Il le faudra. Épouser quelqu'un que l'on connaît et que l'on aime déjà n'est pas toujours facile, mais épouser une inconnue…

Galen observa Peyton, entourée de membres de la famille Horvath.

— Oui, mais quelle inconnue, n'est-ce pas ?

Son frère rit et lui donna une tape dans le dos puis le laissa aller trouver le maître de cérémonie.

Valentin n'avait pas eu tort à propos de la cavalcade. Toutes ses cousines ainsi que plusieurs femmes qu'il n'avait jamais vues auparavant, surtout les invitées de Peyton, se bousculèrent et jouèrent des coudes pour attraper le bouquet. La ruée était peu digne mais très amusante. Galen fut surpris quand sa cousine Sofia, experte en informatique, fut l'heureuse gagnante. Il profita du chaos qui s'ensuivit pour prendre Peyton par la main, lancer un au revoir à la cantonade et sortir de la salle.

— Ellie sait que nous revenons la chercher, n'est-ce pas ? demanda Peyton.

Galen était touché par son inquiétude pour une enfant qu'elle venait de rencontrer.

— Oui, rassurez-vous. Sa valise est déjà à bord. Ilya, mon cousin, et Yasmin, sa femme, la conduiront à l'hélicoptère juste avant l'heure de notre départ. Comme ça, elle peut continuer à faire la fête avec mes petits-cousins.

— Vous avez une grande famille.

— Oui. Et vous ? Des frères et sœurs ?

— Non, il n'y a que moi… et mon père.

— Il n'a pas pu venir aujourd'hui ?

Elle serra les lèvres.

— C'est compliqué… Nous nous voyons très peu. Je préfère ne pas en parler.

Il eut envie de la questionner, mais l'expression sur son visage l'en dissuada. Peu à peu, il se rendait compte qu'il lui faudrait du temps pour connaître sa nouvelle épouse si mystérieuse et si secrète. Une chance qu'il soit un homme patient !

- 3 -

Pour la millième fois, Peyton écarta les cheveux qui lui barraient le visage. La brise océane emmêlait ses boucles mais, au moins, l'air était doux et chaud, et non humide et mordant comme il l'était si souvent dans l'État de Washington. À leur arrivée la veille, elle était si épuisée qu'elle avait à peine prêté attention au décor. Aujourd'hui, elle mesurait le luxe de leur logement temporaire. Ils ne se trouvaient pas dans un hôtel, bien qu'il y en ait un quelque part sur les vastes terres du complexe, mais dans une grande maison spacieuse et baignée de soleil, juste en face de l'océan. Peyton avait été soulagée de découvrir qu'ils disposaient chacun de leur propre chambre, ainsi que d'une plage privée, où Ellie était occupée à creuser des trous, des routes et des tunnels, poussant des cris joyeux quand la marée montante détruisait son dur labeur.

— Voulez-vous que je vous tresse les cheveux ? offrit Galen, installé sur une chaise longue à côté d'elle.

— Vous savez faire une tresse ? s'étonna Peyton.

— Sachez que je suis devenu expert en coiffures pour cheveux longs. Je n'ai même plus besoin d'utiliser un tuyau d'aspirateur pour faire une queue-de-cheval parfaite.

— Un quoi ?

— Vous regarderez sur Internet. Rien de mieux que les vidéos en ligne pour acquérir de nouvelles compétences.

Elle ne put s'empêcher de rire en imaginant Galen utiliser un aspirateur pour coiffer la fillette. Mais elle aimait les expériences nouvelles, et elle était curieuse de voir comment Galen allait dompter ses boucles emmêlées.

— D'accord. Montrez-moi vos talents, déclara-t-elle, s'asseyant sur sa chaise longue et lui tournant le dos.

— Eh bien, c'est une invitation à laquelle je n'ai pas droit tous les jours, répondit-il d'une voix légèrement rauque.

Malgré elle, son corps fut traversé par un frisson de désir. Elle fouilla dans son sac de plage et en sortit une brosse à cheveux.

— Vous devriez peut-être les démêler d'abord, suggéra-t-elle en lui tendant la brosse. Et il y a un élastique sur le manche.

Saisissant la brosse, il glissa les doigts dans ses cheveux pour préparer le terrain, effleurant son cuir chevelu au passage, puis passa la brosse pour démêler les nœuds. Peyton n'aurait jamais cru que le fait d'être coiffée par un quasi-inconnu soit si érotique. Elle avait envie de soupirer de plaisir.

Quand il eut terminé le démêlage, elle était au comble de l'excitation. Une chance qu'elle ait le dos tourné, sinon il aurait vu que ses tétons s'étaient dressés sous le fin tissu de son maillot une pièce. Mais il n'avait pas fini… Il plongea les mains dans ses cheveux, attisant son trouble. Elle se raidit pour tenter de le contenir.

— Ça va ? Je ne vous fais pas mal, j'espère ? demanda-t-il.

Il était si près qu'elle sentit son souffle sur son épaule.

— Ça va, fit-elle d'une voix tendue.

Il ne faisait que lui coiffer les cheveux, bon sang ! Il n'était pas en train de la séduire. Comment cet acte normal et quotidien pouvait avoir un tel effet sur ses sens, elle l'ignorait, mais il fallait qu'elle se ressaisisse. Elle porta son regard sur Ellie et, l'espace d'un instant, elle envia sa liberté, son insouciance. Ellie se moquait de savoir qui elle était, à quoi elle ressemblait, ou quelles douleurs l'avaient marquée. Elle était dans l'instant présent. Elle alternait entre creuser des trous, s'allonger sur le sable et plonger dans l'eau en riant pour rincer le sable sur sa peau.

— Classique ou inversée ? demanda Galen qui venait de séparer ses cheveux en trois parties.

— Je vous demande pardon ?

— Votre coiffure. Une tresse classique est plate, une tresse inversée a plus de volume.

— J'ignorais qu'il y avait une différence.

— Votre mère ne vous l'a jamais appris ?

— Ma mère était déjà malade quand j'étais enfant, et mon père… Eh bien, disons qu'il n'a pas eu le loisir de regarder des vidéos en ligne.

Elle déglutit, prise de court par une vague d'émotion étouffante. Certains jours, sa mère pouvait l'accueillir sur le seuil de leur maison avec un sourire et, d'autres, elle ne pouvait même pas lever le bras pour essuyer une larme sur sa joue. La maladie qui l'avait rongée avait eu des conséquences sur chacun. Peyton gardait farouchement ces souvenirs, mais ils l'ébranlaient toujours profondément.

— L'une ou l'autre. Quelle importance ? lâcha-t-elle, sur un ton plus sec qu'elle ne l'aurait voulu.

— Alors va pour la tresse inversée. Demain, nous pourrons explorer les complexités de la tresse en épi. Maintenant, ne bougez plus. Il faut que je me concentre.

Il se tut pendant qu'il se consacrait à sa tâche. Quand il eut fini, il posa les mains sur ses épaules. Ses paumes étaient chaudes et douces, mais Peyton avait l'impression d'avoir des fers rouges sur sa peau.

— Vous admirez votre œuvre ? demanda-t-elle, un brin sarcastique.

— En quelque sorte. Vous saviez que vous aviez de petites boucles très douces sur votre nuque ?

Elle frissonna quand il les effleura et en enroula une autour de son doigt. Sa phalange effleura sa peau, mettant tous ses sens en émoi. Qui aurait cru que cette zone était si sensible ? Puis tout son corps réagit quand elle sentit l'empreinte de ses lèvres sur sa nuque. Elle se leva d'un bond, dans une tentative instinctive de mettre de la distance entre eux puis se retourna vers lui.

Galen l'observait sans la moindre gêne.

— Désolé, c'était plus fort que moi.

La gratifiant d'un sourire désinvolte, il se leva puis courut vers la plage pour rejoindre Ellie qui sculptait une tortue dans le sable. Peyton le regarda rejoindre sa pupille, enviant son enthousiasme. Elle ne le connaissait que depuis peu, mais elle avait déjà remarqué qu'il avait un don pour insuffler de la légèreté dans sa vie. Il était sans doute le roi des fêtes auxquelles il prenait part, se dit-elle avec une pointe d'acerbité. Le beau milliardaire n'avait sans doute jamais de soucis dans son monde privilégié. Il n'avait jamais eu à rentrer de l'école dans une maison silencieuse en se demandant si c'était le jour où il découvrirait sa mère morte dans son lit. Il n'avait jamais eu à craindre qu'on frappe à leur porte pour les expulser sa famille et lui de leur logement, une fois de plus.

Il fallait être juste, lui aussi avait subi des deuils, pensa-t-elle. La mort des parents d'Ellie l'avait affecté, à l'évidence, et en faisant ses recherches sur lui elle avait appris qu'il avait perdu son père lorsqu'il était adolescent. Cela avait dû être difficile. Peut-être son attitude insouciante n'était-elle qu'une façade. Haussant les épaules, elle prit son sarong, le noua autour de sa taille puis enfila une paire de tongs ornées de cristaux et marcha le long de la plage pour aller voir la sculpture. Que les sourires de cet homme soient une façade ou non, peu importait. Car elle n'était pas ici pour apprécier la compagnie de Galen Horvath. Elle avait une mission à accomplir, et elle devait garder cela en tête.

Il était plus de minuit. Galen éprouvait une fatigue mentale, en plus de son inconfort physique. Il devrait y avoir une loi contre les costumes sous les climats tropicaux, songea-t-il en desserrant sa cravate et en se dirigeant vers la villa.

— Enfin, vous êtes de retour, lança une voix acerbe depuis un fauteuil face à la piscine éclairée. Je commençais à me demander si vous nous aviez abandonnées pour de bon.

— Je vous ai manqué ? répliqua-t-il, refusant de relever la pique de Peyton.

Cette femme avait tout fait pour garder ses distances avec lui, et il s'était même demandé s'il lui manquerait un jour. Certes, travailler durant leur lune de miel n'était pas idéal, mais le complexe était sur le point de signer un accord avec un grand partenaire pour étendre le complexe d'Hawaï, et certaines questions devaient être réglées sur place.

— Vous avez manqué à Ellie, rétorqua-t-elle.

Elle se leva et planta les mains sur ses hanches.

Galen eut la bouche sèche. Sa silhouette élancée, moulée dans une longue robe couleur crème, se détachait dans la lumière qui provenait de la villa. Il l'avait déjà vue en maillot de bain et, oui, elle avait un corps de rêve. Mais dans cette tenue, elle ressemblait à une déesse, mystérieuse et envoûtante.

— Je commençais à me demander si vous m'aviez épousée uniquement pour avoir une baby-sitter, lâcha-t-elle, brisant le fil de ses pensées. Je dois le dire, si c'est votre vision de la parentalité, je suis triste pour Ellie, car elle mérite mieux que ça.

Mieux que lui, peut-être ? Galen sentit sa colère monter mais, comme toujours, il referma le couvercle sur son émotion et afficha un sourire.

— Ellie savait que je serais absent toute la journée.

— Ça ne veut pas dire que vous ne lui avez pas manqué. Elle est vraiment anxieuse quand vous n'êtes pas là. Vous le saviez ?

La culpabilité le tenailla. Il ne voulait surtout pas être une source d'angoisse pour Ellie.

— Que voulez-vous dire exactement ?

— Elle semblait tendue pendant le dîner et elle m'a demandé quand vous reviendriez. J'ai essayé de la distraire. Je l'ai laissée me battre aux cartes.

— Vous l'avez laissée vous battre ? demanda-t-il, un sourire en coin.

Cette petite était une championne aux cartes.

— D'accord, elle m'a battue à plates coutures. Mais quand l'heure du coucher est arrivée et que vous n'étiez toujours pas là, elle était vraiment nerveuse. Elle était terrifiée à l'idée qu'il vous soit arrivé quelque chose, et je n'arrivais pas à la rassurer, quoi que je dise.

Galen hocha la tête. Oui, il aurait dû prévenir qu'il rentrerait très tard. Même si Ellie était sous sa garde depuis plusieurs mois maintenant, il était encore en phase d'adaptation. Mais ils étaient à Maui depuis déjà trois jours, et Ellie avait semblé tout aussi heureuse avec Peyton qu'avec lui – il avait cru qu'il n'y aurait aucun problème. À l'évidence, il avait eu tort.

— Je suis désolé. Je lui parlerai demain.

— Avant ou après votre prochaine réunion de travail ?

Contre toute attente, un sentiment de satisfaction naquit en lui. Peyton était peut-être en colère contre lui, mais elle était dans le camp d'Ellie, et c'était ce qu'il avait espéré depuis le début : épouser une femme qui serait comme une mère pour Ellie.

— Il n'y aura plus de réunions de travail. C'est promis. Pas pendant notre lune de miel, en tout cas.

— Jusqu'à ce que la prochaine urgence survienne et que vous deviez de nouveau vous décharger de vos responsabilités ?

Il s'efforça d'afficher un air neutre.

— Je n'ai pas l'habitude de me décharger de quoi que ce soit. Je suis désolé si le fait de surveiller Ellie était un tel fardeau pour vous.

Elle rougit, et son regard brilla. Elle semblait sur le point d'exploser.

— Écoutez, je suis désolé, reprit-il. C'était injuste de ma part. Je n'aurais pas dû supposer que vous surveilleriez Ellie quand je ne peux pas le faire.

— Vous ne me connaissez même pas, argua Peyton.

Il avança vers elle et lui prit la main.

— Vous avez raison. Je ne vous connais pas, pas encore.

Néanmoins, je sais que vous êtes digne de confiance. Nous n'aurions pas été mis en couple si ce n'était pas le cas.

Peyton hocha la tête.

— Elle était dans tous ses états, Galen. J'ai eu de la peine pour elle.

Il serra doucement sa main.

— Vous vous êtes sentie impuissante, n'est-ce pas ? avança-t-il, compatissant.

La colère qui avait semblé animer Peyton s'évanouit en une seconde.

— Oui, et ça ne m'a pas plu. Je suis désolée de m'en être prise à vous. Mais ne croyez pas que vous êtes tiré d'affaire.

— Je comprends et je saurai me faire pardonner. Je suis un homme de parole, Peyton. Je ne travaillerai plus pendant notre lune de miel.

— Merci.

Elle retira sa main et rassembla ses affaires, parmi lesquelles des notes écrites et un ordinateur portable.

— Vous étiez en train de travailler ? demanda-t-il.

— Seulement depuis qu'Ellie dort. Ça ne fait qu'une heure ou deux, elle était si perturbée.

— Je ne vous accusais pas, inutile d'être sur la défensive.

Elle haussa les sourcils, l'air sceptique.

— Je vous assure, insista-t-il. Je m'intéresse à ce que vous faites, c'est tout. C'est un nouvel article ?

— Je ne parle pas de mon travail tant qu'il n'est pas publié.

Elle serra ses affaires contre elle, comme pour les soustraire à son regard. Il pouvait le comprendre, mais Peyton lui compliquait la tâche. Difficile de trouver des sujets de discussion pour apprendre à se connaître. Jusqu'ici, elle avait évité de parler de sa famille et de son travail. Alors, que leur restait-il ? Pas grand-chose.

— Je respecte votre position. Votre travail est sensible, alors ?

— En général, oui, et celui-ci, particulièrement. Je ne voulais pas être malpolie. C'est juste la façon dont je travaille. Vous comprenez ?

— Oui, pas de problème. Ça vous dirait de ranger vos affaires dans un endroit où mon regard indiscret ne pourra pas les voir et de me rejoindre dans le patio pour boire un verre ?

Elle hésita. Il se prépara à un refus ferme, mais elle hocha la tête et promit de revenir.

Galen retira sa veste et sa cravate. Valentin avait raison : le mariage n'était pas facile, surtout quand on avait épousé une parfaite inconnue.

L'autre jour, pendant qu'il la coiffait, il avait eu l'impression qu'ils avaient développé une certaine intimité. Mais apparemment, le fait qu'il soit allé travailler aujourd'hui lui avait valu un retour à la case départ. Il devait réussir à s'entendre avec Peyton, pour Ellie.

Se sentant un peu coupable, il posa ses affaires sur une chaise et se dirigea vers la chambre d'Ellie.

Depuis l'accident de ses parents, elle dormait avec une veilleuse, la porte entrouverte. Il entra dans la pièce et s'assit doucement au bord du lit. Ellie ouvrit les yeux après une seconde.

— Tu es rentré !

Elle se releva vivement et s'accrocha à son cou.

Ému, il l'étreignit en retour.

— Oui, je suis là, alors ne t'inquiète plus, d'accord ? Je croyais que nous avions un marché. Tu es censée me parler des choses qui te perturbent.

— Je sais, dit-elle, reculant doucement. C'est juste que c'est difficile quand tu n'es pas là.

— Je suis désolé de m'être absenté si longtemps aujourd'hui. Ça n'arrivera plus pendant notre séjour ici, néanmoins ça arrivera sans doute quand nous serons de retour chez nous. Mais je te promets une chose : je ferai en sorte que tu ne sois jamais seule et que tu puisses demander à la personne qui sera avec toi de m'envoyer un message à n'importe quel moment.

— Même quand tu es dans une réunion importante ?

— Oui. Rien ni personne n'est plus important que toi à mes yeux. Je suis là pour toi, Ellie. Et je le serai toujours.

— D'accord, dit-elle, et elle se mit à bâiller.

— Maintenant, rendors-toi, jeune fille. Demain est un autre jour.

— Merci, Galen. Je t'aime.

— Je t'aime aussi, trésor.

Il déposa un baiser sur son front puis se leva. Lorsqu'il fut à la porte, Ellie s'était déjà rendormie. Il l'observa, le cœur si débordant d'amour qu'il en eut le souffle coupé. Dans des moments comme celui-ci, il se disait qu'il avait bien fait de se trouver une épouse. Ellie avait subi bien trop d'épreuves pour son jeune âge. Elle méritait une famille qui l'aime et la soutienne. S'il en croyait la réaction de Peyton ce soir, sa femme partageait son point de vue. Il l'espérait, en tout cas.

- 4 -

Peyton se faufila dans sa chambre à pas feutrés. Elle ne tenait pas à ce que Galen sache qu'elle avait écouté sa tendre conversation avec Ellie. Une conversation qui l'avait surprise et émue.

S'asseyant devant la coiffeuse, elle prit un mouchoir et essuya ses larmes. Galen et Ellie avaient apparemment une relation privilégiée et, pour une raison stupide, elle avait le sentiment d'être mise à l'écart. Cela ne l'avait jamais dérangée jusqu'à maintenant. Depuis la disgrâce de son père, licencié de Horvath Corporation, elle s'était toujours sentie à l'écart. Lorsqu'ils s'étaient installés sur la côte de l'Oregon, elle n'avait pas non plus trouvé sa place. Elle était alors une citadine débarquée dans une petite ville où tout le monde se connaissait, et où la pêche et le tourisme étaient les secteurs d'activité principaux. Même à l'université, elle était restée en retrait, ce qui avait été un avantage quand elle avait dû cacher sa grossesse puis l'adoption de son bébé. Être à l'écart était naturel chez elle désormais. Cela lui permettait d'être observatrice du monde. Elle préférait même cela, se dit-elle en appliquant une couche de rouge à lèvres.

Mais dans ce cas pourquoi être à l'écart la faisait-il tant souffrir ? Était-ce parce que son enfant aurait l'âge d'Ellie aujourd'hui ? Parce que, chaque jour, elle mesurait tout ce qu'elle avait abandonné ? Peyton chassa ces pensées avant qu'elles ne la rendent folle. Elle avait fait un choix, le meilleur pour son enfant à l'époque. Même durant les premières années après l'adoption, elle n'aurait pas pu subvenir aux besoins d'un enfant. Bien sûr, sa situation avait changé à présent. Son travail payait parfois extrêmement bien. Et son enquête sur Alice Horvath lui rapporterait beaucoup. Horvath Corporation était un groupe mondial, mais l'entreprise elle-même n'avait jamais été sa cible. Uniquement Alice. C'était Alice qui avait détruit arbitrairement la carrière de son père et, par ricochet, tout ce qui lui était cher.

Reste concentrée, s'intima-t-elle, enfermant ses émotions dans une boîte virtuelle comme elle avait l'habitude de le faire. Elle n'avait pas le temps de songer au bébé qu'elle avait abandonné, ni de s'attarder sur ce sentiment de passer à côté de tout ce dont elle rêvait enfant. Elle avait une mission à accomplir et elle irait jusqu'au bout. Regardant son reflet dans le miroir, elle redressa les épaules et hocha la tête. Elle réussirait.

Elle retrouva Galen dans le patio. L'air du soir était doux et parfumé par l'odeur des frangipaniers.

Elle poussa un grand soupir.

— Est-ce toujours aussi merveilleux ici ? demanda-t-elle.

— Oui. Même quand le temps est mauvais, il y a une beauté brute dans cette île qui me touche et m'apaise toujours. C'est mon refuge quand ma vie est trop effrénée.

— J'ignorais que vous aviez besoin d'un refuge.

Elle s'installa dans un fauteuil en rotin et observa la mer bleu nuit et le ciel d'un mauve profond.

— Tout le monde en a besoin de temps en temps.

— Alors, vous avez de la chance d'avoir cet endroit, dit-elle, désignant d'un geste le paysage qui les entourait.

Il était temps de prendre le taureau par les cornes, décida-t-elle.

— Je suis navrée pour tout à l'heure. Pour avoir insinué que vous négligiez vos devoirs envers Ellie.

— Excuses acceptées.

— J'étais irritable parce que vous me manquiez à moi aussi.

Bon sang, d'où cela était-il sorti ? Peyton déglutit, ayant

peine à croire aux mots qu'elle venait de prononcer. L'idée que le sourire éclatant de Galen lui manque la contrariait. Cet homme était addictif, et elle comprenait mieux désormais sa popularité auprès de la gent féminine. Cela ne voulait pas dire qu'elle voulait se jeter à son cou, mais elle mentirait si elle disait être insensible à son charme.

D'accord, elle se mentait à elle-même : elle voulait se jeter à son cou. Si les circonstances avaient été différentes, une brève aventure avec Galen Horvath aurait été une bouffée d'air frais. Mais elle ne pouvait se permettre de céder à son attirance. Elle devait se consacrer uniquement à son objectif.

— Je suis flatté.

Était-ce une rougeur qu'elle distinguait sur ses joues, sous la lumière tamisée du patio ? Elle ne l'avait tout de même pas embarrassé par ses paroles franches ? Elle ferait mieux de changer de sujet, et vite.

— Alors, que recommandez-vous pour un verre ?

— Ce qui vous plaira. Personnellement, j'aime me détendre avec un bon cognac de temps en temps, mais une crème de whisky ferait aussi bien l'affaire.

— Alors, va pour une crème de whisky irlandais, avec des glaçons.

Elle le regarda se diriger vers le petit bar, dans un coin du patio. Tous ses mouvements étaient très masculins, et en même temps, gracieux. Une vague de désir inattendu l'envahit. Elle avait beau se raisonner, il semblait que son corps avait un tout autre programme.

Observer l'océan était bien plus sûr que d'observer son mari, aussi reporta-t-elle son regard sur les vagues.

Elle ne se retourna que lorsqu'elle entendit le cliquetis des glaçons. Galen lui donna son verre et rapprocha une chaise pour s'asseoir à côté d'elle.

— Parlez-moi un peu de vous, Peyton.

Il était si près qu'elle n'aurait qu'à tendre les orteils pour le toucher. Il ne faudrait qu'un petit effort pour passer le pied sur son mollet, remonter vers sa cuisse… Elle recroquevilla ses orteils contre le carrelage chaud plutôt que de suivre son imagination.

— Que voulez-vous savoir ? esquiva-t-elle, buvant une gorgée d'alcool.

— Où avez-vous grandi ?

Une question dangereuse, car elle pourrait mener à une discussion qu'elle n'était pas prête à avoir.

— Eh bien, d'abord en Californie, puis dans l'Oregon.

— J'ai grandi en Californie moi aussi, près de Santa Barbara ? Et vous ?

— Oh ! je n'étais pas du tout dans ce coin, répondit-elle en mentant. Est-ce que tous les membres de votre famille doivent travailler pour Horvath Corporation ?

— Pas forcément, mais nous bénéficions tous des succès du groupe, alors il est logique que nous apportions notre contribution. Certains de mes cousins travaillent dans d'autres domaines, comme Danni. Elle est vétérinaire à Ojai. Mais nous étions en train de parler de vous.

Peyton feignit d'être embarrassée.

— Pardon, j'ai l'habitude de diriger les conversations. Déformation professionnelle.

Elle était allée un peu trop loin. Il fallait qu'elle détende l'atmosphère, sinon Galen pourrait se braquer.

— Vous avez une grande famille. Je ne peux imaginer ce que c'est. Une part de moi vous envie. L'autre part est horrifiée à l'idée de devoir tout partager avec tout le monde et de ne pas avoir d'intimité.

Galen rit. Elle aimait le son de son rire et elle aimerait le faire rire plus souvent.

— Eh bien, la seule chose, ou plutôt la seule personne que nous ayons jamais eue à partager, c'est Nagy – et notre grand-père quand il était en vie. Nous vivions tous assez près les uns des autres, il était donc normal que nous nous croisions à l'école ou pendant nos activités sportives. Chaque dimanche, Nagy invitait tout le monde à passer la voir et tenait table ouverte. Une tradition toujours en vigueur. Nos réunions sont toujours un peu chaotiques, mais c'est bon d'être ensemble. D'être avec les gens qui vous défendront toujours, quoi qu'il arrive.

— Ce doit être agréable, commenta Peyton avec une pointe d'envie.

C'était une chose de mener une existence privilégiée comme Galen, mais c'en était une autre d'avoir une famille soudée. Le père de Peyton avait coupé les ponts avec sa propre famille durant les premières années de son mariage, et la mère de Peyton avait été déshéritée à cause de cette union. Quand sa mère était décédée, Peyton s'était retrouvée seule avec son père. Un homme devenu amer et difficile à vivre. Encore aujourd'hui il ne savait pas comment être heureux. Peyton avait toujours espéré revoir des bribes de l'homme qu'il était autrefois, avant d'être licencié de Horvath Corporation. L'homme qui jouait avec elle avant le dîner et la bordait le soir. Mais lorsque la sclérose en plaques de sa mère avait été diagnostiquée, il avait changé. Il était devenu nerveux, distant – et il l'était resté. Son amertume était devenue une part si intrinsèque de lui qu'elle avait presque oublié l'homme insouciant qu'il était autrefois.

— Perdue dans vos pensées ? demanda Galen.

— Oui, et elles ne sont pas positives, d'ailleurs. Mon enfance a été très différente de la vôtre. Ma mère est tombée malade quand j'étais encore en primaire. Cela a tout changé. Puis, quand nous avons emménagé dans l'Oregon, son état a empiré.

— Je suis désolé.

Ses mots simples et sincères la touchèrent au cœur. Galen était un homme bien. Compatissant sans être intrusif.

— C'était il y a longtemps. Je m'en suis remise.

— Dites-moi, qu'est-ce qui vous a donné envie d'être journaliste ?

Elle émit un petit rire.

— Je rendais mes parents chèvres parce que je voulais toujours savoir le pourquoi du comment. Ce besoin de tout comprendre ne m'a jamais quittée.

— Ça explique votre propension à poser des questions, la taquina-t-il.

— Hé, je me suis excusée !

— Il n'y a pas de problème. C'est une chance d'être passionné par son métier.

Passionnée… Elle pourrait aisément l'être avec lui. Il savait écouter, il était bien trop séduisant à son goût et il lui donnait envie de faire des choses avec lui qu'elle n'avait pas faites depuis longtemps. Ses relations avec les hommes étaient en général brèves. Elle donnait peu d'elle-même. Pas sur le plan physique, mais sur le plan émotionnel. Pourtant, avec Galen, elle passait par toute la palette des émotions. Elle avait cru que pour cette mission très personnelle, elle réussirait à rester concentrée sur son travail comme elle l'avait toujours fait jusqu'à présent. Mais il y avait quelque chose chez Galen qui la distrayait bien trop aisément.

Elle fit tournoyer les glaçons fondus dans son verre puis avala le reste de sa boisson.

— Je suis fatiguée. Je crois qu'il est temps pour moi d'aller me coucher.

— Oui, pour moi aussi. Merci de m'avoir aidé à me détendre.

— Trop de travail ?

— Oui, mais demain, je me consacre entièrement à vous deux. Nous ferions mieux de dormir pour bien profiter de la journée.

— Bonne idée. Qu'avez-vous prévu ?

— Je ne sais pas. Peut-être que nous pourrions laisser Ellie décider du programme.

— Ça lui plaira, j'en suis sûre.

Ils se levèrent en même temps, et Peyton emporta leurs verres vides dans la cuisine.

— Laissez, dit-il, lui emboîtant le pas. Nous avons du personnel pour s'en occuper.

— Je sais, mais je ne m'habituerai jamais à ce que les gens ramassent derrière moi. Dès mon plus jeune âge, on m'a appris à être responsable de moi. Cela m'est resté.

Elle rinça les verres et les plaça dans le lave-vaisselle.
— Eh bien, bonne nuit, conclut-elle.
— Oui, à demain.

Quand elle passa devant lui, elle huma une bouffée de son eau de toilette, et tous ses sens furent en alerte. Galen était si près... Il suffirait qu'elle se retourne vers lui. Elle ne doutait pas qu'il ferait le reste. Mais elle continua à marcher jusqu'à sa chambre. Son cœur battait à se rompre quand elle ferma la porte et s'y adossa, tentant de comprendre l'effet que Galen avait sur elle. Il n'était qu'un homme, pourtant.

Mais oui, c'est ça, railla une petite voix dans sa tête.

- 5 -

Galen frappa d'abord à la porte d'Ellie puis à celle de Peyton.

— Debout, les marmottes ! La journée s'annonce splendide. Alors il faut profiter de chaque minute !

— Je suis prête ! s'exclama Ellie, sortant de sa chambre en trombe et se jetant sur Galen pour le serrer dans ses bras.

Il l'étreignit en retour et sentit sa gorge se nouer. Cette enfant avait vécu de terribles épreuves, et sa force ne cessait de l'impressionner.

— Et pour quoi es-tu prête au juste, trésor ?

— Pour du shopping !

— Tu veux faire les boutiques aujourd'hui ? Dans un endroit en particulier ?

— Le centre commercial Ala Moana ! Après ça, déjeuner sur la plage de Waikiki.

— Ça me paraît un excellent programme, répondit Galen en souriant.

Il devrait donc réserver un hélicoptère pour les emmener sur l'île d'Oahu après le petit déjeuner.

— Qu'est-ce qu'il y a au petit déjeuner ? demanda-t-elle. Où est Peyton ?

— Leilani prépare des pancakes. Si tu allais l'aider ? Pendant ce temps, je vais voir ce que fait Peyton.

— Des pancakes ! C'est ce que je préfère !

Et elle disparut en une seconde. Parfois, il enviait son énergie, tout en se demandant comment il allait pouvoir tenir le rythme.

Il frappa de nouveau à la chambre de Peyton. N'obtenant pas de réponse, il ouvrit la porte avec précaution. Le lit était vide, les draps emmêlés. Apparemment, elle avait eu une nuit agitée. Son ordinateur ouvert était posé sur le bureau face à l'océan. Peut-être avait-elle travaillé durant la nuit ? Il se dirigea vers le bureau. Quand il entendit la porte de la salle de bains s'ouvrir derrière lui, il sursauta.

— Galen ? Qu'est-ce que vous faites ici ?

— Désolé d'envahir votre espace, dit-il sans se retourner. J'espère que vous êtes décente ?

— Suffisamment.

Il la sentit approcher. Elle tendit le bras et ferma le capot de l'ordinateur avant qu'il puisse lire ce qu'il y avait sur l'écran. Sa peau nue était encore parsemée de gouttelettes, nota-t-il. Il s'imagina lécher ces gouttes d'eau, et une bouffée de désir l'envahit.

— Ellie est dans la cuisine. Je voulais juste m'assurer que vous étiez réveillée, dit-il, se retournant vers elle.

— Comme vous pouvez le voir, je le suis.

Elle était drapée dans une serviette. Certes, le drap de bain était immense, mais le fait de savoir qu'elle était nue dessous mit ses sens en émoi.

— Je... je vais vous laisser vous habiller, dans ce cas. Nous décollerons dans environ quarante-cinq minutes.

— Nous décollerons ?

— Ellie a établi le programme : virée shopping suivie d'un déjeuner sur la plage de Waikiki.

Peyton secoua la tête.

— Vous hésitez à venir ? demanda-t-il.

— Non. Simplement, je n'arrive pas à me faire à l'idée que vous pouvez aller sur une île sur un coup de tête. Ne faites pas attention à moi.

Il faisait attention à elle, justement. Un gentleman la laisserait seule pour qu'elle puisse se sécher et s'habiller. Il n'avait pas envie d'être un gentleman pour l'instant.

— Avec moi, vous vous habituerez à tout, la taquina-t-il.

Elle sourit, mais il remarqua que son sourire n'atteignait

pas ses yeux qui étaient cernés. Elle semblait fatiguée. Sans réfléchir, il posa la main sur sa joue.

— Vous n'avez pas bien dormi ?

— Êtes-vous en train de dire que j'ai l'air d'une loque ?

Il gloussa.

— Vous ne ressemblerez jamais à une loque. En revanche, vous avez l'air fatiguée. Tout va bien ?

Elle ferma les yeux une seconde puis soutint son regard.

— Oui, rassurez-vous. J'ai ressassé beaucoup de choses hier soir, alors j'ai eu du mal à trouver le sommeil. Finalement, j'ai décidé d'avancer dans mon travail.

— Vous êtes toujours partante pour nous accompagner aujourd'hui, n'est-ce pas ?

— Je ne manquerais ça pour rien au monde.

Étrange… Elle disait ce qu'il fallait, mais il n'y avait pas d'inflexion, pas de sincérité ou d'enthousiasme dans ses paroles.

— D'accord, cette fois, je vous laisse. Je vais voir Ellie avant qu'elle n'engloutisse tous les pancakes.

Peyton acquiesça d'un signe de tête et retourna dans la salle de bains. Il la regarda s'éloigner.

Cette femme était une énigme. Et elle était son épouse. Elle était si différente de ce qu'il avait imaginé… Où Nagy avait-elle eu la tête quand elle avait validé ce mariage ? En apparence, oui, ils étaient bien assortis. Mais qu'y avait-il sous les apparences ? Peyton était d'un abord difficile, et semblait tenir à ses secrets. Si tel était le cas, pourquoi s'était-elle mariée ? Un mariage, à plus forte raison un mariage de convenance, était fondé sur des points communs. Si on ne pouvait pas trouver ces points communs parce que l'un des partenaires refusait de se dévoiler, comment avancer ?

Une fois hors de la chambre de Peyton, il sortit son téléphone de sa poche et appela le pilote du complexe hôtelier, afin de programmer leur vol pour Oahu. Après cela, il retrouva Ellie dans la cuisine. Peyton ne tarda pas à les rejoindre. Elle avait sans doute appliqué du maquillage car ses cernes étaient moins visibles. Elle caressa les cheveux d'Ellie avant de s'asseoir à côté d'elle.

— Tu m'as laissé des pancakes ? demanda-t-elle, donnant un petit coup d'épaule à la fillette.

— Bien sûr. Et du bacon, aussi. Tu aimes le bacon ?

— Tout est meilleur avec du bacon, répondit Peyton en hochant la tête.

Galen sourit. Bien qu'elles ne se connaissent que depuis peu, Ellie et Peyton semblaient déjà liées, et, il s'en rendait compte, cela lui donnait le sentiment d'être moins seul dans ce voyage qu'était la parentalité. À dire vrai, être parent le terrifiait. Il aimait Ellie comme si elle était sa propre fille, et ce depuis qu'il l'avait tenue dans ses bras, le jour où Nick et Sarah l'avaient ramenée chez eux. Il n'aurait jamais cru ressentir tant d'amour pour l'enfant de quelqu'un d'autre. Ni même pour son propre enfant, puisqu'il ne s'était jamais imaginé avec une famille bien à lui.

Ayant perdu son oncle puis son père, victimes d'une maladie cardiaque héréditaire qui avait auparavant emporté son grand-père, Galen savait qu'aimer et perdre un être cher pouvait marquer à vie, voire détruire. Depuis la mort de son père, il redoutait ce sentiment qu'on appelait l'amour, et il cadenassait ses émotions. Mais, avec Ellie, c'était différent. Dès qu'il avait tenu ce bébé minuscule et sans défense dans ses bras, il avait su qu'il serait pour toujours à son service.

Il regarda Peyton interagir avec Ellie tout en sirotant son café, et se demanda s'il pourrait aimer sa femme, aussi. Son attirance pour elle ne cessait de grandir, en tout cas. Il avait même du mal à la quitter des yeux.

— Allô Galen, ici la Terre !

La voix d'Ellie fit intrusion dans ses pensées.

— Tu es en train de dévisager Peyton. Maman disait que ce n'est pas poli de dévisager les gens.

— Et elle avait raison, sauf quand un homme regarde sa femme, se défendit-il, posant son café sur la table.

Il était un peu gêné d'avoir été pris sur le fait par une fillette de neuf ans.

Il croisa le regard de Peyton.

— N'est-ce pas, Peyton ? lança-t-il.

— J'imagine. Je n'y ai jamais trop réfléchi.

Le téléphone de Galen sonna.

— Excusez-moi, mesdames, je crois que c'est l'alarme qui me rappelle que nous devons être à l'héliport dans environ quinze minutes. Est-ce suffisant pour que vous finissiez de vous préparer, toutes les deux ?

— Je suis déjà prête, déclara Ellie. Mais je n'ai pas d'argent. Ça va être dur d'acheter quelque chose sans argent, non ?

— Je vais régler le problème, assura-t-il. Premier arrêt, un distributeur de billets. Je te donnerai une somme que tu pourras dépenser pour ce que tu veux.

Peyton fronça les sourcils, comme si elle voulait intervenir.

— Qu'y a-t-il ? demanda-t-il quand Ellie eut quitté la table pour aller se brosser les dents.

— Rien.

— À l'évidence, il y a quelque chose. Vous n'approuvez pas ma décision de donner de l'argent de poche à Ellie ?

— Je me demande juste comment elle apprendra la valeur de l'argent si vous le lui donnez simplement.

— Vous pensez que je devrais la faire travailler pour qu'elle gagne cet argent ? C'est un peu mesquin alors que nous sommes en lune de miel, vous ne trouvez pas ?

— Écoutez, ce n'est pas à moi de dire quoi que ce soit, mais vous m'avez posé la question.

— C'est vrai. Rassurez-vous, je lui donne de l'argent aujourd'hui, mais elle ne grandira pas en s'attendant à recevoir des billets toutes les cinq minutes. À son âge, je n'en recevais pas. Je me plais à penser que mes parents ont été un bon exemple, et que je saurai en être un pour Ellie.

— Je vous ai blessé. Je vous présente mes excuses.

Blessé ? Oui, peut-être. En tout cas, elle savait comment le faire réagir, mais il n'en ferait pas une histoire.

— Ce n'est rien. Sachez que vous pouvez me parler de tout, Peyton. Nous sommes un couple, nous devrions pouvoir discuter de tous les sujets. Avec le temps, nous apprendrons à prendre des décisions ensemble. C'est une situation nouvelle pour vous comme pour moi.

Elle recula sa chaise et débarrassa son assiette et ses couverts.

— Vous avez raison. J'ai réagi de manière excessive. J'ai juste…

Il attendit qu'elle continue, mais elle secoua la tête et alla poser son assiette sur le plan de travail. Il se leva et la suivit.

— Vous avez juste… ? demanda-t-il.

— Eh bien, j'ai eu une enfance très différente, voilà tout.

Elle passa devant lui, et il resta là, à la regarder se refermer sur elle-même une fois de plus. C'était une tendance chez elle, apparemment. Juste au moment où il croyait faire des progrès avec elle et retirer soigneusement une strate pour découvrir une vérité, elle recollait cette strate avec de la colle extra-forte.

Au lieu de le décourager, cela le poussait à redoubler d'efforts pour comprendre son épouse.

Et il était du genre persévérant.

Peyton regardait Ellie marcher devant eux tandis qu'ils se promenaient sur la plage de sable blanc de Waikiki. La virée dans les boutiques s'était mieux déroulée qu'elle ne l'avait cru. Galen n'avait pas simplement donné des billets à Ellie. Il avait pris soin de lui acheter un adorable petit sac et un portefeuille, puis lui avait donné un peu d'argent retiré dans un distributeur. Ensuite, ils avaient discuté de ce qu'elle désirait acheter et avaient parcouru le centre commercial pour qu'elle puisse comparer les prix. Après cela, seulement, la fillette avait fait ses achats. Il avait été si patient que Peyton s'était surprise à admirer son comportement. Elle s'était même dit qu'elle aurait aimé que son père soit comme lui quand elle était enfant.

Mais elle avait eu une vie bien différente, et son père n'avait jamais d'argent à disposition à la différence de Galen.

— J'ai réservé une table dans le restaurant là-bas, annonça-t-il, désignant une terrasse au nord de la plage. J'espère que vous avez faim, toutes les deux.

— Étonnamment, après ce petit déjeuner pantagruélique, oui, j'ai faim, déclara Peyton.

— Galen ! Regarde là-bas. On pourra y aller après le déjeuner ?

Ellie montrait un embarcadère sur la plage.

— Qu'est-ce que c'est ? demanda-t-il.

— Le bateau nous emmène dans un sous-marin et on peut descendre à trente mètres sous l'eau. On peut le faire, s'il te plaît ?

— Je ne crois pas…, commença Peyton.

— Bien sûr, répondit Galen en même temps.

— Vous n'êtes pas sérieux ? s'exclama Peyton.

— Oh ! s'il te plaît, Peyton ! Ça sera amusant, plaida Ellie, montrant le panneau géant sur lequel étaient affichées des photos de l'expérience sous-marine. S'il te plaît ?

— Vous pouvez y aller sans moi, tous les deux, répondit Peyton d'un ton ferme.

Un silence s'ensuivit, et Peyton perçut la déception d'Ellie. Quand le maître d'hôtel du restaurant leur montra leur table en front de mer, Galen prit Peyton par le bras. Ellie les observa.

— Ellie, je vais discuter avec Peyton pendant une minute. Va t'asseoir à notre table, nous arrivons tout de suite, d'accord ? suggéra-t-il à la fillette. Tout va bien. Je te surveille d'ici.

Peyton sentit tout son corps se raidir. Que voulait Galen ? La persuader qu'elle devait faire cette activité qu'Ellie tenait tant à faire ? Il n'y arriverait pas.

— Galen, vous pouvez y aller ensemble. Ça ne me pose aucun problème de vous attendre sur la plage.

— Non, si nous y allons, c'est tous les trois. Pouvez-vous me dire pourquoi vous avez si peur ?

— Je n'ai pas peur.

— Inutile de me mentir, Peyton. J'ai vu votre réaction

quand Ellie a suggéré cette activité. C'est sécurisé, vous savez. Il y a plusieurs sous-marins de ce genre ici.

— Et je suis sûre qu'ils n'ont pas besoin de moi comme cliente.

— Vous ne voudriez pas décevoir Ellie, n'est-ce pas ?

Elle lui lança un regard noir.

— Elle ne sera pas déçue si vous l'emmenez, non ? argua-t-elle.

— Il me semble qu'hier vous vouliez que nous passions du temps ensemble, lui rappela-t-il d'une voix enjôleuse. Tous les trois.

— Vous avez passé toute la journée au travail. Ça n'a rien de comparable avec le fait que je reste sur la plage pendant qu'Ellie et vous allez dans ce piège à touristes.

— Allons, Peyton. Qu'est-ce qui vous effraie tant ? Vous m'avez l'air d'une femme très courageuse. Après tout, vous avez accepté de m'épouser sans me connaître.

— Ce n'est pas la même chose.

Il fit un signe à Ellie, installée à une table abritée par un parasol.

— Nous devrions la rejoindre, suggéra Peyton, pressée de finir cette discussion.

— Pourquoi ne voulez-vous rien me dire ? insista Galen avec douceur. Votre secret est-il si terrible ?

Elle frissonna malgré la température élevée et tenta de ne pas penser à l'incident qui s'était produit peu après l'annonce de la maladie de sa mère, et qui l'avait rendue claustrophobe.

— D'accord, je viens avec vous.

— Vous dites ça comme si vous alliez monter à l'échafaud.

— J'ai dit que je le ferais, d'accord ?

— Je serai avec vous. Vous ne le regretterez pas.

Elle en doutait fort. À tout le moins, elle espérait ne pas se mettre dans l'embarras. Être enfermée dans un vieux réfrigérateur par les gamins du quartier quand elle était enfant était une chose, mais le sentiment d'être piégée, dans le noir, avec l'impression de ne plus avoir assez d'air en était une autre. Ce jour-là, elle n'avait pensé qu'à ce que son père lui avait dit la veille : sa mère était en train de mourir à petit feu, et un jour, ils devraient lui dire au revoir, alors ils devaient profiter de chaque minute tant qu'elle était sur terre. Penser à sa mère dans un cercueil – sans lumière, sans air – l'avait terrorisée. Elle avait paniqué et frappé frénétiquement contre la porte. Puis, l'impensable s'était produit. Croyant réellement qu'elle allait mourir étouffée, elle s'était urinée dessus – un fait que les autres enfants n'avaient pas manqué de remarquer lorsqu'ils avaient fini par la libérer.

Elle avait éprouvé une honte terrible, mais c'était la réaction de son père qui l'avait le plus blessée. Elle revoyait encore le dégoût sur son visage lorsqu'il avait compris qu'elle s'était oubliée. Il n'avait pas voulu savoir pourquoi. Il n'avait pas voulu sécher ses larmes. Il lui avait juste ordonné de se laver et de faire en sorte que ce genre d'incident ne se reproduise plus jamais. Elle avait obéi. Et elle avait évité les espaces fermés depuis.

— Venez, dit Galen, la prenant par la main. Allons déjeuner.

— Je ne suis pas sûre que ce soit une bonne idée avant d'aller dans l'eau, lança-t-elle, plaisantant à moitié.

Toutefois, elle se demandait comment elle allait pouvoir avaler la moindre bouchée.

— Les marins le font tous les jours. Tout ira bien, faites-moi confiance.

— Vous faire confiance ? Je vous connais à peine.

— Mais nous travaillons là-dessus, non ? Nous construisons des souvenirs ensemble. Nous apprenons à nous connaître. C'est le but, n'est-ce pas ?

Était-ce le cas ? Peut-être pour les gens normaux, qui avaient une relation normale. Mais elle n'était pas ici pour une raison normale et elle ferait bien de s'en souvenir.

- 6 -

Galen avait compris la réticence de Peyton à entrer dans le sous-marin. Tout le monde avait ses phobies, après tout. Mais il avait sous-estimé la terreur pure que Peyton connaîtrait. Pendant toute l'expérience, elle était restée tendue, les poings serrés – pour empêcher ses mains de trembler, sans doute. Tandis qu'Ellie avait observé le monde sous-marin avec des yeux émerveillés, Galen avait rivé son regard à Peyton. Au bout du compte, il lui avait pris la main et l'avait caressée doucement. Petit à petit, il avait senti la tension en elle diminuer. Mais juste un peu.

Ensuite, sur le pont supérieur du bateau qui les avait ramenés vers la plage, il avait choisi des sujets anodins, posant des questions à Ellie sur son expérience et faisant en sorte d'inclure Peyton dans la conversation. Il fallait le reconnaître, Peyton avait fait des efforts, mais il avait vu que le cœur n'y était pas et qu'elle semblait épuisée.

De retour à la maison, ils allèrent sur la plage pour se baigner, comme chaque après-midi, mais cette fois Peyton resta sur le sable et les observa, Ellie et lui, derrière de grandes lunettes de soleil pendant qu'ils faisaient les fous dans les vagues. Quand Ellie en eut assez, il l'envoya aider Leilani à préparer une collation. Lorsqu'elle partit joyeusement remplir sa mission, il s'assit sur le sable à côté de Peyton, installée sur une chaise longue.

— Tout va bien ? demanda-t-il, remarquant qu'elle n'était guère plus détendue que tout à l'heure à la sortie du sous-marin.

— Ça va, fit-elle, laconique.
— Ça va bien, ou ça va tout court ? insista-t-il.
— Je vais bien, d'accord ?
— Vous avez été courageuse aujourd'hui, commenta-t-il, optant pour une autre tactique.
— Je n'étais pas courageuse. J'étais terrifiée.
— Malgré tout, vous êtes venue.
— Eh bien, vous refusiez d'emmener Ellie à moins que je ne vienne aussi. Je n'avais pas le choix.
— Je suis désolé. Je n'aurais pas dû vous imposer cela.
— Non, en effet.
— Peyton ?
— Hum ?
— Pourquoi aviez-vous si peur ?
— Je vous l'ai dit. Je n'aime pas les espaces fermés.
— Le jet qui nous a amenés ici était un espace fermé. Tout comme l'hélico que nous avons pris pour aller à Waikiki. Pourquoi le sous-marin ?

Elle frissonna et posa son sarong sur ses épaules, comme si elle avait froid. Difficile à croire, étant donné l'air perpétuellement chaud sur l'île.

— Je vais aller aider Ellie, déclara-t-elle.

Avant qu'elle puisse se lever, il la saisit par la main pour la retenir.

— Non, restez, s'il vous plaît. Leilani est avec elle. Pourquoi refusez-vous de vous confier à moi, Peyton ? Nous sommes mari et femme. Nous sommes censés apprendre à nous connaître. Si vous ne me laissez pas vous découvrir, comment pourrons-nous réussir ce mariage ?

Il vit une palette d'émotions passer dans son regard gris-bleu. Et il perçut la tension de son corps. Elle serrait les poings, comme quand elle était dans le sous-marin.

— Cela ne fait que quatre jours, Galen. Vous ne pouvez pas vous attendre à connaître mes secrets tout de suite. Une femme a besoin d'un peu de mystère, éluda-t-elle pour désamorcer le sérieux de sa question.

— Un peu de mystère, d'accord. Mais vous, vous êtes une énigme de niveau dix.

Le rire qu'elle émit le réjouit et l'excita en même temps. Il avait envie de la toucher, de suivre la ligne délicate de sa clavicule avec sa main, avec ses lèvres.

— De niveau dix ? Ce n'est pas un peu exagéré ?

— D'accord, niveau six, peut-être. Sérieusement, Peyton, j'ai envie de vous connaître, de savoir ce que vous aimez. Pour vous rendre heureuse.

Son visage s'empourpra. Elle cligna les yeux, déglutit puis détourna la tête.

— Regardez-moi, Peyton. Cessez de vous cacher.

Elle se retourna lentement vers lui, et il effleura sa joue du bout de l'index.

— Je ne voulais pas vous faire de peine, dit-il doucement, essuyant une larme qui perlait au bord de ses cils.

— Ce n'est pas vous. C'est moi. Je suis fatiguée, voilà tout. Puisque vous voulez savoir, j'ai vécu une mauvaise expérience quand j'étais enfant. Pour relever un défi, j'ai été enfermée dans un vieux réfrigérateur. J'ai paniqué. Depuis, je me sens très vulnérable quand je suis enfermée dans des espaces confinés.

— Quel âge aviez-vous ?

— J'étais un peu plus âgée qu'Ellie.

— Vos parents ne vous ont pas aidée ?

— Nous venions d'apprendre que ma mère avait une maladie incurable. Mon père travaillait dur pour que nous ayons un toit au-dessus de notre tête.

Elle n'avait pas donné de détails, mais il savait lire entre les lignes. Ses parents n'avaient pas été là pour elle. Elle avait dû gérer cette expérience traumatisante toute seule. Il eut de la peine pour la petite fille qu'elle était.

— Encore une fois, je suis navré.

— Ce n'est pas votre faute. Ce n'est la faute de personne, en vérité. On doit juste avancer. Faire ce qu'on a à faire.

— C'est ainsi que vous abordez la vie ? Vous faites ce que vous avez à faire ?

— En grande partie.
— Est-ce pour cela que vous m'avez épousé ?
— Non ! C'est différent.
— Dites-moi, Peyton. Qu'attendez-vous de notre mariage ?
— Ce que tout le monde attend, esquiva-t-elle. Oh ! regardez, voilà Ellie et Leilani !

Il n'avait pas rêvé. Il avait bien entendu du soulagement dans sa voix. Soit, il la laisserait battre en retraite, mais il ne cesserait pas de creuser sous la surface pour la connaître vraiment. Car aujourd'hui, il avait pris conscience qu'il tenait réellement à faire de leur union de convenance un vrai mariage.

Le lendemain matin, Peyton se fit un sermon devant le miroir. Elle ne devait plus être faible, ni fragile. Et elle ne devait certainement plus montrer la moindre faille à Galen. Hier, sur la plage, il avait été très insistant. Elle ne pouvait se permettre de lui montrer d'autres fissures dans sa carapace. Elle était ici pour se venger, et rien d'autre.

Elle redressa les épaules, prête à affronter la journée. Quand elle ouvrit la porte de sa chambre, elle se retrouva face à Ellie.

— Bonjour, Ellie. Tu as bien dormi ? Pas de cauchemars peuplés de requins et d'épaves de bateaux ?

Ellie gloussa.

— Non, j'ai adoré le sous-marin ! Souvent, je ne me rappelle pas mes rêves. Il m'arrive de rêver de papa et de maman. Je rêve qu'ils sont encore en vie. Quand je me réveille, je me sens toujours triste. Parfois, j'aimerais rester endormie juste pour être avec eux.

Peyton lui caressa les cheveux.

— Je te comprends. Moi aussi, je rêve encore de ma mère, pourtant elle est morte il y a longtemps. Tu peux me parler de tes rêves quand tu veux.

Mais que faisait-elle, bon sang ? Elle ne voulait pas nouer un lien trop fort avec Ellie, car elle ne comptait pas rester.

Cette pauvre enfant avait déjà vu son monde s'écrouler. Elle n'avait certainement pas besoin de se fier à quelqu'un qui ne comptait pas rester davantage que la période d'essai de trois mois prévue dans son contrat de mariage.

— Ou tu peux en parler à Galen, s'empressa-t-elle d'ajouter.

— Qui parle de moi ? lança Galen en approchant. Ah, ce sont les deux femmes de ma vie. Dans ce cas, tout va bien.

Ellie rit et le serra dans ses bras.

— Qu'est-ce qu'on fait, aujourd'hui ? demanda la fillette.

— Tu as de la chance, je crois avoir trouvé la parfaite échappée pour toi.

— Une échappée ? demanda Ellie, l'air perdue. Je ne suis pas une prisonnière. Pourquoi j'aurais besoin de m'échapper ?

— Je sais que tu n'en es pas une, dit Galen. Tu peux partir quand tu veux.

— Non, c'est faux ! s'exclama Ellie en riant.

— C'est vrai mais, aujourd'hui, tu peux, si tu le souhaites, passer du temps avec une fille de ton âge.

— Tu ne vas pas me laisser là-bas ?

— Bien sûr que non. Je ne compte te laisser nulle part où tu n'as pas envie d'être. Le directeur du complexe a une fille qui est très impatiente de te rencontrer. Elle a un poney.

— Un poney ? Quand peut-on y aller ?

— Après le petit déjeuner. Nous te déposerons, et si tu te plais là-bas, nous reviendrons te chercher après le déjeuner. Ça te va ?

— Ça me va !

Ellie courut vers la cuisine, sans nul doute pour avaler son petit déjeuner en un temps record.

— Bien joué, commenta Peyton.

— Que voulez-vous dire ?

— La mention du poney. Rares sont les petites filles qui n'aiment pas les poneys.

Il haussa les épaules.

— Je ne voulais pas qu'elle s'ennuie, voilà tout. Cela lui fera du bien de s'amuser un peu avec quelqu'un de son âge.

— Et vous ? Que comptez-vous faire ?

— Je pensais emmener ma femme faire une balade en voilier.

Elle adorait naviguer. Fendre les vagues les cheveux au vent était grisant et lui donnait un sentiment de liberté. C'était une activité qu'elle avait connue à l'âge adulte, mais qu'elle n'avait pas l'occasion de pratiquer souvent.

— D'accord, je viens, mais seulement si vous me laissez prendre la barre.

— Une vraie maniaque du contrôle, la taquina-t-il gentiment.

— Peut-être, concéda-t-elle avec un sourire.

— Vous êtes dure en affaires, mais je ne laisserai personne dire que je refuse de laisser une femme prendre les choses en main.

Y avait-il un sous-entendu sexuel dans ses paroles ? Elle lui lança un regard acéré, tentant de savoir si elle se faisait des idées ou non.

— Êtes-vous en train de me prendre de haut ?

— Jamais je ne me le permettrais. Je pensais ce que j'ai dit. Vous oubliez que c'est ma grand-mère qui a dirigé Horvath Corporation après la mort de mon grand-père. Je n'ai pas peur des fortes femmes. Je les vénère.

Il avait raison, sa grand-mère était une forte femme. Puisqu'il avait tant de respect pour son aïeule, peut-être Peyton pourrait-elle le pousser à lui en dire davantage sur sa grand-mère pendant qu'ils seraient en mer ?

— C'est bon à savoir, dit-elle avec un demi-sourire.

Ellie avait fini son petit déjeuner quand ils arrivèrent dans la cuisine.

— Hé ! Attends une minute ! Tu es sûre que tu as avalé quelque chose ? plaisanta Galen.

— Oui ! Je devrais me changer au cas où on ferait du poney... Je n'ai pas de tenue pour ça.

Tout à coup, Ellie semblait incertaine.

— Tu es très bien comme tu es, mais tu devrais peut-être prendre un sac avec un jean, cela conviendra pour faire du poney. Il y a des casques et des bottes dans les écuries, alors tout ira bien.

Sa confiance retrouvée, Ellie fila vers sa chambre.

— Vous êtes vraiment doué avec elle, observa Peyton.

— J'y travaille. J'ai toujours peur de mal faire. Au moins, maintenant, je ne suis plus le seul parent.

Peyton sentit une soudaine pression sur sa poitrine.

— Tant que notre mariage fonctionne.

— Pourquoi ne fonctionnerait-il pas ?

— Eh bien, nous pourrions découvrir que nous ne supportons pas la vue de l'autre dans trois mois. Peut-être même plus tôt.

— Vous regrettez déjà votre décision, Peyton ?

Il avait pris un air sérieux. Il la scrutait de son regard bleu, comme s'il pouvait voir à travers les murs qui protégeaient ses secrets.

— Pas exactement. Je suis juste pragmatique.

Il avança vers elle.

— À titre d'information, j'apprécie de vous voir chaque matin et chaque soir, sans parler des heures entre les deux.

Sa voix était comme une caresse, et Peyton se sentit troublée. Jamais aucun homme ne lui avait fait autant d'effet. Elle huma le parfum subtil de son eau de toilette et, malgré elle, inspira profondément.

— En fait, continua-t-il, j'aime beaucoup de choses chez vous et je veux vraiment vous connaître mieux. Vous avez simplement besoin de lâcher prise.

— Lâcher prise ?

— Oui, vous gardez tout si fermement en vous. Vous ne laissez pas les gens vous approcher, pas même Ellie.

— Je ne veux pas qu'elle souffre si ça ne marche pas.

— Pourquoi se concentrer sur le négatif ? Pourquoi ne pas penser aux bénéfices pour nous tous, si ça marche ?

La façon dont il avait dit le mot bénéfices provoqua une

vague de désir en elle. Elle déglutit et pria en silence pour que ses tétons durcis ne se voient pas sous son fin T-shirt.

— Je suis prête !

La voix d'Ellie la fit sursauter et l'aida à se reprendre. Bien entendu, Galen n'avait pas parlé de bénéfices au sens où les hormones déchaînées de Peyton l'entendaient.

Ou bien si ? Il y avait une lueur malicieuse dans son regard qu'il n'y avait pas tout à l'heure. Oh ! oui, Galen savait très bien à quoi elle pensait, et quel effet ces pensées avaient sur son corps !

— Bravo, trésor, dit-il à Ellie. Nous partons dans un instant. Le temps d'aller chercher mes clés.

Il fut de retour en moins d'une minute.

— Bon, allons-y, dit-il.

— Vous n'avez pas encore pris votre petit déjeuner, souligna Peyton, s'asseyant et se servant des œufs brouillés et des toasts que Leilani avait préparés.

— Je reviens dans dix minutes. Je mangerai à mon retour.

— Galen ? demanda Ellie.

— Hum ?

— Pourquoi Peyton et toi vous ne vous embrassez pas comme maman et papa le faisaient toujours ?

Peyton eut l'impression que de l'eau glacée coulait le long de sa colonne vertébrale.

— Peut-être que Peyton peut répondre à cette question, suggéra Galen.

Il la défia du regard.

— Nous ne nous connaissons pas aussi bien que ta maman et ton papa se connaissaient, répondit Peyton, mal à l'aise.

— Maman m'a dit que papa l'avait embrassée pendant leur premier rendez-vous et qu'elle a su tout de suite qu'elle allait l'épouser. Vous deux, vous devriez vous embrasser aussi, et vous tenir la main. C'est ce que font les gens mariés, non ?

— Comme ça ? demanda Galen.

Peyton se raidit quand Galen se pencha et effleura sa

joue avec ses lèvres. Elle ressentit un soulagement intense quand il s'en tint là.

— Non, gros bêta ! Comme dans les films, s'exclama Ellie en riant.

— Oh ! comme ça, tu veux dire ?

Peyton n'était pas prête. En fait, elle ne serait jamais prête, mais Galen le fit quand même. Il se pencha de nouveau et, lui relevant le menton, prit possession de sa bouche. Aussitôt, une onde de désir agaçante se propagea au creux de son ventre. Galen taquina ses lèvres pour qu'elle les ouvre, et approfondit leur étreinte. Ce n'était qu'un baiser, pourtant tout son corps s'embrasa. L'espace d'un instant, elle oublia totalement où elle était, sans parler de qui les observait. Et quand Galen recula, elle avait le souffle court et l'esprit en ébullition.

Cela n'aurait pas dû se produire. Le baiser. Sa réaction. Tout.

— Exactement comme ça, conclut Ellie, amusée.

— C'est bon à savoir, répondit Galen en souriant. Peyton, je reviens bientôt. Essayez de ne pas trop vous languir de moi.

Il lui adressa un clin d'œil puis disparut.

- 7 -

Ellie bavarda avec enthousiasme durant tout le trajet jusqu'à la maison du directeur du complexe. Galen répondait comme il le fallait mais, intérieurement, il était en plein chaos. S'il avait embrassé Peyton, c'était d'abord par jeu, et aussi pour mettre un terme aux questions d'Ellie. Où avait-il eu la tête ? Ce qui était censé n'être qu'un tendre baiser s'était rapidement transformé en un brasier qui menaçait son équilibre.

Certes, il voulait plus qu'un simple mariage de convenance avec Peyton. Mais ce baiser avait réveillé en lui une faim qui réclamait d'être satisfaite. Et si cette faim n'était jamais assouvie ? Il ne pousserait pas Peyton à faire quoi que ce soit contre son gré. Rien que l'idée lui retournait l'estomac. Toutefois, elle avait activement participé à leur baiser, et cela lui donnait de l'espoir – beaucoup d'espoir. S'il manœuvrait bien, leur union pourrait devenir un vrai mariage. Un mariage avec une forte alchimie physique.

Plusieurs fois, il avait observé son frère Valentin avec son épouse. Quand ils étaient dans une pièce, un lien invisible semblait les unir. Un lien que rien ne pouvait briser. Galen n'aurait jamais cru rechercher ce genre de lien avec quelqu'un. Oui, il avait apprécié ses relations charnelles dans le passé, mais il n'avait jamais souhaité que ces relations mènent à quelque chose de plus profond. Et maintenant qu'il le souhaitait, il devait trouver comment parvenir à ses fins car, en apparence, Peyton s'était mariée pour des motifs similaires aux siens. Elle n'avait pas mentionné qu'elle recherchait la passion ; d'ailleurs, lui faire dire ce qu'elle voulait était une mission en soi.

C'était une bonne chose qu'il soit à la hauteur de cette mission, se dit-il pendant qu'il se garait. Ellie et lui sortirent de la voiture et furent accueillis par le directeur et sa fille. Quand Galen fut certain que la fillette était à l'aise avec eux, le directeur et lui convinrent d'une heure pour revenir la chercher. Puis Galen reprit la route de la villa, se sentant étrangement nerveux.

Autant qu'il sache, personne n'était heureux en mariage s'il n'y avait pas une proximité physique – que ce soit une grande passion ou une entente sexuelle agréable. À en juger par la façon dont Peyton avait réagi à leur baiser, il savait qu'elle était capable de passion, toutefois, cela le poussait à s'interroger : pourquoi voudrait-elle se contenter de moins ?

À son retour, il trouva Peyton dans la cuisine. Elle avait été occupée, à l'évidence. Un panier rempli et une glacière étaient posés sur la table.

— Je ne savais pas ce que vous aviez prévu pour notre balade en bateau, alors j'ai fait des sandwichs. J'ai aussi pris des fruits et des boissons.

En temps normal, Peyton semblait sereine, impassible. À cet instant, elle semblait incertaine, comme si elle avait besoin d'être rassurée. Eh bien, il la rassurerait.

— Ça a l'air parfait, affirma-t-il. J'allais demander à Leilani de nous préparer un pique-nique, mais puisque vous vous en êtes déjà chargée, nous pouvons aller à la marina dès maintenant. Vous avez un maillot de bain ?

— J'en porte un sous ma tenue.

Il remarqua les liens noués autour de son cou, qui dépassaient de sous son T-shirt. Cela voulait-il dire qu'elle portait un bikini aujourd'hui ? Il sentit sa tension monter d'un cran. Jusqu'à maintenant, elle avait porté un maillot une pièce, mais un bikini pourrait bien le faire défaillir.

Il empoigna le panier et la glacière pour les déposer dans la voiture.

— N'aurons-nous pas besoin de serviettes ou d'autre chose ? demanda-t-elle, lui emboîtant le pas.

— Il y a tout ce qu'il faut sur le bateau.

— Quelle taille fait-il au juste ?

— Trente-six pieds. Parfait pour naviguer en eaux calmes, mais j'ai rarement le temps ces jours-ci.

— Eh bien, il est bien plus grand que je ne le pensais !

— Vous allez adorer. Si vous avez aimé naviguer sur un plus petit bateau, vous allez vraiment vous amuser sur celui-ci.

Elle se tut, et il put presque l'entendre réfléchir.

— Qu'y a-t-il ? questionna-t-il.

— Rien, sauf que... Je n'arrive pas à m'habituer à tout ce que vous semblez tenir pour acquis.

Il fronça légèrement les sourcils.

— Détrompez-vous. Je suis peut-être habitué à un niveau de vie élevé mais, croyez-moi, je ne prends pas une seule chose pour acquise. J'ai travaillé dur pour m'offrir le *Galatea* et je l'ai acheté quand j'avais vingt-cinq ans. C'était ma première grosse acquisition, et j'étais très fier quand je l'ai mis à l'eau pour la première fois.

— Galatée est la déesse des mers calmes dans la mythologie grecque, n'est-ce pas ?

— Oui, c'est ça. Vous êtes férue de mythologie ?

— Je l'ai étudiée à l'université. J'ai écrit quelques articles sur la mythologie dans la littérature classique.

Arrivé à la voiture, il lui ouvrit la portière côté passager.

— Un sujet complexe, on dirait, commenta-t-il.

— Oui. Je crois que je préférais les versions de conte de fées qu'on m'a racontées quand j'étais enfant.

La mélancolie dans sa voix l'incita à garder le silence. Commençait-elle à s'ouvrir à lui ?

— Mais la vie n'est pas un conte de fées, n'est-ce pas ? reprit-elle. La mythologie est fondée sur des histoires brutales et tristes.

— Certains pourraient dire que le journalisme moderne n'est pas très différent.

— Sauf qu'il est fondé sur la vérité, et non sur des histoires inventées.

— C'est ce qui vous plaît dans votre travail ? Découvrir la vérité, aller au cœur des choses ?

Il avait fait des recherches sur elle. Surtout la nuit, quand il ne trouvait pas le sommeil parce qu'il pensait trop à la femme qui dormait au bout du couloir. Plusieurs de ses articles étaient accessibles en ligne, et il avait été frappé par l'honnêteté brute qui s'en dégageait. Peyton n'édulcorait pas la vérité, et il trouvait d'autant plus étrange qu'elle soit si secrète dans la vie. Si le journalisme d'investigation faisait partie intégrante d'elle, pourquoi était-elle si sélective sur ce qu'elle choisissait de lui révéler ?

— On peut dire ça, répondit-elle. Je déteste l'injustice à tous les niveaux. Elle doit être dénoncée, et les coupables doivent payer pour leurs actes.

Galen démarra et s'engagea sur la route, surpris par la colère qui perçait dans la voix de Peyton.

— J'ai lu votre article sur les travailleurs immigrés. Je l'ai trouvé très bon, dit-il, choisissant un terrain plus sûr.

— Merci. J'étais assez fière de ce reportage.

— Alors, vous êtes totalement en *free lance* ?

— Oui, je préfère pouvoir choisir mes projets. C'est une liberté que j'ai acquise durement. Maintenant, j'ai l'impression que je fais vraiment ce qui me plaît.

— Je suis content pour vous. Chacun devrait pouvoir faire ce qu'il aime, non ?

Peyton sentit la colère familière envers Alice Horvath bouillir dans ses veines. Oui, chacun devrait pouvoir faire ce qu'il aimait, et ne pas être persécuté et être accusé à tort. Elle ferma les yeux et prit une inspiration pour se calmer. Elle ne pouvait pas laisser ses émotions l'emporter, sinon elle pourrait faire un faux pas. Son article lui tenait très à cœur, et elle tenait à donner le meilleur d'elle-même. Ce qui signifiait qu'elle ne devait jamais baisser sa garde avec l'homme qui conduisait la décapotable élégante jusqu'à la marina.

— C'est un privilège de pouvoir vivre de sa passion, dit-elle. Un privilège que je ne prends pas pour acquis. À cet égard, je crois que je suis un peu comme vous.

— C'est bon de savoir que nous avons des choses en commun, répondit-il d'un ton léger.

Il se gara sur un parking, derrière des rangées de bateaux amarrés. Tout ce luxe aurait dû l'écœurer, mais elle ne put s'empêcher de penser à la joie que ces symboles de richesses apportaient aux gens qui les possédaient, et aux emplois créés pour les bâtir et les équiper.

— Nous respirons tous les deux de l'air, ça fait un autre point commun, souligna-t-elle d'un ton placide.

Comme elle l'avait prévu, Galen éclata de rire.

— J'espère que nous avons un peu plus de points communs que ça !

Il sortit le panier et la glacière du coffre et emprunta un embarcadère puis s'arrêta devant un voilier bleu et blanc.

— Il est splendide, dit Peyton, lisant le nom élégamment inscrit sur la proue du bateau.

— Mon premier véritable amour.

— Et votre second ?

Il monta sur le pont et lui tendit la main pour l'aider à grimper. Plongeant le regard dans le sien, il répondit :

— Je vous le ferai savoir.

Peyton eut la gorge soudain sèche et déglutit. Galen insinuait-il qu'il était en train de tomber amoureux d'elle ? Non, impossible. C'était trop tôt. Et puis le jour du mariage il lui avait dit qu'il ne recherchait pas ce genre de relation.

Mais il y avait ce baiser. Un baiser qu'il ne lui avait donné que pour satisfaire Ellie, tenta-t-elle de se convaincre. Ce n'était pas comme s'il en avait eu envie ; il avait été contraint. Et elle aussi, d'ailleurs. Elle avait été prise de court. Cependant, elle ne pouvait se mentir. Cela avait été un sacré baiser. Rien que d'y repenser, elle serra les lèvres comme si cela pouvait recréer les sensations que Galen avait fait naître en elle.

Elle suivit Galen jusqu'à une cuisine équipée et à un coin salon situés sous le pont. Il retira son T-shirt et le laissa tomber sur un tabouret. Dans cet espace confiné, avec Galen ne portant plus qu'un short de bain, et sans Ellie pour les chaperonner, Peyton avait peur de ce qu'elle pourrait faire. Répéter le baiser de ce matin ? Ou plus, peut-être ? Comme le caresser – pour découvrir s'il était aussi torride qu'il en avait l'air ?

— Je m'occupe de tout déballer, dit-elle brusquement. Pendant ce temps, vous pouvez démarrer le moteur.

— D'accord, mais d'abord pourriez-vous me mettre de la crème solaire ? J'en ai mis partout ce matin sauf sur mon dos.

Pourquoi ne pouvait-il pas garder son T-shirt ? s'irrita-t-elle. Elle ne savait même pas pourquoi elle était irritée, d'ailleurs. Elle avait déjà appliqué de l'écran solaire sur lui plusieurs fois, sur la plage. Mais c'était avant qu'ils ne s'embrassent.

— Je vous promets d'en faire autant pour vous, lui assura-t-il, lui tendant le tube de crème.

— Je… Je pensais garder mon T-shirt aujourd'hui.

Elle prit le tube et versa une dose généreuse dans sa main.

— Si vous voulez. Mais il risque de vous gêner quand nous ferons de la plongée.

Il marquait un point.

Pourquoi avait-il fallu qu'il l'embrasse comme il l'avait fait ce matin ? Cela avait tout changé. Elle se mit à appliquer l'écran solaire sur son dos, le long de ses épaules puissantes, et massa les muscles déliés qui bordaient sa colonne vertébrale. Il se tint immobile comme une statue, apparemment indifférent à ce contact physique. Contrairement à elle… Ses mains la picotaient tant elle avait envie de dériver vers sa taille, son ventre, son torse – pour redescendre ensuite plus bas. Peut-être ce baiser n'avait-il tout changé que pour elle ?

Elle lui donna une tape sur l'épaule.

— J'ai fini.

Galen se retourna, lentement. Peut-être avait-il été affecté, finalement.

— Enlevez votre T-shirt, ordonna-t-il.

Elle plongea le regard dans le sien. Oui, c'était bien un ordre. Galen semblait déterminé. Elle se retourna lentement et ôta le vêtement. Le contraste de la crème froide et des mains chaudes de Galen la fit haleter. Ses longs mouvements doux firent naître une vague de désir en elle.

— Levez les bras, dit-il, d'une voix moins assurée qu'à l'accoutumée.

Elle obtempéra et retint son souffle quand il appliqua de la crème sur ses côtes, touchant presque ses seins. Ses tétons se transformèrent en pointes rigides et douloureuses. Après quelques secondes, Galen retira ses mains. Elle ignorait si elle devait s'en réjouir ou le déplorer.

— Je vais démarrer le moteur, déclara-t-il.

Sa voix était étrange. Au moins, il était capable de parler. Contrairement à elle. S'il s'était retourné et l'avait embrassée, ils n'auraient sans doute pas quitté la marina aujourd'hui.

Elle jeta un coup d'œil vers la cabine. Vers le grand lit qui s'étendait d'un bout à l'autre de l'espace. Détournant le regard, elle tâcha de contrôler ses pensées vagabondes.

Lorsqu'elle entendit les pas de Galen sur le pont, elle se détendit enfin. Cependant, elle sentait encore les effets de ses caresses. Ses mains expertes et chaudes avaient allumé un feu en elle.

Elle regarda sans le voir le panier à pique-nique qui attendait d'être vidé. Elle devait se mettre en action, mais c'était comme si elle était enfermée dans un piège sensuel, prisonnière de ses propres désirs.

- 8 -

Galen tenait le gouvernail et dirigeait le *Galatea* hors de la marina. Réussir à s'éloigner de Peyton comme il venait de le faire avait été un véritable exploit. Son corps et son esprit l'avaient poussé à attirer Peyton contre lui. Pour sentir la chaleur de sa peau contre la sienne. Pour reprendre possession de sa bouche. Pour découvrir si le feu d'artifice de ce matin n'avait été qu'un accident.

Mais, s'il avait cédé à son envie, il n'aurait pas pu s'arrêter là. Peyton et lui auraient sans doute fini dans le lit de la cabine. Or, quand ils feraient l'amour, Galen tenait à ce que Peyton soit totalement consentante, et qu'elle éprouve un désir aussi ardent que le sien.

Le moment viendrait, se consola-t-il en s'efforçant de reprendre le contrôle sur son corps et sur ses pensées. Il devait se concentrer sur sa tâche, à savoir dépasser le brise-lames pour rejoindre la mer. Galatée avait exercé sa magie : la mer était d'un calme serein aujourd'hui. Un contraste total avec le chaos de son esprit.

Peyton le rejoignit sur le pont.

— Je peux vous aider ? demanda-t-elle d'un ton hésitant.

— Oui, vous pourriez tenir la barre pendant que je déploie les voiles.

— D'accord.

Malgré la brise marine qui soufflait sur lui, douce comme une caresse de femme, il perçut la chaleur qui émanait de Peyton quand elle fut à côté de lui.

Elle considéra le gouvernail d'un air contrit.

— J'ai un aveu à vous faire, dit-elle.
— Lequel ?
— Je n'ai jamais manœuvré un bateau aussi gros.
— Vous vous en sortirez très bien. Le principe est le même.

Il lui donna quelques instructions et conclut :
— Quand je vous appellerai, vous pourrez couper le moteur.

Elle comprenait vite, remarqua-t-il. Quelques instants plus tard, le bruit du moteur s'évanouit, et ils n'entendirent plus que le vent dans les voiles.
— C'est fantastique ! s'exclama Peyton en riant.

Il contempla son beau visage et sourit. Pour la première fois depuis leur rencontre, elle semblait tout à fait détendue. Il aurait aimé la voir ainsi plus souvent. Ouverte, insouciante, mais aussi confiante, pour une fois. Sa méfiance était peut-être une déformation professionnelle. Pour l'heure, en tout cas, elle était heureuse, et il comptait bien savourer ce moment.

Après avoir navigué pendant une bonne heure, ils baissèrent les voiles et jetèrent l'ancre dans une petite baie tranquille. Ils déjeunèrent puis restèrent allongés sur le pont, à lézarder au soleil.
— C'est splendide. Ellie aurait aimé cette balade, commenta Peyton, roulant sur le dos et mettant sa main en visière pour se protéger les yeux.
— La dernière fois qu'elle est montée sur le *Galatea*, c'était avec ses parents. Elle a de beaux souvenirs de la mer. Je vais peut-être ramener le bateau à Port Ludlow pour l'été.
— D'Hawaï jusqu'à l'État de Washington, cela fait un long trajet. Ça ne vous fait pas peur ?
— Si je me prépare comme il faut, tout se passera bien. Quand je fais ce genre de voyages, j'emmène un petit équipage avec moi. Vous pourriez venir aussi, si vous voulez.
— Je ne pense pas, non.
— Vous avez peur.
— Non.

Elle s'assit. Il remarqua qu'elle évitait son regard.

— Je ne peux pas faire de projets aussi longtemps à l'avance, dit-elle. Je ne sais pas ce que je ferai d'ici là.

Galen eut l'impression que le soleil avait disparu derrière un nuage.

Il s'assit à son tour.

— Comment ça ?

— Eh bien, je pourrais être en reportage, avança-t-elle, l'air mal à l'aise.

— Vous comptez encore travailler loin de la maison ?

— J'ai toujours un métier, Galen. Vous allez continuer à travailler, vous aussi. Cela implique des voyages d'affaires de temps en temps, non ?

Elle avait raison mais, dorénavant, il ferait passer les besoins d'Ellie et de Peyton avant ses déplacements professionnels. Du moins, c'était son intention. Peyton, semblait-il, ne comptait rien changer à sa vie. Dans ce cas, pourquoi s'était-elle mariée, au juste ?

— Nous devrons coordonner nos emplois du temps soigneusement maintenant que nous sommes mariés, concéda-t-il. Nous ne pouvons pas laisser Ellie toute seule. Mais nous trouverons des solutions. À ce propos, je voulais vous soumettre une idée. Je songe à prendre une employée à demeure, une fois que nous aurons trouvé une nouvelle maison.

— J'imagine qu'il me faudra accepter cette idée, non ?

— Vous voulez dire que vous pourriez vous habituer à ce que quelqu'un ramasse derrière vous, finalement ? plaisanta-t-il.

— Ou alors, nous pourrions tous y mettre du nôtre pour aider cette employée ?

La tension qui s'était instaurée entre eux commença à se dissiper, laissant place à un silence agréable. Après un instant, Galen se leva et alla sous le pont. Il revint avec des équipements de plongée.

— C'est une journée idéale pour faire de la plongée. Vous avez déjà essayé ? demanda-t-il, lui donnant un masque, un tuba et une paire de palmes. Je crois que c'est votre pointure. Essayez-les pour voir.

— Je l'avoue, je n'ai jamais fait de plongée.

— Il n'y a rien de compliqué. Quand vous remonterez à la surface, pensez simplement à souffler fort pour vider le tuba avant de respirer de nouveau. Et si vous ne voulez pas aller trop loin sous l'eau, vous pouvez flotter juste sous la surface. Vous verrez tout de même beaucoup de choses.

— Flotter sous la surface, cela me convient davantage, dit-elle, essayant le masque. De quoi ai-je l'air ?

— D'un poisson rouge mutant, plaisanta-t-il.

Il lui montra rapidement comment nettoyer le masque si de l'eau s'y infiltrait et l'aida à chausser ses palmes avant d'en faire autant. Puis il lui montra comment descendre du tableau arrière du bateau afin d'aller dans l'eau.

Une demi-heure plus tard, ils étaient de retour à bord, et Peyton était si ravie qu'elle en était devenue volubile.

— Vous avez vu cette tortue ? C'était incroyable !

Il sourit avec bienveillance. Oui, peu à peu, il commençait à dévoiler la vraie Peyton Earnshaw. Et plus elle était naturelle, plus il avait envie d'en découvrir davantage sur elle.

Ils étaient occupés à amarrer le bateau dans la marina quand le téléphone portable de Galen sonna. Peyton prit conscience qu'ils étaient partis depuis un bon moment. La tension sexuelle de tout à l'heure s'était dissipée – pas tout à fait, mais suffisamment pour qu'elle puisse se détendre et apprécier la sortie en mer. Il y avait indéniablement des avantages à être la femme d'un homme richissime, pensa-t-elle en souriant.

— Peyton ? C'est Ellie au téléphone.

Soudain, son sentiment de bien-être s'évanouit.

— Tout va bien ? s'enquit-elle.

— Oui, rassurez-vous. Elle veut savoir si elle peut dormir chez Caitlin. Il semble qu'elles s'entendent à merveille. Les parents de Caitlin sont d'accord.

— Eh bien, c'est à vous de décider, non ?

— Nous sommes deux à nous occuper d'elle, lui rappela-t-il.

— Je suis d'accord, dit-elle d'un ton sec, gênée d'être incluse dans une décision manifestement très parentale.

Galen continua sa conversation téléphonique pendant encore quelques minutes.

— Eh bien, voilà une petite fille ravie, conclut-il quand il eut raccroché.

Il prit le panier et la glacière.

— J'en déduis qu'elle n'aime pas dormir chez des amies, d'habitude ? avança Peyton.

— Ces derniers temps, non. Cette coupure loin de la maison lui fait du bien. C'est un soulagement qu'elle soit détendue et non inquiète pour nous pendant qu'elle est avec Caitlin et ses parents.

— Quand j'étais petite, je détestais dormir chez des amies.

Bonté divine, pourquoi avait-elle dit cela ? Galen allait sûrement vouloir savoir pourquoi. Bien sûr, ce fut la prochaine question qui sortit de sa bouche. Peyton rassembla ses pensées avant de répondre, décidant que la vérité était sans doute la meilleure option.

— Je crois qu'au fond j'avais toujours peur de rentrer et de découvrir que ma mère était morte pendant que je n'étais pas là.

Elle avait eu du mal à prononcer ces mots et elle regrettait d'avoir ouvert cette boîte de Pandore.

— Cela a dû être très dur.

— On s'habitue. Votre père est décédé aussi. Ça n'a pas été facile pour vous non plus, je présume.

— Non, mais j'étais adolescent. Sa mort a été un choc, mais la peur de le perdre ne planait pas constamment au-dessus de notre tête. Cela dit, nous aurions sans doute dû nous inquiéter. Mon grand-père et mon oncle sont morts de la même maladie cardiaque congénitale avant lui.

— Votre père ne s'était jamais fait examiner ?

— Il disait toujours qu'il était trop occupé. Évidemment,

Nagy a exigé que toute la famille fasse un bilan médical complet après la mort de mon père. Seul l'un de mes cousins a hérité de la maladie, mais il est suivi, et tout se passe bien.

— Se demander si vous aviez tous cette bombe à retardement en vous, ce devait être inquiétant.

— Oui, mais Nagy était là. Elle a pris soin de nous. Comme toujours.

Peyton se hérissa, comme chaque fois qu'il parlait de sa grand-mère en termes élogieux. Mais c'était une occasion d'en apprendre davantage sur la femme qui avait eu un effet si néfaste sur sa propre famille.

— Une vraie matriarche, on dirait. Est-ce que tout le monde lui obéit ?

Galen rit.

— Vous dites ça comme si elle était assise sur un trône et qu'elle nous dictait ses ordres.

— Eh bien, ce n'est pas le cas ? D'après ce que vous dites, elle est omnipotente.

L'expression de Galen s'adoucit.

— Non, elle est humaine, comme nous tous. Et elle fait des erreurs, avec sa propre santé, rien de moins.

— Faites ce que je dis, ne faites pas ce que je fais ?

— En quelque sorte. Vous savez sans doute qu'elle a eu une crise cardiaque il y a quelques mois. Nous sommes tous heureux que Valentin ait été présent quand c'est arrivé. Il lui a fait un massage cardiaque jusqu'à l'arrivée de l'ambulance. Depuis, ma grand-mère est différente. Comme si elle pensait que son temps était compté, et qu'elle avait encore beaucoup à faire avant que ce temps soit écoulé. Il y a un sentiment d'urgence étrange chez elle. C'est assez difficile à expliquer.

— J'imagine qu'une expérience de mort imminente, ça vous change une personne.

— C'est sûr.

Ils montèrent sur le pont. Galen ferma la porte de la cabine à clé, puis ils descendirent du bateau et retournèrent à la voiture. Peyton aurait aimé continuer la conversation, mais elle devrait se contenter de ces quelques bribes d'informations. Elle les enregistra dans son esprit.

Lorsqu'ils furent de retour à la villa, elle se doucha et se changea, puis tapa sur son ordinateur ce qu'elle se rappelait de sa discussion avec Galen. Quand elle eut terminé, elle alla dans le patio.

Par les vitres ouvertes, elle entendit Galen au téléphone. Elle s'installa sur une chaise longue à l'ombre, laissant la beauté des lieux la bercer. Elle ne tarda pas à s'assoupir.

Elle fut surprise de voir à quel point le soleil était bas quand elle rouvrit les yeux, réveillée par un bruit de glaçons.

— Il vaudrait mieux que ce soit des margaritas, dit-elle d'une voix endormie.

— Comment avez-vous deviné ? demanda Galen, posant deux verres givrés et un pichet rempli sur la table.

— Parce que c'est ce que j'ai envie de boire. Après un grand verre d'eau, en tout cas.

— Dans ce cas, c'est parfait car c'est ce que j'ai préparé. Des cocktails en guise d'apéritif. Bien dormi ?

— Je n'en reviens d'avoir fait une sieste aussi longue. Pourquoi ne m'avez-vous pas réveillée ?

Il haussa élégamment les épaules.

— Vous sembliez avoir besoin de repos. Une journée en mer peut être fatigante.

— Je parie que vous n'avez pas fait de sieste, vous.

De nouveau, il haussa les épaules. Il versa la boisson, lui donna un verre et porta un toast.

— À d'autres journées comme celle-ci.

Elle fit tinter son verre contre le sien.

Puis elle se rappela le baiser. Parlait-il de toute la journée ? Elle rencontra son regard tout en buvant une gorgée du cocktail parfaitement dosé. Oh ! oui, il pensait bien à la même chose.

Soudain, toute cette histoire de mariage lui parut bien compliquée. À dire vrai, elle n'avait pas vraiment réfléchi avant de se marier. Elle s'était imaginé traverser ces trois mois d'essai sans problème. Jamais elle n'aurait pensé devoir lutter contre une attirance croissante pour son mari, ou ignorer le lien qui se renforçait entre eux. Elle avait cru rédiger son article aisément puis s'en aller sans regrets.

Galen était un Horvath. Un descendant direct de la personne qui avait détruit le monde de Peyton et l'avait envoyée sur un chemin pavé d'épreuves. Certes, Peyton s'en était sortie, mais au prix de nombreux sacrifices.

Durant un bref instant, elle s'autorisa à songer à la magnifique petite fille qu'elle avait dû abandonner et fut envahie par la douleur familière qui accompagnait toujours ces pensées.

C'était ce qu'elle devait garder à l'esprit. La douleur. Le chagrin. La déception. C'était sa seule défense contre l'attrait presque irrésistible de Galen Horvath.

- 9 -

C'était une bonne chose qu'ils rentrent chez eux dans deux jours, songea Peyton tandis qu'ils terminaient leur dîner dans le patio. Il était bien trop facile d'être séduite par la beauté renversante de cet endroit et de l'homme assis face à elle.

Le repas que Galen leur avait préparé pendant qu'elle dormait était parfait. L'entrée, des brochettes de crevettes, était succulente, et le plat principal, un poisson au four accompagné d'une salade grecque, exceptionnel.

— Vous avez envie d'un dessert ? Leilani a laissé un cheese-cake à la mangue dans le réfrigérateur.

— Oh ! non ! Je ne pourrais plus avaler la moindre bouchée, répondit Peyton. Je suis très impressionnée. Je ne me doutais pas que vous saviez cuisiner.

— Un de mes talents cachés. En tant que célibataire, j'ai appris à cuisiner ce que j'aimais il y a longtemps. À présent, la cuisine est davantage un moyen de me détendre qu'une nécessité.

Elle plissa les yeux.

— Et vous aviez besoin de vous détendre encore après cette journée ?

Il rit, et elle sentit une onde de chaleur se réveiller en elle, comme à chaque fois qu'il riait.

— On n'est jamais trop détendu. Cela vous tente, une balade sur la plage ? demanda-t-il en lui tendant la main par-dessus la table.

Elle accepta sa main et se leva, pensant qu'il la lâcherait

quand ils seraient sur le sentier menant à la plage. Mais il n'en fit rien et, bien qu'elle sache qu'elle devait garder ses distances, elle apprécia ce contact physique. Les vagues murmuraient sur le sable tandis qu'ils marchaient le long du rivage. La soirée était parfaite. *Dommage que tout soit factice*, se dit-elle, tentant désespérément de ne pas tomber sous le charme de Galen.

Mais il lui compliquait la tâche. Il s'arrêta et s'assit sur le sable, l'entraînant avec lui de sorte qu'elle se retrouve nichée entre ses jambes et appuyée contre son torse musclé. Elle essaya de ne pas s'abandonner, de maintenir un peu d'espace entre eux, mais elle échoua lamentablement. L'attrait de son corps chaud contre son dos, le sentiment d'être abritée, protégée, étaient trop forts. Galen promena ses doigts sur son bras, faisant naître dans leur sillage des frissons sur sa peau.

— Vous avez froid ? demanda-t-il.
— Non.

C'était même tout le contraire. Chacune de ses caresses embrasait le feu dans ses veines. Pour se distraire, elle décida de le questionner sur sa famille, afin d'obtenir des informations supplémentaires.

— Parlez-moi de votre enfance, dit-elle. Vous aimiez la plage ?

— J'ai toujours été attiré par l'eau, oui. Ma prime jeunesse était agréable. Quand j'étais enfant, nous ne savions pas ce qu'étaient les punitions, sauf si nous cassions une fenêtre ou si nous étions impolis avec un adulte.

— Une enfance idéale, on dirait.

— N'est-ce pas ainsi que l'enfance est censée être ? Dépourvue des inquiétudes des adultes ? Et vous ? Vous avez mentionné quelques périodes sombres, mais tout n'était pas si terrible, j'imagine ?

Non, elle devait le reconnaître. Avant que sa mère ne tombe malade et que son père ne soit renvoyé, leur vie avait été très différente. Elle fouilla dans son passé, s'accrochant à un souvenir particulier qui lui avait apporté une joie immense.

— Le souvenir le plus heureux de mon enfance, c'est le jour où mon père a amené un chiot à la maison, murmura-t-elle.

— Un excellent souvenir, apparemment. Comment était ce chiot ?

— C'était un chien croisé, de taille moyenne, et très vif. Je l'adorais.

— Et ?

— Quand ma mère est tombée malade et que mon père a perdu son emploi, nous avons dû déménager et le laisser dans un refuge. Nous n'avions plus les moyens de le garder.

Et voilà. En une fraction de seconde, la blessure dans son cœur s'était rouverte. Peyton avait enfoui les souvenirs de Bingo tout au fond d'elle. Quand sa mère était tombée malade, le chiot avait été son confident. Il l'avait écoutée patiemment pendant qu'elle lui faisait part de ses inquiétudes, l'avait laissée pleurer dans son pelage quand elle était débordée par ses émotions.

— C'est triste, dit Galen d'un ton compatissant, déposant un baiser sur sa tête.

— Je m'en suis remise. Au moins, je savais qu'au refuge, ils n'euthanasiaient pas les animaux, ma mère s'en était assurée. C'était un chien adorable, et il a rapidement trouvé un nouveau foyer.

Mais c'était un autre traumatisme que Peyton pouvait attribuer à Alice Horvath. Une autre raison de révéler exactement jusqu'où la cruauté de cette femme s'étendait.

La brise se renforça, plaquant des mèches de cheveux sur son visage. Galen les replaça derrière son oreille, ce qui suscita un courant électrique en elle. Elle n'avait plus envie de parler. Pour l'instant, elle voulait oublier les souvenirs qui avaient rouvert d'anciennes plaies, et s'abandonner à l'homme qui la tenait entre ses bras. Elle se décala légèrement pour lui faire face. Il soutint son regard quand elle posa la main sur sa joue. Puis elle se pencha pour l'embrasser.

Le contact de ses lèvres avec les siennes, la surprise d'avoir commencé le baiser la frappèrent comme un éclair. Bien vite, elle noua les mains autour de son cou tout en l'embrassant et en lui mordillant les lèvres. Galen lui rendit son baiser. De manière torride, humide, exactement ce dont elle avait besoin pour oublier son passé douloureux et être dans l'instant présent.

Sans qu'elle sache comment, ils se retrouvèrent allongés sur le sable, Galen à moitié sur elle. Elle leva les hanches, se pressant contre lui et récoltant un gémissement de plaisir. Il était déjà tendu de désir, pourtant, il ne chercha pas à profiter de la situation. Au contraire, il recula un peu. S'appuyant sur un coude, il la caressa de sa main libre, remontant doucement sa jupe sur ses cuisses.

Elle frissonna d'excitation. Elle avait envie de Galen. Elle luttait contre son attirance depuis le jour de leur rencontre, mais à cet instant elle était incapable de le repousser.

Il caressa l'intérieur de ses cuisses, la faisant gémir, et elle hissa les hanches malgré elle. Leurs bouches étaient toujours mêlées, et leurs longs et enivrants baisers l'emportaient dans un tourbillon de sensations. Les doigts de Galen suivirent le bord de son slip et le creux de son aine. C'était l'un des endroits les plus sensibles chez elle, et elle gémit une fois de plus, son corps se préparant au moment où Galen écarterait le sous-vêtement et toucherait cette partie d'elle qui brûlait d'être possédée par lui.

Il se décala, détachant les lèvres des siennes pour déposer une série de baisers le long de sa joue, sur sa gorge et sur sa clavicule. Elle se sentit fondre pendant qu'il poursuivait son assaut sensuel. Son esprit était concentré sur le plaisir que Galen faisait naître en elle. Elle se cambra, l'incitant en silence à la toucher là où elle en avait le plus besoin.

De ses deux mains, elle caressa son cou, ses épaules, son dos. Sous ses doigts, elle perçut la tension dans ses muscles fermes, signe qu'il se retenait et se concentrait uniquement sur le plaisir qu'il lui donnait. Il remonta la main jusqu'à son sexe, le prenant en coupe à travers la dentelle de son slip et pressant son clitoris. Un éclair délicieux la traversa, et elle se sentit devenir moite de désir.

Une vague particulièrement puissante s'écrasa soudain sur la plage, la ramenant à la réalité. Elle prit conscience de l'endroit ils se trouvaient. De ce qu'ils faisaient. Aussitôt, elle se raidit et se dégagea.

— Qu'y a-t-il ? demanda Galen, la voix rauque de désir.

— Nous ne pouvons pas faire ça, lâcha-t-elle, et elle le repoussa pour faire bonne mesure.

— D'accord, répondit-il prudemment. Nous retournons dans la maison ?

— Je ne sais pas pour vous, mais moi je rentre.

Elle se leva tant bien que mal et marcha aussi vite qu'elle le put, tout en chassant le sable sur sa peau. Comment avait-elle pu être idiote au point de céder à ses besoins intimes ? Elle ne pouvait pas se permettre d'assouvir ses désirs. Elle était ici pour collecter des informations, rien de plus.

Mais tandis qu'elle se dirigeait vers la maison, son subconscient lui souffla de s'arrêter et de se retourner. Pour voir si Galen l'avait suivie. Pour retourner vers lui et poursuivre ce qu'ils avaient commencé.

Elle chassa ses pensées traîtresses avant qu'elles n'aient le dessus sur sa volonté.

Une fois dans sa chambre, elle claqua la porte et la ferma à clé. Elle ne croyait pas une minute que Galen essaierait d'entrer ou qu'il envisagerait de lui forcer la main, à elle ou à toute autre femme, d'ailleurs. Elle le rejetait peut-être symboliquement, mais si elle était vraiment honnête, c'était d'elle-même qu'elle voulait se protéger.

Cette journée avait été une erreur, du début à la fin. D'abord le baiser, puis la balade en bateau, et ensuite la promenade romantique sur la plage, après un repas tout aussi romantique. Le simple fait d'y penser lui donnait envie d'ouvrir sa porte pour aller retrouver Galen. Chaque cellule de son corps la maudissait d'être partie juste au moment où il allait la faire basculer dans un océan d'extase.

Elle alla dans la salle de bains, ouvrit le robinet d'un

geste brusque et retira ses vêtements à la hâte. Elle devait chasser ce désir de son corps maintenant, avant qu'il ne la pousse à faire quelque chose qu'elle regretterait. Elle n'était pas ici pour nouer une liaison avec Galen et elle n'allait certainement pas faire une chose stupide comme tomber amoureuse.

Tout ce que l'amour apportait, c'était de la souffrance. Elle ne tomberait plus jamais dans ce piège.

Le vol jusqu'à Seattle fut calme, mais Galen ne put chasser de son esprit les questions qui s'y bousculaient. Pourquoi Peyton avait-elle fui de cette façon l'autre soir ? Tout avait pourtant semblé se passer à merveille. Il savait qu'elle avait apprécié chaque seconde de leur étreinte. Après tout, n'était-ce pas elle qui l'avait embrassé en premier ? Et ensuite, plus rien. Elle s'était refermée comme une huître. Lorsqu'il l'avait revue au petit déjeuner le lendemain matin, elle avait été encore plus distante qu'avant et elle avait tout fait pour ne pas se retrouver seule avec lui durant le reste de leur lune de miel.

Et maintenant ils étaient presque arrivés chez eux. L'hélicoptère qui les avait transportés de l'aéroport à l'hôtel Horvath se posa en douceur. Galen aida Peyton et Ellie à descendre de l'appareil. Bien vite, un portier s'avança avec un chariot à bagages.

— Enfin chez nous ! se réjouit Ellie quand ils entrèrent dans l'appartement privé, au dernier étage de l'aile des résidents du complexe hôtelier.

— En parlant de chez-soi, dit Galen, j'ai demandé à une agente immobilière de nous faire visiter quelques maisons demain. Vous êtes partantes, toutes les deux ?

Il avait pris la liberté d'organiser ces visites sans consulter Peyton ni Ellie. Il savait qu'Ellie serait ravie de voir des logements potentiels, et il avait voulu éviter de laisser à Peyton le temps de trouver une excuse pour se défiler. Évoquer ce rendez-vous devant Ellie, afin que Peyton ne puisse pas prétexter qu'elle n'était pas disponible, était sans doute sournois, mais il tenait à avoir l'avis de Peyton sur leur future maison.

— Youpi ! s'exclama Ellie. À quelle heure ?

— Juste après le petit déjeuner. Il faudra vous lever tôt. Ça ne devrait pas être un problème avec le décalage horaire. En fait, vous aurez l'impression de faire la grasse matinée.

Il croisa le regard de Peyton. Elle ne semblait guère ravie. Dès qu'Ellie fut sortie de la pièce, elle attaqua.

— Je ne viendrai pas avec vous. Je dois travailler maintenant que nous sommes rentrés. J'ai pris du retard dans mon projet.

— Vous pouvez sûrement passer quelques heures avec nous. C'est le week-end, après tout. Vous ne pouvez pas reprendre lundi, comme les gens normaux ?

— Galen, je suis en *free lance*. Je ne compte pas mes heures et, parfois, je travaille le week-end.

— Dans ce cas, dites-vous que vous avez besoin de ce temps de repos. C'est important pour nous, en tant que famille.

Il laissa les trois derniers mots planer dans l'air, sans rien ajouter. Elle s'agita, l'air mal à l'aise, puis finit par répondre :

— Soit, mais ne vous attendez pas à ce que j'apprécie cette sortie.

— Et pourquoi n'apprécieriez-vous pas ? Toutes les femmes ne désirent-elles pas fonder un foyer ?

— Je n'en crois pas mes oreilles !

Il haussa les épaules.

— Ce n'est pas du sexisme. Je veux fonder un foyer, moi aussi. Mais c'est un foyer que nous allons créer tous ensemble, alors il est important que nous donnions tous les trois notre avis, non ?

— Si vous le dites, répliqua-t-elle d'un ton impassible. Où est-ce que je m'installe ? Votre appartement a-t-il plus de deux chambres ?

— Par chance, oui. Vous pouvez prendre la chambre

principale. Je peux dormir dans la chambre d'amis. J'ai bien fait comprendre à l'agente que nous voulions visiter des maisons qui sont disponibles immédiatement.

— Alors, autant que je prenne la chambre d'amis ?

Il s'apprêta à protester puis se ravisa. Il devait choisir ses combats s'il voulait franchir le solide mur de glace qu'elle avait dressé entre eux depuis ce soir-là sur la plage. Le souvenir des caresses qu'il lui avait prodiguées lui donna des picotements dans les mains. Il avait été si captivé par leur étreinte que, lorsque Peyton l'avait repoussé, il avait été lent à réagir. Certainement trop lent pour la persuader de revenir.

— Si c'est ce que vous voulez, céda-t-il. Au fait, je me permets de vous rappeler la fête de bienvenue ce soir pour notre retour.

Tenterait-elle de trouver une excuse pour échapper à cet événement aussi ?

— Ah, oui. Ça.

— Vous n'avez pas l'air ravie. Certains membres de ma famille font le voyage spécialement pour cette soirée.

— Eh bien, ils n'ont pas besoin de se déranger pour nous. Vous ne trouvez pas ça un peu exagéré ? Ils nous ont vus il y a une semaine à peine !

Elle se mit à faire les cent pas.

— Ils veulent partager notre joie d'être mariés, argua-t-il.

— Votre grand-mère veut seulement s'assurer qu'elle n'a pas commis d'erreur en nous mettant en couple.

— Vous n'avez pas l'air d'apprécier Nagy. Pour quelle raison ?

— Je ne la connais même pas.

Elle s'arrêta net et croisa les bras, prenant une posture défensive. Comme pour dire : « Vous pouvez me poser toutes les questions que vous voulez, mais vous n'obtiendrez rien de moi. »

Il soupira.

— Écoutez, après cela, nous n'aurons plus besoin de les voir jusqu'à Noël, si c'est ce que vous préférez.

— Si nous sommes encore ensemble à Noël.
Elle prit sa valise et se dirigea vers le couloir.
— Je suppose que ma chambre est par là ?
— Oui, troisième porte à droite. Vous ne pouvez pas la manquer, dit-il, décidant de battre en retraite.

Ce qui s'était passé sur la plage n'avait rien changé. La distance entre eux était même encore plus grande que le jour de leur rencontre. Il secoua la tête et alla vérifier les messages sur son répondeur. Il ignorait quel était le problème, mais il devait le dépasser.

Car il ne tenait pas à ce qu'Ellie subisse les conséquences de son choix. S'il avait décidé de faire un mariage arrangé, c'était pour éviter de faire défiler des épouses potentielles chez lui. Voilà pourquoi il était passé par Match Made in Marriage. Le taux de réussite de Nagy était de cent pour cent – c'était sacrément impressionnant de nos jours. Sa grand-mère ne commettait pas d'erreurs.

Alors, pourquoi Peyton songeait-elle déjà à leur séparation ? Manifestement, elle pensait que leur couple n'avait aucune chance. Mais pourquoi n'était-elle pas prête à essayer, au moins ? Peut-être était-il allé trop vite à Hawaï, mais c'était elle qui lui avait fait des avances l'autre soir. Il s'était maîtrisé jusqu'à sa dernière limite. Et il savait qu'elle avait été aussi investie que lui dans cette étreinte. Voire plus. Les sons qu'elle avait émis, ses réactions physiques… Tout cela l'avait presque rendu fou. Il gémit de frustration. Son épouse était la première femme qu'il n'arrivait pas à séduire. Et cela le contrariait au plus haut point.

— Au moins, essayez d'avoir l'air de vous amuser, murmura Galen à l'oreille de Peyton.
La pièce était pleine de membres de la famille Horvath.
Une petite fête, avait-il dit. Peyton pesta en son for intérieur. Il y avait au moins vingt-cinq personnes ! Ellie était dans son élément, montrant son bronzage et racontant à tous ceux qui voulaient bien l'écouter ses baignades, ses

balades en poney et ses moments avec sa nouvelle amie. Apparemment, elle connaissait et aimait tous les invités, et réciproquement.

— Mais je m'amuse, dit-elle en mentant.
— Dans ce cas, cela vous tuerait de sourire un peu ?
— Comme ça ?
Elle montra les dents.
— J'imagine que c'est déjà ça. Au moins, vous n'avez plus l'air de vouloir nous embrocher tous. Vous savez, vous auriez pu inviter votre famille aussi. Ce n'était pas censé être unilatéral.
— Mon père était occupé, répondit-elle.

Ou il aurait prétendu l'être si elle lui avait parlé de cette fête.

— Écoutez, je suis juste fatiguée et à cran. Allez voir votre famille. Pour l'instant, je suis bien ici.
— Vous en êtes sûre ? Vous n'allez pas vous enfuir ?
— Non, évidemment. Allez-y, s'il vous plaît.

Quand il obtempéra, elle se détendit, soulagée. Ces derniers jours avaient été une épreuve. Bien qu'elle ait résolument gardé ses distances, son corps n'avait cessé de la tourmenter, se mettant en alerte chaque fois que Galen était près d'elle. La journée, elle était épuisée, et la nuit, elle faisait toujours le même rêve : elle était sur la plage avec Galen, et ils continuaient ce qu'ils avaient commencé. Elle se réveillait à chaque fois juste avant la jouissance espérée, se sentant aussi frustrée que possible.

Ce matin, de guerre lasse, elle s'était finalement donné un orgasme. La stimulation physique l'avait délivrée, mais elle ne l'avait pas satisfaite. Au contraire, Peyton était maintenant encore plus sensible à Galen, à leurs contacts physiques fréquents et anodins.

Des contacts qui semblaient le laisser indifférent. Mais qui, pour sa part, la plongeaient dans un état de nervosité extrême.

- 10 -

Alice observa les jeunes mariés. Si elle en croyait leur langage corporel, il y avait déjà de l'eau dans le gaz. Une bouffée d'angoisse l'envahit, comme le jour de leur mariage. Quelque chose n'allait pas. Mais Galen et Peyton ne pouvaient pas baisser les bras. Elle s'écarta du groupe avec lequel elle discutait et se dirigea droit vers Peyton, qu'elle embrassa sur la joue.

— Madame Horvath, dit Peyton.

— Je croyais que nous en avions déjà parlé, ma chère. Appelez-moi Alice ou Nagy. Nous sommes de la même famille, je vous le rappelle.

— C'est vrai, répondit-elle avec un sourire qui semblait forcé.

— Sans vouloir vous offenser, vous ne ressemblez pas à une jeune mariée radieuse. Quel est le problème ? demanda-t-elle sans ambages.

— Un problème ? Pourquoi devrait-il y avoir un problème ? éluda Peyton.

— D'après votre taux de compatibilité avec mon petit-fils, il ne devrait y en avoir aucun. Cependant, il est évident que vous n'êtes pas heureuse. Pourquoi ?

Alice savait que Peyton ne lui révélerait pas la vraie raison de son malaise, mais elle n'avait pas pu s'empêcher de poser la question. La jeune femme chercha Galen des yeux. Comme s'il l'avait senti, il se tourna vers elle et soutint son regard. Peyton se raidit et rougit. Bien, songea

Alice. Il y avait un lien entre eux. Alors, il y avait encore de l'espoir pour leur mariage.

— C'est difficile à expliquer, finit par admettre Peyton.

— Je comprends, ma chère. Cela vous ennuie si nous nous asseyons ? Mon énergie n'est plus ce qu'elle était.

— Allons-y.

Alice se dirigea vers des chaises libres et s'assit lourdement sur l'une d'entre elles. Peyton prit place face à elle.

— Je ne suis plus aussi alerte qu'autrefois. À présent, dites-moi ce qu'il y a.

— Rien que vous puissiez arranger, répondit Peyton.

— J'ai une certaine expérience, ma chère. Dites toujours.

— Je préférerais ne pas parler de moi. Peut-on plutôt parler de vous ?

— De moi ? demanda-t-elle, feignant la surprise.

— Oui, de vous. Vous êtes fascinante. Vous avez transformé votre entreprise en empire. Peu de femmes peuvent se targuer d'avoir réussi un tel exploit.

Le ton admiratif de Peyton sonnait faux aux oreilles d'Alice.

— J'imagine que vous avez pris des décisions difficiles pour arriver là où vous êtes, ajouta Peyton.

— J'ai travaillé dur et j'ai pris soin de ne jamais perdre de vue le cœur de l'entreprise. De maintenir le contact avec chaque service. De plus, j'ai fait en sorte de mettre les bonnes personnes dans ces services. Celles qui ne faisaient pas l'affaire étaient remerciées. Heureusement, il n'y en a eu que quelques-unes.

Peyton réfléchit à ses mots pendant un instant.

— Vous avez dû vous faire des ennemis en cours de route, avança-t-elle.

— Quelques-uns. Personne n'atteint le sommet sans casser quelques œufs. Il y a des choses que je regrette, et elles pèsent sur ma conscience maintenant que je suis âgée, mais je ne reviens pas sur mes décisions.

Elle soutint le regard de Peyton sans ciller.

— Vous avez quitté la tête de Horvath Corporation.

Qu'est-ce qui vous a poussée à fonder Match Made in Marriage ? Était-ce pour des raisons financières ou pour tromper l'ennui ?

Alice éclata de rire. Elle adorait la franchise de Peyton.

— Ma chère, vous êtes trop drôle. Je dois l'avouer, j'admire votre côté direct. Je me revois en vous, à vrai dire. Et pour répondre à votre question, lorsque j'ai quitté mes fonctions chez Horvath Corporation, j'ai découvert que les défis me manquaient. Puisque beaucoup des couples qui s'étaient rencontrés grâce à moi se sont révélés durables et solides, j'ai décidé de me faire aider d'experts et de rendre la chose officielle. Rares sont les agences de rencontres qui peuvent afficher un taux de réussite de cent pour cent. Je n'aime pas beaucoup les applications de rencontres, ces balayages à gauche ou à droite en se fondant sur quelques mots et une photo. Il faut de la force et du courage pour bâtir un mariage, ainsi que des esprits compatibles et une bonne dose d'attirance physique. Mon petit-fils est bel homme, n'est-ce pas ?

— Oh ! oui, approuva Peyton machinalement. Quand vous parlez d'un taux de réussite de cent pour cent, cela concerne-t-il les couples qui tiennent depuis des années, ou seulement ceux qui ont dépassé la période d'essai de trois mois minimum ?

— Ceux qui tiennent depuis des années, bien sûr.

Alice observa Peyton de près.

— C'est une chose merveilleuse, vous savez, de découvrir le partenaire parfait pour quelqu'un. J'étais ravie quand votre profil est arrivé sur mon bureau. Je savais que vous étiez parfaite pour Galen, et inversement. Et Ellie…

Elle désigna la petite fille d'un signe de tête.

— Eh bien, elle est la cerise sur le gâteau, pour lui comme pour vous. C'est une enfant délicieuse, et je l'adore. On peut former une famille autrement qu'avec les liens du sang, Peyton.

Elles discutèrent encore quelques minutes, puis Peyton prit congé. Alice resta à sa place et regarda la jeune femme s'éloigner. En avait-elle fait suffisamment ? se demanda-t-elle. Ou était-ce déjà trop tard ?

— Je pense que je vais rester à la maison aujourd'hui, dit Peyton le lendemain matin, pendant le petit déjeuner.

— Tu ne nous aimes plus ? demanda Ellie, assise face à elle.

Galen guetta la réaction de Peyton.

— Bien sûr que je vous aime, protesta Peyton.

— Mais tu es différente depuis qu'on est rentré, insista Ellie.

— C'est parce que maintenant que la lune de miel est finie je dois reprendre mon travail. La vie, ce n'est pas des vacances perpétuelles, tu sais.

— Qu'est-ce que ça veut dire, perpétuel ?

— C'est quelque chose qui ne finit jamais, intervint Galen. Si tu allais regarder le mot dans ton dictionnaire, et voir si tu peux l'utiliser dans une phrase à l'école demain ?

— Bonne idée, dit Ellie.

Elle se leva et alla dans sa chambre d'un pas déterminé.

Galen tourna sa chaise pour être face à Peyton.

— Votre opinion est importante, dit-il. Nous vivrons tous les trois dans la future maison, donc votre avis compte, bien sûr. J'aimerais vraiment que vous veniez.

Elle sembla en plein débat intérieur.

— D'accord, je viens, grommela-t-elle.

Ils se levèrent en même temps et se heurtèrent. Il la saisit par les bras pour la maintenir en équilibre. Il vit de la surprise dans ses yeux, puis quelque chose d'indéfinissable – qui disparut quand elle recula. Il laissa retomber ses mains, dépité. Pourquoi Peyton maintenait-elle une telle distance entre eux ?

— Peyton, qu'ai-je fait pour vous contrarier ?

— Me contrarier ? Vous ne m'avez pas contrariée.

— Ah, bon ? J'ai l'impression que vous ne pouvez plus

supporter d'être dans la même pièce que moi. Pourtant, je croyais que nous faisions des progrès.

Elle sembla surprise. Au moins, elle ne quitta pas la pièce sur-le-champ.

— Des progrès ?

Elle avait dit le mot comme si elle n'en comprenait pas le sens.

— Corrigez-moi si je me trompe, Galen, mais vous vous êtes marié pour créer un environnement plus stable pour Ellie, non ?

— Oui.

— Et vous avez affirmé que vous ne recherchiez pas la passion ou quoi que ce soit de ce genre.

— J'ai peut-être dit cela mais, puisqu'il y a une attirance évidente entre nous, nous pourrions en faire quelque chose et bâtir notre relation dessus.

— Pour être franche, Galen, je ne crois pas que ce soit une bonne idée. Cela déroutera Ellie si elle nous voit nous embarquer dans une romance alors que nous nous connaissons à peine.

Galen voulut protester, mais il savait que Peyton n'avait pas tort.

— C'est vrai, concéda-t-il, mais elle était contente de nous voir nous embrasser l'autre jour. Pour elle, il est normal que les gens qui tiennent à elle tiennent aussi l'un à l'autre.

— Je n'en reviens pas que vous vous serviez d'elle pour essayer de m'attirer dans votre lit !

Les paroles de Peyton lui firent l'effet d'un seau d'eau glacée.

— Vous m'accusez de l'utiliser ?

Elle l'observa un instant.

— Eh bien, ce n'est pas le cas ? finit-elle par dire.

— Écoutez, vous sortez les choses de leur contexte. Oui, je recherchais seulement un mariage simple avec une personne compatible. C'est ce que Match Made in Marriage m'a promis. Quand je vous ai rencontrée et épousée, j'ai éprouvé un plaisir inattendu.

Il marqua un temps. Devrait-il jouer cartes sur table ou non ? Il opta pour la première solution.

— Je ne vais pas vous mentir, Peyton. J'éprouve une telle attirance pour vous que j'arrive à peine à réfléchir. Ce soir-là, sur la plage, c'était magique. Je peux comprendre que ce soit allé trop vite à votre goût. Je peux comprendre que vous ne vouliez pas vous précipiter concernant cet aspect du mariage mais, au moins, laissez à votre mari un peu d'espoir pour l'avenir. Si nous avons été mis en couple, c'est parce que nous avions des centres d'intérêt communs, des goûts similaires. Je vous en prie, ne me dites pas que nous n'avons rien en commun ou que vous ne me trouvez pas attirant, car je ne vous croirai pas.

Peyton avait pâli pendant sa tirade.

À cet instant, Ellie revint dans la pièce d'un pas sautillant.

— On peut y aller ? lança-t-elle.

— Je dois juste aller chercher mon sac, dit Peyton, quittant la cuisine aussi rapidement que possible.

— Oui, trésor, nous sommes presque prêts, répondit Galen à Ellie.

— Tu l'as convaincue de venir, alors ? demanda Ellie, radieuse.

— On dirait.

L'Interphone de l'appartement sonna, et Galen décrocha. L'agente immobilière était arrivée, prête à les emmener visiter des maisons. Galen venait de raccrocher quand Peyton revint. Elle avait repris des couleurs. Et elle avait mis du rouge à lèvres et coiffé ses cheveux, nota-t-il. Mais il devinait à son expression qu'elle n'était guère ravie de cette petite balade.

— Merci, dit-il, sincère.

Elle haussa les épaules.

— Plus vite nous partons, plus vite nous en finirons.

Il sourit.

— À vous entendre, je vous emmène à l'échafaud. Croyez-moi, ce ne sera pas aussi terrible que ça.

— Il vaudrait mieux.

Puis elle laissa Ellie la prendre par la main pour sortir de l'appartement.

Ils avaient déjà visité deux maisons, splendides l'une comme l'autre mais tout à fait inadaptées pour leurs exigences. Galen était catégorique, il ne voulait pas qu'Ellie soit trop loin de son école et de ses amis, et l'agente lui avait assuré que la dernière propriété sur la liste répondrait à leurs besoins. Quand ils s'arrêtèrent dans l'allée, devant un garage à plusieurs portes, Peyton se dit que la jeune femme avait peut-être raison. Cette propriété semblait assez grande pour eux trois ; les chambres n'étaient pas trop proches les unes des autres, ils ne se marcheraient donc pas dessus comme à l'appartement. Ici, elle pourrait certainement avoir un espace de travail pour finir son article. Mieux, la maison était vacante et prête à être habitée. Cerise sur le gâteau, elle offrait une vue superbe sur Puget Sound.

Peyton fut impressionnée par la vitesse à laquelle l'affaire fut conclue. Après quelques coups de fil, l'agente annonça qu'ils pourraient emménager le week-end suivant.

— Je peux envoyer un camion prendre vos affaires, offrit Galen pendant le trajet pour retourner à l'appartement.

— Non, ça ira, répondit Peyton. Je pense garder mon logement pour l'instant.

Il lui lança un bref regard avant de reporter son attention sur la route. Elle vit ses mains serrer imperceptiblement le volant. À son grand soulagement, il n'aborda plus le sujet pendant le reste du trajet.

Mais ce soir-là, une fois Ellie couchée, et avant que Peyton puisse se réfugier dans sa propre chambre, Galen lui demanda de prendre un verre avec lui. Elle voulut refuser mais il avait déjà préparé les boissons et désignait le canapé. Se sentant prise au piège, elle prit le verre de cognac qu'il lui tendait et s'assit dans l'un des fauteuils face au canapé.

— Quel est le problème ? demanda-t-elle sans ambages.

— Vous ne m'aviez pas dit que vous gardiez votre appartement.

— Je ne vous connais que depuis quelques semaines. Vous ne pouvez pas me reprocher d'être prudente.

— Peyton, nous sommes mariés. Cela requiert un niveau d'engagement que je ne vois pas de votre part.

— Ouh là, j'ai l'impression d'avoir été convoquée dans le bureau du proviseur ! plaisanta-t-elle pour essayer de détendre l'atmosphère.

Mais Galen avait raison. Elle n'était pas aussi impliquée que lui parce qu'elle se servait de lui. Alors, que faire ? Il lui était de plus en plus difficile de rester concentrée, car chaque fois qu'elle était seule avec Galen, elle ne pensait qu'à la sensation de ses lèvres sur les siennes. À sa saveur, à son corps musclé. Elle fut secouée par l'onde de désir pur qui naquit au creux de son ventre. Si elle faisait tomber cette dernière barrière, si elle laissait Galen lui faire l'amour, si elle s'autorisait à lui faire l'amour, elle ne pourrait jamais achever la mission qu'elle s'était donnée.

Elle décida d'aborder la conversation sous un autre angle. Un soupçon d'honnêteté, quelques mots sur son passé et un appel à son côté chevaleresque. Cela suffirait peut-être à la tirer de cette situation délicate…

— Voyez-vous, Galen, j'ai évité de m'engager pendant des années car j'ai vécu une expérience très douloureuse dans le passé. J'ai…

Elle marqua un temps, en partie pour plus d'effet mais aussi parce qu'une boule s'était soudain formée dans sa gorge.

— J'ai aimé quelqu'un. Et quand il est décédé, ça m'a anéantie. J'ignore si je serai capable d'aimer une autre personne un jour.

Il se pencha vers elle, ses magnifiques yeux bleus teintés d'inquiétude. Peyton se sentit coupable. Galen essayait seulement de faire au mieux. Contrairement à elle.

— Peut-on au moins faire un essai ? demanda-t-il. Il est évident que nous sommes attirés l'un par l'autre. Vous avez choisi de m'épouser, personne ne vous a forcé la main.

Vous saviez sûrement que le sexe viendrait sur le tapis à un moment ou à un autre.

— Mais pas si tôt ! Je ne veux pas prendre le risque d'être blessée comme je l'ai été autrefois. Respectez mon souhait, s'il vous plaît.

— Alors, vous voulez toutes les apparences d'un mariage heureux, sans les avantages ?

Il esquissa un sourire malicieux, et un frisson trop familier la parcourut. Galen était trop charmant, trop séduisant, trop désirable.

— Ce n'est pas ce que vous vouliez, vous aussi ? demanda-t-elle.

Il soupira et s'adossa au canapé, les mains écartées sur ses cuisses. Elle ne put s'empêcher de se rappeler la caresse sensuelle de ses doigts sur sa peau.

— C'est ce que je pensais vouloir, mais nous sommes mariés depuis une semaine et, pour être tout à fait franc, je veux plus.

Elle reporta son attention sur son visage, vit la supplique dans ses yeux.

— Je ne peux pas vous donner plus. Pas encore.

Tout en prononçant ces mots, elle sentit la culpabilité la tenailler. Si les circonstances avaient été différentes, oui, elle aurait volontiers accepté ce qu'il lui offrait. Mais elles n'étaient pas différentes. C'était aussi simple que cela.

— Bon, dit-il, j'imagine que je dois vous remercier pour votre honnêteté, et espérer qu'à un moment ou à un autre vos sentiments sur la question changeront. Quoi qu'il en soit, ça ne changera pas ce que je ressens pour vous.

Elle hocha la tête et avala une gorgée de cognac. L'alcool lui réchauffa la gorge.

— Vos sentiments pour moi pourraient changer, avança-t-elle.

Quand il découvrirait la véritable raison pour laquelle elle l'avait épousé.

Et une fois qu'il saurait, il ne serait plus aussi enclin à faire de leur union un vrai mariage. En fait, elle doutait qu'il puisse supporter sa vue après cela. Cette idée lui transperça le cœur comme une flèche brûlante, mais elle s'obligea à ignorer la douleur. Les gens faisaient du mal aux gens. Elle avait été une victime des autres assez souvent pour savoir qu'elle ne voulait plus jamais en être une.

— Je vais me coucher, dit-elle. Merci pour le cognac.

Mais tandis qu'elle rapportait son verre à la cuisine, laissant Galen dans la pénombre du salon, elle dut admettre la réalité : son mari s'était frayé un chemin dans le labyrinthe qui protégeait ses émotions et, lorsqu'elle le quitterait, elle souffrirait, elle aussi.

- 11 -

— Mais je ne veux pas y aller ! Pourquoi je dois y aller ?

Peyton descendait l'escalier pour aller prendre son petit déjeuner quand elle entendit les protestations d'Ellie. Cela faisait une semaine qu'ils avaient emménagé dans la nouvelle maison, et chaque matin avait été marqué par une crise ou une autre.

— Pour gagner ton badge de jeannette, non ? entendit-elle Galen répondre. D'ailleurs, toutes tes amies y vont. Tu ne voudrais pas rester seule dans ton coin pendant qu'elles s'amusent ensemble ? Ce n'est qu'une nuit, Ellie, et tu adores le musée.

— Je n'irai pas ! insista Ellie.

— Oh ! si, tu iras, jeune fille, rétorqua Galen.

Peyton entra dans la cuisine juste au moment où la lèvre d'Ellie commençait à trembler.

— Bonjour, vous deux. Que se passe-t-il ?

— Galen dit que je dois y aller mais je ne suis pas obligée et je n'irai pas ! répondit Ellie d'une voix tremblante.

— Elle doit et elle va y aller, rétorqua Galen, catégorique.

— Hé là, calmez-vous, tous les deux, d'accord ? dit Peyton en levant les mains. D'abord, Ellie, explique-moi de quoi il s'agit.

Peyton adressa un regard sévère à Galen pour lui intimer de se taire puis reporta son attention sur Ellie qui lui raconta qu'elle devait passer une nuit au musée avec son groupe de jeannettes.

— Ça a l'air très amusant. Pourquoi ne veux-tu pas y aller ? demanda Peyton avec douceur.

— Et s'il vous arrive quelque chose ?

— S'il nous arrive quelque chose ? Comme quoi ?

Peyton avait posé la question mais elle pensait déjà connaître la réponse.

— Comme... Tu sais.

Les épaules d'Ellie s'affaissèrent, et une larme coula sur sa joue. Peyton s'agenouilla devant elle et prit ses mains entre les siennes.

— Comme ce qui est arrivé à ta maman et à ton papa ? demanda-t-elle.

Ellie hocha la tête. Peyton la serra dans ses bras.

— Oh ! trésor, je comprends que tu aies peur. Ça t'aiderait si je te disais que Galen et moi, nous ferons tout notre possible pour veiller l'un sur l'autre pendant ton absence ? On pourrait peut-être parler à tes cheftaines, pour leur demander si nous pouvons te téléphoner à l'heure du coucher. Ça t'aiderait ?

— Peut-être.

Peyton leva les yeux vers Galen qui hocha la tête.

— Je les appelle tout de suite, dit-il, sortant son téléphone de sa poche.

Il quitta la pièce, et Peyton entendit sa voix grave dans le couloir. Elle se rendit compte qu'elle tenait toujours Ellie contre elle. Bien qu'elle ait évité d'être trop affectueuse avec elle, cela lui semblait naturel de la réconforter quand elle en avait besoin.

La femme qui avait adopté sa petite fille la réconfortait-elle ainsi quand elle était en détresse ? La plupart du temps, Peyton ne s'autorisait pas à penser au bébé qu'elle avait confié à une agence d'adoption privée. Cela faisait trop mal, tout simplement. Mais, d'une certaine manière, tenir Ellie dans ses bras remplissait un vide en elle dont elle n'avait même pas voulu reconnaître l'existence.

Elle serra la petite fille une dernière fois puis la relâcha. Offrir du réconfort à Ellie était une chose. Trouver du réconfort pour elle-même en était une autre, et elle ne pouvait se permettre de tomber dans ce piège. Depuis des années, elle évitait de fréquenter des parents de jeunes enfants, de peur que cela soulève des questions douloureuses dans son esprit. Des questions sur sa propre fille, sur sa croissance, son développement. Des questions sur le son de sa voix, la couleur de ses cheveux, ses goûts et ses centres d'intérêt.

Elle ne put s'empêcher de replacer une boucle de cheveux qui barrait le visage d'Ellie.

— Bon, nous avons un rendez-vous après l'école avec l'une des cheftaines qui vous accompagnera, annonça Galen en revenant dans la pièce. Nous trouverons une stratégie de gestion ensemble, d'accord ?

Ellie parut déroutée.

— Une quoi ?

Peyton caressa la joue de l'enfant. À présent qu'elle s'était autorisée à la réconforter, elle semblait ne plus pouvoir s'arrêter.

— Ne t'inquiète pas, Ellie. Ça veut juste dire que nous allons nous réunir pour trouver des moyens de te rassurer pendant ce voyage. Tu sais, ça nous ennuierait que tu manques ça, car nous sommes sûrs que tu t'amuserais bien.

— Et si je ne veux toujours pas y aller ?

— Nous aviserons à ce moment-là, d'accord ? Ne prenons pas de décisions maintenant, conclut Peyton d'un ton rassurant.

— Allez, trésor, dit Galen. Prends ton sac. Le bus va bientôt arriver.

Ellie saisit son cartable et s'apprêta à partir puis se retourna et courut vers Peyton. Enroulant les bras autour de son cou, la fillette lui murmura à l'oreille :

— Je t'aime.

Sans laisser à Peyton le temps de se ressaisir et de répondre, Ellie la relâcha et courut vers la porte d'entrée, Galen sur ses talons. Chaque matin, ils attendaient le bus ensemble, et Peyton se réjouit d'avoir un instant seule pour rassembler ses pensées.

Ellie l'aimait ? Un enfant pouvait-il s'attacher à un adulte aussi vite ? Ou Ellie lui était-elle simplement reconnaissante d'avoir désamorcé le conflit avec Galen et de l'avoir poussé à trouver une nouvelle solution ? Quoi qu'il en soit, Peyton était terrifiée. Elle n'était pas ici pour être la mère d'Ellie. En vérité, elle n'était pas ici pour être l'épouse de Galen non plus. Et quand elle mettrait son plan à exécution, cela les blesserait tous les deux. Qu'allait-elle faire ?

Une semaine plus tard, Galen et Peyton, entourés d'autres parents, disaient au revoir à Ellie, sur le point de monter dans le bus. Galen posa un bras sur les épaules de Peyton et fut heureux qu'elle ne s'écarte pas, pour une fois. S'il en jugeait par son regard embué quand Ellie, sur les marches du bus, les salua d'un geste de la main, sa femme n'était pas aussi impassible qu'elle voulait le faire croire.

Sa réaction le surprit. En temps normal, Peyton était si contenue quand il s'agissait de ses émotions... La seule fois où il l'avait vue perdre le contrôle, c'était ce soir-là sur la plage, pendant leur lune de miel. Pour l'heure, cependant, elle semblait aussi vulnérable que n'importe quel parent qui devait se séparer de son enfant pendant une nuit.

— Tout ira bien pour elle, lui murmura-t-il à l'oreille tandis que le bus démarrait et que les enfants agitaient la main derrière les vitres.

— Je sais.

— Je me suis dit que nous pourrions faire une balade en voiture, et déjeuner quelque part.

Il ne se rendit compte à quel point il avait espéré qu'elle dise oui que lorsqu'elle se dégagea de son étreinte.

— C'est tentant, mais j'ai des appels à passer.

Elle avait fait installer une ligne privée dans la pièce dont elle avait fait son bureau. Une pièce dans laquelle elle passait énormément de temps. Galen respectait sa conscience professionnelle, mais il soupçonnait Peyton de surtout chercher à l'éviter.

Il hocha la tête. C'était une bataille qu'il mènerait un autre jour.

— D'accord, une autre fois, peut-être, dit-il.

Elle se détendit visiblement.

— Oui, bien sûr, une autre fois.

— Je vous déposerai à la maison, puis j'irai travailler quelques heures.

— Merci.

Bon sang, leurs rapports étaient si guindés ! déplora-t-il. Ils marchèrent ensemble jusqu'à la voiture. Ensemble, oui, mais aussi séparés. Ils ne se touchaient pas, ne s'effleuraient pas par mégarde. *Tout ira bien*, se dit-il. *Ce n'est que le début*. Ils n'étaient mariés que depuis un mois, après tout. Ils se connaissaient peu. Mais, au fond de lui, il savait bien que ce n'était pas le seul problème. Peyton se protégeait délibérément de lui. Était-ce vraiment parce qu'elle avait perdu son premier amour, ou y avait-il une autre raison ?

Après l'avoir déposée chez eux, il se rendit au siège de Horvath Hotels and Resorts, s'installa à son bureau et tâcha de se concentrer sur le travail. En vain. Il ne cessait de penser à Peyton. Il en savait si peu sur elle… Quelqu'un pourrait l'aider sur ce plan, songea-t-il. Sa grand-mère. Devrait-il lui demander conseil, ou alors se tourner vers son frère Valentin ou son cousin Ilya ? Autre option, il pourrait essayer de résoudre le problème lui-même. Il joua avec son stylo et finit par le plaquer sur le bureau d'un geste sec. Il devait se débrouiller seul, conclut-il.

Peyton et lui se connaissaient mal, mais il se souvenait qu'elle s'était confiée à lui lorsqu'il lui avait concocté un repas à Hawaï. Quand elle travaillait, elle oubliait le monde autour d'elle, au point d'en oublier de manger. Elle ne remarquerait même pas s'il rentrait cuisiner pour elle. Mais il aurait peut-être besoin d'aide pour préparer le repas.

Il prit son téléphone et appela sa nouvelle employée. Peyton avait été catégorique, elle refusait d'avoir une domestique à demeure, aussi avaient-ils trouvé un compromis. Galen avait engagé une femme qui venait six jours par semaine pour faire le ménage, préparer certains repas et surveiller Ellie après l'école quand c'était nécessaire.

Quand Maggie décrocha le téléphone, il lui expliqua ce qu'il avait en tête. Elle fut ravie de faire les courses pour lui, et lui assura que tout l'attendrait dans le réfrigérateur à son retour. Il raccrocha, satisfait d'avoir enfin un plan d'action.

Galen rentra tôt et monta directement se changer. La porte du bureau de Peyton était fermée – signe qu'elle était en plein travail. Après avoir enfilé un jean et un T-shirt, il se rendit dans la cuisine et ouvrit le réfrigérateur. Comme promis, Maggie avait acheté tout ce dont il avait besoin. Il sortit le poulet et prépara une marinade miel romarin, avec laquelle il badigeonna la volaille. Ensuite, il mit le poulet à rôtir au-dessus du barbecue, sur la terrasse. Il éplucha rapidement des pommes de terre qu'il fit cuire dans une casserole. Puis il coupa des tranches de courgettes, de champignons, d'oignons et de poivrons, et les embrocha sur des pics en métal pour les faire cuire au barbecue avec le poulet.

Pour Galen, cuisiner était merveilleusement relaxant. Il n'avait jamais été du genre à lézarder, préférant se détendre de manière active. Son corps pulsait d'excitation tandis qu'il dressait la table, ajoutant des fleurs du jardin et quelques bougies dans des coupes en verre remplies de sable coloré. Il avait toujours eu un certain talent pour la création d'ambiance – une compétence qui lui avait été utile pour gravir les échelons chez Horvath Hotels and Resorts.

Songer à ses débuts lui fit penser à ses amis Nick et Sarah. Plus vieux de quelques années, ils l'avaient rapidement pris sous leur aile et lui avaient montré les ficelles du métier, au sein du complexe hôtelier de Port Ludlow. Quand il avait endossé le rôle de P-DG de la chaîne, ils avaient continué à le soutenir. Ils lui manquaient chaque jour. Élever leur fille était un cadeau qu'il avait accepté avec un grand sentiment de tristesse, mêlé à une bonne dose d'amour.

En dépit des apparences, il n'était pas aussi libre avec ses sentiments et ses émotions que les gens ne le pensaient. Oui, il avait toujours été ce garçon sympathique qui faisait rire tout le monde et donnait l'impression que tout était une fête. Mais il ne s'investissait émotionnellement qu'avec sa famille, et avec Ellie.

Et maintenant, avec Peyton. Il avait cru pouvoir aborder le mariage avec désinvolture. Comme il avait eu tort ! Certes, il s'était demandé si les rebuffades constantes de Peyton lui donnaient envie de redoubler d'efforts uniquement parce qu'il n'était pas habitué à être repoussé. Mais en réfléchissant il avait compris que, en réalité, il avait été stupide de croire que les émotions ne compliqueraient pas son mariage. La vie était compliquée. Son union avec Peyton ne l'était pas moins. Et s'il avait précisé préférer la bonne entente à l'amour dans sa candidature, et supposé que Peyton avait fait de même puisqu'ils avaient été mis en couple, il savait maintenant que ce n'était pas suffisant. Et que cela ne le serait jamais.

Perdu dans ses pensées, il descendit dans la cave à vin et choisit une bouteille pour le dîner. Il avait noté que Peyton avait une préférence pour le chardonnay élevé en fût de chêne, or il avait un excellent cru de Nouvelle-Zélande dans sa collection. Après avoir trouvé la bouteille en question, il remonta dans la cuisine et fut surpris d'y voir Peyton.

— Ce sont les odeurs alléchantes qui m'ont attirée, expliqua-t-elle.

Il sourit. La fenêtre du bureau de Peyton était au-dessus du barbecue. Ce n'était pas pour rien qu'il avait décidé de faire cuire le poulet à l'extérieur.

— Vous avez déjeuné aujourd'hui ? demanda-t-il.
— Déjeuné ? Qu'est-ce que c'est ? plaisanta-t-elle.
— Vous ne prenez pas très bien soin de vous, on dirait ?
— Je m'en sors assez bien.
— Eh bien, vous serez contente d'apprendre que je m'en sors mieux que bien dans une cuisine.

Il prit un grand plateau en bois et y plaça quelques

aliments tentants en guise d'apéritif. Le brie que Maggie avait acheté était à point. Galen y ajouta des tomates séchées, des olives, des mini-poivrons farcis, ainsi que quelques tranches de pain français frais.

— On dirait un repas en soi, commenta Peyton, prenant un poivron et le glissant dans sa bouche.

— Ce ne sont que les amuse-bouches. Si nous allions dehors ?

— Je peux vous aider à porter quelque chose ?

— Oui, prenez le vin et des verres.

Après avoir posé le plateau sur la table extérieure, il vérifia la cuisson du poulet. Peyton s'assit et leur servit du vin. Il la rejoignit, s'asseyant à côté d'elle pour qu'ils soient tous les deux face à la mer.

— À nous, dit-il, portant un toast.

— Oui... À nous, dit-elle, levant son verre à son tour.

Le ton était hésitant, mais c'était un bon début.

— Vous avez bien avancé dans votre travail aujourd'hui ? la questionna-t-il.

— Oui. J'ai passé presque tout l'après-midi à compiler mes recherches. La rédaction viendra après.

— J'imagine que c'est difficile de faire le tri entre ce que vous utiliserez et ce que vous laisserez de côté.

— Oui, ça peut l'être parfois. Surtout quand le sujet me tient particulièrement à cœur.

Elle prit une tranche de pain et y étala un peu de fromage. Il la regarda mordre dans le morceau et sentit tout son corps se raidir quand elle poussa un gémissement d'appréciation.

— C'est délicieux. Vous devriez goûter.

Et voilà, elle venait de diriger la conversation dans une autre direction. Il la laisserait faire, pour l'instant. Mais, tôt ou tard, Peyton devrait s'ouvrir à lui.

Lorsque le dîner fut prêt, ils retournèrent à l'intérieur pour manger. Pendant le repas, il sentit que Peyton se détendait. Peut-être l'effet du vin, ou du contenu de son assiette. Quoi qu'il en soit, elle avait un peu baissé sa garde.

Après le dîner, ils allèrent dans le salon. C'était un magnifique espace, avec un plafond cathédrale et une haute baie vitrée qui donnait sur la terrasse. La vue sur Puget Sound était spectaculaire. C'était l'une des choses qui l'avait décidé à acheter cette propriété. Chaque soir, il se réjouissait de se détendre dans cette pièce après le travail. Ce soir, c'était encore mieux, car Peyton lui tenait compagnie.

Elle s'enfonça sur le canapé moelleux avec un soupir de contentement.

— Le repas était vraiment excellent. Merci.

— Tout le plaisir était pour moi.

Un silence agréable s'instaura entre eux. Galen leur resservit du vin.

— C'est tranquille sans Ellie, observa-t-elle.

— Vous êtes naturellement douée avec elle. Vous l'avez aidée à surmonter sa peur de dormir loin de nous et vous étiez là pour lui dire au revoir. Vous avez été formidable.

Peyton se figea un instant puis sourit. Il l'observa, se rendant compte que quand elle souriait, c'était sans joie.

— Merci. Bien que vous n'ayez pas été son père toute sa vie, vous faites un travail formidable, vous aussi. On dirait que cela ne vous demande aucun effort.

Elle soupira et ramena ses jambes sous elle sur le canapé.

— Être parent, ce n'est pas naturel pour moi, avoua-t-elle.

Galen sentait qu'elle voulait en dire plus, mais qu'elle cherchait ses mots. Plutôt que de la presser, il resta muet et regarda les émotions qui passaient sur son visage. Elle prit une grande inspiration et expira lentement, comme si elle s'armait de courage. Ce qu'elle s'apprêtait à lui dire était très important, apparemment.

— Je…

Elle s'éclaircit la voix et reprit :

— J'ai eu un bébé. Une petite fille. Je l'ai abandonnée.

- 12 -

Peyton avait le cœur battant. Voilà, elle l'avait dit à haute voix. Le secret qu'elle n'avait jamais révélé à quiconque, hormis à son père et aux personnes directement impliquées dans la mise au monde et l'adoption de sa petite fille. Elle devait le reconnaître, Galen n'eut pas l'air aussi choqué qu'elle ne l'aurait cru.

— Il y a combien de temps ? demanda-t-il avec douceur.
— Presque neuf ans.
— Alors, votre fille aurait l'âge d'Ellie maintenant ? Ce doit être difficile pour vous. Je ne me doutais de rien.
— Eh bien, je n'allais pas mettre ces informations dans mon formulaire de candidature, dit-elle pour tenter de détendre l'atmosphère. Ce n'est pas un sujet que j'aime évoquer.

Sa gorge se serra, et elle déglutit, craignant de faire l'impensable : pleurer devant Galen. Elle s'efforçait de contrôler ses émotions en toutes circonstances. La vie était assez compliquée sans y ajouter les sentiments. Mais cette fois, la tâche était plus difficile que d'habitude.

— Elle était absolument parfaite, parvint-elle à dire.

Elle s'accorda un bref instant pour se rappeler les lèvres en bouton de rose de sa fille, son duvet blond et son doux parfum de bébé.

— Et son père ? Vous a-t-il soutenue ?
— Il était décédé quand elle est née.
— Il était au courant que vous étiez enceinte ?
— Non. C'était un *marine*. Il est mort lors de sa première

mission. Pas en service actif mais dans un accident de voiture. Je ne l'ai appris que bien après. Quand je l'ai appelé pour lui annoncer que j'étais enceinte, j'ai cru qu'il voulait juste m'éviter. Qu'il s'était bien amusé avec moi et qu'il avait tourné la page.

L'air choqué, Galen se leva et la rejoignit sur le canapé.

— Peyton, je suis vraiment désolé. Vos parents vous ont-ils aidée, au moins ?

— Ma mère est morte quand j'étais au collège. Et mon père… Eh bien…

Quels qualificatifs pourraient décrire son père ? Amer. Irascible. Rancunier. Il lui avait dit qu'elle pouvait régler ses problèmes toute seule.

Peyton ignorait à quel moment Galen lui avait pris la main, mais elle trouvait ce contact apaisant. Elle pouvait se concentrer sur ses doigts chauds et fermes plutôt que sur les mots qu'elle prononçait.

— C'était l'enfer. J'étais en dernière année d'université. Je ne savais pas quoi faire ni vers qui me tourner. Quelques semaines avant la naissance, j'ai fini par accepter l'idée que je ne pouvais pas la garder, quoi qu'il advienne. Je ne pouvais tout simplement pas lui offrir les opportunités qu'elle méritait. Je me suis renseignée sur l'adoption et, par l'intermédiaire d'une conseillère, j'ai obtenu des informations supplémentaires sur les adoptions privées. C'est la solution que j'ai retenue en fin de compte.

Elle s'abstint de préciser que cette option lui avait donné le sentiment qu'elle n'était qu'un ventre à louer. Que son bébé était un objet que l'on pouvait acheter et non un être humain. Mais si elle n'avait pas choisi cette solution, si ses frais médicaux n'avaient pas été pris en charge par la famille adoptive, elle serait encore en train de rembourser son prêt étudiant.

— Les parents adoptifs vous donnent-ils des informations sur votre fille ?

— Non. C'est ce que je voulais. Je ne trouvais pas cela juste de faire partie de sa vie alors que je l'avais abandonnée.

— Et si elle veut vous retrouver un jour ?

Peyton haussa les épaules.

— Elle le peut. Sa famille adoptive a insisté pour que je lui laisse un moyen de me joindre.

— Ce sont des gens bien, on dirait.

— J'espère vraiment que c'est le cas, et qu'elle est heureuse.

Sa voix se brisa sur le dernier mot, et elle ferma les yeux, ne voulant pas céder devant les sentiments qui menaçaient de la submerger. C'était l'instinct de survie qui l'avait poussée à tout garder au fond d'elle. Si elle s'était autorisé le luxe de s'abandonner à ses émotions, les souvenirs seraient remontés et l'auraient engloutie, comme ils semblaient vouloir le faire maintenant.

C'en était trop. Elle avait besoin d'une distraction.

— Galen ?

— Hum ?

— Vous voulez bien me faire l'amour ?

Elle le sentit se raidir sous l'effet de la surprise, sa main serrant la sienne au point de lui faire presque mal.

— Vous êtes bien sûre de cela, Peyton ?

Elle se tourna pour lui faire face. Les lèvres de Galen n'étaient qu'à un souffle des siennes.

— Oui, murmura-t-elle.

Sur quoi, elle se pencha vers lui et l'embrassa. Elle n'avait plus envie de parler. Les mots ne faisaient que réveiller la douleur et le chagrin qu'elle avait enfouis si profondément. Elle voulait des actes, des sentiments, des sensations. Tout pour cesser de souffrir.

Les lèvres de Galen étaient douces et tendres contre les siennes. Décidant de ne pas perdre de temps, elle se mit à califourchon sur lui. Prenant son visage entre ses mains, elle approfondit le baiser, et une vague de désir l'envahit.

Soudain, Galen la saisit par les bras et la repoussa.

— Qu'y a-t-il ? Vous ne voulez pas faire l'amour ? demanda-t-elle.

Elle haletait tant le désir pulsait en elle.

— Oh ! si, je le veux. Mais je veux être certain que vous le voulez aussi. Ce n'est pas une aventure d'un soir, Peyton. J'ai très envie de vous laisser m'utiliser comme moyen d'oublier votre passé, mais je ne peux pas simplement vous faire l'amour puis revenir au point où nous en étions ce matin.

Il lui demandait un engagement. C'était tout à fait raisonnable. Et il lisait en elle si aisément que c'en était effrayant. Mais pour l'instant, son corps et son esprit réclamaient la délivrance qu'elle était sûre de trouver en faisant l'amour avec lui. Elle ne voulait pas voir plus loin. Quant à l'idée de s'engager ? C'était au-dessus de ses forces. Mais Galen avait besoin d'une réponse, et elle lui en devait une.

— Je comprends, se força-t-elle à dire.

Elle affronterait les conséquences de son choix plus tard. Pour l'heure, elle désirait Galen et elle voulait tout oublier. Elle l'embrassa encore, plaquant son ventre contre lui, lui montrant à quel point elle le désirait.

— Ce n'est pas juste, Peyton, murmura-t-il contre ses lèvres. Vous me tourmentez. En fait, vous êtes un tourment depuis que j'ai posé les yeux sur vous.

— Alors apaisons notre tourment ensemble. Allons dans votre chambre.

Elle se leva et lui tendit la main. Elle avait lancé l'invitation ; à lui de l'accepter ou non. Ce qui adviendrait ensuite ne dépendait que de lui.

Il n'hésita pas. Il lui prit la main et se leva puis la conduisit jusqu'à la chambre principale.

— Si vous ne voulez pas aller plus loin, c'est le moment de me le dire, Peyton. Je suis sérieux.

— Je ne changerai pas d'avis, lui assura-t-elle, en caressant son visage. Vous avez l'air si solennel. Voyons si nous pouvons changer ça.

Elle se hissa sur la pointe des pieds et l'embrassa.

— Je n'arrive pas à réfléchir quand vous faites ça, protesta-t-il.

— Et quand je fais ça ?

Elle glissa les mains sous son T-shirt et pinça doucement ses tétons.

— Ça aussi, dit-il.

— Et ça ?

Elle effleura son torse, son ventre, la taille de son jean. Quand il retint son souffle, elle en profita pour glisser la main sous le vêtement. Elle se mit à caresser son sexe à travers son caleçon.

— Et quand vous faites ça, certainement pas, gronda-t-il. En fait, quoi que vous fassiez, vous m'empêchez de penser.

Elle serra son pénis avant de le relâcher et de retirer sa main.

— Vous êtes bien trop habillé pour ce que je veux vous faire.

— Me faire ? Ou faire avec moi ?

— Les deux. L'un ou l'autre. Est-ce important ?

— Oui. Quand il s'agit de vous, Peyton, tout est important.

Quelque chose dans le son de sa voix la fit hésiter. Était-elle en train de commettre une erreur ? La tension qui montait délicieusement en elle était le signe que non. Elle était au bon endroit, avec la bonne personne. Galen et elle se donneraient du plaisir, c'était une certitude. Cet homme l'enflammait d'un simple baiser. Et quand il la touchait…

Elle n'avait plus envie de réfléchir. Il était temps de passer aux choses sérieuses. Elle tira sur le T-shirt de Galen et le lui ôta, le laissant tomber sur le sol de la chambre. Puis elle s'attaqua à son jean, qu'elle déboutonna tant bien que mal. Glissant les pouces sous la taille de son caleçon, elle le fit glisser le long de ses jambes. Galen fut nu devant elle, son corps splendide offert à sa vue. Elle brûlait de le toucher, de le sentir en elle. Prenant une inspiration tremblante, elle se déshabilla. Dès qu'elle fut nue à son tour, elle se colla contre lui, savourant sa force et sa chaleur. Il étala les mains dans son dos et l'attira tout contre lui.

Elle leva le visage vers le sien et accueillit volontiers l'ardeur de son baiser, les assauts de sa langue. Elle avait besoin de cela. De lui.

Ils reculèrent jusqu'au lit, et Galen se laissa tomber sur le matelas. Elle le chevaucha de nouveau et le poussa pour qu'il s'allonge. Se penchant vers lui, elle massa les muscles de ses épaules et dessina une traînée de baisers humides de sa gorge jusqu'à son torse. Elle respira son parfum, mélange de son eau de toilette épicée, de sa chaleur et de l'odeur fraîche de la mer. Se décalant un peu pour continuer sa série de baisers, elle passa la main sur la toison qui recouvrait son ventre, avant que ses lèvres et sa langue n'empruntent le même chemin.

Son sexe en érection était pressé contre elle, et elle l'effleura de ses seins tandis qu'elle s'aventurait plus bas. Prenant de nouveau sa verge en main, elle se mit à la caresser doucement et la sentit bientôt pulser sous ses doigts. Elle resserra son emprise.

— Tu aimes ? demanda-t-elle.
— J'aime tout ce que tu me fais, gronda-t-il.
Elle sourit.
— Tout ? demanda-t-elle, le sourcil arqué.
— Tout.

Elle posa les lèvres sur le sommet engorgé de son pénis et y passa la langue. Elle sentit Galen frissonner.

— Surtout ça, murmura-t-il, la voix tremblante.

Elle caressa ses cuisses puissantes tout en léchant son sexe de la base jusqu'au sommet, avant de l'accueillir dans sa bouche. Il plongea brusquement les mains dans ses cheveux quand elle fit tournoyer sa langue autour de sa couronne et l'aspira entre ses lèvres. Lorsque Galen se tendit tout entier, elle sut qu'il était au bord de l'explosion. Elle le libéra et se redressa pour se caler contre son sexe luisant.

— Je suis contente que nous puissions nous dispenser d'interruptions. Nous sommes tous les deux en bonne santé, et je prends la pilule.

Sur quoi, elle descendit lentement sur lui, et il gémit de plaisir.

— Je suis content que tu sois contente, répondit-il.

À en juger par le ton de sa voix, il lui avait fallu beaucoup d'efforts pour arriver à parler.

Elle savait ce qu'il ressentait. Pour l'instant, tout ce qu'elle voulait, c'était onduler sur lui, se cambrer, atteindre l'extase avec lui. Mais d'abord elle voulait lui donner du plaisir. Elle se mit à bouger, lentement, l'amenant plus profondément en elle. Galen prit ses seins en coupe, et taquina ses tétons, doucement d'abord, puis plus fort. La douleur exquise alla crescendo, provoquant des contractions de ses muscles intimes et l'amenant presque à l'orgasme.

Mais Peyton résista. Quand elle jouirait, ce serait avec lui, et parce qu'elle l'aurait décidé. Elle accéléra la cadence de ses mouvements, appuyant les mains sur ses bras tendus.

Galen soutenait son regard, comme s'il pouvait voir au-delà des murs qu'elle avait dressés. Comme s'il pouvait voir son âme. Soudain, il se cambra, et elle le sentit trembler quand il se libéra en elle. Le corps pressé contre le sien, elle se laissa emporter par la déferlante de plaisir qui lui coupa le souffle et chassa les souvenirs de son esprit.

C'était ce qu'elle voulait, ce dont elle avait besoin. Tout oublier.

- 13 -

Faire l'amour avec Peyton avait été tout ce dont Galen avait rêvé, et plus encore – à chaque fois. Et pourtant, bien qu'ils aient atteint une perfection physique ensemble, une certaine distance demeurait entre eux. Peyton l'avait stupéfié hier soir. D'abord en lui parlant de l'enfant qu'elle avait abandonné, puis en lui demandant de lui faire l'amour.

Il l'avait volontiers laissée prendre les rênes, comprenant d'instinct que c'était ce dont elle avait besoin. Il lui avait bien fait comprendre que s'ils franchissaient cette étape dans leur relation, il n'y aurait pas de retour en arrière possible. Pourtant, il se demandait si Peyton avait acquiescé uniquement pour obtenir ce qu'elle voulait.

Qu'allait-il se passer ensuite ? Lui savait ce qu'il attendait de leur mariage, même s'il n'avait pas recherché l'amour au départ. Mais, s'il en croyait ce qu'il ressentait à présent, ses attentes avaient pris un virage à cent quatre-vingts degrés, à l'évidence.

Peyton s'agita dans le lit.

— Ça va ? demanda-t-il.

Elle s'étira et roula sur le côté pour lui faire face.

— Bien. Et toi ?

Il écarta les cheveux qui lui barraient le visage, savourant ce moment d'intimité.

— Je vais merveilleusement bien. Pas de regrets ?

Il fallait qu'il sache ce qu'elle pensait, ce qu'elle comptait faire maintenant que le cocon de la nuit avait été défait par la lumière du jour. Le regard légèrement assombri, elle s'assit brusquement, les draps glissant sur son corps et exposant son corps nu à son regard avide.

— Non, pas de regrets. Je vais me doucher. Ensuite, je nous préparerai un énorme petit déjeuner. Je meurs de faim !

Il sourit tandis que la tension en lui se dissipait.

— Ça me semble une excellente idée. Tu as besoin d'aide pour te savonner le dos ?

— Si tu fais ça, dit-elle en riant, le petit déjeuner sera plutôt un déjeuner.

— Je peux attendre.

Il guetta l'effet de ses paroles sur elle. Ses pupilles se dilatèrent, ses tétons prirent une teinte rose foncé. Des tétons qu'il avait trouvés parfaits quand il les avait suçotés hier soir. Peyton avait été une partenaire réceptive et généreuse. Leur nuit avait été exceptionnelle et, en d'autres circonstances, il aurait été rassasié. Mais il y avait quelque chose chez Peyton qui lui donnait envie d'en avoir plus – sur le plan physique comme sur le plan émotionnel. Il se leva et marcha vers elle. Elle le contempla, arrêtant son regard sous sa taille.

— Je vois que tu as quelque chose d'autre en tête, observa-t-elle avec un sourire impertinent.

Il sentit sa poitrine se serrer. Était-ce cela, l'amour ? Cette sensation d'être subjugué par quelque chose d'aussi précieux qu'un sourire ? Ce besoin impérieux de toucher celle que l'on aimait et d'être touché par elle ? De la connaître et de comprendre ses moindres pensées ? De la rendre heureuse ? Si ce n'était pas de l'amour, cela y ressemblait fort.

Il prit Peyton par la main et l'attira vers lui, savourant la chaleur de son corps contre le sien. Il ne se lasserait jamais de l'avoir dans ses bras.

— Oh ! j'ai beaucoup de choses en tête, répondit-il. Et chaque pensée te concerne.

Elle haleta, et il vit le désir sur ses jolis traits. Un désir qu'elle masqua rapidement. Peyton était douée. Bien trop douée. Son épouse était une experte pour cacher ses véritables pensées et sentiments. En fait, la seule fois où elle avait été totalement ouverte et honnête avec lui, c'était hier soir, dans le sanctuaire de leur lit. Eh bien, s'il fallait lui faire l'amour pour la connaître et la comprendre, Galen se mettrait volontiers à la tâche. La satisfaire serait à la fois un honneur et un plaisir.

— Viens, dit-il d'une voix légèrement rauque. Allons prendre une douche.

— Il faut nous dépêcher si nous ne voulons pas manquer l'arrivée du bus d'Ellie, dit Peyton tout en remuant des œufs dans un bol.

— Je peux faire griller le bacon dehors si tu veux. Ça nous fera gagner du temps.

— Merci. Ce sera prêt dans quelques minutes.

— Je m'y mets tout de suite.

Galen prit le paquet de bacon et alla sur la terrasse en sifflotant. Il ne s'était pas senti aussi heureux depuis une éternité.

Derrière la fenêtre ouverte de la cuisine, il pouvait voir Peyton s'affairer. Une scène de félicité domestique. La bonne entente conjugale avait hélas fait défaut les semaines précédentes. Peyton s'était montrée très méfiante, et lui aussi. Hier soir, quand elle lui avait parlé de sa fille, cela avait ouvert une brèche. Mais il savait qu'elle était encore dans la retenue. Peyton était complexe, et il avait encore beaucoup de choses à découvrir sur elle.

La vie ne l'avait pas ménagée, mais elle était forte. Sinon, elle n'aurait pas pu surmonter ses épreuves. Il ignorait si, dans des circonstances similaires, il aurait pu s'en sortir aussi bien.

Il songea à ses cousines. Chacune était forte et indépendante, bénéficiant de l'exemple de leur grand-mère. Mais si l'une d'elles avait dû affronter une situation comme celle de Peyton, elle aurait eu du soutien de la part de toute la famille. Peyton n'avait rien eu de tout cela. Pas étonnant qu'elle soit si réservée et distante. Pas étonnant qu'elle redoute l'amour. Plus il commençait à la comprendre, plus il se rendait compte que c'était la peur qui la retenait, qu'elle en soit consciente ou non.

— Tu comptes carboniser ce bacon ? lança Peyton depuis la cuisine, l'arrachant à ses pensées.

— Comme si j'allais faire une chose pareille !

Il saisit prestement des pinces et une assiette pour y déposer les bandes de bacon.

— J'espère que tu l'aimes croustillant, dit-il placidement lorsqu'il revint dans la cuisine.

Elle laissa échapper un petit rire. Galen l'observa un instant, heureux de la voir si détendue, si heureuse. S'il suffisait de faire brûler du bacon pour la faire rire, il recommencerait volontiers chaque matin.

— Tu as de la chance que ce soit le cas, dit-elle, lui servant une généreuse portion d'œufs brouillés.

— Hé, gardes-en pour toi !

— J'en ai assez, ne t'inquiète pas.

Il consulta l'horloge. Ils avaient une demi-heure pour manger et ranger la cuisine avant d'aller chercher Ellie au point de rencontre. Si seulement ils avaient eu plus de temps rien que tous les deux… La présence d'Ellie changeait la dynamique de leur couple. Il ne regrettait pas un instant d'avoir Ellie dans sa vie. Mais pour Peyton, être avec la fillette rouvrait peut-être ses blessures. À présent, il comprenait mieux certains des regards qu'elle avait posés sur Ellie. Des regards pleins de mélancolie et de regrets. Des regards tempérés par une attitude distante, comme pour dire : « ne t'attache pas à moi », car elle avait trop peur de s'attacher en retour. Galen devait trouver un moyen de briser les barrières de Peyton. D'une manière ou d'une autre, Peyton, Ellie et lui deviendraient une vraie famille.

Galen tenait Peyton par les épaules. Tous deux attendaient l'arrivée du bus, comme les autres parents. Tout semblait si normal et si étrange à la fois, songea-t-elle. Hier, Galen et elle se trouvaient au même endroit. Elle était alors très inquiète pour Ellie. Mais son inquiétude avait fait place à de la fierté lorsque la petite fille, surmontant son angoisse, était montée dans le bus.

Peyton n'avait-elle pas surmonté son angoisse elle aussi, hier soir ? Elle se blottit contre Galen, rassurée par sa présence solide auprès d'elle. Était-ce à cela que le mariage de ses parents avait ressemblé, avant que sa mère ne tombe malade ? Avant que son père ne change ? Hélas, elle ne pouvait pas le lui demander. Il était empli d'une telle colère... Il était même allé jusqu'à détruire les albums photos que sa mère avait remplis avec tant de patience et d'amour pour Peyton, afin qu'elle puisse se souvenir d'elle quand elle ne serait plus de ce monde.

Elle se demanda où étaient rangées les photos des parents d'Ellie. Elle poserait la question à Galen plus tard, se dit-elle. Elle savait que l'ancienne chambre d'Ellie avait été fidèlement recréée dans l'appartement de Galen, et récemment dans leur nouvelle maison, mais elle ignorait où se trouvaient les autres affaires de la famille. Peut-être cela aiderait-il Ellie à se sentir plus en sécurité si elle avait facilement accès des souvenirs heureux avec ses parents.

Et quand tu t'en iras, que se passera-t-il ? lui rappela sévèrement sa conscience.

— Voilà le bus ! s'exclama Galen. Regarde, je la vois !

Il agita la main avec frénésie. Peyton sentit son cœur se serrer. Galen et elle avaient été très occupés pendant l'absence d'Ellie, mais il était évident qu'il n'avait pas cessé de s'inquiéter pour sa pupille.

Une demi-heure plus tard, quand Ellie eut récupéré son sac et dit au revoir à toutes ses amies, ils purent enfin monter dans la voiture et rentrer à la maison.

— Tu t'es bien amusée ? demanda Galen tandis qu'Ellie bouclait sa ceinture de sécurité.

— C'était super !

— Alors, tu es contente d'y être allée ? la questionna Peyton.

— Oui, merci de m'avoir poussée à partir. C'était vraiment cool.

Leur trajet fut égayé par le récit enthousiaste d'Ellie, qui se poursuivit jusqu'au déjeuner. Ensuite, Peyton aida l'enfant à défaire son sac et à mettre ses vêtements dans le lave-linge, lui expliquant comment faire une lessive étape par étape.

— Ma mère le faisait, commenta Ellie, mais à l'appartement Galen envoyait tout à la blanchisserie. Je dois faire ça tout le temps maintenant ? demanda-t-elle en allumant le lave-linge.

— Si tu en as envie. C'est bon de savoir se débrouiller seule.

— Mais si je n'ai pas envie ?

— Eh bien, il y a moi et il y a Maggie.

— Ta mère t'a appris ?

— Non. Ma mère était malade et n'a pas pu m'apprendre beaucoup de choses.

— Je suis désolée.

— C'était il y a longtemps.

Ellie la serra dans ses bras.

— Je suis contente que tu sois avec nous maintenant. Tu n'as plus à être seule.

Les mots simples de l'enfant lui allèrent droit au cœur. Seule ? Peyton avait l'impression de l'avoir été presque toute sa vie, depuis l'annonce de la maladie de sa mère. Et maintenant qu'elle avait une famille, elle se préparait à l'abandonner… Elle serra maladroitement Ellie contre elle puis recula.

— Tu peux m'aider à préparer une salade pour le dîner, dit-elle. Galen prépare des steaks et des pommes de terre au four.

— Miam !

En une seconde, Ellie était passée à autre chose. Les enfants s'adaptaient si aisément, songea Peyton en suivant la fillette jusqu'à la cuisine. Peut-être devrait-elle suivre leur exemple.

La soirée passa vite, et Ellie ne tarda pas à tomber de fatigue. Pendant que Galen s'occupait de son coucher, Peyton alla dans son bureau pour travailler sur son article. Elle relut l'introduction, mais au lieu d'éprouver de la satisfaction elle eut le ventre noué. Elle soupira, dépitée, et prit sa tête entre ses mains. Pourquoi écrire était-il si difficile cette fois ? Elle planifiait pourtant cet article depuis des années, et se réjouissait de pouvoir faire descendre Alice Horvath du piédestal sur lequel tout le monde la plaçait. Rédiger ce texte devrait être la chose la plus facile au monde pour elle. Elle n'évoquait pas un désordre politique, un génocide ou des dégâts environnementaux colossaux – des thèmes qu'elle avait traités par le passé avec succès. Alors, quel était le problème ? Le sujet lui tenait-il trop à cœur ? Était-elle trop partiale ?

Non, elle n'était pas partiale. Elle avait retrouvé d'autres personnes qui, comme son père, avaient été sommairement licenciées, dans différentes branches du groupe Horvath. D'ailleurs, elle avait eu bien du mal à les localiser. Ceux qui avaient signé un accord de confidentialité avaient refusé poliment ses demandes d'interview. Mais ceux qu'elle avait pu interroger confirmaient les dires de son père.

Elle s'était toujours targuée d'écrire des reportages équilibrés. Or, dans ce cas précis, elle n'avait qu'une version de l'histoire. Voilà, elle avait sa réponse ! Elle devait aller à la source. Interviewer Alice. La grande matriarche lui accorderait-elle un entretien ? En général, Alice refusait les interviews. Eh bien, Peyton pouvait toujours lui poser la question, non ? Mais quelle serait la meilleure façon de l'approcher ?

Lorsqu'elle entendit du bruit derrière elle, elle réduisit prestement la fenêtre de son ordinateur et fit pivoter son fauteuil. Galen se tenait à l'entrée de la pièce, un bras nonchalamment appuyé contre le chambranle. Il était si séduisant... Dans son esprit jaillirent des images de leurs ébats de la veille, et son corps se tendit de désir.

— Tout va bien ? demanda-t-il.

— Oui et non, avoua-t-elle.

Comment aborder la question ? Devrait-elle lui demander sans détour si sa grand-mère accepterait un entretien ? Mais quelle raison pourrait-elle prétexter ? Une idée jaillit dans son esprit.

— Une partie de mon article se concentre sur les femmes dans les affaires. Alice accepterait-elle une interview, à ton avis ?

Elle venait de mentir effrontément.

Galen avança vers elle, l'air un peu intrigué.

— Elle n'aime pas beaucoup les interviews. Tu le sais sans doute déjà.

— J'avais entendu quelque chose comme ça, répondit-elle d'un ton détaché. Mais il n'y a pas de mal à lui poser la question, non ? Si elle dit non, c'est non.

Elle ponctua ses paroles d'un haussement d'épaules.

Galen se frotta le menton, l'air songeur.

— Je pourrais intercéder en ta faveur.

— Non, surtout pas. Me servir de toi comme intermédiaire serait lâche.

— Tu as sans doute raison. En fait, tu as raison tout court. Nagy verrait ça comme une faiblesse, et elle rejetterait ta demande aussitôt.

Peyton hocha la tête.

— Je vais lui téléphoner demain et j'irai droit au but.

Galen approcha et posa les mains sur ses épaules, massant les nœuds qui s'y étaient formés.

— Bonne idée. Que feras-tu si elle refuse ?

— Je passerai à la prochaine personne sur ma liste. La contribution d'Alice n'est pas essentielle pour mon enquête, mais j'aimerais avoir son point de vue.

— Alors espérons qu'elle sera d'humeur magnanime demain, dit-il avec un petit rire. Bon sang, tu es drôlement tendue ! C'est l'effet que ton travail a sur toi ?

— Parfois. Surtout quand les choses ne se passent pas aussi bien que je ne le voudrais. Mais tu sais quoi ?

— Quoi ?

— Je connais quelque chose qui me détend en un rien de temps.

Elle l'entendit haleter et sentit ses mains se figer sur elle.

— Et qu'est-ce que cela pourrait bien être ?

Elle se leva.

— Oh ! je crois que tu sais à quoi je fais allusion, répondit-elle. Ou aurais-tu déjà oublié ? Laisse-moi te rafraîchir la mémoire.

Elle noua les bras autour de son cou et prit possession de sa bouche dans un baiser qui ne laissait aucun doute sur ce dont elle parlait. Heureusement, Galen comprit vite. Quand il la souleva dans ses bras et l'emmena vers la suite principale, elle se laissa griser par l'anticipation de ce qui viendrait ensuite.

- 14 -

— Merci infiniment d'avoir accepté de me recevoir, madame Horvath.

Alice afficha un sourire forcé.

— Il n'y a pas de quoi, ma chère. Je vous ai déjà demandé de m'appeler Alice ou Nagy. Si vous continuez de m'appeler madame Horvath, je vais penser que vous ne faites pas vraiment partie de la famille.

Elle n'avait pas laissé sa réprobation percer dans sa voix, pourtant elle vit une émotion passer sur le visage de Peyton, rapidement masquée. Était-ce de l'irritation, de l'embarras ? Ou autre chose ? Depuis son opération, Alice ne se sentait plus aussi perspicace qu'autrefois, et cela la contrariait au plus haut point. Vieillir n'était certainement pas pour les mauviettes. Heureusement pour elle, elle n'avait jamais été une mauviette.

— Je suis désolée, Alice.

— Voilà qui est mieux, ma chère, dit-elle avec un petit sourire. Vous voyez ? Ce n'était pas si difficile. Vous avez fait bon voyage, j'espère ?

— Je crois que je ne m'habituerai jamais au fait d'avoir un jet privé à ma disposition mais, oui, c'était un voyage agréable.

— Bien. À présent, asseyez-vous et expliquez-moi de quoi traite votre article. Le sujet est sans doute important si vous êtes venue jusqu'en Californie pour me voir. Vous savez qu'en temps normal je n'accorde pas d'interview.

— Oui, je le sais et je vous suis très reconnaissante de prendre le temps de me parler.

— Il semble que j'aie bien plus de temps que je ne le voudrais, ces jours-ci.

— Oh ! Match Made in Marriage ne vous occupe pas suffisamment ?

Alice balaya sa question d'un revers de la main.

— Si, c'est amusant. Mais c'est loin d'être aussi grisant que le monde des affaires, n'est-ce pas ? Et, je dois l'avouer, depuis mon opération il y a quelques mois, j'ai été obligée de lever le pied. C'est temporaire, m'a-t-on assuré.

Elle serra les lèvres avant d'en dire plus. Elle n'aimait exposer ses faiblesses devant personne, et encore moins devant le membre le plus récent de la famille.

— Dites-moi, comment va Ellie maintenant que vous êtes installés dans votre nouvelle maison ? Cela a dû être un grand changement pour vous tous – le mariage et la vie à trois. Mais tout se passe bien, je pense ?

Elle écouta Peyton lui parler de la fillette, hochant la tête et souriant quand c'était nécessaire. Peyton savait-elle que son expression changeait quand elle parlait d'Ellie ? La fierté se lut sur son visage quand elle mentionna le courage d'Ellie, qui avait passé la nuit dans un musée, ainsi que ses excellents résultats scolaires. Et quand elle parla de Galen, son visage s'adoucit. Oui, Alice avait fait le bon choix. Elle avait pris un risque en associant un homme et une enfant avec une jeune femme pour qui le travail semblait être la priorité, mais comme pour beaucoup de choses qui valaient la peine dans la vie, il avait fallu faire acte de foi.

Peyton semblait beaucoup moins tendue qu'à son retour de lune de miel. Mais elle était très déterminée, à l'évidence. C'était un trait de caractère qu'Alice reconnaissait et admirait, mais elle était bien placée pour savoir que la détermination devait être tempérée, sinon elle pouvait annihiler toute chance de trouver le bonheur.

— Donc, comme vous pouvez le constater, conclut Peyton, nos vies sont bien remplies. Mais pas moins remplies que votre vie ne devait l'être autrefois. Vous avez dû jongler entre les besoins de vos enfants et les exigences de Horvath Corporation après la mort de votre mari.

— Nous les femmes, nous faisons ce que nous avons à faire, répondit Alice en haussant les épaules.

— C'est vrai, approuva Peyton. C'est pourquoi je voulais m'entretenir avec vous. J'aimerais que vous me parliez des femmes dans le monde des affaires. De l'équilibre entre vie professionnelle et vie personnelle, et de la façon dont cela a influencé vos prises de décisions.

— Influencé mes prises de décisions ? Vous voulez dire, l'émotion contre la raison, ce genre de choses ?

Peyton sembla légèrement mal à l'aise.

— J'imagine, oui. Nous sommes des créatures émotionnelles, non ?

— Vous êtes en train de me tester, n'est-ce pas ? rétorqua Alice avec un petit rire. D'accord, je vais vous donner votre interview, Peyton. Je vous respecte, à la fois pour m'avoir demandé cet entretien directement, et pour être venue jusqu'à moi, en face-à-face, pour le conduire. Je n'en attendais pas moins de vous.

— Comment ça ?

— Eh bien, je suis au courant de vos réussites. Je devrais être flattée, je suppose, que vous vouliez m'interviewer. Que vous trouviez ma vie digne d'être mentionnée dans l'un de vos articles. Quoique, je dois le dire, c'est nouveau pour vous, n'est-ce pas ? Les femmes dans les affaires, ce n'est pas un sujet qui ressemble aux thèmes de type David contre Goliath que vous traitez d'habitude ?

Peyton s'agita sur sa chaise.

— Oui, c'est vrai. Mais vous devez l'admettre, c'est un sujet cher à beaucoup de femmes.

Alice sourit. Il était évident que Peyton ne révélait que la moitié de ses intentions. En offrant sa confiance à la jeune femme, peut-être cela la convaincrait-elle qu'elle faisait réellement partie de la famille. Et si ce n'était pas le cas ? Alice se frotta la poitrine machinalement, une habitude à laquelle elle s'adonnait même maintenant que son cœur allait bien mieux.

Si Alice échouait, cela voudrait dire qu'elle avait peut-être commis la première erreur sérieuse de sa vie, et mis en danger le bonheur de son petit-fils adoré et de la fillette dont il avait la responsabilité. Mais Alice Horvath ne commettait pas d'erreurs, se rappela-t-elle. Elle plaqua un sourire sur son visage.

— Posez-moi vos questions, ma chère. Ensuite, nous pourrons déjeuner ensemble et apprendre à nous connaître un peu mieux.

Peyton se demanda si un papillon pris dans un filet ressentait la même chose qu'elle en cet instant. Cette interview n'était guère différente de tout ce qu'elle avait fait auparavant, alors pourquoi avait-elle l'impression d'être une journaliste novice couvrant son premier événement scolaire ? C'était ridicule. Elle rendit son sourire à Alice et sortit de son sac de cuir son bloc-notes et son stylo.

— Pas de dictaphone ? demanda Alice, le sourcil arqué.

— Je préfère prendre des notes, mais si vous préférez que je vous enregistre, je peux le faire avec mon téléphone.

— L'une des raisons pour lesquelles je n'accorde pas d'interview en général, c'est parce que j'ai horreur que l'on déforme mes propos. Au moins, si vous avez un enregistrement, il ne peut pas y avoir d'erreurs, n'est-ce pas ?

Peyton détourna le regard. Quelque chose dans le ton d'Alice la mettait mal à l'aise. Comme si la vieille dame la défiait. Ou peut-être était-ce sa propre culpabilité qui lui donnait cette impression. Elle sortit son téléphone de son sac, le posa sur la table basse et ouvrit l'application d'enregistrement vocal.

— Voilà, dit-elle aussi gaiement qu'elle le put. Pas d'erreurs.

— Merci. C'est gentil de votre part de faire plaisir à une vieille dame.

Alice venait de lui tendre un piège ou Peyton ne s'y connaissait pas ! Peyton ne put s'empêcher de rire.

— Vous êtes peut-être plus âgée que moi, Alice, mais vous êtes aussi vive d'esprit que jamais.

Elle croisa le regard d'Alice et vit la lueur amusée qui y brillait. Elle remarqua aussi son subtil hochement de tête.

— Beaucoup de gens feraient bien de s'en souvenir. Maintenant, posez-moi vos questions.

Peyton commença par ce qu'elle appelait mentalement les questions superficielles, lesquelles semblèrent toutes lasser Alice, à en juger par ses réponses insignifiantes.

— Vous n'avez pas de questions plus musclées ? Je croyais que vous vouliez que cet article soit aussi percutant que votre travail habituel. Ou est-ce que vous ciblez un nouveau public ? demanda la vieille dame avec une pointe acerbe.

Peyton fut quelque peu décontenancée. Elle menait toujours ses interviews de la même manière : des questions anodines pour amadouer le sujet, pour finir par des questions sérieuses qui lui apportaient les réponses qu'elle voulait vraiment. Cette technique avait bien fonctionné par le passé, donnant un sentiment de sécurité à la plupart des interviewés avant qu'elle n'arrive au cœur du sujet. Alice n'était pas comme la plupart des gens, apparemment.

— Venez-en au fait, je vous prie.

Alice avait dit cela en souriant, mais Peyton sut, sans aucun doute possible, qu'elle s'aventurait en terrain miné.

— Donc, Match Made in Marriage. Qu'est-ce qui vous a poussée à créer cette agence, et est-ce vraiment un succès ?

— Je crois vous l'avoir déjà dit, j'ai un don pour former des couples qui marchent. Il était donc logique d'officialiser la chose avec une agence spécialisée dans les rencontres.

— Mais ce ne sont pas seulement des rencontres, non ? Pas quand les gens se voient pour la première fois au pied de l'autel.

— Vous avez fait appel à nos services. Vous connaissez le principe.

Était-ce un reproche ou une mise en garde dans la voix

d'Alice ? Peyton ressentit un petit frisson d'excitation. Avait-elle enfin réussi à atteindre Alice ? À agacer la grand-mère toujours sereine qui semblait incapable de faire du mal à sa famille si aimante ?

— C'est vrai. Et vous m'avez donné exactement ce que j'ai demandé dans mon formulaire de candidature. Cependant, comment pouvez-vous être certaine que tous les couples fonctionnent ?

Alice plissa les yeux.

— Est-ce la journaliste qui parle ? Ou la mariée qui a peur pour sa relation avec mon petit-fils ? Vous étiez perturbée à votre retour de lune de miel. La situation ne s'est-elle pas améliorée ?

Peyton secoua la tête. Pour sûr, Alice était douée ! Elle avait réussi à inverser les rôles presque sans effort. Mais Peyton était bien décidée à reprendre le contrôle de l'interview.

— Nous ne sommes pas en train de parler de moi et de ma situation. Je suis curieuse d'en savoir davantage sur la science qui est à l'œuvre dans le processus de rencontre.

— Tout n'est pas fondé sur la science, bien que j'aie engagé des psychologues et des experts en relations quand j'ai créé l'agence, pour être sûre d'être sur le bon chemin. Jusqu'ici, nous n'avons pas eu d'échecs, contrairement à la plupart des sites de rencontres disponibles de nos jours. Nous sommes très fiers de nos couples. Il y a beaucoup en jeu.

— C'est vrai, approuva Peyton. Il y a beaucoup en jeu, notamment sur le plan juridique. Vos clients signent des contrats assortis d'une assurance légale. Mais est-ce vrai que, la science et les probabilités mises à part, vous avez toujours le dernier mot sur les couples formés ?

Cette fois, quand Alice répondit, il n'y avait aucune chaleur dans sa voix.

— Je le répète, j'ai un don pour former des couples. La science ne fait que soutenir ce don. Nos résultats parlent d'eux-mêmes.

— Donc, pour résumer, c'est vous. C'est vous qui

manipulez la vie des gens et leur bonheur potentiel. Et, malgré votre « don » comme vous l'appelez, vous n'étiez pas vraiment sur le bon chemin quand vous étiez une jeune femme, non ? Après tout, n'avez-vous pas laissé deux hommes se disputer votre attention avant d'épouser Eduard Horvath ?

Peyton savait qu'elle prenait un risque en déterrant de vieilles histoires, mais elle n'était pas venue pour tourner autour du pot. Alice soupira et lissa sa jupe sur ses genoux.

— Vous n'avez pas organisé cette interview pour discuter de Match Made in Marriage ou de mon passé, objecta la vieille dame d'un ton appuyé.

— L'agence matrimoniale fait partie de vos activités de femme d'affaires, mais si cela vous met mal à l'aise, nous pouvons passer à un autre sujet. Donc, autant que je sache, Horvath Corporation a un taux de longévité très élevé parmi ses employés. Mais aucun lieu de travail n'est jamais parfait. Parlez-moi des gens que vous avez renvoyés. Qui étaient-ils, et pourquoi les avez-vous licenciés ?

— Si je vous répondais, je romprais des accords de confidentialité, esquiva Alice d'un ton doucereux.

Mais Peyton remarqua que son interlocutrice s'était raidie.

— Sans citer d'éléments précis, alors. Quel genre de choses vous conduirait à vous séparer d'un employé ?

— Le vol et la trahison sont en général les seules raisons pour lesquelles j'ai dû me séparer de certaines personnes. Cela m'a toujours étonnée : malgré tous les avantages que nous offrions, en plus de salaires très compétitifs, quelques employés ont cru pouvoir piocher dans la caisse, pour ainsi dire

— Comment régliez-vous le problème ?

— Comment règle-t-on un problème de vol ? Les conséquences sont précisées noir sur blanc dans nos contrats. Le coupable est licencié.

— Et quelle procédure suivez-vous ? Les gens sont-ils présumés innocents jusqu'à preuve du contraire ?

Peyton retint son souffle. Elle se rappelait encore très

bien le jour où son père était rentré du travail, furieux d'avoir été renvoyé sans avoir une chance de se défendre.

— Le membre du personnel est généralement mis en congé avec maintien complet de salaire, jusqu'à ce qu'une enquête indépendante soit menée. En fonction des résultats de cette enquête, soit il reprend son poste, soit il va chercher du travail ailleurs.

— Et quid des rumeurs que l'on m'a rapportées, disant que vous avez empêché certains ex-employés de trouver un autre travail ?

Alice plissa les yeux.

— Je ne réponds pas aux rumeurs.

— Bon, laissez-moi reformuler ma question. Avez-vous déjà empêché un ex-employé de trouver un autre travail dans son domaine ?

— Cet entretien est terminé, décréta Alice en se levant. Je suis impatiente de lire votre article quand il sera publié. Pourrez-vous m'envoyer une copie à l'avance ?

Et ainsi donner le temps à la vieille dame d'empêcher sa publication quand elle verrait de quoi l'article parlait réellement ? Peyton sourit et secoua la tête.

— Ce n'est pas ainsi que je procède d'habitude. Je ne peux pas faire une exception pour vous. Je suis sûre que vous me comprenez.

— Oh ! je comprends, Peyton. Faites attention où vous mettez les pieds.

— Je vous demande pardon ?

— J'ai dit : faites attention où vous mettez les pieds. Vous pourriez vous retrouver en terrain dangereux malgré vous. À présent, allons dans la salle à manger. Je crois que notre déjeuner est prêt.

Peyton la regarda traverser la pièce d'un pas lent. L'interview lui laissait un goût amer – il y avait encore tant de questions qu'elle voulait poser ! Au moins, Alice ne l'avait pas mise dehors, mais Peyton avait le sentiment qu'il s'en était fallu de peu. Mieux valait s'en tenir là pour aujourd'hui.

Une chose, cependant, était évidente. Elle devait finir son article et fuir ce mariage, cette famille, aussi vite que possible.

- 15 -

Vêtu d'un bas de pyjama, Galen observait Peyton pendant qu'elle se préparait avant le coucher. Il trouvait ce rituel follement sexy. Elle était assise devant la coiffeuse, une brosse à la main. Il se leva du lit et se dirigea vers elle.

— Laisse-moi faire, offrit-il.

Elle ne protesta pas quand il saisit la brosse et se mit à la passer dans sa chevelure. D'habitude, quand il la coiffait, cela la relaxait. Mais cette fois elle parut encore plus tendue.

— Comment s'est passée ton interview avec Nagy aujourd'hui ?

— C'est la reine de l'esquive, non ?

— Ah, j'en déduis que ça s'est mal passé.

Il continua à donner des coups de brosses réguliers.

— Oui. Pour moi, en tout cas. J'ai quelques citations que je peux utiliser, mais je suis loin d'avoir obtenu ce que je voulais réellement.

— Tu veux que j'intervienne ? Nagy pourrait être plus aimable si je lui demande de…

— Non ! s'exclama-t-elle. Je suis désolée mais non, dit-elle, plus calmement cette fois. Je ferai avec ce que j'ai.

Il croisa le regard de Peyton dans le miroir. Elle avait les traits tirés, les yeux cernés. Il posa la brosse et mit les mains sur ses épaules.

— Je veux t'aider, Peyton. Te faciliter la vie quand c'est possible.

— Je le sais, mais il faut que tu me comprennes. J'ai

l'habitude de ne compter que sur moi-même. Ainsi, je ne peux m'en prendre qu'à moi s'il y a un problème.

— Pourquoi devrait-il y avoir un problème ?

Elle secoua la tête et lui lança un regard légèrement compatissant.

— Tu n'en as vraiment aucune idée ?

Sa question était blessante. Pensait-elle qu'il n'avait jamais connu l'adversité, le chagrin ? Comme si elle avait soudain pris conscience de la portée de ses paroles, elle ajouta :

— Écoute, je suis navrée. Évidemment, tu sais ce que c'est.

— Tout le monde doit faire face à des batailles. Mais tu n'as plus à faire face toute seule, Peyton.

Il serra ses épaules et se pencha pour que son visage soit à la même hauteur que le sien.

— Je suis là, maintenant. Tout ce que tu as à faire, c'est lâcher prise, me faire confiance et me laisser t'aider.

Elle posa une main sur la sienne, entrelaçant leurs doigts.

— Merci. Apprendre à m'appuyer sur quelqu'un, cela demande de l'adaptation. Je ne suis pas sûre d'y arriver.

— La pratique est la clé du succès, pas vrai ?

Il embrassa son épaule puis écarta ses cheveux et déposa un baiser sur sa nuque. Il la sentit frissonner, et elle pencha la tête en avant.

— Ça me fait un effet fou quand tu fais cela, murmura-t-elle.

— Tu veux que je te distraie encore ?

— S'il te plaît.

Sa supplique sincère l'interpella. Il avait bien envie de l'interroger de nouveau sur son entrevue avec Alice. Cela s'était mal passé, Galen l'avait vu à son expression et à sa posture quand elle était rentrée, un quart d'heure plus tôt. Mais ce n'était pas le bon moment pour la questionner. Pour l'instant, il devait effacer la fatigue de son regard, y remettre de l'énergie, tout en revitalisant son corps pour lui faire oublier ses tracas. Elle avait dit ne pas vouloir de son aide, mais elle accepterait ses caresses et ses baisers.

Il fit glisser les bretelles de sa nuisette sur ses épaules. Le tissu soyeux du vêtement descendit sur ses seins, les offrant peu à peu à son regard avide. Il déposa une pluie de baisers sur son épaule tout en achevant de baisser sa nuisette, dévoilant tout à fait sa poitrine. Ses tétons étaient maintenant dressés et rigides, et ses seins laiteux se soulevaient et s'affaissaient rapidement, en rythme avec sa respiration saccadée. Il les prit en coupe et les massa, en se regardant faire dans le miroir. C'était un cocktail incroyablement érotique : leur reflet dans le miroir, le poids de ses seins dans ses mains, le parfum subtil de sa peau, la chaleur qui émanait de son corps.

— Tu joues au voyeur ce soir ? le taquina-t-elle.

Sa voix était rauque, et son regard brillait d'excitation.

— Tu aimes ? demanda-t-il.

— Seulement si j'ai le droit de regarder aussi, répondit-elle, haletante.

Le désir pulsa en lui, faisant trembler ses doigts et embrumant son esprit au point de l'empêcher de penser. Elle posa les mains sur les siennes, les pressant davantage contre sa chair douce et malléable, le poussant à taquiner ses mamelons. Elle laissa retomber sa tête sur son épaule, les yeux brillants, en continuant de regarder ce qu'il lui faisait. Une rougeur se propagea sur sa poitrine et sur ses joues. Elle guida l'une de ses mains vers le sommet de ses cuisses. Il la sentit vibrer quand il effleura son clitoris.

— Encore, ordonna-t-elle.

En vrai gentleman, il fit de son mieux pour la satisfaire. Elle plongea la main dans ses cheveux courts, éraflant son crâne tandis qu'il encerclait son noyau sensible, alternant entre caresses et pressions. Puis il inséra les doigts en elle. Elle était moite, très moite. Et il était tout aussi excité.

— Debout, lui intima-t-il.

Il l'aida à se lever et repoussa le tabouret.

— Bien. Maintenant, pose les mains sur la coiffeuse.

— Tu es très autoritaire, railla-t-elle.

Il caressa son dos, descendant jusqu'à ses fesses sur

lesquelles il donna une petite tape. Dans le miroir, il la vit écarquiller les yeux et se mordiller la lèvre.

— Et tu es insolente, répliqua-t-il en souriant.

Dénouant le lien de son bas de pyjama, il laissa le vêtement tomber au sol.

Il se caressa intimement, et Peyton le regarda faire.

— Ah, non, tu ne comptes tout de même pas faire ça, protesta-t-elle, souriant et ondulant des hanches avec sensualité. Il y a de bien meilleures options.

— J'aime avoir le choix. Qu'est-ce que tu suggères ?

— Tu es un homme intelligent. Tu as bien une petite idée, non ?

Il effleura le creux de son dos jusqu'à la naissance de ses fesses et la sentit frissonner. Il caressa les courbes voluptueuses de son fessier puis s'aventura plus bas, plus loin, jusqu'à ses replis humides et chauds qui attendaient son assaut sensuel.

— Ça, tu veux dire ?

Il glissa un doigt en elle et explora son intimité en profondeur, tandis qu'elle se raidissait sous ses caresses.

— Quelque chose comme ça, oui, répondit-elle d'une voix tremblante. Mais je crois que tu peux faire mieux.

— Elle veut mieux ? murmura-t-il. Ses désirs sont des ordres.

Il plaça le sommet engorgé de son pénis contre elle, avançant doucement jusqu'à l'entrée de son corps. Il se força à se retenir, posant les mains sur la courbe de ses hanches. Elle resserra ses muscles intimes, provoquant une décharge de plaisir qui le traversa de part en part et le fit gémir.

— Galen, s'il te plaît. Cesse de jouer avec moi. Je te veux en moi. J'ai besoin de toi.

Ce fut sa dernière phrase qui eut raison de lui. Jetant sa retenue aux orties, il laissa son corps fusionner avec le sien. Lorsqu'il fut enfoui en elle, elle serra les poings sur la coiffeuse et poussa un soupir de plaisir. Elle se pressa contre lui, et la sensation de ses fesses contre son aine l'incita à onduler en elle, encore et encore, jusqu'à ce qu'il ne pense plus qu'au plaisir qui les envahissait tous les deux. Au bord de l'explosion, il marqua une pause et tendit la main vers son intimité. Avec adresse, il se mit à masser le cœur de son plaisir. Très vite, elle s'atomisa, et il la sentit trembler lorsque les spasmes de l'extase la secouèrent. Alors, il s'abandonna à sa propre délivrance.

Ils tremblaient tous les deux quand il se retira enfin. Elle se tourna vers lui et enlaça sa taille. Être ainsi dans les bras l'un de l'autre, nus, brillant de sueur et essoufflés, lui semblait une parfaite conclusion à leurs ébats.

— Viens, murmura-t-il contre ses cheveux. Allons au lit.

Peu après, ils étaient blottis l'un contre l'autre. Peyton avait la tête appuyée au creux de son épaule, et il caressait distraitement sa peau soyeuse. Il éteignit la lumière, plongeant la chambre dans l'obscurité.

— Galen ?

— Hum ? fit-il d'une voix assoupie.

— Je crois que tu devrais me brosser les cheveux plus souvent.

Il sourit et la serra contre lui. Soudain, des mots emplirent son cœur. Des mots qu'il aimerait pouvoir lui dire. Il l'aimait. Cette prise de conscience fut comme un coup dans son plexus solaire. Et son esprit s'emballa. Il aimait Peyton. Mais cela comptait-il, si elle ne l'aimait pas en retour ?

Peyton n'arrivait pas à se concentrer. Son esprit traître ne cessait de revivre la façon dont Galen lui avait fait l'amour la veille. Cela n'avait pas été un simple rapport sexuel. Elle l'avait senti dans ses caresses, dans l'attention qu'il avait portée à ses désirs… L'idée que Galen développe des sentiments pour elle la ravissait et la terrifiait à la fois. Depuis des années, elle n'osait même pas envisager une telle proximité avec un homme. Oui, elle avait envie d'offrir à Galen son âme et son esprit, et pas seulement son corps, afin qu'ils puissent réellement ne faire qu'un. Mais elle ne pouvait pas se le permettre. Ce n'était pas ce qu'elle avait prévu, et elle avait appris depuis bien longtemps que dévier de son chemin ne menait qu'au chagrin et à la déception.

Elle sauvegarda son document une fois de plus et fixa sans le voir l'écran de son ordinateur. Cet article n'était pas moins agressif que ses autres enquêtes. Certes, comme Alice l'avait souligné si justement la veille, le sujet n'avait rien d'aussi actuel que les questions environnementales ou politiques et n'avait pas pour décor une zone de guerre ou un pays lointain. Mais il évoquait le champ de bataille de son enfance, ainsi que la femme qui avait fait en sorte que la vie de Peyton ne soit plus jamais la même après le licenciement de son père.

Peyton songea à l'homme amer qu'il était encore aujourd'hui. Au ressentiment et à la colère qui ne le quittaient plus, et qui avaient repoussé tous ceux qui avaient essayé de l'aimer ou de prendre soin de lui, y compris Peyton. Elle aurait eu une vie bien différente si Alice Horvath n'avait pas détruit l'essence même de sa famille... Elle soupira et posa les mains sur le clavier. Elle devait trouver un moyen d'être impartiale dans son traitement de la matriarche des Horvath. Et laisser les faits parler d'eux-mêmes.

Elle lança l'impression du document et se leva, arpentant le bureau tandis que les feuilles sortaient de la machine. Puis elle prit les papiers ainsi que l'un de ses stylos rouges préférés, et alla s'installer sur la terrasse pour procéder à ses corrections.

Alors qu'elle révisait son article depuis quelques minutes, elle sentit son téléphone vibrer dans sa poche. Elle le sortit et constata que c'était un appel de l'école d'Ellie. Elle posa son stylo et décrocha.

— Madame Horvath, je suis désolée de vous déranger. J'ai essayé de joindre M. Horvath mais on m'a dit qu'il était en réunion.

— Pas de problème. C'est au sujet d'Ellie ? Il y a un souci ?

— Elle souffre de maux de ventre. Nous pensons qu'il vaut mieux qu'elle rentre se reposer.

— Bien sûr. J'arrive tout de suite.

Peyton raccrocha, glissa le téléphone dans la poche de son jean et s'apprêta à rassembler ses feuilles. Mais une bourrasque les fit voler dans les airs, et elles furent éparpillées sur la table et le sol de la terrasse. Peyton les ramassa avec frénésie, et les compta une à une pour être certaine de les avoir toutes. Une fois rassurée, elle courut dans la cuisine où elle avait laissé son fourre-tout et ses clés de voiture et glissa les papiers dans le sac. Puis elle fila dans le garage, sortit sa voiture et prit la direction de l'école.

Quand elle arriva à destination, Ellie était en effet mal en point. Pâle, en larmes, le teint cireux. Peyton se félicita d'avoir toujours une ou deux serviettes dans son coffre.

— Viens, ma chérie, rentrons à la maison pour que tu puisses te mettre au lit, dit-elle, mettant un bras autour des épaules d'Ellie et prenant son cartable.

Ellie s'endormit dans la voiture, signe qu'elle était malade car, d'habitude, elle débordait d'énergie et n'arrêtait pas de parler. Peyton éprouva de la compassion pour la fillette. Tandis qu'elle remontait l'allée menant à la maison, elle vit la voiture de Galen devant le garage. En temps normal, il ne rentrait pas si tôt, et Peyton remercia sa bonne étoile de ne pas avoir laissé son article non corrigé quelque part dans la maison.

Elle se gara, empoigna son sac et alla ouvrir la portière d'Ellie. La pauvre petite était toujours profondément endormie. Puisque Peyton ne voulait pas la réveiller, elle devrait la porter jusqu'à son lit. Elle déboucla la ceinture de sécurité et souleva l'enfant dans ses bras. Ellie était plus lourde qu'elle n'en avait l'air, se dit-elle tout en marchant vers l'entrée de la maison.

À son grand soulagement, la porte s'ouvrit au moment où elle approchait.

— J'ai eu un message de l'école, dit Galen. J'ai rappelé,

mais on m'a dit que tu venais de l'emmener, alors je suis venu directement ici. Ellie va bien ?

— Juste un virus, sans doute. Elle n'a pas de fièvre.

— Tu veux que je la porte ?

— Je crois que je peux m'en sortir, mais tu veux bien prendre mon sac ?

Dès qu'elle eut prononcé ces mots, elle les regretta. Dans sa hâte, elle n'avait pas fermé son fourre-tout, et son article était juste sur le dessus, bien en évidence.

— Laisse-le dans le salon, je le prendrai plus tard, ajouta-t-elle rapidement pendant que Galen le faisait glisser de son épaule.

À cet instant, Ellie s'agita dans ses bras et gémit.

— Je vais vomir !

Peyton courut vers la salle de bains du rez-de-chaussée, heureusement à quelques mètres à peine. Galen laissa tomber le sac au sol et s'empressa de les suivre.

C'était donc cela, être parent, se dit Peyton tandis qu'elle caressait le front d'Ellie, à présent en pyjama et allongée dans son lit.

— Tu restes avec moi ? demanda la fillette faiblement.

— Bien sûr.

Assis au bout du lit, Galen observait Ellie, l'air inquiet.

— Tu veux que je reste aussi ? proposa-t-il.

— Je veux Peyton, marmonna Ellie mollement.

— Je suis là, dit Peyton. Je resterai avec toi jusqu'à ce que tu t'endormes, d'accord ?

Ellie hocha la tête.

Galen se leva et s'écarta du lit.

— Apparemment, on n'a pas besoin de moi.

— Pour l'instant, fit valoir Peyton.

— Ça va aller ?

Peyton regarda Ellie, dont les yeux se refermaient déjà.

— Oui, ne t'inquiète pas. Je resterai avec elle jusqu'à ce qu'elle dorme à poings fermés.

Il posa la main sur son épaule, et elle sentit la chaleur de ses doigts à travers son T-shirt fin.

— Tu es douée avec elle, tu sais ?

— Merci, dit-elle d'une voix un peu étranglée.

Elle n'avait jamais eu la chance d'apaiser les maux de son bébé.

Quand Galen quitta la pièce, Peyton reporta son attention sur Ellie. Allongée sur le lit, elle semblait si petite, si vulnérable… Peyton fut submergée par l'émotion. Était-ce à cela que ressemblait la vie de parent ? Cette peur écrasante et permanente qu'il arrive quelque chose à son enfant, mêlée à un amour qui grandissait et évoluait en même temps que lui ? Peyton avait renoncé à la chance de connaître tout cela.

Elle caressa doucement le front d'Ellie, juste pour vérifier qu'elle n'avait pas de fièvre, se persuada-t-elle. Elle ne voulait pas aimer cette petite fille, pourtant la pensée de la quitter commençait à la terrifier.

Mais elle ne pouvait pas revenir en arrière. Elle avait choisi sa voie. Les mots d'Alice résonnèrent dans sa tête. « Faites attention où vous mettez les pieds. » Et un frisson glacé la parcourut.

- 16 -

Galen retira son costume et prit une douche rapide. Après avoir enfilé un jean et un T-shirt, il retourna dans le salon, en proie à des sentiments contradictoires. Durant des mois, il s'était occupé seul d'Ellie, et cela lui avait très bien convenu. Cependant, s'avisa-t-il, s'il avait fait le choix de se marier, c'était pour qu'Ellie puisse compter sur quelqu'un d'autre lorsqu'il ne pouvait pas être présent. Comme aujourd'hui.

Lorsqu'il descendit l'escalier, il vit le sac de Peyton sur le sol, à l'endroit où il l'avait laissé. Un fourre-tout si volumineux qu'il l'avait comparé à celui de Mary Poppins la première fois qu'il l'avait vu. Lorsqu'il l'empoigna, les feuilles de papier qu'il contenait se répandirent sur le sol. Galen les ramassa et s'apprêta à les remettre dans le sac quand un nom attira son regard. Alice Horvath.

Était-ce le texte sur lequel Peyton travaillait d'arrache-pied ces derniers temps ? Elle refusait d'en parler tant qu'il n'était pas publié. Par respect pour elle, il aurait dû remettre les pages dans le sac et ne plus y penser. Néanmoins, la mention de sa grand-mère avait éveillé sa curiosité. Il alla s'installer sur le canapé du salon, en se disant qu'il ne ferait que parcourir les pages en diagonale. Mais le contenu l'obligea à le lire en entier. Sa colère monta quand il comprit que cet article parlait uniquement de sa grand-mère, et qu'il n'était guère flatteur. Une fois sa lecture terminée, il remit soigneusement les feuilles dans le sac. Il avait bien envie de monter l'escalier en trombe et d'exiger de Peyton qu'elle lui explique ce qu'elle mijotait. Mais ce n'était pas une bonne idée.

Il sortit sur la terrasse. Le regard dans le vide, il s'interrogea. Qu'est-ce qui avait conduit Peyton à écrire un tel papier ? Il savait que sa grand-mère avait des ennemis ; on ne bâtissait pas un tel empire sans s'en faire quelques-uns en cours de route. Mais cet article donnait une image très sombre des pratiques de Nagy, remettant même en question les méthodes de Match Made in Marriage.

Il se sentait trahi. Dire que Peyton avait été accueillie à bras ouverts dans la famille ! Et même, et bien qu'elle soit si réservée et distante, il était tombé amoureux d'elle. Elle avait sans doute une raison très précise d'agir comme elle le faisait, et il devait découvrir laquelle. De plus, il devait empêcher Peyton de faire publier son travail. Étant donné l'âge et la santé fragile de Nagy, il était prêt à tout pour la protéger et il savait que les autres membres de la famille resserreraient les rangs autour d'elle au besoin. Mais il ne pouvait encore prévenir personne. Sinon, Peyton serait aussitôt rejetée. S'il pouvait changer la vision qu'elle avait de sa grand-mère, lui montrer la Nagy que sa famille et la plupart de ses employés aimaient tant, alors il n'y aurait pas de conséquences. Mais avant cela, il devait comprendre les motivations de Peyton.

Et il devait agir vite. Il alla dans son bureau à l'étage, alluma son ordinateur portable et fit une recherche rapide sur Peyton. Très peu d'éléments apparurent sous son nom de jeune fille, en dehors des récompenses reçues pour ses travaux. Il n'y avait aucune mention d'elle avant sa carrière de journaliste. En général, il y avait toujours quelques informations sur les gens. Une réussite sportive ou un prix reçu à l'université. Mais c'était comme si Peyton était directement arrivée dans le monde à l'âge de vingt et un ans. Conclusion, elle avait sans doute changé de nom à un stade de sa vie.

Une seule personne était susceptible de le renseigner. La personne même qu'il essayait de protéger dans cette histoire : Alice. Mais comment obtenir des réponses de sa part ? Sa grand-mère gardait jalousement les informations concernant les clients de son agence matrimoniale. Et elle continuerait à le faire même si elle était attaquée. Il fallait donc qu'il trouve un autre moyen d'action.

Il se passa plusieurs jours avant que le détective privé qu'il avait engagé ne lui fasse un rapport. Ce que Galen lut le perturba. Après avoir obtenu son diplôme universitaire, Peyton avait pris le nom de jeune fille de sa mère. Ce qu'il pouvait comprendre. Car, d'après ce que l'enquêteur avait découvert, la famille de Peyton, si on pouvait appeler cela une famille, était très dysfonctionnelle. Mais bien qu'elle ait changé de nom et qu'elle ne semble avoir que peu ou pas de contacts avec son père, elle subvenait aux besoins financiers de ce dernier. Comme si elle essayait de racheter quelque chose. Pourtant, autant que Galen sache, elle n'avait rien à se faire pardonner. En fait, c'était elle la victime.

Rien d'étonnant à ce qu'elle ait tant de compassion pour Ellie. Elle avait à peu près son âge quand on avait découvert que sa mère était atteinte d'une sclérose en plaques. Le déclin de sa santé avait été très rapide, sans doute parce que son mari avait perdu leur couverture médicale après avoir été licencié de Horvath Corporation.

Galen avait été très surpris d'apprendre que le père de Peyton avait été directeur financier chez Horvath Corporation, et démis de ses fonctions après des soupçons de détournement de fonds. Les preuves étaient accablantes ; Alice aurait tout à fait pu porter plainte contre lui. Mais étant donné la situation de cet homme, elle avait choisi la tempérance. Toutefois, elle n'avait pas eu d'autre choix que de se séparer de Magnus Maitland.

Le détective avait fait une petite enquête sur lui. M. Maitland avait occupé plusieurs emplois à court terme durant les années qui avaient suivi son licenciement. Aucun d'eux n'avait payé aussi bien que son poste chez Horvath, ce qui avait dû être frustrant pour un homme aussi qualifié, en plus d'être difficile sur le plan financier. Apparemment, la maladie de son épouse avait englouti toutes leurs économies. Cependant, les preuves étaient indiscutables, les Maitland vivaient déjà bien au-dessus de leurs moyens quand Magnus travaillait pour les Horvath, ce qui n'avait fait qu'aggraver leurs difficultés après son renvoi.

Galen secoua la tête. Pauvre Peyton ! Entre les malversations de son père et la maladie de sa mère, elle avait dû avoir une vie bien difficile… Du jour au lendemain, elle avait dû quitter la maison dans laquelle elle avait grandi et changer d'État. Et pour couronner le tout, après une brève et intense relation avec un jeune *marine* décédé quelques mois plus tard, elle s'était retrouvée enceinte et seule. Comment s'étonner qu'elle soit devenue si méfiante et prudente ?

Mais de là à écrire un tel article… Elle le planifiait sans doute depuis des années. Et leur mariage ? Faisait-il partie de sa stratégie ? Cette idée était révoltante, mais tout à fait logique. Était-il possible que Nagy ait été piégée par une personne ayant accès au système de Match Made in Marriage ? Peyton l'avait-elle épousé uniquement pour avoir des informations sur sa grand-mère ?

Et quand elle aurait fait publier son article, que se passerait-il ensuite ? Prévoyait-elle de les quitter Ellie et lui, comme ça ? Ne tenait-elle pas à eux un tant soit peu ?

Il songea à la femme qui avait passé la nuit sur une chaise à côté du lit d'Ellie, quand la fillette était malade. Cela ne ressemblait pas à la femme qui avait écrit l'article ignoble qu'il avait lu. Néanmoins, la femme qui avait rédigé ce texte était bien capable de faire ce dont il la soupçonnait : manipuler les gens et se servir d'eux. Et pour l'instant, Galen avait la nette impression qu'on s'était servi de lui.

Il n'y avait qu'une chose à faire. Parler à Peyton.

**

Galen était distant depuis quelques jours, et Peyton ne pouvait s'empêcher de se sentir responsable. Ce soir encore, il s'était enfermé dans son bureau, et quand Ellie était allée lui annoncer que le dîner était prêt, il avait répondu qu'il mangerait plus tard. Ce ne fut que lorsque Ellie fut couchée que Peyton osa frapper à la porte de son bureau et braver le lion dans sa tanière, pour ainsi dire.

Elle entrouvrit la porte.

— Quoi ? demanda-t-il, levant les yeux vers elle.

Ses cheveux étaient décoiffés, et il ne ressemblait plus au cadre tiré à quatre épingles qui avait quitté la maison ce matin.

Peyton lui sourit.

— Tout va bien ? Tu as l'air distrait.

— Non, tout ne va pas bien. Assieds-toi. Il faut qu'on parle.

Elle eut le ventre noué. Galen ne lui avait jamais parlé sur ce ton auparavant. Depuis le premier jour, il s'était montré insouciant, taquin ou passionné. Jamais aussi sérieux. Elle prit place sur un petit canapé et attendit qu'il prenne la parole.

Il se frotta les yeux, puis lui décocha un regard qui lui donna le sentiment d'être un insecte sous un microscope.

— J'aimerais que tu me parles de ton article.

— Je t'en ai déjà parlé. Il évoque les femmes dans le monde des affaires.

— Peyton, nous savons toi et moi que ce n'est pas vrai.

— Tu as fouillé dans mon ordinateur ?

— Non. Mais, je l'avoue, j'ai lu ton article sur Nagy.

Il lui expliqua brièvement ce qui s'était passé, l'après-midi où Ellie était malade.

— Tu n'avais aucun droit de le lire ! s'indigna-t-elle.

— Tu n'avais aucun droit d'écrire des mensonges sur ma grand-mère.

— Tout ce que j'ai dit dans cet article est vrai.

— Ah, oui ? Tes sources sont-elles légitimes ? J'ai

remarqué que tu ne cites personne par son vrai nom. Pas même ton père.

— Alice a renvoyé mon père sans preuves, sans enquête indépendante. Tu as une idée de ce que ça a fait à ma famille ?

— Donc, c'est une vengeance, conclut-il d'un ton glacial.

— En effet. Tout le monde n'a pas la chance de voir le monde à travers des lunettes roses, comme vous les Horvath. Quand ta grand-mère a licencié mon père, c'était comme si elle avait tué ma mère. Sans le salaire de papa, nous ne pouvions pas nous permettre de rester en Californie, près de ses médecins, encore moins de payer des soins continus quand les poussées ont commencé. Ce qu'Alice a fait est indicible. Ce dont elle a accusé mon père était terrible pour maman. Nous avons dû vendre notre maison et quitter tous nos proches. Mais ta grand-mère n'a pas pu résister, elle est allée plus loin. Il a fallu qu'elle traîne le nom de mon père dans la boue, pour qu'il lui soit impossible de trouver un autre emploi décent.

Elle prit une grande inspiration puis poursuivit :

— Tu sais ce que ça lui a fait de devoir vendre des voitures ou récurer des toilettes, juste pour que nous puissions manger ? Ça l'a anéanti de ne pas pouvoir payer les traitements de maman. Ce n'est pas sa maladie qui a tué ma mère. C'est son désespoir. C'est ta grand-mère qui l'a brisée.

— Ton père a fait ses propres choix.

— Je savais que tu répondrais ça ! fulmina-t-elle, écœurée. Vous êtes tous pareils, en fin de compte. Dire que je te croyais différent ! L'article que tu as vu n'était qu'un brouillon. J'avais même commencé à me demander si je devais le publier ou non. Mais ton attitude illustre ce que j'ai toujours pensé sur ta famille. Vous êtes tellement suffisants ! Vous ne croyez pas une seconde que vous pourriez avoir tort. Vous n'avez jamais eu à vous battre pour quoi que ce soit. Vous ne savez pas ce que c'est pour les gens normaux, et vous ne le saurez jamais. Oui, tes grands-parents ont bâti un empire. Mais ils l'ont fait au détriment d'autres personnes, et il est grand temps que les gens voient la vraie Alice Horvath. Ce n'est pas le personnage chaleureux et amical que vous décrivez tous. Elle a un cœur d'acier, et c'est de l'eau glacée qui coule dans ses veines. Elle n'a eu aucune compassion pour ma famille, aucune, et ça a tué ma mère ! Mon père avait à peine de quoi m'élever et, à cause de ta grand-mère, je n'ai pas pu élever ma propre fille !

Galen s'était raidi pendant sa tirade incendiaire. Son visage déjà sévère semblait maintenant de granite, et son regard bleu était polaire. Il ressemblait plus que jamais à sa grand-mère, songea Peyton, sous le choc.

— Je crois que tu ferais mieux de t'arrêter là, dit-il très calmement. Avant que tu ne dises quelque chose que tu pourrais regretter.

— Je ne regrette rien, riposta-t-elle, bien décidée à ne pas céder d'un iota.

— Ah, vraiment ? Et pourquoi fais-tu tout cela, au juste ? Tu m'as dit que ton père et toi vous vous parliez à peine.

— Nous n'avons jamais eu la chance d'avoir une relation père-fille normale, grâce à Alice !

— Tu pensais vraiment qu'écrire des horreurs sur ma grand-mère remonterait le temps pour lui et pour toi ? Que tu pourrais rebâtir la relation que, selon toi, tu aurais dû avoir avec lui ?

Peyton ne répondit pas, car une douleur immense lui oppressait la poitrine.

— Dis-moi, Peyton, qu'espérais-tu retirer de notre mariage ? De la matière pour ton enquête ? C'est tout ?

Elle hocha la tête et serra les lèvres. Elle était incapable de parler car, dans la voix de Galen, elle avait perçu la peine sous la colère. Elle s'était dit dès le départ que la fin justifiait les moyens. Ses parents méritaient que leur vérité soit dite, comme les autres personnes qui avaient été injustement renvoyées de Horvath Corporation. Elle était leur champion, leur voix dans la nuit, leur avocate. Elle n'allait pas laisser de stupides émotions l'empêcher d'agir.

— Alors, tout cela, ce n'est qu'une mascarade pour toi ? insista-t-il. C'est ce que tu es en train d'insinuer ?

— Ne me fais pas dire ce que je n'ai pas dit.

Elle avait cru que ce serait facile. Qu'elle pourrait contenir ses sentiments derrière les murs solides qu'elle avait érigés autour d'elle depuis des années. Mais face à la colère de Galen, à sa déception, à sa souffrance, elle sut que ces murs ne seraient jamais assez hauts ni assez épais pour la protéger de la souffrance qui s'emparait d'elle. En attaquant Alice Horvath, elle avait blessé Galen profondément, et en le blessant, elle s'était blessée elle-même.

— Je crois que nous en avons sans doute assez dit pour aujourd'hui, non ? lâcha-t-il d'une voix tremblante de douleur et de fureur. Je veux que tu sortes de ma maison et de ma vie, et que tu t'éloignes d'Ellie avant de la contaminer elle aussi.

Ses mots furent comme des coups de fouets. D'un point de vue logique, elle savait que Galen avait parfaitement le droit de la chasser de chez lui, mais la réalité des faits était insupportable.

— Je vais faire mes bagages et je partirai demain matin, une fois qu'Ellie sera à l'école.

— Merci, lâcha-t-il avec réticence, comme si le mot lui laissait un goût amer dans la bouche. Je dormirai dans une des chambres d'amis ce soir.

— Non, inutile. Je vais retourner dans ma chambre.

Il accepta son offre d'un signe de tête. Le silence s'étira entre eux, interminable. Peyton sentait qu'elle devrait dire quelque chose, mais elle était encore sous le choc. Elle n'avait pas prévu que Galen découvre ce qu'elle tramait avant qu'elle puisse s'extirper de cette situation compliquée. Elle se ressaisit et sortit du bureau.

Une fois dans son ancienne chambre, elle s'assit sur le lit. Jamais elle n'aurait imaginé que Galen découvrirait le pot aux roses. Elle avait toujours pensé qu'elle pourrait finir son article et s'en aller, simplement. Mais il s'avérait que plus rien n'était simple. Les gens compliquaient les choses. Ce qui était l'une des raisons pour lesquelles elle n'avait jamais laissé personne devenir trop proche, après le décès du père de son bébé.

Pourtant, Galen avait eu l'air dévasté. Pas seulement à cause du contenu de son article, mais aussi parce qu'elle l'avait trahi. Apparemment, il avait commencé à développer des sentiments pour elle qui allaient au-delà de leur relation charnelle et de leur collaboration en tant que tuteurs d'Ellie. De nouveau, une douleur vive lui comprima la poitrine.

Alors, Peyton tenta de faire ce qu'elle avait toujours fait : recourir à la colère. La colère était une émotion utile, contrairement à l'amour ou au chagrin qui rendaient faible et vulnérable. La colère était un matériau avec lequel on pouvait travailler. Peyton resta là, assise, et laissa le sentiment monter en elle. Elle le nourrit en repensant aux actes malveillants d'Alice, et à leurs nombreuses répercussions.

La liste était longue. Toutes ces années de vaches maigres... Les soins médicaux auxquels sa mère avait dû renoncer faute d'argent, le chiot qu'ils avaient dû laisser dans un refuge. Les vêtements de seconde main que Peyton portait à l'école et qui lui avaient valu les moqueries de ses camarades. La froideur et l'amertume de son père, qui avaient conduit Peyton à rechercher de l'amour auprès d'un inconnu. Le fait de se retrouver enceinte de cet homme qu'elle connaissait à peine mais pensait avoir aimé, puis d'apprendre sa mort et de devoir abandonner leur petite fille. Oui, la responsabilité de tous ces malheurs pouvait être attribuée à Alice Horvath, sans aucune hésitation.

Donc, Galen voulait qu'elle s'en aille, songea-t-elle, serrant les poings. Eh bien, elle serait ravie de quitter cette maison.

Et Ellie ? Quitter cette petite, serait-ce si facile ? Non, évidemment. Mais Peyton avait dit au revoir à son propre bébé, qu'elle avait porté durant quarante semaines et trois jours avant de lui donner naissance. Une petite fille qu'elle avait laissée dans la nurserie lorsqu'elle était sortie de l'hôpital et avait tourné le dos à la maternité pour toujours. Ces semaines avec Ellie avaient été un aperçu de ce qu'elle aurait pu connaître, mais elle ne pouvait se permettre de s'attarder sur cette pensée. Au lieu de cela, elle devait laisser le trou noir qui s'était ouvert au fond d'elle engloutir l'amour qu'elle avait développé pour Ellie.

Et Galen ? Non, elle ne pouvait pas songer à lui. Elle ne pouvait pas mettre de mots sur ce qu'elle ressentait pour lui. Elle avait su dès le départ que ce mariage serait un risque.

Cela faisait partie de son travail. Prendre des risques. Repousser les limites. Mais le prix à payer était très élevé.

- 17 -

Peyton retira les draps de son lit et les roula en boule. Elle avait très peu dormi, et vers 4 heures du matin, elle avait renoncé à chercher le sommeil et commencé à faire ses bagages. De toute façon, elle n'avait pas apporté grand-chose, consciente qu'elle ne resterait pas éternellement.

Et maintenant tout était fini. Elle avait l'impression d'avoir subi un deuil. Son article ne lui procurait pas le sentiment de triomphe escompté, ni celui du devoir accompli. Non, il n'y avait que ce grand trou béant en elle, à l'idée de quitter Galen et Ellie pour toujours. Elle avait passé une bonne partie de la nuit à repenser à Galen. À sa colère. À sa volonté farouche de protéger Ellie.

Dès le départ, elle avait su que son article affecterait toutes les personnes liées à Alice. Même Ellie adorait la vieille dame et la considérait comme son arrière-grand-mère. Savoir que les conséquences de son travail feraient du tort à la fillette lui serrait le cœur. Peyton n'avait jamais voulu faire de mal à Ellie. Son but était de montrer le vrai visage d'Alice. Et aussi, peut-être, de reconstruire sa relation avec son père, comme Galen l'avait suggéré.

Elle sursauta quand on frappa à la porte.

— Oui ? répondit-elle.

— C'est moi. Je peux entrer ?

La voix de Galen était tendue.

— Bien sûr, dit-elle.

Quand il entra dans la chambre et referma la porte derrière lui, elle se raidit. Une pure réaction physique devant la beauté de son mari. Vêtu d'un costume bleu marine assorti à une chemise et une cravate bleu pâle, il était l'incarnation du pouvoir et de la réussite. Néanmoins, il semblait fatigué, et ses yeux étaient cernés. Elle ressentit une pointe de satisfaction à la pensée qu'il n'avait sans doute pas fermé l'œil de la nuit, lui non plus.

— À propos de notre discussion hier soir…, commença-t-il.

— Je crois que tu as été parfaitement clair. Je partirai dès qu'Ellie sera à l'école.

— Justement, il y a un changement de programme. On m'a téléphoné du Japon, je dois m'y rendre pour une réunion urgente. J'espérais que Maggie pourrait s'installer ici pendant mon absence, afin de ne pas perturber l'emploi du temps d'Ellie, mais elle ne peut pas se libérer. Peux-tu rester, au moins jusqu'à mon retour ?

— Il faudrait savoir, lâcha-t-elle, irritée. D'abord, tu veux me chasser de chez toi et, maintenant, tu veux que je reste ?

— Ce n'est pas mon choix, Peyton. C'est toi qui as fait de notre mariage, de notre famille, une mascarade.

Pour sûr, il savait comment la blesser. Toutefois, il fallait bien l'admettre, elle méritait ses piques.

— Soit. De toute façon, cela m'arrangerait d'avoir du temps pour m'organiser. Combien de temps seras-tu absent ?

— Une semaine, peut-être dix jours. Si j'avais pu faire venir quelqu'un d'autre, je l'aurais fait. Mais Ellie est attachée à toi, et sans moi ici…

— Je resterai.

— Merci.

Il s'apprêta à sortir puis se ravisa et se retourna vers elle.

— Ne dis rien à Ellie sur notre séparation, ajouta-t-il. Je m'en chargerai moi-même à mon retour. Compris ?

— Compris.

Sa gorge se bloqua. Elle pouvait à peine respirer, encore moins parler. Le visage de Galen était aussi implacable que la veille, mais elle vit dans son regard le tourment et la peine. Ceux qu'elle avait causés. Il ferma les yeux un instant, et quand il les rouvrit, ces émotions avaient disparu, remplacées par une détermination qui lui rappela beaucoup celle d'Alice Horvath.

— Je téléphonerai à Ellie chaque soir, conclut-il.

Elle acquiesça d'un signe de tête et le regarda sortir de la pièce. Elle resta immobile jusqu'à ce qu'elle entende la porte d'entrée claquer puis réussit à se ressaisir et se rendit dans la cuisine. Ellie était perchée sur un tabouret et finissait ses céréales. Maggie fredonnait gaiement tout en vaquant à ses occupations. C'était un matin comme un autre, mais seulement en apparence.

Galen était exténué. Le vol depuis Tokyo avait été émaillé de nombreuses turbulences. En temps normal, cela ne le dérangeait pas, mais les peurs d'Ellie liées à la mort de ses parents l'avaient préoccupé, lui donnant envie de rentrer chez lui au plus vite.

Lorsque son chauffeur l'eut déposé devant le perron, Galen empoigna sa valise et se dirigea vers l'entrée. À l'intérieur de la maison, tout était calme, si calme qu'il se demanda si Peyton avait déjà déménagé. Non, impossible. C'était peut-être une femme fourbe et manipulatrice, mais jamais elle n'abandonnerait Ellie. Il en était certain.

Il entendit quelqu'un descendre l'escalier. Peyton.

La revoir lui fit l'effet d'un uppercut. Tous ses sens furent aussitôt en émoi. Elle lui avait terriblement manqué pendant son séjour au Japon. Dix longues journées, et dix nuits plus longues encore. Mais il ferait mieux de s'y faire. Car Peyton sortirait très bientôt de sa vie. D'ailleurs, maintenant qu'il était de retour, il valait mieux qu'elle s'en aille dès aujourd'hui.

— Tes valises sont prêtes ? demanda-t-il, passant outre les politesses d'usage.

— Pas tout à fait.

Il l'avait irritée, à l'évidence. Tant mieux, car lui aussi était en colère. Pourquoi fallait-il que leur mariage finisse en débâcle ? Il avait téléphoné à sa grand-mère depuis le

Japon, en quête d'informations sur Peyton. Mais il n'avait pas pu lui expliquer pourquoi il ne pouvait pas questionner sa femme directement. Nagy n'avait rien lâché, lui conseillant de cesser de tourner autour du pot et de parler à Peyton. Mais comment dire à Nagy que Peyton serait bientôt sortie de leur vie à tous, et que toute la famille devrait se serrer les coudes si les retombées de ce maudit article étaient aussi graves qu'il le soupçonnait ?

Il reporta ses pensées sur Peyton.

— Je suis de retour. Tu n'as plus besoin de rester, dit-il sans détour.

— Ta grand-mère vient nous rendre visite. Demain. Veux-tu que je parte avant ou après son arrivée ?

Galen retint un juron bien senti.

— Peu importe ce que je préfère. Nagy s'attendra évidemment à nous voir tous les deux. Il vaut mieux que tu restes jusqu'à ce que nous découvrions ce qu'elle veut.

— Soit.

Il regarda Peyton monter l'escalier et l'entendit claquer une porte. Puis il se laissa tomber sur la chaise la plus proche. Quel bourbier… Et que signifiait cette visite impromptue de sa grand-mère ? Qu'est-ce que Nagy pouvait bien mijoter ?

Lorsque Peyton entendit la voiture arriver, elle redressa les épaules avant d'aller ouvrir. Maggie avait reçu pour instruction de préparer la chambre du rez-de-chaussée pour Alice, et avait même accepté de faire des heures supplémentaires pour satisfaire ses moindres caprices. Ellie avait été folle de joie en apprenant que la vieille dame leur rendait visite. Peyton était loin de partager son enthousiasme. En tout cas, Alice était là, sur le seuil, l'air un peu plus âgée et frêle que quelques semaines plus tôt, lorsque Peyton l'avait interviewée.

— Bienvenue, Alice. Je vous en prie, entrez, dit Peyton avec raideur.

— Êtes-vous le seul membre du comité d'accueil ? demanda la vieille dame en lui tendant la joue.

Peyton se pencha et effleura de ses lèvres sa peau ridée. Elle fut surprise quand Alice déposa un vrai baiser sur sa joue.

— Je suis heureuse de vous voir, ma chère. Comment allez-vous ? Vous travaillez trop dur, si j'en juge par votre mine.

— Je pourrais en dire autant de vous, rétorqua Peyton.

Elle fut récompensée par un petit rire approbateur.

— Je vous aime bien, Peyton. Je n'étais pas sûre de vous apprécier, mais c'est le cas.

Décontenancée, Peyton eut un mouvement de recul. Alice l'appréciait peut-être maintenant, mais cela allait changer, certainement...

— Bien, où sont mon petit-fils et mon arrière-petite-fille ?

— Ellie va bientôt rentrer de l'école, et Galen est en route. Un appel inattendu l'a retenu.

Il lui avait envoyé un message pour la prévenir de son retard. Les SMS semblaient être leur seul moyen de rester courtois l'un envers l'autre, ces derniers temps.

— Ellie se joindra-t-elle à nous pour le dîner ? demanda Alice, décochant à Peyton un regard aiguisé.

— Non, il y a école demain. Nous avons pensé qu'il valait mieux qu'elle se couche tôt.

Alice hocha la tête.

— C'est sans doute mieux comme ça.

— Mieux comme ça ?

— Il y a beaucoup de choses dont nous devons discuter. Maintenant, si ça ne vous ennuie pas, je vais faire une petite sieste réparatrice. Ça ne vous ferait pas de mal de suivre mon exemple.

Peyton cligna les yeux, surprise par sa pique. Puis elle comprit qu'Alice plaisantait. Ne sachant comment réagir, elle finit par sourire.

— Votre chambre est prête. Je m'assurerai qu'Ellie ne vous dérange pas.

Elle fit rouler la valise d'Alice jusqu'à la chambre d'amis et la hissa sur une commode puis sortit. Alice allait sans doute jeter des sorts et mélanger des potions, songea-t-elle avec un sourire narquois. Mais elle regretta aussitôt ses pensées peu charitables. Alice, réputée pour sa franchise parfois brutale, avait dit l'apprécier. Savoir qu'elle avait gagné l'affection de la matriarche emplit Peyton d'un sentiment chaleureux inhabituel. Qui fut rapidement chassé par la froide réalité : les Horvath la traiteraient autrement, une fois son article publié. Elle avait reporté l'envoi à son rédacteur en chef, en se disant qu'elle devait vérifier chaque mot une troisième fois. Pourtant, elle savait que tout était parfait et prêt à être imprimé. Elle n'avait plus qu'à cliquer sur Envoyer. Mais quelque chose la retenait.

Était-ce la peur des conséquences pour Ellie ? se demanda-t-elle tout en s'installant sur une chaise longue sur la terrasse. Ou l'idée que la parution de son travail détruise toute chance de réparer sa relation avec Galen ? Elle n'avait jamais hésité à sortir un article auparavant. Pourquoi hésitait-elle avec celui-ci ?

Son cœur se serra quand elle s'imagina sortir de cette maison pour ne jamais y revenir. À la pensée de ne jamais revoir Galen ou Ellie, la tristesse l'envahit, menaçant de la faire éclater en sanglots. Mais elle n'était pas du genre à pleurer. Elle était forte. Elle avait pris des décisions difficiles par le passé et elle avait survécu. Elle survivrait encore. Mais cette fois, c'était différent. Cette fois, elle quitterait l'homme qu'elle aimait.

Voilà, elle l'admettait enfin, songea-t-elle en fermant les yeux. Oui, elle aimait Galen. Elle n'aurait jamais cru tomber amoureuse de son mari, et avait tout fait pour l'empêcher. Hélas, maintenant qu'elle s'était avoué ce qu'elle éprouvait, elle constatait qu'elle ne pouvait pas enfermer ses sentiments dans une boîte et les enfouir comme elle l'avait toujours fait. Elle aimait Galen et elle savait que cet article lui ferait du mal. Malgré tout, elle devait à ses parents de le faire publier.

***

La tension entre Peyton et Galen était palpable, nota Alice tandis qu'on les installait à une table en front de mer, dans l'un de ses restaurants préférés de Port Ludlow. Le temps n'avait pas aidé leur relation, manifestement. Alice soupira en son for intérieur. Ce n'était pas ainsi qu'elle avait imaginé leur mariage. Ces deux-là le regretteraient pour le restant de leurs jours si elle n'intervenait pas pour résoudre leurs problèmes.

Une fois qu'ils eurent passé commande, Alice se cala confortablement sur sa chaise et observa le couple.

— Lequel de vous deux va me dire ce qui se passe entre vous ?

Bien que les deux jeunes mariés aient échangé un regard, elle n'eut que le silence pour réponse.

— Peyton, si vous commenciez ? suggéra-t-elle.

Elle savait que la jeune femme ne prendrait pas de pincettes.

— Nous avons décidé de nous séparer. Les choses ne fonctionnent pas.

— Vraiment ? demanda Alice en fronçant les sourcils.

Peyton tritura sa serviette, puis son verre à eau. À la fin, elle joignit les mains dans son giron et regarda Alice droit dans les yeux.

— Oui, vraiment. Je dois être honnête avec vous. Galen a découvert que j'ai menti sur mes motivations concernant notre mariage.

— Est-ce vrai ? demanda Alice, reportant son attention sur son petit-fils. Galen ?

Il acquiesça d'un signe de tête, manifestement incapable de parler.

— Donc, le fait que vous ayez épousé mon petit-fils pour pouvoir obtenir des informations compromettantes à mon sujet, cela l'a contrarié ? demanda Alice calmement.

Elle saisit un gressin et en rompit un morceau qu'elle glissa dans sa bouche. Elle le mâcha consciencieusement pendant que Galen et Peyton la dévisageaient, l'air aussi sonnés l'un que l'autre.

— Vous saviez ? demanda Peyton.

— Évidemment. Mais les faits sont les faits. Galen et vous êtes les personnes les plus compatibles l'une pour l'autre. Une fois que vous aurez résolu vos problèmes, vous serez très heureux ensemble.

— Tu ne t'attends tout de même pas à ce que nous restions mariés après ça ! fulmina Galen. Elle nous a manipulés, elle a menti depuis le début. Je ne peux absolument pas lui faire confiance et je ne veux pas qu'elle côtoie Ellie.

— Ah, oui. Ellie.

Alice fixa son assiette pendant qu'elle cherchait ses mots. C'était une situation si délicate. Avait-elle présumé de ses talents, pour une fois ?

— Qu'y a-t-il avec Ellie ? demanda Peyton.

Elle avait pâli et semblait sincèrement inquiète

— Buvez un peu d'eau, ma chère. Je ne voudrais pas que vous perdiez connaissance, dit Alice. La situation avec Ellie est compliquée. Peyton, je suis votre parcours depuis votre enfance. Je sais que tout n'a pas été rose et que vous avez parfois eu du mal à joindre les deux bouts, et quand j'ai appris que vous étiez enceinte et seule, j'ai su que je devais intervenir et vous offrir mon aide.

— Quoi ? Vous m'espionnez depuis mon enfance ? Vous avez organisé l'adoption de ma fille ? Où est-ce que je suis ? Dans un épisode de *La Quatrième Dimension* ?

Peyton était stupéfaite, et Galen était tout aussi abasourdi.

— Je donne en effet l'impression d'être d'une vieille dame qui se mêle de tout, mais sachez que je connaissais bien vos parents. Je devais à votre mère de garder un œil sur vous. Voyez-vous, votre père n'a pas seulement trahi notre entreprise, il a trahi une amitié, aussi.

— Vous n'étiez pas une amie de ma mère. Vous l'avez laissée mourir.

— Et je le regretterai pour le restant de mes jours. Votre

père a rompu tout contact entre nous quand vous vous êtes installés dans l'Oregon.

Émue, Alice refoula une montée de larmes et s'efforça de se ressaisir.

— À présent, reprit-elle, parlons de l'adoption. Nick et Sarah étaient nos employés depuis un moment, et ils étaient amis avec Galen depuis l'université. Je savais qu'ils avaient du mal à avoir un enfant. Et je connaissais votre situation. Cela m'a paru être la meilleure solution à l'époque, et cela vous a permis de rembourser votre prêt étudiant et de payer vos factures médicales, n'est-ce pas ? Cela vous a aussi facilité la tâche pour progresser dans votre carrière, non ? Une carrière dans laquelle vous avez admirablement réussi, d'ailleurs, si je peux me permettre. À ce propos, comment avance votre reportage en cours ?

Peyton la dévisagea, stupéfaite. Galen semblait moins ébranlé.

— Son article est un tas de mensonges orduriers ! intervint-il.

— Ce ne sont pas des mensonges ! protesta Peyton. Tu n'as pas entendu ta grand-mère à l'instant ? Elle tire les ficelles et se mêle de la vie de tout le monde depuis des années ! Y compris de la mienne !

Peyton tapa du poing sur la table.

— C'est au-dessus de mes forces, continua-t-elle. Je ne peux pas rester assise là, à faire semblant d'être courtoise et d'apprécier le dîner.

Elle se leva, mais Alice saisit sa main pour la retenir.

— Asseyez-vous, ma chère, s'il vous plaît. J'ai quelque chose à vous dire, et vous me ferez la politesse de m'écouter. Ensuite, vous pourrez rester si vous le souhaitez, ou partir. Ce sera entièrement votre choix.

Au grand soulagement d'Alice, Peyton se rassit. Tout le monde les observait. Alice décocha un regard sévère aux autres clients qui remirent aussitôt le nez dans leur assiette. Un serveur leur apporta rapidement leurs commandes et un autre servit le vin.

Alice leva son verre.

— À votre santé, dit-elle.

Galen et Peyton levèrent machinalement leur verre, mais Alice remarqua que Galen ne but pas de vin. Pauvre garçon ! Il était en plein tourment, cela se lisait sur son visage. Il était tombé amoureux de Peyton aussi, elle en était certaine. Ce qui expliquait pourquoi il était si blessé. Une pointe de tristesse la saisit, et elle tressaillit en songeant à ce qu'elle allait dire à Peyton. Après cela, peut-être Galen serait-il libre d'admettre son amour pour sa femme et de se battre pour elle. Alice ne pouvait que l'espérer.

— Peyton, j'imagine que vous avez écrit ce que vous pensez être la vérité.

— Je sais que c'est la vérité. J'ai fait mes recherches. J'ai vérifié mes sources, affirma-t-elle obstinément.

— Néanmoins, il y a toujours plusieurs versions d'une même histoire. Si vous n'êtes pas prudente, ma chère, vous répéterez les erreurs de votre père et, comme lui, vous finirez par blesser irrévocablement ceux que vous aimez le plus.

Les narines de Peyton frémirent, et elle retint son souffle.

— C'est vous qui avez blessé notre famille.

— Je crois que vous devriez vous fier un peu moins à vos souvenirs personnels et aller directement à la source de votre mécontentement. J'ai essayé de vous protéger votre mère et vous à l'époque, et quand vous aurez vérifié vos informations plus soigneusement, vous découvrirez que vous avez laissé la version quelque peu déformée de votre père l'emporter sur votre raison et votre logique habituelles. Je sais que vous êtes une excellente journaliste, Peyton, mais je crains que vous ne vous soyez fourvoyée avec cet article.

Elle but une gorgée de vin avant de reprendre la parole.

— Puis-je ajouter que j'ai trouvé le fait que vous exploitiez votre ancienne camarade indigne de la professionnelle que je vous croyais être ?

— Vous ne l'avez pas renvoyée, j'espère ? Ce n'était pas sa faute ! protesta Peyton.

— Non, bien sûr que ce n'était pas sa faute. Michelle est

venue me trouver tout de suite pour m'expliquer la situation. Je l'ai autorisée à vous donner accès à des informations précises, car vous méritiez au moins cela. Mais déformer ces informations pour qu'elles collent à vos propres besoins, ce n'est pas ce que j'attendais de vous. Vous pensez avoir contourné le système pour être mise en couple avec Galen, mais je peux vous assurer que ce n'est pas le cas. Michelle n'avait aucun contrôle sur les résultats du processus. Lui et vous êtes réellement faits l'un pour l'autre. Mon but est de voir mon petit-fils et ma nouvelle arrière-petite-fille heureux. Vous aussi, Peyton, vous méritez d'être heureuse. Mais votre bonheur et maintenant celui de Galen et d'Ellie dépendent entièrement de vous et de ce que vous déciderez.

- 18 -

Peyton se gara sur la falaise qui surplombait la plage puis sortit de son véhicule. Elle observa la vaste étendue de sable en contrebas. C'était une partie isolée et reculée de la côte de l'Oregon. Un endroit qui correspondait parfaitement à son père. Au loin, elle le distinguait, une grande canne à pêche enfoncée dans le sable à côté de lui. Il était assis là, indifférent au vent qui le fouettait, à la bruine qui le trempait. Enfermé dans son animosité et son ressentiment. Ce qu'elle s'apprêtait à faire ne serait pas facile, songea-t-elle. La dernière fois qu'elle avait vu son père, après avoir confié Ellie à l'adoption, il lui avait dit en substance de ne plus lui rendre visite.

Ses paroles avaient eu pour but de la blesser et de causer autant de dégâts que possible. Près de dix ans plus tard, elle se préparait à une nouvelle attaque au vitriol, pour découvrir la vérité. La lui révélerait-il, au moins ? Ou se réfugierait-il dans son chalet rudimentaire près de la plage, pour continuer à se vautrer dans son malheur ?

Elle n'avait jamais compris comment un homme qui semblait tout avoir quand elle était enfant avait pu tomber aussi bas. Mais maintenant qu'elle était plus âgée et, elle l'espérait, plus sage, elle commençait à comprendre.

Elle verrouilla la voiture de location et descendit les marches érodées qui menaient à la plage. Le vent soufflait fort, projetant du sable piquant sur sa peau tandis que les vagues s'écrasaient avec fracas sur le rivage. Son père avait dû sentir sa présence, mais il ne réagit que lorsqu'elle fut à côté de lui.

— Tu es venue, observa-t-il.

Il ne semblait guère ravi.

— Oui, je suis venue, papa. Comment vas-tu ?

Il haussa les épaules.

— Qu'est-ce que tu veux ?

— Des réponses.

— Tu as fini ton article ?

Peyton soupira. La dernière fois qu'elle avait tenté de discuter avec son père, il avait failli lui raccrocher au nez, jusqu'à ce qu'elle lui explique son projet.

— Pas encore, non.

— Qu'est-ce que tu attends ? Je t'ai expliqué ce que cette garce m'a fait. Il est grand temps qu'on lui rende la monnaie de sa pièce.

Peyton enfonça les mains dans ses poches et observa l'assaut inexorable des vagues sur la plage sablonneuse. Elle réfléchit aux questions qu'elle avait répétées durant le long trajet en voiture. Il était temps de les poser, même si cela poussait son père à ne plus jamais lui adresser la parole. Elle se tourna vers lui.

— Papa ?

— Quoi ? répondit-il d'un ton abrupt.

Ce n'était guère engageant, mais elle devait tenir bon. Elle avait le droit de connaître la vérité.

— Que s'est-il vraiment passé quand tu as perdu ton poste chez Horvath Corporation ? Tu avais volé l'entreprise ?

Son père fixa l'océan, et les rides sur son visage parurent s'approfondir. Ses lèvres se crispèrent, tremblèrent, puis laissèrent échapper un soupir. Baissant les épaules et penchant la tête, il sembla rapetisser. Puis, il serra les poings.

— C'était censé être un prêt, c'est tout.

Il avait parlé si bas qu'elle n'était pas sûre d'avoir bien entendu.

— Un prêt ? demanda-t-elle après un instant.

— Ta mère méritait le meilleur dans tous les domaines.

Elle avait grandi dans une famille riche, et je lui avais promis que si elle me choisissait, sa vie n'aurait pas à changer. J'ai commencé à dépenser plus que je ne gagnais et, une fois lancé, je ne pouvais plus m'arrêter. Ça me rendait heureux d'offrir à ta mère des gadgets dernier cri, des bijoux, tout ce que je pouvais. Au début, je n'empruntais qu'un peu d'argent, pour nous dépanner d'un mois sur l'autre. Je remboursais, et personne ne voyait rien. Mais ensuite, ta mère est tombée malade, et j'ai mis du temps à remettre l'argent en place. À la fin, j'ai dû emprunter des sommes de plus en plus grosses. Cela devenait plus difficile de le cacher, alors j'ai dû falsifier quelques comptes pour être sûr que personne ne remarquerait les écarts.

— Pourquoi n'as-tu pas dit à maman que nous vivions au-dessus de nos moyens ? Pourquoi ne pas avoir réduit nos dépenses plus tôt, avant que tu aies besoin de te servir dans les caisses de ton employeur ?

Il émit un rire plein d'amertume.

— Parce qu'elle aurait cessé de m'aimer. Si je lui avais dit que je n'étais pas l'homme que je prétendais être, je n'aurais pas supporté de voir la déception sur son visage. C'était mon rôle de subvenir à vos besoins à toutes les deux. Ta mère était l'amour de ma vie, ma raison d'être. Il fallait que je puisse lui offrir la lune, les étoiles et plus encore. Elle venait d'une famille fortunée, elle avait tout, mais c'est moi qu'elle avait choisi. Je devais lui montrer que je valais autant que les gens qui l'avaient rejetée quand elle m'avait épousé. Les gens qui, même quand elle est tombée malade, n'ont rien voulu avoir à faire avec elle. Ils ont refusé de l'aider. Pas une lettre, pas un coup de fil, rien. Je me devais d'être tout pour elle. Je voulais être tout pour elle. Et en fin de compte, j'ai échoué sur toute la ligne.

Une larme solitaire glissa sur la joue de son père, et Peyton éprouva de la compassion en voyant cet homme si fier, si malavisé, baisser la garde. Il avait commis de terribles délits, cependant, il avait agi par amour. Peyton avait toujours cru que les parents de sa mère étaient décédés, et elle venait d'apprendre qu'elle avait une famille entière quelque part. Une famille qui ne voulait pas d'elle. Mais ce n'était pas le moment de s'attarder sur ce sujet.

— Papa, je pense qu'elle t'aurait aimé de toute façon. Son amour pour toi n'a jamais changé ou faibli, même quand elle était très malade et que nous avons dû quitter la Californie.

Il secoua la tête.

— Si cette garce ne m'avait pas renvoyé, nous aurions pu nous en sortir ! C'est sa faute si ta mère est morte dans ces circonstances. Si j'avais pu garder mon poste et mes avantages, ta mère serait encore en vie aujourd'hui.

— Ça, nous n'en savons rien.

— Moi, je le sais. Et je veux qu'Alice Horvath et sa famille paient pour ce qu'ils nous ont fait. Ces donneurs de leçons méritent d'en recevoir une à leur tour. Quelques centaines de milliers de dollars en moins, qu'est-ce que cela pouvait leur faire ? Ils n'avaient pas besoin de me punir comme ils l'ont fait. Il me faut une vengeance, Peyton. Je la mérite. Ta mère la mérite. Je ne peux pas agir moi-même, alors tu dois le faire à ma place. Il le faut !

Son regard s'assombrit de fureur. Pour la première fois, Peyton prit conscience que son père n'était peut-être pas sain d'esprit. Peut-être ne l'avait-il jamais été… Depuis toujours, il avait un tempérament explosif. Et son amour pour la mère de Peyton avait confiné à l'obsession, elle s'en rendait compte à présent. Mais de ses choix et de ses actes, il demeurait responsable, qu'il l'admette ou non.

Peyton avait l'impression d'avoir retiré ses œillères. Toutes ces années, elle avait cru son père non coupable et injustement lésé par la procédure qui avait mené à la perte de son emploi. Désormais, elle connaissait la vérité. Son père avait volé de l'argent à Horvath Corporation. Il avait falsifié les comptes. Savoir qu'il était coupable tout ce temps, alors qu'il avait proclamé son innocence et joué les victimes, était dévastateur. Son père lui avait appris à détester les Horvath alors qu'ils étaient innocents. Les gens mêmes qu'elle avait voulu vouer aux gémonies, qui l'avaient accueillie dans leur famille à bras ouverts, étaient les victimes dans cette histoire, depuis le début.

— Je ne ferai rien, papa.

— Si, il le faut !

— Non, pas du tout. Cesse de t'accrocher à ta colère, si tu en es capable. Tu sais que tu as fait du mal, et je te suis reconnaissante de m'avoir enfin avoué la vérité.

— La vérité, c'est qu'ils mériteraient tout ce qui leur arriverait si tu publiais ton article. Ils ont besoin qu'on les remette à leur place.

— Non, papa, c'est faux.

Peyton se rappela qu'Alice lui avait dit les avoir protégées sa mère et elle.

— Ils auraient pu porter plainte contre toi à l'époque, est-ce que tu t'en rends compte ? Alice Horvath s'est contentée de te licencier car elle savait que si elle t'attaquait en justice, maman et moi souffririons encore plus.

— Elle aurait dû me laisser à mon poste, riposta-t-il d'un ton catégorique.

— L'aurais-tu fait à sa place ?

— Je comptais rendre l'argent, maugréa-t-il.

— J'en suis sûre, dit-elle tristement. Papa ?

— Quoi, encore ?

— J'ai une fille.

— Cette enfant dont Galen Horvath s'occupe ?

— Oui. C'est ma fille.

Enfin, son père leva les yeux vers elle.

— Le bébé que tu as abandonné ?

— Oui.

— Encore des manigances de cette garce, je suppose.

— Non, Alice Horvath m'a aidée. Elle a fait en sorte que je puisse terminer mes études, sans prêt bancaire. Elle a œuvré pour que mon bébé soit dans un foyer aimant, avec des gens qui la choyaient comme si elle était leur propre enfant. Et quand ces gens sont morts brutalement, elle m'a offert une seconde chance de connaître la maternité.

Magnus détourna le regard et observa sa canne à pêche, courbée par un poisson au bout de la ligne.

— Je dois y aller, déclara-t-il.

— Papa ? Tu ne veux pas voir une photo d'elle ? De ma fille ? Ta petite-fille ?

— Non. Je veux qu'on me fiche la paix.

S'il avait pris son couteau à filet et lui avait lacéré le cœur, il ne lui aurait pas fait plus mal qu'avec ses paroles. Elle ravala les larmes qui menaçaient de couler et hocha la tête.

— D'accord, je m'en vais. Je t'aime, papa.

Pas de réponse. Elle tourna les talons et traversa la plage pour remonter vers la falaise, sans prêter attention au vent qui secouait violemment ses cheveux. Elle n'aurait pas dû être étonnée de l'attitude de son père, songea-t-elle. Il avait toujours été ainsi. Mais qu'il ne veuille même pas voir une photo de sa propre petite-fille… C'était un coup auquel elle ne s'était pas préparée.

Pendant son trajet de deux heures et demie jusqu'à l'aéroport de Portland, elle repensa à son échange avec son père. Cela s'était passé comme elle s'y était attendue, et non comme elle l'avait espéré. Au moins, il lui avait enfin avoué la vérité sur ses délits et, ce faisant, il avait rendu son combat contre les Horvath nul et non avenu. Elle n'avait aucun compte à régler avec eux. Son article, comme Alice l'avait souligné si justement la veille, avait été influencé par la version déformée de son père et ne valait même pas les kilo-octets d'espace sur son disque dur.

Après avoir atterri à Seattle, Peyton récupéra sa voiture sur le parking de l'aéroport. Avant de démarrer, elle sortit de son sac son ordinateur et une clé USB vide. Elle transféra son article sur la clé, puis l'effaça du disque dur et de son espace de stockage en ligne. Une fois que ce fut fait, elle entama son trajet de deux heures pour rentrer à Port Ludlow.

Quand elle se gara enfin devant la maison, elle était

exténuée, et il faisait nuit. Mais il y avait une dernière chose qu'elle devait faire ce jour-là.

Elle frappa à la porte de la chambre d'Alice qui vint lui ouvrir rapidement. Malgré l'heure tardive, la vieille dame était d'une grande élégance, avec son collier de perles brillantes, son maquillage parfait et sa coiffure impeccable.

— Peyton ? Tout va bien, ma chère ? Vous semblez épuisée. Entrez.

— Non, inutile. Je n'en ai pas pour longtemps.

Elle prit une grande inspiration puis reprit :

— Je… Je voulais m'excuser pour ce que j'ai fait. J'avais tort et j'ai… j'ai quelque chose pour vous.

Elle tendit la clé USB à Alice qui la prit machinalement.

— C'est mon article. La seule copie. À vous de décider ce qui lui arrivera.

— Ah, fit Alice d'un ton compréhensif. Je vois. Vous avez parlé avec votre père aujourd'hui ?

Peyton fit un signe de tête affirmatif.

— Dans ce cas, je pense que vous devriez reprendre cette clé. Vous ferez ce qui est juste. Et, Peyton ?

— Oui ?

Alice sembla réfléchir un instant puis secoua la tête.

— Non, ce n'est pas à moi de vous dire quoi faire. J'en ai déjà assez dit et fait. Parfois, la vie nous met sur un chemin que nous n'avions pas prévu d'emprunter, mais nous seuls pouvons choisir de prendre un nouveau chemin ou de continuer sur notre voie. Fiez-vous à votre cœur, ma chère, il ne vous trompera pas.

- 19 -

Ellie dormait depuis longtemps, et Peyton supposa que Galen regardait la télévision à l'étage, dans le petit salon adjacent à la suite principale. Elle alla droit dans son bureau et s'y enferma puis alluma son ordinateur et se mit à écrire.

Le jour s'était levé quand elle apporta la dernière modification à son article. Enfin satisfaite, elle joignit le document à un mail adressé à son rédacteur en chef, et cliqua sur Envoyer. Voilà, c'était fait. Ce qui se passerait ensuite ne dépendait plus d'elle.

Elle entendit Ellie s'agiter quand elle passa devant la chambre de la fillette, aussi se permit-elle de frapper doucement à la porte avant de l'entrouvrir.

— Bonjour, Ellie.

Une petite tête aux cheveux ébouriffés émergea de sous les draps.

Sa fille, songea Peyton, le cœur battant.

— Bien dormi ? demanda-t-elle d'une voix qu'elle espérait calme.

— Oui, mais tu m'as manqué hier soir.

— Tu dormais déjà quand je suis rentrée.

— Tu portes les mêmes habits qu'hier ? s'étonna Ellie.

— Oui. C'est parce que je ne suis pas encore allée me coucher. J'avais quelque chose à finir, et maintenant c'est fait.

— C'était très important ?

— Oui. Je vais rattraper quelques heures de sommeil, mais je te verrai quand tu rentreras de l'école, d'accord ?

— D'accord. Fais de beaux rêves, maman.

Peyton sentit son cœur trembler dans sa poitrine. Maman ? Était-ce un lapsus, ou Ellie commençait-elle vraiment à la considérer comme sa mère ? Peyton aurait tant voulu courir vers Ellie, la prendre dans ses bras et la serrer aussi fort qu'elle le pouvait… Au lieu de quoi, elle se contenta de lui envoyer un baiser puis ferma la porte derrière elle.

Lorsqu'elle se retourna, elle se figea net. Galen était là, sur le palier, en train de l'attendre. Malgré la fatigue, elle sentit un élan de désir ondoyer à travers elle. Fraîchement douché, vêtu d'un costume et d'une chemise impeccables, il était l'image de l'homme d'affaires prospère. Mais elle savait que sous ses vêtements de luxe se cachait un être complexe, avec des besoins et des désirs aussi complexes que les siens. Comment effacer la distance qu'elle avait créée entre eux ? Galen lui ferait-il de nouveau confiance un jour ?

— Alors ? Tu as parlé à ton père ? demanda-t-il d'un ton glacial.

— Oui. Et j'ai présenté mes excuses à ta grand-mère. Maintenant, c'est à toi que je veux les présenter.

À cet instant, Ellie sortit de sa chambre en trombe.

— Le dernier arrivé à la cuisine est un œuf pourri !

La fillette descendit l'escalier d'un pas sautillant, et Galen la suivit du regard. Peyton en profita pour contempler son mari. C'était peut-être pour elle l'une des dernières occasions de le faire.

— Il faut qu'on parle, déclara-t-il abruptement. Mais pas maintenant. Ce soir.

— D'accord.

Tandis qu'il descendait l'escalier pour rejoindre Ellie, Peyton gagna sa chambre et s'affala sur son lit, tout habillée.

Peyton dormit profondément et ne se réveilla que lorsque la porte d'entrée claqua, signe qu'Ellie était rentrée de l'école. Elle écarta les cheveux de devant son visage et jeta un coup d'œil à l'horloge. Elle n'avait pas prévu de dormir si longtemps… Elle n'avait même pas dit au revoir à Alice, repartie pour la Californie à l'heure du déjeuner. Elle retira ses vêtements et alla se doucher, en se réjouissant que Maggie soit là pour accueillir Ellie et s'occuper d'elle. Il fallait bien l'admettre, il y avait des avantages à être aussi riche que les Horvath.

Peyton passa l'après-midi avec Ellie, tout en étant impatiente que Galen rentre du travail afin qu'ils puissent discuter. Quand Ellie fut couchée, il n'était toujours pas rentré, et Peyton était au comble de la nervosité. Elle n'arrivait pas à se calmer – elle alternait entre faire les cent pas dans le salon et ouvrir le réfrigérateur pour trouver quelque chose à manger, bien qu'elle ne puisse pas supporter l'idée d'avaler quoi que ce soit. Il était près de 22 heures quand elle entendit enfin la porte d'entrée s'ouvrir.

Peyton se dirigea vers le vestibule et s'arrêta net en voyant Galen. Il semblait exténué. Elle avait très envie de l'accueillir chaleureusement, de le réconforter… Mais elle avait perdu ce droit. Une pensée qui lui déchira le cœur.

— Merci de m'avoir attendu. J'ai beaucoup de choses à te dire. Je dépose mes affaires dans mon bureau et je te retrouve dans le petit salon, d'accord ?

Le petit salon de l'étage ? C'était une pièce plus intime que le grand salon du rez-de-chaussée. Était-ce un signe que leur échange serait plus cordial qu'elle ne le méritait ? Elle ne savait pas comment composer avec la gentillesse de Galen. Car elle ne la méritait pas. Elle se dirigea vers le bar, prépara deux verres de brandy et s'installa sur le canapé.

Galen ne tarda pas à la rejoindre. Elle lui tendit un verre, effleurant sa main au passage. Un contact physique qu'elle savoura.

Il prit place dans un fauteuil face à elle.

— Avant que tu ne commences, dit-elle, déterminée à le devancer, je tiens à te présenter mes excuses. Pour avoir utilisé Match Made in Marriage et, surtout, pour t'avoir épousé dans le seul but d'assouvir ma vengeance. Je n'aurais pas dû être aussi cavalière envers Ellie et toi et j'ai terriblement honte de moi. J'ai vu mon père hier et j'ai appris quelques vérités douloureuses qui m'ont ouvert les yeux. Elles m'ont fait prendre conscience de ce que je vous ai fait à Ellie et à toi. J'ai aussi compris qu'au fil du temps j'étais devenue aussi nuisible et toxique que mon père. Alors…

Elle prit une grande inspiration, avant de lâcher les mots qu'elle avait répétés toute la soirée.

— Alors je m'en vais. On m'a commandé un nouveau reportage, et il est inutile que je reste. Tu sais comme moi que nous ne pouvons pas continuer. Je ne m'opposerai pas à un divorce. Je lancerai même la procédure, si tu préfères. Quant à Ellie…

Elle cligna les yeux pour refouler des larmes brûlantes.

— Je ne réclamerai pas sa garde. J'ai fait le choix de l'abandonner à sa naissance et je n'ai aucun droit de changer d'avis maintenant que j'ai eu la chance de la retrouver. Je n'ai pas le droit d'interférer dans votre relation, de changer ce que ses parents voulaient pour elle. Je ne veux pas la perturber alors qu'elle a déjà traversé tant d'épreuves. Néanmoins, si tu es d'accord, j'aimerais avoir un droit de visite, pour pouvoir la voir grandir…

Sa gorge s'assécha, et elle n'arriva plus à parler.

Elle but une gorgée d'alcool pour se ressaisir. Galen gardait le silence. Il l'observait, l'air indéchiffrable.

— J'ai déjà mis mes bagages dans ma voiture, reprit-elle. Je ne suis pas capable de dire au revoir à Ellie une seconde fois, alors, ne me demande pas de le faire, s'il te plaît. En fait, c'est déjà assez difficile de te dire au revoir. Nous avons eu de bons moments, n'est-ce pas ?

Galen eut l'air peiné.

— C'est vraiment ce que tu veux ? Partir, comme ça, et faire comme si nous n'avions jamais fait partie de ta vie ?

Elle hocha la tête, les larmes aux yeux.

— S'il te plaît, ne dis rien. Je… Je dois m'en aller, c'est tout.

Elle posa le verre sur la table basse et se leva.

— Merci encore pour ce que tu as essayé de faire pour moi. Et merci de veiller sur Ellie. Elle a énormément de chance de t'avoir. Je… J'espère qu'un jour, tu trouveras une épouse qui pourra te donner la famille qu'Ellie et toi méritez.

Sur quoi, elle quitta la pièce en hâte. Elle entendit la voix de Galen derrière elle mais ne s'arrêta pas. Elle descendit l'escalier, sortit de la maison et gagna sa voiture d'un pas vif. Elle eut du mal à glisser sa clé dans le contact. Jetant un regard dans son rétroviseur, elle vit Galen sortir de la maison juste au moment où elle parvenait enfin à démarrer. Elle appuya sur l'accélérateur. Et elle s'en alla, laissant derrière elle sa fille, l'homme qu'elle aimait, et tous ses rêves secrets.

Galen observa l'entrée de l'appartement, sceptique. Il vérifia une fois de plus qu'il était bien à la bonne adresse puis frappa à la porte. Il entendit le bruit d'une chaîne de sécurité et d'un verrou. La porte s'ouvrit de quelques centimètres, et Galen eut enfin un aperçu de Peyton, après trois semaines de séparation interminables.

— J'ai lu ton article, déclara-t-il sans préambule. Je peux entrer ?

— Quoi ? Mais comment ? Il n'est même pas encore sorti !

— J'ai été surpris. Ce n'est pas ce à quoi je m'attendais.

— Je suppose que tu as obtenu une injonction pour empêcher la publication de mon travail.

— En effet, et je ne vais pas m'en excuser. Je protège les miens. Peyton, laisse-moi entrer.

— Tu as déjà entendu parler du concept de liberté de la presse ?

— J'ai été particulièrement impressionné par le passage évoquant les deuils de ma grand-mère. Quand tu expliques que, malgré la perte de mon grand-père, puis de mon père et de mon oncle, Alice a continué à tenir fermement les rênes de son entreprise, tout en faisant preuve de compassion et en se montrant juste. C'était bien plus que ce que j'espérais. Il n'y a plus aucun mensonge. Beau travail.

— Épargne-moi les fausses louanges, marmonna-t-elle.

Néanmoins, elle retira la chaîne de sécurité et ouvrit grand la porte.

— Qu'est-ce que tu veux ?
— Discuter. Tu es partie sans m'écouter.
— C'était il y a trois semaines, souligna-t-elle d'un ton acerbe.

Il la détailla de pied en cap. Elle avait perdu du poids, semblant presque maigre à présent.

— Peyton, laisse-moi entrer. Je n'ai pas envie d'avoir cette discussion sur le seuil de ton appartement.
— Soit.

Elle s'effaça pour le laisser passer.

— J'ai pris le temps de réfléchir à ce que tu as dit le soir de ton départ, expliqua-t-il. À propos de notre séparation. Et…

Il sortit de la poche de sa veste une demande de divorce.

— J'ai reçu ceci.
— Je suis heureuse de constater que mes avocats valent leurs honoraires exorbitants.

Il lança un regard circulaire dans l'appartement. Peu de meubles, une décoration spartiate. Le seul objet personnel était une photo encadrée d'Ellie et Peyton, prise sur la plage à Hawaï. Il se rappelait très bien cette journée, c'était d'ailleurs lui qui avait pris ce cliché. Sans doute était-ce à ce moment-là qu'il était tombé amoureux de Peyton. Comment avait-il pu ne pas voir les similitudes entre Ellie et elle ? Elles se ressemblaient comme deux gouttes d'eau avec leurs cheveux châtains aux reflets blonds, leur nez retroussé et leurs yeux bleu-gris si clairs. Ce jour-là, ils formaient une famille heureuse.

— Bel appartement, commenta-t-il.
— Inutile de mentir, Galen. Qu'est-ce que tu veux ?
— Savoir pourquoi tu as modifié ton article.
— Comme je te l'ai dit, mon père m'a avoué la vérité.

Je ne pouvais donc plus envoyer mon travail en l'état. Je ne pouvais pas faire ça à Alice. À vous tous.

— Pourquoi ne m'as-tu pas dit que tu l'avais corrigé ?

Elle haussa les épaules.

— Je ne pensais pas que ça changerait quoi que ce soit entre nous. Je suis navrée, Galen. Quand j'ai rédigé la première version, je croyais que ce que mon père m'avait seriné toutes ces années était la vérité. Avec le temps, c'était devenu ma vérité. Je n'avais aucun élément pour me faire voir les choses autrement… Jusqu'à ce que je te rencontre.

— Et maintenant ?

— Maintenant je suis revenue à la case départ. Je suis de nouveau seule, mais plus sage.

Elle désigna d'un geste les documents qu'il tenait à la main.

— Tu es venu pour me les rapporter ? Tu aurais pu faire appel à un coursier. Tu les as signés ?

— Non. Et je ne vais pas le faire.

— Comment ? Mais pourquoi ?

— Parce que je veux que tu reviennes.

— Je te demande pardon ?

— Je veux que tu reviennes. Dans ma vie, dans ma maison, dans mon lit. Ellie veut que tu reviennes aussi. Tu lui manques, et elle a le droit de savoir que tu es sa mère biologique. Elle a besoin de toi.

— Je t'ai demandé si je pouvais la voir de temps en temps…

— Non, pas de temps en temps. Elle mérite mieux. Vous méritez mieux. Nous méritons mieux, tous les trois. Reviens à la maison. Tu dis que tu as modifié ton article parce que tu as appris la vérité, mais tu n'es pas restée assez longtemps pour découvrir une autre vérité, celle qui concerne mes sentiments pour toi. Je t'aime, Peyton, malgré tes épines et les murs que tu essaies constamment de dresser entre nous. Et je pense que tu m'aimes, toi aussi. J'attendrai le temps qu'il faudra pour que tu l'admettes. Je suis prêt à attendre jusqu'à mon dernier souffle, mais je ne peux pas attendre un instant de plus pour que tu reviennes dans ma vie. À moins, bien sûr, que tu puisses me convaincre que tu ne m'aimes pas, ou que tu ne peux pas m'aimer. Auquel cas, je m'en irai. Mais je crois que, pendant notre mariage fou et compliqué, nous avons noué une relation unique. Une relation qui pourrait se renforcer et durer toute la vie. S'il te plaît, Peyton, dis-moi que tu vas revenir chez nous. Avec moi.

— Je ne sais pas, Galen… J'ai peur de m'abandonner à l'amour. J'ai vu les effets sur mon père. Son amour pour ma mère l'a conduit à commettre des actes stupides comme voler et mentir. Aujourd'hui, c'est un homme brisé. Il n'a même pas voulu voir une photo d'Ellie… Comment pourrais-je combler les besoins de ma fille alors que je ne sais même pas comment être un bon parent ?

Elle marqua une pause puis reprit la parole.

— Toutes ces années, depuis l'adoption d'Ellie, j'ai tout fait pour ne pas aimer, pour ne pas perdre le contrôle sur ma vie. Au début, vivre avec Ellie et toi était difficile, car je ne cessais de me battre contre mes sentiments pour vous. Et puis, j'ai commencé à me détendre. J'ai lâché prise, je me suis autorisée à aimer Ellie. Découvrir qu'elle était ma fille biologique était terrifiant, mais c'était aussi le plus beau cadeau que la vie m'ait offert. Je voulais m'enfuir avec elle, mais je savais que je ne pouvais pas faire ça – ni à elle ni à toi. Être auprès de toi faisait tomber les barrières et les garde-fous que j'avais dressés depuis l'enfance. Ça me faisait peur.

Elle prit une grande inspiration et soutint son regard.

— Je t'aime, Galen. Je ne voulais pas. J'ai lutté contre mes sentiments. Je me suis même servie du sexe pour essayer de les oublier.

— Eh bien, n'hésite pas à te servir de ce moyen quand tu veux. Soit dit en passant.

Elle rit à sa plaisanterie.

— Merci. J'en prends bonne note.

— Alors, tu es d'accord si je fais ça ?

Il brandit les documents et les déchira en deux.

— Oui, je suis d'accord.

Il posa les morceaux de papier sur une chaise.

— Et tu es d'accord si je fais ça ? demanda-t-il.

Sur quoi, il l'enlaça et captura ses lèvres. Elle resta figée pendant une seconde, et il se demanda s'il était allé trop vite. Mais elle se détendit entre ses bras et lui rendit son baiser. Leurs lèvres et leurs langues se mêlèrent dans une danse sensuelle.

À regret, il s'obligea à interrompre leur étreinte. Peyton devait faire un choix. Il priait pour que ce soit le bon, pour tous les deux.

— Ça me va très bien si tu fais ça, dit-elle d'une voix essoufflée. En fait, j'aimerais que tu recommences, juste pour en être certaine.

En parfait gentleman, Galen accéda à sa requête. Et lorsqu'il mit fin à ce second baiser, il plongea son regard dans le sien.

— Peyton, tu veux bien rentrer à la maison avec moi ? Être ma femme dans tous les sens du terme ? Être la maman d'Ellie ?

— Oui ! Ces dernières semaines ont été un enfer. Apparemment, je ne peux pas vivre sans toi et je ne veux plus être loin de toi.

Il sourit. Sa femme si fière, si farouchement indépendante, venait d'admettre plus qu'elle ne l'avait sans doute voulu.

— Dans ce cas, rentrons chez nous, suggéra-t-il.

— Avec plaisir. Cette fois, je reviens pour de bon.

— Pour toujours.

Ne manquez pas dès le mois prochain

dans votre collection

Passions

l'intégrale de la nouvelle série

Destins croisés

*Si leur passé n'a été que mensonge,
l'avenir sera, lui, plein de promesses…*

Une série intégrale
à découvrir en mars 2020

www.harlequin.fr

Ne manquez pas dès le mois prochain dans votre collection

Passions

La nouvelle série

Passions au bureau

Seul le travail importait à leurs yeux, jusqu'au jour où tout a basculé…

Deux romans inédits
chaque mois en mars et avril 2020

www.harlequin.fr

Retrouvez en mars 2020, dans votre collection

Passions

Amour éphémère ?, de Janice Maynard - N°851

Troublant hasard – destin – que celui de replonger dans les yeux chocolat de son premier amour, Ethan Barringer. Aria ne veut pas laisser passer sa chance cette fois-ci. Puisque Ethan est à Royal pour raison professionnelle, elle l'invitera à célébrer son récent succès autour d'un verre de champagne, chez elle. Quitte à renouer avec l'espoir destructeur qu'il entre de nouveau dans sa vie après l'en avoir violemment exclue...

Un partenariat inattendu, de Teresa Southwick

Prouve-moi que je suis le père ! Tess est sidérée par la réaction de Leo Wallace, à qui elle vient d'annoncer sa grossesse. Cet homme qu'elle a en horreur et à qui elle a cédé dans un élan de passion et de fragilité, après la disparition de son grand-père, est un goujat de premier ordre. Pourtant, impossible de le tenir éloigné puisqu'il travaille avec elle au sein de l'établissement familial...

Père à tout prix, de Maureen Child - N°852

Lorsque son patron, Ethan Hart, lui propose une somme indécente pour qu'elle l'aide à veiller durant quelques jours sur l'adorable petite fille dont il vient de se voir confier la garde, Sadie hésite. Elle a eu le cran de poser sa démission après des années à sacrifier sa vie privée pour lui et ne peut revenir en arrière au risque de rester vainement éprise de cet homme. Mais peut-elle vraiment abandonner cette enfant par égoïsme ?

Un shérif pour sauveur, de Brenda Harlen

Honteuse, confuse, Regan voudrait disparaître à cet instant précis. Connor Neal, le séduisant shérif adjoint, qui vient de la découvrir le cœur au bord des lèvres derrière des buissons, lui propose avec une bienveillance touchante de l'aider. Il la pense ivre, alors qu'elle attend un heureux événement. Peut-elle lui révéler la vérité – et trouver un peu de réconfort –, quitte à ternir la réputation si lisse de sa respectable famille ?

Un pas vers la liberté - N°853
De Andrea Laurence
SÉRIE INTÉGRALE : DESTINS CROISÉS

S'associer à son ex, devenu expert en sécurité, pour retrouver sa famille biologique ? Jade ne peut s'y résoudre. Pourtant elle a bien conscience que Harley représente son seul espoir de faire la lumière sur son passé. Tout comme il représente sa pire crainte de succomber à des désirs qu'elle s'est fait la promesse de ne plus goûter…

Pour le bonheur de Morgan

Qu'ils aillent tous au diable ! D'abord son père, qui l'a élevée dans le mensonge de ses origines toute sa vie. Puis River Atkinson, son grand amour de jeunesse et nouveau collaborateur, qui l'a prise pour une vulgaire marchandise dix ans plus tôt en acceptant de briser leur mariage contre une forte somme d'argent de sa famille. River, qui semble penser qu'un simple pardon peut tout effacer…

Une famille en herbe, de Sarah M. Anderson - N°854

En voyant Flash Lawrence la fixer du bas de la scène, alors qu'elle donne son premier concert après treize mois de silence, Brooke panique. Sa chanson *One Night Stand* est un hommage à leur nuit torride. Et les paroles ne laissent aucun doute quant à la surprise qui s'en est suivie, et dont elle n'a jamais parlé à Flash en disparaissant du jour au lendemain…

L'étau du désir, de Karen Rose Smith

Jalouse ? Comment Emma peut-elle éprouver ce sentiment en apprenant que l'ex-femme de Daniel – et mère de ses trois adorables enfants – est de retour ? Emma n'est qu'une nourrice temporaire pour ces enfants, elle en a bien conscience. Mais, depuis qu'elle a emménagé chez Daniel pour veiller sur eux, elle ne peut s'empêcher d'espérer que cette famille devienne un jour la sienne.

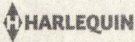
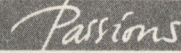

Captifs d'un scandale, de Karen Booth - N°855

SÉRIE : PASSIONS AU BUREAU 1/4

Une nuit, une seule, entre les bras de Matt Richmond, son patron. Sans lendemain. Telle était la promesse mutuelle qu'ils s'étaient faite. Mais, en apercevant ce matin les titres de la presse à scandale relater leur fougueuse folie, Nadia perd contenance. Ulcérée par le regret, elle n'a plus d'autre choix que celui de se tenir à distance du milliardaire qui a ravi son cœur, quoi qu'il lui en coûte...

Pour une escapade romantique, de Cat Schield

SÉRIE : PASSIONS AU BUREAU 2/4

Un monstre de glace. Comment aurait-il pu en être autrement de Shane Winters ? Isabel vient de perdre toutes les illusions qu'elle nourrissait au sujet du président de la filiale hôtelière Richmond qui l'emploie. Car, après l'avoir embrassée avec passion dans un cadre romantique à souhait, celui-ci l'a repoussée pour respecter son éthique impeccable : ne jamais fréquenter une partenaire dans le cadre professionnel...

L'inconnu vénitien, de Kat Cantrell - N°856

La poésie de Venise, la frivolité d'un bal costumé, le mystère d'un inconnu masqué... Il n'en faut pas moins pour qu'Evangeline ose savourer l'instant présent. Tandis qu'elle goûte les lèvres de Matt – puisque c'est ainsi que son cavalier dit s'appeler –, elle peut enfin laisser s'exprimer la femme qu'elle est au fond de son cœur, celle qu'elle dissimule d'ordinaire sous un vernis social des plus étouffants. Hélas, elle sait déjà que cette parenthèse merveilleuse prendra fin sitôt que Matt et elle auront tombé les masques et qu'il découvrira sa véritable identité...

À l'aube de notre amour, de Sandra Steffen

Lacey est plus troublée que jamais. De retour à Orchard Hill, sur les terres de son enfance, elle retrouve Noah Sullivan, qu'elle a quitté suite à une terrible dispute deux ans plus tôt. Immédiatement, son cœur s'emballe, tandis que son corps se souvient de leurs étreintes passées... Bien sûr, il serait plus sage pour elle de garder ses distances avec cet homme qui lui a brisé le cœur, pourtant, elle ne peut s'y résoudre. Et ce d'autant moins qu'elle découvre bientôt qu'il a besoin de son aide...

OFFRE DE BIENVENUE !

Vous êtes fan de la collection Passions ?
Pour prolonger le plaisir, recevez gratuitement

◆ 1 livre Passions gratuit ◆
et 2 cadeaux surprises !

Une fois votre colis de bienvenue reçu, si vous souhaitez continuer à recevoir nos romans Passions, cela se fera automatiquement. Vous recevrez alors chaque mois 3 volumes doubles inédits de cette collection au tarif unitaire de 7,70€ (Frais de port France : 1,99€).

➡ LES BONNES RAISONS DE S'ABONNER :

Aucun engagement de durée ni de minimum d'achat.
◆
Aucune adhésion à un club.
◆
Vos romans en avant-première.
◆
La livraison à domicile.

➡ ET AUSSI DES AVANTAGES EXCLUSIFS :

Des cadeaux tout au long de l'année.
◆
Des réductions sur vos romans par le biais de nombreuses promotions.
◆
Des romans exclusivement réédités notamment des sagas à succès.
◆
L'abonnement systématique et gratuit à notre magazine d'actu ROMANCE.
◆
Des points fidélité échangeables contre des livres ou des cadeaux.

➡ REJOIGNEZ-NOUS VITE EN COMPLÉTANT ET EN NOUS RENVOYANT LE BULLETIN

N° d'abonnée (si vous en avez un) ⎿⎿⎿⎿⎿⎿⎿⎿⎿ ROZEA3

Mme ☐ Mlle ☐ Nom : .... Prénom : ....

Adresse : ....

CP : ⎿⎿⎿⎿⎿ Ville : ....

Pays : .... Téléphone : ⎿⎿⎿⎿⎿⎿⎿⎿⎿⎿

E-mail : ....

Date de naissance : ⎿⎿⎿ ⎿⎿ ⎿⎿⎿⎿

☐ Oui, je souhaite être tenue informée par e-mail de l'actualité d'Harlequin.
☐ Oui, je souhaite bénéficier par e-mail des offres promotionnelles des partenaires d'Harlequin.

Renvoyez cette page à : Service Lectrices Harlequin – CS 20008 – 59718 Lille Cedex 9 · France

Date limite : **31 décembre 2020**. Vous recevrez votre colis environ 20 jours après réception de ce bon. Offre soumise à acceptation et réservée aux personnes majeures, résidant en France métropolitaine. Prix susceptibles de modification en cours d'année. Vous pouvez demander à accéder à vos données personnelles, à les rectifier ou à les effacer. Il vous suffit de nous écrire en nous indiquant vos nom, prénom et adresse à : Service Lectrices Harlequin - CS 20008 - 59718 LILLE Cedex 9. Harlequin® est une marque déposée du groupe HarperCollins France – 83/85, Bd Vincent Auriol – 75646 Paris cedex 13. Tél : 01 45 82 47 47. SA au capital de 3 120 000€ - R.C. Paris, Siret 3186715910069/APE5811Z.

Rendez-vous sur notre nouveau site
www.harlequin.fr

Et vivez chaque jour,
une nouvelle expérience de lectrice connectée.

- ♥ Découvrez toutes nos actualités,
  exclusivités, promotions, parutions à venir...
- ♥ Partagez vos avis sur vos dernières lectures...
- ♥ Lisez gratuitement en ligne, regardez des vidéos...
- ♥ Échangez avec d'autres lectrices sur le forum...
- ♥ Retrouvez vos abonnements, vos romans dédicacés, vos livres et vos ebooks en pré-commande...

 L'application Harlequin
Achetez, synchronisez, lisez... Et emportez
vos ebooks Harlequin partout avec vous.

Suivez-nous ! 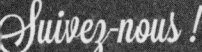   facebook.com/HarlequinFrance
twitter.com/harlequinfrance

OFFRE DÉCOUVERTE !

Vous souhaitez découvrir nos collections ? Recevez **votre 1er colis gratuit*** av 2 cadeaux surprises ! Une fois votre colis de bienvenue reçu, si vous souhait continuer à recevoir nos livres, cela se fera automatiquement. Vous recevrez alo vos livres inédits** en avant-première.

Vous n'avez aucune obligation d'achat et cette offre est sans engagement de duré

*1 livre offert + 2 cadeaux / 2 livres offerts pour la collection Azur + 2 cadeaux.
**Les livres Ispahan, Sagas, Allegria et Best-Sellers Féminins sont des rééditions.

☞ **COCHEZ la collection choisie et renvoyez cette page au**
Service Lectrices Harlequin – CS 20008 – 59718 Lille Cedex 9 – France

Collections	Références	Prix colis*
❏ **AZUR**	Z0ZFA6	6 livres par mois 28,79€
❏ **BLANCHE**	B0ZFA3	3 livres par mois 23,65€
❏ **LES HISTORIQUES**	H0ZFA2	2 livres par mois 16,59€
❏ **ISPAHAN**	Y0ZFA3	3 livres tous les 2 mois 23,35€
❏ **PASSIONS**	R0ZFA3	3 livres par mois 25,09€
❏ **SAGAS**	N0ZFA3	3 livres tous les 2 mois 27,66€
❏ **BLACK ROSE**	I0ZFA3	3 livres par mois 25,09€
❏ **VICTORIA**	V0ZFA3	3 livres tous les 2 mois 25,69€
❏ **ALLEGRIA**	A0ZFA4	4 livres tous les 2 mois 30,15€
❏ **BEST-SELLERS FÉMININS**	E0ZFA2	2 livres par mois 18,75€
❏ **MAGNETIC**	K0ZFA3	3 livres tous les 2 mois 23,07€

N° d'abonnée Harlequin (si vous en avez un) ⎣⎦⎣⎦⎣⎦⎣⎦⎣⎦⎣⎦⎣⎦

Mme ❏ Mlle ❏   Nom : _____

Prénom : _____ Adresse : _____

Code Postal : ⎣⎦⎣⎦⎣⎦⎣⎦⎣⎦   Ville : _____

Pays : _____ Tél. : ⎣⎦⎣⎦⎣⎦⎣⎦⎣⎦⎣⎦⎣⎦⎣⎦⎣⎦⎣⎦

E-mail : _____

Date de naissance : _____

❏ Oui, je souhaite recevoir par e-mail les offres promotionnelles des éditions Harlequin.
❏ Oui, je souhaite recevoir par e-mail les offres promotionnelles des partenaires des éditions Harlequin.

Date limite : 31 décembre 2020. Vous recevrez votre colis environ 20 jours après réception de ce bon. Offre soumise à acceptation et réservée aux personnes majeures, résidant en France métropolitaine, dans la limite des stocks disponibles. Prix susceptibles de modification en cours d'année. Vous pouvez demander à accéder à vos données personnelles, à les rectifier ou à les effacer. Il vous suffit de nous écrire en nous indiquant vos nom, prénom et adresse à : Service Lectrices Harlequin CS 20008 59718 LILLE Cedex 9. Service Lectrices disponible du lundi au vendredi de 8h à 18h : 01 45 82 47 47.

Composé et édité par HarperCollins France.

Achevé d'imprimer en janvier 2020.

Barcelone

Dépôt légal : février 2020.

Pour limiter l'empreinte environnementale de ses livres, HarperCollins France s'engage à n'utiliser que du papier fabriqué à partir de bois provenant de forêts gérées durablement et de manière responsable.

Imprimé en Espagne.